ULLSTEIN

Feuer der Leidenschaft – große Liebesromane

Karen A. Bale, **Sinnliche Versprechen**
Mary Balogh, **Nacht der Verzückung**
Mary Balogh, **Von dir kann ich nicht lassen**
Nina Beaumont, **Preis der Leidenschaft**
Rosanne Bittner, **Ich kämpfe um uns**
Claire Delacroix, **Dame meines Herzens**
Claire Delacroix, **Erbin der Glückseligkeit**
Claire Delacroix, **Geliebte Gräfin**
Claire Delacroix, **Prinzessin meiner Liebe**
Thea Devine, **Das Liebesjuwel**
Christina Dodd, **Liebhaber meiner Träume**
Christina Dodd, **Geheime Sünden**
Jane Feather, **Engel in Gefahr**
Emily French, **Ruf nach Freiheit**
Dorothy Garlock, **Eine Liebe wie der Himmel**
Dorothy Garlock, **Geheime Passionen**
Dorothy Garlock, **Schöner, wilder Mann**
Elizabeth Graham, **Rivalinnen des Glücks**
Elizabeth Graham, **Vergib mir meine Liebe**
Tracy Grant, **Erobere mich!**
Tracy Grant, **Verratenes Herz**
Tracy Grant, **Wer der Sehnsucht erliegt**
Eloisa James, **Ekstase der Liebe**
Mandalyn Kaye, **Der Fremde in meinen Armen**
Elizabeth Lane, **Gefallener Engel**
Sandra Marton, **Nur mit deiner Liebe**
Theresa Michaels, **Mit Feuer und Schwert**
Karen Marie Moning, **Das Herz eines Highlanders**
Karen Marie Moning, **Zauber der Begierde**
Constance O'Banyon, **Die Flammen der Liebe**
Delia Parr, **Am Abgrund der Liebe**
Delia Parr, **Die Elfenbeinprinzessin**
Delia Parr, **Gefangene des Herzens**
Delia Parr, **Ein Himmel voller Rosen**
Candice Proctor, **Septembermond**
Candice Proctor, **Sündige Erbschaft**
Candice Proctor, **Verbannt im Paradies der Liebe**
Jaclyn Reding, **Eine Liebe wie Magie**
Jaclyn Reding, **Die Schöne und der Lord**
Amanda Scott, **Gefährliche Leidenschaft**
Maura Seger, **Magische Verführung**
Alexa Smart, **Mitternachtsrosen**
Alexa Smart, **Tausend Küsse im Paradies**
Susan Wiggs, **Und jeden Tag deine Liebe**
Susan Wiggs, **Im Rausch der Leidenschaft**
Susan Wiggs, **Venezianische Verführung**
Susan Wiggs, **Verbotene Schwüre der Liebe**
Susan Wiggs, **Wild wie deine Träume**

Janelle Taylor

Wildes Land, wilde Leidenschaft

Roman

Aus dem Amerikanischen
von Sibylle Brockhaus

Ullstein

Ullstein Taschenbuchverlag
Der Ullstein Taschenbuchverlag ist ein Unternehmen der
Econ Ullstein List Verlag GmbH & Co. KG, München
Deutsche Erstausgabe
1. Auflage 2001

Published by arrangement with Kensington Publishing Corp.
Dieses Werk wurde vermittelt durch die Literarische Agentur
Thomas Schlück GmbH, Garbsen
Titel der amerikanischen Originalausgabe: Lakota Winds
(Zebra Books, Kensington Publishing Corp. New York)
Übersetzung: Sibylle Brockhaus
Redaktion: Heike Steffen
Umschlagkonzept: Lohmüller Werbeagentur GmbH & Co. KG, Berlin
Umschlaggestaltung: Init GmbH, Bielefeld
Titelabbildung: John Ennis, Literarische Agentur
Thomas Schlück GmbH, Garbsen
Gesetzt aus der New Baskerville
Satz: hanseatenSatz-bremen, Bremen
Druck und Bindearbeiten: Elsnerdruck, Berlin
Printed in Germany
ISBN 3-548-25271-0

1. Kapitel

April 1851

Paha Sapa (Die Schwarzen Berge)

Als der fremde Krieger sich mit einem Messer in der Hand neben die am Boden liegende Hirschkuh kniete, um ihr das Fell abzuziehen und sie auszunehmen, kroch Der mit dem Wind tanzt so weit vorwärts, dass er den Fremden ohne weiteres daran hindern konnte, Pfeil und Bogen zu greifen, die neben ihm unter einem Baum lagen. Warnend hob er die Stimme: »Es ist töricht und äußerst gefährlich, sich an fremder Beute zu vergreifen. Steck das Messer weg und geh deines Weges, überlasse mir, was mir zusteht.«

Der Krieger sprang auf und wirbelte herum. Vor Überraschung riss Der mit dem Wind tanzt die Augen weit auf – vor ihm stand eine Frau und kein Mann. Lange schwarze Zöpfe umrahmten ihr Gesicht, sie trug ein weites, weiches Lederhemd und enge, mit Fransen besetzte Beinkleider aus Leder, darüber einen Lendenschurz – ein Kleidungsstück für Männer. Und doch war sie die schönste Frau, die er je gesehen hatte, so dass er sie einen Augenblick lang nur voller Verwunderung anstarren konnte. Sie musterte ihn von Kopf bis Fuß mit ihren dunkelbraunen Augen, dann zog sie eine Augenbraue leicht in die Höhe und begegnete geradewegs seinem Blick, während sie die Klinge ihres Messers auf ihn richtete. Er fragte sich, ob sie wusste, wer er war. Er fragte sich auch, zu welchem Stamm sie wohl gehören mochte, denn ihre Kleidung und ihre Waffen waren weder bemalt noch anderweitig verziert und verrieten daher nichts über ihre Stammeszugehörigkeit. Sie kniff die Augen zusammen und funkelte ihn wütend an, so als könne sie seine Lebensgeister allein mit ihrem Blick vernichten. Dann begann sie zu sprechen, und ihre Stimme war so weich wie träge dahinfließendes Wasser, ihre Worte hingegen so hart und stechend wie spitzer Stein.

»Es ist ebenso töricht und gefährlich, auf fremdem Gebiet zu jagen. Warum stiftest du Unfrieden und wilderst in den Jagdgründen von Verbündeten? Für gemeine Diebe ist hier nichts zu holen. Haben deine Leute alle Tiere von ihrem Gebiet verjagt oder getötet? Musst du dich deshalb auf fremdem Grund und Boden versuchen?«

Der mit dem Wind tanzt konnte nicht sagen, ob sie sich aus Scham, bei dem Tier ertappt worden zu sein, oder aus Mut, Überheblichkeit oder Dummheit so aufführte, aber er war enttäuscht und getroffen von ihrer Grobheit und ihrer unverhohlenen Feindseligkeit. Er war ein berühmter Krieger, ein Häuptlingssohn und zukünftiger Häuptling. Es war nicht recht, dass sie so mit ihm sprach. »Das Rotwild wurde nicht auf eurem Gebiet gejagt«, erklärte er. »Ein verwundetes Tier rennt, wohin es will, ein guter Jäger muss der Spur des Tieres folgen und es finden, um seinem Leiden ein Ende zu bereiten. Es gehört mir, denn meine Pfeile stecken in seinem Körper. Schau her, sie tragen meine Zeichen.« Er sah zu, wie sie den gefiederten Schaft begutachtete, den er aus seinem Köcher gezogen hatte und nun langsam drehte, damit sie die aufgemalten Zeichen mit denen vergleichen konnte, die sich auf dem Pfeil befanden, der in der Brust der Hirschkuh steckte. Der Beweis war eindeutig, doch sie zuckte die Achseln, runzelte die Stirn und beleidigte ihn erneut.

»Es ist ein langer Weg von einem Jagdgebiet ins andere. Hätte dein Pfeil richtig getroffen, wäre die Hirschkuh nicht so weit gelaufen, bevor sie sich zum Sterben hinlegte. Es ist nicht richtig, einem Geschöpf des Großen Geistes ein solches Leid zuzufügen.«

Der mit dem Wind tanzt war über ihre Zurechtweisung erstaunt. Ihre Eltern und ihr Volk hatten sie anscheinend keinen Respekt gelehrt. Er wollte sich nicht einmal vorstellen, wie seine Familie und sein Volk reagieren würden, wenn seine Schwester es wagen sollte, in einer solch kränkenden Weise mit einem Mann zu sprechen. Und auch seine Frau hatte ihn niemals herabgesetzt, beschämt oder gescholten. »Mein Pfeil hat sein Ziel verfehlt, weil ich von einem Feind angegriffen wurde«, sagte er zu seiner Verteidigung. »Ich konnte dem Geschöpf des Großen Geistes erst in euren Wald folgen, als diese Gefahr gebannt war.«

Chumani stellte fest, dass er keine Verletzungen aus dem Kampf davongetragen hatte und offensichtlich, da er jetzt vor ihr stand, als Sieger daraus hervorgegangen war. Er jedoch prahlte nicht mit seinem Sieg. Und fälschlicherweise ging er davon aus, dass sie zum Stamm der Brave Heart gehörte, auf deren Winterjagdgründen in den Paha Sapa sie sich gerade befanden. Sie hatte dieses Gebiet jedoch ebenfalls unbefugt betreten.

»Ich bin Waci Tate vom Stamme der Red Shield aus dem Volk der Oglala«, gab er sich zu erkennen. »Das Winterlager meiner Leute liegt fast einen Tagesritt von hier, aber unsere Jagdgründe grenzen an dieses Gebiet.« Ihr war nicht anzusehen, ob sein Gesicht oder sein Name ihr etwas sagten, aber er hatte bemerkt, dass sie ihn von oben bis unten gemustert und nach blutigen Spuren des erst vor kurzem stattgefundenen Kampfes und nach Stammeszeichen gesucht hatte. Er fragte sich, ob sie beeindruckt war, keine Verletzungen zu sehen, oder ob sie seinen Erklärungen einfach keinen Glauben schenkte.

Chumani hatte den großen, muskulösen Krieger erkannt, aber sie war eine Häuptlingstochter und selbst eine geschickte Jägerin und Kriegerin und fürchtete sich nicht vor ihm. Seit einem hinterhältigen Angriff der Crow auf ihr Volk, bei dem einige ihrer Leute getötet worden waren, hatte sie jeden Tag genutzt, sich die Kenntnisse eines Kriegers anzueignen, Kraft und Ausdauer zu stärken und ihren Verstand zu schärfen, bis sie sich selbst verteidigen und dabei helfen konnte, ihre Leute zu beschützen. Sie hatte diesen furcht erregenden, kühnen Krieger verschiedene Male aus der Ferne gesehen, auf den Weideländern, wenn die vielen Stämme zusammengekommen waren, um miteinander zu handeln. Als Frau war sie dazu verurteilt gewesen, im Lager ihres Stammes zu bleiben; auf diese Weise wollten die White Shield verhindern, dass ihre Frauen sich zu Fremden, Weißen oder Indianern, hingezogen fühlten und sich mit ihnen vermählten. Aber sie und ihre beste Freundin waren eines Nachts in die Nähe der Männer geschlichen und hatten sie beobachtet. Nach Waci Tates Ankunft hatte sie den Blick nicht mehr von ihm abwenden können und der Gedanke an ihn hatte sie noch viele Monde lang gequält. Jetzt stand er mit Stolz geschwellter Brust vor ihr und schalt sie wie ein ungezogenes Kind!

Da es zu seinen Lebensmaximen gehörte, stets nach den vier Tugenden zu handeln – Mut, Großherzigkeit, Standhaftigkeit und Weisheit – schluckte Der mit dem Wind tanzt seinen Ärger hinunter. »Wenn deine Familie hungrig ist und du auf Nahrungssuche bist, dann gehört die Hirschkuh dir«, bot er an.

»In meiner Familie gibt es drei erfahrene Jäger«, gab Chumani zurück. »Die Hirschkuh gehört dir, aber meide in Zukunft diese Jagdgründe. Wenn ich gewusst hätte, dass du das Tier verfolgt hast, hätte ich es nicht angerührt.«

Sie steckte ihr Messer weg und hob Pfeil und Bogen auf. Auf diese Weise zeigte sie ihm, dass sie ihm traute und dass sie sich nicht vor ihm fürchtete. Er nickte: »Das ist weise gesprochen. Nun sag mir, wer du bist und wo deine Leute lagern!« Bevor sie antworten konnte, fügte er noch hinzu: »Setz dich, während ich mich um die Hirschkuh kümmere, danach bringe ich dich auf meinem Pferd in dein Lager zurück. Es ist gefährlich für eine Frau, allein durch den Wald zu streifen, wenn Feinde sich in der Gegend herumtreiben.«

Chumani hatte sich wieder gefangen und nun wurde ihr bewusst, wie schlecht sie sich ihm gegenüber benommen hatte, zumal er ihr die Hirschkuh angeboten und vorgeschlagen hatte, sie nach Hause zu bringen. Doch das Gefühl der Scham, das sie daraufhin empfand, und ein anderes, ihr unbekanntes Gefühl, veranlassten sie dazu, ihn erneut zu enttäuschen. »Man nennt mich Morgennebel. Ich kenne diesen Wald und bin nicht in Gefahr. Das Geschöpf des Großen Vaters wartet auf deine Gebete.« Sie wollte so schnell wie möglich weg, da auch sie sich zu Unrecht auf dem Gebiet der Brave Heart befand. Sie hatte sich gedankenverloren an der nach einem langen und harten Winter wieder erwachenden Natur erfreut und war dabei unbeabsichtigt in das fremde Gebiet eingedrungen.

Der mit dem Wind tanzt sah der widerspenstigen Frau nach, als sie im Wald verschwand. Sie hatte ein hübsches Gesicht und einen schönen Körper, das musste er zugeben, aber ihr Benehmen ließ sehr zu wünschen übrig. Dennoch spürte er eine merkwürdige Zuneigung zu ihr, mehr als eine rein körperliche Anziehungskraft, und das verwirrte und verärgerte ihn. Er trat zu seiner Beute und kniete nieder, um für das Opfer zu danken und die Tapferkeit des Tieres zu preisen. Dies war einer der selten Tage, an denen er allein losgeritten war, um zu jagen oder sich mit Feinden einen Kampf zu liefern. Normalerweise war sein bester Freund Rote Feder an seiner Seite und oft auch sein jüngerer Bruder, Kriegerischer Adler. Er wusste nicht, warum es ihn heute so sehr danach verlangt hatte, allein loszuziehen, aber das Gefühl war zu stark gewesen, um es zu ignorieren. Nun war er froh, dass außer ihm niemand Zeuge des schlechten Benehmens dieser Frau geworden war, denn würde der Zwischenfall bekannt werden, könnte es leicht Ärger mit ihrem Stamm geben, besonders, wenn sie mit einem großen Krieger vermählt war. Solchen Ärger aber wollte er in dieser geschäftigen Zeit, in der Mutter Natur ihr altes Gesicht ablegte und wo gerade eine große Gruppe von Männern seines Stammes sich zum Tauschhandel in Fort Pierre befand, lieber vermeiden. Er war nicht mit den Männern in das befestigte Dorf gegangen, das sich zwar Fort nannte, im Grunde jedoch nur ein einfacher Handelsposten war, weil er die Bleichgesichter, die *wasicun,* nicht mochte und ihnen nicht traute.

Als er das Rotwild auf sein Pferd hob, versteifte sich sein Körper und sein Geist war mit einem Mal hellwach und in höchster Alarmbereitschaft, so als spürte er eine drohende Gefahr. Vielleicht, so überlegte er, war der feindliche Krieger, der ihn überfallen hatte, nicht allein gewesen. Sein Blick wurde wie von einer geheimnisvollen Kraft zu der Stelle gelenkt, an der die Frau im Wald verschwunden war und eine innere Stimme befahl ihm, so schnell wie möglich ihrer Spur zu folgen.

Kurz darauf hörte er unheilvolle Geräusche, die von einer nahen Lichtung kamen. Er stieg von seinem Pferd und bedeutete dem klugen und treuen Tier, sich nicht von der Stelle zu rühren. Er schlich weiter und sah, dass drei Krieger der Crow die Frau umzingelten. Ihre Kleidung und ihre Stammeszeichen waren eindeutig zuzuordnen. Beim Anblick seiner Feinde, die sich unrechtmäßig auf dem Jagdgebiet der Lakota befanden und dieses schöne Geschöpf bedrohten, stieg eine unbändige Wut in dem Windtänzer auf. Es bestand kein Zweifel, dass die Krieger die Frau gefangen nehmen und ihr die Unschuld rauben wollten. Seine Wut wurde noch größer, als er mit ansehen musste, wie sie ein grausames Spiel mit ihr trieben, indem sie reihum mit ihren Wurfspießen nach ihr stachen. Es war ihr nicht möglich, sich aus ihrer Mitte zu befreien, obwohl sie kampfbereit ein Messer in der rechten Hand hielt und flink und wachsam wirkte. Schnell und behände wirbelte sie im Kreis und hieb mit ihrer Klinge nach den drei Widersachern, um diese auf Distanz zu halten, und schleuderte ihnen laute Drohungen und Beleidigungen entgegen. Er bemerkte, dass keinerlei Angst in ihrem Blick lag, nur purer Hass und völlige Kälte. Sie sah aus, als wollte sie die drei mit bloßen Händen ermorden.

Die Männer begannen nun, sich bei ihrem grausamen Spiel abzuwechseln, einer von ihnen hockte sich hin und lachte, während die anderen beiden weiter um sie herum tanzten und die Messerhiebe mit ihren Speerspitzen parierten, was in der Stille des Waldes einen klirrenden Lärm verursachte. Windtänzer wusste, dass sie bald so erschöpft sein würde, dass es für die Männer ein Leichtes wäre, sie zu packen und ihr Schlimmes anzutun. So leise wie möglich und unter Aufbietung all seines Geschicks näherte Der mit dem Wind tanzt sich dem am Boden hockenden Mann.

Mit lautem Geheul und gezücktem Messer stürzte sich der älteste Sohn von Häuptling Großer Bär auf die Lichtung und forderte seine Feinde zum Kampf heraus, fest entschlossen, die Frau zu retten, auch wenn er dafür sein eigenes Leben aufs Spiel setzen musste. Er vertraute seinen Kräften, denn er hatte in der Vergangenheit schon mit mehr als drei Gegnern auf einmal gekämpft und konnte sich noch immer unversehrt seiner Siege rühmen.

Windtänzer bohrte seine Klinge in das Herz des überraschten Indianers. Dann wandte er sich ohne Zeit zu verlieren dem nächsten Widersacher zu, der wie ein wütender Büffel zur Brunftzeit auf ihn zugestürmt kam, während die Frau mit erstaunlicher Geschicklichkeit gegen den dritten Crow kämpfte. Obwohl er um ihr Wohlergehen besorgt war, sah Windtänzer sich gezwungen, seine ganze Aufmerksamkeit auf den eigenen Gegner zu lenken, da er als zukünftiger Häuptling seinem Volk gegenüber eine noch größere Verantwortung trug. Er brauchte all seine Kraft und Geschicklichkeit, um seinen Gegenspieler zu besiegen, also durften seine Gedanken nicht bei der Frau weilen.

Der Oglala und der Krieger der Crow standen sich mit verächtlichem Grinsen gegenüber und versuchten, die Schwächen und Stärken ihres Gegenübers einzuschätzen. Dem anderen fest in die Augen blickend, bewegten sie sich langsam im Kreis, und jeder von ihnen schien auf ein Zeichen des anderen zu warten, damit der Kampf beginnen konnte. Plötzlich sprang der Windtänzer in die Höhe, warf den Oberkörper nach hinten und versetzte seinem Widersacher mit beiden Beinen einen kräftigen Tritt in die Rippen, der den Mann vor Schmerz aufheulen und vornüber zusammenklappen ließ. Dann ging der Crow rasch nach hinten in Deckung, während Windtänzer sich über sein erfolgreiches Manöver freute und behände wieder aufsprang.

Blitzschnell und in der Hoffnung, seinen Gegner

geschwächt zu haben, stürzte Windtänzer nach vorn und rammte dem Mann seine Schulter in den Unterleib. Als der Crow rückwärts stolperte und nach Luft schnappte, rammte Windtänzer ihm das Messer in die rechte Seite. Sein Blick fiel kurz auf die klaffende Wunde und er erschauerte bei dem Gedanken, dass er in einem Kampf auf Leben und Tod das erste Blutvergießen verursacht hatte. Er sah, wie der Blick des Crow sich verdunkelte, seine Augen funkelten vor Wut und Schmerz und ließen unzweifelhaft den Entschluss erkennen, dass dies seine erste und letzte Verletzung sein sollte.

Der Kampf ging weiter. Die Krieger rammten einander mit voller Wucht, traten mit flinken Füßen und kräftigen Beinen und schlugen mit harten Fäusten. Sie ächzten und stöhnten, verhöhnten einander und rangen nach Luft, da das Atmen in der vom Kampf aufgewirbelten Wolke aus trockenem Laub, kleinen Steinen und Staub äußerst mühsam war. Der Crow machte einen Satz nach vorn, um dem Oglala seine scharfe Klinge in den Bauch zu rammen, doch Windtänzer wich pfeilschnell nach rechts und verpasste dem Mann eine blutige Wunde am Arm. Er sah den zornigen Blick des Mannes und versuchte, selbst eine möglichst unbewegte Miene zu wahren, um dem Gegner nicht sein nächstes Angriffsmanöver zu verraten.

Chumani, nur wenige Schritte entfernt, wusste, dass es von Vorteil für sie war, dass sich ihr Gegenspieler ärgerte, gegen eine Frau kämpfen zu müssen, während sein Freund sich mit einem berühmten Krieger messen durfte. Außerdem war sie im Vorteil, weil dieser Gegner in seiner Überheblichkeit ihre Fähigkeiten unterschätzte und glaubte, mit ihr leichtes Spiel zu haben. Er war sichtlich beleidigt, als sie ihn mit ihrer Klinge verwundete und er sich eingestehen musste, dass er den Sieg doch nicht so schnell davontragen würde, wie er zunächst gedacht hatte, was ihn wiederum während seiner folgenden Angriffe unvorsichtig werden ließ. Sie blickte ihm die ganze Zeit über fest in die Augen, denn sie wusste, dass Art und Zeitpunkt seiner nächsten Attacke sich als erstes dort widerspiegeln würden. Diese Lektion hatte sie von Feuerläufer gelernt. Sie wusste auch, dass sie blitzschnell auf jede seiner Bewegungen reagieren musste, wollte sie nicht ihr Leben riskieren. Mit leicht gespreizten Beinen stand sie da, die Knie gebeugt und Hände und Arme fest und ruhig.

Als der Feind auf sie losstürzte, wich sie mit einer schnellen Drehung aus und stach ihm ihr Messer auf Höhe des Herzens in den Rücken. Der Crow krümmte sich nach hinten, stöhnte und fiel tödlich getroffen zu Boden. Sie zog die Klinge aus seinem Rücken und sah auf ihn hinab. Sie war ein gutherziger Mensch und dennoch sah sie sich nach allem, was diese Leute zwei Jahreszeiten zuvor ihrem Volk angetan hatten, nicht in der Lage, für seinen scheidenden Geist zu beten. Im Gegensatz zu den Kriegern der Crow, die ihr Volk überfallen hatten, tötete ihr Stamm niemals Frauen und Kinder, auch nicht aus Rache. Bei jedem Crow, der von ihr oder einem Stammesbruder umgebracht wurde, fragte sie sich, ob er zu denen gehörte, die das Leben ihrer Liebsten auf dem Gewissen hatten.

Chumani zwang sich, ihren Schmerz hinunterzuschlucken, sammelte ihre Waffen auf und lief in den Wald. Sie wagte es nicht, eine Siegestrophäe mitzunehmen, und sie würde ihren Leuten auch nicht von diesem ruhmreichen Vorfall berichten, denn dann würden die Männer ihrer Familie ihr in Zukunft verbieten, sich allein vom Lager zu entfernen. Das tat sie ohnehin nur selten, aber diesmal hatte ihre beste Freundin eben andere Dinge zu erledigen gehabt, als Chumani das dringende Bedürfnis gespürt hatte, durch den Wald zu streifen.

Sie musste daran denken, dass die Klinge des Crow sie fast am Arm erwischt hatte, weil sie einen Moment lang unaufmerksam gewesen war, als Windtänzer so plötzlich und unerwartet auf die Lichtung gesprungen war. Es sah ihr eigentlich nicht ähnlich, wegen eines Mannes die Fassung zu verlieren und sich in einem lebensgefährlichen Moment ablenken zu lassen, doch sie war tatsächlich für kurze Zeit mit ihren Gedanken bei dem Krieger der Oglala gewesen. Sie konnte nicht bleiben, um ihm zu danken, auch wenn es sich eigentlich so gehörte, denn dann wäre er verpflichtet, sie nach Hause zu begleiten und sie hätte nicht mehr verschweigen können, was für einer Gefahr sie sich ausgesetzt hatte. Sie blieb stehen und sah aus dem Schutz der Bäume noch ein letztes Mal zu ihm hinüber. Sie hatte ihn nicht um Hilfe gebeten und sein plötzliches Auftauchen hatte sie etwas verärgert, doch sie konnte nicht umhin, sein angenehmes Äußeres und seine Stärke zu bewundern. Sie runzelte die Stirn und schalt sich für ihr Trödelei, dann machte sie sich auf die Suche nach ihrem geliebten Cetan, um noch vor Einbruch der Dunkelheit mit ihm ins Lager zurückzukehren.

Windtänzer ermahnte sich selbst, nicht die Geduld zu verlieren und weiterhin wachsam zu bleiben, denn sonst würde sein Gegner als Sieger aus diesem Kampf hervorgehen. Die Luft war für diese Jahreszeit ungewöhnlich mild und Schweiß rann ihm über die Stirn und tränkte seine Kleidung. Sein Atem ging stoßweise, aber die Gefahr und der bevorstehende Sieg gaben ihm Kraft und Ausdauer. Er merkte, dass die Widerstandskraft des Crow nachließ. Er wich aus, als der Crow versuchte, ihm seine Schulter in den Brustkorb zu rammen, und leckte sich in Vorfreude auf den nahen Sieg die Lippen. Nach einigen weiteren gut angebrachten Hieben und gelungenen Ausweichmanövern lag der Mann leblos am Boden.

Aus den Augenwinkeln hatte er bemerkt, dass die Frau ihren Kampf beendet hatte, jetzt drehte er sich nach ihr um, aber sie war nicht mehr da. Er horchte angestrengt und suchte mit geübtem Blick die Umgebung ab, doch sie war wie vom Erdboden verschwunden.

Windtänzer ging zu dem dritten Toten hinüber und besah sich die Verletzungen des Mannes. Die Frau hatte mit erstaunlichem Können und bewundernswerter Kraft und Klugheit gekämpft – und gewonnen. Er verstand nicht, warum sie sich aus dem Staub gemacht und sich nicht bei ihm bedankt hatte. Sie hatte auch keine Trophäe ihres glorreichen Sieges mitgenommen, was ihn noch mehr verwunderte. Er wählte aus den Habseligkeiten der toten Krieger aus, was ihm gefiel, rief sein Pferd herbei und lud die Sachen auf. Er bedeckte die Leichen der Krieger mit Steinen und Zweigen, die teilweise noch mit Schnee bedeckt waren, der in der Sonne schnell dahinschmolz. Er wollte nicht, dass jemand die Krieger der Crow fand, bevor Mutter Natur sich ihrer sterblichen Überreste angenommen hatte.

Als alles erledigt war, ließ Windtänzer sein Pferd zurück und folgte der Spur der Frau, bis sie sich plötzlich, wie die Frau selbst, in Luft auflöste. Die auf dem weichen Boden gut sichtbaren Fußspuren endeten mit einem Mal und nichts deutete darauf hin, wo sie abgeblieben war. Keine umgedrehten Blätter, Steine oder zerbrochenen Äste waren zu sehen. Er kniete nieder und betrachtete verwirrt den feuchten Waldboden. Allerlei unbeantwortete Fragen beschäftigten ihn. Wer war sie? Warum hatten sich ihre Wege zweimal an diesem Tag gekreuzt? Wie hatte sie es fertig gebracht, spurlos zu verschwinden? Hieß sie tatsächlich ›Morgennebel‹, wie sie behauptet hatte?

Chumani saß hoch oben in der Krone eines Baumes und beobachtete Windtänzer. Sie achtete sorgfältig darauf, nicht das leiseste Geräusch zu machen, und zuckte nicht einmal zusammen, als eine Wanze ihr in die Hand biss. Sie hoffte inständig, dass Cetan noch nicht von seiner Jagd zurückkehren und sie verraten oder Windtänzer angreifen würde. Sie verharrte auf dem Baum, bis der verdutzte Mann schließlich die Achseln zuckte und seufzend zu der Lichtung zurückkehrte, wo er nach den Stricken der Pferde seiner getöteten Feinde griff, auf sein eigenes Pferd stieg, es antrieb und somit für immer aus ihrem Leben verschwand.

Als sie ganz sicher sein konnte, dass er weg war, glitt sie flink wie ein Eichhörnchen vom Baum. Sie ging zu ihrem Pferd und erblickte Cetan, der auf einem nahen Ast saß und sie mit lebhaften Augen ansah.

»Da bist du ja«, sagte sie leise zu dem geliebten Falken, der seit ihrem zehnten Lebensjahr ihr ständiger Begleiter war. »Komm, Cetan, wir reiten ins Lager zurück«, flüsterte sie und streckte den Arm aus, um den ein breites Lederband gewickelt war. Nachdem der Vogel sich dort niedergelassen hatte und sie weiter aus seinen durchdringenden, gelb-braunen Augen anstarrte, schimpfte sie in gespielt vorwurfsvollem Ton: »Ich hätte deine Hilfe gebraucht, wenn Der mit dem Wind tanzt nicht aufgetaucht wäre, um mich aus den Fängen unserer Feinde zu befreien. Aber es war nicht gut, ihm von Angesicht zu Angesicht zu begegnen, denn er weckt merkwürdige Gefühle in mir. Ich muss dafür sorgen, dass unsere Wege sich nie wieder kreuzen und unsere Blicke sich nie wieder begegnen.«

Sobald sie diese Worte gesprochen hatte, runzelte Chumani die Stirn und schalt sich abermals für ihre verbotenen Gefühle und Gedanken. Sie stieg auf ihr Pferd und ritt gen Süden zu ihrem Lager.

Als Der mit dem Wind tanzt sich am nächsten Tag dem Winterlager seines Volker näherte, begegnete er dem Schamanen des Stammes, noch bevor er bei den zahlreichen Tipis angelangt war, die zwischen hohen Pinien und noch kahlen Laubbäumen in einem geschützten Tal im Norden der Paha Sapa standen. Er lächelte, als er den Vater seiner Mutter sah, denn er liebte und verehrte diesen weisen und mächtigen Mann. Obwohl die Augen seines Großvaters trübe waren und der weiße Schleier auf der Iris von

Jahr zu Jahr dichter wurde, war heute ein seltsamer Schimmer in ihnen zu sehen und auf dem runzeligen Gesicht des alten Mannes lag ein ungewöhnlicher Ausdruck.

Nahemana legte eine faltige Hand auf den muskulösen Oberschenkel des Kriegers, suchte seinen Blick und sagte: »Vergiss niemals den gestrigen Tag, Windtänzer, denn deine Füße haben den Weg ihres Schicksals berührt.«

»Ich verstehe eure Worte nicht, Großvater. Ich habe schon oft gegen Crow gekämpft und gesiegt. Ihre Pferde mache ich dir zum Geschenk. Ihr Besitz aber gehört denen, deren Liebste von unseren Feinden getötet wurden.«

»Dein Herz ist großzügig und gut, *micinksi*«, lobte Nahemana ihn und nannte ihn »mein Sohn«, denn er hatte sich, dem Brauch ihres Stammes gemäß, um seine Erziehung gekümmert. »Wakantanka wird dich auf der Jagd und im Kampf belohnen. Und schon bald wird Nahemana die rätselhaften Worte verstehen, die er vom Großen Geist empfangen hat. Dieser Tag aber ist nicht dazu bestimmt, ihre Bedeutung zu entdecken oder sie zu bereden. Begleite mich ein Stück, *micinksi.* Erzähle mir alles, was deine Hände getan, deine Ohren gehört und deine Augen gesehen haben, seit du das Lager unter der gestrigen Sonne verlassen hast.«

Windtänzer wollte so schnell wie möglich zum Tipi seiner Familie, damit alle erfuhren, dass er unversehrt heimgekehrt war. Außerdem wollte er Roter Feder, seinem besten Freund, und Kriegerischem Adler, seinem jüngeren Bruder, von seinen Erlebnissen erzählen. Doch es wäre ihm nie in den Sinn gekommen, seinem Großvater nicht zu gehorchen, und so stieg er vom Pferd, befestigte vier Paar Zügel im Gebüsch und folgte dem langsam vorwärts schreitenden Medizinmann zu einer kleinen Wiese, die von schwarzen Felsbrocken gesäumt wurde. Er setzte sich mit gekreuzten Beinen Nahemana gegenüber auf den Boden und blickte ihn an.

»Die Luft wird mit jedem Tag wärmer, *micinksi*, aber eine merkwürdige Kälte hat mein Inneres ergriffen.« Nahemana erzählte ihm mit leiser Stimme von seinen Sorgen. »Mein Herz war nicht mehr so verwirrt, seit meine erstgeborene Tochter vor vielen Jahren verschwand. Ich fürchte, dass eine große Gefahr mit schnellen Schritten auf uns zukommt. Sie wird unserem Volk viel Leid bringen, wenn wir uns ihr nicht rechtzeitig in den Weg stellen und sie vernichten. Die Rückkehr meiner Tochter war ein großer Sieg über unsere Feinde, aber schon bald müssen wir einen noch größeren Sieg über sie erringen.«

Windtänzer dachte zurück an die zwei schmerzvollen Jahre, als alle seine Mutter für tot gehalten hatten. Das war vor über zwanzig Wintern gewesen, als er selbst gerade bis zur vierten Kerbe des Maßstocks reichte. In dieser qualvollen Zeit hatte sein Vater zum einzigen Mal in seinem Leben Schwäche gezeigt, doch daran wollten weder Großer Bär noch er selbst erinnert werden. Es war merkwürdig, überlegte er, dass die Zahl *zwei* ein weiteres Mal in seinem Leben für Schmerz stand, denn es war jetzt zwei Winter her, dass er geglaubt hatte, ihm würde das Herz herausgerissen, als er hören musste, dass sein Sohn und seine Frau von Kriegern der Crow getötet worden waren. Wakantankas Wille war streng und unergründlich, doch ein achtbarer Krieger nahm alle nur erdenklichen Prüfungen auf sich, ohne an seinem Glauben zu zweifeln oder Ihm zu zürnen. »Wann wirst du den Großen Geist über mich und über die Gefahr, die auf uns lauert, befragen, Großvater?«, wollte Windtänzer wissen.

Am Gesichtsausdruck seines Enkels erkannte Nahemana, dass dieser erneut die Vergangenheit besucht hatte, und so trauerte er eine Weile schweigend mit ihm. »Wenn das nächste Mal der volle Mond scheint, werde ich Ihn um Antwort bitten«, gab er schließlich zurück. »So hat Er es mir im Traum befohlen. Die eisige Kälte, die meine Gedanken und meine Glieder erstarren lässt, kommt einmal aus der Himmelsrichtung, in der die Sonne aufgeht, und einmal aus der, in der die Winterwinde geboren und zu uns hinübergeweht werden.«

»Du sprichst von zwei verschiedenen Gefahren, Großvater?«

»Ja, *micinksi,* aber die beiden Gefahren werden zu einer verschmelzen, so wie ein Fluss viele Tropfen Wasser in sich vereint. Wenn wir es nicht schaffen, den Strom zu bändigen, werden seine Wasser über die Ufer treten und unseren Stamm und unser Lager vernichten.«

Windtänzer spürte, wie auch sein Herz zu Eis erstarrte und sein Geist erzitterte, als abermals die Zahl *zwei* genannt wurde. »Mach dir keine Sorgen, Großvater«, versuchte er den Schamanen zu beschwichtigen, »wir werden ihn nicht über die Ufer treten lassen.«

Nahemanas trübe Augen suchten Windtänzers

Blick. Er sah darin eine Mischung aus Vertrauen und Unsicherheit, wie sie auch in seinem eigenen Herzen herrschten. »Dies wird deine Aufgabe sein, *micinksi*, denn du erschienst ebenfalls in dem Traum. Der Große Geist hat dich zur Waffe gegen unsere Feinde auserwählt. Und noch jemand anderen, einen Fremden, der bald unser Verbündeter und dein Gehilfe sein wird. Ich werde um Mut und Klugheit für dich beten, um dir auf dem Weg beizustehen, den Er für dich bestimmt hat.«

Windtänzer fragte sich, wer dieser Verbündete und Gehilfe sein konnte und wann er wohl in Erscheinung treten würde. »Welche Worte muss ich sprechen und welche Taten muss ich vollbringen, um unser Volk und unser Land zu retten, Großvater?«, fragte er.

»Der Große Geist hat mir noch keine Antwort darauf gegeben. Bald aber wird Er mit lauter Stimme zu meinen alten, tauben Ohren sprechen und mein Blick wird sich klären, damit ich hören und sehen kann, was Seine Pläne sind. Dann wirst du mehr erfahren. Beim nächsten *Wi minbe* werde ich zum Mato Paha gehen, um meine Vision zu empfangen.«

Windtänzers Herz füllte sich mit Freude und in einem stillen Gebet bat er darum, die unbekannte Herausforderung, die ihm bevorstand, bald kennen lernen zu dürfen. Doch was, so fragte er sich, hatte diese Aufgabe mit den Ereignissen des letzten Tages zu tun? Ob sein Schicksal etwas mit den toten Kriegern zu tun hatte, oder mit der Geisterfrau, die noch immer in seinem Kopf umherschwirrte, oder mit beidem? Er hatte keine andere Wahl, als sich einundzwanzig aufgehende Sonnen lang in Geduld zu üben, bis der nächste Vollmond auf den geheiligten Berg des Bären scheinen und sein Großvater, der Schamane, in einer Vision die Antwort auf diese Fragen erhalten würde.

2. Kapitel

Nach ihrem Morgengebet und der darauf folgenden Mahlzeit ließen sich Rote Feder und Der mit dem Wind tanzt auf Bastmatten neben einer Pinie nieder und arbeiteten an ihren Waffen. Neben jedem Mann lag ein Haufen von Pfeilschäften aus Ästen der Tollkirsche, des Stachelbeerstrauches und des Weidenbaums. Die dünnen Zweige hatten eine ganz bestimmte Länge und waren von ihrer Rinde befreit und mit dem Messer glatt geschnitzt worden, so dass sie sich alle aufs Haar glichen. An einem Ende hatten sie eine Kerbe für die Bogensehnen, der Einschnitt am anderen Ende war für die Pfeilspitze vorgesehen. Besonders stabile Tiersehnen und Leim aus Büffelhuf dienten dazu, die Spitzen und Federn am Schaft zu befestigen. Obwohl einige ihrer Stammesbrüder Pfeilspitzen aus Eisen benutzten, das sie beim Tauschhandel mit den *wasicun* erstanden, bevorzugten die beiden Freunde Steine, die sie während der langen Wintermonate meißelten und schliffen, bis sie die gewünschte Form hatten und ausreichend scharf waren.

»Was beschäftigt dich, *mitakola*?« Rote Feder benutzte die Anrede »mein Freund« und drückte damit seine Achtung und Zuneigung für Windtänzer aus. »Du wickelst die Sehne viele Male um Spitze und Schaft, nur um sie dann wieder zu entfernen und sie erneut zu wickeln, obwohl sie auf Anhieb stramm genug saß. Ich habe zehn Pfeile hergestellt, während du mit einem gespielt hast.«

Windtänzer lachte, legte den Holzschaft in den Schoß und sah Rote Feder an. »Ich denke an die Frau, der ich vor drei Sonnen im Wald der Brave Heart begegnet bin«, gab er zu, denn sie hatten keine Geheimnisse voreinander. Einen Freund – einen *kola* – zu haben, gehörte zu den größten Gnaden und den größten Freuden im Leben. Ein *kola* ehrte und schützte das Leben des Gefährten wie sein eigenes. So hatte es sich zwischen ihnen schon verhalten, als sie noch klein gewesen waren. Sie hatten zusammen gespielt und waren zusammen von ihren Vätern und Großvätern und den anderen männlichen Familienmitgliedern zu Kriegern geschult worden. Später gingen sie dann zusammen auf die Jagd und ritten gemeinsam in die Schlacht. Sie waren einander so eng verbunden wie Blutsbrüder. »An diesem Tag waren viele Feinde im Wald und ich frage mich, ob sie ihr Lager sicher erreicht hat, so wie ich.«

»Du sprichst von der *wicagnayesa*, die dir den Verstand geraubt hat«, scherzte Rote Feder in Anlehnung an das, was sein Freund ihm bei seiner Rückkehr ins Lager über die geheimnisvolle Frau erzählt hatte.

Ja, Windtänzer pflichtete ihm im Stillen bei, sie hatte ihm den Kopf verdreht; sie war ihm entwischt, hatte ihn, den großen Spurenleser, ausgetrickst, und nun schlich die schöne Frau sich in seine Gedanken, wenn er wachte, und in seine Träume, wenn er schlief. Er verstand nicht, warum er sich so sehr von ihr angezogen fühlte, aber er konnte nicht leugnen, dass es nun einmal so war, auch wenn er das nicht gern zugab. Er wollte nicht noch einmal etwas für eine Frau empfinden, eine weitere Frau, die durch die Hand des Feindes sterben konnte, vor allem in diesen Zeiten, in denen eine gefährliche und noch unbekannte Herausforderung auf ihn wartete. Aber es war, als riefe sie nach ihm und er schien sich diesem Ruf nicht widersetzen zu können.

Nachdem Windtänzer ihm diese Gedanken anvertraut hatte, meinte Rote Feder: »Das Lager der Brave Heart ist nur einen Tagesritt von hier entfernt. Wir können sagen, wir wollten nur nach dem Rechten schauen, wenn sie ihr Lager abbrechen, um zur Büffeljagd auf die Weideländer zu ziehen.«

Windtänzer wies den Vorschlag seines besten Freundes zurück. »Es ist noch zu früh für die Büffeljagd, es ist gerade erst Zeit für den Nachwuchs. Und die große Jagd findet immer erst statt, wenn die Kälber groß sind und die Paarungszeit vorbei.«

»Wir können sagen, wir wollten nur sehen, ob sie die kalte Jahreszeit gut überstanden haben.«

»Das klingt zu sehr nach einer Lüge, und wir sollten unsere Verbündeten nicht belügen, sonst stellen sie sich eines Tages gegen uns.«

»Wir können sagen, wir wollten nur hören, ob noch weitere Krieger der Crow in ihr Jagdgebiet eingedrungen sind oder in der Nacht ihr Lager überfallen haben.«

»Dann würden sie erfahren, dass ich mich ebenfalls unerlaubt auf ihrem Gebiet befand«, gab Windtänzer zu bedenken.

»Aber du hattest einen guten Grund, du wolltest Wakantankas Geschöpf nicht leiden lassen; das werden sie verstehen und akzeptieren. Oder du sprichst einfach die Wahrheit.«

Windtänzer schüttelte den Kopf.

»Ich kann nicht nach einer Frau fragen, die vielleicht einen Mann hat, einen Krieger, dem mein Interesse an ihr nicht gefallen dürfte. Vielleicht war es ihr nicht erlaubt, allein in den Wald zu gehen, und sie hat sich deshalb davongeschlichen, ohne eine Siegestrophäe mitzunehmen. Wenn ich nach ihr fragte, würde das nur ihren Ungehorsam entlarven.«

»Da magst du Recht haben, *mitakola;* du hast mir von ihrem schlechten Benehmen erzählt. Frauen unseres Stammes würden hart bestraft werden, wenn sie sich einem Krieger gegenüber so verhielten.«

»Vielleicht gab es einen guten Grund für ihre niederträchtigen Worte und ihr schlechtes Betragen.«

»Vielleicht hat ihr der gefürchtete und mächtige Waci Tate eine solche Angst eingejagt, dass sie den Kopf verloren hat. Oder vielleicht war sie wütend und beschämt, weil du in ihrem Körper ein Begehren entflammt hast, während ihr Mann hässlich und dumm ist und ihr auf der Schlafmatte kein Vergnügen bereitet, oder er ist zu alt, um seine Pflicht zu erfüllen.«

Windtänzer lachte über die Späße seines Freundes. Er dachte an ihre Schönheit und daran, wie sie ihn voller Interesse angeschaut hatte, eine Erinnerung, die ein brennendes Verlangen in seinen Lenden entfachte. Der Gedanke, dass sie womöglich von den Crow gefangen genommen und missbraucht worden war, ließ ihn vor Wut erzittern. Sogar Neid und Eifersucht nagten an ihm, wenn er daran dachte, dass sie vielleicht einen Mann hatte, der sich jede Nacht an ihrem Körper und jeden Tag an ihrer Schönheit und ihrem Lächeln erfreuen konnte. Warum, so fragte er sich, hatte seine Frau nie so starke Gefühle in ihm hervorgerufen? Aber er kannte die Antwort auf diese Frage: nicht er selbst war es gewesen, sondern sein Vater, der sie für ihn gewählt hatte, als er alt genug gewesen war, sich zu vermählen und Kinder zu zeugen. Trotzdem hatte er nach ihrem Tod nicht das Bedürfnis gehabt, diese Erfahrung zu wiederholen. Keine Frau hatte ihn gereizt, bis ...

»Seit du Frau und Sohn verloren hast, *mitakola,* sind alle vier Jahreszeiten schon zweimal gekommen und vergangen. Verlangt es dein Herz und deinen Körper danach, sie zu ersetzen?«

Windtänzers Lächeln erstarb plötzlich, als er den ernsten Gesichtsausdruck seines Freundes bemerkte. »Ein solches Verlangen hat mich niemals heimgesucht, bis ich Morgennebel gesehen habe«, gab er zu. »Sie hat die Glut in meinem Körper entfacht wie noch keine Frau zuvor, und ich sehne mich nach einem Kind. Ich liebe und achte meine Familie, aber es war seltsam, in ihr Tipi zurückzukehren und dort zu bleiben, nachdem ich meinen Sohn verloren hatte. Es war, als künde diese Rückkehr lautstark von der Niederlage gegen das Vogelvolk. Manchmal habe ich das Gefühl, auf zwei Lebenswegen zugleich zu schreiten. Gehen meine Füße auf dem einen, kommt es mir vor, als hätten meine Frau und mein Sohn nie existiert; schreiten sie auf dem anderen, ist es, als wären sie noch immer am Leben und ich würde sie noch am selben Tag oder Abend sehen.«

Rote Feder verstand, was in ihm vorging: nach dem Tod seiner Frau und seines Sohnes hatte Windtänzer, wie der Brauch es verlangte, all seine Habseligkeiten weggeben müssen, mit Ausnahme seiner Waffen und seines Pferdes, denn das waren die Dinge, die er für die Jagd und für den Krieg gegen den Feind brauchte. Außerdem hatte er sein *Wicasta Itancan-Hemd* behalten, das zur Hälfte gelb und zur Hälfte blau gefärbt und mit Haarlocken verziert war. Es diente als Symbol für seinen Rang innerhalb der mächtigen Gruppe von Männern, die die Beschlüsse des Rates ausführten. Da er sein Heim verloren hatte und allein war, war er in das Tipi seiner Eltern zurückgekehrt, um dort zu bleiben, bis er sich eine neue Frau nehmen würde, der das Tipi der Familie und jeglicher Besitz gehörte. Schon vor langer Zeit hatte Mutter Erde die Körper seiner Frau und seines Sohnes von den Totenlagern geholt, und ihre Geister – *wanagi* – wohnten jetzt bei Wakantanka.

»So ist es nun einmal, *mitakola*«, sagte Rote Feder daraufhin. »Der Große Geist verhüllt nach und nach diese Erinnerungen, damit der Schmerz geht und Frieden kommen kann. Die Zeit der Totenklage ist vorbei, du musst sie nun für immer freigeben und einen neuen, glücklichen Weg einschlagen.«

Windtänzer starrte auf den halb fertigen Pfeil in seinem Schoß und dachte an den Verlust seines geliebten Sohnes. In Gedanken sah er den *wanagi wopahte* vor sich, einen Lederbeutel, in den er die zweitbeste Kleidung des Kindes, sein Lieblingsspielzeug und eine Locke seines Haar gesteckt hatte. Nach dem Tod seines Sohnes war der Beutel für ein Jahr an einem kleinen *huyamni* aufgehängt worden, einem dreibeinigen, staffelförmigen Ständer, vor den man während des ganzen Jahres einen Teil aller eingenommenen Mahlzeiten stellte, bis Windtänzer den Beutel schließlich nach der Zeremonie des *Ituwahan,* bei der ein Festessen veranstaltet wurde und er seinen gesamten Besitz verschenken musste, auf das Totenlager des Kindes gelegt hatte. Mit diesem Fest ging die Zeit der Klage über den Tod seines geliebten Sohnes zu Ende. Er dachte daran, wie er zwei Tage und zwei Nächte lang das Totenlied gesungen hatte, bis er völlig erschöpft und heiser gewesen war. Er dachte an den Schmerz in seinem Herzen und wie er lange Zeit nur Leere hatte empfinden können. Dann hatte er nicht länger mit seinem Schicksal gehadert und die Tatsache akzeptiert, dass sein Sohn sich nun in der Welt der Geister befand. Doch er hatte nie aufgehört, ihn zu vermissen, und es dürstete ihn nach Rache an den Crow, und besonders nach Rache an einem ganz bestimmten.

Windtänzer wechselte das Thema, um nicht weiter in dieser Wunde zu bohren. »Großvater sagt, ein Krieg wird kommen, einem Speer mit zwei Spitzen gleich. Ich fürchte mich nicht vor dem Tod, mein Freund, sondern vor Schimpf und Schande, und davor, meinen Rang als Ernährer und Beschützer meiner Familie zu verlieren. Ich bin mir sicher, Morgennebel ist keine Frau, die sich meinen Wünschen fügen würde wie biegsames Weidenholz. Ich brauche aber keine Frau, die kämpft und jagt wie ich, ich brauche eine Frau, die Wärme und Freude schenkt und folgsam ist.«

»Wenn der Große Geist dafür gesorgt hat, dass dein Weg sich mit dem von Morgennebel kreuzt, ist es dann nicht besser, diesen Weg weiterzugehen, als ihn zu fliehen?«, fragte Rote Feder. »Komm, lass uns zum Lager der Brave Heart reiten, um sie zu suchen und in Erfahrung zu bringen, ob sie vermählt ist. Wir sagen einfach nur, dass wir unseren Verbündeten einen Besuch abstatten wollten, was ja der Wahrheit entspricht.«

»Du sprichst weise Worte, mein Freund; lass uns die Sache angehen.«

Am nächsten Abend schlugen Windtänzer und Rote Feder, nachdem sie das Zeltdorf der Brave Heart verlassen hatten, ihr Lager am Rande des Jagdgebietes ihres Stammes auf.

Der älteste Sohn von Häuptling Großer Bär brach das Schweigen: »Ich verstehe es nicht, mein Freund. Wie kommt es, dass die Brave Heart noch nie von einer Frau gehört haben, die sich kleidet und kämpft wie ein Mann und die Morgennebel genannt wird?«

»Ja, es ist seltsam, *mitakola.* Vielleicht war sie ein Geist, der dir geschickt wurde, um die Crow zu finden und zu besiegen, bevor sie unser Lager oder das der Brave Heart ausfindig machen konnten. So ähnlich wie damals, vor langer, langer Zeit, als Pte Skawin, die weiße Büffelfrau, erschien und nie wiederkehrte.«

»Sie ist einfach verschwunden, so wie meine Mutter und mein Halbblutbruder vor vielen Jahren. Wir wissen nicht, warum die beiden von uns genommen wurden und auch nicht, warum uns nur einer von ihnen zurückgegeben wurde. Vielleicht ist es mit Morgennebel das Gleiche. Vielleicht werden sich unsere Pfade noch einmal kreuzen, so wie es bei meiner Mutter der Fall war, vielleicht werde ich sie nie wieder sehen, so wie meinen zweiten Bruder. Vielleicht werde ich eines Tages die Wahrheit über sie erfahren, doch bis dahin muss ich sie aus meinen Gedanken bannen und sie ganz auf die Gefahren richten, die vor uns liegen«, sagte Windtänzer mit fester Stimme und sein bester Freund stimmte ihm zu.

Zehn Tage waren vergangen, seit Windtänzer der geheimnisvollen Frau im Wald begegnet war, als das Winterlager, das sich in die schützenden Gebirgsausläufer der Paha Sapa schmiegte, von schlechten Neuigkeiten heimgesucht wurde. Die beiden Söhne von Häuptling Großer Bär waren eben erst mit einigen anderen Männern von einer erfolgreichen Jagd heimgekehrt, als sie hörten, wie ein Pferd sich näherte und jemand nach ihnen rief.

Windtänzer drehte sich um und erblickte einen Stammesbruder, der von seinem Pferd glitt und zu Boden stürzte. Alles deutete daraufhin, dass er verletzt war. Doch bevor er und die anderen den am Boden liegenden Krieger erreichen konnten, rief der Mann ihnen mit schwacher Stimme eine Warnung zu.

»Hiya! Lila makujelo! Lel mayazan!«

Windtänzer bedeutete den anderen, stehenzubleiben und ihrem Gefährten zuzuhören: »Nicht, kommt nicht näher. Ich bin krank.« Biber legte sich die Hand auf den Bauch und fuhr fort: »Hier tut es weh.« Windtänzer fragte ihn, wo sich der Rest der Gruppe befand, die zum Tauschhandel in Fort Pierre gewesen war, und Biber teilte ihm mit, dass keiner dieser Männer heimkehren würde.

»Upi kte sni yelo.«

Windtänzer sah keine Wunden am Körper des Mannes und fragte, was geschehen sei: *»Toke sni?«*

»Kommt nicht näher, ich bin gefährlich, ich trage die Krankheit des weißen Mannes in mir. Alle anderen sind tot. Das Böse wird auch euch befallen und töten. Ich muss euch alles erzählen, bevor meine Kräfte mich verlassen ...«

Windtänzer hielt einen der Männer am Arm fest, der seinem Freund Biber zur Hilfe kommen wollte, als dieser die Hände vor den Bauch presste, vor Schmerz laut stöhnte und sich zitternd aufbäumte. Er trug nur eine kurze, bereits beschmutzte Reithose, und man sah, wie Flüssigkeit an seinen Beinen hinunterlief. Windtänzers Herz schmerzte, als er mit ansehen musste, wie Biber sich quälte, doch sie durften ihn auf keinen Fall ins Lager bringen, denn die Ansteckungsgefahr dieser tödlichen Krankheit war zu groß. Er konnte sich noch gut an die *mikosica* – die Pockenepidemie – erinnern, die in vielen Stämmen gewütet hatte, als er zehn Winter zählte. Das war nur eines der Übel der *wasicun,* neben ihrer gespaltenen Zunge, dem Feuerwasser und den Donnerstöcken. Es gab viele Gründe, die ihn in dem Gefühl bestärkten, dass sein Volk sich lieber von den Weißen fernhalten sollte; aber einige wollten mit ihnen Handel treiben, so wie jene, die mit Häuten und Fellen nach Fort Pierre gegangen waren, das einige Tagesreisen entfernt am mächtigen Fluss lag.

Nachdem Großer Bär und Nahemana zu ihnen gestoßen waren, fragte der Häuptling, was passiert sei, und sein ältester Sohn klärte ihn über die unglückliche Lage auf. Als einige der Männer zu sprechen anfingen, brachte der Häuptling sie mit einer Geste zum Schweigen und forderte Biber auf, in aller Ruhe seine Geschichte zu Ende zu erzählen. *»Inila. Wociciyaka wacin. Hanheya.«*

»Es fühlt sich an, als ob die Klaue des Grizzlybären

an meinen Eingeweiden reißt. Meine Haut ist kalt und tot wie die eines federlosen Vogels. Das Blut kriecht langsam wie eine Schildkröte in meinen Adern. Ich zittere wie die Blätter im Wind und ich kann weder Wasser noch Nahrung bei mir behalten.«

Inzwischen hatten die meisten Stammesmitglieder von dem Unglück gehört und waren herbeigeeilt. Sie lauschten mit Schrecken dem Bericht ihres Freundes, der nur unter großen Anstrengungen sprechen konnte.

Nach einem weiteren Krampfanfall fuhr der geschwächte Mann fort: »Die Krankheit, die der weiße Mann Cholera nennt, kommt von dem Boot, das Rauch in den Himmel stößt. Alle, die sich den Kranken genähert haben, wurden von dem Übel heimgesucht und starben. Ich konnte unsere Leute nicht retten und auch die Medizin in unseren Beuteln half nicht. Ich bin in Windeseile hierher geritten, damit ihr euch nicht zum Handelsposten am großen Fluss begebt, um nach uns zu suchen. Für mich ist es zu spät, ich werde bald sterben, so wie die anderen.«

Biber saß mit vorgebeugtem Oberkörper auf dem Boden und klammerte sich haltsuchend an das Vorderbein seines Pferdes. »Alles, was ich bin, verlässt mich. Selbst der weiße Mann hat keine Medizin gegen die Krankheit; viele von ihnen sterben und ihre Leichen werden zusammen mit ihren Kleidern verbrannt, um die Krankheit auszurotten. Ihr müsst mich mit Reisig bedecken und einen Feuerpfeil auf mich schießen, um meinen Körper zu verbrennen. Es ist sogar gefährlich, einen toten Körper zu berühren, in dem keine Seele mehr wohnt, denn das Böse gibt ihn nicht frei. Deshalb dürft ihr mich weder waschen noch mir meine besten Kleider anziehen und mich auf ein Totenbett legen. Ihr dürft auch meine Sachen und mein Pferd nicht behalten, alles muss den Flammen zum Opfer fallen. Wenn ihr euch nicht daran haltet, wird die Gefahr euch vernichten, die aus der Richtung kommt, in der die Sonne aufgeht.«

Windtänzer und Nahemana sahen sich an, als Biber diese Worte sprach. »Großvater hat kürzlich in einem Traum, den er mir mitteilte, dieselbe Warnung empfangen. Großvater sagte, dass zwei Gefahren auf uns zukommen, eine aus der Richtung, aus der die Winterwinde stammen, und eine andere aus der Richtung, in der die Sonne aufgeht. Der Traum sagte ihm auch, dass diese Gefahren die Kraft haben, uns zu vernichten. Eine der Voraussagen ist nun wahr geworden.« Die Nacht brach herein, und obwohl er die Antwort bereits kannte, fragte Windtänzer: »Was sollen wir tun, Vater?«

Häuptling Großer Bär sah besorgt zu dem alten Medizinmann hinüber, auf dessen faltiges Gesicht das Licht einer soeben erst entzündeten Fackel fiel, und gab die Frage an ihn weiter: »Weiser, was befiehlt uns Wakantanka zu tun, um dieses Übel zu bekämpfen?«

»Folgt Bibers Warnung«, ließ Nahemana würdevoll verlauten. »Unser Freund und Bruder hat die Kraft des Bösen gesehen und weiß, dass es keine Rettung gibt. Er ist tapfer und bereit, sich auf den Pfad der Geister zu begeben. Wakantanka wird ihn aus den Flammen führen und ihn zu sich holen.«

Nahemana blickte gen Himmel. »Seht, das Gesicht des Mondes ist dunkel, so muss er nicht Zeuge dieses traurigen Ereignisses sein. Niemand darf sich Biber nähern. Seine letzten Schritte auf Mutter Erde muss er allein tun. Nachdem sein Geist den Körper verlassen hat, muss sein Pferd getötet werden, damit Biber es auf dem Pfad der Geister reiten kann. Es muss Holz gesammelt werden, das leicht genug ist, damit wir es von hier aus über unseren Freund und Bruder werfen können. Windtänzer ist ein guter Schütze, deshalb soll er den brennenden Pfeil in den Reisighaufen schießen. Wenn die Flammen alles verzehrt haben, soll Bibers Asche mit Staub und Steinen bedeckt werden.«

»So soll es geschehen«, bestätigte Großer Bär die Worte des weisen Alten und wählte einige Männer aus, die bei Biber Wache halten sollten, bis sein Geist ihn verließ.

Mütter mit Säuglingen und Kleinkindern verließen die Gruppe, um ihren Nachwuchs zu füttern und zum Schlafen zu betten, andere Frauen gingen mit schweren Herzen zu ihren Tipis zurück, die meisten Männer jedoch blieben noch eine Weile, um ihrem Stammesbruder durch ihre Gegenwart Trost zu spenden.

Weitere Fackeln wurden entzündet und in einem weiten Kreis um den am Boden liegenden Krieger in die Erde gesteckt. Die Männer bezogen ihre Wachtposten, um sicherzustellen, dass kein Fremder des Nachts über den hilflosen Mann herfallen konnte. Von Stunde zu Stunde wurde es kühler, aber kein Windhauch regte sich, so als trauere die Natur. Außer den gemurmelten Gebeten, leisen Gesängen, dem Knistern der Fackeln und einigen entfernten Lauten von Tieren und Vögeln aus dem nahen Wald war nichts zu hören. Biber ertrug seine Qualen tapfer. Seine Frau und seine beiden Kinder, die der Tragödie aus nächster Nähe beiwohnten, waren zugleich stolz auf seinen Heldenmut und voller Trauer über den unermesslichen Verlust, der sie erwartete, und über das Leid, das ihrem Liebsten widerfuhr. Sie wünschten sich, ihm seine Qualen zu erleichtern, doch es war ihnen verwehrt. Alle wussten, dass das Wohl und die Sicherheit des Stammes Vorrang hatten. Sie konnten nichts weiter tun, als hilflos zuzusehen und gemeinsam zu warten und zu beten.

Schließlich lag Biber still und ruhig und in dankenswerter Bewusstlosigkeit da, und auch als der Tod sich langsam seiner bemächtigte, blieben Wachen, Freunde und Familie bei ihm.

Als die ersten Strahlen der Morgensonne auf die Erde fielen, war Biber tot. Jäger und Krieger sammelten Reisig, um die Leiche ihres Gefährten damit zu bedecken. Kriegerischer Adler, der jüngste Sohn von Häuptling Großer Bär, beendete mit nur zwei zielsicher platzierten Pfeilen schnell und würdevoll das Leben des Pferdes. Rote Feder entzündete die Grashalme, die an der Spitze eines Pfeiles befestigt worden waren, dann schoss Windtänzer den Pfeil in den Reisighaufen, welcher schnell Feuer fing.

Als das Feuer lichterloh brannte und dunkler Rauch in den Himmel stieg, rühmten seine besten Freunde und die Mitglieder der Gruppe des Heiligen Bogens, der er angehört hatte, Bibers Heldentaten und Siege. Danach stimmte Kriegerischer Adler dem Stammesbruder zu Ehren, der sich nun auf den

Pfad der Geister begab, das Lied des Heiligen Bogens an.

Schon bald, dachte Windtänzer, würde ein anderer großer Krieger – wahrscheinlich Flinker Otter, wenn er die schwierige Aufnahmeprüfung bestand – Bibers Platz unter den vier Bogenträger einnehmen. Er war stolz und glücklich, dass sein eigener Bruder die eindrucksvolle Ausdauer- und Kraftprobe seinerzeit so glorreich bewältigt hatte.

Noch bevor die Sonne an diesem warmen Frühlingstag in ihrer ganzen Fülle am Himmel stand, hatten die Männer die traurige Aufgabe erledigt. Wie der Brauch es wollte, würden Bibers Freunde und seine Familie nun Gegenstände für das *Ituwahan*-Ritual sammeln und herstellen, das ein Jahr nach seinem Tod stattfinden würde. Windtänzer dachte daran, dass er diese bedrückende Zeremonie nie wieder erleben wollte.

Am späten Nachmittag wurde im Lager bekannt gegeben, dass eine wichtige Versammlung stattfinden würde. *»U wo omniciye!«*, hörte man den Kundgeber rufen.

Alle männlichen Stammesmitglieder, die den Rang eines Kriegers oder Jägers einnahmen, hielten in ihrem Tun inne und begaben sich eiligst zu einer großen Lichtung, die von grünen Nadelbäumen und Laubbäumen umgeben war, an denen gerade die ersten jungen Blätter sprossen.

Die Anführer der Red Shield – die *Naca Ominicia* – saßen dicht beieinander auf Binsenmatten und gefalteten Büffelhäuten. Zu den Mitgliedern dieser Gruppe gehörten Großer Bär, Nahemana, Starker Fels –

der Bruder der Frau von Großer Bär – und andere ältere Männer von großem Verdienst und bedeutender Weisheit. Sie waren diejenigen, die wichtige Entscheidungen für den Stamm trafen. Obwohl unter diesen Männern über alle Entscheidungen einzeln abgestimmt wurde und jede Entscheidung bei nur einer Gegenstimme verschoben werden musste, folgten in der Regel alle den Wünschen des Häuptlings. Eine andere Gruppe – die *Wicasta Itancan* – saß direkt neben den Anführern. Sie waren Krieger, die von den *Naca* ausgewählt wurden, um ihre Beschlüsse auszuführen. Sie bestimmten, wer unter ihnen Träger des gelb-blauen Hemdes war und somit für das Überleben des Stammes und das friedliche Zusammenleben seiner Mitglieder zu sorgen hatte. Neben den Hemdträgern saßen die *Wakincuza,* die Pfeifenbesitzer, die in bestickten Beuteln die Pfeifen für die Friedenszeremonie, die auch ›Bruderschaftsritual‹ genannt wurde, bei sich trugen. Die jeweiligen Mitglieder jeder Kriegergruppe saßen zusammen. Die anderen männlichen Oglala – zumeist junge Männer, die noch keiner Gruppe angehörten oder deren Ausbildung noch nicht abgeschlossen war – nahmen am äußeren Rand der Versammlung Platz.

Während Nahemana das heilige *Calumet* für das Rauchritual vorbereitete, das vor dem Gespräch abgehalten wurde, erzählte er, wie die Weiße Büffelfrau ihrem Stamm vor langer Zeit die Pfeife überbracht hatte. »Vor vielen, vielen Wintern erschien Pte Skawin zwei Jägern und teilte ihnen mit, dass sie ihnen eine Botschaft von den Büffelleuten bringe. Sie war so schön, dass einer der Krieger sich in Lust nach ihr verzehrte. Er schlug die Warnung seines Gefährten in den Wind und wollte sich ihr voller Begierde nähern, als es einen lauten Donner gab und der Jäger von einer weißen Wolke umhüllt wurde. Als der Wind die Wolke vertrieben hatte, war nichts von ihm übrig als seine Knochen. Pte Skawin befahl dem zweiten Mann, ihr einen Platz in der Mitte seines Dorfes vorzubereiten. Am nächsten Morgen warteten alle Leute im Dorf auf ihr Erscheinen. Sie kam und tanzte um einen Kreis aus vier Büffelschädeln, die in die vier Himmelsrichtungen zeigten. Sie trug eine Pfeife aus heiligem roten Stein bei sich, der aus dem Fleisch und den Knochen unserer Vorfahren entstanden war, die vor der Großen Flut lebten.«

Windtänzer, der bei den Hemdträgern saß, blickte auf das Calumet in der knorrigen Hand seines Großvaters. Genau wie in der Legende war ein Bär in den roten Steinkopf geschnitzt. Zwölf Adlerfedern waren am Stiel der Pfeife befestigt, als Symbol für den Himmel und seine zwölf Monde. Sie wurden von Grashalmen gehalten, die von den Prärien stammten, auf denen die Büffel lebten und sich satt fraßen. Die Büffel waren für sein Volk lebenswichtig, sie versorgten sie mit Nahrung, Kleidung, Werkzeugen und Häuten für die Tipis.

»Pte Skawin gab unserem Volk die Weisung, mit Hilfe der Pfeife und des Rauchs Frieden zu stiften, Krankheiten zu heilen und Wakantanka zum Wohle unseres Volkes anzurufen. Sie sagte, wenn wir die Pfeife rauchen und in Ehren halten, werde unser Volk stark sein. Sie überreichte sie dem Häuptling, auf dass er sie beschütze und in Ehren halte, denn dem Calumet verdankt unser Volk das Leben. Sie gab uns auch die Sieben Heiligen Zeremonien, zu denen das Bruderschaftsritual, die Visionenbeschwörung, die Reinigungszeremonie, der Sonnentanz und die Totenklage zählen. Sie entzündete die Pfeife und opferte den Rauch dem Himmel, der Erde und allen vier Winden. Dann ging sie singend davon, drehte sich in der Ferne noch einmal um und sah ein letztes Mal zurück, bevor sie sich in einen weißen Büffel verwandelte, der in einer weißen Wolke entschwand. Sie, die auch *Whope* genannt wird, die Tochter der Sonne und des Mondes, ist mit diesen geheiligten Gaben auf die Erde gekommen.«

Nahemana stand in der Mitte der Versammlung und sprach ein Gebet: »Großer Geist, erhöre meine Worte. Wir kommen, um Dich und alles, was Du geschaffen hast, zu ehren. Wir kommen, um Dir zu sagen, was unsere Herzen beschäftigt. Wir kommen, um Dich um Deinen Schutz und Dein Geleit zu bitten. Geheimnisvoller, erhöre meine Worte.« Der alte Schamane entzündete den Tabak, hob das Calumet gen Himmel und senkte es dann zu Boden, um Vater Himmel und Mutter Erde zu ehren, dann drehte er sich einmal um die eigene Achse, um jede der vier Windrichtungen zu ehren. Schließlich setzte er sich, zog an der Pfeife und sog den Rauch tief ein. Während er langsam wieder ausatmete, wedelte er den grauen Dunst mit der Hand zu sich heran, um seinen Kopf im Atem des Großen Geistes zu baden. Danach gab er die Pfeife an Häuptling Großer Bär weiter, der ebenfalls daran zog und sie dem Mann reichte, der neben ihm saß, bis zuletzt alle Männer von Rang die Zeremonie vollzogen hatten.

Nachdem er an der Reihe gewesen war, sah Windtänzer zu, wie das Calumet weiter von Mann zu Mann ging. Sein Blick ruhte für einen Moment auf dem Gesicht seines besten Freundes, der mit ihm zusammen bei der Gruppe der Starken Herzen saß. Dann fiel sein Blick auf seinen Bruder Kriegerischer Adler, der als einer der vier Bogenträger bei der Gruppe des Heiligen Bogens saß, so wie Windtänzer selbst, bevor er zum Träger des *Wicasta Itancan*-Hemdes zum Starken Herzen gewählt worden war. Die Mitglieder der Gruppe des Heiligen Bogens, deren Aufgabe es war, siegreich Kriege zu führen und wo immer möglich Frieden zu schließen, verließen die Gruppe nur bei ihrem Tod oder wenn ihnen eine größere Ehre angetragen wurde. Die Gruppe der Strong Heart hingegen schlichtete Streite zwischen Stammesmitgliedern, sorgte dafür, dass es niemandem an Nahrung, Unterkunft oder Kleidung fehlte, wählte die besten Routen und Lagerplätze aus und sicherte den Tross, wenn der Stamm durch das Land zog. Sie leiteten und befehligten die jährliche Büffeljagd und führten alle Beschlüsse der *Nacas* aus. Die Starken Herzen waren allesamt furchtlose und erfahrene Krieger, die sich ohne Zögern jeder Gefahr in den Weg stellten und die all denen Hilfe und Schutz boten, die allein und schwach waren – den Alten und den Angehörigen von Kriegern, die getötet oder verletzt worden oder eines natürlichen Todes gestorben waren und deshalb ihre Familien nicht länger versorgen konnten. Diese Krieger durften sich nichts zu Schulden kommen lassen, das der eigenen oder der Ehre der Gruppe schaden konnte. Zwei Winter zuvor, während Windtänzer das Lager verlassen hatte, um seinen Aufgaben nachzugehen, hatten die Crow einen Überraschungsangriff durchgeführt, bei dem seine

Frau und sein Sohn, die in der Nähe des Dorfes Holz gesammelt hatten, getötet wurden. Aber er wollte nicht wieder an diesen großen Verlust denken, der immer noch auf seinem Herzen lastete. Das Rauchritual war beendet, und so richtete er seine Aufmerksamkeit wieder auf die Worte seines Großvaters.

»Als der Mann mit der bleichen Haut und dem behaarten Gesicht vor vielen Jahren in unser Land kam, rauchten unsere Väter und Großväter die *Wakincuza,* die Friedenspfeife mit ihm. Sie ließen ihn auf unseren Gebieten jagen und erlaubten ihm, entlang unserer Flüsse Fallen aufzustellen. Mit all denen, die Spanier, Franzosen und Amerikaner genannt werden, haben wir es so gehalten. Wir haben mit ihnen gehandelt und viele von ihnen als Freunde bezeichnet, und genauso haben es viele andere Stämme gehalten. Sie sagten uns, dass sie nicht lange in unserem Land bleiben würden, aber ihre Worte waren falsch. Viele von ihnen blieben und andere kamen, um den Platz derer einzunehmen, die gingen. Mit jedem Jahr kommen nun mehr von ihnen und bleiben. Acht Handelsposten sind entlang des großen Flusses entstanden, vier von ihnen nur einige Tagesritte von unserem Lager entfernt. Sie besitzen viele Dinge, mit denen sie handeln, aber wir können auch ohne ihre Messer, Töpfe, Kleider, Perlen und Äxte leben. Der Große Geist und Mutter Erde geben uns alles, was wir zum Überleben brauchen. Wenn wir uns von den alten Bräuchen abwenden und faul und schwach werden, wird man uns vernichten.«

Nahemana machte eine Pause, da viele Männer nickten oder ihm lautstark zustimmten. »Sie bauen hölzerne Tipis und verstecken sich in Dörfern, die von hohen Baumstämmen umgeben sind. Sie schneiden Mutter Erde in Gesicht und Körper, um seltsame Pflanzen anzubauen und zu säen, statt ihre Nahrung zu sammeln, wie wir es tun. Sie missachten den Geheimnisvollen und glauben nicht an Ihn, sie predigen die Worte eines uns unbekannten Gottes und sagen, er sei der Schöpfer aller Dinge. Die Lakota wissen, dass Wakantanka der Schöpfer alles Seins ist. Die Taten des weißen Mannes strafen seine Worte des Friedens und des Teilens Lügen. Wir achten die Geister in den vier Winden, das Gras, das dem Büffel und anderen Kreaturen Leben schenkt, die Bäume, Mutter Erde, Vater Himmel, Zweibeiner und Vierbeiner. Wakantanka gab jedem Geschöpf seine Farben und Fähigkeiten, damit es sich vor seinen Feinden verstecken kann, und verschiedene Möglichkeiten, sich zu verteidigen. Jetzt will der weiße Mann ihre Häute und Pelze, und jene Bleichgesichter, die im Land der aufgehenden Sonne leben, wollen noch mehr Pelze und Büffelzungen. Dafür töten die weißen Jäger unsere Brüder und lassen das gehäutete Fleisch auf den Prärien verrotten. Sie bringen uns Feuerwasser, das unsere Körper schwächt, unseren Geist verwirrt und uns stumpf und träge macht. Sie schicken uns unbekannte Krankheiten, die uns umbringen, so wie jene, die Biber und die anderen das Leben gekostet hat. Sie kommen mit Donnerstöcken, die mit kleinen harten Steinen töten, welche eine große Entfernung zurücklegen können. Sie durchqueren unsere Gebiete mit ihren Wagen und kennen keine Rücksicht. Einige von ihnen sind bei uns gewesen, um das Gesicht unseres Landes zu zeichnen und seine Geheimnisse zu erforschen und um herauszufinden, worin unsere

Stärken liegen. Sie haben Knochen der alten Kreaturen aus den geheiligten Paha Sapa und Makosica gesammelt und mit sich genommen. Andere wiederum haben alte oder besonders schöne Steine und schimmernde Felsbrocken fortgetragen, die das Licht der Sonne widerspiegeln, das der weiße Mann so sehr begehrt.«

Windtänzer dachte daran, was sein Vater und sein Großvater ihm über die merkwürdigen Weißen erzählt hatten, die bis vor zwei Jahren in den Black Hills und den Badlands Knochen und Steine gesammelt und »Karten« erstellt hatten. Er hielt es für besser, ihnen den Zugang zu den heiligen Gebieten zu verwehren, um zu verhindern, dass sie Wakantankas Besitz stahlen.

Nahemana fuhr fort. »Schließlich folgten ihnen Soldaten, die befestigte Lager errichteten, um die *wasicun* vor denen zu schützen, die sie als »Wilde« und »Feinde« bezeichnen. Unsere Väter erzählen von einem großen Donnerstab, der in Windeseile viele mächtige Steine ausspuckt, eine Waffe, die die Bleichgesichter »Haubitze« nennen. Sie brüllte über das Land und tobte durch den Himmel, als Verhandlungen mit denen in Fort Pierre stattfanden. Vor neunzehn Wintern wurde der Posten zerstört, als Feuer den schwarzen Puder berührte, den die weißen Jäger für ihre Donnerstöcke benutzen und der in einem Fass steckt. Ihre Waffen sind böse und zerstörerisch und können uns vernichten.«

Windtänzer fragte sich, ob die Aufgabe, die auf ihn und sein Volk wartete, darin bestand, diese zerstörerischen Waffen zu bekämpfen. Und wenn ja, wie sollte das gelingen?

»Diese Ereignisse sind von unseren Erzählern auf das Stammesfell gemalt worden, damit wir sie niemals vergessen. Die Bleichgesichter wollen alles, was der Große Geist uns gab. Wir müssen sie verjagen, solange sie nur wenige sind, sonst werden sie sich vermehren und eines Tages stärker sein als wir. Dann ist alles verloren. Sie werden den Gefährten der alten Frau, die am Rande der Welt den Faden spinnt, töten. Wenn der Hund nicht jeden Tag bei Sonnenuntergang ihre Arbeit wieder zunichte macht, während sie Holz auf das Feuer legt und die Suppe umrührt, wird sie ihr Werk vollenden und unsere Welt wird nicht mehr bestehen. Wenn wir nichts gegen die Weißen unternehmen, werden sie wie eine zweite Große Flut mit ihren bösen Wassern über uns kommen und uns zerstören. Schon versuchen sie sich mit unserem ärgsten Feind, den Crow, zu verbünden. Zusammen werden sie stärker sein als wir. Wir müssen einen Weg finden, sie gegeneinander aufzuhetzen, damit sie das Kriegsbeil ausgraben und die Waffenruhe beenden.« Er atmete tief durch, bevor er hinzufügte: »Wenn die Sichel des Mondes sich das nächste Mal rundet, werde ich zum Mato Sapa gehen und eine heilige Vision empfangen, in der Wakantanka mir mitteilen wird, wie und wann wir diese Feinde besiegen können, denn die Zeit ist gekommen, die Weißen als große Gefahr und bittere Feinde zu betrachten.«

Weit entfernt, im Lager der White Shield, sagte Häuptling Starker Elch vom Stamme der Brule Lakota zu seiner Tochter: »Komm und setz dich, mein Kind. Der durch den Nebel sieht hat dir etwas mitzuteilen.«

Chumani war verwundert, dass ihr Vater und der Medizinmann sie hatten rufen lassen, wo sie doch ihre Arbeiten erledigen musste, bevor die Nacht hereinbrach. Sie setzte sich auf eine Binsenmatte und ließ ihren dunklen Blick von einem zum anderen schweifen, während sie auf eine Antwort wartete.

»Als das letzte Mal der volle Mond am Himmel stand, ist mir im Traum eine Eule erschienen«, begann Der durch den Nebel sieht. »Wakantankas Botschafter trug mir auf, dir dieses Kleid und diese Mokassins zu schenken. Ich habe gewartet, bis Schneevogel sie aus der Haut des heiligen weißen Büffels genäht hatte, die mir letzten Winter gegeben wurde. Die Eule eröffnete mir, dass du dieses Kleid in den kommenden Jahreszeiten zweimal tragen wirst und beide Male wird es dir sehr nützlich sein. Die Sachen gehören dir, Tautropfen, damit du dem Großen Geist dabei helfen kannst, unser Volk vor dem Feind zu bewahren. Sie sind nicht bestickt, damit der Feind nicht erkennen kann, zu welcher Sippe und zu welchem Stamm du gehörst.«

Chumani nahm das Kleid und die Mokassins entgegen. Sie waren wunderschön und weich, ganz ohne Stickereien, und die langen Fransen an den Ärmeln und am Saum des Kleides kitzelten ihre Arme und Waden, als sie die Sachen in ihren Schoß legte, zuerst das Kleid und obenauf die Mokassins. Nachdem sie dem Schamanen gedankt und ihn gebeten hatte, auch seiner Frau ihren Dank zu übermitteln, sagte sie: »Ich verstehe die Bedeutung deiner Worte nicht, Weiser. Wie werden diese Gaben mir helfen, unser Volk vor dem Bösen zu retten? Und warum wurde ich dafür bestimmt?«

»Ich weiß es nicht, Tautropfen. Es ging aus der Botschaft der Eule nicht hervor. Aber der Große Geist hat dich in den vierundzwanzig Jahren deines Lebens auf diese Aufgabe vorbereitet. Die Eule sagte, dass du wieder einen Mann haben wirst und dass ihr zusammen davonreiten werdet, um große Taten zu vollbringen. Ich habe gesehen, wie du in einem weißen Kleid in unserem Lager standest, aber das Gesicht des Kriegers an deiner Seite zeigte sich mir nicht. Dann sah ich dich in einem weißen Kleid auf einem hohen Berg stehen, ein Falke auf deinem Arm sitzend.«

Chumani spürte, wie eine dunkle Ahnung sie überkam, als sie diese gewichtigen Worte vernahm. Warum wurde ihr diese Ehre zuteil? Wie war es möglich, dass nur zwei Leute die Feinde ihres Stammes besiegen sollten? Sie wusste, dass das Leder des Kleides von der Haut des heiligen weißen Büffels stammte, der in der Nähe des Lagers aufgetaucht und gestorben war. Aber welche magischen Kräfte besaß es? Wer war der Mann, mit dem sie vermählt werden sollte, bevor sie gemeinsam dem Feind entgegentreten würden? Würde sie ihn begehren oder ihn abstoßend finden? Würde sie wieder einen Sohn in sich tragen, der den Platz seines verstorbenen Bruders einnehmen würde? Doch bevor sie diese Fragen stellen konnte, war draußen vor dem Tipi, dessen Eingang als Zeichen dafür, dass sie nicht gestört werden wollten, verschlossen war, ein Schrei zu hören. Dann rief eine vertraute Stimme nach dem Häuptling.

Chumani legte die Geschenke beiseite und folgte ihrem Vater und dem Schamanen nach draußen, um zu sehen, was dort vor sich ging. Vor dem Tipi standen vier Männer auf Pferden, verschwitzt und noch atemlos von einem schnellen Ritt. Alle wandten ihre Aufmerksamkeit dem einzigen Sohn des Häuptlings zu, der als erster sprach. Weitere Stammesmitglieder traten hinzu, um ebenfalls zu hören, was er zu sagen hatte.

»Großes Verderben geht um im Dorf der Weißen, Vater. Es kommt von dem Boot, das Feuer und Rauch spuckt. Alle, die in seiner Nähe waren, und alle, die sich um jene gekümmert haben, die krank wurden, fielen dem Übel zum Opfer. Wir hatten unser Lager abseits des Postens aufgeschlagen und auf die Rückkehr unserer Freunde gewartet, denn wir wollten keinen Tauschhandel treiben. Wir sind nicht mehr in ihrer Nähe gewesen, als sie zu schwach geworden waren, um unser Lagerfeuer zu Pferd oder zu Fuß zu erreichen. Eines der Bleichgesichter warnte uns, jene zu berühren, deren Körper das Böse ausspucken, denn das bedeutet den sicheren Tod. Das Bleichgesicht sagte, die Gefahr bestehe auch dann noch, wenn der Geist den kranken Körper längst verlassen habe, deshalb konnten wir unsere Brüder nicht nach Hause bringen. Wir dürfen uns dem Dorf des weißen Mannes nicht mehr nähern.«

»Feuerläufer spricht die Wahrheit, mein Häuptling«, bestätigte Grauer Fuchs. »Viele von den Bleichgesichtern und zahlreiche Mitglieder anderer Stämme wurden von dem Übel heimgesucht. Der weiße Mann sagte, dass jeder, der krank in sein Lager zurückkehrt, seinem Volk den Tod bringt. Wir haben einen Tagesritt von hier entfernt abgewartet, bis wir sicher sein konnten, dass wir die Krankheit nicht in uns tragen, denn der weiße Mann sagte, dass sie sich spätestens, wenn die Sonne zum dritten Mal aufgegangen ist, in den Körpern der Kranken regt. Wir hatten Glück und sind verschont geblieben.«

»Vor langer Zeit hat der weiße Mann schon einmal zahllosen Stämmen eine solche Krankheit gebracht«, erinnerte der Schamane die Menge, die sich um ihn versammelt hatte. »Eine Krankheit, die scheußliche Flecken auf die Haut zauberte. Dies ist ein Zeichen für uns, die Bleichgesichter zu meiden, denn sonst werden sie noch mehr Böses über uns bringen. Vor vielen Jahren gab es nur wenige Weiße in unserem Land und sie boten uns ihre Freundschaft und wollten mit uns handeln. Doch mit jedem Jahr kommen mehr und sie werden unser Land nicht mehr verlassen, wenn wir sie nicht davonjagen. Sie bezeichnen sich als Fallensteller, Händler, Hausierer, Soldaten und Siedler und ziehen durch unser Land und behaupten, es gehöre ihnen. Unsere Großväter und Väter haben vielen von ihnen erlaubt, zu jagen und Fallen zu stellen und durch unser Land zu reisen. Das war ein Fehler und eine Dummheit, denn sie wollen bleiben, sie gieren nach immer mehr Land und immer größeren Mengen von Pelzen. Mitten durch unsere Jagdgebiete ziehen sie Wege, die sie Straßen nennen. Sie schlagen die Bäume in unseren Wäldern. Sie schießen Büffel, Rotwild und Elch. Sie vergraben Samen im Gesicht der Mutter Erde, aus dem ihre seltsame Nahrung wächst. Sie bauen hölzerne Tipis und pflanzen Baumstämme um sie herum. Sie bauen Dörfer, die sie Handelsposten nennen, und Forts für ihre Soldaten. Sie bringen Waffen, die Feuer spucken. Sie haben Wasser, das die Kehle verbrennt, einem Mann den Verstand raubt, ihn zum Narren macht und einschlafen lässt. Durch die Angriffe der Crow und durch das Übel des weißen Mannes werden wir immer weniger und immer schwächer, unsere Feinde hingegen werden immer zahlreicher und stärker.«

Bei diesen Worten des Schamanen musste Chumani an den grausamen Überfall der Crow vor zwei Sommern denken, als sie ihren Mann und ihren Sohn verloren hatte. Nun wollten die Vogelleute sich mit dem weißen Mann verbünden, so dass sie es mit einem starken Gegner zu tun hätten. Wenn der Große Geist sie dazu auserwählt hatte, einen oder sogar beide Gegner zu besiegen, dann war sie willens und bereit. Und sie wollte Rache nehmen, besonders an einem bestimmten Crow, den sie sofort wiedererkennen würde, sollte sie ihm noch einmal begegnen. Wenn Wakantanka ihre Gebete erhört hatte, würde er sie auf seine Fährte führen. Aber warum musste sie sich wieder vermählen, fragte sie sich, und mit welchem Mann? Unter ihren Leuten befand sich niemand, der ihr Herz schneller schlagen ließ und ihren Körper erwärmte; auch bei ihrem ersten Mann war das nicht der Fall gewesen. Sie hoffte inständig, dass ihr dieses Glück beim nächsten Mal vergönnt sein würde.

»Als Großmutter Erde ein junges Mädchen war und Wakinyan der Donnervogel zornig wurde, schleuderte er Blitz und Donner über den Himmel und riss ihn entzwei. Es regnete viele Jahre lang, bis das Wasser die Erde fast völlig bedeckte. Zwei- und Vierbeiner flohen in immer höher gelegene Gegenden, aber sie konnten der Großen Flut nicht entkommen. Die Menschen ertranken und aus ihrem Fleisch und ihrem Blut entstand der heilige rote Stein, aus dem unsere seligmachende Pfeife geformt wird. Als das Wasser über den Rand der Erde floss und Trauerlieder angestimmt wurden, schickte der Große Geist einen riesigen Adler, um ein auserwähltes Mädchen aufzugreifen, das auf der Spitze eines Berges festsaß. Er brachte sie zum letzten Baum des höchsten Berges, in die Mitte des Weltenrings. Dort verwandelte er sich in einen mächtigen Krieger und beschützte das Mädchen, bis das Wasser sich zurück in die Flüsse begab. Sie stiegen vom Berg hinab und gründeten unser Volk. Der weiße Mann und die Angriffe unserer Feinde haben Wakinyan erneut erzürnt. Er hat die Macht über Leben und Tod aller Geschöpfe und über die gesamte Erde, aber er will nicht alle vernichten, die auf der Erde leben. Wir müssen einen Weg finden, um unsere Feinde zu besiegen, damit die heiligen Berge nicht noch einmal unter seiner donnernden Stimme erzittern.«

»Wie sollen wir solch mächtige Feinde besiegen, Weiser?« Der durch den Nebel sieht warf einen Blick auf Chumani und lächelte, bevor er ihrem Bruder antwortete: »Schon bald, Feuerläufer, wird Wakantanka uns ein Zeichen geben und uns den richtigen Weg weisen. Er wird sich wie der Morgennebel vor uns ausbreiten, der sich weiß über das Gesicht der Mutter Erde legt. Vor langer Zeit, als der Große Geist den Blumen ihre Farben gab, ließen sie die Köpfe hängen und fragten ihn, was aus ihnen werden solle, wenn erst der Eisriese aus dem Norden kommen und sie mit seinem kalten Atem umbringen würde. Da antwortete Wakantanka, dass sie dann die Reise zu den ewigen Jagdgründen auf dem Regenbogen antreten dürften, der ihnen jedesmal, wenn sie ihn beschreiten, etwas von ihrer Farbe stiehlt. Wenn wir Seiner Botschaft nicht folgen, werden auch wir diesen wunderschönen Weg gehen. Kehrt zurück an eure Arbeit und zu euren Tipis und bereitet euch auf das vor, was da kommen wird, während wir alle zusammen auf das Zeichen des Großen Geistes warten.«

Chumani eilte in den Wald, um mit ihrer Mutter, ihrer besten Freundin und anderen Frauen weiter Holz zu sammeln. Sie arbeitete mit ihrer Freundin in einiger Entfernung von den anderen, und so konnte sie sich mit Zitkala leise über das Geschenk des Medizinmannes unterhalten. Sie erzählte ihr von seinen Prophezeiungen, denn sie teilten stets ihre tiefsten Geheimnisse. »Was ist, wenn ich die Herausforderung nicht meistere, Zitkala?«

»Das wird nicht geschehen, Tautropfen. Du kämpfst so gut wie die meisten Männer, aber du bist klüger als viele von ihnen. Wakantanka hätte dich nicht auserwählt, wenn du nicht die Richtige wärst.«

»Aber wer ist der Mann, mit dem ich bald eine Verbindung eingehen werde? Ich wünschte, ich könnte mir meinen Mann selbst aussuchen. Warum müssen immer andere diese Wahl für mich treffen?«

»Dieses Mal ist es Wakantanka, der bestimmt, Tautropfen«, ermahnte Zitkala sie. »Er weiß alles und sieht alles, Er wird keine schlechte Wahl für dich treffen.«

»Das hoffe ich. Wärst du an meiner Stelle nicht beunruhigt?«

Zitkala lachte leise. »Niemals hat ein Mann mein Herz berührt. Und das ist gut so, denn kein Mann würde mich wollen, und ich bin froh, meine Schlafmatte für mich zu haben und im Tipi meiner Eltern bleiben zu können. Mein Vater und meine Mutter brauchen mich, weil ich keine Brüder habe, damit ich für sie auf die Jagd gehen und sie beschützen kann.«

Chumani wusste, warum ihre Freundin glaubte, nicht begehrenswert zu sein: Zitkala sah nicht sehr fraulich aus und benahm sich auch nicht so. Doch in dieser irreführenden äußeren Schale verbarg sich sehr wohl das Herz einer Frau. Chumani war sich sicher, dass eines Tages ein großer Krieger kommen und Zitkala betören würde, so wie sie es bei Windtänzer erlebt hatte. *Nein, Tautropfen, du darfst nicht an ihn denken!,* schalt sie sich selbst.

»Wir sollten bald zum Mato Sapa aufbrechen, damit du die Locke deines Sohnes dort an einen Gebetsbaum hängen kannst, denn es ist an der Zeit, dass du dich endgültig von ihm und der Vergangenheit verabschiedest. Ein neuer Weg liegt nun vor dir.«

Chumani berührte die an einem Lederband befestigte Haarlocke, die sie seit dem Tod ihres Sohnes um den Hals trug. Sie hatte sie behalten wollen, bis sie sich eigenhändig an seinem Mörder gerächt hatte. Wie sollte sie jemals ihr Kind vergessen, das sie in ihrem Körper getragen und durch zwei harte Winter gebracht hatte? Sie hatte ihn von ganzem Herzen geliebt, auch wenn sie seinem Vater keine derartigen Gefühle entgegengebracht hatte. War es tatsächlich an der Zeit, dieses letzte ihr verbleibende Erinnerungsstück in die Hände des Großen Geistes zu legen? Diese Entscheidung wollte sie noch nicht fällen, dennoch war ein Besuch auf dem Bärenhügel wohl das Richtige. Sie wollte dort beten und dem Großen Geist ein Opfer darbringen.

Als sie genug Holz gesammelt hatten, blickte Chumani zu ihrem zweiten treuen Gefährten, der auf dem Ast einer Pinie saß. »Auf nach Hause, Cetan«, rief sie dem Falken zu. »Der Tag geht zu Ende.« *Und mein Schicksal nimmt seinen Lauf.*

3. Kapitel

Der mit dem Wind tanzt und Nahemana saßen im Schneidersitz in der Schwitzhütte, die Rote Feder, Kriegerischer Adler und Starker Fels, ihre Helfer und Beschützer, gebaut hatten. Sie trugen nichts als Lendenschürze und Mokassins und ihre Oberkörper waren mit Schweißperlen bedeckt. Kein kühlender Luftzug drang in den halbrunden Bau, der aus langen, gekrümmten Ästen bestand, über die man dicke Büffelhäute gespannt hatte. Die Luft unter diesen Büffelhäuten war stickig und drückend, aber keiner der beiden Männer beklagte sich über dieses Ritual, das ihre Körper als Vorbereitung für die bevorstehende Visionenbeschwörung reinigte. Sie hatten ihr Lager am nördlichen Hang des Bärenhügels aufgeschlagen und während der letzten zwei Tage gefastet und gebetet, bevor sie sich in die Schwitzhütte begeben hatten. Ihre drei Helfer erhitzten schweigend und voller Ehrfurcht große Steine in einem Lagerfeuer, die sie dann in eine flache Mulde im Innern des *Initipi* legten und gegen die bereits abgekühlten tauschten. Dann übergossen sie die heißen Steine mit Wasser, das zischend in der dunklen Höhle verdampfte.

Bald würde es an der Zeit sein, sich zu einer höher gelegenen Stelle des Berges zu begeben, wo Wakantanka sie sehen konnte. Dort würden sie von dem heiligen Peyote-Kaktus essen, um dem Großen Geist die Möglichkeit zu geben, in Visionen zu ihnen zu sprechen. Bei Wind und Wetter würden sie auf dem Berg bleiben, bis ihre Aufgabe erledigt war. Danach mussten sie sich erneut reinigen, Wasser und Nahrung zu sich nehmen, um wieder zu Kräften zu kommen, und sich eine Weile ausruhen. Erst dann konnten sie in ihr Lager zurückkehren. Wieder bei ihrem Volk, würden sie die Visionen entweder für sich behalten, oder sie mit anderen teilen, je nachdem, was Wakantanka ihnen auftrug.

Chumani und Zitkala näherten sich dem südlichen Hang des Mato Sapa, der nicht weit von den Black Hills entfernt aufrecht wie ein Tipi auf dem Gesicht der Mutter Erde stand. Beide wussten, dass dieser Berg für die Cheyenne und die meisten Indianerstämme heilig war. *Noavosse* bezeichnete in der Sprache der Cheyenne den Ort, an dem die beiden Cheyenne Süße Medizin und Stehendes Geweih ihre *Maahotse* – die vier heiligen Bögen – erhalten hatten, ebenso die Kraft von *Esevone* – dem Kopfschmuck des heiligen Büffels – und den Sonnentanz, den Kriegsschild und einige andere Rituale und Gebote. Mitglieder vieler verschiedener Stämme, Sippen und Völker begaben sich zum Bärenhügel, um den Großen Geist um Rat und Schutz zu bitten, ihm für seine Wohltaten zu danken und ihm Opfer zu bringen. Vor über hundert Wintern hatte sogar eine Gruppe weißer Männer dieses friedliche und erhabene Gebiet betreten und ab und zu sah man auch heute noch welche. Nur selten kam es in dieser Gegend vor, dass ein Indianer einen anderen angriff, denn die meisten glaubten, dass es einen bösen Zauber nach sich zog, wenn man auf heiligem Boden tötete oder ein heiliges Ritual störte. Aus diesem Grund fühlten sich die beiden Frauen auf dem Bärenhügel auch ohne männliche Begleitung sicher.

Chumani und Zitkala saßen ab und folgten einem langsam ansteigenden Pfad zu einem Ort, an dem Stoffstücke, Federn, mit Perlen verzierte Gegenstände und Lederbeutel mit besonderen Habseligkeiten in einigen niedrigen Bäumen und Büschen hingen. Zwei Flüsse durchquerten an zwei gegenüberliegenden Seiten des Bergmassives die Ebenen am Fuße des Berges und versorgten die durstigen und erschöpften Reisenden mit Wasser. Die ersten bunten Frühlingsblumen mischten sich unter das immergrüne Gras und die farbenfrohen Blüten und zahllose Halme wiegten sich im Wind sanft hin und her. Der Tag war ungewöhnlich warm, der Himmel klar und blau, die Sonne sank langsam ins Herz der Mutter Erde und auch der letzte Schnee war geschmolzen. Tiere liefen umher, Vögel und Insekten schwirrten durch die Luft und alles labte sich an dem frischen Grün. Die Herzen der Frauen waren beim Anblick dieser Schönheit von Heiterkeit erfüllt.

Zitkala, deren Haar zu zwei dicken Zöpfen geflochten war, die sie mit Lederbändern gebunden hatte, trug ein Wildlederhemd, enge Lederhosen und darüber einen Lendenschurz. Chumani hingegen trug für ihre Begegnung mit dem Großen Geist ein Fransenkleid. Es war schlicht und ohne Perlenstickereien und sie trug auch keine Perlenbänder um Hals oder Arme. Auch ihr langes schwarzes Haar zierten weder Bänder noch anderer Schmuck.

Nachdem Chumani Wakantanka ersucht hatte, den Geist ihres toten Sohnes zu beschützen, nahm sie die

Haarlocke und befestigte sie mit dem Lederband an einem Ast. Sie schloss die dunkelbraunen Augen und nahm ein letztes Mal Abschied von ihrem Sohn. Als sie die Augen wieder öffnete, blieb ihr Blick an den zwei Narben auf ihrem linken Arm hängen, die sie sich während der Zeit der Totenklage zugefügt hatte. Diese beiden Erinnerungen – ein Schnitt für jedes Lebensjahr des Kindes – würde sie immer bei sich tragen. Der Gedanke, dass sie bald einen anderen Mann haben und ein zweites Kind gebären würde, machte ihr Angst und erfüllte sie zugleich mit freudiger Erregung. Es würde herrlich sein, einen neuen Sohn in den Armen zu halten, aber sie fürchtete die unerträgliche Qual, falls sie ihn ebenfalls an ihre Feinde verlieren sollte. Seit dem Tod ihres Kindes und der Rückkehr in das Tipi ihrer Eltern, hatte sie in den Tag hinein gelebt, ohne über mögliche Veränderungen in ihrem Leben nachzudenken.

Doch seit dem Gespräch mit dem Schamanen und der Begegnung mit Windtänzer kreisten ihre Gedanken unaufhörlich um die Frage, was ihr in der nächsten Zeit wohl bevorstehen mochte. Sie konnte sich noch so oft sagen, dass es das Beste wäre, sich weiterhin dem Kraft- und Ausdauertraining zu widmen und sich an die Worte des Schamanen zu halten, die dieser vom Großen Geist empfangen hatte, um auf die unbekannte Herausforderung gut vorbereitet zu sein, dennoch wurde sie ständig von Gedanken an diesen bezaubernden Krieger heimgesucht und abgelenkt. Dabei würden ihre Wege sich nie wieder kreuzen, zumindest nicht so, wie es in ihren Träumen geschah. Schon bald würde sie einen anderen Mann annehmen müssen, also musste sie ihn vergessen. Außerdem hatte es nicht den Anschein gehabt, dass er sie mochte oder respektierte und er war ohnehin kein passender Gefährte für sie. Wenn der Sohn des Häuptlings der Red Shield nicht schon eine Frau in seinem Tipi hatte, was in seinem Alter und bei seinem Rang äußerst unwahrscheinlich war, würde er in jedem Fall eine Frau bevorzugen, die still, bescheiden und folgsam war; also ganz anders als sie. Würde sie zu einem solchen Mann gehören, so überlegte sie sich, würde es nicht lange dauern, bis sie sich völlig für ihn aufgegeben hätte, und dieser Gedanke gefiel ihr keineswegs.

Chumani seufzte tief. »Komm, Zitkala«, sagte sie, »lass uns gehen, bevor mein Herz sich über Wakantankas Pläne hinwegsetzen will.«

»Was meinst du damit, Tautropfen?«, fragte Zitkala erstaunt.

Chumani erzählte ihr von ihren Sorgen und ihre beste Freundin versuchte, ihre Zweifel zu zerstreuen. »Hab keine Angst und lass dich nicht verunsichern, Tautropfen. Der Große Geist wird dich lenken und beschützen.«

»Ja, aber ich werde in den Armen und im Tipi eines Mannes liegen, den ich nicht liebe.«

»Vielleicht wird Wakantanka dein Herz noch mit Liebe zu ihm füllen.«

Wie kann er das, wenn doch schon ein anderer darin wohnt?, widersprach Chumani im Stillen, und zum ersten Mal in ihrem Leben behielt sie einen solchen Gedanken für sich, statt ihn ihrer besten Freundin mitzuteilen. »Komm, lass uns nach Hause gehen und darauf warten, dass Sein Wille sich uns offenbart.«

Windtänzer und Nahemana erreichten den Ort, den sie für den nächsten Teil ihrer spirituellen Reise ausgesucht hatten, einen Platz außer Sichtweite ihres provisorischen Lagers, in dem ihre drei Helfer zurückgeblieben waren, am südlichen Hang des Berges, wo sie sowohl Sonnenaufgang als auch Sonnenuntergang sehen konnten. Während Nahemana seine Decke ausbreitete und sich darauf niederließ, ließ Windtänzer den Blick über die Ebene schweifen und entdeckte plötzlich die Frau aus dem Wald, die gerade auf ihr Pferd stieg. Sie befand sich in Begleitung eines Mannes. Die Kleidung der beiden war nicht gekennzeichnet, also bestand keine Möglichkeit herauszufinden, welchem Stamm oder welcher Sippe sie angehörten. Er wusste nur, dass es nicht die Brave Heart waren. Wellen stürmischen Verlangens brausten durch seinen vom Fasten und Schwitzen geschwächten Körper und eine nagende Eifersucht bemächtigte sich seiner Seele. Einen Augenblick lang war er versucht, den Pfad hinunterzueilen oder ihren Namen zu rufen, aber beides wäre falsch gewesen, denn ohne wichtigen Grund durfte man ein heiliges Ritual unter keinen Umständen unterbrechen, weder das eigene noch das eines anderen. Das galt für ihn ganz besonders, da Geist und Körper schon auf die bevorstehende Reise ins Land der Visionen vorbereitet waren. Er durfte nicht weiter an sie denken, sondern musste alle irdischen Gedanken beiseite schieben, damit er sich voll und ganz dem Zweck seines Hierseins widmen und Wakantanka zu ihm sprechen konnte. Und doch war es seltsam, dass er sie ein zweites Mal gesehen hatte.

Chumani wusste nicht, welche Kraft ihren Blick den Berg hinauf lenkte, aber sie konnte dem Verlangen nicht widerstehen. Sie sah einen älteren Mann, der auf dem Boden saß, und neben ihm Windtänzer. Beide trugen nur einen Lendenschurz und ihre dunklen Oberkörper hoben sich scharf von dem leuchtend blauen Himmel ab. Der Anblick des jungen Kriegers nahm sie völlig gefangen und ließ ihr Herz rasen. Sein rabenschwarzes Haar wehte im Wind. Er war groß, männlich und verführerisch. Seine breiten Schultern und der unbehaarte Oberkörper, den einige Narben vom Ritual des Sonnentanzes zierten, glänzte geschmeidig, ebenso seine muskulösen Arme, die schmalen Hüften und die langen, kräftigen Beine. Seine Körperhaltung entsprach seinem Rang und verriet etwas von seiner großen Kraft und Ausdauer. Nie zuvor war sie einem so gut aussehenden Mann begegnet. Er sah sie aus dunklen, durchdringenden Augen an und sie erzitterte trotz der Wärme, die an diesem Nachmittag herrschte. Doch im selben Moment, in dem sie das merkwürdige Frösteln verspürte, lief eine heiße Glut durch ihren Körper. Sie fühlte, wie ihre Brustwarzen hart wurden und ein Ziehen durch ihre Lenden ging. Sie musste sich augenblicklich aus dem Bann seines Blickes befreien und so schnell wie möglich davonreiten, um nicht einem verbotenen Begehren zu erliegen. Es schien ihr fast unmöglich. Vielleicht hatte der Große Geist seinen Weg zum Berg gelenkt, damit sie auch von ihm ein letztes Mal Abschied nehmen konnte.

Zitkalas Blick folgte dem ihrer besten Freundin und sie erkannte, warum Chumani auf einmal wie versteinert dastand. Sie bemerkte die Röte auf den

Wangen ihrer Freundin und machte sich Sorgen, da das Verlangen, das offensichtlich von Chumani Besitz ergriffen hatte, doch nie gesättigt werden konnte. Sie musste ihr helfen, dagegen anzukämpfen. »Komm, Tautropfen, wir müssen los, bevor ein böser Geist uns befällt«, sagte sie sanft.

Chumani sah ihrer besten Freundin in die Augen und gestand: »Es ist zu spät, aber ich werde ihn besiegen. Lass uns so schnell reiten wie die Rehe, die vor dem Feind fliehen.«

Nahemana hatte den Peyote bereits verzehrt und sein Geist begann, der Wirkung der Pflanze zu unterliegen, aber er bemerkte doch, dass sein Enkel nicht ganz bei der Sache war. »Wer versucht, deine Aufmerksamkeit auf sich zu lenken, *micinksi*?«

Während er seinen Oberkörper mit süßem Salbei und anderen wilden Kräutern einrieb, antwortete Windtänzer: »Es ist die Frau aus dem Wald, Großvater; die Frau, die sich selbst Morgennebel nannte und die meine Fähigkeiten als Spurenleser in den Schatten stellte. Ist sie Fleisch und Blut oder Geist, Weiser?«

Nahemana blinzelte, um die Frau besser sehen zu können, aber seine Augen waren vom Alter trübe und seine Sinne bereits so sehr vom Peyote beeinflusst, dass er sie nicht klar erkennen konnte, zumal sie in Windeseile davonritt. »Ich weiß es nicht, *micinksi*, aber wir müssen unsere Beschwörung fortsetzen. Du musst nun alles andere vergessen.«

Windtänzer blickte ihr nach, als sie mit ihrem Begleiter, vielleicht ihrem Mann, davonritt, während er in der Mitte seiner Decke Platz nahm und sich den

Peyote in den Mund steckte. Er kaute und schluckte ihn hinunter, dann wartete er auf die Wirkung. Später erinnerte er sich daran, dass er einen Falken vom Himmel herabschießen und auf ihrem ausgestreckten Arm landen sah, als sie auf die Black Hills zu ritt und wieder aus seinem Leben verschwand. Während seine Gedanken begannen umherzuwirbeln, schwor er sich: *Eines Tages werde ich dich finden, schöner Morgennebel, und du wirst mein sein, auch wenn ich dich einem anderen wegnehmen und gefangen halten muss.*

Nahemana saß auf einer Matte im Tipi von Häuptling Großer Bär, um seine Visionen mit dem Stammesoberhaupt zu besprechen. Seine beiden Enkel, seine Tochter, seine Frau und seine dreizehn Jahre alte Enkelin waren ebenfalls zugegen. Die drei Frauen – seine Frau, Kleine Schildkröte, Winona, seine älteste Tochter und Frau des Häuptlings, und Hamani, seine Enkelin – saßen abseits von den vier Männern, um der Besprechung beizuwohnen. Wie alle Indianer glaubten sie fest an die heiligen Visionen und es war ihnen erlaubt, bei Angelegenheiten, die die Familie oder die Sippe betrafen, zuzuhören, doch als Frauen durften sie nicht das Wort ergreifen.

Auch Kriegerischer Adler würde mit seinen siebzehn Jahren nur zuhören, das gehörte zu seiner Ausbildung. Für den jungen Mann war es eine Selbstverständlichkeit, dass sein älterer Bruder der nächste Häuptling werden würde und man ihn eigens für diese Aufgabe erzog. In ihrer Familie herrschte ein starker Zusammenhalt und sie waren einander treu ergeben, ebenso wie ihrer Sippe, ihrem Stamm und ihrem Volk. Der Brauch wollte es so, dass die Kinder und Verwandten eines Häuptlings die wichtigsten Mitglieder des Stammes waren und dass die Häuptlingswürde vom Vater auf den ältesten Sohn überging, es sei denn, es gab einen gewichtigen Grund, mit dieser Tradition zu brechen. Kriegerischer Adler war sich sicher, dass sein geliebter Bruder nie etwas tun würde, das ihn selbst, seine Familie oder seinen Stamm entehren würde. Er war stolz auf Windtänzer und weder Neid noch Eifersucht nagten an ihm. Es war Windtänzers Geburtsrecht, sein Schicksal und seine Pflicht, ihr nächster Häuptling zu werden. Waci Tate machte seinem Namen alle Ehre und tanzte mit dem Wind, er war stolz und frei, achtete die vier Tugenden, ehrte das Land, die Tiere und den Großen Geist, trat allen Gefahren und Feinden furchtlos entgegen und überragte alle anderen Männer, die unter Vater Himmel wandelten.

»Sprich, Weiser«, sagte Großer Bär, »erzähl uns, was Wakantanka dir in der Vision mitgeteilt hat!«

Nahemana nickte und begann mit seinem Bericht. »Ich sah, wie unsere Feinde dort, wo die Sonne aufgeht, und dort, wo der Winterwind geboren wird, aufzogen wie Sturmwolken, um uns zu überfallen, zu vernichten und unsere Jagdgründe an sich zu reißen. Der Große Geist war zornig. Er schickte den Donnervogel, der sie mit seinen großen Schwingen vertreiben sollte, aber sie hörten seine Botschaft nicht. Er schickte brennende Lanzen in ihre Nähe, aber sie erkannten auch diese Botschaft nicht. Er schickte Geisterkrieger, um sie zu bekämpfen, aber sie flohen nicht; sie zogen sich nur zurück, um ihre Kräfte zu sammeln und einen neuen Angriff zu wagen. Daraufhin sandte der große Geist einen starken Wind, der hoch am Himmel den Kriegstanz tanzte und dann auf die Erde sauste, um Tautropfen zu sammeln und wieder in den Himmel zurückzukehren. Gemeinsam bekämpften sie unsere Feinde und vertrieben sie. Ein prächtiger Regenbogen erschien am Himmel. Die Sonne strahlte vor Freude. Wir hatten gesiegt. Die Kraft zu diesem Sieg und unser aller Geschick liegt in der Hand von dem, der mit dem Wind tanzt, deinem ältesten Sohn und unserem nächsten Häuptling. Er muss Tautropfen holen und mit ihr leben; nur wenn er ihr erlaubt, sein Herz zu heilen, werden die Red Shield in Frieden leben.«

Die Kinder und Frauen schwiegen respektvoll, während Großer Bär dem Medzinmann Fragen stellte: »Von einer solchen Zauberkraft haben wir nie gehört. Unsere Ahnen haben nicht davon gesprochen, und auf der Büffelhaut unseres Stammes ist diese Geschichte nicht verzeichnet. Wo findet mein Sohn diese Tautropfen, Weiser?«

»Im Lager der Brule White Shield«, antwortete Nahemana. »Er muss sie zur Frau nehmen und diese Verbindung wird ihn noch stärker, weiser und großherziger machen.«

Der verblüffte Häuptling blickte zu seinem ältesten Sohn, bevor er sich wieder Nahemana zuwandte: »Tautropfen ist eine Frau? Er muss eine Brule zur Frau nehmen?«

»Ich kenne die Namen fast aller Kinder der Häuptlinge der Lakota. Die von Starker Elch heißen Feuerläufer und Tautropfen. Wakantanka hat uns viele Dinge gesagt, wir müssen sie zusammenfügen, dann sagen sie uns, was wir tun sollen. Wir müssen ins Lager von Häuptling Starker Elch reiten und ihn darum bitten, sich mit uns zu verbünden und unserem Häuptlingssohn seine Tochter zur Frau zu geben.«

»Warum der Stamm der White Shield, Weiser?«, fragte Großer Bär. »Sie waren in der Vergangenheit nie unsere Verbündeten.«

»Die Brule gehören zu den Sieben Ratsfeuern der Lakota. Obwohl die sieben großen Stämme in viele Sippen unterteilt sind und alle getrennt leben und jagen, treffen wir uns doch zum Tauschhandel und verbünden uns für große Kämpfe. Aber in der Vergangenheit sind wir nie als geschlossene und geeinte Kriegspartei in den Kampf geritten, auch wenn wir uns bisweilen mit anderen Zweigen der Oglala oder mit anderen Stämmen verbündet haben. Jeder Stamm und jede Sippe wollte ihre Überlegenheit zeigen und die meisten Schlachten und Trophäen gewinnen. Dies darf in den nächsten Schlachten mit den Crow und den Weißen nicht mehr geschehen.«

Nahemana holte tief Luft, bevor er weitersprach. »Ich kenne viele Häuptlinge und rede mit ihnen und ihren Kriegern, wenn wir uns zu Verhandlungen treffen, und es hat den Anschein, dass die White Shield Brule unseren bisherigen Verbündeten weder im Denken noch im Jagen ähnlich sind. Doch es gibt keinen Zweifel, dass sie es sein müssen: Windtänzer wurde in seiner Vision aufgefordert, einen neuen Schild herzustellen, den er in den Schlachten, die vor ihm liegen, mit sich tragen soll. Einen weißen Schild, auf dem Windtänzer einen gelben Regentropfen und einen großen Vogel sah.«

»War es der Adler, der Beherrscher der Lüfte?«, erlaubte Großer Bär sich zu fragen.

»Nein, es war der Falke, ein neuer Geist und Helfer, der deinem Sohn bei seinen Aufgaben Beistand leisten wird.«

»Um welche Aufgaben handelt es sich, Weiser?«

»Das weiß ich nicht, denn sie wurden uns nicht gezeigt. Als erstes muss mein Enkel sich nun eine neue Frau nehmen, die ihm in dem Kampf, der vor ihm liegt, zur Seite steht. Wakantanka hat die Tochter von Häuptling Starker Elch dazu auserkoren. Wenn wir überleben und stärker werden und dem Großen Geist gehorchen wollen, dann müssen wir seinen Entschluss befolgen.«

Nachdenklich lauschte Windtänzer den Auslegungen seines Großvaters. Was, wenn Tautropfen hässlich, spröde und dumm war oder schon vergeben? Doch das war sie gewiss nicht, sonst hätte Wakantanka sie nicht für ihn ausgesucht. Aber warum wählte Er seine nächste Frau? Warum konnte er sich nicht selbst eine Frau aussuchen – eine, die er begehrte und die ihm bei seinem Kampf zur Seite stehen konnte? Eine Frau wie Morgennebel, flüsterte sein trotziges Herz, wenn sie denn aus Fleisch und Blut war. Doch selbst wenn der Große Geist eine Kriegerin ausgesucht hatte, wie sollte eine Frau angesichts einer solchen Bedrohung eine hilfreiche Gefährtin sein? Er fragte sich, was zwei Leute ausrichten konnten, um aus einem großen Kampf als Sieger hervorzugehen? Aber Wakantanka hatte gesprochen und sie mussten ihm gehorchen.

Windtänzer saß allein auf einem flachen Felsblock aus schwarzem Granit. Neben ihm lagen allerlei Gegenstände, die er für seine Arbeit brauchte. Drei Sonnen waren untergegangen, seit die Beschwörung der Visionen begonnen und er Morgennebel zum zweiten und letzten Mal gesehen hatte, eine Sonne, seit sein Großvater die Vision ausgelegt und ihm und seiner Familie mitgeteilt hatte. Es war an der Zeit, sich auf die kommende Reise vorzubereiten. Zuerst musste er einen neuen Schild herstellen, mit dem er sich bei den bevorstehenden Kämpfen schützen würde, und dieses Schild musste so aussehen wie der in seiner Vision.

Als Zeichen seiner Großzügigkeit hatte er seinen alten Schild einem Krieger geschenkt, der seinen eigenen in einer Schlacht gegen die Crow verloren hatte. Am Ende der letzten Büffeljagdsaison hatte er aus dem biegsamen Schößling eines Laubbaums einen Reifen gefertigt, da diese Form der steten Wiederkehr aller Dinge entsprach. Dann hatte er die dicke Rückenhaut von sechs Büffeln gespannt und über den runden Rahmen gezogen und den Schild solange beiseite gelegt, bis der Große Geist ihm nun gesagt hatte, welche Symbole der Schild tragen sollte. Die Farben, die er zum Malen benutzen würde, wurden aus Steinen und Lehm, aus Pflanzen und Tieren der Mutter Erde gewonnen und drückten so seine ewigwährende Verbundenheit mit ihr und seine Abhängigkeit von ihr aus. Gelb wurde aus den Gallen von Büffeln und aus Eisenocker gewonnen, ebenso wie rot und orange. Blau wurde aus *wanhu,* Brombeeren, hergestellt. Ein anderes Rot wurde aus Zinnober gewonnen, schwarz aus Holzkohle, grün aus verschiedenen Gräsern, weitere Farben aus Lehm und den verschiedensten Blumen. Manche Extrakte und Farbpartikel wurden mit Wasser gemischt, andere mit Tierfett oder Pflanzenöl. Das Sammeln und Mischen der Zutaten gehörte zu den Aufgaben der Frauen. Die Farben, die er für den Schild benutzen würde, hatten seine Mutter und seine Schwester Hanmani, Die durch die Nacht geht, hergestellt.

Windtänzer hatte sich für diese weihevolle Aufgabe von seinen Freunden und seiner Familie zurückgezogen. Er hob den Blick gen Himmel und sprach ein Gebet: »Sonne, Mond und alles, was über mir ist, erhöret mich und seht meine Arbeit. Gebt diesem Schild eure Kraft, damit er seinen Besitzer beschützt im Kampf gegen den Feind, der unser Volk auslöschen will. Gebt seinem Besitzer den Mut und die Fähigkeit und die Weisheit, um nach Wakantankas Willen zu handeln. Segnet diesen Schild und den Krieger, der vor euch sitzt.«

Zuerst weißte er den ganzen Schild wie eine Wolke. Dann bemalte er den Rand mit schwarzen Bärentatzen, die ihm Ausdauer und Mut verleihen sollten, und mit den Fußspuren des Rotwilds, damit dessen Schnelligkeit und Gewandheit auf ihn übergingen. In Rot malte er die Spuren des Büffels, der für das Überleben seines Volkes stand. An der unteren rechten Seite befestigte er einen Fuchsschwanz, für Geschicklichkeit und Schläue. An dem ledernen Schulterband befestigte er vier Federn vom Adler, dem Herrscher der Lüfte, wo der Wind tanzt, eine für jede Windrichtung. Dann hängte er zum Andenken an seine Ahnen einen kleinen Beutel mit roten Steinen an die untere linke Seite und einen weiteren Beutel an die untere rechte Seite, in dem sich blauer Flachs und grüner Salbei befanden, die Himmel und Erde darstellten. Schließlich malte er auf die untere Hälfte des Schilds einen gelben Blitz und blaue Hagelkörner, die ihm Schnelligkeit und Kraft verleihen sollten.

Windtänzer hielt inne, bevor er die beiden Symbole, die er in der Vision empfangen hatte, auf die obere Hälfte des weißen Untergrunds malte, eines in gelb, das andere in braun. *Zwei,* hörte er sich im Geiste sagen, und diesmal hatte diese Zahl eine beruhigende und zugleich anregende Wirkung auf ihn. Er betrachtete den noch feuchten, aber vollendeten Schild und lächelte. Ja, der Große Geist würde seine Träume wahr werden lassen und ihm zeigen, wie er sein Volk vor den drohenden Gefahren bewahren konnte.

Er begab sich ins Lager zurück und hing den Schild zum Trocknen an den staffelförmigen *huyamni.* Die drei hölzernen Beine dieses Ständers sorgten dafür, dass die belebende Kraft der Mutter Erde in die darauf befindlichen Habseligkeiten fließen konnte. Der *huyamni* stand draußen neben dem Tipi, damit die Gegenstände darauf die Wärme und das Licht der Sonne und somit die Kraft des Großen Geistes empfangen konnten. Sein Blick fiel auf die Waffen, die an dem *huyamni* hingen: ein verzierter Bogen, ein perlenbestickter Köcher, in dem Pfeile steckten, die mit seinen Zeichen versehen waren, ein Faustschutz, ein Kriegsbeil, ein Wurfspieß, ein Schlagstock und ein Messer mit einem Griff aus Elchgeweih, das in einer Scheide steckte. Seine Pfeife befand sich in einem perlenbestickten Beutel und auch sein Medizinbeutel, an dem einige Bärentatzen befestigt waren und der besondere Steine, Knochen, Federn und mehrere Glücksbringer enthielt, baumelte von dem Ständer.

In gehobener Stimmung machte sich der älteste Sohn von Häuptling Großer Bär auf die Suche nach seinen drei Pferden, um sie anzubinden, bevor die Nacht hereinbrach. Eines der Pferde benutzte er ausschließlich als Lasttier für die Jagd und auf Reisen. Ein anderes war für die Büffeljagd bestimmt. Es war wendig und schnell und hatte gelernt, neben der großen, dunklen Bestie herzurennen und dabei dessen tödlichen Hörnern auszuweichen. Das dritte war ein Kriegspferd, von dem das Überleben und der Erfolg eines Kriegers abhängen konnte. Es war Windtänzers Lieblingspferd, das er acht Jahre lang ausgebildet hatte. Auf diesem Pferd würde er sich den kommenden Gefahren stellen. Morgen früh bei Sonnenaufgang würde er seine Siegeszeichen auf das Fell des Tieres malen und mit einigen ausgesuchten Leuten aufbrechen, um den ersten Schritt auf dem Weg seines Schicksals zu tun.

Kurz nach Einbruch der Morgendämmerung gesellte Nahemana sich zu seinem Enkel, um diesen denkwürdigen Augenblick seines Lebens mit ihm zu teilen. Er betrachtete das schwarzweiße Pferd, das jetzt mit allerlei Zeichen und Symbolen versehen war, die Windtänzers hohen Rang und seine größten Siege darstellten. Der Blick des Schamanen fiel auf den Schild, den sein Enkel in der Hand hielt. Er kannte die Bedeutung der zahlreichen farbigen Symbole und auch die der beiden neuen Zeichen: sie stellten die Geisterhelfer dar, die der Große Geist Windtänzer in seiner Vision an die Seite gestellt hatte.

»Er ist gut, *micinksi*«, sagte der alte Mann. »Du wirst als großer Krieger und künftiger Häuptling in ihr Lager reiten. Sind die Hochzeits- und Freundschaftsgeschenke vorbereitet?«

»Ja, Großvater. Kriegerischer Adler und Rote Feder werden sie uns gleich bringen. Sie sammeln noch Vorräte für die Reise. Vater wird auch bald kommen.«

»Bist du willens und bereit, dich den Herausforderungen zu stellen, die vor dir liegen?«

»Ja, Großvater.« Windtänzer hoffte, dass er seine Pflichten ohne Tadel erfüllen würde, sobald er wusste, welche Aufgaben es waren, die auf ihn warteten. Er hatte sich geschworen, sein Bestes zu geben, sogar sein Leben zu opfern, wenn es sein musste. Und er hatte sich geschworen, nie mehr an eine andere Frau zu denken als an sein zukünftiges Weib. Die Symbole seiner neuen Geisterhelfer zierten sein Schild und er hoffte, dass sie ihm die Kraft und den Mut geben würden zu tun, was getan werden musste. Und das hieß auch, dass er Morgennebel vergessen musste, wenn sie überhaupt ein Wesen aus Fleisch und Blut war. Er durfte keinem unerreichbaren Traum hinterherjagen, einer Frau, die er niemals haben konnte.

»Glaubst du, dass sie unseren Visionen lauschen und ihnen Glauben schenken werden, Großvater?«, fragte Windtänzer. »Werden sie unseren Plänen zustimmen?«

»Das müssen sie, *micinksi,* denn es ist Wakantankas Wille und Befehl. Er wird ihre Augen und Herzen öffnen, damit sie die Wahrheit erkennen. Es ist jetzt an der Zeit aufzubrechen. Dein Schicksal erwartet dich und deine zukünftige Frau.«

Der mit dem Wind tanzt sah seinen Vater, seinen Bruder und seinen besten Freund näherkommen.

Sie führten fünf erlesene Pferde mit sich, die mit allerlei Geschenken beladen waren. Er atmete tief durch, schloss die Augen und dachte traurig: *Ich muss nun für immer von dir Abschied nehmen, Morgennebel, meine Schöne. Unsere Wege dürfen sich nie wieder kreuzen. Und wenn sie es doch tun, muss ich dir widerstehen, denn bald werde ich für den Rest meines Lebens auf Mutter Erde mit einer anderen vermählt sein.*

4. Kapitel

Chumani kam mit einem Bündel Holz auf dem Rücken aus dem Wald und näherte sich dem Tipi ihrer Eltern. Schon von weitem sah sie, dass einige Pferde vor dem Tipi angebunden waren. Sie hatten also Besuch. Sie blieb stehen, um sich eines der Pferde, ein schwarzweißes mit lebhaften Augen und glänzendem Fell, genauer anzusehen. Es lag weniger an der Schönheit oder an der Größe des Tieres, dass es ihre Aufmerksamkeit auf sich gezogen hatte, sondern vielmehr an den vielen Zeichen und Symbolen, die sein Fell zierten. Sie musste das Tier mehrmals umrunden, um voller Staunen die Zeichen zu entziffern. Neben dem linken Schultergelenk prangte ein gelber Lebenskreis. Auf den Vorderbeinen befanden sich weiße Striche, einer für jeden Sieg, den dieser Krieger errungen hatte. Rote Striche schmückten die Nüstern, und um die Augen des Pferdes waren gelbe Kreise gezogen, um seine Sehkraft zu schärfen. Vier rote Handabdrücke auf seiner Brust zeigten an, dass sein Besitzer vier Gegner mit bloßen Händen getötet hatte, dass es sich also um einen großen und mutigen Krieger handeln musste. Ein schwarzes Viereck wies darauf hin, dass der Eigentümer zumindest einmal in seinem Leben eine Schlacht angeführt hatte, er wurde also bewundert und respektiert. Mehrere nach unten zeigende Fußspuren ließen erkennen, dass er an einigen erfolgreichen Überfällen auf gegnerische

Lager teilgenommen hatte. Daneben waren blaue Hagelkörner auf dem Fell zu sehen, die Pferd und Reiter die Kraft geben sollten, ihren Feinden mit unbeugsamer Stärke zu begegnen. Auf die linke Hinterhand war in leuchtendem Gelb ein Blitz gemalt, dessen rasende Geschwindigkeit auf Tier und Mensch übergehen sollte. Die blauen Linien auf der rechten Hinterhand bedeuteten, dass der Besitzer Mitglied einer Gruppe von Kriegern war. An beiden Seiten des Maulriemens befanden sich jeweils zwei Adlerfedern, die von weiteren Siegen zeugten, sowie verschiedene perlenbesetzte Bänder, die auch die Mähne und den Schweif des Tieres schmückten.

Chumani hatte schon viele Pferde gesehen, die von ihren Besitzern mit Siegeszeichen und Kraftsymbolen bemalt worden waren, doch nie zuvor eines, das so viele farbige Markierungen trug. Zweifellos musste der Besitzer dieses Pferdes ein bedeutender Mann und ein äußerst kühner Krieger sein. Ihre Neugier war geweckt, sie wollte zu gern wissen, um wen es sich handelte und was der Grund seines Besuches war.

Sie eilte zum Eingang des Tipi, um mehr über diesen Krieger zu erfahren und um die Besucher zu bewirten, denn ihre Mutter war noch im Wald, um Holz und Frühlingspflanzen zu sammeln. Da die Eingangsklappe nicht heruntergelassen war, konnte sie eintreten, ohne um Erlaubnis zu bitten. Ihr Vater saß in der Mitte des großen Tipi, ihm gegenüber saßen fünf Männer, die ihr den Rücken zukehrten. Nach seinem beeindruckenden Haarschmuck zu urteilen war einer von ihnen ein Häuptling. Ein anderer hatte weißes Haar und einen leicht krummen Rücken, offensichtlich war er ein alter Mann. Die drei übrigen Männer waren jünger. Ihr dunkles Haar, von dem einige Strähnen abgeteilt und mit Federn geschmückt waren, reichte ihnen bis zum Rücken.

Der Krieger, der zwischen dem Alten und dem Häuptling saß, trug ein *Wicasta Itancan*-Hemd, das oben blau und unten gelb gefärbt und mit dünnen Haarlocken besetzt war. In seinem rabenschwarzen Haar steckten drei Adlerfedern und eine Falkenfeder, eine von ihnen war mit drei Farbflecken verziert, die den Mann als einen Krieger auszeichneten, der gegen drei Feinde zugleich gekämpft und gewonnen hatte. An den Schäften zweier weiterer Federn waren rote, blaue, schwarze und gelbe Bänder befestigt, die anzeigten, wie viele Feinde er insgesamt getötet hatte. Sie waren zahlreich. Die vierte Feder, die von einem Falken stammte, musste ein Symbol für seinen Geisterhelfer sein, mutmaßte Chumani. Sie zweifelte nicht daran, dass es sich bei diesem Krieger um den Besitzer des schwarzweißen Pferdes handelte.

Starker Elch, Häuptling der Brule Lakota, sah von den Geschenken in seinem Schoß auf, einigen weichen und glänzenden Fellen verschiedener Tiere, und erblickte seine Tochter. Mit einem Nicken lächelte er ihr zu.

»Soll ich unseren Gästen Wasser und Nahrung reichen, Vater?« Chumani sah, wie der Hemdträger sich aufrichtete, als er ihre Stimme vernahm, aber im Gegensatz zu den anderen Männern drehte er sich nicht zu ihr um. Doch das war auch gar nicht nötig. Sie wusste, wer er war, als sie in die Gesichter von Nahemana, Wanbli, Wiyaka Lute und Häuptling Mato Kikta von den Red Shield der Oglala Lakota blickte. Was um alles in der Welt hatte Waci Tate hier zu suchen? Und was würde geschehen, wenn er sie erkannte? Drehte er sich nicht um, weil er ihre Stimme sofort erkannt hatte? Würde er sie verraten und von ihrem schlechten Benehmen erzählen? Sollte sie sich augenblicklich dafür entschuldigen oder lieber schweigen und hoffen, dass er dasselbe tat?

Starker Elch erhob sich und sagte: »Ich muss mit meiner Tochter allein reden. Bleibt hier und ruht euch aus. Wir sind gleich zurück und dann werden wir die Pfeife rauchen, um unseren Bund zu besiegeln.«

»Bund?«, wiederholte Chumani in Gedanken. Das letzte, was sie gebrauchen konnte, war Windtänzers Anwesenheit ausgerechnet in dieser Zeit, wo sie ihn aus ihrem Gedächtnis streichen musste, wo eine ungewollte Verbindung mit einem anderen Mann ihr Dasein überschattete wie eine dunkle Wolke und eine große und unbekannte Herausforderung bevorstand! Als sie sich zum Gehen wandte, fiel ihr Blick auf einen Schild, der zwischen anderen Waffen in der Nähe des Eingangs lag. Erstaunt riss sie die Augen auf, als sie den gelben Tautropfen und den braunen Falken sah, die auf die weiße Oberfläche gemalt worden waren. Sie wusste augenblicklich, wem er gehörte, und eine Ahnung überfiel sie beim Anblick dieser beiden Symbole. Als sie ihrem Vater nach draußen folgte, fühlte sie die durchdringenden Blicke der Männer auf sich. Ihr Herz pochte angstvoll und ihr Mund war plötzlich ganz trocken geworden.

Bevor sie den Wald erreichten, begegneten sie ihrer Mutter und Starker Elch bat sie, sich um die hohen Gäste zu kümmern, während er mit seiner Tochter sprach.

Magaju nickte etwas verwirrt, denn es sah dem Häuptling nicht ähnlich, Gäste allein zu lassen. Sie fragte sich ängstlich, ob Chumani irgendeine fürchterliche Dummheit begangen hatte, und hoffte inständig, dass dem nicht so war. Ihre Tochter war nicht aus bösem Willen ungehorsam oder halsstarrig, sie hatte sich nur sehr verändert, seit sie die Frau eines Mannes geworden war, den sie nicht liebte, und noch mehr, seit sie ihr Kind verloren hatte. Nach diesem schrecklichen Ereignis hatte ihre Tochter aus Angst vor einem neuerlichen Verlust keinen anderen Mann und kein weiteres Kind mehr gewollt. Chumani hatte kein anderes Ziel mehr gehabt, als eine gute Kriegerin und Jägerin zu werden, sie hatte ihre Kenntnisse und Fähigkeiten immer weiter verfeinert in der Hoffnung, den Crow, der ihr soviel Leid zugefügt hatte, eines Tages zu finden und zu töten. Magaju sprach ein Gebet und flehte, jemand oder etwas möge kommen und die dunklen Gedanken ihrer Tochter vertreiben, so wie Der durch den Nebel sieht es angekündigt hatte.

Am Waldrand blieb Starker Elch stehen und lehnte sich gegen den Stamm einer Pinie. Während er ihr von dem Grund für den Besuch der Red Shield erzählte, starrte sie ihn aus immer größer werdenden Augen an. Schließlich sagte er: »Seit dem Überfall der Crow vor zwei Wintern, der schweren Büffeljagd im letzten Jahr und der todbringenden Krankheit der Weißen gibt es in unserem Stamm nicht mehr viele Krieger. Wir müssen uns mit den Red Shield verbünden, mein Kind, denn die Vogelleute und die Bleichgesichter sind zahlreich und stark, vor allem, wenn sie gemeinsam gegen uns kämpfen. Unser

Bündnis soll durch euren Bund besiegelt werden, durch den Bund der Kinder von Großem Bär und Starkem Elch. Das bist du unserem Volk schuldig.«

Er wollte, dass sie Windtänzer zum Mann nahm ... »Aber Vater, er ist kein Brule, er gehört nicht zu den White Shield.«

»In solch unruhigen Zeiten ist das ohne Bedeutung, mein Kind. Er ist ein geachteter Mann und er kann dich schützen und für dich sorgen.«

»Aber wer wird dich und Mutter versorgen und beschützen, wenn ich das Lager verlasse? Mein Bruder kann es nicht tun, denn er muss sich um sein eigenes Tipi und seine eigene Familie kümmern.«

Starker Elch lachte. »Ich bin immer noch jung und kräftig genug, um meine Frau zu verteidigen und unser Essen zu jagen«, sagte er. »Ich lasse dir nur den Vortritt, weil es dir gefällt und du dabei viel lernen kannst. Dieser Bund entspricht dem Traum und der Deutung von Der durch den Nebel sieht.« *Und er wird dich fortführen vom Weg der Gefahren.* »Wenn Großer Bär sich auf den Geisterpfad begibt, wirst du die Frau eines mächtigen Häuptlings sein, dein Sohn wird Häuptling werden, nachdem sein Vater es war. Große Ehren werden dir zuteil, mein Kind, und unser Bündnis mit ihnen wird ewig währen.«

In diesem schwierigen und furchteinflößenden Augenblick war es nicht das Bündnis zwischen den Brule und den Oglala, das sie am meisten beschäftigte, obwohl sie sich für ihren Eigennutz schalt. Beide Stämme gehörten zu den Sieben Ratsfeuern der Lakota, aber warum hatten die Red Shield sich ausgerechnet die White Shield zu ihren Verbündeten erkoren und warum wollten sie dieses Bündnis ausgerechnet jetzt? Warum gingen sie keine Verbindung mit einem anderen Stamm der Oglala ein, mit den Red Cloud oder den Black Hawk? Oder mit einem anderen Stamm der Brule, wie den Spotted Tail? All diese Stämme waren größer und weitaus kämpferischer, was bei einem Krieg gegen Weiße und Crows schließlich wünschenswert war, zumal wenn sich die beiden Feinde zusammenschlossen. Hatte Windtänzer sich etwa – und bei diesem Gedanken musste sie lächeln und errötete ein wenig – in Lust nach ihr verzehrt, so wie der Krieger die Weiße Büffelfrau Pte Skawin begehrt hatte, und ihr deshalb nachgestellt? Vielleicht war alles nur ein Vorwand, damit er behaupten konnte, ein Anrecht auf sie zu haben. Ein starker und unwiderstehlicher Mann wie er würde versuchen, sie zu verändern, zu verschlingen. Oder vielleicht hatte sie ihn bei ihrer ersten Begegnung beleidigt und seinen Stolz herausgefordert und jetzt wollte er sie bestrafen oder ihr beweisen, dass er der Stärkere von beiden war. Und sicherlich hatte jemand wie er schon eine Frau, oder vielleicht sogar mehrere!

Starker Elch war klug und geduldig. Er wartete, während seine Tochter über die ernste Lage nachdachte, in der sie und ihr Stamm sich befanden. Das Opfer, das er von seiner Tochter verlangte, rief gemischte Gefühle in ihm hervor. Einerseits war er stolz und glücklich, dass sie für diese heilige Aufgabe und für den Bund mit einem herausragenden Krieger bestimmt worden war. Andererseits fühlte er sich schuldig an all den Qualen, die sie in der Vergangenheit hatte erleiden müssen. Er hatte sie gedrängt, sich mit Fahlem Stern zu vermählen, als sie ihren einundzwanzigsten Winter hinter sich gebracht und noch immer keinen Mann und kein Kind hatte. Fahler Stern hatte sich als guter Krieger erwiesen und sie zur Frau genommen. Doch Starker Elch hatte sich in seinem Urteil geirrt, und das hatte seinen Enkel, seine Eltern, die Eltern seiner Frau und viele andere das Leben gekostet.

Vor zwei Wintern war Fahler Stern, als die meisten anderen Männer sich auf der Jagd oder auf Erkundungsstreifzügen befanden, im Lager zurückgeblieben, um Wache zu halten. Er hatte sich jedoch von seiner Aufgabe ablenken lassen und mit einigen Jungen eine Partie *Tapa* gespielt. Als eine kleine Gruppe von Crow in der Nähe des Lagers gesichtet worden war, hatte der einfältige und hochmütige Mann die wenigen im Lager verbliebenen Krieger versammelt, um die Verfolgung der Feinde aufzunehmen und sie zu vertreiben. Diese Verfolgungsjagd war jedoch ein Trick der Crow gewesen, um die Wachen von ihren Posten zu locken, damit eine andere, viel größere Gruppe das Lager überfallen konnte. Starker Elch gab sich selbst einen Teil der Schuld an diesem Ereignis, denn hätte er einem anderen Krieger die Wache übertragen, könnten alle diese Menschen noch am Leben sein und seiner Tochter wären der Schmerz und der Hass, die sie seitdem verzehrten, erspart geblieben. Aber das alles gehörte der Vergangenheit an und sie mussten sich nun um die Gegenwart und die Zukunft kümmern. Seine Tochter war von Wakantanka erwählt worden und sie musste Ihm gehorchen.

»Hat Waci Tate eine Frau? Oder sogar zwei oder drei?«

Starker Elch lächelte erneut. »Nein, mein Kind, seine Frau und sein Sohn wurden vor zwei Wintern von den Crow umgebracht, genau wie deine Familie. Und so wie du sinnt er auf Rache an dem Crow, der ihm das angetan hat, aber ihre Wege haben sich noch nicht gekreuzt. Die Zeit seiner Totenklage ist vorbei. Im letzten Winter hat er *Ituwahan* gefeiert und all seinen Besitz verschenkt, so wie du auch. Er lebt im Tipi seiner Eltern mit seinem Bruder und seiner Schwester.«

Chumani war untröstlich über diesen Verlust und zugleich erleichtert, dass er allein war. »Warum hat er keine neue Frau?«, fragte sie.

»Warum hast du keinen neuen Mann?«, fragte Starker Elch zurück.

»Unter unseren Leuten ist niemand, der meinen Blick auf sich zieht und mein Herz schneller schlagen lässt. Nachdem ich meinen Sohn verloren hatte, hast du gesagt, ich solle meinen nächsten Mann selbst wählen, wenn ich dazu bereit bin.«

»Ich bin froh, dass du so offen sagst, wie es um dich steht, meine Tochter. Ich nehme an, Windtänzer geht es genau wie dir.«

»Er ist ein künftiger Häuptling und er muss einen Sohn haben, der sein Amt übernehmen kann. Das trifft auf mich nicht zu. Das Kind von Feuerläufer wird nach meinem Bruder Häuptling sein.«

»Nicht ich bin es, der den nächsten Mann für dich gewählt hat, Chumani. Ihr Schamane sah Gefahren aus zwei verschiedenen Richtungen kommen und in seinen Visionen bist du als Windtänzers Helferin im Kampf gegen diese Gefahren erschienen. Genau so hat auch Der durch den Nebel sieht es vorausgesagt. Windtänzer ist mit deinem Zeichen auf der Wange zu unserem Lager geritten und auf seinen Schild hat er einen Tautropfen und einen Falken gemalt. Nahemanas Vision und Nebelsehers Traum sind Befehle Wakantankas, mein Kind. Entehre dich, deine Familie und deinen Stamm nicht, indem du Ihm den Gehorsam verweigerst. Du bist stark, Chumani, du musst dich biegen wie ein Weidenzweig. Der Große Geist gab allen Vierbeinern und allen Zweibeinern ein Lied, ein Ritual, einen Lebenssinn: die heilige Kraft, die Er mit den Seinen teilt. Diese Aufgabe wird dein Lied, dein Gewand, dein Ritual sein, Tautropfen, und du wirst mit Waci Tate einen mächtigen Zauber vollbringen. Vor vielen Wintern unterzeichneten die Weißen den Vertrag von Pike und erkannten den Rat der Prärie du Chien an, aber sie hielten ihr Wort nicht. Sie nahmen den Nakota und Dakota ihr Land und vertrieben sie. Jetzt haben die Weißen ein Auge auf das Land der Lakota geworfen, so wie die Crow es schon getan haben, bevor mein Großvater geboren wurde. Wenn wir kein starkes Bündnis mit anderen eingehen, werden sie unsere Jagdgründe stehlen, uns vernichten und vertreiben. Unser Schicksal liegt in deiner Hand.«

Chumani spürte, dass eine schwere Last auf ihren Schultern lag, und sie fragte sich, ob sie wirklich in der Lage war, sie zu tragen. »Geh zum Tipi zurück, Vater, ich werde bald nachkommen. Ich muss nachdenken über alles, was du gesagt hast, und mein Herz zur Ruhe bringen.«

»Wirst du Wakantankas Befehlen gehorchen?«

»Ja, Vater, aber es macht mich nicht glücklich. Bitte den Großen Geist, dass ich mich seines Willens würdig erweise und seinen Herausforderungen gewachsen bin.«

Starker Elch umarmte seine Tochter. »Du bist weise und gut, mein Kind«, sagte er, »und dein Wissen und dein Können sind groß. Wakantanka wird dich großzügig für deinen Gehorsam belohnen.«

Nachdem Chumani und Hehoka Hanska das Tipi verlassen hatten, wirbelten Windtänzers Gedanken wie wild umher. Er versuchte herauszufinden, was es für ihn bedeutete, dass Morgennebel und Tautropfen ein und dieselbe Person waren. Er konnte es kaum glauben. War diese Entdeckung eher ein gutes oder ein schlechtes Omen? Wie sollte er eine Frau bändigen, die lebte und dachte wie ein Krieger, eine Frau, die sich schon bei ihrer ersten Begegnung von ihrer störrischen, trotzigen und unverschämten Seite gezeigt hatte? Sie würde ihm gewiss eine Menge Ärger bereiten, aber er musste einen Weg finden, um ihr wildes Gemüt zu zähmen und ihr bessere Manieren beizubringen. Würde sie sich mit der Verbindung einverstanden erklären? War ihr schlechtes Benehmen im Wald echt gewesen oder hatte sie nur so getan, als respektiere und möge sie ihn nicht? Liebte und begehrte sie einen anderen Mann, so dass er sich nun zwischen die beiden stellte? Doch trotz all dieser ungeklärten Fragen konnte er weder ihre Fähigkeiten noch sein Verlangen nach ihr leugnen, obwohl er bezweifelte, dass sie in dem Kampf, der ihm bevorstand, eine große Rolle spielen würde. Würde sie nachgiebig sein oder ihn schelten, wie sie es im Wald getan hatte? Wie auch immer, der Große Geist hatte sie für ihn ausgesucht, also musste sie ihm gehören.

Chumani wusste, dass es höchste Zeit war, zum Tipi zurückzukehren, wenn sie verhindern wollte, dass Windtänzer und seine Leute ihr Ausbleiben als Beleidigung auffassten, aber sie hatte sich noch immer nicht beruhigt und streifte weiter ziellos durch den Wald. Ihre Gefühle waren in Aufruhr. Furcht und Zuversicht, Widerstand und Zustimmung, Verlangen und Zurückweisung, Freude und Trauer wechselten einander ab. Sie wünschte, Zitkala könnte bei ihr sein, ihr beistehen und sie beraten. Aber ihre beste Freundin und ständige Gefährtin war für einige Tage mit anderen Kriegern unterwegs, um zu jagen und den Spuren des Büffels nachzuspüren, der zu dieser Jahreszeit in Herden in die Ebenen zog. Chumanis Mutter war krank gewesen und hatte ihre Hilfe gebraucht, deswegen war sie nicht mitgeritten. Jetzt musste sie sich allein dieser Situation stellen, bei der ihr Glaube, ihr Ehrgefühl und ihr Mut auf dem Prüfstein standen.

Sie fürchtete, Nahemanas und Windtänzers Visionen vor sechs Monden auf dem Paha Mato könnten durch ihre Gegenwart beeinflusst worden sein. Womöglich hatten die beiden den Peyote, der die Zukunft offenbarte, kurz bevor oder nachdem sie sie gesehen hatten eingenommen. Oder vielleicht hatte eine böse *wicagnayesa* die beiden Männer verzaubert, nur um sie, Chumani, von dem heiligen Pfad zu locken, den sie gehen musste. Etwa die weiße Frau, die ihr Schamane in seinem Traum gesehen hatte. Würde alles verloren sein, wenn sie der Versuchung nachgab und sich von einem bösen Geist auf eine falsche Fährte locken ließ?

Warum eroberte ein Fremder ihr Herz und erfüllte es mit Sehnsucht, wo doch der Verlust ihres Sohnes sie immer noch schmerzte und sein Tod noch nicht gerächt war? Warum fühlte sie sich auf einmal so schwach, ängstlich und unsicher, obwohl ihr solche Empfindungen eigentlich fremd waren? Warum stiftete er solche Verwirrung und solche Qualen in ihrem Herzen? Das war der eigentliche Grund für ihre Angst: sie fürchtete, sich selbst in ihm und seinem Leben zu verlieren. Sie fürchtete sich vor dem unwiderstehlichen Verlangen, das sie zu ihm hinzog, denn sie wusste, dass eine solche Leidenschaft in den Händen eines grausamen Gegners als schreckliche Waffe missbraucht werden konnte. Sie fürchtete sich, sich zu öffnen, eine Zeit lang glücklich zu sein, nur um dann alles erneut zu verlieren. *Aber du musst dich deinem Schicksal stellen, Tautropfen,* ermahnte sie sich selbst, *was auch immer es für dich bereithält.*

Magaju kam zu ihr. »Ich habe gehört, was dich erwartet, meine Tochter«, sagte sie. »Es ist gut für dich und unser Volk. Warum also bist du beunruhigt?«

»Ist es wirklich gut für mich, Mutter?«, fragte sie. »Warum muss ich mich mit einem Fremden vermählen, einem Unbekannten, den ich wie meinen ersten Mann nicht liebe und begehre?«

»Wenn du die vier Tugenden der Lakota und des Kriegers, der du versuchst zu sein, befolgen willst, dann musst du dieses Opfer für das Überleben unseres geschwächten Volkes darbringen.« Regentropfen versuchte, ihre Tochter mit ihrer freundlichen Art zur Vernunft zu bringen. »Du musst Mut und Stärke zeigen, Klugheit und Freundlichkeit. Dies wird dein größter Sieg sein.«

»Ein Mann wie Windtänzer wird keine Kriegerin an seiner Seite tolerieren. Er wird versuchen mich zu beugen und zu schwächen wie eine Gefangene. Er wird mir untersagen, weiter nach dem Feind zu suchen, der meinen Sohn und meine Familie getötet hat. Hast du vergessen, dass meine Großeltern und viele Alte bei dem Überfall getötet wurden, den dieser Mann mit seinen Kriegern verübte, als nur wenige unserer Männer im Lager waren?« *Hast du vergessen, dass der Mann, den mein Vater für mich ausgewählt hatte, an diesem Tag für die Wachen verantwortlich war und seiner Pflicht nicht nachgekommen ist?* »Wenn ich mein Volk verlassen und meinen Rachezug beenden muss, wird alle Freude, die mir noch geblieben ist im Leben, von mir weichen.«

Regentropfen hatte diese qualvolle Zeit und die Leiden ihres geliebten Kindes nicht vergessen. »Du wirst wieder einen Mann haben und Mutter werden, so wie es uns Frauen bestimmt ist.«

»Ich möchte nicht noch einmal ein Kind in mir tragen und es verlieren, der Schmerz ist zu groß.«

»Ein zweites Kind wird dein Herz heilen und dir viel Freude schenken, meine Tochter.«

»Wer wird diese Gefühle mit mir teilen, wenn ich weit weg von meiner Familie, meiner besten Freundin und meinem Volk bin, in einem fremden Lager?«

»Du wirst sie mit deinem neuen Mann und deiner neuen Familie teilen. Windtänzers Frau und Sohn leben an der Seite des Großen Geistes, genau wie dein Kind und dein erster Mann. Geh mit Windtänzer, meine Tochter, und erlaube Wakantanka, dein Herz zu heilen und deinem Volk zu helfen. Wenn wir dieses Bündnis nicht schließen und mit eurer Vereinigung besiegeln, werden wir unter den Lanzen, Pfeilen und Feuerstöcken der Crow und der Weißen sterben. Eine Verbindung von zwei Häuptlingskindern wird ein starkes und mächtiges Band zwischen unseren Stämmen schaffen. Komm jetzt, wir müssen zum Tipi zurück. Es gibt viel zu tun und zu besprechen.«

Dieses Mal drehte Windtänzer sich um und sah Chumani an, als sie das Tipi betrat. Obwohl sie versuchte, gleichgültig zu wirken, bemerkte er einen Anflug von Angst, Unsicherheit und Trotz in ihren Augen.

Chumani zwang sich, den Blick des Kriegers der Red Shield einen Moment lang zu erwidern, um ihm zu zeigen, dass sie keine Angst hatte. Dann nahm sie den gelben Tautropfen auf seiner linken Wange wahr und biss sich verärgert auf die Lippe, da sie dieses Zeichen bereits als Besitzanspruch auffasste. Vor ihr stand der legendäre Krieger Waci Tate, Häuptlingssohn und selbst künftiger Häuptling, der Mann, der sich des Nachts zu oft in ihre Träume und bei Tag zu oft in ihre Gedanken geschlichen hatte, der Mann aus dem Traum ihres Schamanen, mit dem sie vermählt werden sollte. Wie würde es sein, in seinen Armen zu liegen, seine Lippen und Hände auf ihrem Körper zu spüren, mit ihm die Schlafmatte zu teilen, mit ihm ...

»Tautropfen, komm und setz dich neben mich«, forderte Starker Elch seine Tochter auf.

Windtänzer wandte sich dem Häuptling der Brule zu, als Tautropfen neben ihrem Vater Platz genommen hatte, den Blick auf die gefalteten Hände in ihrem Schoß gerichtet. Er hatte bemerkt, wie sie zunächst gereizt auf das Symbol in seinem Gesicht reagiert hatte, doch dann war der Ausdruck der Wut aus ihrem Gesicht verschwunden und ihre Wangen hatten sich verfärbt. Sie hatte ihn flüchtig von Kopf bis Fuß betrachtet und ein Glänzen war auf ihr hübsches Gesicht und in ihre dunklen Augen getreten. Ja, stellte er fest, er gefiel ihr, und genau das beunruhigte sie. Nun blieb nur noch abzuwarten, wie ihre Antwort auf sein Angebot lautete.

»Wirst du den Worten des Großen Geistes Folge leisten?«, fragte Starker Elch sie.

»Ja, Vater, ich werde mich dem Willen des Großen Geheimnisvollen beugen«, begann sie mit enttäuschend ruhiger Stimme, erwiderte Windtänzers undurchdringlichen Blick mit ebenso unbeweglichem Gesichtsausdruck und fuhr fort: »Obwohl ich ihn nicht verstehen kann.«

Nachdem sie ihre Entscheidung bekannt gegeben hatte und ihn anblickte, fürchtete Windtänzer, sie würde weitersprechen und ihm mitteilen, dass sie ihn nicht aus freien Stücken zum Mann nehmen, sondern sich aus Pflichtgefühl dazu zwingen würde, was ihn vor seiner Familie und seinem besten Freund der Lächerlichkeit preisgegeben hätte. Er war erleichtert, als diese Worte nicht über ihre lieblichen Lippen kamen. In Anbetracht des Aufruhrs, der in ihrem Innern herrschte, handelte sie mutig und klug.

Starker Elch lächelte und nickte. »Es ist gut so, meine Tochter. Bald werden wir die Bedeutung Seiner Worte kennen. Während du dich auf deine Vermählung und den Abschied vorbereitest, werden wir die

Pfeife der Bruderschaft rauchen. Kommt«, forderte er seine Gäste auf, »wir suchen uns einen anderen Ort.«

Chumani und Magaju sahen den Männern zu, wie sie das Tipi verließen, dann begannen sie, alles für die Zeremonie des *Wakan-kiciyuzapi* und die Reise vorzubereiten. Während Chumani sich badete und ankleidete und ihre Mutter ihre Habseligkeiten und ein paar Geschenke zusammensuchte, dachte sie über das nach, was nun vor ihr lag. Sie würde weit weg von ihrer Familie, ihrer besten Freundin und ihrem Stamm leben und sie nur zu zwei Anlässen im Jahr sehen – zur Büffeljagd und zum großen Tauschhandelstreffen –, es sei denn, es gab einen dringenden Grund für einen Besuch. Sie würde unter Fremden leben, ihr Tipi mit einem Fremden teilen, einem Fremden gehören. Doch sie musste das Richtige tun, besonders da sie die schlimmen Neuigkeiten von der Krankheit des weißen Mannes vernommen hatte: Zweihundertfünfzig *wasicun,* Händler, Fallensteller und andere, sowie hunderte von Indianern vieler verschiedener Stämme und Sippen waren der sogenannten »Cholera« zum Opfer gefallen. Das einzig Erfreuliche war, dass die »Epidemie« anscheinend nicht mehr grassierte. Außerdem gab es Hinweise, dass die Crow und die Weißen sich einander annäherten und ein Waffenstillstand zwischen ihnen in der Luft lag. Sollte das ...

Regentropfen lächelte und unterbrach Chumani in ihren Gedanken: »Waci Tate ist eine Augenweide, nicht wahr?«

Chumani antwortete zurückhaltend: »Man kann nicht sagen, dass er abstoßend wäre, Mutter.«

»Er ist ein tüchtiger Krieger von hohem Rang und hat schon viele Siege errungen.«

»So erzählt man sich.«

»Hast du Angst vor ihm, mein Kind?«

»Nein, Mutter«, sagte sie, denn die Angst, die sie verspürte, war nicht die, die ihre Mutter meinte.

»Fürchtest du dich vor der unbekannten Herausforderung, die auf dich wartet?«

»Nein, Mutter, denn nur durch sie können unser Volk und unser Land gerettet werden.«

»Fürchtest du dich davor, mit ihm die Schlafmatte zu teilen?«

Nach einer kurzen Pause gestand Chumani: »Ich weiß es nicht.« Sie wollte ihrer Mutter ihre verworrenen Gefühle nicht weiter erläutern, denn sie verstand sie selbst kaum und sie wollte nicht, dass ihre Mutter sich Sorgen machte und traurig war.

»War es nicht schön für dich auf der Schlafmatte von Fahlem Stern?«

Chumani war von dieser Frage etwas überrascht. »Nein, Mutter.« Sie hoffte, dass Magaju nicht weiter bohren würde, denn sie wollte mit ihrer Mutter nicht über körperliche Liebe sprechen.

»Das lag daran, dass du ihn nicht selbst ausgesucht hast, du hast ihn nicht geliebt oder begehrt.«

»Gilt das für Windtänzer nicht genauso?«, gab Chumani zurück.

»Mit ihm wird es anders sein, meine Tochter. Er sieht gut aus und ist wohlerzogen. Und der Große Geist, der sich niemals irrt, hat ihn für dich ausgesucht.«

»Ich bete, dass deine Worte wahr sind, Mutter.«

»Das sind sie, mein liebes Kind. Der Große Geist

stiftet nicht Trauer und Verwirrung im Herzen eines Menschen, den er für eine große und heilige Tat auserwählt hat. Lass Windtänzer deinen Schmerz heilen und dir Freude bereiten. Gib ihm die Möglichkeit, deine Liebe und Achtung zu gewinnen, denn nur so werdet ihr zusammen für das Wohlergehen eurer Völker kämpfen können.«

»Was ist, wenn Windtänzer das nicht so sieht, Mutter? Was ist, wenn er meine Liebe und Achtung nicht will? Wenn der Befehl des Großen Geistes, mich zur Frau zu nehmen, ihm nicht behagt?«

»Dann ist es deine Aufgabe, das zu ändern. Nur wenn ein starkes Band zwischen euch besteht oder zumindest ein Waffenstillstand, könnt ihr gemeinsam ruhmreiche Siege erringen. Du bist eine schöne und begehrenswerte Frau und du hast viele gute Seiten und unzählige Fähigkeiten. Nutze sie, nutze alles, was du bist, um dieses wichtige Band zwischen euch zu knüpfen.«

»Ich werde mein Bestes für den Sieg unseres Volkes geben, was auch immer von mir verlangt wird«, schwor Chumani.

Magaju umarmte sie, sah sie mit tränenverschleierten Augen an und sagte mit brüchiger Stimme: »Das ist gut, meine Tochter. Ich habe dich sehr lieb.«

Chumani fühlte wie ihre Mutter.

»Meine Liebe zu dir ist größer als der Heilige Berg«, flüsterte sie. »Du wirst mir fehlen.«

»Du wirst mir auch fehlen, mein Kind. Hab keine Angst und werde glücklich, Tautropfen.«

»Ich werde es versuchen, Mutter«, versprach sie. Dann hörte sie ein Geräusch vor dem Tipi. »Cetan ist zurück. Ich muss ihn an seiner Stange festbinden, solange Fremde im Lager sind. Ich möchte nicht, dass er unsere ehrenwerten Gäste angreift, weil er sie für feindliche Krieger hält.«

Chumani und Waci Tate standen inmitten einer kleinen Gruppe von Menschen, die sich um sie versammelt hatten, an ihrer Seite die Familienmitglieder. Der Sohn des Häuptlings der Oglala trug seine beste Kleidung und sein hochrangiges *Wicasta Itancan*-Hemd. Die Tochter des Häuptlings der Brule trug das schlichte weiße Fransenkleid und die Mokassins, die Schneevogel genäht und der Schamane ihres Stammes, ein freundlicher und weiser Mann, den sie von ganzem Herzen liebte und verehrte, ihr geschenkt hatte.

»Wir haben uns versammelt, um zu hören, wenn Der mit dem Wind tanzt und Tautropfen ihren Bund schließen«, verkündete Starker Elch, »welcher das Bündnis, das wir zuvor mit seinem Volk eingegangen sind, besiegeln soll. Unter den Augen des Großen Geistes werden sie Mann und Frau, und schon bald werden sie zum Wohl beider Stämme gemeinsam einem großen Sieg entgegenreiten. Bis es soweit ist, werden wir uns bei der Büffeljagd in den weiten Ebenen wiedersehen, wo wir unsere Lager aufschlagen und gemeinsam gegen unsere Feinde kämpfen werden. Windtänzer, du hast mir viele Geschenke gebracht und möchtest meine Tochter zur Frau nehmen, sie soll dir bei deiner heiligen Aufgabe eine Gefährtin sein. Ist das richtig?«

Windtänzer wandte die Augen nicht von dem Häuptling ab, so als habe ihn der Anblick der schönen und begehrenswerten Frau an seiner Seite zu sehr verwirrt. »Ja, so ist es, Starker Elch. Ich will ihr Mann, ihr Beschützer und Ernährer und der Vater ihrer Kinder sein.«

»Tautropfen, meine Tochter, willst du Windtänzers Frau werden, die Mutter seiner Kinder und seine Gefährtin im heiligen Kampf?«

Chumani war sich der Gegenwart des gut aussehenden, kräftigen Mannes an ihrer Seite nur allzu bewusst, doch sie wagte es nicht, ihn anzusehen, aus Angst, ihm ihre gemischten Gefühle zu verraten. »So ist es, mein Vater. Ich werde den Worten des Großen Geistes gehorchen.«

Starker Elch lächelte. »Es ist gut. Wir werden feiern, bevor ihr in den Wald geht, um euren Bund zu besiegeln.«

Die Familien der White Shield brachten verschiedene Speisen und alle aßen und schwatzten fröhlich und stapelten ihre Geschenke für das junge Paar neben dem Tipi des Häuptlings: Decken, Kleidung, Handarbeiten und kleine Schmuckgegenstände für das neue Tipi im Lager der Red Shield, Perlenbänder, Felle und Häute, Bastmatten, Dörrfleisch und andere Nahrung für den Heimweg, kleine Lederbeutel mit Heilkräutern und Gewürzpflanzen und große, feingewebte Beutel, in denen allerlei Habseligkeiten transportiert werden konnten.

Als Windtänzer sich unter die Leute mischte und Chumani neben dem Tipi ihrer Eltern stand, um die Geschenke entgegenzunehmen und sich zu bedanken, kam Regenbogen, die Frau ihres Bruders, auf sie zu.

Mit einem Blick auf den Falken neben Chumani sagte sie: »Er fühlt sich nicht wohl.«

»Ja, er versteht nicht, warum Fremde so nah an mich herankommen dürfen und warum ich ihn festgebunden habe. Aber sonst würde er mit seinen scharfen Krallen und seinem spitzen Schnabel über sie herfallen. Er wird sich bald an sie gewöhnen.«

Chumani strich dem verängstigten Vogel mit den Fingerkuppen über Kopf und Nacken und redete liebevoll auf ihn ein. Der große Falke rieb seinen Kopf an ihrer Hand und seine glänzenden runden Augen blickten sie geradewegs an, als würde er ihre Worte verstehen.

»Wirst du ihn mitnehmen?«

»Ja, er ist mein Freund seit ich zehn bin. Bis jetzt hat er sich noch nicht entschlossen, sich von mir zu trennen und eine Gefährtin zu suchen. Vielleicht wird das eines Tages so kommen.«

»Dein neues Kleid ist wunderschön, Tautropfen. Hast du Angst vor dem, was dich heute Nacht und in den nächsten Tagen erwartet?«, fragte die junge Frau flüsternd.

Chumani nickte, gab aber keine weiteren Erklärungen, da in Hörweite zwei Stammesmitglieder standen, die Windtänzers Pferd und die zahlreichen Symbole auf dem Fell bewunderten. »Ich werde nicht hier sein, um dein erstes Kind zu begrüßen, wenn es zum ersten Mal die Luft des Großes Geistes atmet, Schwester«, sagte sie zu der Frau ihres Bruders, da die Gefährten der eigenen Geschwister häufig »Bruder« oder »Schwester« genannt wurden. Seufzend strich sie über Regenbogens runden Bauch. »Ich werde nicht da sein, um dich zu pflegen, damit du wieder zu Kräften kommst, oder um mich um das Kind zu kümmern, wenn du andere Dinge zu erledigen hast, oder um dir bei der Erziehung zu helfen. Ich werde dich und meinen Bruder und all diese denkwürdigen Augenblicke vermissen.«

»Wir werden dich auch vermissen, Tautropfen. Jeden Tag werden wir an dich denken und für dein Glück und dein Wohlergehen beten.«

»So wie ich für eures beten und handeln werde. Mein Bruder hat eine gute Wahl getroffen, du wirst eine gute Häuptlingsfrau sein.«

»Deine Worte sind freundlich und dein Herz ist gut, Tautropfen.«

»So wie deines. Pass gut auf dein Kind auf und lass es nicht aus den Augen, wenn mein Bruder und die anderen Krieger nicht im Lager sind, die Crow und die Weißen werden immer dreister.«

»Das weiß ich, Schwester. Ich werde mein Kind Tag und Nacht behüten und beschützen.«

Feuerläufer gesellte sich zu ihnen. Er umarmte seine Schwester. »Ich liebe dich sehr und bin sehr stolz auf dich, Tautropfen, und du wirst mir fehlen. Doch Windtänzer wird dir ein guter Mann sein. Ich hoffe, dass ich mit euch in den heiligen Kampf ziehen werde, wenn die Zeit gekommen ist.«

»Wenn es so bestimmt ist, mein Bruder, würde mich das sehr glücklich machen. Du bist mutig und geschickt, du würdest unsere Feinde das Fürchten lehren.«

»Schon bald bei der Büffeljagd werden wir uns wiedersehen.«

Chumani legte ihre Hand auf Feuerläufers Arm. »Für mich kann dieser Tag nicht schnell genug kommen. Ich werde meine Familie, meine Freunde und mein Volk sehr vermissen.«

»Bist du traurig, weil Zitkala nicht hier ist, um diesen Augenblick mit dir zu teilen?«

»Ja, Regenbogen.«

»Ich werde ihr alles ganz genau erzählen, wenn sie wieder im Lager ist.«

»Ich danke dir, Schwester.«

Windtänzer kam auf sie zu. »Es ist an der Zeit, sich zurückzuziehen.«

»Ich bin bereit«, sagte Chumani mit gespielter Festigkeit. »Kümmere dich um Cetan, bis ich wieder da bin«, bat sie ihren Bruder. Er nickte ihr zu.

Sie stiegen auf die bereitgestellten Pferde, winkten den feiernden Menschen zum Abschied zu und ritten aus dem Lager der White Shield, um zum ersten Mal in ihrem Leben gemeinsam die Nacht zu verbringen.

5. Kapitel

Schweigend ritt Windtänzer voraus, denn er musste für Chumanis Sicherheit sorgen und wollte sich nicht durch ihren Anblick von dieser Aufgabe ablenken lassen. Sie durchquerten das sanfte Hügelland am Fuße der Paha Sapa in Richtung der aufgehenden Sonne. Auf den grasbewachsenen Hügeln standen einzelne Bäume und Büsche, manchmal auch ganze Baumgruppen aus Pinien, Fichten und verschiedenen Laubbäumen. Bunte Wildblumen und andere Pflanzen wogten in dem saftigen Grün und verliehen der Landschaft eine heitere Schönheit. Sie sahen Büffel, Rotwild und andere Huftiere, die friedlich grasten, und zwei Wölfe, die einen niedrigen Hügel hinaufjagten, doch die Tiere beachteten sie nicht.

Sie ritten weiter und passierten eine Stelle, an der zahlreiche Präriehunde hausten. Einige der zotteligen kleinen Geschöpfe tollten wie wild umher, kamen aus ihren Erdhöhlen gelaufen oder hasteten wieder hinein, andere saßen ruhig und unbeweglich da und starrten sie an. Beide kannten sie die Gefahren, die an solchen Orten lauerten. Die Pferde konnten sich ernsthaft verletzen, wenn sie ein Erdloch übersahen und stolperten. Außerdem hielten sich in den unterirdischen Höhlungen oft giftige Schlangen auf, deren Biss tödlich war, oder andere Tiere schossen ohne Vorwarnung aus den Löchern hervor. Im

Vorbeireiten scheuchten sie verschreckte Tauben, Wachteln und Hasen auf.

Kleine Vögel flogen durch die Luft, größere zogen ihre weiten Kreise über ihren Köpfen und erinnerten Chumani an Cetan und an den braunen Falken, der auf Windtänzers neuem Schild prangte. Mit wachsender Unruhe dachte sie an das, was ihr in dieser Nacht bevorstand. Sie fragte sich, wohin er sie wohl führte, doch sie wollte ihn nicht fragen. Am liebsten wäre sie selbst vorangeritten, dann müsste sie nicht die ganze Zeit gegen das Verlangen ankämpfen, ihn anzustarren, wenn er seinen Kopf zur Seite drehte, um den Horizont nach möglichen Gefahren abzusuchen, und unentwegt sein langes schwarzes Haar zu betrachten, das im Wind wehte. Und sie müsste nicht die ganze Zeit versuchen, die ungebetenen Gefühle, die durch ihren Körper strömten, zu unterdrücken.

Windtänzer focht denselben Kampf gegen sein kaum zu bändigendes Verlangen und er fragte sich, was wohl in ihr vorgehen mochte, als er ihren durchdringenden Blick spürte. Es war äußerst schwierig und bisweilen schier unmöglich, in ihrer Gegenwart ständig wachsam zu sein. Allein der Gedanke, dass sie so nah bei ihm war und nun zu ihm gehörte, entfachte ein hungriges Feuer in seinen Lenden.

Sie ritten durch bunte Wiesen und dichte Wälder, vorbei an hohen Bergen, deren steile Hänge lange Schatten warfen, die das Land in Dunkelheit tauchten wie eine mondlose Nacht. Sie durchquerten mehrere Bäche und einen sich sanft windenden Fluss. Als der Abend hereinbrach, folgten sie dem Ufer des Flusses bis zum Cañon, den Windtänzer als Lagerplatz ausgesucht hatte, da er an drei Seiten von hoch aufragenden, zerklüfteten Felsen umgeben war, so dass kein Feind sich ihnen unbemerkt nähern konnte.

Chumani wollte gerade absitzen, als Windtänzer sie an der Taille fasste und vom Pferd hob. Als ihre Mokassins den Boden berührten, begegneten sich ihre Blicke und einen Moment lang sahen sie einander in die Augen. Ihre Hände, die sie unwillkürlich auf seine Schultern gelegt hatte, glitten nun langsam seinen Oberkörper hinab bis zu seinem Herzen.

Windtänzer strich ihr mit dem linken Zeigefinger über Wange und Mund. Schon diese leichte Berührung erregte ihn. Es hatte seinen Stolz verletzt, dass seine erste Frau nie aus eigenem Antrieb nach ihm verlangt, sondern sich ihm stets nur hingegeben hatte, weil sie es für ihre Pflicht hielt. Aus einem ähnlichen Pflichtgefühl heraus hatte er sie zur Frau genommen. Alle waren der Meinung gewesen, dass es für den zukünftigen Häuptling an der Zeit sei, sich sein eigenes Tipi einzurichten und eine Familie zu gründen. Eine solch unerquickliche Erfahrung wollte er nicht noch einmal machen. Er musste herausfinden, ob Chumani ihn begehrte, wenn sie es auch noch so gut verheimlichte. Er wollte, dass ihr Körper mit derselben Leidenschaft brannte, die sie in ihm entfacht hatte. Als sie den Kopf senkte, legte er ihr den Finger unters Kinn, um ihn wieder anzuheben. Er war froh, dass sie sich nicht sofort von ihm abwandte. Mit dem Daumen strich er über ihre leicht geöffneten Lippen und spürte ihren warmen Atem, dann fuhr er ihr mit der Hand durch das dunkle und glänzende Haar.

Das Verlangen, sich diesem Fremden hinzugeben,

war so groß, dass es Chumani fast überwältigte. Doch diese unbändige Sehnsucht nach ihm machte ihr Angst. Es war, als nähme er ihre Seele in Besitz, ganz so wie er ihr Schicksal bestimmte und sich ihren Mund zu eigen machte. Der Kuss war erregend und beängstigend zugleich. Ihr erster Mann hatte niemals solche Gefühle in ihr wachgerufen. Wenn Windtänzer sie weiterhin so in Versuchung brachte, würde es ihr unmöglich sein, ihm zu widerstehen. War er tatsächlich erst heute morgen im Lager erschienen und hatte unerschrocken den Bund mit ihr gefordert? So viel war an diesem Tag geschehen, dass sie das Gefühl hatte, es müsse viel mehr Zeit vergangen sein. Bald würde es dunkel werden und dann ...

Als Windtänzer merkte, wie sie sich in seinen Armen versteifte, gab er ihren Mund frei und sah sie an. Er erkannte die Unruhe in ihren Augen und spürte, dass sie zitterte. »Hast du Angst vor mir?«, fragte er zärtlich.

»Nein«, zwang sie sich zu antworten. Es war die Wahrheit, sie fürchtete sich nicht vor seiner Männlichkeit, sondern vor dem ungeheuren Einfluss, den er auf sie und ihr Leben ausüben könnte.

»Erfüllt Verachtung dein Herz?«

»Nein.«

»Hast du Angst vor dem, was zwischen einem Mann und einer Frau auf der Schlafmatte geschieht? Stößt es dich ab, mich so zu berühren?«

Chumani spürte die Röte, die ihr bei dieser unerwarteten Frage in die Wangen stieg. »Wir haben uns noch nicht auf diese Weise berührt, wie soll ich also über etwas urteilen, das noch nicht stattgefunden hat?«

»Wenn du die Wahrheit sprichst, warum zitterst du dann wie ein Blatt im Wind? Warum liegt so viel Unruhe und Traurigkeit in deinem Blick? Wenn meine Umarmung und mein Kuss dich so sehr abstoßen, wie willst du dann die Vereinigung unserer Körper ertragen?«

»Wir sind uns fremd und solche Berührungen sind etwas Besonderes. Sie sollten zwischen einem Mann und einer Frau stattfinden, die einander kennen und lieben. Wir haben noch nie einen gemeinsamen Weg zurückgelegt oder viele Tage miteinander verbracht. Du hast mich noch nicht auf deinem Pferd mitgenommen oder die Flöte für mich gespielt. Wir haben uns noch nie unsere Geschichte erzählt. Wir haben es uns nicht ausgesucht, Mann und Frau zu werden.«

Windtänzer wusste, dass er sie nicht bedrängen durfte oder ihr zeigen, wie sehr er sich nach ihr sehnte, wenn er ein friedliches Leben in gegenseitigem Respekt mit ihr führen und verhindern wollte, dass sie ihn in der Hand hatte. Selbst Tiere und Vögel machten ihren Auserwählten den Hof und die Weibchen ließen die Paarung erst zu, wenn sie bereit dazu waren, also sollte er es wohl ebenso halten. »Was du sagst, ist wahr«, gab er zu und versuchte das Thema zu wechseln. »Du könntest Holz sammeln für ein Feuer, während ich mich um die Pferde kümmere«, schlug er vor.

Chumani sah ihm zu, wie er die Pferde von ihrer Last befreite und sie zu einer Stelle führte, an der sie grasen und trinken konnten. Sein schnelles Nachgeben hatte sie verwirrt und erleichtert zugleich. Sie wusste, wie sehr es ihn nach der Vereinigung gelüstete, denn sie hatte den harten Beweis dafür an ihrem

Unterleib gespürt. Doch es war durchaus möglich, dass dieses Verlangen rein körperlicher Natur war, so wie bei Fahlem Stern.

Während sie Holz holte und Steine zu einem Kreis ordnete, dachte sie, wie froh sie darüber war, dass ihr Blut zwei Nächte vor seiner Ankunft aufgehört hatte zu fließen, so dass sie jetzt keine Ungelegenheiten zu befürchten brauchte. Wie es bei ihrem Volk Sitte war, hatte sie drei Tage und drei Nächte an einem abgeschiedenen Ort verbracht – dem *cansakawakeya*. Nach einem reinigenden Schwitzbad hatte sie sich im Fluss gebadet, frische Kleidung angelegt, die ihre Mutter zuvor über einem Feuer mit Fichtennadeln geschwenkt hatte, und war dann in das Tipi ihrer Eltern zurückgekehrt. Dieser Gedanke wiederum brachte unschöne Erinnerungen mit sich.

Sie dachte an die Anfangszeit mit Fahlem Stern, der sich fast jede Nacht auf sie gerollt, sich wild auf ihr verausgabt und stöhnend sein Verlangen befriedigt hatte, bis sie schließlich ein Kind erwartete. Daraufhin hatte er bis weit nach der Geburt ihres Sohnes von ihr abgelassen und sie war froh gewesen über diese lange Atempause. Später nahm er sie nur noch einmal zwischen jedem Blutfluss, stets in der ersten Nacht nach dem *cansakawakeya* und dem Reinigungsritual, so als sei sie nur in diesem Moment sauber genug für ihn gewesen. Sie war froh gewesen, dass er nur noch so selten nach ihr verlangte, da die Vereinigungen stets unerquicklich und manchmal auch schmerzhaft gewesen waren. Mit Windtänzer jedoch verhielt es sich anders. Ihr Körper verzehrte sich danach, auf seine Berührungen zu antworten. Sie hoffte inständig, dass es mit ihm anders sein würde, schön. Sie wollte nicht wieder jede Nacht von einem groben und selbstsüchtigen Mann heimgesucht werden.

Chumani schob diese Sorgen beiseite, kniete sich vor das gestapelte Holz und zog zwei Stöcke aus einem kleinen Bündel, das durch einen Lederriemen zusammengehalten wurde. Aus einem Beutel schüttete sie Sand in eine kleine Vertiefung in der Mitte des breiteren Stocks, legte trockenes Laub und Gras darauf, setzte das ander Stöckchen in die Vertiefung und rollte es zwischen den Händen, bis es Feuer fing. Sie blies auf die kleine Flamme und legte nach und nach weitere Blätter und dünnes Reisig darauf. Als die Flamme schließlich groß genug war, fügte sie Holz hinzu.

Windtänzer kam zurück und sie setzten sich nebeneinander auf ein Fell, aßen, was von dem Fest übrig geblieben war, und tranken aus einem Wasserschlauch, hergestellt aus der Blase des Büffels.

Die letzten Sonnenstrahlen verblassten am Horizont, Dunkelheit legte sich über das Land und der Mond ging am östlichen Himmel auf. Beide waren sich der Nähe und der Anziehungskraft des anderen bewusst. Keiner von ihnen wusste, was sich in dieser bedeutsamen Nacht noch ereignen würde.

Windtänzer bemerkte die zwei Narben auf Chumanis Unterarm, die sie sich aus Trauer um ihren verlorenen Sohn zugefügt hatte, und sagte: »Dein Vater hat mir erzählt, dass dein Mann und dein Sohn vor zwei Wintern den Tod fanden. Mir ist dasselbe passiert. Vielleicht werden die Mörder unserer Familien während unseres heiligen Kampfes unseren Klingen zum Opfer fallen.«

Chumani berührte die beiden hellen Linien, die für die zwei Lebensjahre ihres Sohnes standen. »Das wäre mir eine Genugtuung, denn der Tod meines Sohnes ist bis heute nicht gerächt. Doch vielleicht ist der Vogelkrieger inzwischen dem Pfeil eines anderen erlegen.«

»Wie hast du den Falken, der bei dir lebt, gefangen und dressiert?«, fragte er. »Ich habe noch nie jemanden gesehen, der einen so großen Vogel zum Freund hat.«

»Ich habe Cetan als Kind gefunden, als er verletzt war. Ich habe ihn mitgenommen in unser Tipi und gesund gepflegt. Wir mochten uns, also ist er bei mir geblieben. Er fliegt oft für ein oder zwei Tage davon und jagt oder kundschaftet die Gegend aus, aber er kommt immer wieder zu mir zurück. Er hat sich bis jetzt noch keine Gefährtin gesucht, doch eines Tages wird er das sicherlich tun. Falken bleiben für immer zusammen. Machmal bringt er mir Hasen, Eichhörnchen oder andere kleine Tiere, die er gejagt hat. Ich koche einen Teil davon für mich und er frisst den Rest. Er geht gern für mich auf die Jagd und er beobachtet mich, wenn ich seine Geschenke verzehre. Er erträgt die Gegenwart anderer, aber anfassen kann ihn außer mir niemand. Die Menschen, die mir nahestehen, greift er nicht an, doch im Kampf gegen Feinde hilft er mir. Er hat sich schon oft auf versteckte Krieger gestürzt und mich so vor ihnen gewarnt. Er hat Feinden auch schon Bögen, Messer und Lanzen aus den Händen geklaubt. Er ist sehr gescheit und immer darauf bedacht, mich zu beschützen. Er war gerade auf der Jagd, als die Crow mich im Wald der Brave Heart überfallen haben, deshalb konnte er mir nicht helfen. Ich werde ihn mit in dein Lager nehmen, wenn du nichts dagegen hast.«

»Ich wüsste nicht, warum du ihn nicht mitnehmen solltest, Tautropfen. Allerdings darf er den Kindern im Lager nicht gefährlich werden. Wir werden ihnen untersagen, sich ihm zu nähern oder ihn zu berühren, und wenn sie nicht gehorchen, werden sie bestraft. Sollte er aber jemanden ohne ersichtlichen Grund angreifen oder sich nicht an seine neue Umgebung gewöhnen, musst du ihn zum Wohle der anderen freilassen.«

Sie war einverstanden und nickte. »Er ist ein treuer Gefährte und gut abgerichtet. Vielleicht kann er uns in unserem heiligen Kampf behilflich sein.«

Er sah ihr tief in die Augen, bevor er ihr eine Frage stellte, die ihm sehr wichtig war: »Warum hast du mich im Wald angelogen? Du heißt nicht Morgennebel und du bist keine Brave Heart.«

Chumani merkte, dass er noch nicht über die ihnen bevorstehende Aufgabe sprechen wollte. Vielleicht fürchtete er auch, sie würde ihn nach dem Falken fragen, den er in der Vision gesehen und auf sein Schild gemalt hatte. »Ich bin Tautropfen, also Morgennebel, und ich habe nie behauptet, eine Brave Heart zu sein. Ich bin aus Versehen in ihr Gebiet eingedrungen. Ich war abgelenkt, weil ich mich an Mutter Erde erfreute, die zu neuem Leben erwachte. Ich habe dir meinen Namen und den Namen meines Stammes nicht verraten, weil ich meine Spur verwischen wollte. Mein Vater und mein Bruder wären sehr verärgert gewesen, hätten sie gehört, was für einer Gefahr ich mich so unbedarft ausgesetzt hatte. Ich danke dir für deine Verschwiegenheit.«

»Wie hast du es geschafft, so spurlos zu verschwinden?«, fragte er sie und hörte verwundert zu, als sie ihm erzählte, wo sie sich versteckt hatte. »Du bist sehr geschickt, Tautropfen. Unsere Wege sind einander in vielem ähnlich. Wir sind beide Häuptlingskinder, beide haben wir unsere Partner und Söhne verloren und wir haben gemeinsam gegen die Crow gekämpft. Vielleicht sind das alles Zeichen, dass wir als Paar und als Kampfgefährten gut zusammenpassen.«

Chumani erlaubte sich, diese letzte Bemerkung einfach zu übergehen. »Worin besteht die Aufgabe, die vor uns liegt, und warum wurden wir auserwählt?«

»Ich weiß es nicht. Der Große Geist hat es uns noch nicht wissen lassen. Wenn es an der Zeit ist, wird er es unserem oder eurem Medizinmann schon mitteilen.«

»Wie um alles in der Welt sollen wir unsere Feinde besiegen? Wir sind nur zu zweit.«

»Ich weiß es nicht«, lautete seine ehrliche Antwort. »Auch das liegt bei Ihm, dem Großen Geheimnisvollen.«

»Warum sorgen wir nicht dafür, dass die Vogelleute und die Bleichgesichter untereinander das Kriegsbeil ausgraben? Es gibt viele Möglichkeiten, das zu bewerkstelligen. Auf diese Weise können wir verhindern, dass sie sich verbünden, denn einzeln sind sie leichter zu besiegen.«

»Wie willst du sie gegeneinander aufhetzen?«

Sie war überrascht und sehr froh, dass er sie nach ihrer Meinung fragte. »Ich wüsste viele Tricks, um Unfrieden zwischen ihnen zu stiften. Habt ihr nicht einige Siegestrophäen von den Crow in eurem Lager?« Als er nickte, fuhr sie fort: »Man könnte einen Überfall auf die Weißhäutigen verüben und die Trophäen liegen lassen, so dass sie denken, die Vogelleute hätten sie attackiert. Wir könnten Pferde des Weißen Mannes stehlen und sie in der Nähe eines Lagers der Crow anpflocken. Die beschlagenen Hufe ihrer Tiere werden Spuren hinterlassen, denen sogar die *wasicun* und ihre Blaumäntel folgen können. Wenn wir auf der Jagd Crow angreifen, lassen wir Dinge liegen, die wir zuvor den Bleichgesichtern gestohlen haben. Sie werden sich gegenseitig verdächtigen und anfeinden.«

»Deine Worte sind weise und ich werde sie nicht vergessen.« Er sah zum Himmel auf. »Die Nacht bricht herein und es ist an der Zeit, sich auszuruhen. Ich bin gleich wieder da.«

Chumani wollte diesen unangenehmen Augenblick schnell hinter sich bringen. Während Windtänzer nach den Pferden schaute, breitete sie die Schlafmatte aus, entledigte sich ihrer Kleidung und legte sich nackt auf die weiche Büffelhaut. »Ich bin bereit«, sagte sie mit vor Angst rauer Stimme, als er zurückkam.

Er sah auf sie hinunter und obwohl der Anblick ihres nackten Körpers ihn so sehr erregte, dass er dem Verlangen kaum widerstehen konnte, gab er zurück: »Wir brauchen uns nicht zu beeilen.«

»Wir brauchen auch nicht zu trödeln. Tu, was du tun musst, um unseren Bund zu besiegeln, so wie du die Pfeife geraucht hast, um das Bündnis unserer Stämme zu besiegeln.«

»Wir sollten ohne Eile handeln. Zuerst müssen wir mehr miteinander reden.«

»Es braucht keine Worte, wenn diese Aufgabe erledigt werden muss.«

Windtänzer konnte bei diesen Worten ein Grinsen nicht unterdrücken. Er hatte den Verdacht, dass ihr die Nächte mit ihrem ersten Mann nicht viel Freude bereitet hatten. Vielleicht hatte er ihr auf der Schlafmatte nie Befriedigung geschenkt, vielleicht war der Narr weder liebevoll noch großzügig mit ihr umgegangen.

»Es ist weder nett noch klug, über den Schmerz eines anderen zu lachen.«

»Warum schmerzt es dich, meine Frau zu werden? Bin ich deiner nicht wert?«

»Ich habe es mir nicht ausgesucht, deine Frau zu werden und fern von meinem Stamm zu leben. Ich will meine Pflicht tun, aber mein Herz ist voller Traurigkeit.«

»Ich werde der Aufgabe, von der du sprichst, bald nachkommen. Aber zuerst müssen wir Freunde werden, denn dann wird unser Tipi ein schöneres Zuhause sein. Wir müssen uns besser kennen lernen.«

»Was möchtest du noch über mich wissen?«

»Alles«, sagte er und hielt ihr eine Decke hin.

Chumani wickelte sich darin ein. »Warum nimmt ein großer Krieger und zukünftiger Häuptling wie Waci Tate sich eine Frau, die er nicht einmal kennt?«

»Ich habe mir Tautropfen nicht zur Frau gewählt«, erinnerte er sie. »Der Große Geist hat dich für mich bestimmt. Wenn Er will, dass wir Liebe in unseren Herzen tragen, dann wird Er dieses Gefühl auch wachsen lassen. Wenn nicht, müssen wir zufrieden sein, dass wir seinen Befehlen gehorchen durften, denn Er weiß alles und hat für alles einen Grund. Da du schon einmal vermählt warst und ein Kind hattest, bist du mit den Aufgaben einer Frau vertraut und weißt, wie man ein Tipi führen muss. Aber du verfügst auch über Kriegerwissen und kannst jagen, also werde ich mich nicht um deine Sicherheit oder um die unserer Kinder sorgen müssen, wenn ich einmal nicht im Lager bin. Ich weiß, es ist hart für dich, deine Familie zu verlassen, aber du wirst sie schon bald wiedersehen. Schlaf jetzt, Tautropfen, denn morgen werden wir zu deinem Stamm zurückkehren, unsere Geschenke auf die Pferde laden und mit meiner Familie zu unserem Lager reiten. Wenn wir einander kennen gelernt haben und Freunde geworden sind, werden wir auch zu Mann und Frau werden.

»Deine Worte sind weise und dein Herz ist gut. Es soll so sein, wie du sagst.«

»Ja, so soll es sein, *mitawin,* denn wir müssen einander respektieren und vertrauen, wenn wir uns der Herausforderung, die auf uns wartet, und den Gefahren, die auf uns lauern, stellen wollen.«

Nachdem Windtänzer sie mit einem wärmenden Fell zugedeckt und sich neben sie gelegt hatte, lauschte Chumani dem Knacken und Knistern des Feuers. Der Schrei einer Eule und die Lockrufe wilder Tiere drangen an ihr Ohr. Einige Tiere streiften auf Nahrungssuche umher oder verjagten Rivalen von ihren Territorien. Ein Frösteln überkam sie, als läge sie nackt im Schnee und ihre Haut kribbelte, als befände sie sich auf einem Ameisenhaufen. Obwohl sie es besser wusste, schob sie es auf die Kälte der Nacht, auf den Wind, der kräftig wehte, und auf die Tatsache, dass sie unter der Decke nackt war. Doch als Windtänzer ihr die Decke gereicht, sie als seine Frau bezeichnet und sich so rücksichtsvoll gezeigt hatte, war ihr ganz warm ums Herz geworden.

Chumani musste sich sogar eingestehen, dass seine Rücksichtnahme sie ein wenig enttäuschte, denn sie hätte mehr über ihn, ihr neues Leben und ihre verwirrenden Gefühle erfahren, wenn er auf seinem Recht bestanden hätte. Sie verbrachte eine schlaflose Nacht. Ihre Gedanken kreisten unaufhörlich um ihre ungewisse Zukunft und den Mann, der so dicht neben ihr lag.

Wie jeden Tag suchte Windtänzer sich am nächsten Morgen eine einsame Stelle am Fluss, wo er badete und den Großen Geist begrüßte. Er trug nichts als Mokassins und Lendenschurz, stand ruhig und aufrecht da, das Gesicht der aufgehenden Sonne zugewandt, und richtete ein stummes Gebet an den Schöpfer aller Dinge. Er dankte ihm für seine Gaben und bat ihn für den bevorstehenden Tag um Schutz und Geleit. Er schloss einen Moment lang die Augen und beendete das Zwiegespräch, atmete dann tief die belebende Luft ein und kniete nieder, um sein morgendliches Ritual zu beenden.

Als er mit den Händen Wasser schöpfte, um Gesicht und Oberkörper zu waschen, bemerkte er auf dem Grund des seichten Flussbettes einige kleinere und größere Steine, die glänzten wie die Sonne selbst. Er wusste, dass er das leuchtende *mazaska zi* auch an den Wurzeln der Grashalme finden konnte, die am Ufer wuchsen. Und er wusste auch, dass der weiße Mann seine Seele für diese Steine hergeben würde und dass er nicht davor zurückschrecken würde, sich mit Gewalt einen Weg in dieses heilige Gebiet zu bahnen, um sie in seinen Besitz zu bringen. Das wussten auch die anderen Stämme und Völker und alle hatten sich geeinigt, den *wasicun* nichts von der Existenz dieser Steine in den geheiligten Paha Sapa zu verraten und auch nicht damit zu handeln. Doch mit schwerem Herzen dachte er, dass der Feind sie eines Tages entdecken und einen fürchterlichen Krieg anzetteln würde. So war es seinem Großvater vor langer Zeit in einer Vision mitgeteilt worden, und Nahemana hatte sich noch nie in seinen Voraussagen getäuscht.

Der Oglalakrieger hörte, wie sich jemand hinter einer Reihe von dichten Büschen am Ufer des Flusses wusch; es war seine Frau. Er schloss erneut die Augen und sah sie im Geiste vor sich und augenblicklich erwachte in seinen Lenden wieder das Verlangen. Er musste lernen, diesen Drang zu beherrschen, andernfalls würde er in Kürze die Waffen strecken und sie auf der Schlafmatte aufsuchen, bevor sie es tun würde. Geduld war eine Tugend und er musste sich beherrschen, egal wie schwer es war und wie lang es dauern würde.

Chumani wusch sich in aller Eile, denn das Wasser war immer noch eisig, auch wenn der Winter vorüber und der Schnee längst geschmolzen war. Keine Wolke trübte das klare Blau des Himmels. Es war beinahe windstill und sehr warm, wärmer als gewöhnlich zu dieser Jahreszeit. Mutter Erde hatte ihr Gesicht erneuert. Die Bäume hatten ausgeschlagen, die Blumen blühten und am Boden und in der Luft wimmelte es von Tieren, Vögeln und Insekten, für die die Paarungszeit angebrochen war. Vielleicht war das der Grund für ihre Unzufriedenheit oder besser gesagt für ihr ungestilltes Verlangen, dachte sie belustigt. Weibliche Sehnsüchte, die tief in ihr verborgen gewesen waren, traten ausgerechnet dann an die Oberfläche, wenn sie sie unter allen Umständen zurückhalten musste. Sie hatte sich stets sehr gut unter Kontrolle und war geübt darin, ihre wahren Gefühle zu verheimlichen, daher zweifelte sie nicht daran, dass ihr das auch Windtänzer gegenüber gelingen würde. Doch wenn nicht, was würde das für ihre Zukunft bedeuten?

Chumani kannte die Antwort nicht und so verfolgte sie diesen Gedanken nicht weiter, sondern kehrte zum Lagerfeuer zurück.

Nachdem sie ein letztes Mal ihre Familie umarmt und sich von ihren Freunden verabschiedet hatte, stieg Chumani auf ihr Pferd, um mit ihrer neuen Familie das Lager zu verlassen und sich ihrem Schicksal einen weiteren Schritt zu nähern. Ihr Vater hatte zwei Pferde, Geschenke von Windtänzer, an sie abgetreten, damit sie ihre Habseligkeiten in das Lager der Red Shield und später in das Sommerlager transportieren konnte. Ihr war ganz warm ums Herz geworden, als Windtänzer sich lächelnd bei Starkem Elch für seine Großzügigkeit bedankt hatte, und sie bedankte sich ebenfalls bei ihren Leuten. In einem ruhigen Augenblick nach ihrer Rückkehr hatte sie ihrer Mutter gesagt, dass Windtänzer ein guter und liebevoller Mann und großer Krieger sei, und dass der Große Geist eine gute Wahl für sie getroffen habe. Sie hatte ihre Mutter mit diesen Worten beruhigen und ihr eine Freude bereiten wollen, doch tief in ihrem Innern hoffte sie, dass sie der Wahrheit entsprachen.

Als sie sich endgültig von allen verabschiedet hatten, brach das Paar zusammen mit den vier Männern vom Stamm der Oglala auf, die etwas vorausritten. Über ihnen flog Cetan und blickte mit lebhaften Augen auf die merkwürdige Gesellschaft hinunter.

Sie ritten schweigend und Chumani dachte an ihre beste Freundin, die bei ihrem Aufbruch noch nicht wieder im Lager gewesen war, so dass Windtänzer und sie sich nicht kennen gelernt hatten. Sie fragte sich, ob ihr Mann Zitkala trotz ihres männlichen Auftretens mögen und achten würde. Sie wusste, dass Windtänzer auf sie gewartet hätte, wenn sie, statt ihre kranke Mutter zu pflegen, mit Zitkala unterwegs gewesen wäre, als er im Lager erschienen war. Trotz aller Zweifel wusste sie auch, dass das Bündnis zwischen den beiden Stämmen notwendig war. Es erfüllte sie mit Stolz, dass dieses Bündnis durch sie besiegelt wurde und dass es ihr bestimmt war, an dem heiligen Kampf teilzunehmen. Sie musste ihre Unsicherheiten besiegen, denn sie durfte ihre Familie, ihren Stamm und sich selbst nicht entehren. Sie musste das Beste aus dieser Prüfung machen.

Außerdem, so sagte Chumani sich, als sie ihm einen kurzen, verstohlenen Blick zuwarf, hatte Windtänzer sich tatsächlich verständnisvoll und geduldig gezeigt. Doch sie hatte immer noch die Befürchtung, dass dieses Verhalten nur ein Trick war, um sie von ihrer Familie wegzuholen und unter seine Kontrolle zu bringen. Vielleicht, dachte sie, gehörte sein Herz einer anderen, auf die er hatte verzichten müssen, um sich nicht dem Willen des Großen Geistes zu widersetzen. Oder vielleicht fand er sie gar nicht anziehend und wollte die körperliche Vereinigung mit ihr nur deshalb vollziehen, weil es zu seinen Pflichten gehörte. Vielleicht war das der Grund dafür, dass er so schnell nachgegeben hatte. *Du solltest nicht so dummes Zeug denken,* schalt sie sich im Stillen. *Du bist klug, mutig und stark. Der Große Geist hat dir eine wichtige Aufgabe zugedacht und er wird dich auf deinem Weg lenken und schützen.*

Als der Abend dämmerte, suchte die kleine Gruppe sich eine geeignete Stelle, um ihr Lager aufzuschlagen. Während die Männer sich um die Pferde kümmerten, sammelte Chumani Holz, machte Feuer und holte Wasser aus dem nahen Fluss. Da sie erst nach den Männern essen und dann die Vorräte für die Nacht verstauen würde, konnte sie jetzt an ihren Gesprächen teilnehmen.

»Es ist gut, dass der Große Geist Tautropfen zur Frau für meinen Sohn erwählt hat«, begann der Häuptling. »Windtänzer hat mir erzählt, wie tapfer und geschickt du im Wald gegen die Crow gekämpft hast. Ich bin stolz, dass du nun meine Tochter bist. Du wirst Hanmani und Kriegerischem Adler eine gute Schwester sein.«

Chumani war gerührt von seinem Lob, aber es überraschte sie, dass Windtänzer seiner Familie von ihrer ersten Begegnung berichtet hatte. »Deine Worte sind freundlich, Großer Bär, und ich danke dir für deine Anerkennung. Ich werde mein Bestes geben, um meiner neuen Familie eine gute Frau, Tochter und Schwester zu sein.« Sie blickte zu Kriegerischem Adler. Mit seinen siebzehn Jahren war er bereits ein gut aussehender Mann und erfahrener Krieger, der vor Stolz auf seine Familie und seinen älteren Bruder glühte.

»Du wirst einen ehrenvollen Platz in unserem Stamm einnehmen. Unser Stamm und meine Familie werden dich freudig aufnehmen und frohe Lieder anstimmen, wenn sie meinen Bruder endlich wieder mit einer Frau sehen. Er wird eines Tages ein großer Häuptling sein, so wie unser Vater. Es ist mir eine große Ehre, dich in unserer Familie willkommen zu heißen.«

»Deine Worte sind ebenso freundlich, Kriegerischer Adler, habe vielen Dank.«

»Er spricht die Wahrheit, Tautropfen«, pflichtete Nahemana seinem Enkel bei. »Deine Ankunft wurde mir in meiner Vision vorhergesagt und schon bald wirst du mit Windtänzer einen ruhmreichen Pfad beschreiten, um unser Volk und unser Land zu retten.«

»Ich hoffe, dass ich dieser Aufgabe gerecht werden kann, Weiser, und dass ich weder den Großen Geist, noch meinen Mann oder unser Volk enttäuschen werde.«

Rote Feder grinste. »Mach dir keine Sorgen, Tautropfen. Mein bester Freund hat deinen Mut und deine Kriegskunst bestaunt und behauptet, du könntest dich mit jedem männlichen Krieger messen. Ich bete darum, euch in eurem aufregenden Kampf zur Seite stehen zu dürfen.«

»Ich ebenso«, ließ Kriegerischer Adler verlauten.

»Wann wird der Große Geist dir mitteilen, worin unser Kampf besteht, Weiser, und wann wird der Zeitpunkt gekommen sein?«, fragte Chumani den Medizinmann.

»Bald, Tautropfen«, lautete Nahemanas Antwort, »denn was ich in der Vision sah, ähnelt dem heutigen Gesicht der Mutter Erde.«

»Wird der Falke, der Tautropfen begleitet, in dem heiligen Feldzug eine Rolle spielen, Großvater?«, fragte Kriegerischer Adler.

»Das weiß ich nicht, aber ein Falke ist mir tatsächlich in der Vision erschienen, und Windtänzer erhielt den Befehl, diesen Vogel auf seinen neuen Schild zu malen.«

Nachdem Rote Feder sie nach Cetan gefragt hatte, erzählte Chumani ihm, wie in der Nacht zuvor ihrem Mann, das Wichtigste über den Falken. Lächelnd sah sie zu dem Raubvogel, der auf dem Ast einer Pinie thronte, und sagte schließlich: »Er ist mein Freund und er wird Wakantankas Befehlen ohne Ausnahme gehorchen.«

»Wir haben morgen einen weiten Weg vor uns, also iss etwas, bevor wir uns schlafen legen.«

Chumani folgte Windtänzers Rat und lauschte beim Essen den Gesprächen der Männer über vergangene Schlachten gegen die Crow, packte dann die restlichen Nahrungsmittel weg und legte neues Holz auf das heruntergebrannte Feuer. Sie entschuldigte sich, verschwand kurz hinter einigen dichten Büschen und legte sich dann neben ihren Mann auf die Schlafmatte. Gemischte Gefühle stiegen in ihr auf, als Windtänzer sich von hinten an sie schmiegte, ihr die Decke über die Schulter zog und einen Arm um ihre Taille legte. Es war gemütlich unter der Decke und seine Körperwärme machte sie schläfrig. Dennoch war sie angespannt, da sie das Verlangen in ihrem Körper zu unterdrücken versuchte. Sie fragte sich, ob er sich aus freien Stücken so liebevoll um sie kümmerte oder ob er sich nur in Gegenwart seiner Familie so benahm, damit es aussah, als seien sie ein glückliches Paar. Sie hoffte, dass ihr eine weitere schlaflose Nacht erspart blieb, und schlief tatsächlich bald ein.

Am nächsten Nachmittag näherte sich die kleine Gruppe aus fünf Männern und einer Frau dem Lager der Red Shield.

Chumanis Herz klopfte wild, denn ihr wurde bewusst, dass sie nun den Rest der Familie und des Stammes kennen lernen würde. Als habe er ihre Befürchtungen geahnt, ritt Windtänzer näher an sie heran und schenkte ihr ein ermutigendes und beruhigendes Lächeln. Einen Moment lang verlor sie sich in seinem verführerischen Blick, dann erwiderte sie sein Lächeln und wandte sich dem Lager zu, das sich nun vor ihren Augen ausbreitete. Ihr neues Zuhause, ihre neue Familie, ihr neues Leben und ihr ungewisses Schicksal erwarteten sie.

6. Kapitel

Chumani war hoch erfreut, als ihr ein freundlicher Empfang bereitet wurde. Kriegerischer Adler und Rote Feder waren vorausgeritten, um ihr baldiges Eintreffen im Lager anzukündigen. Der ganze Stamm drängte sich um die Pferde des jungen Paares, um sie willkommen zu heißen. Man betrachtete die Frau vom Stamme der Brule eingehend und bestaunte den großen Falken, der auf einem dicken, breiten Lederband auf ihrer Schulter saß, damit er sie nicht versehentlich mit seinen scharfen Klauen verletzte. Ab und zu hob sie die Hand, strich Cetan über die Brust und redete beruhigend auf ihn ein, denn der Falke fühlte sich in dieser ungewohnten Umgebung nicht wohl, krallte sich an ihr fest und wandte ruckartig den Kopf hin und her. Sie hörte, wie einige Mitglieder der Big-Belly-Gruppe Nahemanas und Windtänzers Visionen priesen, während sie ihre Blicke zwischen ihr und Cetan und dem Schild mit dem gelben Tautropfen und dem braunen Falken hin- und herwandern ließen. Zahlreiche Leute wurden ihr vorgestellt und ihr wurde klar, dass es eine Weile dauern würde, sich die vielen unbekannten Namen und Gesichter zu merken: Windtänzers fünfköpfige Familie, die Eltern seiner Mutter, Winonas Bruder, dessen Familie sowie deren Schwester, die Schwester des Häuptlings mit ihrer Familie und die vielen Freunde. Sie wurde als Frau des zukünftigen Häuptlings respektiert und ehrfürchtig als »das Mädchen aus der Vision« bezeichnet. Sie selbst hegte zwar einige Zweifel an der Richtigkeit dieser Vision und an Nahemanas Auslegung, Windtänzers Familie und Freunde jedoch waren überzeugt, dass es niemand anderes als der Große Geist gewesen war, der ihrem Medizinmann und dem Sohn ihres Häuptlings die Botschaft von dem Falken und dem Mädchen offenbart hatte, und dass sich mit ihrer Ankunft ein Teil der Prophezeiung bereits erfüllt hatte.

Windtänzer war davon ausgegangen, dass man seiner neuen Frau einen warmen Empfang bereiten würde, doch er war überglücklich festzustellen, dass die Begrüßung herzlicher ausfiel, als er gedacht hatte. Er war sich sicher, dass dieses Ereignis Chumani etwas beruhigen und sie beide einander näher bringen würde.

»Kommt her, wir zeigen euch euer neues Heim, zweite Tochter und erster Sohn«, sagte Winona. »Danach helfen Hanmani und ich euch beim Abladen und Auspacken. Eine Menge Leute haben uns bei dem Tipi geholfen und viele haben Geschenke gebracht, damit es euch an nichts fehlt. Später werden wir euren Bund feiern und Chumani als neues Mitglied in unserer Familie begrüßen.«

Bevor die Menge sich auflöste und die Leute sich wieder ihrem Tagwerk zuwandten, dankten Windtänzer und Chumani ihnen für ihre Großzügigkeit und tatkräftige Unterstützung.

Dann folgten sie seiner überschwänglichen Mutter und seiner Schwester zu einem Tipi am Waldrand. Zahlreiche andere Tipis standen hier auf kleinen Lichtungen zwischen Nadel- und Laubbäumen und riesigen schwarzen Felsen. Im Hintergrund waren die Berge und Cañons der Paha Sapa zu sehen, und am Fuße der Gebirgsausläufer schlängelte sich das blaue Band des Spearfish Creek. Die Behausungen waren hier nicht spiralförmig angeordnet, wie man das in den Sommerlagern in der Prärie zu tun pflegte, wo die Tipis zur besseren Verteidigung näher beieinander stehen mussten.

Von ihrem alten Lager, das sich weiter südlich in der Nähe der heiligen Höhle der vier Winde befand, wusste Chumani, dass Orte wie diese als Lagerplätze für den Winter besonders beliebt waren, da die geheiligten Berge sowohl Schutz vor dem Feind als auch vor den Stürmen und dem Schneegestöber der kalten Jahreszeit boten. Außerdem konnten die Pferde hier dank der vielen Wiesen in den windgeschützten Tälern und des reichlich vorhandenen Wassers in Ruhe grasen und trinken.

Als sie vor dem kegelförmigen Zelt standen, auf das die Geschichtenerzähler des Stammes Windtänzers Siege gemalt hatten, war das Paar sichtlich erstaunt über dessen Größe und die Qualität der sorgfältig genähten Häute. Voller Stolz und Begeisterung erklärte Hanmani ihrer neuen Schwester die bunten Zeichnungen und berichtete ihr von den ruhmreichen Siegen, die sie darstellten.

Als Chumani ihr neues Heim betrat, drang ihr der Geruch von sechsundzwanzig mit Sand glatt geschliffenen Stangen aus frisch geschlagenem und entrindetem Pinienholz in die Nase, die das stabile Gerüst des Tipi bildeten. Die zwischen den Stangen gespannten Büffelhäute und der nach oben ziehende Rauch eines kleinen Feuers, das in einem Steinkreis in der Mitte des Tipi brannte, verströmten ebenfalls einen würzigen Duft, und noch weitere bekannte und unbekannte Gerüche hingen in der Luft. Die Stangen trafen in fünf Metern Höhe aufeinander und an diesem Scheitelpunkt bildeten die Büffelhäute ein Loch, durch das der Rauch abziehen konnte. Die Häute waren mit Lederbändern genäht und befestigt worden, damit sie nicht im Wind flatterten und auch bei Sturm Schutz boten. Am Eingang waren die Häute durch zahlreiche Holzstreben gesichert. Im Inneren des Tipis herrschten dank Winona und Hanmani Sauberheit und Ordnung.

Chumani schaute sich weiter um. Eine zusätzliche Lage bunt bemalter und sauber vernähter Häute erstreckte sich vom Boden, wo die Ränder ordentlich festgesteckt waren, bis zu einer Höhe gut von einem Meter. Diese äußerst dekorative Innenwand verhinderte, dass es am Boden zog, und bildete somit einen weiteren Kälteschutz im Winter. Außerdem hielt sie den Regen ab, wenn er an den Stangen hinunterlief, und sorgte dafür, dass die verrauchte Luft auch wirklich nach oben stieg und abzog. Am oberen Rand war das Leder mit zahlreichen Haken und Ösen an einem langen Seil befestigt, das von Stange zu Stange führte.

Von diesem Seil hingen auch allerlei Gebrauchsgegenstände, auf die Hanmani nun nacheinander zeigte und die Namen der jeweiligen Stifter nannte. Es gab einen Nähbeutel mit Sehnen und einem Lederpfriem, zwei Wasserschläuche aus Büffelblasen, zwei Rückenlehnen aus geflochtenem Schilf und Rahmen aus Weidenzweigen, große Lederbeutel mit Hornlöffeln, Horntassen, Holztellern und einer hölzernen Schale mit dazugehörigem Mahlstein, in der sich Nüsse knacken sowie getrocknete Beeren und Getreide mahlen ließen. Letzteres konnte man beim Handel mit entlegenen Stämmen erstehen. Des Weiteren gab es einen Enthäuter und einen Schaber, eine weiche Kniematte für die Arbeit, Bastsäcke zum Aufbewahren von Kleidung, einen Medizinbeutel mit Heilkräutern, eine hölzerne Schleuder und zahllose andere Geschenke.

Eine dicke Schlafmatte lag fest zusammengerollt auf dem Boden und an einem staffelförmigen Ständer hingen Windtänzers Waffen, die er zu Hause gelassen hatte. Chumani wusste, dass viele Männer ihre Waffen an einen *huyamni* hängten, da es Frauen untersagt war, sie anzufassen. Das Gleiche galt für die Gebetspfeife eines Mannes und seinen Medizinbeutel. Auch Windtänzers restliche Habseligkeiten hatten Hanmani und Winona bereits in das Tipi gebracht.

»Es ist herrlich, was ihr alles für mich getan habt«, sagte Chumani mit Freudentränen in den Augen zu ihrer Mutter und ihrer Schwester. »Ihr seid freundlich und großzügig, ich bin stolz, ein Mitglied eurer Familie und eures Stammes zu werden.«

»Wir sind glücklich, dass du als Frau meines Sohnes bei uns leben wirst.«

»Es ist schön, eine Schwester zu haben«, gestand Hanmani lächelnd.

»Ja, das ist es«, stimmte Chumani ihr zu und erwiderte ihr Lächeln, während sie den Falken auf eine der Rückenlehnen setzte. »Bis jetzt hatte ich nur einen Bruder.«

Während sie mit Hilfe der beiden Frauen ihre Sachen auspackte, gruben Windtänzer und Rote Feder vor dem Tipi ein tiefes Loch für Cetans T-förmigen Ständer. Sie sicherten ihn mit Steinen, bevor sie die Erde wieder festklopften und weitere Steine für zusätzlichen Halt um die Stange legten.

Als alles ausgepackt und verstaut war, zogen Winona und Hanmani sich zurück, damit Chumani sich vor dem Fest, das am Abend stattfinden sollte, von der langen Reise erholen konnte.

Chumani wusch sich den Staub von Gesicht, Armen und Beinen. Sie zog sich um, wechselte die Mokassins, kämmte ihr langes schwarzes Haar und steckte einen Perlenschmuck hinein, an dem kurze, weiche Federn hingen. Während sie sich Perlenbänder, Geschenke ihrer Mutter, um Hals und Handgelenke legte, redete sie leise auf Cetan ein: »Dies ist unser neues Zuhause, mein Freund. Du wirst dich bald an die neuen Gesichter, Geräusche und Gerüche gewöhnt haben. Dann darfst du frei umherfliegen und das Gebiet für dich erkunden. Ich weiß, dass du keinerlei Furcht empfindest. Ich aber schon. Ich habe Angst, in dem heiligen Kampf, der vor uns liegt, zu versagen. Und ich habe Angst vor den Gefühlen, die in letzter Zeit in mir schwelen. Ich fürchte mich vor diesem neuen Leben und ich vermisse meine Familie und Freunde. Ob ich diesen Mann und seine Stammesgenossen eines Tages lieben werde?«, fragte sie den Falken. »Werde ich glücklich sein mit ihm?«

Chumani lächelte, als Cetan ihr mit einem Krächzen antwortete. »Ich wünschte, ich könnte dich verstehen, mein Freund, denn ich bin mir sicher, dass deine Ratschläge weise sind. Ich ...«

Sie sprach nicht weiter, denn sie hörte, wie Windtänzer sich vor dem Tipi von Roter Feder verabschiedete. Sie blickte ihn an, als er das Tipi betrat und augenblicklich stehenblieb, um sie mit einem immer breiter werdenden Lächeln, das ihm ausnehmend gut zu Gesicht stand, von Kopf bis Fuß zu mustern.

»Du bist sehr schön, Tautropfen, es ist eine Freude, dich anzusehen, und ich bin stolz, dich meine Frau nennen zu dürfen.« Sie lächelte ihn an und bedankte sich für das Lob, bevor er weitersprach: »Ich habe einen kleinen Hasen für Cetan. Möchtest du ihn hier drinnen füttern oder soll er ihn draußen auf seiner Stange bekommen?«

»Ich werde ihn draußen anbinden, damit er ein wenig an die frische Luft kommt.«

Sie wickelte ein Lederband um die Klaue des Falken und befestigte das andere Ende an dem Holzpflock. Windtänzer hatte die Querstange mit einem Fell versehen, dessen Geruch dem Vogel vertraut war, so dass es eine beruhigende Wirkung auf ihn hatte. Außerdem befand sich auf einem Ende der Stange ein kleines Hornschälchen mit Wasser. »Wenn du ihm den Hasen gibst, wird er dich bald akzeptieren und dir eines Tages gehorchen. Leg deine Hand auf meine, dann kann dir nichts geschehen.«

Chumani führte Windtänzers ausgestreckte Hand mit dem Hasen vor den Falken. Cetan beäugte zuerst das Geschenk und dann das Paar, das vor ihm stand. Er hob sein freies Bein, packte das Tier mit der Kralle, legte es auf die Stange und hielt es fest, während er den Blick nicht von den beiden Händen wandte.

Chumani lächelte. »Es ist gut, dass du ihm Futter und Wasser gibst. Er hat sich schon an deine Gegenwart gewöhnt und bald wird er sich von dir anfassen lassen und auf deine Befehle hören. Ich bin froh, dass du mir erlaubt hast, ihn herzubringen.«

Und ich bin froh, dass du so denkst und es mir sagst und mich dabei so anschaust, dachte Windtänzer glücklich. Sie hatten die Hände gesenkt und hielten sie weiter ineinander verschränkt. »Vielleicht wurde er dir vor vielen Jahren gegeben, weil es der Wille des Großen Geistes ist, dass er uns in unserem Kampf behilflich sein wird. Vielleicht habe ich deshalb einen Falken in meiner Vision gesehen. Nun aber müssen wir gehen, *mitawin,* das Fest wird gleich beginnen.«

Vielleicht ist er dir aber auch deshalb in deiner Traumwelt erschienen, weil du ihn kurz zuvor bei mir gesehen hast und deine Sinne dir einen Streich gespielt haben, dachte sie im Stillen. Doch auch wenn das der wahre Grund sein sollte, sie freute sich einfach, dass er ihren gefiederten Freund mochte und sie ihm gefiel. »Ich bin bereit, *mihigna.*«

Nach dem Essen setzten sich acht Männer an die großen Trommeln, die aus Weidenholz-Ringen gefertigt waren, über die man eine gegerbte Haut gespannt hatte. Die Trommler schlugen zur Unterhaltung des neuen Paares und der versammelten Menge mit Stöcken auf die straffe Oberfläche und sangen Stammeslieder. Später am Abend tanzte Windtänzer mit anderen Männern um das Lagerfeuer, sie stimmten Loblieder auf den Großen Geist an und baten ihn um Schutz und Rat.

Chumani betrachtete den Häuptlingssohn, der behände um die lodernden Flammen tanzte. Nie zuvor hatte sie einen so großen Mann gesehen, und nur wenige konnten sich so vieler Siege rühmen wie er.

Sein Körper war kräftig und geschmeidig, seine schnellen Schritte sicher und genau und sein Gesichtsausdruck wirkte heiter und ruhig, als habe er sich in Trance getanzt. Ihr Herzschlag passte sich dem Rhythmus der Musik an. Obwohl sie aufgeregt war, fühlte sie sich wohl inmitten dieser freundlichen Menschen. Sie war stolz, Windtänzers Frau zu sein und bei der Familie des Häuptlings zu sitzen, und eine freudige Erregung erfüllte sie beim Anblick dieses männlichen Kriegers, neben dem sie heute Nacht liegen würde.

Windtänzer hatte die Augen fast geschlossen, während er sang und tanzte, doch jedesmal, wenn er an Tautropfen vorbeikam, die bei seinen Eltern und seiner Schwester saß, riskierte er einen kurzen Blick auf seine Frau. Sie sah atemberaubend schön und äußerst friedlich aus, so als würde sie sich wirklich an dem Fest erfreuen und nicht nur so tun, als gefiele es ihr. Es lag nicht nur am Tanzen und an dem nahen Feuer, dass ihm so heiß war, sondern vor allem an seinem brennenden Verlangen nach ihr. Er verzehrte sich danach, sie auf die Arme zu nehmen, in ihr gemeinsames Tipi zu tragen und sich langsam und innig mit ihr auf der Schlafmatte zu vereinen. Er wollte ihre Lippen berühren, ihre weiche Haut liebkosen und seine harte Männlichkeit tief in ihrem Körper spüren. Doch er wusste, dass es dafür noch zu früh war. Zuerst musste er ihr Vertrauen, ihre Liebe und ihren Respekt gewinnen, und zwar bevor sie sich in den heiligen Kampf begeben würden. Er wünschte, der Große Geist möge ihnen schon bald sagen, welche Herausforderung sie zu meistern hätten, denn er war voller Ungeduld. Vielleicht, überlegte er sich, würde der Geheimnisvolle seinem Großvater erst dann die nächste Botschaft zukommen lassen, wenn er und Chumani eins geworden waren.

Er sehnte den Augenblick herbei, in dem sie dazu bereit sein würde, also beschloss er, sie mit allen Mitteln in Versuchung zu bringen und sich ihr gegenüber von seiner besten Seite zu zeigen. Dann, so hoffte er, würde sie ihre Gefühle nicht vor ihm verbergen.

Als die Zeit gekommen war, dass Frauen und Männer gemeinsam tanzten, ging Windtänzer zu Chumani und hielt ihr die Hand hin. Es machte ihn sehr glücklich, dass sie sie ohne zu zögern ergriff und sich von ihm hochziehen ließ. Sie sahen einander in die Augen und ihre Körper berührten sich fast, während sie sich mit kleinen Schritten zu der langsamen und sanften Musik bewegten. Beide spürten, dass man von ihnen als frisch vermähltem Paar erwartete, dass sie sich ansahen, um so ihre gegenseitige Zuneigung auszudrücken. Doch was zunächst als Pflichtübung begonnen hatte, wurde schließlich viel mehr. Beide waren sich der Nähe des anderen, der wachsenden Leidenschaft und der Tatsache, dass der Große Geist sie füreinander bestimmt hatte, nur zu sehr bewusst.

Nach diesem anregenden Tanz gesellte Windtänzer sich zu seiner Familie, während Chumani, die ihr Gleichgewicht wiederfinden wollte, sich entschuldigte und zu den Büschen am Rande des Lagers ging. Eine junge Frau, von der sie seit ihrer Ankunft des öfteren beobachtet worden war, folgte ihr.

»Ich bin Wastemna, die Tochter von Büffelhorn, unserem Schlachtenführer. Es ist nicht gut, wenn die Frau unseres zukünftigen Häuptlings allein das sichere Lager verlässt. Du würdest eine wertvolle Siegestrophäe für unsere Feinde, die Crow, abgeben.«

»Es ist sehr aufmerksam von dir, dass du dir Sorgen machst und mich warnen willst, aber es ist nicht nötig, Wastemna. Ich habe ein Messer bei mir, und ich bin eine sehr gute Kriegerin. Ich kämpfe sowohl mit der Klinge als auch mit bloßen Händen.«

»Das ist gut, aber selten bei einer Frau. Ein großer Krieger und Häuptling braucht eine Gefährtin, die sich in Frauenarbeit auskennt, ihm Liebe und Respekt entgegenbringt und ihm in seinem Tipi viel Freude bereitet.«

Chumani fragte sich, ob in der Stimme der jungen Frau nicht eine gewisse Feindseligkeit lag. Es war ihr nicht entgangen, dass Wastemna sie mehrmals am Abend beobachtet hatte, doch sie hatte es für reine Neugierde gehalten. »Ich bin die Tochter des Häuptlings der White Shield, daher muss ich in der Lage sein, unsere Leute und unser Land zu beschützen. Ich habe an vielen Überfällen und Treibjagden teilgenommen, aber ich kenne auch die Aufgaben einer Frau und weiß, wie ich mich zu benehmen habe.«

»Wakantanka war dir wohlgesonnen, als Er dir Waci Tate zum Mann gab. Viele Frauen unseres Stammes wären gern mit ihm vermählt worden. Kein anderer Mann ist so mutig und stark wie er. Und sowohl sein Gesicht als auch sein Körper sind sehr anziehend, nicht wahr?«

»Er ist gewiss sehr mutig und geschickt. Aber von den Wünschen anderer Frauen weiß ich nichts.«

»Die zählen nun ohnehin nicht mehr, Wakantanka hat Waci Tate befohlen, dich zur Frau zu nehmen, und er musste gehorchen. Gilt das Gleiche für dich?«

Chumani fand die Frau recht aufdringlich, sie kannten einander viel zu wenig, um sich über solch private Angelegenheiten zu unterhalten. Aber sie wollte die Tochter des Schlachtenführers nicht beleidigen und sie zur Feindin haben, deshalb schenkte sie ihr ein Lächeln und gab freundlich zurück: »Wie du schon sagtest, Wastemna, Waci Tate ist kein Mann, den man verschmäht oder zurückweist. Ich bin mit Freuden seine Frau geworden.«

Eisiges Schweigen herrschte zwischen ihnen, als sie zum Fest zurückkehrten. Chumani ging davon aus, dass Wastemna im Widerspruch zu ihrem Namen ihr gegenüber alles andere als »wohlwollend« sein würde, und fürchtete, sich die junge Frau ungewollt zur Feindin gemacht zu haben.

In der ersten Nacht in ihrem neuen Tipi teilten Windtänzer und Chumani dasselbe Schlaffell, doch ihre Körper fanden nicht zueinander, wie sie es sich beide wünschten, ohne dass der andere davon wusste. Beide hatten das Willkommensfest genossen und hofften, einander näher zu kommen, doch keiner wagte den ersten Schritt.

Chumani stellte Windtänzer keine Fragen über die Tochter des Schlachtenführers oder irgendwelche anderen Frauen, die gern mit ihm vermählt worden wären, wie Wastemna ihr zu verstehen gegeben hatte. Wieder fragte sie sich, ob er sie überhaupt begehrenswert fand oder ob er sie verschmähte, weil er sich nicht dazu durchringen konnte, ihren Körper zu lieben. Schließlich hatte er sie nicht aus freiem Willen gewählt und gewiss hatte sie bei ihrer ersten Begegnung einen schlechten Eindruck auf ihn gemacht. Sie selbst wollte aus Stolz und aus Angst vor einem neuerlichen Verlust, den sie empfinden würde, wenn sie nicht zueinanderpassten, die Kontrolle über ihre Gefühle nicht verlieren. Außerdem konnte er, solange sie sich nicht auf der Schlafmatte vereinigten, auch seinen Samen nicht in sie pflanzen. Davor fürchtete sie sich, weil es womöglich ihre Teilnahme an dem heiligen Kampf vereiteln könnte. Sie betete um die Stärke, sich von ihrem Verlangen nicht hinreißen zu lassen, und um das nötige Geschick, ihn durch dieses Verhalten nicht zu beleidigen. Sie wusste, dass es schwierig sein würde, da ihr Mann in vielerlei Hinsicht so ungemein anziehend war.

*

Am nächsten Morgen, während die Männer sich auf der Jagd befanden, pflückte Chumani Kräuter und Pflanzen und sammelte Feuerholz mit Hanmani, deren bester Freundin Macha, ihrer Großmutter Kleine Schildkröte, Blumenwiese, der Schwester von Großem Bär, Singendem Vogel, der Frau von Winonas Bruder Starkem Fels, und Rehauge, Winonas Schwester, die sich nie vermählt hatte und immer noch im Tipi ihrer Eltern Nahemana und Kleine Schildkröte lebte. Sie redeten und lachten bei der Arbeit und Chumanis Zuneigung und Respekt für ihre neue Familie wuchs, während sie die einzelnen Mitglieder und die Ereignisse, die eine starke Verbundenheit zwischen ihnen geschaffen hatten, näher kennen lernte. Erfreut und erleichtert zugleich entdeckte sie, dass die Familie von Großem

Bär und Winona äußerst beliebt war und von allen geschätzt wurde. Es erfüllte sie mit Stolz, dass ihr zweiter Vater der Sohn eines berühmten Häuptlings und ihre zweite Mutter die Tochter eines geachteten und beliebten Schamanen war. Sie konnte nicht leugnen, dass die Blutslinien ihres Mannes einwandfrei waren, so wie es die ihres künftigen Sohnes einst sein würden.

Chumanis Vater hingegen entstammte nicht einer langen Blutslinie von Häuptlingen. Als sie drei Winter zählte, war Starker Elch vom Stammesrat zum Häuptling bestimmt und von allen Mitgliedern der White Shield einstimmig gewählt worden, nachdem ihr alter Anführer und seine beiden Söhne in einem fürchterlichen Kampf gegen Crow und Pawnee getötet worden waren. Ihr Vater hatte während der Schlacht, als es auf einmal keinen Häuptling mehr gegeben hatte, den Befehl übernommen und seinem Stamm zum Sieg verholfen. Der nächste Häuptling würde ihr Bruder sein, es sei denn, Feuerläufer würde vorher getötet oder auf irgendeine Weise entehrt. Da er jedoch ein herzensguter Mann und ein angesehener Krieger war, war dies kaum zu befürchten.

Am Nachtmittag fragte Windtänzer, ob sie mit ihm zum Spearfish Cañon reiten wolle, um sich den größten Wasserfall der Gegend anzusehen.

Chumani freute sich, als er vorschlug, Cetan mitzunehmen, damit der Falke nach frischem Fleisch jagen und frei fliegen konnte, aber noch mehr erfreute es sie, dass er mit einem romantischen Ausritt um sie warb. Außerdem würde ein solcher Ausflug seine

Leute von der Innigkeit ihrer Verbindung überzeugen, was wiederum ihn erfreuen und in seiner Zurückhaltung bestärken würde.

Sie legte rasch ihre Arbeit beiseite, befreite Cetan und ließ sich von Windtänzer auf den Rücken seines braunen Reitpferdes ziehen. Sie spürte seine Freude, dass sie seinen Vorschlag so bereitwillig angenommen hatte, und gratulierte sich lächelnd zu ihrer Schläue. Vielleicht, dachte sie, würde dieses Eroberungsspiel ihr noch eine Menge Spaß bereiten.

Zunächst war der Cañon noch flach und breit und von hellem Sonnenlicht durchflutet. Sie ritten an einem Fluss mit reißender Strömung entlang, dessen Wasser zwar kalt, aber erfrischend war. Die wunderschöne Gegend machte einen äußerst friedlichen Eindruck. Es war warm und keine Wolke störte das klare Blau des Himmels. Die Landschaft breitete sich fruchtbar und grün vor ihnen aus. Überall wuchsen Rottannen, wilde Blumen und hohes Gras, das sich im Wind sacht hin und her wiegte. Sie scheuchten verschiedene Vögel und Tiere auf, die hastig ihren Weg kreuzten und dann schnellstens in Deckung gingen.

Sie folgten einem ausgetretenen Pfad und allmählich wurden die schwarzen Felsen zu beiden Seiten höher und steiler. Der zerklüftete Cañon wurde immer enger und nur noch wenig Sonnenlicht drang an diesen herrlichen Ort. Über ihnen war noch immer ein kleiner Streifen blauen Himmels zu sehen, der einen herrlichen Kontrast zu dem Schwarz der Felsen und dem Grün der Wiesen bildete.

Als sie den Wasserfall erreicht hatten und abgestiegen waren, staunte Chumani über das laute Tosen des Wassers, das von einem hohen Felsen herabstürzte und ihre Gesichter mit Gischttropfen benetzte. »Ich verstehe, warum dein Stamm sein Winterlager an diesem Ort aufgeschlagen hat«, bemerkte Chumani. »Der Cañon bietet einen guten Schutz gegen Kälte und Schnee und das Wasser fließt so schnell, dass es nicht gefrieren kann. Ich bin sicher, dass es hier für eure Pferde immer etwas zu fressen gibt und dass winters wie sommers Wild umherstreifte, das ihr jagen könnt. Aus den gleichen Gründen liegt das Lager meines Stammes in der Nähe des Wassers, das warm aus dem Gesicht der Mutter Erde sprudelt. Sieh nur«, sagte sie und zeigte nach oben, »Cetan gefällt es hier auch, er zieht friedlich seine Kreise und hält nach Beute Ausschau.«

»Ich freue mich, dass unser Ausflug euch beide glücklich macht. Vor einigen Tagen sagtest du, dass wir noch nicht viel miteinander erlebt haben. Wir sollten öfter solche Ausritte machen, um einander näher zu kommen. Heute Abend werde ich für dich zum ersten Mal die Flöte spielen.«

Chumani lächelte ihn an. »Es ist gut, solche Dinge zu teilen, bevor wir miteinander eins werden. Ich danke dir für deine Geduld und deine Großzügigkeit. Du respektierst die vier Tugenden und dein Benehmen ist ohne Tadel.«

Windtänzer lächelte ebenfalls. »Mir wird warm ums Herz, wenn du so zu mir sprichst.« Er wollte ihre Wange streicheln, sie küssen, in den Armen halten, mit ihr im Gras liegen und sie lieben. Aber zuvor wollte er das Band zwischen ihnen festigen.

»Es wärmt mein Herz, dass ich einen Mann habe, der gütig und freundlich ist«, gab Chumani zurück.

»Ebenso macht es mich glücklich, die Schönheit der Mutter Natur und das Werk des Großen Geistes zu betrachten. Er hat viele Dinge geschaffen, die uns nützlich sind und uns Freude bereiten.«

»Das ist wahr und ich danke Ihm jeden Tag für seine Gaben.«

»Das tue ich auch, *mihigna.*« Sie seufzte. »Ich wünschte, wir könnten noch etwas bleiben, aber ich muss zum Tipi zurück und mich um das Abendessen kümmern. Ich danke dir vielmals für diesen herrlichen Nachmittag.«

»Es ist nur der erste von vielen, *mitawin*«, versprach er ihr.

Auf dem Rückweg ins Lager schlang sie ihre Arme um seine Taille und presste ihre Brüste an seinen Rücken und er verspürte ein brennendes Verlangen nach ihr. Er erfreute sich an dem sanften Klang ihrer Stimme, wenn sie lachte. Seine Frau verkörperte eine berauschende Mischung aus Stärke und Weichheit und ihre Haut verströmte einen süßen Duft, der ihm bereits vertraut war. Wenn sie sprach oder ihn küsste, roch ihr Atem nach frischen Kräutern. Ihre Haut war glatt und zart bis auf die beiden Trauernarben an ihrem Unterarm, die von einer großen Liebe, ungeheurer Tapferkeit und einem tragischen Verlust zeugten. Seit ihrer Vermählung hatte sie ihn in keinster Weise enttäuscht oder beschämt, auch in der Öffentlichkeit war ihr Verhalten tadellos. Seine Familie und sein Stamm mochten und respektierten sie und behandelten sie bereits wie eine der Ihren. Sein Bruder und sein bester Freund hatten ihm gesagt, dass er sich glücklich schätzen könne, eine solche Frau zu haben. Ja, dachte er bei sich, keine eignete sich besser als Gefährtin in seinem Kampf und als Mutter seiner Kinder und er dankte Wakantanka für seine Wahl.

Vorsichtig befestigte Chumani einen aufgespießten Hasen über dem Kochfeuer, indem sie die beiden überstehenden Enden des Holzspießes in zwei Astgabeln legte, die zu beiden Seiten des Feuers in der Erde steckten. Dann holte sie Kräuter aus dem Tipi, die das Fleisch würzig und zart machen würden, und streute sie über den Hasenbraten. Aus einem Beutel nahm sie Löffel aus Elchgeweih, Teller aus dem Holz der Tollkirsche und Tassen aus Büffelhorn, deren spitze Enden in kleinen Pinienholzblöcken steckten, damit sie nicht umfielen. Es würde noch eine Weile dauern, bis der Braten gar war, und so ging sie zum Fluss hinunter, um frisches Wasser zu holen. Sie ließ sich Zeit, in Gedanken ganz bei dem Ausritt mit ihrem kräftigen, gut aussehenden Mann. Ein Kribbeln ging durch ihren Körper und ihr Herz begann zu glühen. Er war so verführerisch und ...

»Dein Feuer ist zu hoch, das Essen verbrennt.« Chumani war so sehr in Gedanken gewesen, während sie den Wasserschlauch gefüllt hatte, dass sie sich jetzt umdrehte, erstaunt in das Gesicht ihres Mannes blickte und ihn bitten musste, seine Worte zu wiederholen.

So leise wie möglich, damit nur sie es hören konnte, wiederholte er: »Dein Feuer ist zu hoch, die Flammen sind dabei, das Fleisch zu verbrennen, bald wird es nicht mehr genießbar sein. Ein Mann hat an einem Kochfeuer nichts zu suchen, also bin ich hergekommen, um dir Bescheid zu sagen.«

Chumani eilte zu dem Feuer, das direkt neben dem Tipi brannte. Erstaunt sah sie, dass er Recht hatte: Hohe Flammen umzüngelten gierig das an einigen Stellen bereits verbrannte Fleisch. Schnell hängte sie den Wasserschlauch an einen Ständer neben dem Feuer, schob einen Großteil des brennenden Holzes beiseite und löschte die Flammen mit dem Wasser. Während sie das Fleisch begutachtete, sagte sie leise zu sich selbst: »Jemand hat das mit Absicht gemacht, mein Feuer war nicht zu hoch.«

Windtänzer hockte sich neben sie und fragte flüsternd: »Willst du damit sagen, dass es einen Unruhestifter unter uns gibt oder dass sich jemand ins Lager geschlichen hat?«

Chumani verstand, dass er ihren Worten nicht ohne Weiteres Glauben schenkte. Sie wusste, dass es unbesonnen war, ohne jeglichen Beweis einen Dritten zu beschuldigen, aber andererseits wollte sie auch nicht nachlässig erscheinen. »Ich weiß es nicht, aber ich habe kein so hohes Feuer gemacht. Ich habe nur sehr wenig von dem Holz benutzt, das ich heute Morgen gesammelt habe. Der Rest liegt noch neben dem Tipi. Außerdem nehme ich zum Kochen niemals trockenes Pinienholz, denn es brennt zu schnell.«

Windtänzer wollte nicht glauben, dass jemand aus seinem Stamm absichtlich so etwas getan hatte, doch ebenso wenig wollte er glauben, dass sie ihn anlog, um ihre Nachlässigkeit zu vertuschen. Der merkwürdige Vorfall machte ihn nachdenklich. Er hielt es für das Beste, niemandem davon zu erzählen: »Wir sollten die anderen nicht dadurch beleidigen, dass wir sie unbegründet verdächtigen, und wir sollten ihnen auch nicht sagen, dass ein Böser Geist sich ins Lager geschlichen hat, um Waci Tate und Tautropfen einen üblen Streich zu spielen, denn das würde sie nur in Angst und Schrecken versetzen.«

»Ich stimme mit dir überein«, pflichtete sie ihm bei. Im Stillen jedoch dachte sie: *Ich werde von nun an die Augen offen halten, um herauszufinden, was hier gespielt wird.*

»Ich bleibe hier sitzen, spiele Flöte für dich und passe auf unser Tipi und das Fleisch auf.« Er wusste, dass es für die anderen so aussehen musste, als würde er sie nur unterhalten, Chumani jedoch würde aufgrund des Gesprächs am Nachmittag wissen, dass er ihr den Hof machte.

Während er spielte und sie arbeitete, drehten sich Chumanis Gedanken unaufhörlich um den Vorfall mit dem Feuer. Sie hatte eine ganz andere Holzart gesammelt. Sie fragte sich, wer sie so wenig mochte, dass er ihr so übel mitspielte und versuchte, ihren Mann gegen sie aufzubringen. Nicht nur wegen des verbrannten Essens musste er jetzt schlecht von ihr denken, sondern vor allem, weil sie ein Mitglied seines Stammes einer solch hinterhältigen Tat bezichtigt hatte. Wäre Cetan nicht wegen der allzu grellen Sonne im Innern des Tipis angebunden gewesen, er hätte den Verantwortlichen angefallen und sie hätte den Schuldigen aufgrund der Verletzungen überführen können. Sie sah, dass es für eine einigermaßen geschickte Person kein Problem war, sich unbemerkt zu ihrem Kochfeuer zu schleichen und neues Holz aufzulegen, denn die Eingänge der meisten Tipis waren aus spirituellen Gründen der aufgehenden Sonne zugewandt – das war auch bei dem ihren der Fall

– und standen mit dem Rücken zu den dicht bewaldeten Hügeln. Außerdem befanden sich die Kochstelle und der Arbeitsplatz jeweils links vom Eingang, damit die Frau im nächsten Tipi bei ihrer Arbeit nicht von dem Qualm der Nachbarn belästigt wurde.

Dann kam ihr ein Gedanke in den Sinn, der sie schließlich gänzlich verwirrte. Vielleicht war Windtänzer es gewesen, der das Feuer geschürt hatte, um herauszufinden, ob sie hilflos und verängstigt davor stehen oder laut schimpfen würde. Vielleicht wollte er sehen, ob sie mit einer solchen Situation umzugehen wusste. Würde er etwas so Gemeines tun? Hatte er ihr mit der Einladung zum Ausritt vielleicht nur etwas vormachen wollen, damit sie sich in Sicherheit wiegte, während er sie auf die Probe stellte? Sie fand keine Antwort, aber wenn er sie wirklich zum Narren hielt, würde sie das bald herausfinden.

Beide waren seit dem Vorfall etwas verhalten. Während des Abendessens sprachen sie über dies und jenes und versuchten, einander besser kennen zu lernen. In Gesellschaft aßen die Männer stets zuerst, war die Familie jedoch unter sich, aßen alle gemeinsam.

Keiner von beiden verlor ein Wort darüber, dass Chumani das Verbrannte an einigen Stellen weggekratzt hatte oder dass das Fleisch durch die zu große Hitze etwas trocken war. Zum Braten gab es Pflanzenknollen, die sie am Morgen gesammelt und nun in der Glut des Feuers geröstet hatte, außerdem Brot aus Maismehl, Nüssen und getrockneten Beeren. Windtänzer lächelte und lobte sie für die Knollen und das Brot und sie dankte ihm.

Danach spazierten sie durch das Lager und blieben

hier und da stehen, um sich mit Freunden, seinen Großeltern und seiner Familie zu unterhalten. Beide sahen sich unauffällig um, konnten jedoch nichts Ungewöhnliches feststellen. Niemand beobachtete sie oder verhielt sich anders als sonst.

Später, als sie auf der Schlafmatte lagen, schlug Windtänzer seiner Frau vor, sich gemeinsam im Küssen und Streicheln zu üben, damit ihr Verhalten in der Öffentlichkeit auf die Dauer natürlicher und überzeugender wirkte. Er sagte – was der Wahrheit entsprach aber nicht sein einziger Bewegungsgrund war – er fürchte, seine Leute könnten sich Sorgen machen über den heiligen Kampf, wenn sie das Gefühl hätten, die von Wakantanka befohlene Vereinigung sei nicht wirklich vollzogen worden. Zu seiner größten Freude willigte sie ein.

Chumani dachte bei sich, dass sie nur einwilligte, um das Geheimnis ihrer noch nicht vollzogenen Vereinigung zu wahren, denn falls es sich bei dem Übeltäter um eine eifersüchtige Frau handelte, würde diese erst recht versuchen, einen Keil zwischen sie zu treiben, wenn sie davon wüsste. Und dennoch musste Chumani mit sich kämpfen, um ihre Leidenschaft weiterhin zu zügeln und sich den herrlichen Liebkosungen ihres Mannes nicht uneingeschränkt hinzugeben. Seine Lippen waren geschickt, seine Küsse köstlich, seine Hände zärtlich und erregend, obwohl er sie nicht an den intimen Stellen ihres Körpers berührte. Er war sanft und und ihr kleines Spielchen schien ihm zu gefallen. Er verzauberte ihren Körper und ihre Seele und sie zweifelte nun nicht mehr an seiner Aufrichtigkeit. Es war aufregend und schmeichelhaft, dass dieser großartige

Krieger und zukünftige Häuptling ihr so hartnäckig und zugleich äußerst geduldig den Hof machte, statt nur an die Befriedigung seiner eigenen Bedürfnisse zu denken. Sie mochte diese Seite an ihm, den zärtlichen und sensiblen Mann, der ihr die Befangenheit vor dem baldigen Zusammentreffen ihrer Körper nahm. Sie wollte den Zeitpunkt ihrer Vereinigung so lange wie möglich hinauszögern, denn sie hatte Angst vor einer Enttäuschung, Angst, dass er ihr wehtun und sie ihn dafür hassen würde. Es war das Beste, diesen Weg langsam zu gehen, auch wenn die Versuchung, sich ihm völlig hinzugeben, noch so groß war.

Windtänzer kämpfte mit sich, um die Kontrolle über die Gefühle, die sie in ihm hervorrief, wiederzuerlangen. Sie war so verführerisch, so schön, so zugänglich, dass er sie möglichst bald ganz und gar besitzen wollte. Doch er war sich nicht sicher, ob sie zu diesem Schritt schon bereit war. Im Moment musste er sich damit zufrieden geben, sie in den Armen zu halten, ihre Lippen zu schmecken, ihre Arme und ihr Gesicht zu liebkosen und somit ihr Verlangen zu entfachen. Als er merkte, dass er sich kaum noch zurückzuhalten vermochte, gab er widerstrebend ihren Mund frei und sagte: »Es ist gut, sich in solchen Dingen zu üben, denn es wird das Band zwischen uns stärken, wenn wir allein oder mit anderen zusammen sind.«

»Du sprichst wahre und weise Worte, *mihigna.* Je öfter wir auf diese Weise zusammen sind, desto enger wird das Band und schon bald wird kein Raum mehr zwischen uns sein. Es freut mich, dass du zuerst meine Freundschaft und mein Vertrauen gewinnen willst, bevor wir uns als Mann und Frau vereinen. Es wird unser künftiges Zusammenleben erleichtern.«

»Du sprichst ebenfalls wahre und weise Worte, *mitawin.* Es ist gut, dass wir warten und versuchen, einander näher zu kommen, denn dadurch wird unsere Verbindung gestärkt. Und eine Vereinigung ist weitaus befriedigender, wenn man einander kennt, als wenn man sich fremd ist. Jetzt ist es an der Zeit zu schlafen, denn wir können nicht wissen, welche Aufgaben und Gefahren morgen auf uns warten.«

Das zärtliche Spiel, das ihre Lust nur noch gesteigert hatte, war für keinen von beiden zufriedenstellend, denn es war viel zu schnell vorüber.

Am nächsten Morgen betrat die Schwester ihres Mannes das Tipi und sagte zu Chumani: »Heute werden wir waschen, Tautropfen. Komm doch mit uns. Macha, meine Mutter und Blumenwiese sind schon unterwegs zum Fluss.«

»Ja, Schwester. Ich komme nach, sobald meine Suppe kocht.«

Als Hanmani gegangen war, band Chumani Cetan draußen an seinem Ständer fest, damit er das Kochfeuer und den darüber hängenden Kessel bewachen konnte, der vom Tauschhandel mit den Weißen stammte und ein Geschenk von Windtänzers Leuten war. Sie raffte die schmutzigen Kleidungsstücke zusammen und ging zu den anderen Frauen an den Fluss.

Sie konnte die dreizehnjährige Hanmani und deren zwei Jahre ältere beste Freundin Sonnenuntergang gut leiden. Sie hörte die beiden während der Arbeit lachen und schwatzen und vermisste Zitkala noch mehr als zuvor. Seit vier Nächten waren sie jetzt voneinander getrennt; wenn sie die zwei Tage vor Windtänzers Ankunft in ihrem Lager noch dazu zählte, waren es sogar schon sechs. Sie konnte es kaum erwarten, ihre beste Freundin endlich wiederzusehen und sich mit ihr über die vielen Veränderungen in ihrem Leben auszutauschen. Sie wusste, dass Zitkala sie ebenfalls schrecklich vermisste und dass es für sie schwierig sein würde, eine andere Freundin zu finden, da Chumani eine der wenigen war, die sich nie an Zitkalas männlichem Aussehen und Verhalten gestört hatten. Unglücklicherweise fanden die Männer ihres Stammes ihre Freundin nicht anziehend, weil sie so wenig fraulich wirkte, während die anderen Frauen beinah einen Mann in ihr sahen. Der Große Geist hatte gewiss einen guten Grund gehabt, als er sie so schuf, und eines Tages würde er ihn ihr und allen anderen enthüllen.

Chumani merkte auch, wie sehr sie die aufregenden Ausritte und gefährlichen Streifzüge mit Zitkala vermisste. Jetzt, da sie gezwungen war, sich auf die Rolle einer Frau zu beschränken, fehlten ihr die vielen Freiheiten, die sie in ihrem Lager genossen hatte. Außerdem spürte sie, dass viele Stammesmitglieder sie beobachteten, sobald sie sich außerhalb des Tipis befand. Sie verstand ihre Neugier und fragte sich, welche Aufgabe ihr in dem bevorstehenden Kampf wohl zufallen würde. Und sie freute sich auf den nächsten Vollmond, wenn das Lager in der Prärie aufgeschlagen und sie ihre beste Freundin und ihre Familie wiedersehen würde. Doch bis dahin würden noch mindestens zwanzig Tage vergehen.

Am Nachmittag, als Chumani und Hanmani neben dem Tipi standen und schwatzten, kam Windtänzer auf die beiden zu und fragte seine Frau, ob sie ihn nicht mit Cetan zu einem kurzen Spaziergang in den Wald begleiten wolle.

»Ich kann nicht, *mihigna,* denn ich muss auf das Feuer und die Suppe Acht geben.«

Hanmani lächelte. »Geh mit ihm, Tautropfen«, sagte sie freundlich, »ich übernehme das für dich. Auf mich warten einige Perlenstickereien, und die kann ich auch hier erledigen.«

»Das ist sehr nett von dir, Schwester. Komm, *mitawin,* lass uns einen Spaziergang machen«, forderte Windtänzer sie erneut auf und bot ihr seine Hand.

Chumani hatte keine andere Wahl, als mit ihm zu gehen, denn es wäre unhöflich gewesen, ihm diesen Wunsch vor den Augen seiner Schwester abzuschlagen. Sie band Cetan los und ließ ihn frei fliegen, da sie wusste, dass er sie im Auge behalten und ihr folgen würde.

Als sie von ihrem Spaziergang zurückkehrten, verabschiedete Hanmani sich, um ihrer Mutter beim Abendessen zu helfen, und Windtänzer ging zu Roter Feder, um mit ihm und seinem Bruder Kriegerischer Adler eine Runde Ringwerfen zu spielen. Dieses Geschicklichkeitsspiel diente nicht nur dem Vergnügen, vielmehr schulte es das Augenmaß und die Zielgenauigkeit eines Kriegers. Sie hätte gern gesehen, ob Windtänzer ein guter Spieler war und die unterschiedlich großen Ringe aus einer bestimmten Entfernung gekonnt um die verschiedenen Astgabeln warf, die mal größer, mal kleiner waren und mal näher, mal weiter entfernt standen. Sie wünschte, sie könnte mit ihm gehen oder sogar mitspielen, um ihm zu zeigen, was für eine gute Werferin sie war. Aber er hatte sie nicht dazu aufgefordert und vielleicht wären ohnehin die anderen Männer damit nicht einverstanden gewesen. Außerdem musste sie sich um das Tipi und die Suppe kümmern.

Chumani setzte sich also neben einen schattigen Baum auf ein Fell und bestickte ein Hemd, das man Windtänzer in ihrem Lager geschenkt hatte, mit Perlen. Sie ließ Cetan noch ein wenig frei fliegen und seine Freiheit genießen.

Als sie sich in ihrem Tipi auf einer Sitzmatte niederließ, bemerkte Chumani den finsteren Gesichtsausdruck ihres Mannes, der auf die Suppe in dem Holznapf starrte, den sie ihm soeben gereicht hatte. »Was ist los, *mihigna*?«, fragte sie ihn.

Windtänzer sah sie an, tat einen tiefen Atemzug und sagte dann zögernd, aber bestimmt: »Die Suppe schmeckt nicht.«

Chumani kostete einen Löffel Suppe und runzelte die Stirn. Sie hob den Napf hoch und schnüffelte an der Suppe, roch jedoch nichts Ungewöhnliches. Sie rührte in dem Napf und begutachtete die verschiedenen Zutaten, doch sie entdeckte nichts, das sie aufmerken ließ. Sie probierte die Suppe erneut, um herauszufinden, woher der merkwürdige Geschmack kam, konnte es jedoch nicht eindeutig sagen. Wenn jemand etwas in den Kesseln getan hatte, vielleicht derselbe Übeltäter wie zuvor, dann war es so fein gemahlen worden, dass es nicht mehr zu erkennen war. Wie aber war das möglich, fragte sie sich, wo Hanmani doch während ihrer Abwesenheit über die Suppe gewacht hatte. Es war möglich, sagte sie sich. Der Übeltäter hatte die junge Frau nur beobachten und sich in dem Moment zu dem Kessel schleichen müssen, in dem sie kurz ihren Platz verließ, um sich in den Büschen zu erleichtern. Sie wusste, dass es besser war, Hanmani nicht danach zu fragen und auch ihrem Mann nichts von ihrem neuen Verdacht zu verraten. Sie zweifelte nicht daran, dass irgendjemand, der unbekannte Übeltäter, Hanmani oder Windtänzer, die Suppe verdorben hatte. Es galt herauszufinden, wer dahinter steckte und aus welchem Grund. Wollte man sie auf die Probe stellen oder war sie das Opfer einer gemeinen Intrige?

»Ich weiß nicht, warum sie so bitter ist«, murmelte sie schließlich. »Sie riecht normal und sieht auch normal aus. Vielleicht war das Tier, von dem das Suppenfleisch stammt, von einem bösen Geist besessen. Oder auch die Pflanzen, die ich gesammelt habe«, fügte sie schnell hinzu, damit er nicht glaubte, sie wolle ihm, dem Ernährer der Familie, die Schuld in die Schuhe schieben und an seinen Fähigkeiten als Jäger zweifeln. »Vielleicht war eine der Zutaten verdorben. Wir sollten sie nicht essen, damit wir nicht krank werden oder uns vergiften. Vielleicht ist es das Ziel des bösen Geistes, uns zu vernichten, damit wir nicht in den heiligen Kampf ziehen können.«

Windtänzer bemerkte, dass sie seinem Blick auswich und dass ihre Stimme gepresst klang. Sie sagte ihm nicht die Wahrheit und er fragte sich warum. War sie – vielleicht nur aus Gedankenlosigkeit – für die beiden merkwürdigen Zwischenfälle verantwortlich und suchte nun händeringend nach einer Entschuldigung, oder war ihre Vermutung richtig und ein böser Geist hatte es auf sie abgesehen? Wieder war da diese beinah verhasste Zahl *zwei.* Zuerst das zu große Feuer und das verbrannte Fleisch, nun die bittere, ungenießbare Suppe. Aber wenn weder Tautropfen noch ein *silwaecon* am Werk gewesen war, wer steckte dann hinter diesen merkwürdigen Vorkommnissen, und warum tat jemand etwas so Gemeines? Er hatte keine Feinde oder Rivalen in seinem Lager und auch ihr war man freundlich gesonnen. Trotzdem war etwas Unheilvolles im Gange. Er war überzeugt, dass ein listiger Widersacher für die Zwischenfälle verantwortlich war.

»Bis wir wissen, was hier gespielt wird, *mitawin,* sollten wir schweigen, denn wir wollen niemanden fälschlich beschuldigen und unnötigen Ärger vermeiden«, schlug Windtänzer vor. »Doch wir sollten Augen und Ohren offen halten, damit so etwas nicht noch einmal passiert. Wir möchten schließlich nicht, dass irgendetwas oder irgendjemand uns daran hindert, unsere heilige Aufgabe zu erfüllen. Denkst du nicht auch so?«

»Deine Worte sind weise, *mihigna*«, gab sie zurück und sah ihm in die Augen. »Ich werde von jetzt an neben dem Tipi bleiben und unentwegt darüber wachen, damit man uns nicht noch einmal einen solchen Streich spielt. Ich möchte nicht, dass mein Mann oder seine Familie mich für dumm oder unachtsam halten.«

Er glaubte ihr anzusehen, dass sie diesmal die Wahrheit sprach. Aber von nun an würden sie keine gemeinsamen Ausritte oder Spaziergänge mehr unternehmen können ... War das vielleicht der Grund für diese beiden merkwürdigen Vorkommnisse? Mochte Chumani diese romantischen Ausflüge etwa nicht? Fand sie ihn in Wirklichkeit abstoßend und ertrug seine Gegenwart nur aus reinem Pflichtgefühl? Er hätte ihr gern ein paar Fragen gestellt, denn er wollte sich ihrer Gefühle sicher sein. Und er wusste, wie er das anstellen konnte. Er brauchte Antworten, heute noch.

7. Kapitel

Nachdem sie Windtänzer ein wenig *wasna* – Dörrfleisch vom letzten Winter –, den Rest des Brotes vom Morgen und getrocknete Früchte vom letzten Sommer serviert hatte, trug Chumani den Kessel in den Wald. Sie grub ein Loch, goss die Suppe hinein und füllte es wieder mit Erde. Dann legte sie Steine auf die Stelle, damit Wakantankas Geschöpfe nicht von der schlechten Suppe aßen und krank wurden oder starben. Schließlich ging sie zum Fluss und spülte den Kessel aus. Die ganze Zeit über wurde sie das Gefühl nicht los, dass jemand sie beobachtete. Doch als sie sich umdrehte, war niemand zu sehen.

Als sie später die Schlafmatte ausrollte, hob Windtänzer eine Decke hoch, schüttelte sie und sagte mit einem Grinsen: »Warum spielen wir nicht Unter-einer-Decke bevor wir schlafen? Es gibt immer noch so viel über den anderen zu erfahren, wenn wir das Band zwischen uns stärken wollen.« Sie blickte zu ihm auf, lächelte und nickte. Bei diesem Spiel, das normalerweise im Freien gespielt wurde von Paaren, die sich gerade kennen gelernt oder ineinander verliebt hatten, setzten Mann und Frau sich gemeinsam unter eine Decke, um sehr persönliche Gespräche zu führen, und jeder, der vorüber ging, musste so tun, als würde er sie nicht bemerken.

Statt nach draußen in die Kälte zu gehen, wo die

anderen sie sehen konnten, setzten sie sich im Schneidersitz einander gegenüber auf die Schlafmatte. Sobald sie es sich bequem gemacht hatten, warf Windtänzer eine Decke über sie, die vom Tauschhandel mit den Cheyenne stammte. Sie reichte nicht ganz auf den Boden und war sehr grob gewebt, so dass es darunter nicht völlig dunkel war. Beide hatten die Hände in den Schoß gelegt und ihre Knie berührten sich. Sie sahen einander in dem Dämmerlicht an und machten sich bereit.

»Bist du glücklich und stolz auf unsere Vermählung und unsere Freundschaft, *mitawin*?«, fragte Windtänzer.

Die Frage kam unerwartet, doch sie antwortete, ohne zu zögern. »Ja, *mihigna*. Unsere Verbindung ist gut für uns und unsere beiden Stämme. Du hast viele gute Eigenschaften und enorme Fähigkeiten. Es ist eine Ehre für mich, deine Frau zu sein.«

»So wie es mir eine Ehre und eine Freude zugleich ist, dich an meiner Seite zu haben. Deine guten Eigenschaften und deine außerordentlichen Kenntnisse sind zu zahlreich, um sie alle zu benennen. Doch wir wären kein Paar, wenn die Crow nicht vor langer Zeit unsere Lager überfallen hätten. Liebst du deinen ersten Mann noch und sehnst dich danach, bei ihm zu sein?«

Chumani sah ihn einen Augenblick lang an, erstaunt über die Ernsthaftigkeit seiner Fragen. »Nein, *mihigna* und *mitakola*, das habe ich nie getan. Mein Vater wählte meinen ersten Mann für mich aus und ich fügte mich seinem Wunsch.« Sie erzählte ihm, wie Fahler Stern seine Pflicht vernachlässigt hatte und somit die Verantwortung für den Überfall der Crow auf ihr Lager trug. »Ich habe ihm Respekt und Gehorsam entgegengebracht, wie es sich für die Tochter eines Häuptlings und für die Frau eines Kriegers gehört, aber ich habe ihn weder geliebt noch begehrt.«

»Mit meiner Frau war es das Gleiche, *mitawin:* Ich willigte in die Vermählung ein, um meiner Familie eine Freude zu machen. Ich habe sie weder geliebt noch begehrt, aber ich war ihr ein guter Mann und habe sie und unseren Sohn beschützt, so gut ich konnte.« Er holte tief Luft und fuhr fort: »Ich empfand kein Vergnügen mit ihr auf der Schlafmatte, ich tat nur meine Pflicht und fühlte mich danach erlöst. Ich denke, für dich muss es ähnlich gewesen sein, denn wirklich schön ist es nur, wenn man sich aufrichtig liebt und auch in Gedanken eins ist.«

»Du sprichst weise und wahre Worte, *mihigna.* Ich habe die Schlafmatte nicht gern mit Fahlem Stern geteilt und ich war froh, dass er nur selten nach mir verlangte. Er war nicht geduldig, verständnisvoll oder zärtlich; nicht so wie du, *mihigna.* Es ist nicht schön, das zu sagen, aber es macht mich nicht sehr traurig, dass Wakantanka ihn zu sich geholt hat. Ich habe nur unter dem Verlust meines Sohnes gelitten.«

Windtänzer war glücklich. Es freute ihn, dass sie in so hohen Tönen von ihm sprach und er vernahm mit Erleichterung, dass sie ihrem ersten Mann weder nachtrauerte noch ihn je geliebt hatte. »Vielleicht wird Wakantanka uns eines Tages ein Kind schenken, einen Sohn, der Häuptling der Red Shield sein wird, wenn ich in die ewigen Jagdgründe eingehe. Zwischen uns wird es anders sein, wenn es erst an der Zeit ist, unsere Körper zu vereinen. Ich werde dich niemals verletzen, entehren oder zurückweisen, *mitawin,* denn du wurdest mir vom Großen Geist geschenkt, der alles sieht und alles weiß und Schöpfer aller Dinge ist.«

Windtänzer nahm ihr Gesicht in seine Hände, näherte sich ihr und versiegelte ihre Lippen mit einem langen und zärtlichen Kuss, der sie so benommen machte, als hätte sie eine Peyote-Knospe eingenommen. Dann bedeckte er ihr ganzes Gesicht mit Küssen und kehrte schließlich zu ihrem Mund zurück, den er jetzt noch leidenschaftlicher mit seinen Lippen umschloss. Sie erwiderte seine Liebkosungen und schon bald brannte ein solches Feuer in ihm, dass er sich von ihren Lippen lösen musste, um sein Versprechen weiter einhalten zu können. Er sah ihr in die Augen, lächelte und murmelte: »Ja, es wird schön werden, in dieser besonderen Nacht, wenn unsere Körper sich endlich vereinen.«

Chumani wollte ihm sagen, dass heute »diese besondere Nacht« sei, so sehr verlangte es sie danach, mit ihm eins zu werden. Doch sie musste sich zurückhalten, sonst würde sie nie erfahren, was er wirklich für sie empfand. Sie wollte sicher sein, dass er sie nicht nur körperlich begehrte. Sie wusste, dass sie beide noch Zeit brauchten. Doch er löste einen solchen Sturm von Gefühlen in ihr aus, dass ihr das Warten schwer fiel.

»Glaubst du nicht auch, dass es schön sein wird?«, fragte er, weil sie ihn nur wortlos und prüfend ansah.

»Doch, *mihigna,* das glaube ich auch.«

Windtänzer lächelte und strich ihr über die Wange, bevor er die Decke wegzog, seine Lungen mit der frischen Luft füllte und sich hinlegte.

Chumani schaute nach dem heruntergebrannten Feuer, um sicherzugehen, dass alles in Ordnung war, und legte sich dann neben ihn. Sie schloss die Augen und malte sich beim Einschlafen aus, wie es wohl gewesen wäre, hätten sie sich nicht zurückgehalten.

»Ich gehe zum Fluss, um mich zu waschen und zu beten. Ich bin bald wieder zurück«, sagte er beim Aufstehen.

»Dein Hemd hängt draußen am Ständer. Es müsste inzwischen trocken sein.« Chumani wollte ebenfalls an den Fluss, um ihr Morgengebet zu sprechen und sich zu waschen, aber vorher bereitete sie das Essen vor.

Windtänzer ging hinaus, um das Hemd zu holen, kam jedoch sofort wieder und sagte mit düsterer Stimme: »Ich kann kein schmutziges Hemd anziehen. Ich werde dasselbe tragen wie gestern.«

Chumani griff nach dem Kleidungsstück und starrte auf die vielen Schmutzflecken. Sie zog eine Grimasse. »Das verstehe ich nicht«, erklärte sie. »Ich habe es gestern gewaschen. Es war sauber, als ich es draußen aufhängte.«

Windtänzer war sicher, dass sie die Wahrheit sagte. »Vielleicht hat sich der böse Geist in unser Lager geschlichen, während wir schliefen.«

»Vielleicht. Ich werde es noch einmal waschen, denn ich hätte es nicht draußen hängen lassen sollen, wo wir doch wissen, dass jemand uns übel mitspielt. Es wird nicht wieder vorkommen.«

Windtänzer hörte die Niedergeschlagenheit und die unterdrückte Wut in ihrer Stimme. Er wusste, dass die gemeinen und hinterhältigen Attacken sie verletzten. Auch er fühlte sich unbehaglich. Er wollte nicht, dass dieses niederträchtige Spiel zu Spannungen zwischen ihnen führte und sie es schließlich bereuen würde, ihm in sein Lager und sein Tipi gefolgt zu sein. »Mach dir keine Sorgen, *mitawin*«, versuchte er sie zu trösten. »Ich werde einen Weg finden, den Übeltäter zu entlarven und ihm das Handwerk zu legen.«

»Das wäre gut, Waci Tate, denn es ist nicht recht, dass ich die Speisen und den Besitz eines großen Kriegers und zukünftigen Häuptlings der Red Shield bewachen muss. Ich gehe jetzt zum Fluss, um mein Morgengebet zu sprechen, bin aber bald wieder da, um dir dein Essen zu bringen.« Sie duckte sich und verließ das Tipi. Zu ihrem Falken, der auf seinem Ständer saß, sagte sie: »Gib gut Acht, Cetan, denn ein Feind führt Böses gegen mich im Schilde.«

Windtänzer hörte diese Worte und sie versetzten ihm einen Stich. Er wurde sich der Tatsache bewusst, dass Tautropfen ihn vorhin mit seinem Vornamen angesprochen hatte statt mit dem Kosenamen, den sie seit ihrer Ankunft in seinem Lager benutzte. Er musste so schnell wie möglich hinter dieses dunkle Geheimnis kommen, denn es belastete ihr Verhältnis von Tag zu Tag mehr. Wie sollte sie ihn als Familienoberhaupt schätzen und respektieren, wenn sie in seinem Lager ständig mit solchen Niederträchtigkeiten zu kämpfen hatte?

Als er von seinem morgendlichen Ritual zurückkehrte, war das Essen bereits aufgetragen. Sie musste sich mit ihrem Morgengebet sehr beeilt haben, um das Tipi nicht lange unbeaufsichtigt zu lassen.

Sie sah ihn an und sagte: »Ich war ungerecht und möchte dich um Verzeihung bitten. Es ist nicht deine Schuld, dass ein böser Geist oder ein hinterhältiger

Mensch Böses gegen mich im Schilde führt. Ich weiß, dass du ein ehrenhafter Mann bist.«

»Das freut mich, *mitawin*. Ich verspreche dir, dass sich schon bald alles aufklären wird.«

Ja, denn dafür werde ich sorgen, schwor sie sich im Stillen. *Man hat mich zum Kampf herausgefordert und ich werde meinen Gegner finden und besiegen.*

Später, als sie das Hemd ihres Mannes ein zweites Mal im Fluss wusch, gesellten Wastemna und ihre Mutter sich zu ihr. Sie warf einen verstohlenen Blick auf die hübsche junge Frau, die ganz in ihrer Nähe am Ufer kniete und die Kleidung ihres Vaters reinigte. Sie hatte die erste Begegnung mit der Tochter des Schlachtenführers während des Begrüßungsfests nicht vergessen. Sie fragte sich, ob Wastemna Windtänzer begehrte und ob sie für die heimtückischen Zwischenfälle verantwortlich war. Wenn ja, was erhoffte sie sich davon? Wollte sie erreichen, dass Windtänzer sie von sich stieß? Hatte Wastemna die heilige Vision und den bevorstehenden Kampf vergessen? Fürchtete sie denn nicht, durch solche Missetaten den Zorn Wakantankas auf sich zu ziehen? Oder steckte eine andere Frau dahinter? Oder wirklich ein böser Geist? Oder, aus irgendeinem unerfindlichen Grund, ihr Mann selbst?

Wastemna schaute auf das Hemd in Chumanis Händen, das nicht sauber werden wollte. Mit einem Lächeln sagte sie: »Hiermit geht es besser, Tautropfen. Das ist Seife, sie stammt aus der Welt der Bleichgesichter. Wenn du sie auf dem Hemd verteilst, geht es viel schneller.«

Chumani rang sich ein Lächeln ab. »Es ist sehr großzügig von dir, ein solches Wunder mit mir zu teilen. Diese Flecken wollen einfach nicht verschwinden.«

»Gib es mir, Tautropfen, ich werde versuchen es sauber zu bekommen. Deine Hände sind ganz rot und müssen von dem vielen Schrubben schon wehtun.«

»Das ist sehr nett von dir, aber ich werde es selbst machen«, gab Chumani zurück und dehnte ihre schmerzenden Finger.

Wastemna schnappte sich lachend das Fransenhemd, das auf einem Stein gelegen hatte, und begann, die Flecken mit einem großen Stück Seife zu bearbeiten. »Sei nicht so stolz und nimm die Hilfe einer neuen Freundin an.«

Ihr Ton war freundlich und sie lächelte. Chumani wusste, dass es unhöflich gewesen wäre, ihr das Kleidungsstück aus den Händen zu reißen, zumal Wastemnas Mutter neben ihnen stand und ihre Tochter in den höchsten Tönen lobte. Also sah sie zu, wie Wastemna das Hemd reinigte. Nichts im Verhalten der jungen Frau ließ darauf schließen, dass es ihr ein besonderes Vergnügen bereitete, eines von Windtänzers Kleidungsstücken zu waschen. Als Wastemna das Hemd schließlich auswusch und hochhielt, stellte Chumani zu ihrer Freude fest, dass die Flecken verschwunden waren.

»Wie du siehst, ist die Seife des weißen Mannes etwas Wundervolles und besitzt viel Kraft. Behalte dieses Stück, denn ich habe noch mehr davon in unserem Tipi. Es ist ein Geschenk und du darfst es nicht ablehnen.«

»Ich danke dir für deine Großzügigkeit und deine tatkräftige Hilfe, Wastemna.«

Während Chumani beschäftigt war, machte Windtänzer, der die Szene am Fluss beobachtet hatte, mit seiner Schwester einen Spaziergang durch den Wald. Nachdem er ihr von den merkwürdigen Vorkommnissen berichtet und ihr das Versprechen abgenommen hatte, niemandem davon zu erzählen, fragte er sie: »Bist du gestern die ganze Zeit über neben dem Tipi geblieben?«

Hanmani schüttelte bestürzt den Kopf. »Nein, mein Bruder, ich ging kurz weg. Ich hatte keine Perlen mehr und habe welche aus unserem Tipi geholt. Außerdem war ich kurz in den Büschen. Solange ich am Feuer saß, habe ich niemanden gesehen. Es tut mir Leid, dass ich nicht Wort gehalten und dem Übeltäter oder dem bösen Geist somit geholfen habe. Es wird nicht wieder vorkommen.«

»Du brauchst kein schlechtes Gewissen zu haben, Schwester. Du wusstest schließlich nicht, was vorging. Normalerweise ist es nicht schlimm, kurz wegzugehen. Aber vergiss nicht, dass du mir versprochen hast, niemandem etwas von dem Vorfall zu erzählen. Ich möchte niemanden durch falsche Verdächtigungen beleidigen und der Übeltäter soll nicht wissen, dass ich nach ihm Ausschau halte.«

»Ich werde ebenfalls Augen und Ohren offen halten, damit dieser gemeinen Person das Handwerk gelegt werden kann.«

»Das ist nett von dir, Schwester, aber sei vorsichtig und gehe möglichst unauffällig vor.«

Am Nachmittag beobachtete Windtänzer seine Frau, wie sie ihre Hände mit einer Paste aus Pflanzenöl und Sonnenhut einrieb. Er bemerkte die vielen Risse und Kratzer auf ihren Fingern. »Woher stammen diese Verletzungen, *mitawin?*«, fragte er.

Chumani sah überrascht auf, als sie seine Stimme vernahm, denn sie hatte ihn nicht kommen hören. »Ich habe heute gewebt und war bei der Arbeit unvorsichtig. Doch jetzt habe ich die Wunden versorgt und sie werden schon bald heilen.«

»Warum warst du so in Gedanken, *mitawin?*«, wollte er wissen. Er fürchtete, dass sich womöglich ein weiterer, böser Zwischenfall zugetragen hatte.

Sie räumte die kleine Holzschale weg, in der sie die Wildblumen und das Pflanzenöl gemischt hatte, zuckte die Achseln und sagte: »Gedanken einer Frau.«

Besorgt nahm er ihre ausweichende Antwort und ihre traurige Miene zur Kenntnis. »Dinge, die du deinem Mann nicht sagen möchtest?«

Sie sah ihn an und lächelte etwas gequält. »Ja, so ist es. Hast du nicht auch manchmal Gedanken, die du lieber für dich behältst?«

»Manchmal«, gab er zurück und erwiderte ihr Lächeln. »Ich werde mich jetzt mit Roter Feder im Bogenschießen üben, um für die große Jagd bereit zu sein. Wir bleiben in der Nähe des Lagers, falls du mich brauchen solltest«, teilte er ihr mit, bevor er sie mit einem vollen Köcher und seinem Bogen in der Hand verließ.

Was ich brauche, kannst du mir nicht geben, entgegnete sie im Stillen. *Ich muss unbedingt bald in den heiligen Kampf ziehen, um nicht länger in Reichweite meines Feindes zu bleiben. Und ich muss meine Familie wiedersehen und meine beste Freundin, damit ich mit Zitkala über Herzensangelegenheiten reden kann. Ich muss sicher sein, dass deine Vision echt war und wirklich von Wakantanka stammt.*

Vor allem anderen musst du wissen, ob er dich eines Tages wirklich lieben und dir sein Vertrauen schenken wird, widersprach ihr Herz. *Ich muss herausfinden, ob dies wahrhaftig mein Schicksal ist, oder ob ich nur einem weiteren hinterhältigen Trick aufgesessen bin.*

»Gewähre die Antworten, die ich so dringend brauche, Großer Geist«, flüsterte sie, »und hilf uns, einander in den Schatten, die uns umgeben, zu finden.«

Am Abend musste Chumani bestürzt zur Kenntnis nehmen, dass Windtänzer sie nicht wie sonst fragte, ob sie sich im Küssen und Streicheln üben wollten. Sie fragte sich, ob dies die Antwort auf ihre Gebete war und der Große Geist ihr auf diese Weise zeigen wollte, dass er sie im Gegensatz zu ihr nicht liebte und begehrte. Ja, gestand sie sich, sie liebte ihn und wollte ihn, wie sie noch keinen Mann zuvor gewollt hatte. Nichts hätte sie glücklicher machen können als das Wissen, dass es ihm genauso ging.

Windtänzer lag mit angezogenen Beinen auf der linken Seite und hatte ihr den Rücken zugedreht. Er hatte ihre Traurigkeit bemerkt und nahm an, dass sie in Ruhe gelassen werden wollte. Er spürte, dass sie Heimweh hatte und gegen ihre Ängst und Zweifel ankämpfte. Er war wie der Wirbelwind in ihr Leben eingedrungen und hatte es für immer verändert. Nun bedrohten sie unbekannte, furchteinflößende Mächte und raubten ihr die heitere Gelassenheit, die ihr sonst zu eigen war. Das führte dazu, dass sie sich just in dem Moment von ihm zurückzog, als er gehofft hatte, dass die letzten Schranken zwischen ihnen verschwunden wären und sie sich ihm und ihrem neuen Schicksal hingeben würde. So sehr er sie auch halten, küssen und trösten wollte, er musste sich zusammenreißen. Aus Erfahrung wusste er, dass ein Mensch nur stark sein konnte, wenn er sich selbst vertraute und dass nur Wakantanka Führung und Trost schenken konnte. Er wusste auch, dass er sie liebte und dass sie schon bald seine wahren Gefühle kennen lernen würde.

Am nächsten Tag brachte Windtänzer seine Pferde zum Grasen in einen nahen Cañon und begegnete auf dem Rückweg der Tochter des Schlachtenführers, die gerade mit einer Feuerholzschlinge unterm Arm in den Wald aufbrechen wollte. Sie blieb stehen, um ein paar Worte mit ihm zu wechseln.

»Wie geht es Tautropfen an diesem herrlich sonnigen Morgen?«

»Es geht ihr gut. Sie ist im Tipi und fertigt einige Perlenstickereien an.«

»Vielleicht sollte ich sie einmal besuchen, denn sie sieht traurig aus und scheint eine Freundin zu brauchen. Vielleicht ist das der Grund ...«

Windtänzer betrachtete das Gesicht der Frau. »Warum sprichst du nicht weiter, Wastemna?«, fragte er.

»Vielleicht ist es nicht richtig, so über deine Frau zu reden.«

»Sprich weiter!«, forderte er sie auf.

»Es sieht aus, als habe sie Schwierigkeiten bei der Erfüllung ihrer Aufgaben. Wahrscheinlich liegt das daran, dass sie in ihrem Lager nicht wie eine Frau, sondern wie ein Krieger und Jäger gelebt hat. Ich sah das viel zu große Feuer, das sie neulich gemacht hat, aber ich bin ihr nicht zur Hilfe geeilt, weil ich Angst hatte, es könne sie beschämen und erzürnen. Ich habe auch gesehen, wie sie ihre Suppe im Wald vergraben hat. Heute Morgen, als sie Wasser holte, waren ihre Hände ganz wund von der Arbeit am Webrahmen. Ich würde ihr gern behilflich sein und ihr einige Kniffe zeigen, aber ich fürchte, dass ein solches Angebot sie beleidigen könnte. Ich habe ihr geholfen, dein Hemd zu waschen, und habe ihr ein Stück der Wunder vollbringenden Seife der Bleichgesichter geschenkt, damit sie nicht mehr so schwer zu schuften braucht. Fühlt sie sich in unserem Lager nicht wohl?«

Er fragte sich, ob die Frau rein zufällig ausgerechnet diese drei Vorkommnisse beobachtet hatte, oder ob sie selbst dahinter steckte. Wenn Letzteres der Fall war, stellte sich die Frage, aus welchem Grund sie so etwas tat. »Was meinst du damit, dass sie sich nicht wohl fühlt?«, fragte er in schmeichelndem Ton, denn er wollte möglichst viel aus ihr herausbekommen.

»Wenn mehrere Frauen zusammen arbeiten, hält sie sich stets abseits, lächelt nicht und redet nicht mit uns. Wenn sie sich unbeobachtet glaubt, beäugt sie uns misstrauisch, als seien wir ihre Feinde und sie unsere Gefangene. Meinst du, sie könnte sich leichter eingewöhnen wenn ich noch mehr als bisher versuchte, ihr eine Freundin zu sein? Ich kann ihr viele Dinge beibringen, auf die sie sich nicht so gut versteht.«

Windtänzer war verblüfft über die Worte des Mädchens, denn sie standen in genauem Widerspruch zu dem, was seine Mutter, seine Schwester und andere Frauen ihm erzählt hatten. Log sie oder irrte sie sich lediglich bei der Beurteilung ihrer Beobachtungen? Wollte sie wirklich helfen oder seine Frau verletzen?

»Das wusste ich alles nicht, Wastemna, denn wenn wir zusammen sind, ist sie glücklich. Wenn du ihr deine Hilfe und deine Freundschaft anbieten willst, dann tu es so, dass andere es nicht hören können, denn es ist unhöflich, so etwas in Gegenwart anderer zu besprechen.«

»Deine Worte sind weise, Waci Tate, und ich werde deinen Rat befolgen.«

Chumani hatte das Tipi nicht verlassen, doch da die Eingangsklappe offen stand, hatte sie die Begegnung zwischen Windtänzer und Wastemna beobachten können. Sie hatte zwar nicht gehört, worüber die beiden redeten, denn die Entfernung war zu groß, doch die Mimik und die Gesten der beiden waren ihr nicht entgangen. Sie hatte sich mit einigen Frauen der Red Shield angefreundet, mit Windtänzers Mutter, seiner Schwester, seiner Großmutter und einigen anderen entfernteren Familienmitgliedern, sowie mit Hanmanis bester Freundin Macha. Doch keine von ihnen nahm Zitkalas Platz in ihrem Herzen ein und keiner fühlte sie sich so eng verbunden wie ihrer langjährigen Gefährtin. Sie hielt Wastemnas Freundlichkeit für falsch, denn sie hatte bemerkt, wie die junge Frau sie heimlich beobachtete. Sie hatte auch bemerkt, dass Wastemna sich so oft wie möglich in Windtänzers Nähe aufhielt, dem die Aufmerksamkeit des Mädchens zu schmeicheln schien. Eifersucht und Unsicherheit nagten an ihr, doch es gab niemanden, dem sie sich anvertrauen konnte, schon gar nicht ihrem Mann. Sie dachte bei sich, dass ihr solch schmerzliche Gefühle wohl erspart bleiben würden, wenn sie erst in jeder Hinsicht zu ihm gehörte, und dass er es dann auch nicht nötig haben würde, ein Auge auf andere Frauen zu werfen. Doch sie wollte diesen Schritt nicht als erste tun, und schon gar nicht wollte sie sich nur mit ihm vereinen, damit er zu ihr stand.

Sie griff nach ihrer Holzschlinge und befreite den Falken von seinem Lederband. »Komm, Cetan, ich muss Holz sammeln und du kannst auf die Jagd gehen.« Sie wusste nicht, ob Windtänzer oder Wastemna gesehen hatten, dass sie das Tipi verließ, denn sie wollte sich unter keinen Umständen nach ihnen umdrehen.

*

Als seine Frau mit einer großen Menge Feuerholz im Arm zurückkehrte, rief Windtänzer sie ins Tipi und fragte: »Hast du meine Waffen verrückt?« Hatte sie ihn vielleicht mit Wastemna gesehen und war wütend und eifersüchtig geworden und hatte sich rächen wollen?

Chumani starrte ihn verwirrt und ungläubig an. Es versetzte ihr einen Stich, dass er ihr eine solch argwöhnische Frage stellte. »Nein, ich habe sie nicht angefasst, schließlich ist es mir verboten.«

»Sie liegen aber nicht so auf dem *huyamni,* wie es sich gehört, damit sie die Kräfte von Mutter Erde und Vater Sonne in sich aufsaugen können. Bist du versehentlich dagegen gestoßen? Sag es mir ruhig, du brauchst keine Angst zu haben, *mitawin.*«

»Ich habe sie nicht angefasst, *mihigna.* Vielleicht

war es der Feind, ein böser Geist, spielende Kinder. Vielleicht hat der Übeltäter erneut zugeschlagen.«

Er versuchte ruhig und freundlich zu bleiben, als er entgegnete: »Den Kindern der Red Shield wird von Anfang an beigebracht, sich nicht in die Nähe eines fremden Tipi zu begeben oder die Waffen eines Kriegers zu berühren. Kleinkinder werden niemals allein gelassen, um sie vor solchem Ärger und etwaigen Gefahren zu schützen. Ein listiger Gegner hätte die Waffen gestohlen, und ein böser Geist hätte sie zerbrochen oder auf den Boden geworfen. Wenn du es nicht warst, dann hat der gleiche Schuft wie zuvor erneut seine Hände im Spiel.«

Als er sagte »Wenn du es nicht warst«, beschlich sie das ungute Gefühl, dass er an ihren Worten zweifelte. »Ich habe sie weder aus Absicht noch aus Versehen berührt, *mihigna,* das schwöre ich dir.« Sie war wütend und enttäuscht.

Windtänzer bemerkte ihr Stirnrunzeln, doch er war gezwungen gewesen, ihr diese Frage stellen, da die Waffen der Reinigung bedurften, wenn sie von einer Frau berührt worden waren. Plötzlich zerrte eine starke Windböe an den Büffelhäuten und Holzstangen des Tipi und er sagte: »Vielleicht hat der Wind an ihnen gerüttelt, denn er bläst heute besonders kräftig. Ich gehe jetzt mit Roter Feder und meinem Bruder auf die Jagd. Ich werde dir Fleisch für deinen Kessel und Leder für ein neues Kleidungsstück bringen.«

»Das ist gut, *mihigna*«, sagte sie und deutete seine Worte als Entschuldigung für die falsche Schuldzuweisung. Dennoch war es offensichtlich, dass er an ihrer Ehrlichkeit zweifelte.

Am Abend, als Windtänzer sie fragte, ob sie Lust habe, Küsse und andere Zärtlichkeiten mit ihm auszutauschen, entgegnete sie: »Ich bin müde und möchte schlafen, denn morgen will ich die Haut gerben, die du mir heute mitgebracht hast, *mihigna.* Wir werden uns morgen Abend wieder küssen.«

Eine Woche war seit ihrer Vermählung vergangen. Chumani arbeitete vor ihrem Tipi an der Haut des Rotwilds, das ihr Mann am Tag zuvor erlegt hatte.

Sie kannte die Vorgänge des Gerbens genau. Man befestigte das Fell entweder mit der behaarten Seite nach unten am Boden oder spannte es in einen Holzrahmen. Mit einem scharfen Werkzeug wurden alle Fleischreste abgeschabt, dann rieb man das Leder mit Tierfett und Gehirnmasse ein, um es weich und geschmeidig zu machen. Zum Gerben wurden Essig, Gehirnmasse, Leber und Fett von Büffeln verwandt. Danach wurde die Haut in der Sonne ausgebreitet, wo sie möglichst langsam trocknen sollte, damit sie keine Falten warf oder sich an den Rändern einrollte. Schließlich wurde die Haut gerollt, gewrungen und gewalkt, damit sie noch weicher wurde.

Am späten Nachmittag ging sie zum Fluss, um Wasser zu holen und abzuwaschen. Sie hielt am Himmel nach Cetan Ausschau, den sie schon früh am Tag freigelassen hatte, damit er nach frischer Beute jagen konnte, denn sie hatte ihr Zuhause selbst bewacht und er kannte die Gegend inzwischen gut.

Als Chumani erneut ihr Tipi betrat, stieß sie auf Wastemna, die gerade gehen wollte. Beide Frauen hielten in ihren Bewegungen inne und Chumani bemerkte die Nervosität des Mädchens, das ohne zu fragen in ihr Tipi eingedrungen war. »Hast du dich in mein Tipi geschlichen, um noch mehr Unheil anzurichten?«, fragte Chumani wütend. »Haben die anderen Übeltaten nicht gereicht, um deinen Hass auf mich zu befriedigen?«

Durch die offene Eingangsklappe sah Wastemna, dass Windtänzer sich dem Tipi genähert hatte und davor stehen blieb. »Ich bin nicht gekommen, um Unheil zu stiften, Tautropfen. Deine Worte sind kalt und grausam und unfreundlich. Ich wollte dir Früchtebrot bringen und ein *wanapin* mit deinem Namenszeichen, den ich aus Perlen für dich gemacht habe, zum Zeichen meiner Freundschaft. Ich verstehe nicht, warum du mir und unserem Stamm so feindlich gesinnt bist.«

Chumani warf einen Blick auf den Boden neben dem Lagerfeuer und sah die Geschenke. Ein Brot und ein Halsband lagen dort, an dem ein gelber Tautropfen prangte. »Warum hast du die Sachen nicht draußen hingelegt? Es gehört sich nicht, ein fremdes Tipi zu betreten, wenn die Bewohner nicht da sind oder die Eingangsklappe heruntergelassen ist.«

»Ich wollte dich überraschen und dir eine Freude machen, um dir zu zeigen, dass ich dich als Mitglied unseres Stammes betrachte und deine Freundin sein will. Warum behandelst du mich so grob? Habe ich etwas gesagt oder getan, das dich beleidigt hat?«

»Ich habe dich vorschnell beschuldigt und dir Unrecht getan, Wastemna, und ich bitte dich um Verzeihung und Verständnis. Ein Unruhestifter oder ein böser Geist spielen mir übel mit«, entgegnete Chumani nun etwas freundlicher. Dann erzählte sie genauer, was geschehen war.

»Und du glaubst, ich würde hinter diesen Übeltaten stecken?«, fragte Wastemna, als Chumani ihren Bericht beendet hatte.

Chumani sah Wastemnas erstaunten Blick, doch sie war überzeugt, dass ihre Überraschung nur gespielt war. »Ich sah nur, dass du ohne Erlaubnis mein Tipi betreten hast, also dachte ich, dass du meine Abwesenheit ausnutzen und noch mehr Unheil anrichten wolltest.«

»Ich habe mit den Vorfällen, von denen du sprichst, nichts zu tun, Tautropfen. Ich würde so etwas niemandem antun, schon gar nicht der Frau unseres zukünftigen Häuptlings und der Kriegerin aus der Vision. Da mein Tipi sich ganz in der Nähe befindet, werde ich von nun an die Augen offen halten, um den Übeltäter zu erwischen. Können wir das Kriegsbeil zwischen uns nicht begraben und Freundinnen werden? Ich werde niemandem von deinen falschen Anschuldigen erzählen, damit die anderen nicht schlecht von dir denken.«

Da die Frau eine einleuchtende Erklärung für ihr unerlaubtes Eindringen hatte, wäre es unklug gewesen, sie als Lügnerin zu bezeichnen. Chumani beschloss daher, dass es das Beste war, so zu tun, als würde sie ihr glauben. »Deine Worte sind freundlich und entgegenkommend. Wir werden von nun an Freundinnen sein. Ich danke dir für deine Geschenke und deine Nachsicht.«

Wastemna lächelte. »Ich muss jetzt gehen, denn ich habe noch einiges zu tun. Ich werde Augen und Ohren offen halten, um dir jeglichen Ärger zu ersparen.

Mach dir keine Sorgen, Tautropfen, der Übeltäter wird bald überführt sein, denn dein Mann ist sehr klug und weiß, was er zu tun hat. Wenn du ihm noch nicht von deinem Verdacht erzählt hast, dann musst du es bald tun, damit er nicht schlecht von dir denkt.«

»Mein Mann weiß davon, und er weiß auch, dass ich keine Schuld an den Vorfällen trage.« Einen Augenblick lang war Chumani versucht, der jungen Frau, die sie so scheinheilig anlächelte, das Gesicht zu zerkratzen. Ein solch niederes Bedürfnis hatte sie noch nie zuvor verspürt und sie erkannte sich selbst kaum wieder.

»Dann ist es ja gut. Wenn wir irgendetwas für dich tun können, lass es mich oder die Frauen deiner neuen Familie wissen.«

Nachdem die Tochter des Schlachtenführers das Tipi verlassen hatte, kam Windtänzer herein und fragte Chumani: »Warum misstraust du Wastemna? Ich habe euer Gespräch verfolgt.«

»Ihre Worte tropfen wie Honig von ihren Lippen, aber ich glaube nicht, was sie sagt. Ich habe gemerkt, wie sie mich ansieht ...«

Und dich auch wollte sie noch hinzufügen, unterließ es aber. »Und ich habe ihr Verhalten an meinem ersten Abend hier nicht vergessen.«

»Wovon sprichst du, *mitawin*?«

Chumani berichtete von der Begegnung mit Wastemna während des Willkommensfestes. »Ihr Tipi ist ganz in der Nähe, es wäre also ein Leichtes für sie, sich herzuschleichen. Es stimmt, was du sagst, ich mag sie nicht und ich traue ihr nicht.«

Windtänzer fragte sich, ob seine Frau in Wastemna eine Nebenbuhlerin sah, hielt es jedoch für das Beste, sie nicht danach zu fragen. Wenn Tautropfen Recht hatte und Wastemna für die Vorfälle verantwortlich war, würde er versuchen, sie auf frischer Tat zu ertappen.

Am nächsten Vormittag, als sie gerade aufbrechen wollte, um im Wald Holz zu sammeln, hörte Chumani einen unterdrückten Schrei aus Winonas Tipi. Sie ließ die Holzschlinge zu Boden fallen, lief in ihr Tipi zurück und nahm ihren Bogen und zwei Pfeile. Einen Pfeil hielt sie zwischen den Zähnen fest, den anderen spannte sie ein, um im Falle der Gefahr sofort schussbereit zu sein. So leise wie möglich eilte sie zu dem Tipi, das direkt neben ihrem stand, und spähte hinein. Winona stand starr vor Schreck im hinteren Teil ihrer Behausung und deutete mit dem Kinn auf den Boden zwischen ihnen. Chumani hörte ein merkwürdiges Rascheln, dann fiel ihr Blick auf eine Schlange, die sich mit wellenartigen Bewegungen hin und her wand.

»Halt still«, flüsterte sie der älteren Frau zu. Das Kriechtier hatte ihre Ankunft offensichtlich bemerkt, denn sein Kopf schnellte in ihre Richtung. Chumani blieb reglos stehen, bis die Schlange sich wieder beruhigt hatte und außer dem Klappern der Ringe an ihrem Schwanz nichts mehr zu hören war. Sie war dick und die Klappern waren zahlreich, was auf ein hohes Alter schließen ließ. Langsam und ohne sie aus den Augen zu lassen, umrundete Chumani die Schlange, bis sie zwischen dem Tier und Winona stand. Sie versuchte das Tier aus dem Tipi zu scheuchen, indem sie es mit verschiedenen Gegenständen bewarf. Dann versuchte sie die Aufmerksamkeit der

Schlange nach draußen zu lenken, indem sie zwei Gegenstände durch den offen stehenden Eingang schleuderte, doch das Reptil machte keine Anstalten, nach draußen zu kriechen. Stattdessen drehte es sich blitzschnell in die andere Richtung und bewegte sich langsam vorwärts, bereit zum Angriff.

»Vergib mir, Großer Geist«, murmelte sie traurig, »denn ich muss deinem Geschöpf das Leben nehmen, um das meiner zweiten Mutter zu retten.« Sie spannte die Bogensehne und der erste Pfeil zischte los, durchbohrte das Reptil dort, wo sein Körper am breitesten war, und nagelte es an den Boden. Die Schlange schnellte wild hin und her und versuchte verzweifelt, sich zu befreien. Ohne zu zögern zielte Chumani mit dem zweiten Pfeil auf den Kopf des Tieres und traf. Sie zog ein Messer aus einer ledernen Scheide an ihrer Taille, eilte zu der Klapperschlange und tötete sie. Sie zog ihr die Haut ab und reichte sie Winona, die Chumani umarmte und sich bei ihr bedankte.

»Ich wollte sie zuerst nicht töten, aber sie wollte einfach nicht verschwinden und hatte sich zum Angriff bereit gemacht«, erklärte Chumani. »Ich werde sie Cetan zu fressen geben, dann hat sie ihr Leben nicht umsonst geopfert.«

Hanmani kam vom Holzsammeln zurück und die beiden Frauen erzählten ihr hastig, was vorgefallen war. Auch sie umarmte Chumani und dankte ihr für die mutige Tat. Dann eilte sie ihrem Vater und ihren Brüdern entgegen, die von ihrer morgendlichen Jagd nach Hause kamen.

Die drei Männer lauschten staunend Hanmanis aufgeregtem Bericht.

Während Großer Bär und Kriegerischer Adler Chumani umarmten, ihr dankten und sie für ihre Kühnheit lobten, schaute Windtänzer sich im Tipi um, denn er wollte sicherstellen, dass die Schlange allein gewesen war und nicht irgendwo ein Nachkomme lauerte. Dabei machte er eine schreckliche Entdeckung. Er wollte jedoch mit seiner Frau allein darüber sprechen, und so versteckte er hastig einen Gegenstand unter seinem Hemd. Er gesellte sich zu der Gruppe, erklärte, nichts weiter gefunden zu haben, und warf seiner Frau einen verstohlenen Blick zu.

»Ich danke Wakantanka, dass er dich zu uns gebracht hat, Tautropfen, denn du hast meinem Augenstern das Leben gerettet«, sagte der Häuptling voller Dankbarkeit und schenkte ihr eine Adlerfeder, die er aus einem Beutel genommen hatte. »Hier ist die Belohnung für deine Hilfe.«

»Das ist sehr großzügig von dir, zweiter Vater, ich werde sie mit Stolz tragen. Ich danke dem Großen Geist, dass er mich heute Morgen aufgehalten hat. Normalerweise wäre ich längst zum Holzsammeln im Wald gewesen und hätte den Schrei nicht gehört.«

Sie unterhielten sich noch ein wenig, bis Chumani schließlich aufbrach, um ihr Tagwerk zu verrichten. Die Schlange nahm sie für Cetan mit.

Windtänzer folgte ihr ins Tipi und fragte: »Warum nahmst du Pfeil und Bogen mit, als du zu meiner Mutter eiltest?«

Chumani sah überrascht auf, denn ein seltsamer Ton lag in seiner Stimme. »Als ich den Schrei hörte, wusste ich, dass sie in Gefahr war. Ich habe die

Schlange nicht sofort und auch nicht leichtfertig getötet, *mihigna,* und ich habe Wakantanka um Vergebung gebeten. Hast du nicht gehört, dass ich versucht habe, sie zu verscheuchen? Sie wollte nicht verschwinden. Habe ich übersehen, dass es noch einen anderen Weg gab, sie loszuwerden? Habe ich dein Missfallen erregt?«

»Ich bin froh, dass du meiner Mutter das Leben gerettet hast. Du warst mutig und geschickt. Bald wird das ganze Lager von deiner Heldentat hören.« Er fragte sich, ob sie das Ganze vielleicht aus diesem Grund in Szene gesetzt hatte. Doch er konnte nicht glauben, dass sie seine Mutter so leichtfertig in Gefahr bringen würde.

»Vielleicht hat der Große Geist die Schlange in das Tipi geführt, damit ich deine Leute davon überzeugen kann, dass ich geschickt und mutig genug bin, um dir als Gefährtin in dem heiligen Kampf beizustehen.« Da er sie immer noch mit diesem seltsamen Blick betrachtete, fragte sie schließlich: »Was beschäftigt dich, *mihigna?* Warum schaust du mich so komisch an?«

Windtänzer zog den Gegenstand, den er im Tipi seiner Mutter gefunden hatte, unter seinem Hemd hervor. »Gehört dir dieser *wazuha?*«

Chumani betrachtete den perlenbestickten Beutel. »Ja, er gehört mir. Warum versteckst du ihn unter deinem Hemd?«

»Ich habe ihn im Tipi meiner Mutter hinter einer Rückenlehne gefunden. Alles deutet darauf hin, dass die Schlange für eine Weile in dem Beutel war und schließlich herausgekrochen ist.« Er öffnete den Beutel und schüttelte kleine dunkle Kügelchen, die

Ausscheidungen der Schlange, in seine Hand. Er ließ sie nicht aus den Augen, als sie die kleinen schwarzen Kugeln anstarrte und ihn dann verwundert beobachtete.

»Willst du damit sagen, dass ich die Schlange gefangen und in den Beutel gesteckt habe?«

»Ich möchte nur wissen, warum dein *wazuha* in dem Tipi lag.«

»Das weiß ich nicht. Ich habe ihn nicht vermisst und ich habe keine Ahnung, wie er in das Tipi deiner Eltern gelangen konnte. Wer würde deiner Mutter Angst einjagen oder schaden wollen?« Chumanis Blick verfinsterte sich. »Vielleicht hat man den *wazuha* benutzt, um den Verdacht auf mich zu lenken. Das hier ist ein weiterer hinterhältiger Trick des *silwaecon* oder der *wicagnayesa.* Wer war gestern in unserem Tipi?«, bemerkte sie.

»Willst du damit sagen, dass Wastemna ihn gestohlen und ihn mit der Schlange in das Tipi meiner Mutter gelegt hat?« Da seine Frau nickte, überdachte er einen Augenblick lang diese Möglichkeit und sagte dann: »Dazu ist sie weder mutig noch geschickt genug.«

Chumani wusste, dass er sich auf das Fangen der Schlange bezog. »Wenn ein Mensch von Hassgefühlen besessen ist, tut er eine Menge Dinge, die uns unglaublich erscheinen. Man braucht nicht viel Mut oder Geschick, um von einem hohen Stein aus mit einer Lederschlinge an einem Stock eine Schlange zu fangen. Hast du vergessen, dass sie zu dieser Jahreszeit aus ihren Winterlöchern kommen und in der Sonne liegen und daher eine leichte Beute abgeben?«

»Das habe ich nicht vergessen.«

»Warum hast du mir den Beutel nicht vor den anderen gezeigt und mich danach gefragt? Hast du befürchtet, sie würden nicht an meine Unschuld glauben und mich bestrafen?«

»Nein, ich wollte nicht, dass sie etwas von den hässlichen Vorfällen erfahren, die sich ereignet haben. Ich wollte meine Mutter nicht unnötig ängstigen und ihr Kummer bereiten und ich wollte verhindern, dass mein Vater sich Sorgen macht. Solange wir das Gesicht des Übeltäters nicht kennen, möchte ich meiner Familie nichts davon erzählen. Ich muss zu meinem Großvater gehen und ihn unter vier Augen sprechen. Er soll Wakantanka um Antwort ersuchen.«

»Das ist eine gute Idee, *mihigna,* denn wenn wir diesem üblen Treiben nicht bald ein Ende bereiten, wird noch etwas Schlimmes geschehen. Ich werde meinen Aufgaben nachgehen und Cetan hier lassen, damit er das Tipi bewacht und du bittest den Großen Geist um Rat.«

Gedankenverloren begab Chumani sich zum Holzsammeln in den Wald. Als ihre Schlinge voll war und sie sich aufrichtete, schnappte sie erschreckt nach Luft, da plötzlich jemand vor ihr stand. Und dieser Jemand war bewaffnet.

8. Kapitel

»Was ist aus deiner berühmten Wachsamkeit geworden, Tautropfen? Hast du dein Kriegerwissen bereits vergessen oder warum hast du mich nicht kommen hören?«

Chumani lächelte und schimpfte scherzhaft: »Zitkala, wie gemein von dir, dich anzuschleichen und mich wegen meiner Unachtsamkeit aufzuziehen.« Sie wusste, dass Cetan sie nicht gewarnt hatte, weil ihm das Gesicht und der Geruch ihrer besten Freundin vertraut waren.

Die beiden Frauen umarmten sich und lachten aus Freude über das Wiedersehen.

»Ich habe dich schrecklich vermisst und bin glücklich, dass du hier bist«, murmelte Chumani und hielt Zitkala an den Händen, während sie sich ansahen. »Du musst mir alles erzählen, was zu Hause geschehen ist, seit ich weg bin.« Sie war neugierig zu erfahren, wie es ihrer Familie ging.

»Deine Eltern rieten mir, mit meinem Besuch noch etwas zu warten, sie hatten Angst, dass du uns sonst noch mehr vermissen würdest. Ich habe mich nur in die Nähe des Lagers geschlichen, um zu sehen, wie es dir geht. Ich wollte mich dir nicht zeigen, aber als du schließlich allein zum Holzsammeln aufbrachst, dachte ich, du würdest mich vielleicht brauchen. Ist es so?«

Chumanis Lächeln schwand. Sie nickte und sagte:

»Ja, so ist es, und ich bin froh, dass du dich gezeigt hast. Unsere Trennung tut mir in der Seele weh. Ich wusste nicht, dass der Traum unseres Schamanen auch bedeutete, dass ich allein unter Fremden in einem weit entfernten Lager leben muss, getrennt von meiner Familie und meinen Freunden.«

»Es tut mir Leid, dass ich nicht da war, als du deinem Mann folgen und Abschied von uns nehmen musstest. Es war bestimmt schwierig, das alles allein durchzustehen.«

»Ja, das war es. Mit deiner Unterstützung wäre es leichter gewesen. Mein Leben hat sich sehr verändert.«

»Deine Eltern haben mir von der Vision des Schamanen der Red Shield erzählt, die dich von uns gerissen hat. Es ist gut, in diesen harten Zeiten mit einem großen Stamm verbündet zu sein, aber ich wünschte, du wärst nicht gezwungen gewesen, dieses Bündnis zu besiegeln. Wann und wohin werdet ihr aufbrechen, um euch der großen Herausforderung zu stellen?«

»Ich weiß es nicht.«

»Was musst du in dem heiligen Kampf tun, um unsere Feinde zu besiegen?«

»Ich weiß es nicht.«

»Bist du glücklich in diesem Lager, mit deinem neuen Mann?«

Chumani holte tief Luft und atmete langsam aus. »Ich weiß es nicht. Manchmal läuft alles gut und manchmal geschehen schlimme und seltsame Dinge.«

Zitkala merkte, wie traurig und verwirrt ihre beste Freundin war. Sie legte Chumani einen Arm um die Taille und führte sie zu einem großen Stein, auf den sie sich setzten. »Was meinst du damit?«

Da es nie Geheimnisse zwischen ihnen gegeben hatte, erzählte Chumani ihr von Windtänzers überraschender Ankunft in ihrem Lager und dem Gespräch mit ihren Eltern. Sie schilderte in allen Einzelheiten die Vermählung, die erste gemeinsame Nacht mit Windtänzer, das Willkommensfest in seinem Lager, die vielen merkwürdigen Zwischenfälle, die sich ereignet hatten, und ihre Vermutung, dass ihr Mann ihr nicht glaubte. Sie verheimlichte ihr nicht, dass sie bisher auf der Schlafmatte noch nicht zueinander gefunden hatten und nannte ihr die Gründe für ihre Zurückhaltung.

Zitkala erinnerte Chumani daran, wie sehr sie Windtänzer begehrt hatte, als sie ihn auf dem alljährlichen Handelstreffen, im Wald der Brave Heart und auf dem Bärenhügel gesehen hatte. »Warum weigerst du dich, ganz und gar seine Frau zu werden, wenn es doch dein Herz und deinen Körper schon so häufig danach verlangt hat?«, fragte sie. »Du hast doch gesagt, dass dir seine Küsse und Liebkosungen gefallen. Und du sprachst auch davon, dass er zärtlich und liebevoll sei.«

»Das stimmt, aber irgendetwas hält mich davon ab. Es ist nicht einfach, einem Fremden so ohne weiteres zu vertrauen. Ich fürchte mich vor dem unbekannten und mächtigen Einfluss, den er auf mich hat. Ich habe Angst, er könne alles, was ich bin und sein muss, um die bevorstehende große Herausforderung zu meistern, verändern. Vielleicht bin ich ihm nur in der Vision erschienen, weil er mich zuvor im Wald und auf dem Bärenhügel gesehen hatte. Was ist, wenn die Bilder gar nicht von Wakantanka stammen?«

»Selbst das würde nichts an dem Traum von Der

durch den Nebel sieht ändern. Die Eule brachte ihm die Botschaft, dass du dich bald vermählen und zur Rettung unseres Volkes in einen heiligen Krieg ziehen wirst. Entspricht das nicht der Vision, die der Medizinmann der Red Shield hatte? Du selbst und auch deine Eltern haben mir erzählt, dass Waci Tate einen Tautropfen und einen Falken in seiner Vision sah und dass er diese Zeichen auf einen neuen Kriegsschild und auf seine Wangen malte.«

»Das stimmt«, gab Chumani zurück, »aber was ist, wenn Windtänzer nicht der Mann aus dem Traum unseres Schamanen ist? Vielleicht hat ein böser Geist sich in mein Leben geschlichen, um mich von dem richtigen Mann wegzulocken, dessen Kampfgefährtin ich eigentlich sein sollte? Vielleicht will Wakantanka mich mit diesen Vorfällen warnen und mich vor einem Fehler bewahren, und es ist ein Irrtum, sie für das üble Werk von Wastemna oder eines *silwaecon* zu halten. Vergiss nicht, dass Windtänzer und sein Großvater mich und Cetan während ihres Rituals auf dem heiligen Berg sahen. Womöglich habe ich mich in ihre Sinne geschlichen, als sie die Geisterwelt betraten. Sie glauben zwar an ihre Visionen, aber was ist, wenn es nicht Wakantanka war, der sie ihnen eingab?«

»Vielleicht hat Windtänzer nur in eure Vermählung eingewilligt, um dem Wunsch seines Schamanen Folge zu leisten«, überlegte Zitkala, »und er glaubt, dass du seiner nicht wert bist, oder er berührt dich nicht, weil er sein Herz an eine andere verschenkt hat. Es ist ungewöhnlich für einen Mann, nach so vielen gemeinsamen Nächten eine so schöne Frau, wie du es bist, zu verschmähen. Findest du nicht auch?«

»Ich weiß es nicht.«

»Angenommen, die Vision des Schamanen stammt von Wakantanka, glaubst du, dass dein Mann dich anhand dieser merkwürdigen Ereignisse einer Prüfung unterziehen will oder dass die Tochter des Schlachtenführers oder eine andere eifersüchtige Frau dahintersteckt?«

»Ich weiß es nicht.«

Zitkala legte wieder ihren Arm um Chumanis Schulter. »Deine Antwort lautet stets gleich, Tautropfen. Es sieht dir gar nicht ähnlich, so unsicher und verwirrt zu sein. Und deine Wachsamkeit vorhin ließ auch zu wünschen übrig. Was, wenn ich ein Feind gewesen wäre?«

»Cetan sitzt im Baum über uns. Er hätte dich angegriffen oder mich gewarnt, wenn du ein Feind gewesen wärst.«

Zitkala schaute hoch und begrüßte lächelnd den Falken, der den Kopf zur Seite legte und mit seinen gelbbraunen Augen zwinkerte. Als habe er die Worte der beiden Frauen verstanden, stieß er einen schrillen Schrei aus, flatterte mit den Flügeln und flog davon, um sich auf die Suche nach frischer Beute zu machen. »Fühlt er sich wohl hier?«, fragte Zitkala.

»Er hat sich an sein neues Zuhause und an die unbekannte Umgebung gewöhnt und niemand belästigt ihn, was ich mir für mich auch wünschen würde. Es ist gut, dass Waci Tate mir erlaubt hat, ihn mitzunehmen, denn ich könnte es eher ertragen, einen Finger zu verlieren als meinen geliebten Falken. Es ist schon schmerzhaft genug, dich verloren zu haben.«

»Du hast mich nicht verloren, Tautropfen. Wir werden beste Freundinnen bleiben, bis wir eines Tages Mutter Erde verlassen werden. Und dann reiten wir zusammen den Geisterpfad entlang. Außerdem sehen wir uns bald im Sommerlager in den Ebenen wieder. Aber es beunruhigt mich, dass du so unglücklich bist.«

»Mach dir keine Sorgen, Zitkala, der Große Geist wird mich lenken und beschützen. Ich werde die Augen offen halten, damit nicht noch mehr Unheil geschieht, und Cetan wird auf mich aufpassen. Erzähl Vater und Mutter nicht, was hier vor sich geht, es würde sie nur traurig machen. Außerdem«, fügte sie mit einem Lächeln hinzu, »tut es mir gut, dich zu sehen und mit dir zu sprechen. Es ist Balsam für meine verwirrte Seele.«

»So wie es auch Balsam für mein Herz und meine Seele ist.«

»Warum kommst du nicht mit mir ins Lager? Wir können dort weiterreden, während ich meine Arbeit erledige. Du kannst in unserem Tipi schlafen und morgen zurückreiten.«

»Ich glaube, das ist keine gute Idee, solange du mit deinem Mann Schwierigkeiten hast. Er könnte meinen, man hätte mich geschickt, um bei euch nach dem Rechten zu sehen. Es ist das Beste, wenn ich ungesehen wieder von hier verschwinde.«

»Deine Worte sind weise, meine Freundin. Jetzt erzähl mir, was alles passiert ist, seit ich fort bin«, bat Chumani sie erneut und lauschte hocherfreut den Neuigkeiten, bis es für Zitkala höchste Zeit war, sich davonzuschleichen.

Als sie schweigend und ohne sich zu berühren auf der Schlafmatte lagen, wurde Windtänzer bewusst, dass seine Frau sich ihm gegenüber schon fast den ganzen Tag reserviert und ungewöhnlich still verhalten hatte. Er schob es auf seine unbeabsichtigte Anschuldigung und die sich häufenden hinterhältigen Zwischenfälle. Er hielt es für das Beste, sie in Ruhe zu lassen, bis sie sich wieder gefangen hatte und wieder mit ihm reden wollte.

Am nächsten Morgen, als Windtänzer von der Jagd zurückkehrte und nach Chumani Ausschau hielt, um ihr das erlegte Wild zu geben, begegnete er Wastemna, die am Fluss Wasser geholt hatte und sich nun auf dem Rückweg zu ihrem Tipi befand. Er fragte sie, ob sie Chumani gesehen habe. Ein merkwürdiges Mienenspiel huschte über das Gesicht der Frau, die sich unauffällig nach allen Seiten umsah und mit ihrer Antwort zögerte, als fürchte sie, belauscht zu werden. »Warum antwortest du nicht, Wastemna? Hast du Tautropfen nun gesehen? Ist etwa schon wieder etwas vorgefallen, während ich unterwegs war? Sprich endlich!«, befahl er ihr stirnrunzelnd. Sie schaute sich noch einmal um und fing an zu flüstern: »Vielleicht hat sie sich in den Wald geschlichen, um sich wieder mit dem Mann von ihrem Stamm zu treffen, wie gestern. Vielleicht hat er die Nacht in der Nähe des Lagers verbracht, damit sie sich noch einmal sehen können, bevor er wieder zurückreiten muss.«

Windtänzer machte ein erstauntes und zugleich finsteres Gesicht und fragte ungehalten: »Was soll das heißen?«

»Als sie gestern das Lager verließ, bin ich ihr gefolgt, denn es ist gefährlich, allein in den Wald zu gehen. Sie sah traurig und zerstreut aus, und ich glaubte sie hätte nicht einmal bemerkt, wenn ein Feind in der Nähe gewesen wäre. Sie ist die Frau unseres künftigen Häuptlings und das Mädchen aus der Vision, also darf ihr nichts geschehen. Ich hatte auch gehofft, ein wenig mit ihr reden zu können, damit wir endlich Freundinnen werden. Außerdem dachte ich, dass sie mich nicht mehr verdächtigen kann, falls wieder etwas Merkwürdiges geschieht, während ich mit ihr zusammen war. Bevor ich sie jedoch einholen konnte, sah ich, dass sie sich mit einem Mann traf. Sie umarmten einander viele Male und hielten sich an den Händen, während sie miteinander sprachen. Der Falke kannte den Krieger. Ich war zu weit entfernt und konnte nicht hören, worüber sie redeten, und außerdem hatte ich Angst, der Falke könne mich angreifen, wenn ich mich näher an sie herangewagt hätte. Der Mann war groß, hatte ein hässliches Gesicht und trug schlichte Kleidung, doch er muss von ihrem Stamm gewesen sein, denn an ihren Berührungen und ihrem Lächeln ließ sich deutlich erkennen, dass sie einander kannten und liebten. Dennoch wirkte sie traurig und ich sah, wie sie immer wieder die Tränen von ihren Wangen wischte. Der Mann legte den Arm um sie und zog sie an sich, um sie zu trösten. Nachdem sie eine Weile miteinander geredet hatten, kehrte Chumani ins Lager zurück und er verschwand im Wald.«

Wut und Eifersucht überkamen ihn und er versuchte angestrengt, die Kontrolle zu wahren und sich nichts anmerken zu lassen. Er überlegte, dass Wastemna ihn kaum anlügen würde, wo es doch ein Leichtes für ihn war, Chumani nach dieser Begebenheit zu fragen. Hätte seine Frau ihm von dem Treffen erzählt und sich letzte Nacht nicht so merkwürdig verhalten, er hätte Wastemna kein Wort geglaubt. »Bist du sicher, dass du all das gesehen hast? Bist du sicher, dass es Tautropfen war?«

»Ja, ich bin mir ganz sicher. Ich schwöre es bei meinem Leben und meiner Ehre.«

»Warum bist du gestern nicht zu mir gekommen und hast mir davon erzählt?«

»Ich hatte Angst, dass du mir nicht glauben und mich für meine Worte hassen würdest. Ich weiß nicht, wie sehr sie dich mit ihrer Liebesmedizin bezirzt hat. Ich schwöre, dass ich die Wahrheit spreche.«

»Hast du jemandem davon erzählt?«

»Nein, denn du allein hast das Recht und die Pflicht, etwas zu unternehmen, wenn deine Frau untreu war. Bitte hasse mich nicht dafür, dass ich diejenige bin, die dir davon erzählt hat.«

»Mach dir keine Sorgen, Wastemna, denn es ist nicht unsere Art, den Überbringer einer schlechten Nachricht zu hassen, sondern die schlechte Nachricht selbst. Aber ich bin mir sicher, dass es ein Freund und kein Liebhaber war, mit dem du Chumani sahst.«

»Wenn das der Fall sein sollte, Waci Tate, warum hat sie dir dann nichts von ihm erzählt?«

»Das weiß ich nicht, aber ich bin sicher, dass sie einen triftigen Grund hat.«

»Ich hoffe, deine Worte mögen sich als wahr erweisen, damit dein Herz nicht über den Verlust einer weiteren Frau trauern muss und der Große Geist sie nicht bestraft, weil sie dich und die heilige Vision entehrt hat.«

Als Chumani sich kurze Zeit später vor ihrem Tipi einfand, lud Windtänzer sie zu einem Waldspaziergang ein, denn er wollte bei diesem Gespräch keine Zeugen. »Bei unserer Vermählung hast du mir nicht gesagt, dass dein Herz und dein Körper einem anderen gehören. Hältst du dich von mir fern und bist Wastemna und anderen Frauen gegenüber unfreundlich, weil du traurig bist über den Verlust und auf Rache sinnst? Stiftest du deshalb so viel Unfrieden in unserem Leben? Hasst du mich und möchtest mich unglücklich machen, damit ich dich wegschicke und du zu ihm zurückkehren kannst? Warum verrätst du mich und die heilige Vision für eine verlorene Liebe?«

Chumani war verblüfft und verletzt. »Ich habe mich in deinem Lager und deinen Leuten gegenüber niemals schlecht benommen. Ich versuche nicht, mich an dir zu rächen, und ich habe mit den Zwischenfällen nichts zu tun. Ich bin dir in allen Dingen außer dem einen eine gute Frau, und mit dieser einen Ausnahme warst du einverstanden. Es war sogar dein Wunsch. Mein Herz und mein Körper gehören keinem anderen, weder meinem ersten Mann noch irgendjemandem sonst. Warum denkst du so etwas über mich? Deine Worte sind grausam und falsch.«

Ihre heftige Reaktion versetzte ihm einen Stich. Er hatte keine andere Wahl, als sie zu fragen: »Wer war der Mann, mit dem du dich gestern im Wald getroffen und den du umarmt hast? Wer war der geheimnisvolle Besucher, den du mir verschwiegen hast?«

»Beobachtest du mich?«, fragte Chumani entsetzt zurück. »Vertraust du mir nicht?«

»Ich beobachte dich nicht, aber jemand anderes hat dich mit ihm gesehen und mir davon erzählt. Ist er der Grund dafür, dass du gestern Abend so unterkühlt warst und nicht neben mir liegen wolltest?«

»Wer auch immer dir gesagt hat, ich hätte mich mit einem Mann getroffen, er irrt sich. Ich bin Zitkala begegnet, meiner besten Freundin. Sie hat mich im Wald überrascht und wir hatten uns viel zu erzählen. Sie ist ein weiblicher Krieger und Jäger, so wie ich eine Kriegerin war, bevor du mich zu dir geholt hast.«

»Wastemna sah dich nicht mit einer Frau.« Er bemerkte, wie Chumanis Blick sich bei diesem Namen verfinsterte. Sie zog das scharfe Messer aus der Lederscheide an ihrer Taille. Einen Moment lang fragte er sich, ob sie ihn zum Kampf fordern oder ihn umbringen und flüchten wollte, doch er war sicher, dass ihr nichts von alledem gelingen würde. Doch sie nahm die Klinge zwischen die Zähne, blickte ihm geradewegs in die Augen und widersprach mit diesem Schwurritual seinen Verdächtigungen.

»Mit der Klinge zwischen den Zähnen schwöre ich, dass ich die Wahrheit sage. Es war Zitkala, eine Frau. Seit unseren Kindertagen ist sie meine beste Freundin. Wir sind zusammen ausgebildet worden, gemeinsam auf die Jagd gegangen, haben Ausritte gemacht und Seite an Seite gekämpft, so wie du und Rote Feder.« Chumani nahm das Messer wieder in die Hand und fuhr fort: »Sie hat mich besucht und mir erzählt, wie es meiner Familie, meinen Freunden und meinem Stamm ergangen ist, seit ich weg bin. Kannst du dich nicht erinnern, dass sie nicht da war, als du in unser Lager kamst, um mich zu holen? Ich habe sie nicht in mein neues Zuhause eingeladen, weil ich allein mit ihr sprechen wollte. Zitkala ist nicht vermählt, denn sie ähnelt in Aussehen und Art eher einem Mann als einer Frau. Du kannst mir glauben oder an meinen Worten zweifeln, aber ich spreche nicht mit gespaltener Zunge. Ich tue mein Bestes und folge gehorsam den Wünschen meines Mannes, meines Vaters, des Großen Geistes und der heiligen Vision. Wenn du mir nicht glaubst oder unzufrieden mit mir bist, dann sprich die Scheideworte vor dem Eingang unseres Tipi und gib mich frei, damit ich wieder zu den Meinen zurückkehren kann.« Er brauchte nichts weiter tun, als zu verkünden, dass sie nicht länger seine Frau sei, und der Bund zwischen ihnen würde der Vergangenheit angehören. Doch tief in ihrem Innern hoffte sie, er möge es nicht tun.

Während Windtänzer sie prüfend betrachtete und allem Anschein nach abwägte, ob er ihr glauben sollte oder nicht, kam Chumani der Verdacht, dass er nur nach einem Vorwand suchte, um sie loszuwerden, ohne sein Gesicht zu verlieren, etwa indem er sie für das Scheitern ihres Bundes verantwortlich machte. Als er zum Sprechen ansetzte, hob sie die Hand und sagte: »Schweig, solange dein Herz und dein Geist voller Zorn und Misstrauen sind und ich ebenfalls zu aufgebracht bin, um deine Entscheidung zu hören. Überlege dir erst, was du zu tun gedenkst, dann können wir reden. Ich werde jetzt ausreiten, um zur Ruhe zu kommen, ich bin zurück, bevor die Nacht hereinbricht. Dann muss diese zerstörerische und schmerzende Angelegenheit ein für alle Mal aus dem Weg geräumt werden.«

Windtänzer willigte ein, sie allein losreiten zu lassen, damit sich ihre erhitzten Gemüter abkühlen und sie wieder zur Besinnung kommen konnten. Außerdem brauchte er Zeit zum Nachdenken, wie er den Schaden, den er offensichtlich angerichtet hatte, wieder beheben konnte, denn er war so gut wie sicher, dass sie die Wahrheit sprach. Sie wusste, dass es ein Leichtes für ihn wäre, ihre Geschichte zu prüfen, und wenn sie wirklich gelogen hätte, würde das für sie den Verlust der Ehre und die Verbannung aus ihrem Lager bedeuten. Doch die Angst, ihr seine Liebe und sein Vertrauen zu schenken, nur um sie eines Tages wieder zu verlieren, hielt einen winzigen Zweifel in seinem Herzen wach.

Als Chumani gegangen war, drehte Windtänzer sich um und erblickte seine Mutter und seine Schwester in den Büschen ganz in der Nähe. Offensichtlich waren die beiden Frauen unfreiwillig Zeugen der Szene geworden, hatten sich aber nicht bemerkbar gemacht, um ihn nicht zu beschämen, während er mit seiner Frau stritt.

Winona kam auf ihn zu, legte ihm eine Hand auf den Arm und sagte: »Du musst ihr folgen, mein Sohn, und dich mit ihr versöhnen. Wenn ihr in einem solchen Moment zu lange getrennt seid, wird die Zeit sich als dein Feind erweisen und all die guten Gefühle in ihr vernichten, die sie dir entgegenbringt. Weißt du denn nicht, dass Tautropfen dich sehr liebt und stolz darauf ist, deine Frau und Kampfgefährtin zu sein? Weißt du denn nicht, dass sie dich niemals belügen würde? Der Große Geist gibt dir keine schlechte Frau an die Seite. Geh zu ihr, bevor du sie für immer verlierst und unseren glorreichen Sieg aufs Spiel setzt.«

Windtänzer wusste, dass seine Mutter Recht hatte. Ihre Worte lösten ein unbeschreibliches Freudengefühl in ihm aus und das überwältigende Bedürfnis, ihr sofort zu folgen. Er hoffte, dass er ihre Zuneigung nicht bereits zerstört und sie ein für alle Mal verloren hatte. Lächelnd umarmte er seine Mutter und rannte ins Tipi. Dort stellte er fest, dass sie außer ihrem Pferd und Cetan nichts mitgenommen hatte, was er für ein gutes Zeichen hielt, denn allem Anschein nach hatte sie vor zurückzukommen. Er schnappte sich seine Waffen und andere unverzichtbare Dinge und begab sich schnellstens zu seinem Pferd, um ihr hinterherzujagen.

Als er gerade dabei war, das Gepäck auf dem Rücken des Tieres zu befestigen, stieß Rote Feder zu ihm. Er erzählte seinem besten Freund von dem Missverständnis und dass er sich auf die Suche nach seiner Frau machen wollte.

Rote Feder grinste und meinte: »Sie ist in diese Richtung geritten.«

Windtänzers Blick folgte der Richtung, in die der ausgestreckte Arm seines Freundes zeigte. »Ich muss eine Zeit lang mit ihr allein sein. Ich werde nicht eher wiederkommen, bis sie mein ist. Gib auf meine Familie und das Lager Acht und wünsche mir Erfolg.«

»Ich werde den Großen Geist darum bitten, *mitakola.*«

Hanmani, die immer noch mit ihrer Mutter im Wald war, sagte: »Liebe sollte nicht unglücklich machen, Mutter. Warum verhält es sich dann bei meinem Bruder so?«

Winona sah ihr Jüngstes an, ihre einzige Tochter, deren Name so viel bedeutete wie »Durch die Nacht gehen«, und sagte: »Sie sind sich noch fremd und haben beide in der Vergangenheit schlimme Verluste erlitten, so dass sie jetzt sehr vorsichtig mit ihren Gefühlen umgehen. Sie haben Angst, sich ihre Liebe und ihr Verlangen einzugestehen, sie fürchten, dass der andere nicht dasselbe fühlt. Sie haben Angst, ihren Herzen zu vertrauen, obwohl sie wissen, dass darin die Wahrheit liegt. Sie müssen sich einander öffnen und ihren Gefühlen gehorchen, dann wird bei ihrer Rückkehr alles gut sein zwischen ihnen.«

»Bist du sicher, Mutter?«

»Ja, meine geliebte Tochter, das bin ich, denn mein Vater, unser weiser Medizinmann, sah es bereits in einer Vision.«

Winona fügte in Gedanken hinzu: *Eines Tages wirst auch du diese Dinge kennen lernen, das sah ich in einem Traum, den ich in der Nacht vor dreizehn Wintern hatte, als du meinen Körper verließt. Wenn dieser Tag kommt, wird ein schwieriger und gefährlicher Weg für dich beginnen, an dessen Ende jedoch die große Liebe steht, ganz so wie bei deinem Bruder und Tautropfen.*

Chumani zügelte ihr Pferd, während sie sich mit gesenktem Kopf ihren traurigen Gedanken hingab. Sie war vorschnell gewesen und hatte ihn mit ihren Worten brüskiert. Es war verständlich, dass er ihr Treffen mit Zitkala falsch ausgelegt hatte, sie hätte ihm zumindest davon erzählen sollen. Doch sie hatte geschwiegen und ihm so einen Grund gegeben, an ihrer Aufrichtigkeit zu zweifeln und wütend auf sie zu sein. Er war ihrer besten Freundin nie begegnet und konnte deshalb nicht wissen, dass ihre Gestalt der eines Mannes ähnelte. Sie hätte im Lager bleiben und sich mit ihm aussprechen sollen. Es war falsch gewesen, ihm seine Zweifel vorzuwerfen und wegzureiten.

Sie vernahm Cetans schrille Schreie und sah in den Himmel hinauf, der sich bedrohlich verdunkelt hatte. Heftige Windböen fegten in immer kleineren Abständen über das Land. Die Wipfel der Bäume bogen sich, das Gras wurde vom Wind gepeitscht und die Wildblumen zitterten unter der Kraft des sich zusammenbrauenden Sturmes. Der Große Geist war unzufrieden mit ihr und wollte sie warnen, damit sie so schnell wie möglich ins Lager zurückkehrte. Doch sie hatte die Zeichen zu spät erkannt. Sie wusste, dass es im Freien bald zu gefährlich sein würde und dass sie eiligst nach einem Unterschlupf Ausschau halten musste. Sie erinnerte sich, vorhin an einigen Höhlen und Felsvorsprüngen vorbeigekommen zu sein, und galoppierte in diese Richtung zurück, nicht ohne vorher ihren Falken zu rufen, damit er ihr auf der Suche nach einem Unterschlupf vor der zürnenden Natur folgte.

Windtänzer folgte Chumanis Spuren, die bald die Prärie hinter sich ließen und zu den dicht bewaldeten Ausläufern der heiligen Berge führten. Sie wollte wohl in den Cañons der Paha Sapa Zuflucht vor dem aufziehenden Sturm suchen und er hoffte, sie zu finden, bevor das Unwetter losbrach. Bald sagten ihm die Spuren, dass sie vom Pferd gestiegen war, sie konnte also nicht weit sein. Vermutlich hielt sie nach einer Höhle oder einem großen, schützenden Felsvorsprung Ausschau. Er wollte sie nicht durch sein plötzliches Auftauchen erschrecken und rief deshalb laut ihren Namen.

Mit einem Arm voll Feuerholz betrat Chumani eine der vielen Berghöhlen und hörte wenig später Windtänzers Rufe, die von einem dumpfen Donnergrollen übertönt wurden. Ihr Herz machte einen Freudensprung. Sie warf das Holz zu Boden, rannte zum Eingang der Höhle und hielt nach ihm Ausschau. Blitze zuckten in gezackten Linien und zahlreichen Verzweigungen über den nachtdunklen Himmel und der Donner hallte krachend hinterher. Chumani entdeckte ihren Mann, der soeben auf der gegenüberliegenden Seite der Lichtung hinter einer Reihe von Bäumen hervorkam. Sie lächelte und winkte, während sie ihm zurief, sich zu beeilen, bevor die Sintflut über sie hereinbrach. Er erwiderte ihr Lächeln und winkte ebenfalls und ihr Herz begann, vor Freude und Aufregung schneller zu schlagen.

Plötzlich geschahen mehrere Dinge gleichzeitig. Sein Pferd bäumte sich wiehernd auf und fuchtelte mit den Vorderbeinen durch die Luft. Die Augen des Tieres waren vor Angst weit aufgerissen und es zog und zerrte an den Zügeln, die Windtänzer in der linken Hand hielt. Er stolperte über einen Stein und fiel auf die Knie. In diesem Moment peitschte ihm eine heftige Windböe Staub und Erde in die Augen, die er sogleich mit der freien Hand zu schützen suchte. Doch es war die Gefahr, die sich hinter ihm auftürmte, die sie fast zu Stein erstarren ließ und die auch sein Pferd in Panik versetzt hatte: Auf einer kleinen Anhöhe stand ein Grizzlybär und betrachtete interessiert den Mann und das Pferd, die sich ihm als leichte Beute darboten. Sie schwebten in höchster Gefahr. Das massige Raubtier schien nur langsam und träge vorwärts zu trotten, doch Chumani wusste, dass es sich blitzschnell auf sein Opfer stürzen und seiner Beute mit einem einzigen Hieb seiner schweren, riesigen Pranken den Garaus machen konnte.

»E'tonwan! Matohata!«, rief sie, um Windtänzers Aufmerksamkeit auf das Tier zu lenken, das sich auf ihn zubewegte. *»Inahni sni yo.«* Sie warnte ihn davor wegzurennen, denn das hätte den Bären nur angestachelt, auf sein Opfer loszustürmen.

»Tokahan hwo?«, rief er zurück, denn er konnte noch immer nichts sehen und wusste nicht, wo der Bär sich befand.

Er rieb sich die Augen, schien seine Sicht aber nicht wiederzuerlangen. Mit Schrecken wurde ihr bewusst, dass er völlig ungeschützt der tödlichen Gefahr ausgesetzt war. *»Uyelo; inila yanka yo.«* Sie ermahnte ihn, ruhig zu bleiben, denn der Bär bewegte sich weiter auf ihn zu. *»Lecetkiya.«* Sie forderte ihn auf, langsam zu ihr zu kommen. Sie rannte in die Höhle und nahm Pfeil und Bogen, erleichtert, dass sie wenigstens eine Waffe bei sich hatte. Mit einem Pfeil im Anschlag und zwei weiteren zwischen den Zähnen eilte sie nach draußen und blieb neben dem Eingang zur Höhle stehen.

Sie sah, wie das völlig verängstigte Pferd weiter wild umhersprang und Windtänzer einige Male mit den Vorderhufen traf. Unglücklicherweise hatte er nicht seinen Mustang dabei, der für die Schlacht ausgebildet und mutiger und leichtfüßiger war als das Reitpferd. Sie beobachtete das Raubtier mit dem dunklen und glatten Fell und sah, wie sich die Muskeln zwischen den kräftigen Schultern des Grizzly bei jeder Bewegung spannten. Er blieb einen Moment lang stehen und schnüffelte in die Luft. Seine riesige Gestalt war furchterregend. Sie wusste, dass ihr Mann nicht in der Lage war, vor dem schnellen Raubtier mit den scharfen Augen davonzulaufen oder es in einem tödlichen Kampf zu besiegen, auch wenn sie sicher war, dass er unter normalen Umständen durchaus dazu fähig gewesen wäre.

Inzwischen hatte Windtänzer sein Messer gezogen, aber seine Gesten verrieten ihr, dass er immer noch nichts sehen konnte. Sie versuchte, den Bär durch lautes Rufen auf sich aufmerksam zu machen und ihn von seiner Beute abzulenken, bis ihr Mann die Sicht wiedererlangt hatte. Der Grizzly blieb stehen und sah in ihre Richtung, während sie schrie, wild mit den Armen fuchtelte und schließlich Steine nach ihm warf. Er brummte und startete einen kurzen Scheinangriff auf sie. Sie hob die Stimme und warf abermals mit Steinen nach dem Tier. Als Windtänzer ihr zurief, dass sie sofort mit diesem gefährlichen Unsinn aufhören solle, schrie sie noch lauter, um ihn zu übertönen und dafür zu sorgen, dass der wütende Grizzly sie nicht aus den Augen ließ.

Schließlich schoss Chumani einen Pfeil auf den Bären und traf ihn an der linken Schulter. Das wild gewordene Raubtier griff nach dem Pfeil und brach ihn entzwei. Sie schleuderte abermals Steine in seine Richtung und winkte. Die Bestie rannte los, blieb jedoch etwa zehn Pferdelängen von ihr entfernt abrupt stehen, wobei seine muskulöse Körpermasse durch den plötzlichen Halt hin und her wackelte. Während der Himmel immer dunkler wurde, starrte der Bär sie an, als wolle er ihre Stärken und Schwächen abschätzen. Als sie sah, dass er seinen Nacken streckte, die Ohren anlegte, die Tatzen in den Boden bohrte und den Blick nicht mehr von ihr wandte, wusste sie, dass sie nun seine neue Zielscheibe war. Er schüttelte sich und ein tiefes Brummen trat aus seiner Kehle. Als Nächstes würde er den Kopf senken und sie mit atemberaubender Geschwindigkeit attackieren.

Sie bat den Großen Geist in einem stillen Stoßgebet um Mut und Geschicklichkeit, drehte sich um und rannte eine nahe Anhöhe hinauf, die voller Geröll lag. Sie hoffte, die losen Steine würden ein Hindernis für ihren Verfolger darstellen und ihr Zeit geben, aus nächster Nähe ein oder zwei Pfeile auf ihn abzufeuern. Drei Pfeile würden kaum ausreichen, ihn zu töten, aber vielleicht konnten sie ihn in die Flucht schlagen oder ihn soweit außer Gefecht setzen, dass sie ihm entkommen konnten.

Um auf dem unebenen Untergrund nicht das Gleichgewicht zu verlieren, lehnte sie sich an einen schwarzen Felsen, als sie den Bogen zum zweiten Mal spannte und auf den Bären zielte, der sich nun zu voller Höhe aufgerichtet hatte, um besser sehen zu können. Sie traf ihn an der Kehle. Obwohl dies eine ausgesprochen empfindliche Stelle war, zog das Tier den Pfeil aus seinem Fell und kam weiter auf sie zu, als handle es sich lediglich um einen Insektenstich, obwohl ihm Blut über Brust und Schulter rann. Sie hob mehrere große Steine auf und warf sie dem

Grizzly an den Kopf in der Hoffnung, die Augen zu treffen und seine außerordentlich gute Sicht zu trüben. Sie fuhr zusammen, als plötzlich ein Blitz den Himmel hell erleuchtete und ein ohrenbetäubendes Donnergrollen zu vernehmen war, das den Boden unter ihren Füßen erzittern ließ. Eine Windböe peitschte ihr eine Haarsträhne ins Gesicht und nahm ihr die Sicht, so dass sie sich gezwungen sah, ihr Haar mit einer Hand im Nacken festzuhalten.

Plötzlich stieß Cetan schrille Schreie aus, stürzte aus luftigen Höhen auf die Bestie hinab und hieb ihr seine scharfen Krallen in die Augen. Der Bär stieß ein wütendes Gebrüll aus, schlug mit seiner riesigen Pranke nach dem Falken und rutschte auf dem Geröll aus. Cetan attackierte ihn weiter, indem er mit seinem Schnabel auf den Kopf des Bären einhackte und den tödlichen Pranken geschickt auswich. Chumani feuerte den dritten und letzten Pfeil ab und traf den Grizzly mitten in die Brust, was seine Wut und seine Schmerzen nur noch steigerte. Da der Bär sich nun nicht mehr um den Falken kümmerte und weiter auf sie zuhielt, versuchte sie, sich rückwärts den Hang hinauf zu bewegen. Sie war noch nicht weit gekommen, als sie ihr Gleichgewicht verlor, stolperte und den Berg hinabrutschte. Unerbittlich näherte sie sich dem weit geöffneten Maul und den riesigen weißen Zähnen ihres wütenden Widersachers. *Hilf uns, Großer Geist,* betete sie in Windeseile, *damit wir weiterleben und in deinem Namen in den heiligen Kampf ziehen können!*

Als der Grizzly sich auf die Hinterbeine stellte, die Vorderbeine in den Himmel hob, den Kopf zurückwarf und ein Gebrüll ausstieß, das selbst das Donnergrollen noch übertönte, schlug ein gigantischer Blitz direkt in sein Herz ein. Der Aufprall hatte eine solche Kraft, dass der Bär rückwärts taumelte und zu Boden fiel. Ungläubig starrte Chumani auf das tote Tier. Es war, als hätte der Große Geist sein wildes Geschöpf geopfert, um sie und Windtänzer zu retten. Sie sah, wie Cetan sich auf der Brust des am Boden liegenden Tieres niederließ, als wolle er sicherstellen, dass es keine Lebenszeichen mehr von sich gab. Da der Grizzly sich tatsächlich nicht mehr rührte, flog der Falke zu einer nahen Rottanne und ließ sich auf einem großen Ast nieder, während Chumani sich an den rutschigen Abstieg zu dem massigen Haufen dichten braunen Fells machte.

Auch Windtänzer traf bei dem Tier ein. In der einen Hand hielt er Pfeil und Bogen, mit der anderen rieb er sich immer noch die Augen. Er stieß die Bestie mit dem Fuß an, um sicherzugehen, dass sie tot war. Er hatte solche Angst um Chumani gehabt, dass sein Herz noch immer laut pochte. Er war ihr so schnell zur Hilfe gekommen, wie seine eingeschränkte Sicht es zugelassen hatte. Nie zuvor hatte er sich im Angesicht einer Gefahr so hilflos gefühlt. Er hatte sie aus der Sicherheit des Lagers vertrieben und hätte deshalb die Schuld an ihrem Tod oder einer möglichen Verwundung getragen. Mit tränenden Augen stellte er fest, dass seine Frau unverletzt war.

Er lächelte, als sie ihn anblickte, und sagte: »Wakantanka wollte uns noch nicht an seiner Seite haben. Er gab Wakinyan den Auftrag, eine Feuerlanze in das Herz des Waldkriegers zu schleudern, um seinen Angriff zu vereiteln. Du hast einen starken Gegner mutig und geschickt herausgefordert, *mitawin,* und Cetan ebenso. Ich wünschte, meine Sicht wäre klar gewesen, dann hätte ich dieser großartigen Vorführung besser folgen können.«

Chumani konnte nur hoffen, ihn nicht gekränkt zu haben, indem sie wegen seiner vorübergehenden Blindheit diese gefährliche Situation in die Hand genommen hatte. »Wakantankas Wege sind unergründlich, deshalb weiß ich nicht, warum er mich und Cetan in diesen Kampf geschickt hat«, sagte sie freundlich. »Vielleicht wollte er dir für unsere Begegnung mit den Crow den Trick mit dem Staub zeigen.«

Windtänzer war dankbar für ihre aufmunternden Worte. »Das ist gut möglich. Du hast dein Leben für mich aufs Spiel gesetzt, und ich bin dir sehr dankbar.«

»Du hättest ebenso gehandelt. Damals, als du die Vogelkrieger im Wald der Brave Heart zum Kampf herausfordertest, hast du mein Leben gerettet. Wenn du nicht aufgetaucht wärst, hätten sie mich getötet oder ... mir Schlimmes angetan. Der Sturm ist genau über uns«, bemerkte sie, denn der Wind zerrte an ihrer Kleidung, peitschte durch ihr Haar und fegte über die grasreiche Lichtung. Es blitzte und donnerte immer häufiger. »Bald wird die Nacht hereinbrechen. Ich werde dein Pferd in die Höhle bringen, dann kannst du ein Gebet für den Geist des Bären sprechen und Wakantanka für das Opfer danken. Wenn deine Sicht immer noch verschwommen ist, komme ich zurück und führe dich zur Höhle.«

Er wischte sich die Tränen von den Wangen und sagte: »Meine Augen sind wütend über diesen hinterhältigen Angriff und lassen unentwegt Wasser hervorströmen, aber meine Sicht wird langsam wieder klar. Ich werde allein zur Höhle finden. Ich habe Nahrung, Wasser und eine Schlafmatte mitgebracht. Wir werden diese Nacht in der Höhle verbringen, denn wir haben einander viel zu sagen und benötigen dafür einen abgeschiedenen Ort.«

»Ja, *mihigna,* es gibt viel zu besprechen, denn es soll kein weiterer Tag vergehen, an dem nicht Frieden herrscht zwischen uns, denn schließlich wollen wir in unserer Mission nicht versagen.«

9. Kapitel

Chumani wusch ihrem Mann die Augen aus und riet ihm, sie für eine Weile zu schließen, damit sie sich beruhigen konnten, inzwischen wollte sie Feuer machen und das Essen zubereiten. Während sie still arbeitete, wanderte ihr Blick langsam über sein Gesicht, seinen Oberkörper und seine Beine. Er lag auf einer Büffelhaut, die sie auf dem Boden ausgebreitet hatte. Sie mochte seine kühnen Züge und seine kräftige Gestalt und wäre beinahe der Versuchung erlegen, mit ihren Fingern die Linien seines Körpers nachzuzeichnen. Sie mochte auch den Glanz, den das Feuer auf sein tiefschwarzes Haar zauberte, den Schimmer in seinen dunklen Augen, wenn er ihr einen dieser glühenden Blicke zuwarf, das Gefühl, wenn sie sich berührten, und die Art, wie er sie küsste. Sie sehnte sich danach, seine vollen Lippen auf ihrem Gesicht und ihrer Haut zu spüren und ihn ganz bei sich zu haben. Es war nun an der Zeit, ihren Bund als Mann und Frau zu besiegeln.

Windtänzer spürte ihre innigen Blicke und ihm wurde heiß. Er hörte, wie ihr Atem schneller ging und ihre Hände sich nicht mehr regten. In der Erinnerung an frühere Küsse konnte er die Süße ihrer Lippen fast schmecken. Er wollte ihre Haut spüren und sie endlich ganz und gar besitzen. Würde sie sich hingeben oder zurückschrecken, wenn er jetzt seine Arme nach ihr ausstreckte?

Die Verlockung, ihn zu berühren, war so groß, dass sie kaum dagegen ankämpfen konnte. Doch zuvor stellte sie ihm die Frage, die ihr auf der Seele lag: »Sagt dir dein scharfer Verstand nicht, dass Wastemna dich begehrt und mich schlecht macht, damit sie dich für sich gewinnen kann?« Ohne auf eine Antwort zu warten, beteuerte sie noch einmal ihre Ehrlichkeit und Unschuld: »Ich habe mit den Vorfällen nichts zu tun und es war wirklich meine beste Freundin Zitkala, die ich im Wald getroffen habe. Ich würde dich niemals betrügen oder beschämen.«

Windtänzer setzte sich auf und sah ihr in die Augen. Er war überzeugt, dass sie nicht aus Eifersucht so sprach, sondern aus Sorge um ihre Verbindung. »Trotz aller Lügen und Tricks wird sie ihr Ziel nicht erreichen, Tautropfen, denn ich fühle weder für sie noch für eine andere Frau aus meinem Lager etwas. Nur meine eigene Frau zählt für mich und ich vertraue ihr. Ich weiß nicht, warum der Große Geist uns füreinander bestimmt und für seine Mission auserwählt hat, aber wir müssen uns seinem Willen beugen.«

Seine Worte ließen sie aufatmen. »Das ist wahr, *mihigna.*«

Windtänzer blickte ihr weiter in die Augen und murmelte mit einer Stimme, die vor Erregung heiser war: »Ich vertraue dir, ich respektiere dich und will dich zur Frau. Ich sehne mich nach dir, wie ein Mann sich nach einer Frau sehnt, ich begehre dich, seit ich dir das erste Mal im Wald der Brave Heart begegnet bin und nicht wusste, ob du Fleisch und Blut oder eine Geistererscheinung warst. Ich will dich nicht zwingen, mit mir die Schlafmatte zu teilen, aber ich wünsche mir nichts sehnlicher als das. Ich hoffe, dass du aus freien Stücken zu mir kommst, nicht aus Gehorsam gegenüber dem Schöpfer und seiner Vision. Vielleicht hast du aufgrund meiner Zurückhaltung geglaubt, dass ich dich nicht begehre oder eine andere an deiner Stelle begehre, doch dem ist nicht so. Vertraust du mir ebenfalls, respektierst du mich und möchtest, dass ich in jeder Hinsicht dein Mann werde? Sehnst du dich auch auf diese Weise nach mir?« Atemlos wartete er auf ihre Antwort.

Seine betörenden Worte machten sie überglücklich und ein Zittern lief durch ihren Körper. »Als wir in meinem Lager vermählt wurden«, begann sie, »kannte ich dich nicht. Ich wollte, dass wir uns besser kennen lernen, bevor wir miteinander eins werden. In den letzten neun Nächten haben wir viel voneinander gelernt und sind Freunde geworden. Außerdem hatte ich Angst, in jeder Hinsicht deine Frau zu werden, weil es nicht schön war für mich mit meinem ersten Mann. Ich fürchtete mich vor einer Enttäuschung. Doch jetzt weiß ich, dass es mit dir anders sein wird.«

Windtänzer brannte vor Verlangen nach ihr und strahlte vor Glück. »Habe keine Angst, Tautropfen, ich werde dich nicht verletzen oder beschämen. Meine Gefühle für dich sind stark und ich weiß, dass sie in den kommenden Nächten noch wachsen werden, denn so sollte es sein. Ich habe für meine erste Frau nicht das Gleiche empfunden und ich hatte Angst, mich in deine Hände zu geben, wenn du nicht das Gleiche gefühlt hättest wie ich.«

»Ich habe nie zuvor so für einen Mann empfunden und ich weiß, dass das, was wir teilen, etwas Starkes und Besonderes ist, denn der Große Geist hat uns zusammengeführt und Er weiß alles. Ich bin mir sicher, dass Er unsere Herzen mit großer Liebe füllen wird, so wie Er in unsere Körper bereits das Verlangen gepflanzt hat.«

»Das sind weise Worte, *mitawin.*«

Als er ihre Wange streichelte, gab Chumani sich völlig dieser Berührung hin. Sie wusste, dass sie jederzeit von einer bösen Macht getrennt werden konnten, deshalb wollte sie ihn wenigstens so lange bei sich haben, wie sie über das Gesicht der Mutter Erde wandeln und die Luft des Großen Geistes atmen würden. Er hatte in jeder Hinsicht bewiesen, dass er der richtige Mann für sie war und sie wollte ihre Verbindung besiegeln. Sie mussten eins miteinander werden, bevor noch mehr Unheil geschehen und sie für immer auseinanderbringen konnte. »Ich hatte nicht die Absicht, dich auf eine so harte Probe zu stellen, *mihigna.* Du hast dein Ehrenwort gehalten und warst geduldig. Wenn du bereit bist, bin ich es auch.«

Windtänzer traute seinen Ohren kaum. Er holte tief Luft und fragte: »Meinst du heute Nacht? Hier? Jetzt?«

Chumani lächelte und nickte. Sie fühlte sich sicher in der Höhle, denn bei dem Sturm, der draußen tobte, würde sie gewiss niemand stören. »Es ist an der Zeit, das Versprechen, welches wir vor unseren Stämmen abgelegt haben, auch wirklich einzulösen.«

Windtänzer bewunderte ihren Mut und ihre Aufrichtigkeit. Wie zwei entgegengesetzte Wüstenwinde hatten sie das Leben des anderen in einem Augenblick durcheinandergewirbelt, als ihre Herzen nach einem großen Verlust erkaltet waren und ein eisiges Verlangen nach Rache an dem Krieger der Crow, der ihnen dieses Leid zugefügt hatte, sie beherrschte. Nun hatten sie einander zurück ins Leben gebracht. Sie mussten die Liebe wagen und sich in der Hoffnung vereinigen, dass das Band zwischen ihnen zu stark sein würde, als dass eine böse Macht es zerstören konnte.

Die Flammen in seinem Innern loderten empor, als er sie in die Arme zog. Einen Augenblick lang hielt er sie einfach nur fest, genoss ihre Nähe und den lang ersehnten Moment. Als sie ihre Arme um seine Hüften schlang und den Kopf an seine Brust legte, zog er sie noch fester an sich und ein Seufzer des Verlangens entwich seiner Kehle. Er fasste ihr unters Kinn, hob ihren Kopf und presste seine Lippen auf ihren Mund.

Der Kuss löste eine ungezügelte Leidenschaft in ihr aus und ließ sie vor Glück und Vorfreude erbeben. Es war ein unbekanntes, herrliches Gefühl. Ihr Puls raste und sie erwiderte seinen Kuss, während sie mit jeder Faser ihres Körpers seine Nähe spürte. Sie war aufgeregt und ruhig zugleich, ängstlich und doch sicher, dass sie das Richtige taten. Sie hoffte, Windtänzer zu gefallen, auch wenn er nicht der Erste für sie war. Alles würde sich wie von selbst ergeben, so wie Mutter Natur es wollte, wenn sich zwei Menschen, die sich begehrten, einander hingaben.

Windtänzer war hingerissen von der Art, wie sie sich an ihn schmiegte und seinen Kuss erwiderte. Er kannte die körperliche Liebe, aber diese Gefühle waren ihm fremd. Er wusste instinktiv, dass er langsam und zärtlich vorgehen musste, doch ihre feurigen

Antworten auf seine Liebkosungen brachten ihn fast um den Verstand. Er bedeckte ihr Gesicht mit Küssen und wanderte mit den Lippen ihren Hals hinab, den sie ihm willig darbot. Sie stöhnte leise und es machte ihn glücklich, dass er solche Empfindungen in ihr entfachen konnte. Er rieb seine glatte Wange an ihrem weichen Haar und vergrub sein Gesicht an ihrem Nacken. Er fuhr ihr mit den Händen über den Rücken und fühlte die langen schwarzen Haarsträhnen durch seine Finger gleiten. Er küsste sie auf die Stirn und auf die Nasenspitze. Nichts in seinem Leben hatte sich je so gut angefühlt wie diese Frau in seinen Armen. Als ihre Lippen sich voneinander lösten, flüsterte er: »Ich habe mich jeden Tag und jede Nacht nach dir gesehnt, seit wir uns das erste Mal begegnet sind. Wenn ich es nicht besser wüsste, würde ich glauben, ich träume oder befinde mich nach einem tödlichen Kampf mit einem Grizzly auf dem Geisterpfad.«

Sie spürte seinen heißen Atem auf ihrem Gesicht und sagte: »Mir geht es genauso, Waci Tate, aber wir sind wach und lebendig. Als ich dich zum ersten Mal im Wald der Brave Heart sah, wusste ich, dass mein Leben nicht mehr das gleiche sein würde. Ich hätte nie gedacht, dass wir noch einmal aufeinander treffen, aber die Wege des Großen Geistes sind unergründlich und voller Überraschungen.«

Er sah in ihr strahlendes Gesicht und ihre leuchtenden dunklen Augen. »Wir wissen nicht, wohin dieser verschlungene Pfad uns führen wird, aber wir werden ihn gemeinsam gehen.«

Chumani war mit diesen ergreifenden Worten nur zu einverstanden. Sie zog ihrem Mann das Fransenhemd über den Kopf und betrachtete seine breiten Schultern, seinen unbehaarten Oberkörper mit den Narben vom Sonnentanz und die kräftigen Bauchmuskeln. Sie öffnete seinen perlenbestickten Gürtel und zog ihn aus den Schlaufen seiner Hose. Dann streifte sie ihm die Mokassins ab und befreite ihn von den restlichen Kleidungsstücken, die sie ordentlich gefaltet neben sich legte. Sie wartete gespannt, ob sie sich selbst ausziehen musste oder ob er diese Aufgabe übernehmen würde.

Er senkte den Blick und entfernte ihren Gürtel, an dem die lederne Messerscheide hing. Er entknotete die Lederriemen an ihrem Nacken, fasste den fransenbesetzten Saum des Kleids und zog es ihr über den Kopf, als sie die Arme hob, um ihm zu helfen. Dann löste er die dünnen Bänder ihres Unterkleids und befreite sie auch davon.

Langsam ließ er seinen Blick über ihren Körper wandern, verweilte bei ihren nackten Brüsten und schaute ihr dann ins Gesicht.

Sie sahen sich tief in die Augen, als wollten sie sichergehen, dass der andere einverstanden war mit dem, was kommen würde. Sie ließ ihre Finger über seinen gebräunten Oberkörper gleiten, während er ihr Gesicht in den Händen hielt und ihr mit dem Daumen über die leicht geöffneten Lippen fuhr. Chumani strich ihm durchs Haar, das so dunkel war wie die Nacht und fast so lang wie ihres und er zog ihren Kopf zu sich heran. Ihre Lippen trafen sich und verschmolzen zu einem leidenschaftlichen Kuss.

Chumani schob ihre Hände unter seinen muskulösen Oberarmen hindurch, um seinen breiten Rücken zu erkunden. Sie spürte die Kraft, die seine

Muskeln bargen, und liebkoste seine wohlgeformten, runden Schultern. Sie glühte vor Verlangen und war begierig, die nächste Etappe auf dieser herrlichen Reise zu erreichen.

Die Zeit schien stillzustehen. Nichts außer dieser Höhle, in der sie sich gegenseitig in schwindelerregende Höhen trieben, war von Bedeutung. Ihre Küsse wurden wilder und hungriger und ihre Herzen schlugen immer schneller.

Als könne er ihre Gedanken lesen, drehte Windtänzer sie auf den Rücken und liebkoste ihren Körper. Er spielte mit ihren Brustwarzen, ließ seine Finger immer wieder darüber gleiten, bis sie ganz hart waren.

Voller Staunen gab sie sich dem herrlichen Gefühl hin, das seine Berührungen in ihr auslösten, und ihre Verzückung steigerte sich noch, als er die rosafarbenen Knospen mit den Lippen umschloss. Er umrundete sie mit der Zunge und sog daran, bis sie fast den Verstand verlor. Sie schloss die Augen, um sich ganz ihren Empfindungen hinzugeben, da das Feuer ohnehin heruntergebrannt und es in der Höhle zu dunkel war, um den anderen zu sehen. Doch jedesmal, wenn ein Blitz ihren Unterschlupf für kurze Zeit in helles Licht tauchte, flogen ihre Lider auf, um wenigstens einen kurzen Blick auf ihn zu erhaschen.

Während Windtänzer ihre Brüste mit den Lippen liebkoste, glitt seine rechte Hand an ihrem Körper hinab. Ihre Haut fühlte sich fest und zart zugleich an. Alles an ihr war verlockend. Er strich ihr zärtlich über den Brustkorb und den Bauch bis hin zu der geheimnisvollen Stelle zwischen ihren Schenkeln. Sein

Finger strich über die kleine Knospe, die sich dort befand, zuerst vorsichtig und langsam, dann, als sie leise stöhnte und ihre Hüften im Rhythmus zu bewegen begann, immer fester und schneller.

Chumani wand sich unter seinen Händen, die sie fast in den Wahnsinn trieben. Ein wildes Verlangen brannte in ihr, eine unbarmherzige Begierde, die quälend und herrlich zugleich war. Solche Gefühle hatte sie bei Fahlem Stern nicht gekannt.

Windtänzers Mund wanderte über Chumanis Schultern und Hals hinauf zu ihren Lippen, die er sanft umschloss, als er sich auf sie rollte. Er hoffte, dass sie bereit und begierig war, diese wunderbare Reise fortzusetzen, so wie er. Seine Männlichkeit brannte vor Verlangen nach ihr wie eine lodernde Fackel und die Flammen verzehrten ihn fast. Nie zuvor hatte er sich so zurückhalten und den befreienden Augenblick so lange hinauszögern müssen, da seine erste Frau bei ihren Vereinigungen nichts empfunden hatte und froh gewesen war, es so schnell wie möglich hinter sich zu bringen. Mit großem Zartgefühl drang er in sie ein. Als sie sich unter ihm aufbäumte, ergriff er noch tiefer von ihr Besitz, während er sie küsste und liebkoste. Er hoffte inständig, nicht zu schnell und zu stürmisch vorzugehen, denn er ahnte, dass Fahler Stern sie damit enttäuscht hatte. Sie schloss ihre Schenkel um seine Hüften, um sich ihm nun ganz und gar zu öffnen, und so stieß er tiefer in sie und bewegte sich dann langsam und regelmäßig auf und ab.

Chumani war erleichtert, dass sie keinen Schmerz verspürte, nur übermächtiges Verlangen. Windtänzers Bewegungen steigerten ihre Lust ins Unermessliche und riefen in ihr das schönste Gefühl hervor, das sie je verspürt hatte. Jeder neue Stoß war noch erregender als der vorherige. Es war einfach wunderschön und innig: ihre ineinander verschmolzenen Körper, die Leidenschaft, die sie teilten, das gemeinsame Entdecken dieser herrlichen Wonnen. Sie gaben sich einander ganz und gar hin, teilten alles miteinander, feierten die Vereinigung ihrer Körper. Es war wie eine überschäumende Voraussicht auf wunderschöne, gemeinsame Zeiten.

Ihre Herzen schlugen wie eins, nichts stand mehr zwischen ihnen. Sie tauchten in einen Strudel unbekümmerter Lust und jeder wollte dem anderen die Erfüllung schenken. Sie peitschten ihre Sinne himmelwärts und waren benommen von der Leidenschaft, die in ihnen raste. Chumani erreichte den Höhepunkt zuerst und Windtänzer folgte ihr. Während ihre Körper sich langsam abkühlten und ihre pochenden Herzen nach und nach ihren alten Rhythmus wiederfanden, schmiegten sie sich eng aneinander.

»War ich zu schnell oder zu heftig?«, fragte Windtänzer.

»Nein, *mihigna*«, flüsterte Chumani strahlend vor Glück. »Du warst sehr geschickt.«

»Das ist schön zu hören, es erfüllt mein Herz mit großer Freude.«

Chumani kuschelte sich in seine starken Arme und bettete ihren Kopf auf seine Schulter. Sie mochte seine heisere Stimme und die Art, wie er ihr mit den Fingern über den Arm strich. Er wirkte glücklich und zufrieden und ein Schauer durchlief sie. Obwohl sie nicht von Liebe gesprochen hatten, war sie sich sicher, dass es Liebe war, was sie fühlte. Endlich waren sie in jeder Hinsicht Mann und Frau.

Windtänzer genoss es, ihren nackten Körper an seinem zu spüren. Er mochte die Art, wie ihr Arm auf seiner Brust lag und ihr angewinkeltes Bein auf seinem Oberschenkel, die Art, wie sie sich an ihn kuschelte, und die verträumten Seufzer, die sie ab und an von sich gab. Endlich gehörte sie ganz und gar zu ihm, und er würde es niemals zulassen, sie zu verlieren.

Sie schlossen die Augen, schliefen bald ein und verbrachten die friedlichste und erholsamste Nacht seit ihrer Vermählung.

Als sie erwachten, liebten sie sich noch einmal und wuschen sich dann in einem runden, von der Natur geschaffenen knietiefen Steinbecken in der Höhle, in das ein kleines Rinnsaal herrlich erfrischenden Wassers floss. Sie aßen die Speisen, die sie gestern in ihrem Rausch nicht angerührt hatten. Nach dem Essen begab Windtänzer sich zu einem nahen Fluss, wo er sein Gebet sprach und nach den grasenden Pferden Ausschau hielt, während Chumani die Sachen packte und alles für den Ritt zurück ins Lager vorbereitete.

Der Sturm hatte sich in der Nacht gelegt. Auf dem Weg zu seinem Morgenritual sah Windtänzer, dass die Wildblumen und Grashalme sich erfrischt wieder aufgerichtet hatten. Die Äste der Bäume hingen tief, denn ihre Blätter waren schwer vom Wasser. Vögel sangen, Tiere stöberten umher und Insekten schwirrten auf der Suche nach süßem Nektar durch die Luft. Trotz des starken Regens war die Erde nicht matschig, die Pflanzen hatten das Wasser gierig aufgesogen. Der Himmel war strahlend blau, nur in weiter Ferne waren einige kleine Wolken zu erkennen. Die Luft war warm und es wehte eine leichte Brise, die einen herrlichen Tag versprach.

Windtänzer wandte sich der aufgehenden Sonne zu und sprach sein stilles Gebet. Als er geendet hatte und sich umdrehte, fiel sein Blick auf seinen besten Freund, der an einen nahen Felsen gelehnt dastand. *»Wiyaka Lute, u wo.«* Er rief den Namen des jungen Mannes und forderte ihn auf, zu ihm zu kommen.

Rote Feder tat, wie ihm geheißen. »Wir sind heute Morgen nach dem Sturm aufgebrochen, um dich und Tautropfen zu suchen«, sagte er. »Es war nicht leicht, euch zu finden, denn der Regen hatte alle Spuren verwischt. Wir wollten warten, bis ihr von selbst aus der Höhle kamt, weil wir euch in Ruhe schlafen lassen wollten und ...« Er grinste verschmitzt. »Aber als wir den toten Grizzly entdeckten und eure Pferde grasen sahen, habe ich mich angeschlichen, um sicher zu gehen, dass ihr wohlbehalten seid.«

Windtänzer musste sich eingestehen, dass er so sehr in das Liebesspiel mit Chumani vertieft gewesen war, dass er seinen Freund nicht gehört hatte. Diese Unachtsamkeit überraschte ihn und missfiel ihm, denn es hätte genauso gut ein Feind sein können, der sich an die Höhle anschlich. Doch da war noch etwas, das ihn erstaunte. »Sagtest du, ›wir‹?«, fragte er und sah sich um. Bevor Rote Feder antworten konnte, hatte er die Frau auf dem Hügel, auf dem der Bär gestanden hatte, bemerkt. Sie hielt die Zügel der Pferde.

»Ihr Name ist Zitkala, sie ist die beste Freundin deiner Frau.«

Windtänzer betrachtete Zitkala und fragte sich, wie um alles in der Welt jemand sie für einen Mann halten konnte. Sie hatte zwar keine feinen Gesichtszüge und ihre Gestalt war eher stämmig, aber sie trug ein Fransenkleid und eine perlenbesetzte Spange schmückte ihr langes schwarzes Haar. »Warum habt ihr uns gesucht?«, fragte Windtänze besorgt. »Hat es Ärger gegeben im Lager von Starkem Elch? Bringt sie Tautropfen schlechte Neuigkeiten?«

»Nein. Vor zwei Nächten hat sie Tautropfen einen Besuch abgestattet, kam aber nicht mit in euer Tipi. Auf dem Rückweg zu ihrem Stamm sah sie zwei Krieger der Crow und einen Pawnee, die auf dem Weg zu unserem Lager waren und nicht sehr friedliebend wirkten. Sie kam zurück, um uns vor ihnen zu warnen und ich sprach mit ihr. Es waren Späher. Wir nehmen an, dass sie zuerst die Brave Heart ausspioniert haben und dann dasselbe bei uns vorhatten. Vermutlich wollten sie wissen, wie viele von uns an der Krankheit des weißen Mannes gestorben sind, die in so vielen Stämmen gewütet hat. Vielleicht wollten sie auch herausfinden, ob wir schon Vorbereitungen für den Umzug in die Prärie treffen, um uns aufzulauern, wenn wir unterwegs und verwundbar sind. Gemeinsam folgten wir ihrer Spur, griffen sie an und töteten sie. Sie ist eine große Kriegerin, sie kämpfte wie eine Wölfin, die ihr Junges beschützt. Sie ist äußerst geschickt und erstaunlich mutig. Wir hatten Angst, dass unsere Feinde dich und Tautropfen vielleicht entdeckt und euch etwas angetan haben.«

»Wir sind wohlauf und haben während unseres

Ritts und unseres Aufenthalts in der Höhle niemanden gesehen oder gehört. In der Nacht waren die Pferde bei uns in der Höhle, denn wir wollten sie nicht dem Sturm aussetzen.«

»Was war mit dem Grizzly?«, fragte Rote Feder und deutete mit dem Kopf zu dem Bären.

Windtänzer erzählte seinem verwunderten Freund, der fasziniert auf das massige Geschöpf mit den tödlichen Pranken starrte, die seltsame Geschichte.

»Tautropfen wird dir in dem heiligen Kampf eine ebenbürtige Gefährtin sein. Unsere Leute werden Loblieder auf sie anstimmen, denn sie hat dir das Leben gerettet.«

»So wie sie dich und Zitkala preisen werden, denn ihr habt unsere Feinde getötet, bevor sie uns ausspionieren konnten. Wir werden dem Bären das Fell abziehen und sein Fleisch ins Lager bringen, um es an die zu verteilen, die nicht für sich selbst jagen können. Ich werde Tautropfen Bescheid geben, dass ihre Freundin hier ist. Rufe Zitkala her, ich bin ihr bis jetzt nicht begegnet und möchte sie kennen lernen.«

»Du wirst sie wie ich mögen und achten, *mitakola.*«

Windtänzer bemerkte voller Staunen, dass die Stimme seines Freundes einen ungewöhnlichen Klang bekam, wenn er von der Frau vom Stamme der Brule sprach, und auch der Glanz in seinen Augen, als er in ihre Richtung blickte, entging ihm nicht. Er beschloss, ihn später danach zu fragen. »Warum heißt sie einfach ›Vogel‹ und hat keinen längeren, schmückenderen Namen?«

»Ihre Mutter hat ihr erzählt, dass sie diesen Namen in einem Traum vor der Geburt empfing, so sagte mir Zitkala, als wir in unserem Lager miteinander sprachen. Sie hat in eurem Tipi geschlafen, ich gab ihr die Erlaubnis. Sie trägt ein Kleid von Tautropfen, denn ihre Sachen – Männerkleidung – waren vom Regen durchtränkt. Ich hoffe, du hast nichts dagegen.«

»Nein, denn sie ist unsere Verbündete und hat uns gerettet.«

»Das ist wahr, *mitakola.* Sie ist ...«

»Zitkala!«, rief Chumani erstaunt, als sie aus der Höhle trat. Sie war hocherfreut, ihre Freundin so schnell wiederzusehen, doch zugleich machte sie sich Sorgen über den Grund ihres Hierseins.

Zitkala lief Chumani entgegen und sie fielen sich in die Arme.

»Stimmt etwas nicht in unserem Lager?«, fragte Chumani besorgt, bis ihr bewusst wurde, dass Zitkala gar nicht die Zeit gehabt hätte, ins Lager und wieder zurück zu reiten. Dann bemerkte sie, dass Zitkala ihr Kleid und ihren Haarschmuck trug, also äußerst weiblich gekleidet war. Sie blickte ihren Mann und seinen besten Freund fragend an, als die beiden sich zu ihnen gesellten. »Warum seid ihr hier?«, fragte sie.

Rote Feder wiederholte, was er zuvor schon Windtänzer erzählt hatte, und Chumani machte vor Verwunderung große Augen. »Sie befinden sich alle auf dem Geisterpfad und können nicht mehr in ihr Lager zurück, um unsere Geheimnisse weiterzugeben. Wir haben Seite an Seite gekämpft und uns gut geschlagen, nicht wahr, Zitkala?«

»Ja, so ist es, denn Wiyaka Lute ist ein großer und mutiger Krieger.«

Erstaunt sah Chumani, wie ihre Freundin kurz den

Blick senkte und ihre Wangen sich röteten. Zitkala war normalerweise nicht schüchtern und für gewöhnlich legte sie ihre Männerkleidung auch dann nicht ab, wenn sie feucht oder durchnässt war. Chumani bemerkte auch den freudigen Ausdruck auf dem Gesicht von Roter Feder und den seltsamen Klang seiner Stimme, in der große Bewunderung für ihre Freundin mitschwang.

»Es gibt nur wenige Männer in unserem Lager, die besser jagen und reiten als Zitkala«, sagte Chumani. »Es ist gut, dass der große Geist sie unseren Feinden in den Weg gestellt hat. Ich habe Wiyaka Lute noch nicht in der Schlacht gesehen, aber Zitkala spricht stets die Wahrheit und weiß, wenn jemand ein guter Krieger ist. Ich bin froh, dass du an ihrer Seite gekämpft hast.«

»Es war fast Nacht, als der Kampf beendet war, der Sturm war genau über uns und kein Mond erhellte den Himmel«, ließ Rote Feder verlauten. »Zitkala hat in eurem Tipi geschlafen, und heute Morgen sind wir aufgebrochen, um sicherzugehen, dass ihr unversehrt seid.«

Chumani schenkte Roter Feder ein Lächeln. »Es ist ein Segen, dass wir Freunde haben, die uns lieben und beschützen, nicht wahr, *mihigna*?«

»Ja, *mitawin*, so ist es«, entgegnete Windtänzer. »Ich bitte dich, Zitkala, noch eine Nacht bei uns zu bleiben, damit unsere Leute dir ihren Dank aussprechen können.«

Zitkala wollte nur zu gern noch länger in der Nähe von Roter Feder bleiben, denn sie wollte die seltsamen Gefühle verstehen, die dieser Mann in ihr auslöste. »Ich danke dir für die Einladung, Waci Tate, aber es wäre nicht recht, sich zwischen ein frisch vermähltes Paar zu drängen.«

»Ich würde dir gern einen Platz im Tipi meiner Eltern anbieten«, schaltete Rote Feder sich ein, »aber du bist eine Frau und gehörst nicht zu unserer Familie. Es würde gegen die Sitte verstoßen.«

»Sie wird in unserem Tipi schlafen; es ist schließlich nur für eine Nacht, und es liegen noch so viele vor uns, die wir allein verbringen werden. Meinst du nicht auch, *mitawin*?« Obwohl er nur ungern eine Nacht mit Chumani opferte, wusste er doch, wie sehr sie sich über den Besuch ihrer Freundin freute und Zitkala hatte sich diese Ehre verdient.

»Das ist wahr, *mihigna*«, gab sie zurück, erfreut über sein Angebot.

»So soll es sein. Wir werden uns nun um den Grizzly kümmern, solange müsst ihr Frauen euch allein unterhalten.«

»Waci Tate hat mir erzählt, wie du gegen den Bären gekämpft und ihn getötet hast«, sagte Rote Feder. »Es braucht sehr viel Mut, den Krieger des Waldes herauszufordern.«

»Ich habe zwar gegen ihn gekämpft, aber es war Wakinyan, der ihn tötete, auf Befehl des Großen Geistes. Der Donnervogel sandte einen leuchtenden Pfeil in das Herz des Bären, bevor er mich angreifen konnte.«

»Wakantanka hat dich gerettet, damit du an der Seite meines Freundes, der von dir gerettet wurde, in den heiligen Kampf ziehen kannst. Das ist ein gutes Omen, Tautropfen, eine starke Medizin.«

Chumani lächelte, dankte Roter Feder und setzte sich dann mit Zitkala außer Hörweite der Männer auf einen flachen Stein. Sie bat ihre Freundin, ihr in allen Einzelheiten das gefährliche Abenteuer zu schildern, das sie mit Roter Feder erlebt hatte. Chumani lauschte gespannt und studierte die Züge ihrer Freundin, die von der Spurensuche und dem anschließenden Sieg berichtete. Sie bemerkte, dass Zitkala dem jungen Mann immer wieder verstohlene Blicke zuwarf, wobei ihre Wangen sich röteten und sie des öfteren den Faden verlor.

»Er ist ein kühner Krieger, Tautropfen. Sein Mut und sein Geschick sind so groß wie der heilige Berg. Ich habe mit seiner Familie gegessen und wir haben bis spät in die Nacht miteinander geredet. Ich habe in eurem Tipi geschlafen und mir dein Kleid geborgt, denn meine Sachen waren völlig durchnässt. Ich konnte nach unserem Kampf nicht mehr nach Hause zurückkehren und er wollte nicht, dass ich bei so einem Sturm die Nacht allein im Wald verbringe.«

Chumani hielt sich die Hand vor den Mund und lachte leise. Sie konnte es sich nicht verkneifen, ihre Freundin zu fragen: »Was meinst du mit ›er wollte nicht‹? Seit wann kümmert sich Zitkala darum, was andere für richtig halten? Bis jetzt hast du höchstens auf deine Eltern, unseren Häuptling, den großen Rat oder den Schöpfer selbst gehört.«

»Es ist nicht nett, Tautropfen, dass du dich über mich lustig machst, so wie ich es bei unserer Begegnung im Wald tat. Ich kann es dir nicht erklären, ich verstehe es ja selbst nicht, aber Rote Feder hat eine merkwürdige Wirkung auf mich. Ich weiß, es sieht mir nicht ähnlich, dass ein Mann mir den Kopf verdreht und diese seltsamen Gefühle machen mir

Angst. Außerdem mache ich einen Narren aus mir, denn er würde niemals ein Mannweib wie mich begehren.«

»Wenn das so wäre, Zitkala, warum sieht er dich dann so an und warum wird seine Stimme ganz warm und weich, wenn er mit dir oder über dich spricht? Ich glaube nicht, dass ich falsch liege, wenn ich dir sage, dass du dich in sein Herz und seine Seele geschlichen hast.«

Zitkala starrte Chumani ungläubig an. »Wie sollte das möglich sein? Ich bin ein Krieger und Jäger, keine richtige Frau. Außerdem kennen wir uns so gut wie gar nicht.«

»Sind das nicht dieselben Fragen, die ich dir in Bezug auf Windtänzer gestellt habe? Du konntest mir keine Antwort geben und ich kann es ebenso wenig. Die Liebe ist ein großes Geheimnis, das vielleicht nur der Große Geist und Mutter Erde wirklich verstehen. Sicher ist, dass man ihr nur schwer widerstehen und sie kaum unterdrücken kann.«

»Aber selbst wenn er etwas für mich empfinden würde, könnten wir nicht zueinander finden. Meine Eltern haben niemanden außer mir, der sie beschützen und für sie sorgen könnte. Sie brauchen mich.«

»Dein Vater ist noch jung und kräftig, er kann noch viele Jahre lang selbst auf die Jagd gehen und sich und seine Frau verteidigen. Und wenn das eines Tages nicht mehr der Fall sein sollte, können deine Eltern immer noch bei euch leben. Zitkala, siehst du denn nicht, dass der Große Geist dir zu Anerkennung und Ruhm bei den Red Shield verholfen hat? Er hat dir den Weg zu diesem Stamm geebnet. Vielleicht war Er es, der euch zusammengeführt hat, so wie Windtänzer und mich. Wäre es nicht herrlich, wenn wir wieder nebeneinander wohnen und gemeinsam unser Tagwerk verrichten könnten?«

»Das geht ein bisschen zu schnell, Tautropfen. Du hast mich schon mit Roter Feder vermählt und unsere gemeinsame Zukunft geplant, bevor er selbst sich dazu geäußert hat.«

»Du musst ihm zeigen, dass du ihn magst, denn vielleicht ist er selbst zu zurückhaltend. Stell dir vor, eine andere Frau kriegt ihn, nur weil du gezögert hast!«, warnte Chumani sie.

»Was ist, wenn er mich nicht als Frau, sondern nur als Freundin will?«

»Was ist, wenn er dich zur Frau will und du es aus Angst vor Zurückweisung nie erfährst? Sieh es als eine Herausforderung: Wenn du nichts wagst, kannst du auch nichts gewinnen. Ich bin letzte Nacht das Risiko eingegangen, mein Herz zu verlieren, und ich habe einen ruhmreichen Sieg davongetragen. Wenn du Rote Feder magst, ihn achtest, begehrst und ihm vertraust, dann werdet ihr am Ende mit Liebe belohnt. Für meinen ersten Mann empfand ich nichts von alledem, aber meine Gefühle für Windtänzer sind wie ein starker und mächtiger Fluss. Wir sind hierher gekommen, um miteinander eins zu werden, und das ist auch geschehen. Nie zuvor habe ich einen Mann so begehrt und geliebt. Wastemna hat uns beide im Wald beobachtet und Windtänzer erzählt, ich hätte ihn mit einem fremden Mann betrogen. Wir haben uns gestritten und ich habe das Lager verlassen, um zur Ruhe zu kommen und nachzudenken. Er hat schließlich erkannt, dass ich die Wahrheit gesprochen hatte, und so ist er mir gefolgt, damit wir dieses Missverständnis aus der Welt schaffen konnten, was wir auch getan haben.«

»Nachdem wir das Lager der Red Shield verlassen hatten, sagte Rote Feder mir, ihr seid hierher gekommen, um allein zu sein«, erklärte Zitkala. »Als ich das Lager gestern erreichte, war Wastemna bei Roter Feder. Sie sagte ihm, ich sei der Mann, den sie mit Tautropfen im Wald gesehen habe und dass ich dein heimlicher Liebhaber sei. Sie schlug vor, mich gefangen zu nehmen, damit man uns beide gemeinsam bestrafen könne. Obwohl ich Männerkleidung trug und mein Haar zusammengebunden hatte, wusste Rote Feder sofort, dass ich eine Frau bin. Er schalt Wastemna für ihre üble Nachrede und schickte sie in ihr Tipi. Vielleicht wollte er euch auch deshalb aufspüren, um mich deinem Mann vorzustellen und ihm zu zeigen, dass Wastemna gelogen oder sich geirrt hatte, du jedoch die Wahrheit sprachst.«

»Rote Feder ist uns ein wahrer Freund, Zitkala, und er wäre dir ein guter Mann. Ich habe einige junge Frauen in unserem Lager gesehen, die ihn in der Hoffnung umschwärmen, sich mit ihm zu vermählen, aber er hat noch keine so angeschaut wie dich. Wenn du ihn magst und begehrst, dann weiche ihm nicht aus. Sei klug und ermutige ihn, wenn er um dich wirbt.«

»Ich werde mir deine Worte durch den Kopf gehen lassen. Sie zu befolgen bedeutet für mich dennoch, ein großes Wagnis einzugehen und einen Teil von mir zu opfern. Ich muss erst sicher sein, dass er das auch wert ist.«

»Ich denke schon, Zitkala, und ich würde dich niemals in die Irre führen, denn ich liebe dich und möchte dich glücklich sehen. Ich würde dich nicht auf eine falsche Fährte locken. Es würde dir gefallen bei den Red Shield, es sind gute Menschen. Und so wärst du in unserer Nähe und könntest uns in dem heiligen Kampf zur Seite stehen«, versuchte Chumani sie zu überzeugen.

»Deine Versuche, mich zu überreden, sind geschickt, meine Freundin, denn du kennst mein Herz gut. Du weißt von meinen geheimsten Wünschen, meinen Schwächen und Stärken.«

»So wie du alles über mich weißt, Zitkala.«

Während Windtänzer und Rote Feder dem Grizzly das Fell abzogen und sein Fleisch für den Transport auf eine aus Holz gezimmerte Bahre luden, kreiste ihr Gespräch um dieselben Dinge wie das der beiden Frauen. Für Windtänzer war es offensichtlich, dass sein bester Freund von Chumanis bester Freundin angetan war und er freute sich von Herzen darüber.

Rote Feder blickte verstohlen zu dem Objekt seiner Begierde und flüsterte: »Sie ist etwas Besonderes, findest du nicht auch?«

Windtänzer grinste und sagte: »Ja, in der Tat, meine Frau ist etwas Besonderes.«

»Tautropfen ist auch etwas Besonderes, aber ich spreche von Zitkala. Das Tipi und die Familie ihres Mannes wären auch dann nicht in Gefahr, wenn er sich auf der Jagd oder auf einem Streifzug befindet. Ihre Kriegskunst und ihr Mut sind beeindruckend und sie kann alles, was ein Mann kann. Sie ist vielleicht nicht schön, aber anziehend, und sie entfacht ein Verlangen in mir. Ist es dumm, eine Frau von einem anderen Stamm zu begehren, eine Fremde?«

Windtänzer unterdrückte ein Lachen. »Das fragst du ausgerechnet mich? Als meine Augen Tautropfen das erste Mal erblickten, wusste ich, dass ich sie haben musste. Sie hat sich schnell wie ein Pfeil in mein Herz gebohrt, aber sie tötete mich nicht, sondern erweckte mich mit ihrer Zauberkraft zu neuem Leben. Unser Band ist stark und ohne Fehl, mein Freund, wie es sein sollte. Vielleicht wird es bei dir und Zitkala dasselbe sein.«

»Was ist, wenn sie meine Gefühle nicht teilt?«

»Bis letzte Nacht wurde auch ich von dieser Angst heimgesucht. Es gibt nur einen Weg, das herauszufinden: Du musst die Antwort auf diese Frage herausfordern.«

»Was ist, wenn die Antwort schlecht für mich ausfällt und mein Herz und meine Seele verletzt? Sie lebt und reitet wie ein Krieger und Jäger. Vielleicht möchte sie keinen Mann.«

»Vielleicht war das der Fall, bevor sie dir begegnete, mein Freund. Merkst du nicht, wie sie dich ansieht? Hörst du nicht, wie sie zu dir spricht? Siehst du nicht, wie sie immer wieder in deine Richtung schaut?«

»Mach dich nicht lustig über mich, *mitakola,* denn es ist mir ernst.«

»Ich mache mich nicht lustig über dich. Du bist mein bester Freund, wir sind wie Brüder. Wenn wir wieder im Lager sind, werde ich einen günstigen Moment abpassen und mit Tautropfen reden. Ich werde herausfinden, ob Zitkala für deine Werbung offen ist.«

»Ich danke dir, mein Freund.«

»Aber du darfst dich nicht langsam wie eine Schildkröte bewegen, *mitakola,* denn sie muss unser Lager schon bald wieder verlassen und wir werden in den heiligen Kampf ziehen. Tautropfen kennt einige kluge Tricks, wie wir die Crow von unserem Lager ablenken und den Sommer über auf Trab halten können. Wir werden noch heute am Ratsfeuer darüber sprechen.«

Die beiden Männer befestigten die Trage an Chumanis Pferd, da sie zusammen mit ihrem Mann aufsitzen würde.

Nachdem alle Vorbereitungen für die Rückkehr getroffen waren, war Windtänzer begierig, nach Hause zu kommen, denn er hatte noch eine äußerst heikle, aber wichtige Sache zu erledigen.

10. Kapitel

Die Red Shield lauschten Chumanis Erzählung von dem Kampf mit dem Grizzly voller Begeisterung. Sie schilderte in allen Einzelheiten, wie Windtänzer Sand in die Augen bekommen hatte, vorübergehend erblindet war und Wakinyan den rettenden Blitz zur Erde gesandt hatte. Ein Raunen ging durch die Menge, die sich um das Paar versammelt hatte und ehrfürchtig und bewundernd die langen scharfen Klauen des toten Bären berührte. Alle waren sich einig, dass ihr künftiger Häuptling und seine Frau unter Wakantankas besonderem Schutz standen. Schließlich übergab das Paar die Bärentatzen und das Fell des Tieres zum Zeichen seiner Liebe und Ehrfurcht an Windtänzers Mutter. Doch nur ihr Sohn, Chumani, Hanmani, Winona, Zitkala und Rote Feder kannten den wahren Grund für dieses Geschenk: Es war ein Dankeschön für die ermutigenden Worte, die Windtänzer veranlasst hatten, Tautropfen zu folgen. Das Fleisch des Grizzlys wurde an die Frauen verteilt, deren Männer an der Cholera gestorben waren und die noch keine neuen Partner gefunden hatten. Die Leute lobten und priesen Chumani, denn sie hatte das Leben des zukünftigen Häuptlings gerettet und auf diese Weise dafür gesorgt, dass der heilige Kampf stattfinden und Wakantankas Wille in die Tat umgesetzt werden konnte.

Auch Zitkala und Rote Feder wurden geehrt. Als

Anerkennung für ihren Mut und ihren gewagten Angriff auf die feindlichen Späher erhielten sie Siegesfedern. Die aufregende Begebenheit wurde erneut erzählt, da die meisten Stammesgenossen schon geschlafen hatten, als die beiden Krieger in der Nacht zuvor von dem Kampf heimkehrt waren.

Den Männern wurde aufgetragen, anstehende Arbeiten möglichst rasch zu verrichten und sich noch vor Einbruch der Dunkelheit um das große Ratsfeuer zu versammeln. Man wollte Chumanis Ideen besprechen und einen Plan entwerfen, um Weiße und Crow gegeneinander aufzuhetzen.

Während Chumani und Zitkala Holz sammelten, Wasser holten und Essen kochten, machte Windtänzer sich auf die Suche nach Wastemna. Er wollte so schnell wie möglich mit ihr sprechen und diese unangenehme Aufgabe hinter sich bringen. Er fand sie neben ihrem Tipi, zog sie unsanft beiseite und sagte mit warnender Stimme: »Solltest du noch einmal schlecht über Tautropfen reden, werde ich dafür sorgen, dass sie deine Lügen und Anschuldigungen von Angesicht zu Angesicht zu hören bekommt. Halte deine Zunge im Zaum und wage es nicht, noch einmal von einem Treffen im Wald mit einem Mann zu erzählen, denn was du sahst, war eine Frau, ihre Freundin. Versuche ja nicht, noch mehr Unfrieden zu stiften, Wastemna, denn das würde dir nicht gut bekommen.«

Nachdem der Rat getagt hatte, bei dem Chumani als die Frau aus der Vision das Wort ergreifen durfte, lud Windtänzer sie zu einem ausgedehnten Spaziergang in den herrlich kühlen und grünen Wald ein.

»Hast du dich gefreut, als Großvater sagte, der Große Geist habe dir schlaue und gerissene Ideen eingegeben?«, fragte er. Chumani nickte lächelnd, in ihrem Blick lagen Stolz und Begeisterung. »Großvater sagt, der Schöpfer schicke uns seine Botschaften nicht nur in Träumen und Visionen, sondern habe dir sogar etwas ins Ohr geflüstert, dass nur du hören konntest. Wenn die Kleider in der Art der Crow fertig sind, werden wir unseren heiligen Kampf beginnen.«

Sie lehnte sich an einen Baum. »Ich habe Zitkala noch nichts von unserem Plan erzählt, denn ich möchte mit ihr allein darüber sprechen. Sie muss wissen, dass sie sich in große Gefahr begibt, wenn sie einwilligt, und dass sie für einige Zeit hier im Lager bleiben muss.«

»Es ist ein guter Plan, die Bleichgesichter am Handelsposten auszutricksen, aber ich habe Angst um dich. Ich würde lieber mein Herz hergeben, als die, die es mit Freude erfüllt.«

Chumani wurde ganz warm, als ihr Mann ihr in die Augen schaute und ihre Wange streichelte. Sie hörte die Besorgnis in seiner Stimme. »Mir wird nichts geschehen, *mihigna,* denn der Große Geist wird mich lenken und beschützen. Er wusste, dass dieser Tag kommen würde, deshalb hat Er mich die Sprachen der Crow und der Weißen gelehrt. Ich werde sie an der Nase herumführen. Unsere Feinde werden mir nicht gefährlich werden.«

»Ich hoffe, dass Zitkala bei uns bleibt und bereit ist, mit dir zu gehen. Rote Feder sagt, sie ist eine große Kriegerin, und wenn ihr zu zweit seid, mache ich mir weniger Sorgen.« Windtänzer erschrak, als er aus seinem eigenen Munde die gefürchtete Zahl *zwei* vernahm. Um sich von seinen Ängsten abzulenken, fragte er: »Glaubst du, Zitkala würde mit Roter Feder unter der Decke sprechen, ihm zuhören, wenn er die Flöte spielt, und mit ihm auf seinem Pferd reiten?«

Chumani nickte. »Aber er darf nichts überstürzen, denn ihre Gefühle sind neu für sie, verwirrend und beängstigend. Sie war noch nie einem Mann nahe und war auch nicht darauf vorbereitet, dass eines Tages jemand um sie werben würde. Ist Rote Feders Zuneigung stark und ehrlich?«

»So stark und ehrlich wie meine für dich war und ist. Ich werde meinem Freund sagen, dass er mit seinem Werben beginnen kann, aber dass er langsam und behutsam vorgehen muss.«

Chumani lachte und sagte scherzend: »Du bist alles andere als langsam und behutsam vorgegangen. Du bist in mein Leben getreten wie ein Wirbelwind. Kaum tauchtest du auf, waren wir schon Mann und Frau. Ich durfte nicht erst lange überlegen, ich war gezwungen, in die Vermählung einzuwilligen.«

»Es war aber doch nicht schlimm, Wakantankas Willen zu gehorchen, oder?«

»Zuerst schon, aber jetzt nicht mehr. Jetzt ist es ein gutes Gefühl, deine Frau zu sein.«

»Ein so gutes Gefühl, wie dich zu küssen? So gut, wie dich zu berühren?«

Bei der ersten Frage knabberte er sanft an ihren Lippen, bei der zweiten wanderte sein Mund über ihre Wange zu ihrem Ohr. Seine Küsse wurden immer heftiger und leidenschaftlicher und seine Hand bahnte sich unter ihrem Oberkleid einen Weg zu ihrer Brust. Mit der anderen Hand streichelte er die Innenseite ihrer Oberschenkel. Er fragte sich, ob er weitermachen sollte, um sich für eine Weile in ihren Armen zu verlieren. Es war spät am Abend und die meisten Stammesbrüder waren bei ihren Familien und beendeten ihr Tagwerk. Wenn sie sich beeilten, würde sie wohl niemand stören, obwohl er sich durchaus gern viel Zeit genommen hätte.

Chumani hatte ähnlich gewagte Gedanken und verspürte ein ebenso dringendes Verlangen. Sie liebte ihn und wollte ihn mit jeder Faser ihres Herzens, daher schlug sie ihre Befürchtungen in den Wind und gab sich gänzlich ihren Gefühlen hin, um mit ihm in einen leidenschaftlichen Taumel zu verfallen. Er presste sie gegen den breiten Stamm einer Pinie. Sie nahm die raue, harte Rinde, die sich in ihren Rücken bohrte und in der sich ihr Haar verfing, kaum wahr. Sie hob den Kopf, damit er ihren Hals küssen konnte, und ihr Blick fiel auf Cetan, der auf einem Ast über ihnen thronte. Sie wusste, dass der Falke einen Warnschrei ausstoßen würde, falls sich jemand ihrem Liebesnest nähern sollte, also gab sie sich ganz ihrem Liebesspiel hin.

Der Häuptlingssohn spürte, wie ihr Körper sich lockerte, und wusste, dass sie bereit war, sich mit ihm in dieses sinnliche Abenteuer zu begeben. Er küsste sie begierig, liebkoste mit der linken Hand ihre Brust und streichelte mit den Fingern der rechten die kleine harte Knospe zwischen ihren Schenkeln. Sie schlang die Arme um seinen Körper, fuhr ihm mit den Händen über den Rücken und bot ihm willig ihre Lippen dar.

Sie küssten und streichelten sich, wurden wilder und gieriger, bis ihr Verlangen nicht länger unbefriedigt bleiben konnte. Lust und Vorfreude auf das, was jetzt kommen würde, durchströmten sie. Als er an ihrem Ohrläppchen knabberte, ging ein Zittern durch Chumanis Körper, das gleich darauf von ihm mit derselben Heftigkeit beantwortet wurde, als sie mit der Hand immer wieder über die Schwellung in seiner zum Bersten gespannten Reithose rieb. Sie genossen es, sich in einen solch fieberhaften Rausch zu versetzen und dabei zu wissen, dass sie sich gegenseitig das geben konnten, wonach sie verlangten. Ohne den Kuss zu lösen, streiften sie einander die störenden Kleider vom Leib.

Windtänzer sah Chumani in die leuchtenden braunen Augen. Sie war so schön und ihre körperlichen Reize so mannigfaltig, dass sein Puls zu rasen begann und ihm fast der Atem stockte. Er fasste sie an den Hüften, hob sie ein wenig hoch und nahm dann voll und ganz Besitz von ihr. Für einen kurzen Augenblick bewegte er sich nicht und genoss die feuchte Hitze, die seine Erektion umschloss. Ein Beben ging durch seinen Körper, als sie Arme und Beine um ihn schlang, ihren Mund auf seinen presste und begann, ihn in hitzigem Tempo zu reiten. Um ihren Heißhunger zu sättigen, bewegte er sich schnell vor und zurück und die Muskeln an seinen Armen, seinem Rücken und seinem Gesäß traten deutlich hervor. Er konnte sich kaum noch zurückhalten, kämpfte aber erfolgreich darum, denn er wusste, dass es der Mühe wert war.

Chumani bedeckte seinen Nacken mit Küssen, klammerte sich an ihn und lauschte dem stoßweisen Atem, der an ihr Ohr drang, als er seine Wange an ihre Schläfe presste. Die aufregende Stellung und seine sinnlichen Gebärden entfachten ein immer größeres Verlangen nach Befriedigung in ihr. Wundervolle, berauschende Gefühle strömten durch ihren Körper, als schließlich die Erlösung in einer gewaltigen Erschütterung aus ihr hervorbrach und ihre Haut von Kopf bis zu den Zehenspitzen erwärmte. Sie stöhnte triumphierend auf und bewegte sich weiter, um den wilden Ritt zu beenden.

Windtänzer merkte, dass sie ihr Ziel erreicht hatte, suchte daraufhin die eigene Erfüllung, fand sie und genoss jede Zuckung seines sich entladenden Körpers. Seine Beine waren auf einmal schwach und zittrig, er musste die Stellung wechseln, so dass jetzt er mit dem Rücken am Baumstamm lehnte. Seine Arme umfassten ihre Taille und hielten sie eng umschlungen, während ihr Atem und ihr Herzschlag langsam ruhiger wurden. Ihre Lippen fanden sich, als er sie schließlich wieder auf den Boden stellte, und so endete ihr Liebesspiel auf die gleiche Weise, wie es begonnen hatte.

Chumani war trunken vor Glück und Liebe und ihr Lächeln spiegelte sich in seinem zärtlichen Blick. Sie ließ ihre Finger über seine kräftigen Wangenknochen gleiten und sagte neckend: »Du hast mir die Sinne geraubt, *mihigna.*«

»So wie du es schon oft getan hast, *mitawin.*«

Nach dieser herrlichen Erfahrung fühlte Chumani sich mutig und stark. »Es ist gut, dass wir denselben Hunger und Durst verspüren.«

Windtänzer lächelte. »Es ist mehr als gut, wenn wir auf diese Weise zusammen essen und trinken.«

»Wird es immer so sein zwischen uns?«

»Immer, *mitawin,* denn solange du mich begehrst, werde ich dich begehren.«

Sie lachte und scherzte: »Da du ein so erfolgreicher Jäger in meinem Wald und auf meinen Jagdgründen bist, verspreche ich dir, niemals genug von dieser Nahrung zu bekommen.«

»Und ich verspreche dir, nicht müde zu werden, uns damit zu versorgen.«

Es widerstrebte ihr, das kleine Stelldichein zu beenden, dennoch brachte Chumani sie schließlich wieder in die Wirklichkeit zurück: »Lass uns zum Fluss gehen und uns ein wenig erfrischen, denn ich muss noch heute Abend mit Zitkala sprechen.«

Windtänzer wusste, dass sie von dem seichten Wasserlauf ganz in der Nähe sprach, der so versteckt lag, dass sie in aller Ruhe die Spuren und Gerüche ihres Liebesspiels entfernen konnten, bevor sie zu ihrem Tipi und ihren Freunden zurückkehrten. »Während du mit Zitkala sprichst, werde ich Rote Feder besuchen.«

Chumani erzählte einer staunenden Zitkala von der starken Zuneigung, die Rote Feder für sie empfand, und von dem Plan, den sie ausgearbeitet hatten und bei dessen Durchführung sie gebraucht wurde. Zitkala war glücklich und besorgt zugleich über diese Neuigkeiten: »Was ist, wenn sein Herz sich von mir abwendet, wenn er mich erst näher kennen lernt und ich mich ihm schon geöffnet habe?«

»Dieses Wagnis musst du eingehen, meine Freundin.«

»Was ist mit meinen Eltern? Sie brauchen mich als Jäger und Ernährer der Familie.«

»Nein, Zitkala, sie sind durchaus noch eine Weile in der Lage, sich selbst zu versorgen. Du kannst diese

Zeit mit Warten verbringen oder in den Armen von Roter Feder nach deinem Glück suchen. Lass nicht zu, dass die Angst über deine Gefühle siegt. Wir werden einen Krieger der Red Shield zu deinem Vater schicken, um ihm auszurichten, dass du uns in dem heiligen Kampf begleitest. Er wird sehr stolz auf dich und sehr glücklich sein, dass du daran teilnimmst.«

»Was muss ich tun, um euch zu helfen? Warum braucht ihr mich?«

Chumani erläuterte ihrer Freundin das Vorhaben und diese sah sie mit großen Augen an.

»Euer Plan ist äußerst listig und wird gewiss funktionieren, Tautropfen. Es ist eine große Ehre, dabei sein zu dürfen. Aber ich halte es für das Beste, wenn ich vorher selbst nach Hause reite, um meinen Eltern Bescheid zu geben und einige Sachen zu holen, die ich zum Leben hier benötige. Ich werde zurück sein, bevor alles für unseren Aufbruch bereit ist.«

»Ja, das ist eine gute Idee. Warum lässt du dich nicht von Roter Feder begleiten? So könnt ihr euch besser kennen lernen und du kannst ihn deinen Eltern vorstellen.«

»Es ist noch zu früh, meiner Familie von meinen Gefühlen für ihn zu erzählen.«

»Dann behalte sie fürs Erste noch für dich.«

»Was werden die Red Shield sagen, wenn wir zwei allein diese Reise machen?«

»Sie werden sagen, dass Rote Feder eine Frau begleitet, die an dem Kampf gegen unsere Feinde beteiligt ist und deshalb besonderen Schutz verdient.«

Zitkala nickte zustimmend. Die Entscheidung war gefallen.

Am nächsten Morgen, als Zitkala und Rote Feder zu den White Shield aufgebrochen waren, deren Lager sich am südlichen Rand der Schwarzen Berge befand, schlug das Unheil am nördlichen Rand der heiligen Paha Sapa, bei den Red Shield, gnadenlos zu. Ein Kriegertrupp der Crow aus der Gegend des Powder River überfiel das Winterlager an dessen äußerster Grenze. Lautes Gebrüll, das Donnern vieler Pferdehufe und Schreckensschreie erfüllten die Luft, als eine große Gruppe Krieger der Apsaalooke über die arbeitenden Frauen und spielenden Kinder herfiel. Die meisten Männer hielten sich am anderen Ende des Lagers oder auf nahen Lichtungen auf, um ihr Tagwerk zu verrichten oder sich in verschiedenen Kriegskünsten zu üben. Einige waren im Wald oder jagten in den Ebenen.

Beim ersten verdächtigen Geräusch griffen Windtänzer, Kriegerischer Adler und andere nach ihren Waffen und liefen in die Richtung, aus der die Schreie kamen. Chumani ließ ihren Wasserschlauch fallen, rannte in ihr Tipi und nahm ihre Waffen, um den Männern ihres Wahlstammes zu helfen, den Feind zurückzuschlagen und Frauen und Kinder zu beschützen. Als die Krieger der Red Shield am Ort des Geschehens eintrafen, lagen schon viele Verwundete und einige Tote am Boden und zwei Tipis waren mit Feuerpfeilen in Brand gesetzt worden. Die Crow wirbelten auf ihren mit bunten Kriegsbemalungen versehenen Pferden umher, verhöhnten die Männer der Oglala mit beleidigenden Gesten, beschimpften sie lautstark und galoppierten lärmend davon.

»Wir müssen sie verfolgen und ihre Skalps holen,

um unsere Toten zu rächen!«, rief Büffelhorn, Schlachtenführer und Vater von Wastemna.

Windtänzer starrte den sich zurückziehenden Gegnern hinterher und widersprach: »Das ist eine Falle. Sie wollen uns von hier weglocken, damit ein zweiter Trupp das Lager ungestört überfallen kann. Schaut nur, wie sie in die Ebenen hinunterreiten, statt in den Wald, in die Berge oder zu ihren Jagdgründen. Sie wollen, dass wir ihnen aufs offene Land folgen, wo sie eine wilde Jagd mit uns veranstalten können, während andere in aller Ruhe hier wüten, stehlen und morden. Jag du hinter ihnen her, wenn du willst. Die Strong Heart werden hierbleiben, sich hinter den Bäumen und in den Tipis verstecken und dem zweiten Trupp auflauern.«

»Die erste Kriegergruppe war groß, Waci Tate, deshalb ist es unwahrscheinlich, dass eine zweite kommen wird. Wir brauchen alle Männer für die Verfolgungsjagd«, widersprach Büffelhorn.

»Vergiss nicht, dass die Crow diesen Trick schon des öfteren angewendet haben, es ist ihre bevorzugte Kriegslist. Wir dürfen das Lager nicht ungeschützt lassen.«

»Mein Enkel ist weise und vorsichtig«, ermahnte Nahemana die versammelten Männer. »Die Strong Heart sollten hier bleiben, Büffelhorn mag mit anderen Männern dem Feind folgen.«

»Ich denke ebenso«, meldete Häuptling Großer Bär sich zu Wort. »Wir dürfen das Lager nicht unbewacht lassen.«

Eilig wurden Pläne geschmiedet, während Frauen, Kinder und Alte in den Wald zogen, um sich während der bevorstehenden Schlacht versteckt zu halten. Dann ritt eine große Gruppe der Red Shield den Crow hinterher, um Vergeltung zu suchen, während die besten Krieger, genau wie Windtänzer es vorgeschlagen hatte, sich hinter Bäumen und in Tipis verbargen.

Es dauerte nicht lang, bis sein Verdacht sich als richtig erwies: Mit lautem Kriegsgeheul und gezücktem Pfeil und Bogen fiel ein anderer, kleinerer Trupp von Crow und Pawnee auf der anderen Seite in das Lager ein. Sobald sie die ersten Tipis erreicht hatten, schnappte die Falle zu und ein grausamer Kampf entbrannte.

Die Strong Heart, zu denen nur die furchtlosesten und besten Krieger der Red Shield gehörten und die vor allen anderen für die Verteidigung und das Überleben des Stammes zu sorgen hatten, sprangen aus ihren Verstecken und fielen mit großem Mut und Krampfkraft über die Feinde her.

Chumani hatte Windtänzer versprochen, in der Nähe ihres Tipis zu bleiben, sie hatte sich jedoch geweigert, mit den anderen Frauen und Kindern in den Wald zu schleichen, denn sie war eine gute Kriegerin und konnte ihrem Stamm vielleicht nützlich sein. Sie beobachtete ihren Mann und dessen Vater, die Rücken an Rücken standen, um sich gegenseitig Deckung zu geben, während sie gegen den Feind kämpften. Sie sah, dass Großer Bär immer noch ausdauernd und stark war, seine Waffen gut beherrschte und den Crow auch noch mit bloßen Händen den Garaus machen konnte. Sie vermied es, ihren Mann anzuschauen, denn sie wollte sich nicht von seinen beeindruckenden Fähigkeiten in den Bann ziehen oder sich durch Gefahren, die ihm möglicherweise drohten, vom übrigen Kriegsgeschehen ablenken lassen. Ihr Blick schweifte über die vielen zu Pferd oder zu Fuß kämpfenden Krieger und fiel plötzlich auf Nahemana, der einige Tipis entfernt mit einem Büffelschädel in den Händen aus seiner Behausung trat. Wahrscheinlich war der Medizinmann eigens zurückgekommen, um den Schädel, der für verschiedene Rituale gebraucht wurde, in Sicherheit zu bringen. Chumani eilte zu dem halbblinden, sich langsam vortastenden alten Schamanen, ihren Bogen in der Hand und mehrere Pfeile zwischen den Zähnen.

Sie sah einen Vogelkrieger, der mit einer Lanze in der hoch erhobenen Hand sein Pferd zu Nahemana lenkte. *»Oochia, bishikishpee!«*, rief sie dem Gegner zu, um dessen Aufmerksamkeit auf sich zu ziehen. »Kämpfe gegen mich, nicht gegen einen alten Mann, wenn du ein echter Krieger bist!« Der Crow blickte verblüfft und zugleich ein wenig spöttisch und amüsiert auf Chumani hinab, die ihn einen Hundefloh nannte, ihm befahl, gefälligst die Lanze sinken zu lassen, und ihn in seiner eigenen Sprache beleidigte und zum Kampf herausforderte.

»Wenn ich den Medizinmann getötet und mir den heiligen Schädel als Siegestrophäe geholt habe, dann nehme ich dich gefangen. Ich werde meinen Samen in deinen Körper pflanzen, bevor ich dir die Zunge rausreiße und die Kehle durchschneide. Versuch ruhig davonzulaufen, dummes Weib, ich werde dich schon kriegen.«

»Du wirst niemanden gefangen nehmen oder umbringen, Schwächling!« Es war offensichtlich, dass er sie nicht für gefährlich hielt, denn er wandte sich wieder dem Schamanen zu, der vor dem Eingang seines Tipi stehen geblieben war. Als der Crow ausholte, um Nahemana mit seinem Speer zu durchbohren, feuerte sie einen Pfeil auf den Feind und spannte den Bogen erneut, für den Fall, dass sie ihr Ziel beim ersten Schuss verfehlt haben sollte.

In dem Moment, in dem Chumani den ersten Pfeil abfeuerte, stieß Cetan einen schrillen Schrei aus, kam mit erstaunlicher Geschwindigkeit aus der Luft herabgeschossen und packte sich mit seinen scharfen Krallen den Speer des Crow. Die Waffe wog jedoch so schwer, dass der Falke trotz aller Mühe langsam zu Boden sank. Das gab einem anderen feindlichen Krieger Gelegenheit, einen Pfeil in Cetans linken Flügel zu schießen, der den Vogel endgültig auf die Erde plumpsen ließ. Chumani wirbelte herum, um sich des Schützen anzunehmen, sah jedoch, dass Windtänzer sich von hinten auf den Mann stürzte und ihn in einen Kampf verwickelte. Sie lief zu Cetan, der verzweifelt versuchte, sich wieder empor zu schwingen. Sie sprach beruhigend auf ihn ein, hob ihn hoch und trug ihn zu Nahemanas Tipi, wo sie sowohl den Falken als auch den Schamanen vor weiteren Gefahren beschützen konnte.

»Hab keine Angst, mein Freund, ich werde den Pfeil aus deinem Flügel ziehen und deine Verletzung schon bald versorgen. Bis dahin halte still, denn im Moment ist es hier gefährlich für uns.« Und zu dem weißhaarigen Mann sagte sie sanft: »Geh in dein Tipi, Weiser, ich werde hier bleiben und Wache halten.« Der Schamane lächelte, nickte ihr zu und gehorchte. Sie setzte Cetan im Eingang des Tipi ab und sah sich um. Flüchtig betrachtete sie den Feind, den sie mit ihrem ersten Pfeil getötet hatte, bevor sie ihre ganze Aufmerksamkeit auf das hitzige Gefecht richtete, das sich ihr Mann mit dem Vogelkrieger lieferte.

Windtänzer bedachte den Gegner, der es gewagt hatte, sein Lager zu überfallen, mit einem höhnischen Grinsen. Er wusste, dass die anderen Strong Heart und Oglala den Konflikt unter Kontrolle hatten, dennoch wollte er mit dem Crow nicht spielen, um keine Zeit zu verschwenden, denn die Verwundeten mussten versorgt werden. Verächtlich betrachtete er den Mann, der sich jetzt ohne jede Rückzugsmöglichkeit in der Mitte des Lagers befand und dessen Tod somit beschlossene Sache war. Selbst wenn Windtänzer in dem Kampf umkommen sollte, wäre sofort ein weiterer Krieger zur Stelle, um seinen Platz einzunehmen, und wenn nötig auch noch ein dritter, solange, bis dieser Widersacher sein Leben ausgehaucht hatte. *»U wo, suska«,* stichelte er, während er den Crow in die Enge trieb, »faules, nutzloses Pack.«

Obwohl der Vogelkrieger lachte und sein Grinsen erwiderte, war es für Chumani offensichtlich, dass er sich seines nahenden Todes bewusst war und erbittert kämpfen würde, um ehrenhaft in die ewigen Jagdgründe einzugehen. Die weißen Zähne ihres Mannes blitzten wie die Metallklinge in seiner Hand, die vom Tauschhandel mit den *wasicun* stammte. Sie vertraute Windtänzers Fähigkeiten und wusste, dass er siegen würde, fürchtete jedoch, er könne sich eine Verletzung zuziehen.

»Wo ist dein Ehrgefühl, du Hund von einem Crow? Warum vergreifst du dich an Unschuldigen? Warum kämpft ihr nicht Mann gegen Mann, wie echte Krieger? Nur Schwächlinge und Versager vergreifen sich an Frauen, Kindern und Alten. Wie wollt ihr mit eurem feigen Überfall einen ruhmreichen Sieg davontragen?«

»Wir werden die Lakota ausrotten, dann gehört euer Land uns!«, drohte der Crow.

»Das Land gehört dem Schöpfer. Wollt ihr stehlen, was Ihm allein zusteht?«

»Fürchtest du dich vor mir, Der mit dem Wind tanzt? Worauf wartest du noch? Willst du die Luft des Großen Geistes noch ein wenig länger atmen?«

»Genug der Rede und des Wartens, du Hund. Bereite dich auf den Tod vor, denn ich werde dich in die ewigen Jagdgründe schicken.«

Ein schneller und heftiger Kampf folgte diesem Austausch von Beleidigungen. Die Männer stürmten mit hoch erhobenen Messern aufeinander zu. Ein jeder wollte als erster zustechen und das erste Blut in dieser tödlichen Auseinandersetzung vergießen. Beide waren kräftig und flink, ausgebildete und erfahrene Krieger. Sie versuchten, dem anderen einen Hieb zu versetzen, und setzten Hände und Füße als todbringende Waffen ein. Ihre Muskeln traten hervor, ihr Atem ging stoßweise und Schweiß perlte auf ihren Körpern. Die Fransen an Hemden und Hosen pendelten im Rhythmus ihrer Bewegungen hin und her, während sie umherwirbelten. Der Ausdruck auf ihren Gesichtern war hart und unbeweglich und sie warfen einander stechende, hasserfüllte Blicke zu.

Chumani schien es, als schaue sie einem tödlichen Tanz zu. Die beiden Männer bewegten sich vor und zurück, drehten und duckten sich und wirbelten bei jedem Schritt Staub und kleine Steine auf. Obwohl sie sicher war, dass ihr Mann siegreich aus diesem schieren Willenskampf hervorgehen würde, da er unter Wakantankas Schutz stand, zuckte sie jedesmal zusammen, wenn die Klinge des anderen ihn fast berührte oder er einen heftigen Schlag einstecken musste. Windtänzer rammte dem Vogelkrieger mit voller Wucht den Kopf in den Magen und der Crow stolperte rückwärts und fiel zu Boden. Doch augenblicklich war der Mann wieder auf den Beinen und startete einen neuen Angriff auf den Häuptlingssohn, der den Schlag parieren konnte. Chumani war überzeugt, dass Windtänzer der bessere Krieger war, aber der Crow hatte nichts mehr zu verlieren und diese Verzweiflung stachelte ihn an und machte ihn zu einem unberechenbaren und gefährlichen Gegner. Sie unterdrückte das Bedürfnis zu schreien oder ihrem Mann zur Hilfe zu eilen, um ihn nicht abzulenken, denn schon eine kleine Unaufmerksamkeit konnte ihn das Leben kosten. Sie wurde beinah wütend, als andere Strong Heart und Oglala sich um diese letzte Kampfesszene versammelten und ihren Freund anfeuerten, denn sie fürchtete, es könne ihn in seiner Konzentration stören. Stattdessen jedoch sah es so aus, als gäben ihm diese Zurufe neue Kraft.

Windtänzer kämpfte schnell und mit List und schon bald hatte er den Crow zu Boden geworfen. Er setzte sich auf ihn und wusste, dass er keine Wahl hatte. Er musste den Mann töten, oder der Krieger würde eines Tages wiederkommen und seine Leute erneut überfallen, um sich für seine Niederlage zu rächen und um die seit Jahrzehnten andauernde Feindschaft zwischen den beiden Stämmen für sein Volk zu entscheiden. Er hob das Messer, sah dem Crow in die Augen und beendete dessen Leben. Danach erhob er sich, streckte die Arme gen Himmel und stieß einen Siegesschrei aus, während seine Freunde sich um ihn drängten und ihm auf die Schulter klopften.

Chumani wollte so schnell wie möglich zu ihm, um ihn zu umarmen und zu küssen, doch sie hielt sich zurück, denn sie wollte ihn vor seinen Genossen nicht mit solchen Sentimentalitäten bloßstellen. Sie trat einen Schritt zur Seite, damit der lächelnde Schamane sich zu den anderen begeben konnte, drehte sich um und nahm Cetan auf den Arm. Sie trug den Falken in ihr Tipi, um die Wunde zu versorgen. Sie wusste, dass die Verletzung nicht tödlich war, den Vogel jedoch flugunfähig machen konnte. Einen Augenblick lang schloss sie die Augen und sprach ein Gebet: *Wenn er uns im heiligen Kampf beistehen soll, heile seinen Flügel, Geheimnisvoller, damit er wieder fliegen kann.*

Windtänzer sah sich suchend nach seiner Frau um. Als er sie nicht entdecken konnte, fragte er seinen Großvater: »Wo ist Tautropfen? Vorhin stand sie noch vor deinem Tipi. Ist sie verletzt?«

»Nein. Sie hat mir das Leben gerettet, als ein Crow mich mit seiner Lanze durchbohren wollte, und blieb dann bei mir, um mich vor weiteren Angriffen zu schützen.« Er berichtete, wie der Falke helfend eingegriffen hatte und verletzt worden war. »Sie ist in eurem Tipi und kümmert sich um ihn«, fügte Nahemana hinzu.

Häuptling Großer Bär kehrte aus dem Wald zurück und gesellte sich zu den anderen. Man erzählte ihm von Chumanis und Cetans erfolgreichem Coup und dem letzten Zweikampf. »Es ist gut, dass mein Sohn die heutige Gefahr ahnte und so unser Lager und unser Volk gerettet wurden«, bemerkte der Häuptling. »Nun müssen wir uns um die Verwundeten kümmern, Stätten für unsere Toten zimmern, die Trauerzeremonie abhalten und denen helfen, deren Tipis vom Feuer zerstört wurden. Die anderen werden bald zurück sein und mit uns die Siege meiner Söhne, meiner zweiten Tochter, ihres gefiederten Gefährten, der Strong Heart und der anderen Krieger feiern. Dies ist zugleich ein guter und ein schlechter Tag für uns, denn wir haben einen großen Sieg errungen, aber viele Verluste erlitten.«

»Schon bald werden wir den heiligen Kampf aufnehmen und zu unserem ersten Ritt aufbrechen, Vater«, sagte Windtänzer, »und die Augen der Apsaalooke werden sich von uns abwenden, wenn sie gegen die Bleichgesichter ins Gefecht ziehen müssen, die glauben werden, dass die Vogelkrieger ihnen Böses zugefügt haben. Bis wir sie jedoch von uns abgelenkt haben und sie mit anderen Krieg führen, so dass wir zur Büffeljagd in die Prärie ziehen können, müssen wir rund um das Lager Wachen aufstellen. Morgen soll das Ritual des Heiligen Bogens für Flinker Otter stattfinden, der den Platz von Dachs einnimmt, denn Kriegerischer Adler wird mit uns reiten, um die Crow und die Bleichgesichter auf die falsche Fährte zu locken.«

Nach und nach kehrten die übrigen Stammesmitglieder aus dem Wald zurück und auch ihnen berichtete man von den Ereignissen. Mit einer Mischung aus Hochgefühl über den Sieg und Trauer über die zahlreichen Verluste machten die Leute sich an die Arbeiten, die Großer Bär ihnen auftrug.

Bevor er sich mit den anderen Männern daranmachte, Holz zu sammeln und die Totenstätten zu bauen, ging Windtänzer zu seinem Tipi, um nach seiner Frau und dem Falken zu sehen. Seine Schwester folgte ihm. »Wie geht es Cetan?«, fragte er, als er durch den Eingang schritt.

Chumani sah auf. »Ich habe den Pfeil entfernt, aber ein Flügelknochen ist gebrochen«, gab sie zurück. »Ich werde versuchen, den Schnitt zu versorgen und die Blutung zu stillen, bevor ich den Flügel schiene, damit der Knochen heilen kann. Du hast großartig gekämpft, *mihigna,* und mein Herz ist voller Stolz über deinen Sieg.«

Windtänzer musterte sie von Kopf bis Fuß, sah, dass ihr nichts fehlte, und sagte: »So wie meines stolzerfüllt ist, denn du hast Mut und Geschick bewiesen, als du Großvater rettetest.« Er war erleichtert, dass die Gefahr vorüber und sie in Sicherheit war, denn er konnte sich ein Leben ohne sie nicht mehr vorstellen. Zugleich war er froh, dass der Falke überlebt hatte.

»Auch ich bin stolz auf euch«, meldete Hanmani sich zu Wort. »Ich werde dir mit Cetan zur Hand gehen, wenn er erlaubt, dass ich ihn berühre, und mich dann um die anderen kümmern, die Hilfe benötigen.«

»Cetan wird sich von dir anfassen lassen, wenn ich es ihm befehle, Schwester. Ich danke dir für dein freundliches Angebot. Bitte reich mir den Medizinbeutel dort«, bat Chumani.

»Ich muss jetzt gehen, es gibt einiges zu tun«, sagte Windtänzer. »Ich bringe Cetan einen Hasen oder ein Eichhörnchen mit, damit er etwas zu essen hat, er kann ja nicht selber jagen.«

Chumani lächelte ihren Mann an und sie sahen einander tief in die Augen, bevor er das Tipi verließ. Sie nahm den Medizinbeutel von Hanmani entgegen und holte zahlreiche kleine, mit Lederriemen umwickelte Kräuter, Pflanzen und Naturheilmittel heraus: Spinnweben, unreife Platterbsen, Farnkraut, Schafgarbe, Weißpinie, Wasserlilien, Stammwürze, Binsenkraut und wilden Tabak. Sie wählte ein Mittel gegen Schmerzen und eines zur Versorgung offener Wunden aus. Nachdem die Blutung gestillt war und sie den Schnitt mit einer Paste eingerieben hatte, nahm sie zwei kleine Stöcke und mehrere dünne Lederstreifen, um den Bruch zu richten und zu schienen. Cetan hielt still, verfolgte aufmerksam ihre Handbewegungen und machte keine Anstalten, sie mit dem Schnabel zu verletzen oder zu kratzen. Beruhigt stellte sie fest, dass er auch keine Schwierigkeiten machte, als Hanmani ihr beim Schienen half. »Er mag dich und vertraut dir«, sagte Chumani zu dem Mädchen. »Wenn Waci Tate mit seiner Beute zurückkommt, kannst du ihn füttern und ihm zu trinken geben, dann wird er sich noch mehr an dich gewöhnen und du könntest ihn versorgen, wenn ich nicht im Lager bin. Bist du damit einverstanden, Schwester?«

»Ja, Schwester, es wird mir eine Ehre sein. Mach dir keine Sorgen, Tautropfen, unter meiner Obhut wird ihm nichts zustoßen«, versprach Hanmani ihr lächelnd und strich vorsichtig über die Brustfedern des Falken.

Chumani war erleichtert und hocherfreut, als Cetan seinen Kopf in die Handfläche des Mädchens schmiegte, ein Zeichen von Zuneigung und Respekt. »Es ist gut so, denn er hat dich schon als Freundin angenommen und ich bin froh, wenn ich ihn in guten Händen weiß.«

Chumani befestigte ein dickes Lederband am Fuße des Falken und das andere Ende an einem Holzständer, der im Boden befestigt war. Sie erklärte Hanmani, dass der Vogel im Tipi ruhiger sein würde als draußen, wo alle möglichen Reize auf ihn einströmten. Lächelnd beobachtete sie, wie das Mädchen Wasser in einen kleinen Holznapf füllte und vor den Falken stellte. »Bleib ruhig, Cetan, wir müssen jetzt gehen und uns um die anderen kümmern. Hanmani kommt bald mit deinem Futter zurück.«

Um das Lager herum wurden Wachen aufgestellt, damit kein dritter Kriegstrupp einen Überraschungsangriff verüben konnte, während die Leute für den Rest des Tages der traurigen Aufgabe nachgingen, sich um die Verletzten und Toten zu kümmern.

Am Nachmittag kehrten die zahlreichen Red Shield, die den Kriegern der Apsaalooke gefolgt waren, von ihrer ergebnislosen Jagd zurück. Sie waren froh zu hören, dass man die Crow während ihrer Abwesenheit besiegt hatte, doch zugleich hatten sie den Verlust vieler Freunde zu beklagen. Sie lobten Windtänzer, dass er die Kriegslist der Crow so schnell durchschaut hatte, und dankten den Strong Heart für den Mut, mit dem sie die Familien und Tipis verteidigt hatten. Sie halfen den anderen bei der Pflege der Verwundeten, errichteten mit ihnen die Totenlager, brachten die zerstörten Tipis wieder in Ordnung und gingen für jene Familien auf die Jagd, deren Versorger verletzt oder getötet worden waren.

Als der Abend dämmerte, standen die *wiconte wicag-*

nakapis, auf denen sieben Leichen ruhten, auf einer grünen Wiese und zeichneten sich gegen den dunkler werdenden blauen Himmel ab. Die Opfer waren vier Frauen, zwei Kinder und ein älterer Mann. Zwei der Frauen hinterließen Mann und Kinder, ein Mädchen war noch nicht vermählt gewesen, eine Fünfzigjährige hatte ihren Mann bereits im letzten Winter verloren. Man trauerte, stimmte die überlieferten Klagelieder an und ritzte den erwachsenen Familienmitgliedern Trauernarben auf Arme und Beine. Auch Mutter Natur schien die Tragödie zu beweinen. Der Wind legte sich, als wolle er die letzte Ruhe derjenigen, die durch die Hand des Feindes umgekommen waren, nicht stören. Der klare, blaue Himmel verfinsterte sich, als die Sonne hinter einer einsamen Wolke verschwand, um nicht Zeuge der traurigen Zeremonie zu werden. Die Vögel hörten auf zu zwitschern und die Tiere hielten sich verborgen, so als könnten sie verstehen, was in den Köpfen der Menschen vor sich ging.

Nach dem Trauerritual kehrten alle ins Lager zurück. Verwandte und Freunde kümmerten sich um die Trauernden und Bedürftigen und nahmen die Männer und Kinder bei sich auf, die ihre Frau oder Mutter verloren hatten. Die Leute aßen in kleinen Gruppen und zogen sich dann in ihre Tipis zurück. Viele verbrachten eine schlaflose Nacht.

Chumani schmiegte sich in Windtänzers Arme. Sie küssten sich und tauschten Zärtlichkeiten aus, doch für die Liebe war der Kummer in ihren Herzen zu groß. Sie spendeten sich gegenseitig Trost und spürten, dass die Ereignisse des Tages sie einander noch näher gebracht hatten. Beide mussten an die tragischen Verluste denken, die sie in der Vergangenheit erlitten hatten. Für den Tod ihrer beiden Söhne waren ebenfalls die Crow verantwortlich. In beiden Fällen hatte zuerst ein Trupp das Lager angegriffen und alle kampffähigen Männer weggelockt, dann war ein zweiter Trupp aufgetaucht und hatte ungestört gemordet und gebrandschatzt.

Als Büffelhorn von der Verfolgungsjagd ins Lager zurückgekehrt war, war die Vergangenheit völlig unerwartet über Chumani und Windtänzer hereingebrochen. Der Schlachtenführer hatte den Anführer der Crow beschrieben und beide hatten feststellen müssen, dass es sich um den Krieger handelte, der für den Tod ihrer Söhne verantwortlich war. Beide wünschten, mit der Gruppe des Schlachtenführers geritten zu sein, denn dann hätten sie den Mann solange verfolgt, bis er ihnen in die Hände gefallen wäre. Sie hätten sein Leben ausgelöscht, um das ihrer Söhne zu rächen. Doch instinktiv wussten beide, dass sich ihre Wege erneut kreuzen würden und dass der Tag nicht weit war, an dem sie ihren Rachedurst endlich stillen konnten. Vielleicht sah so die Belohnung für die Teilnahme an dem heiligen Feldzug aus, der nun bald beginnen würde. Sie wussten auch, dass am nächsten Tag ein weiteres wichtiges Ereignis auf sie wartete.

Der gesamte Stamm der Red Shield der Oglala Lakota hatte sich in der Mitte des Winterlagers versammelt und wartete ungeduldig auf den Beginn des Rituals des Heiligen Bogens, das dem Empfänger sowohl für Kriegs- als auch für Friedenszeiten Kraft geben sollte. Die Menschen dachten mit gemischten

Gefühlen an den vergangenen Tag, einige hatten nach erbitterten Kämpfen ruhmreiche Siege errungen, andere mussten den Tod von Freunden oder Angehörigen verschmerzen. Trotz des Kummers über den Verlust eines nahen Menschen wussten alle, dass der Tod ein Element des heiligen Lebenskreises war, der das Dasein eines jeden bestimmte. Die Geister der Verstorbenen ruhten jetzt bei Wakantanka und dieser Gedanke war äußerst tröstlich.

Am frühen Morgen hatte man in der Mitte des Lagers eine hölzerne Begegnungsstätte und daneben eine Schwitzhütte für die erlesene Gruppe des Heiligen Bogens gezimmert. Die drei Bogenträger – Kriegerischer Adler, Schwarzer Rabe und Gebrochener Pfeil – würden an der Aufnahmeprüfung von Flinker Otter teilnehmen, bei der dieser zeigen konnte, dass er den anderen in Schnelligkeit und Geschick in nichts nachstand und des hohen Ranges eines Bogenträgers würdig war. Die Zeremonie begann, nachdem die vier Männer, nur mit Mokassins und Lendenschurz bekleidet, sich im *initipi* einer gründlichen Reinigung unterzogen und sich unter Ausschluss der Öffentlichkeit in der Begegnungsstätte besprochen hatten. Nahemana wandte sich in einem lauten Gebet an den Großen Geist und andere mächtige Naturkräfte – Wind, Blitz, Donner, Hagel, Schlange und Bär – und rief sie um Rat und Beistand an.

In allen vier Windrichtungen hatte man Pfosten aufgestellt, die mit zahlreichen heiligen Symbolen versehen waren und die zugleich die vier Windrichtungen und das Lebensrad darstellten. Die Körper der Bogenträger waren rot angemalt, in der Farbe der Mutter Erde, denn auf ihr labte sich der Büffel, der für das Überleben des Stammes unentbehrlich war. Über die Gesichter der vier Männer zogen sich gelbe Zacken, die Blitze darstellten, und auf ihren Wangen waren blaue Hagelkörner zu erkennen. Eine gelbe Mondsichel prangte auf ihren nackten Oberkörpern, Arme und Beine waren mit himmelblauen Linien bemalt, welche die Kraft des Windes verkörperten. Die vier Bogenträger und Läufer blickten ehrfürchtig und mit ernstem Gesicht nach Westen. Als das Startsignal fiel, musste Flinker Otter seine Kraft und Ausdauer unter Beweis stellen. Er hielt mit den anderen drei Läufern Schritt und zeigte, dass er ein ehrbares Mitglied der Gruppe sein würde. Da es sich nicht um einen Wettkampf zwischen mehreren Anwärtern handelte, mussten die Männer nicht an jedem Pfosten ein Beweisstück einsammeln, sondern den Holzpfahl lediglich im Vorbeilaufen berühren. Fast gleichzeitig kamen sie bei Nahemana an. Danach musste Flinker Otter sich weiteren Prüfungen unterziehen, um seine Intelligenz, seine Waffenkunst und seine Entschlusskraft unter Beweis zu stellen.

Während Windtänzer das Ritual verfolgte, dachte er zurück an den Tag, an dem er selbst die Prüfung erfolgreich bestanden hatte. Er war Mitglied dieser Gruppe gewesen, bis er seinen Medizinbogen gegen das *Wicasta-Itancan-Hemd* eingetauscht hatte und ein Strong Heart geworden war. Kriegerischer Adler, der jetzt siebzehn Winter zählte, hatte die Prüfung im letzten Sommer bestanden. Windtänzer war sehr stolz, dass sein Bruder sich trotz seines jungen Alters schon als würdiger Krieger erwiesen hatte und er wusste, dass er ein guter Häuptling und Anführer sein würde, falls ihm und seinem Vater etwas zustoßen sollte.

Chumani verfolgte gespannt die Wettkämpfe und stellte sich vor, wie ihr Mann in die Gruppe aufgenommen worden war. Sie wusste, dass er beim Wettlauf alle vier Beweisstücke eingesammelt und seinem Großvater übergeben hatte, bevor der nächste Anwärter überhaupt beim dritten Pfosten angelangt war. Sie liebte und begehrte ihren Mann und war stolz auf ihn. Es fiel ihr nicht leicht, den Blick von ihm zu lösen und ihre Aufmerksamkeit wieder auf den Wettstreit zu richten.

Nachdem Flinker Otter alle Aufgaben erfüllt hatte, spannte er seinen neuen Bogen, der sich von anderen durch seine Größe und sein Gewicht unterschied und an dessen oberem Ende eine Speerspitze befestigt war. Von nun an war es seine Aufgabe, den Frieden aufrechtzuerhalten und in Kriegszeiten mit allen Mitteln dafür zu sorgen, dass er wieder hergestellt wurde. Man übergab ihm ein Gestell, an das er den heilige Bogen hängen musste, wenn er ihn nicht benutzte. Die Waffe durfte nicht auf der Erde liegen oder irgendwo angelehnt werden, denn das hätte sie ihrer geheimnisvollen Kräfte beraubt.

Für Bibers Nachfolge war nun gesorgt und die Gruppe des Heiligen Bogens war wieder vollzählig. Die anderen Mitglieder, zu denen noch Keulenträger und vier Zeugträger zählten, gesellten sich in einem rituellen Tanz zu ihren Waffenbrüdern und stimmten in deren Gesänge ein. Danach begaben sich die vier Wettläufer noch einmal in das *initipi,* wo eine letzte Reinigungszeremonie stattfand, bei der sie sich die Farbe von den Körpern wuschen und sich zu Ehren der grünen Prärien, die den Büffel ernährten, mit Salbei und duftenden Gräsern einrieben.

In der Nacht versammelten sich die Red Shield erneut in der Mitte ihres Lagers, denn vor Beginn des heiligen Feldzugs musste der Stamm wie ein einziger Körper als harmonische Einheit zusammenfinden. Bibers Witwe wurde mit einem Krieger vermählt, der seine Frau bei dem Überfall der Crow verloren hatte. Zusammen mit ihren Kindern bildeten sie eine neue Familie. Stammestänze wurden getanzt und die Siege verschiedener Krieger besungen, darunter die von Windtänzer, Chumani und Cetan. Man sprach Gebete für die Verstorbenen und bat den Großen Geist um Rat und Schutz bei der alljährlich stattfindenden Büffeljagd, zu der man in Kürze aufbrechen würde, und im Kampf gegen den Feind, gleichgültig ob Indianer oder Weißer. Fast alle Familien brachten etwas zu essen mit und die Speisen wurden untereinander verteilt. Man erinnerte die Leute daran, dass der heilige Kampf beginnen würde, sobald Zitkala und Rote Feder aus dem Lager der White Shield zurückgekehrt waren.

Wieder in ihrem Tipi, befestigte Chumani Cetan an seiner Stange und schloss die Eingangsklappe. Dann wandte sie sich zu Windtänzer, um ihm eine wichtige Frage zu stellen.

11. Kapitel

Chumani versuchte, den Kloß in ihrer Kehle herunterzuschlucken. Seit zwei Tagen schon bemühte sie sich vergebens, ihre Sorgen beiseite zu schieben. Sie fuhr sich mit der Zunge über die trockenen Lippen und stellte ihrem Mann die Frage, die ihr auf der Seele lag: »Was geschieht, wenn Zitkala und Rote Feder nicht zurückkommen?«

Windtänzer hörte die Besorgnis in ihrer Stimme nicht, denn er hatte andere Dinge im Kopf. Er wollte die Zeit nutzen, solange die Kriegerin der Brule noch nicht zurückgekehrt war, und seine Frau langsam und leidenschaftlich lieben, solange sie noch die Möglichkeit dazu hatten. »Wir werden auf sie warten.«

Chumani setzte sich neben ihn auf die Schlafmatte. Sie bemerkte seine Blicke und seine romantische Stimmung, aber sie brauchte Antworten. »Ich denke nicht gern daran, aber was ist, wenn sich vor drei Tagen Späher der Crow in der Nähe unseres Lagers befanden und sahen, wie sie wegritten? Vielleicht sind sie ihnen gefolgt und ... haben sie überfallen?« Das Wort *getötet* kam ihr nicht über die Lippen, so sehr ängstigte dieser Gedanken sie. »Was ist, wenn sie nie mehr wiederkommen? Werden wir unseren Plan aufgeben, ihn nur mit Kriegerischem Adler ausführen oder nach anderen Kriegern suchen, die mit uns reiten?«

Windtänzer verzog schmerzvoll das Gesicht bei

dem Gedanken, er könnte seinen besten Freund und Chumani ihre beste Freundin verlieren. »Ich bin mir sicher, dass sie nicht auf unsere Feinde gestoßen sind und dass sie bald wiederkommen werden«, sagte er voller Überzeugung. »Der Große Geist wird nicht zulassen, dass ihnen etwas zustößt, denn Er braucht sie für seine Pläne.«

Chumani lächelte. »Du hast Recht, *mihigna,* und es ist dumm von mir, so etwas zu denken. Ich muss Wakantanka vertrauen. Der Überfall unserer Feinde hat meine Angst geschürt, außerdem bin ich verunsichert, weil unser Übeltäter noch nicht wieder zugeschlagen hat und es gewiss bald tun wird.«

»Du brauchst keine Angst zu haben, *mitawin,* denn nicht nur ich werde dich beschützen, sondern auch der Große Geist.« Er sah sie an und sein Herz schlug schneller. Sie lächelte und wurde ruhiger. Er betrachtete ihre schön geschwungenen Wangenknochen, ihre glatte Haut und die braunen Augen, die ihn magisch anzuziehen schienen, und hoffte, dass sie ihn ebenso anziehend fand. Ihre guten Eigenschaften waren so zahlreich, dass er sie unmöglich alle aufzählen konnte, aber er kannte und bewunderte sie alle.

Chumani betrachtete Windtänzer, während er sie musterte. Es war schmeichelhaft und erregend, dass er sie so verliebt anschaute. Sie spürte, wie ihre Wangen sich röteten, als hätte er ein Feuer in ihr entfacht. Sie fühlte sich glücklich und berauscht. Sein Blick war zärtlich und innig. Sie wusste, was er wollte, und sie wollte dasselbe.

Sie hob die Hand und ließ ihre Finger über seine Wange gleiten, denn sie konnte dem heftigen Verlangen, ihn zu berühren, nicht widerstehen. Sie wollte seinen Körper spüren. Er trug kein Hemd und so wanderte ihre Hand über seinen Hals hinunter zu seiner unbehaarten Brust. Sie bewunderte die Muskeln an seinem Oberkörper und ihr Blick fiel auf die Narben vom Sonnentanz, die von seinem großen Mut und seiner Opferbereitschaft dem Großen Geist gegenüber zeugten. Sie berührte sie sanft und zog die Linien mit den Fingerspitzen nach.

Windtänzer war von ihren Liebkosungen wie verzaubert. Sie brauchte ihm nicht zu sagen, dass sie ihn wollte, denn sie drückte diesen Wunsch mit jeder Faser ihres Körpers aus. Sein Blut kochte vor Verlangen und eine ungeheure Hitze breitete sich in seinen Lenden aus. Wenn er eine solche Leidenschaft in ihr entfachen konnte, würde er eines Tages gewiss auch ihre Liebe gewinnen. Er zog sie eng an sich heran und gab ihr einen langen, vielsagenden Kuss.

Sie ließen nur solange voneinander ab, bis sie ihre Kleidungsstücke und Mokassins abgestreift hatten. Dann sanken sie zusammen auf das Büffelfell und ihre Lippen verschmolzen zu einem heißen und innigen Kuss. Sie wollten sich Zeit lassen, doch zugleich brannten sie so sehr darauf, sich zu spüren, dass sie es nicht lange aushielten. Sie vereinten ihre Körper und strebten gemeinsam nach dem süßen Gipfel der Liebe. Sie erreichten und genossen ihn mit großer Hingabe.

Später kuschelten sie sich aneinander, küssten und streichelten sich, bis die Müdigkeit sie überkam und sie friedlich einschliefen.

Chumani versuchte sich abzulenken, während sie ungeduldig auf die Rückkehr ihrer besten Freundin wartete. Sie war erfreut zu sehen, wie Hanmani sich um Cetan kümmerte und wie der Falke auf die sanften Berührungen des Mädchens und ihre beruhigende Stimme reagierte. Sie liebte ihren gefiederten Gefährten und vertraute ihm, denn sie waren schon seit langem ein Herz und eine Seele. Sie würde es nicht verkraften, wenn ihm etwas zustoßen würde, doch zugleich war sie sich darüber im Klaren, dass er sich eines Tages ein Weibchen nehmen und sie verlassen würde, um den Rest seines Lebens im Wald, in den Bergen und hoch oben in den Lüften zu verbringen, was auch sein gutes Recht war. Dank Hanmani musste sie sich keine Sorgen um ihn machen, solange sie nicht im Lager war.

Gegen Mittag hörte sie, wie die Kinder laut die Rückkehr von Roter Feder verkündeten, und lief rasch in die Richtung, aus der er kommen musste. Sie war überglücklich und zutiefst erleichtert zu sehen, dass Zitkala an seiner Seite ritt. Sie konnte es nicht erwarten, ihre Freundin zu begrüßen, und so rannte sie den beiden entgegen. »Ihr seid zurück!«, rief sie. »Ich bin so froh, euch endlich wiederzusehen.«

Zitkala lachte über Chumanis überschwängliche Begrüßung und neckte sie: »Es ist doch erst drei Tage her, dass wir Abschied genommen haben, und wenn wir uns nicht so beeilt hätten, wären wir noch lange nicht hier, denn es weht ein kräftiger Wind.«

»Nachdem ihr losgeritten seid, hat sich viel Schlimmes zugetragen. Ich hatte Angst, der Feind könnte euch nachgespürt und angegriffen haben, doch mein Mann beruhigte mich.«

Das Lächeln auf dem Gesicht von Roter Feder schwand und er fragte: »Was ist geschehen?«

Schnell erzählte Chumani das Wichtigste von dem Überfall und fügte hinzu: »Windtänzer ist in den Cañon gegangen, um unsere Pferde zu versorgen. Er wird bald zurück sein und kann dir mehr erzählen. Wir werden aufbrechen, wenn ihr gegessen und euch ausgeruht habt.«

»Ich werde ihn suchen, damit wir reden können. Wir kommen dann später zusammen zum Tipi.«

Nachdem Rote Feder die Pferde getränkt hatte, gingen Chumani und Zitkala ins Tipi, um Neuigkeiten auszutauschen und sich auszuruhen.

Im Flüsterton und mit einem neckischen Grinsen auf den Lippen sagte Chumani: »Ich habe gesehen, wie ihr euch angeschaut habt. Du musst mir alles erzählen. Hattet ihr eine schöne Zeit? Hat er dein Herz erobert?«

»Wir haben viel miteinander geredet und uns geküsst, aber wir haben unsere Körper nicht auf der Schlafmatte vereint. Es war nicht leicht, der Versuchung zu widerstehen, aber wir kennen uns noch nicht gut genug.« Sie machte eine Pause und fragte dann: »Wie ist es, mit jemandem die Schlafmatte zu teilen, den man liebt und begehrt?«

Chumani wusste, dass es ihrer Freundin mit dieser Frage Ernst war, deshalb gab sie ihr eine aufrichtige Antwort. »Es ist das schönste Gefühl, das es gibt, Zitkala. Alles andere verblasst dagegen und du hörst und siehst, fühlst, riechst und schmeckst nur noch den Geliebten. Liebe ist eine wundervolle Macht, meine Freundin, sie raubt dir den Verstand.«

»So ist es mit Windtänzer, aber so war es nicht mit Fahlem Stern«, erinnerte ihre Freundin sie.

»Das ist wahr, denn ich habe meinen ersten Mann

weder geliebt noch begehrt und auch als Freund und Stammesgenosse stand er mir nicht nah. Er war zu stolz und seine Gedanken waren so verdreht wie das Haar in einem Zopf. Er war nicht zärtlich oder liebevoll. Er behandelte mich wie einen Besitz, und nicht einmal wie einen wertvollen, trotz meines hohen Ranges als Häuptlingstochter. Windtänzer ist völlig anders.«

»Das ist gut so, Tautropfen, und mit Roter Feder verhält es sich ebenso. Er ist freundlich und liebenswürdig und noch dazu ein großartiger Krieger und erfahrener Jäger. Kein Mann aus unserem Lager kann ihm das Wasser reichen. Er ist der erste Mann, der mein Herz schneller schlagen lässt, meinen Körper in Flammen setzt und meinen Geist gefangen hält. Mein Aussehen und meine Art schrecken ihn nicht ab, ich wirke nicht wie ein Mann oder eine Närrin auf ihn. Er lobt meine Fähigkeiten und ermutigt mich, sie zu nutzen. Durch ihn fühle ich mich wie eine Frau. Durch ihn entdecke ich weibliche Seiten an mir, von denen ich nie etwas geahnt habe. Ist es falsch, ihn schon nach so kurzer Zeit zu begehren und die Schlafmatte mit ihm teilen zu wollen?«

Chumani umarmte ihre Freundin und freute sich für sie. »Nein, Zitkala. Erinnerst du dich, wie sehr ich Windtänzer vom ersten Augenblick an begehrte? Ich verstand diesen Hunger nicht und wollte ihn bekämpfen und unterdrücken. Ich habe es nicht geschafft und ich bin glücklich darüber, diesen Kampf verloren zu haben. Ich weiß, dass auch er mich begehrt und gern die Schlafmatte mit mir teilt. Er respektiert mich als seine Frau, Freundin und Gefährtin. Aber ich will noch mehr, Zitkala, ich sehne mich nach seiner Liebe. Nur wenn wir einander wirklich lieben, kann unser Band uns stark und glücklich machen und nur dann wird es von Dauer sein.«

»Hast du ihm von deinen Gefühlen erzählt?«

»Ich werde erst davon sprechen, wenn ich weiß, dass er ebenso fühlt.«

»Wie willst du wissen, wann es soweit ist, wenn er das Gleiche denkt und ebenfalls schweigt?«, fragte Zitkala.

»Er ist mutig, er wird es mir sagen.«

»Ja, das wird er tun, denn er wird dir nicht widerstehen können. Ich hoffe, dass es bei mir und Roter Feder auch so sein wird. Wenn er sich von mir abwendet, nachdem er solche Gefühle in mir geweckt hat, wird mein Herz zu Eis gefrieren wie Wasser im Winter.«

»Er ist gut und ehrlich, Zitkala, er wird dir nichts dergleichen antun. Ich vertraue meinem Mann, der sagt, dass das Interesse seines Freundes stark und aufrichtig ist.«

*

Der ganze Stamm hatte sich in der Mitte des Lagers versammelt, um von den fünf Reitern Abschied zu nehmen, die zu ihrer ersten Mission aufbrachen. Die kleine Gruppe lauschte aufmerksam den Worten des Schamanen, der den Großen Geist um Schutz und Geleit bei ihrer bevorstehenden Aufgabe bat. Seine Frau, Kleine Schildkröte, stand neben ihm.

Während Eltern, Verwandte, Freunde und die Strong Heart mit den drei Männern sprachen, ließ Chumani den Blick über die vielen Stammesmitglieder wandern, von denen so manche bei der Herstellung der Crow-Kleidung geholfen und verschiedene Gegenstände zur Verfügung gestellt hatten, die einst im Besitz des Feindes gewesen waren und die sie benutzen würden, um falsche Fährten zu legen. Sie erblickte Wastemna in der Menge, die mit sauertöpfischer Miene neben ihren Eltern stand. Sie schenkte der Frau ein Lächeln, das sie jedoch nicht erwiderte. Was Chumani aber erstaunte und Sorgen bereitete, war der Ausdruck auf dem Gesicht von Wastemnas Mutter. Irrte sie sich, oder lagen tatsächlich Hass und Feindseligkeit in ihrem Blick? Und wenn ja, warum? Aus welchem Grund hasste die Frau sie? Doch dies war nicht die Zeit für solche Betrachtungen, deshalb schob sie diesen unangenehmen Gedanken beiseite. Sie sah zu Hanmani, auf deren Schulter Cetan saß, und lächelte zu den beiden hinüber. Dann verabschiedete sie sich von den Eltern und Großeltern ihres Mannes, und schon war es an der Zeit aufzubrechen.

Windtänzer, Chumani, Kriegerischer Adler, Rote Feder und Zitkala trieben ihre Pferde an. Sie hatten das Lager schon bald hinter sich gelassen und galoppierten über die sich vor ihnen ausbreitende Prärie, auf der hin und wieder einige Sträucher und Baumgruppen zu sehen waren. Sie ritten in östliche Richtung, denn dort lag das Gebiet, in dem die Weißen sich längs eines Flusses niedergelassen und mehrere Handelsposten gegründet hatten. Bald würden sie die ersten falschen Spuren legen und alle hofften, dass ihr Plan gelingen und *wasicun* und Apsaalooke sich schon bald bekriegen und die Red Shield und White Shield in Ruhe lassen würden.

Nachdem sie zweieinhalb Tage in schnellem Tempo über ebenes Gelände geritten waren, gelangten sie an den Sahiyela River, an dessen Ufern sich die Bleichgesichter niedergelassen hatten. Mehrere Handelsposten, viele kleinere Siedlungen und Behausungen der Trapper lagen zu beiden Seiten des Flusses, weiter südlich befand sich Fort Pierre. Auf dem rasch fließenden, tiefen Strom verkehrten regelmäßig Dampfschiffe und der Handel blühte.

Im Schutze der Dunkelheit schlichen sie sich zu dem ersten Holzhaus, das auf ihrer Route lag. Nur der Halbmond spendete etwas Licht. Für den Fall, dass sie gesehen wurden, trugen die fünf Kleidung mit den Stammeszeichen der Crow, doch eigentlich wollten sie ihren Plan ungesehen ausführen, denn keiner von ihnen war erpicht darauf, von den Feuerstöcken der Weißen verwundet oder getötet zu werden, während sie ihnen die Pferde stahlen, um sie in der Nähe eines Lagers der Crow zurückzulassen.

Als sie die Koppel des kleinen Anwesens erreichten, redeten sie mit sanfter Stimme auf die nervösen Pferde ein und streichelten sie, bis die Tiere sich beruhigt hatten. Innerhalb kürzester Zeit hatten sie ihnen Trensen aufgezogen und sie von der Koppel geführt; ein weiteres Pferd, das in einem kleinen Stall stand, nahmen sie ebenfalls mit. Sie gingen mit den Tieren zu ihren eigenen Pferden zurück, ließen ein beschädigtes Armband eines Crow und einen mit

Stammeszeichen markierten Pfeil zu Boden fallen und ritten leise davon. Die beiden Gegenstände zusammen mit den Abdrücken der Crow-Mokassins, die sie trugen, sollten den Verdacht auf die Apsaalooke lenken. Die Red Shield hofften, dass die Weißen die Blaumäntel beauftragen würden, den Spuren der Pferde zu folgen, die sie in der Nähe eines Lagers der Crow wiederfinden würden.

Sie wiederholten ihre Kriegslist an zwei weiteren Orten und fügten die neuen Tiere der immer größer werdenden Herde hinzu, die sie in der Nähe versteckt hielten. Diesmal hinterließen sie jedoch nichts außer den verräterischen Fußspuren. Im Gegensatz zu den Mokassins ihres Stammes hinterließen die der Crow Abdrücke, die an der Außenseite tiefer waren als an der Innenseite. Sie waren froh, den größten Teil ihres Vorhabens durchgeführt zu haben, ohne auf Schwierigkeiten gestoßen oder gesehen worden zu sein. Doch es stand zu befürchten, dass ihr Glück nicht lange anhalten würde, denn der Teil des Plans, der noch vor ihnen lag, war um einiges gefährlicher als das Einsammeln der Pferde.

An dem letzten Anwesen, das sie bestehlen wollten und das etwas abseits von den drei anderen lag, stießen sie auf ein erstes Hindernis. Ein Bleichgesicht stand in der Nähe des Koppelzauns, rauchte eine kurzstielige Pfeife und betrachtete die Sterne. Die fünf überlegten, ob sie unverrichteter Dinge weiterziehen oder den Mann außer Gefecht setzen sollten, was ihr Vorhaben erschweren würde.

»Töte ihn nicht, *mihigna*«, flüsterte Chumani, »vielleicht hat er Frau und Kinder zu versorgen. Versetz ihm einen Schlag auf den Hinterkopf, fessle ihn an einen Holzpfahl und steck ihm einen Knebel in den Mund. Vielleicht wird ihn das dazu bringen, seine Familie zu nehmen und das Indianerland zu verlassen, um sich an einem sichereren Ort niederzulassen.«

Windtänzer lächelte und strich ihr über die Wange. »Deine Worte sind weise und gütig, *mitawin.* Genauso werde ich es machen. Es ist nicht nötig, ihn umzubringen.«

Chumani und die anderen sahen Windtänzer gespannt zu, der sich von hinten an den Mann anschlich und ihm einen Schlag auf den Hinterkopf versetzte, so dass der Weiße bewusstlos zusammenbrach. In diesem Moment fuhr Chumani ein Schrecken durch die Glieder, als sie sah, wie ein großer Hund aus dem nahen Wald gerast kam, der wohl auf Beutezug gewesen war und jetzt zu seinem am Boden liegenden Herrchen rannte, um ihn zu verteidigen. Sie hörte das wütende Knurren des Hundes und wusste, dass er zum Angriff bereit war. Doch in Windeseile und mit großem Geschick feuerte Kriegerischer Adler einen Pfeil der Crow auf das Tier und bereitete der Gefahr ein Ende. Chumani war sich sicher, dass das kurze Gebell, das die Kreatur von sich gab, im Innern des Holzhauses, aus dem ein schwacher Lichtschein nach draußen fiel, nicht zu hören war. Sie holte erleichtert Luft und wurde sich erst jetzt der Tatsache bewusst, dass sie die ganze Zeit über den Atem angehalten hatte, so dass ihr jetzt leicht schwindelig war. Sie lächelte Zitkala an und nickte ihr zu, als diese ihr beruhigend die Hand drückte. Sie warf noch einmal einen kurzen Blick auf das Haus, in dem alles still blieb, und folgte den anderen.

Der weiße Mann wurde gefesselt und geknebelt, so wie sie es vorgeschlagen hatte. Neben ihm ließen sie einen kleinen perlenbestickten und mit Tabaksamen gefüllten Beutel zurück, den ein Zeichen der Crow zierte. Den Knoten, mit dem man den Beutel am Gürtel befestigen konnte, hatten sie gelöst, damit es so aussah, als habe jemand das Säckchen verloren. Für die Apsaalooke waren Tabaksamen eine mächtige Medizin und sie spielten in ihren heiligen Ritualen eine große Rolle. Die Crow glaubten, dass der Schöpfer diesen Samen vor langer Zeit einem Anführer namens No Vitals übergeben hatte, damit er sie pflanzen und ernten sollte. Sie glaubten, ihr Volk würde überleben und gedeihen, solange sie diese heiligen Samen besaßen und in ihren Ritualen verehrten, so wie die Cheyenne glaubten, dass die vier heiligen Bogen zu ihrem Überleben und Wohlergehen beitrugen.

*

Sie schliefen nicht in dieser Nacht, sondern hielten nur ab und zu an, um die Pferde zu wechseln, von denen jeder zwei mitgenommen hatte, damit die Tiere nicht übermüdeten. Außer ihnen war niemand zu sehen und so konnten sie ungestört in schnellem Galopp ihr nächstes Ziel erreichen. Sie kannten sich in dieser Gegend gut aus und wussten, wo Gefahren wie die Behausungen der Präriehunde oder sich plötzlich auftuende Schluchten lauerten. Sie wussten auch, wo sie besonders vorsichtig sein und sich bei Tage sogar hätten verstecken müssen, um nicht von Jägern oder Spähern, die nach dem

Büffel Ausschau hielten, gesehen zu werden. Um weiße Trapper machten sie sich keine Sorgen, denn es gab nur wenige am Ufer des Sahiyela, dessen größter Teil sich in »Feindesland« befand. Außerdem hatten die meisten Fallensteller zu dieser Jahreszeit den Oberlauf des Flusses und die verschiedenen anderen Wasserläufe verlassen, um ihren Winterfang zu verkaufen. Dennoch hatten sie beschlossen, dass jeder, dem sie begegneten, durch einen Pfeil der Crow sterben musste, damit er sie nicht verraten konnte.

Am nächsten Morgen teilten sie sich. Windtänzer ritt voraus, Kriegerischer Adler weit zur Linken und Rote Feder rechts. So konnten sie sichergehen, niemanden, der sich ihnen näherte, zu übersehen, weder Freund noch Feind. Chumani und Zitkala bewachten die Herde und trieben sie auf ihr Ziel zu. Die Frauen wechselten kein Wort und ritten auch nicht nebeneinander her, denn sie durften sich nicht ablenken lassen, sondern mussten die Tiere unter Kontrolle halten. Unterwegs sahen sie zahlreiche Vögel und andere Beutetiere, die durch die von bunten Wildblumen gesprenkelte Prärie streiften, doch sie hielten nicht an, um zu jagen.

Im Laufe des Tages kamen die Männer zu vereinbarten Zeiten zur Herde zurück, um die Pferde zu wechseln, zu essen und sich auszuruhen. Sie ernährten sich von dem, was sie mitgenommen hatten: Brot, getrocknete Früchte, Nüsse und gedörrtes und gepökeltes Fleisch. Frisches Wasser gab es genug, denn die Gegend war reich an Wasserläufen. Die fünf redeten kaum miteinander, denn Wachsamkeit war das oberste Gebot. Sie waren sich darüber im Klaren, dass nicht zwischen Crow und Weißen, sondern zwischen Lakota und Weißen ein erbitterter Krieg ausbrechen würde, wenn man sie mit den gestohlenen Pferden erwischte. Jeder von ihnen bat Wakantanka um Führung und Schutz.

In der Nacht machten sie eine kurze Rast und schliefen ein wenig, bevor sie weiter in nordwestlicher Richtung über die grüne, hügelige Landschaft ritten. Selbst wenn Weiße oder Soldaten ihnen folgten, hatten sie inzwischen soviel Vorsprung, dass sie nicht mehr einzuholen waren, zumal die Bleichgesichter in der Nacht stets ihr Lager aufschlugen.

In der vierten Nacht nach dem Raub der Pferde erhöhten sie ihre Wachsamkeit, denn sie betraten nun feindliches Gebiet. Von früheren Streifzügen wusste Windtänzer, dass es in der Nähe eine tiefe, lange Schlucht gab, in der es nicht an Gras und Wasser für die Pferde mangelte und wo sie die Tiere mit zwei langen Seilen beieinander halten konnten. Zudem war die Herde dort vor den Blicken der Reiter anderer Stämme geschützt und niemand würde die Pferde stehlen, bevor sie nicht ihren eigentlichen Zweck erfüllt hatten. Falls ein Crow die Herde finden sollte, würde er die Tiere hoffentlich in sein Lager treiben.

Während die Männer die Seile spannten, hielten Chumani und Zitkala Wache. Sie wählten zwei Pferde aus, die sie für einen späteren Einsatz gegen die Crow behalten wollten. Die beschlagenen Hufe würden sie mit Hasenfellen umwickeln, damit an der Spur nicht zu erkennen war, dass es sich um Pferde der Bleichgesichter handelte. Doch zuerst ritten sie, um ihre Spuren zu verwischen, eine Zeit lang in der Mitte des Flussbetts, bevor sie das Wasser verließen und die Häute über die eisernen Mokassins der gestohlenen Pferde zogen. Der gefährlichste Teil ihrer ersten Reise war vorüber und bald würden sie wieder zu Hause sein.

Die nächsten vier Tage waren für die kleine Gruppe vergnüglicher. Sie lachten und schwatzten, hielten aber dennoch die Augen offen und stellten jede Nacht eine Wache auf, die jeweils von Windtänzer bestimmt wurde. Sie sprachen über das soeben bestandene Abenteuer, über vergangene Schlachten, ihre Familien und ihre Freundschaft sowie über das, was ihnen noch bevorstand, und alles, was sie seit ihrer Kindheit gemeinsam erlebt hatten.

*

In der letzten Nacht vor der Rückkehr ins heimische Lager kampierten sie nordwestlich ihres Zuhauses zwischen Bäumen an einer Flussbiegung. Es war beinah Vollmond und sie hätten nicht in völliger Dunkelheit reiten müssen, doch das Winterlager war noch zu weit entfernt, um den Weg in der Nacht fortzusetzen.

Da sie sich wieder auf den Jagdgründen der Lakota befanden, brauchten sie nicht mehr so wachsam zu sein. Die Frauen machten ein Feuer und brieten mehrere Hasen, welche die Männer zuvor erlegt hatten. Während des Essens unterhielten sie sich fröhlich.

Nach dem Mahl entschuldigte Chumani sich und hockte sich hinter ein paar Büsche. Sie dachte daran, dass sie in dieser Nacht zum ersten Mal seit vielen Tagen in Windtänzers Armen auf der Schlafmatte liegen würde, als sie auf einmal aus den Augenwinkeln eine Bewegung wahrnahm. Augenblicklich war sie alarmiert und ihre Hand fuhr zu dem Messer an ihrem Gürtel. Vielleicht handelte es sich um ein streunendes Tier, doch es war auch möglich, dass ein Feind sich angeschlichen hatte. Regungslos starrte sie in die Dunkelheit. Und tatsächlich, plötzlich konnte sie den Eindringling, der mit einem Mal in helles Mondlicht getaucht war, neben einer Pappel sehen.

Zuerst glaubte sie, es handle sich um einen Wolf, doch dann änderte sie ihre Meinung. Doch die Kreatur ähnelte auch keiner ihr bekannten Hunderasse. Die Augen des Geschöpfs waren gelbbraun und schienen zu glühen. Vielleicht war es nur das Mondlicht, das sich in ihnen widerspiegelte. Das Tier hatte dichtes, langes Fell, das silbern glänzte, was vielleicht ebenfalls am Mondlicht lag. Als es ihr geradewegs in die Augen blickte, spürte sie, dass eine unheimliche Macht von ihm ausging. Sie war wie verzaubert. Das Geschöpf rief Gefühle des Friedens und der Freude in ihr hervor. War es ein Geist? Versuchte es, ihr etwas mitzuteilen? Und wenn ja, was?

Chumani wandte den Blick nicht von der herrlichen Kreatur, bis diese zweimal mit dem Kopf nickte und wieder in der Dunkelheit verschwand. Sie starrte weiter in die Richtung, in die das Wesen verschwunden war, doch sie sah und hörte nichts mehr. Schließlich ging sie zu den anderen zurück, ließ sich auf ihrem Fell nieder und berichtete von dem merkwürdigen Zwischenfall.

»Vielleicht war seine Mutter eine Wölfin und sein Vater ein Hund des weißen Mannes, der von einem der hölzernen Tipis davongelaufen ist«, mutmaßte Windtänzer. »Die Bleichgesichter haben viele uns unbekannte Rassen in dieses Land gebracht.«

»Das ist wahr«, pflichtete Rote Feder ihm bei, »ich habe schon einige solcher Hunde bei den Handelsposten gesehen. Zum Glück hat er dich nicht angefallen.«

»Es ging keinerlei Gefahr von ihm aus. Es war ... geheimnisvoll. Seine Augen und sein Fell schimmerten wie durch Magie«, bemerkte Chumani.

»Vielleicht war es ein Geist, der uns bei der Erfüllung unserer Aufgabe helfen will«, meinte Kriegerischer Adler. »Solch ein fremdes Wesen würde unsere Feinde in Angst und Schrecken versetzen und sie in die Flucht schlagen.« Dann kam ihm ein anderer Gedanken und grinsend fügte er hinzu: »Oder vielleicht bist du so müde, dass du schon im Stehen einschläfst und alles nur geträumt hast.«

»Du machst dich über mich lustig, zweiter Bruder«, schalt Chumani ihn scherzhaft, während ihr Blick auf die schweigsame Zitkala fiel, die unentwegt Rote Feder anschaute.

»Ja, das tue ich, zweite Schwester, aber ich meine es nicht böse«, sagte Kriegerischer Adler beschwichtigend.

»Wenn du dich weiter über mich lustig machst, werde ich jeder jungen Frau im Lager sagen, du hättest ein Auge auf sie geworfen, und sie werden dich alle mit großem Hunger verfolgen. Dann wirst du derjenige sein, der übermüdet einen Ort suchen wird, an dem er sich verstecken kann.«

Kriegerischer Alder schnitt eine Grimasse und lachte. »So etwas Gemeines würdest du nicht tun, denn wir sind jetzt eine Familie. Aber wenn ich mich eines Tages vermählen sollte, will ich eine Frau wie dich.«

Chumani schenkte dem jüngeren Bruder ihres Mannes ein Lächeln. »Deine Worte sind freundlich und dein Entschluss schmeichelt mir, also werde ich von nun an nett zu dir sein.«

»Dann kann ich ja beruhigt schlafen«, gab Kriegerischer Adler zurück. Windtänzer lachte über ihren Wortwechsel. Er war froh, dass seine Frau und sein Bruder Freunde geworden waren, so wie Chumani auch seine Schwester bereits ins Herz geschlossen hatte. Schließlich sagte er: »Es ist an der Zeit, sich schlafen zu legen, denn morgen haben wir noch einen langen Weg vor uns.«

Die Red Shield hatten sich am Rande des Lagers um die fünf Reiter versammelt. Alle waren ihnen entgegengeeilt, denn man hatte sie schon von weitem kommen sehen und die Nachricht von ihrer Rückkehr hatte sich im Lager wie ein Lauffeuer verbreitet. Alle lauschten gespannt, als Windtänzer in allen Einzelheiten von dem abenteuerlichen Ausflug erzählte. Die Krieger lobten die kleine Gruppe für ihren Mut und ihr Geschick, und die Frauen nickten mit den Köpfen und murmelten *»Han«*, was so viel hieß wie *ja, so ist es.*

Häuptling Großer Bär, Winona, Hanmani, Nahemana und Kleine Schildkröte waren besonders froh darüber, dass ihre Lieben unversehrt heimgekehrt waren. Der Häuptling äußerte sich anerkennend über den mutigen Einsatz der fünf und sprach von einem großen Erfolg. Dann fügte er hinzu: »Jetzt lasst sie essen und sich ausruhen, denn sie haben einen weiten und beschwerlichen Weg hinter sich.«

»Kommt, Kinder«, lud Winona sie ein, »ich habe etwas zu essen vorbereitet. Hanmani, geh und hol frisches Wasser für uns.«

Die Eltern von Roter Feder schenkten ihrem Sohn und Zitkala ein Lächeln und fragten die Frau, ob sie mit ihnen speisen wolle.

Zitkala hätte die Einladung gern angenommen, um noch mehr Zeit mit Roter Feder zu verbringen, hielt es aber für besser, die Familie fürs Erste allein zu lassen und mit den anderen zu essen. Sie bedankte sich höflich für das freundliche Angebot und erklärte, dass sie am nächsten Tag gern kommen würde. Verwundert fragte sie sich, ob Rote Feder seinen Eltern von seinem Interesse an ihr erzählt hatte.

Als sie bei den Tipis von Windtänzer und Großem Bär anlangten, fiel Chumanis Blick auf die leere Stelle neben ihrer Behausung. »Wo ist das Tipi von Büffelhorn?«, fragte sie. »Hat es Ärger gegeben, während wir weg waren? Ist der Familie etwas geschehen, hat man das Tipi zerstört?«

»Kommt herein«, sagte der Häuptling leise, »dann erzählen wir euch alles.«

Chumani, Windtänzer, Kriegerischer Adler und Zitkala folgten Großem Bär ins Innere seiner Behausung und er berichtete, was vorgefallen war.

»Hanmani und ihre beste Freundin Macha hockten gerade in den Büschen am Waldrand, als Wastemna und ihre Mutter vorbeikamen und sich über einen hinterhältigen Plan unterhielten. Sie wollten Cetan vergiftetes Fleisch geben, um ihn zu töten. Dann sprachen sie über schlimme Dinge, die sie Tautropfen und Zitkala bei ihrer Rückkehr antun wollten, sowie von einigen hinterhältigen Tricks, die sie in der Vergangenheit bereits angewandt hatten, um Tautropfen aus dem Tipi meines Sohnes und aus unserem Lager zu vertreiben. Das Böse hatte sich ihrer Herzen und ihrer Seelen bemächtigt, weil sie Wastemna mit meinem Sohn vermählen wollten und dieser Plan fehlgeschlagen war. Dann hatten die beiden Frauen Rote Feder zum zukünftigen Mann für Wastemna auserkoren. Sie waren sehr wütend, als auch er sich zu einer Frau der Brule hingezogen fühlte. Hanmani kam ins Lager zurück und erzählte mir alles. Ich rief den Rat zusammen und Büffelhorns Familie musste sich verantworten. Es wurde beschlossen, sie aus dem Lager und von unseren Jagdgründen zu verbannen. Büffelhorn stellte sich dem Urteil. Er liebt seine Frau und seine Tochter. Er wollte sie nicht verlieren und allein in Schimpf und Schande hier weiterleben. Er ist mit seiner Familie zu einem anderen Stamm gezogen, weit weg von uns. Blaue Eule wurde zum neuen Schlachtenführer bestimmt. Du kannst beruhigt sein, Tautropfen, denn niemand führt mehr Böses gegen dich im Schilde, meine zweite Tochter.«

Chumani lächelte den Häuptling an. »Das freut mich, mein zweiter Vater. Ich danke dir für deine Hilfe und Unterstützung.« Jetzt verstand sie, warum Wastemnas Mutter sie so hasserfüllt angeschaut hatte. Immerhin konnte sie jetzt aufatmen, denn endlich war der Übeltäter überführt, doch es machte sie traurig, der Grund zu sein, dass der Stamm seinen Schlachtenführer und Freund verloren hatte. Sie hoffte, dass kein Red Shield ihr einen Vorwurf daraus machen würde.

»Wenn die Schlange Winona gebissen hätte, bevor Tautropfen sie töten konnte, wäre meine geliebte Frau jetzt nicht mehr an meiner Seite«, fügte Großer Bär noch hinzu. »Ich danke dem Großen Geist, dass er dich zu uns geschickt hat, und ich danke dir, dass du nicht nur meiner Frau, sondern während des Überfalls der Crow auch meinem Vater das Leben gerettet hast. Es ist gut, dich bei uns zu haben.«

Chumani lächelte und nahm das Lob des Häuptlings schweigend auf, denn sie war so gerührt, dass ihre Stimme versagte. Sie bedankte sich bei Hanmani, die mit dem frischen Wasser zurückgekommen war, für die tatkräftige Unterstützung bei der Überführung des Übeltäters und für die gute Pflege, die sie Cetan hatte angedeihen lassen.

»Wir sind Freunde geworden. Sein Flügel heilt schnell, aber dein Falke muss erst noch kräftiger werden, bevor er wieder fliegen kann. Was Wastemna angeht, so bin ich froh, dass sie und ihre Mutter dir keinen Schaden mehr zufügen können.«

»Auch ich bin froh darüber«, pflichtete Windtänzer seiner Schwester bei. Es tat ihm Leid, dass er seine Frau zu Unrecht verdächtigt hatte. Von nun an würde er nie wieder an ihr oder an ihrem Platz in seinem Leben zweifeln. »Wir ahnten, dass Wastemna etwas mit den Vorfällen zu tun hatte, aber wir wollten die Tochter unseres Schlachtenführers nicht beschuldigen, ohne Beweise liefern zu können. Ihre Mutter haben wir nicht verdächtigt.«

»Es war eine weise Entscheidung zu warten, bis Wakantanka die Beweise lieferte, aber unser Volk hätte euren Worten auch so Glauben geschenkt«, meinte Großer Bär.

»Sind unsere Stammesgenossen dagegen, dass Rote Feder sich zu Zitkala hingezogen fühlt?«, fragte Windtänzer.

Großer Bär lächelte Zitkala an. »Wir haben noch nicht darüber gesprochen, denn Rote Feder hat noch niemandem etwas davon erzählt. Aber ich bin mir sicher, dass seine Eltern und unsere Stammesgenossen sich freuen, wenn er sie zur Frau nimmt. Es würde auch das Band mit unseren Verbündeten, den White Shield, stärken.«

Zitkala lächelte und dankte dem Häuptling für seine freundlichen Worte. Sie hatte nicht damit gerechnet, dass man schon über ihre gemeinsame Zukunft mit Roter Feder sprach, bevor sie eigene Pläne gemacht hatten. Sie war nicht sicher, wie er darauf reagieren würde, und sie fürchtete, dass sie sich noch nicht nahe genug waren und sein »Interesse« an ihr bei weitem nicht so stark war – und es vielleicht auch nie sein würde –, wie die anderen vermuteten.

Winona und Hanmani servierten die Speisen und alle nahmen auf Büffelhäuten und Binsenmatten Platz. Während sie aßen, setzten sie ihre Gespräche fort. Die Frauen der Brule und die Häuptlingssöhne erzählten noch einmal von ihrem erfolgreichen Pferderaub, danach redeten sie über das nächste Abenteuer, das auf sie wartete.

Es war schon dunkel, als Windtänzer, Chumani und Zitkala sich verabschiedeten. In ihrem Tipi setzte Chumani Cetan, der sichtlich erfreut über die Rückkehr seiner Freundin war, auf eine Stange. Es war, als hätte der Falke verstanden, dass nun jemand anderes, ein Mann, in ihr Leben getreten war. Er verstand aber auch, dass sie ihn weiterhin liebte und brauchte. Doch auch ihn verlangte es nach einer Gefährtin und er würde sich bald auf die Suche begeben.

Am nächsten Morgen begab Chumani sich in die *cansakawakeya,* denn ihr Blutfluss hatte begonnen und so würde sie die nächsten Tage stickend und webend verbringen. Hanmani hatte ihr versprochen, solange auf den Falken Acht zu geben, und Zitkala wollte für Windtänzer kochen und ihr Wasser und Nahrung bringen.

Während sie es sich in dem abgeschiedenen Unterschlupf bequem machte, bedauerte sie, dass sie keine Zeit mehr gehabt hatte, mit Zitkala unter vier Augen über Rote Feder zu sprechen. Sie hoffte inständig, dass ihre Freundin sich mit dem jungen Krieger vermählen und im Lager der Red Shield bleiben würde. Sie mochte gar nicht daran denken, wie sehr es Zitkala verletzen würde, wenn Rote Feder nur an ihrer Freundschaft interessiert war, denn sie wusste, dass die Kriegerin sich in Wiyaka Lute verliebt hatte und seine Frau und die Mutter seiner Kinder sein wollte.

Kinder ... Ihr Blutfluss hatte eingesetzt und so wusste sie, dass sie kein Kind in sich trug, obwohl sie sich oft mit ihrem Mann vereint hatte. Es war wohl nicht der richtige Zeitpunkt, denn der Große Geist hatte sie dazu bestimmt, an dem heiligen Kampf teilzunehmen. Sie hätte gern ein zweites Kind gehabt, ein Kind von Windtänzer, den sie so heiß und innig liebte. Allein der Gedanke an ihn ließ ihr Herz höher schlagen und ein Gefühl der Leidenschaft strömte durch ihren Körper. Es war ein solches Glück, dass der Große Geist sie füreinander bestimmt und ihre Wege gekreuzt hatte. Sie vertrauten einander ganz und gar.

Während sie sich mit ihren Handarbeiten beschäftigte, wanderten ihre Gedanken zu den gefährlichen Abenteuern, die noch vor ihnen lagen. In ein paar Tagen würde die kleine, fünfköpfige Gruppe wieder aufbrechen, um die Vogelkrieger auszutricksen. Danach würden die Red Shield zur Büffeljagd in die Ebenen ziehen, wo Chumani für kurze Zeit mit ihrer Familie und ihren Freunden zusammentreffen würde. Von da aus ging es nach Fort Pierre, um die dort lebenden Bleichgesichter an der Nase herumzuführen. Damit dieses gewagte Unternehmen gelingen konnte, übte sie sich in den Sprachen der Crow und der Weißen.

Sie wusste, dass Crow und Bleichgesichter einander bis aufs Messer bekriegen würden, wenn ihr Vorhaben gelang. Dann würden die Feinde zu beschäftigt sein, um sie während der jährlichen Büffeljagd und dem darauf folgenden Umzug ins Winterlager zu überfallen. Wenn der Plan jedoch fehlschlug, würden sowohl die Vogelkrieger als auch die weißen Siedler und Soldaten einen grausamen Rachefeldzug gegen sie starten.

Am Abend des dritten Tages unterzog Chumani sich dem Reinigungsritual, legte saubere Kleidung an und verließ den Unterschlupf. Als sie ihr Tipi betrat, traf sie auf Zitkala, Windtänzer und Rote Feder, die gerade aßen. Es gab gebratenes Rotwild und Brot aus Getreide, das vom Tauschhandel stammte.

Die drei begrüßten sie erfreut und nachdem sie ihre Handarbeiten verstaut hatte, gesellte sie sich zu ihnen.

Chumani bemerkte, wie strahlend und glücklich Zitkala aussah. Die lächelnde Frau trug ein Fransenkleid mit prächtigen Perlenstickereien und einen reich verzierten Kopfputz in dem dunklen Haar, das ihr lose auf die Schultern fiel. Sie sah auch, dass Zitkala das breite Lederband abgelegt hatte, das sie sich früher um die Brüste gebunden hatte, um ihre weiblichen Formen zu verbergen. Stattdessen versuchte sie nun erfolgreich, ihre fraulichen Reize zu betonen. Ihr Gesicht wirkte voller und weicher, ihre Hände waren nicht mehr rau und an ihren sonst ganz kurzen und eingerissenen Fingernägeln wuchs ein weißer Rand. Selbst ihr Haar wirkte dicker und glänzender, was ihr äußerst gut zu Gesicht stand. Man konnte Zitkala unmöglich mehr für einen Mann halten.

Chumani freute sich über diese Verwandlung und wunderte sich nicht, dass Rote Feder ihre beste Freundin unentwegt ansah. Chumani schloss die Augen und dankte Wakantanka für diesen Segen.

Am nächsten Morgen kam Nahemana in das Tipi und erzählte ihnen von einem beunruhigenden Traum, den er in der letzten Nacht gehabt hatte: »Ich sah die alte Frau, die am Rande der Welt webt. Sie war allein. Ihr Gefährte, der Hund, war verschwunden, weggelaufen, getötet oder gestohlen. Dieser Traum ist ein schlechtes Omen, *micinksi* und

Tautropfen, denn wenn er tot ist oder aus einem anderen Grund nicht wiederkehrt, um ihre Arbeit jeden Tag aufs Neue zu zerstören, geht unsere Welt ihrem Ende entgegen.«

»Sorg dich nicht, Großvater«, versuchte Windtänzer den alten Mann zu beschwichtigen, »es war nur ein Traum und keine heilige Vision, um dich vor einer Gefahr zu warnen. Vielleicht hast du von einem Hund geträumt, weil ich dir von der geheimnisvollen Kreatur erzählt habe, die Tautropfen im Wald sah.«

»Es war eine Botschaft des Großen Geistes, *micinksi,* denn der Mond war rund und besaß seine ganze Zauberkraft. Ich habe Angst um euch.«

»Wir haben nichts zu befürchten, Großvater, denn Wakantanka lenkt und beschützt uns. Vielleicht schickt er den Geisterhund, damit er bei der Erfüllung unserer Aufgabe hilft, denn Cetan ist verletzt und kann nicht mit uns kommen, obwohl es so vorgesehen war.«

Nahemana lächelte. »Das mag sein. Vielleicht habe ich die Botschaft missverstanden. Vielleicht ist er Tautropfen aus diesem Grund erschienen. Vielleicht hat ein böser Geist sich in meinen Traum geschlichen, um Angst und Zweifel in mir zu säen. Ich werde mich auf den heiligen Berg begeben, um in einer weiteren Vision nach Antworten zu suchen.«

Am Abend des vierten Tages nach diesem Gespräch lagen Windtänzer, Chumani, Kriegerischer Adler, Rote Feder und Zitkala flach auf dem Boden und beobachteten zwischen hohen Grashalmen hindurch eine kleine Gruppe von Kriegern der Crow, die am Rande ihrer Jagdgründe kampierten. Die fünf hatten ihre Pferde hinter einer dichten Reihe von Bäumen zurückgelassen und waren in die Nähe des Lagerfeuers gerobbt, an dem sieben Männer saßen, die lachten und schwatzten. Sie trugen Kriegsbemalung – ein Zeichen ihrer bösen Absichten.

Als einer der Männer sich umdrehte, um nach etwas zu greifen, das hinter ihm lag, stockte Windtänzer und Chumani der Atem. Dann sahen sie sich bestürzt an. Es gab keinen Zweifel: Dort saß der Crow, der vor zwei Wintern die tödlichen Überfälle auf ihre Lager angeführt hatte, jene Angriffe, bei denen Windtänzers Frau, Chumanis Mann, ihre Söhne und viele andere ums Leben gekommen waren. Nach so langer Zeit hatten sie den Mann, dem ihre Rachegelüste galten, endlich vor Augen.

Windtänzers Blick verengte sich, während er den Crow musterte, dessen Gesicht halb schwarz, halb rot angemalt war. Auf der roten Hälfte waren schwarze Spuren des Kojote zu sehen. Windtänzer biss die Zähne zusammen, denn der Hass loderte in ihm. »Wir müssen sie angreifen und umbringen. Ihr Anführer gehört mir. Er ist ein toter Mann.«

»Sie sind sieben, wir sind fünf, mein Bruder«, flüsterte Kriegerischer Adler. »Sie kampieren auf Grasland, wir können uns also nicht näher anschleichen. Ihre Waffen liegen in Reichweite. Es wäre dumm, sie jetzt anzugreifen, es ist zu gefährlich. Wir müssen warten, bis sie schlafen.«

»Nein, mein Bruder, wir müssen sie überfallen, solange mein Blut in Wallung ist. Wenn wir warten, kommen vielleicht noch andere hinzu, bis es zu viele sind und wir nicht mehr gegen sie kämpfen können.

Gegen sieben können wir gewinnen. Ich werde nicht zulassen, dass dieser Schuft ein weiteres Mal meiner Klinge entwischt. Macht euch bereit, denn wir greifen gleich an.«

12. Kapitel

»Sag etwas, Tautropfen, bring ihn zur Vernunft«, drängte Kriegerischer Adler.

»Das kann ich nicht, denn er denkt wie ich«, gab sie zurück.

»Eure Herzen sind so verbittert, dass ihr euren Verstand verloren habt«, fluchte Kriegerischer Adler. »Findet ihr es nicht auch seltsam, dass sie an einem Ort lagern, der ihnen keinen Schutz bietet? Vielleicht haben andere sich hinter den Bäumen und in der Schlucht unten versteckt. Vielleicht ist es eine Falle. Entspricht das nicht der Art des Crow, an dem ihr euch rächen wollt?«

»Das ist zwar richtig, mein Bruder, aber sie können nicht wissen, dass wir hier sind. Glaubst du wirklich, dass dies eine Falle ist und sie geduldig darauf hoffen, dass wir sie angreifen?«, fragte Windtänzer und gab die Antwort gleich darauf selbst: »Nein, das Lager befindet sich an einem ungeschützten Ort, weil sie hochmütig sind und glauben, dass wir uns weit weg von hier auf den Umzug in die Ebenen vorbereiten.«

»Unsere Bogen sind bei unseren Pferden, mein Bruder. Wir müssen sie holen und sie mit unseren Pfeilen schwächen, bevor wir über sie herfallen. Falls noch andere in der Nähe sind, werden sie aus ihren Verstecken kommen und wir hätten genug Zeit, um zu verschwinden, wenn ihre Überzahl zu groß ist.«

Windtänzer dachte über die Worte seines Bruders nach. Sie hatten die Bogen zurückgelassen, weil es einfacher war, sich ohne sie anzuschleichen. Sie hatten vorgehabt, die Feinde zu belauschen und dann zu den Pferden zurückzukehren, um beritten in das Lager einzufallen. »Wenn wir zu den Pferden zurückkehren, werden sie uns entdecken. Der Wind hat sich gelegt und das Gras bewegt sich nicht mehr. Das Rascheln würde uns verraten. Nein, wir wollen uns mit den Messern auf sie stürzen und uns ihre Überraschung zunutze machen.«

»Vielleicht werden wir die Überraschten sein, mein Bruder.« Kriegerischer Adler verkniff sich die Bemerkung, dass sie schließlich nur drei Männer waren. Man hatte ihm von den Kriegskünsten der beiden Frauen erzählt, aber waren sie wirklich stark und geschickt genug, um gegen erfahrene und geschulte Krieger anzutreten? Zudem konnte er auch nicht verstehen, warum sein Bruder so leichtfertig das Leben seiner Frau in Gefahr brachte. Und Rote Feder, wollte er denn Zitkala nicht beschützen? Doch er wagte nicht, diese Fragen zu stellen. Windtänzer konnte sie falsch auffassen und als Vorwurf verstehen, dass er seine Rachegelüste über das Leben seiner Frau und ihrer besten Freundin stellte. Er musste seinem Bruder vertrauen und seinen Anweisungen folgen, so wie es sich gehörte.

Während Windtänzer mit Kriegerischem Adler sprach, sah Chumani plötzlich etwas höchst Seltsames. »Seid still und schaut euch das an«, befahl sie.

Die beiden Männer blickten in die Richtung, in die sie mit einem Kopfnicken deutete. Alle fünf sahen einen riesigen Hund. Die Augen und das Fell des Tieres waren von einem so hellen Grau, dass es im Sonnenlicht aussah wie aus Silber gegossen. Die Kreatur war wie aus dem Nichts aufgetaucht, als habe Mutter Erde sie aus ihrem fruchtbaren Körper geboren. Es war kein Laut zu hören, und doch raste das Tier schnell und behände auf den Anführer der Crow zu, packte sich den Köcher mit den Pfeilen, der hinter dem Krieger lag, und eilte blitzschnell in den dichten Wald. Sie beobachteten, wie der verblüffte Mann hinter der Kreatur herschrie und aufsprang, um dem dreisten Dieb zu folgen.

»Es ist der Geisterhund, den ich damals bei unserer Rückkehr im Wald erblickte«, flüsterte Chumani aufgeregt. »Er ist gekommen, um uns zu helfen. Wir müssen seinem Plan folgen. Er hat unser Opfer von seinen Freunden weggelockt.«

»Bleibt hier, ich werde den Crow finden und töten«, befahl Windtänzer. »Wartet mit dem Überfall, bis ich wieder da bin und das Zeichen gebe.«

Er war der Anführer, deshalb gehorchten die anderen ohne Widerworte. Sie blieben reglos am Boden liegen, während Windtänzer rückwärts zu den Bäumen kroch.

Chumani bemerkte, dass der Wind wieder blies und das hohe Gras und die Wildblumen hin- und herpeitschte, so dass der Rückzug ihres Mannes unauffällig vonstatten gehen konnte. Der Schöpfer und mit ihm die Kräfte der Natur waren auf ihrer Seite. Dennoch schloss sie die Augen und bat den Großen Geist, Windtänzer zu beschützen. Sie hörte, wie die anderen sechs Feinde lachten und nach ihrem Freund riefen, den sie Chaheechopes nannten, »Vier Wölfe«. Sie sah zu Zitkala, die ihr beruhigend zulächelte, dann warf sie einen Blick auf den Mann neben ihrer Freundin, doch der ließ ihre Gegner nicht aus den Augen. Er hielt ein Messer in der Hand, bereit, jeder Bedrohung sofort Einhalt zu gebieten. Sie bemerkte auch, dass die andere Hand des Kriegers auf der ihrer Freundin lag, und diese zärtliche Geste wärmte ihr Herz und ihren Körper. Sie schaute wieder zu den sechs Apsaalooke, die im Schneidersitz um das Lagerfeuer saßen. Sie widmete den Feinden nun ihre ganze Aufmerksamkeit, während sie ungeduldig auf die Rückkehr ihres Mannes wartete.

Im Wald schlich Windtänzer sich von hinten an den Crow an und sagte höhnisch: »Was hast du auf den Jagdgründen der Oglala verloren, *suska*?« Als der Krieger herumwirbelte, fügte er hinzu: »Warum rufst du nicht nach deinen Freunden, damit sie dich vor einem Gegner beschützen, der viel besser kämpft als du?«

»Ich brauche keine Hilfe, um einen kümmerlichen Oglala zu töten. Deine Augen täuschen dich, ich bin weder langsam noch ungeschickt. Stimme dein Totenlied an, denn schon bald wirst du mit deinesgleichen den Geisterpfad betreten.«

»Ich kenne dein bemaltes Gesicht«, stieß Windtänzer hervor. »Du bist der Schuft, der unsere Lager überfällt, wenn die Männer auf der Jagd sind und nur Frauen, Kinder und Alte zurückbleiben. Hast du Angst, uns anzugreifen, wenn wir zugegen sind, weil du dann kämpfen musst?«

»Ich werde die Lakota ausrotten, denn sie überfielen mein Lager und mordeten meine Familie. Wenn Knaben getötet werden, können sie nicht zu Männern heranwachsen. Wenn Frauen getötet werden, können sie keine Söhne mehr gebären, die ihren Vätern in die Schlacht folgen. Wenn Alte getötet werden, sterben der Geist und die Freude in den Familien.«

»Weder die Red Shield noch die White Shield haben deine Leute umgebracht, denn wir vergreifen uns nicht an Unschuldigen. Wir sind wahre Krieger, wir kämpfen nur gegen Männer, wie es sich gehört.«

»Du lügst, Sohn von Großem Bär.«

Windtänzer starrte den Mann an. »Du weißt, wer ich bin?«

»Ich kenne das Gesicht eines jeden Feindes, der mir zu großen Siegen verhelfen wird. Ich werde deinen Skalp und deinen Besitz in mein Lager bringen, um meinen Stammesgenossen zu zeigen, dass ich es war, der dich in die ewigen Jagdgründe schickte.«

»Dann tu, wie du sagst, Hund eines Crow, wenn du den Mut dazu hast.«

Ein grausamer Kampf entbrannte zwischen den beiden Männern. Sie fochten mit Messern, Fäusten und Füßen und wirbelten durch die Luft, um den Hieben des Gegners auszuweichen. Es schien, als seien sie gleich stark und hätten dieselbe Ausdauer. Der Kampf dauerte an, bis beide völlig erschöpft, schweißgebadet und von oben bis unten mit Staub bedeckt waren.

Plötzlich erschien wieder der silberne Hund, schnappte nach dem Hosenbein des Crow und zerrte daran. Der Krieger verlor das Gleichgewicht, stolperte rückwärts und fiel zu Boden, wobei ihm die Luft aus den Lungen wich, so dass er nicht um Hilfe schreien konnte, als Windtänzer sich auf ihn stürzte, die bewaffnete Hand hob und ihm sein Messer ins Herz rammte.

Der Oglala starrte auf den toten Gegner. Er zog seine Klinge aus der Brust des Crow und sah sich um, doch der seltsame Hund war nicht mehr zu sehen. Dann hörte er die Stimme eines Vogelkriegers, der sich auf die Suche nach seinem Freund gemacht hatte.

Schnell und lautlos verbarg Windtänzer sich hinter einigen Büschen. Als der zweite Vogelkrieger vor ihm auftauchte, versicherte er sich, dass der Mann allein war, und fiel ihn dann von hinten an. Er legte ihm die Hand über den Mund, um zu verhindern, dass er laut aufheulte, und stach ihm sein Messer in den Rücken. Der Crow bäumte sich auf, versuchte zu schreien und brach dann tot zusammen.

Windtänzer stellte fest, dass nun, da er zwei Gegner erledigt hatte, jede Gruppe fünf Krieger zählte. Zuerst wollte er Pfeile und Bogen holen, überlegte es sich dann aber anders, da ihre Pferde zu weit weg waren und die fünf Vogelkrieger in der Zeit Verdacht schöpfen könnten. Er blickte sich nach dem Köcher des ersten Crow um, konnte ihn aber nicht finden. Schließlich ging er zu den anderen zurück und berichtete ihnen von seinem Erfolg. »Ich glaube, der Hund gehört der alten Frau, die webt«, schloss Windtänzer seinen Bericht. »Großvater sah in seinem Traum, dass er sich nicht mehr an ihrer Seite befindet, weil er uns geschickt wurde, um uns im Kampf gegen unsere Feinde behilflich zu sein. Wir können jetzt mit unserer Vergangenheit Frieden schließen. Der Hund verschwand wie der Morgentau nach Sonnenaufgang. Er ist zu der alten Frau zurückgekehrt, denn wir sind nun in Sicherheit. Unsere Söhne sind gerächt, *mitawin,* und sie ruhen endlich in Frieden.«

»Das ist gut, *mihigna,* und ich bin dir von ganzem Herzen dankbar.«

»Schaut«, flüsterte Zitkala, »sie wollen ihre Freunde suchen.«

Sie spähten durch die im Wind tanzenden Grashalme und Wildblumen und sahen, wie die fünf Crow bewaffnet in den Wald aufbrachen. Einer von ihnen rief die Namen der beiden Vermissten. Es war offensichtlich, dass sie jetzt gewarnt waren, aber Windtänzer beruhigte seine vier Gefährten mit der Nachricht, dass er die Körper in dichtem Buschwerk versteckt und alle Anzeichen des Kampfes fortgewischt habe.

»Wir werden uns im Wald verstecken und auf sie warten. Wenn sie an uns vorübergehen, greifen wir an«, sagte der Häuptlingssohn und erklärte sein Vorhaben genauer.

»Dein Plan ist gut, mein Bruder«, lobte Kriegerischer Adler.

Die beiden Männer wechselten aufmunternde Blicke voller gegenseitigem Respekt, dann schlich sich die ganze Gruppe leise in den Wald. Sie versteckten sich hinter hohem Buschwerk zu beiden Seiten eines Trampelpfades. Sie hofften, dass ihre Feinde diesem Pfad folgen würden, so wie die ersten beiden Crow. Windtänzer wollte sich ihnen in einem bestimmten Augenblick zeigen, damit sie sich auf ihn stürzen und somit in die Falle tappen würden. Sie warteten gespannt und hörten, wie ein Crow wieder und wieder die Namen seiner Gefährten rief, während die anderen sich fragten, ob sich die zwei einen Scherz erlaubten oder ob ihnen tatsächlich etwas zugestoßen war. Sie kamen überein, dass es sich um einen Scherz handeln musste.

Kurz darauf näherten sich die Apsaalooke dem Versteck der fünf Lakota, die an einer Stelle, an der das Buschwerk besonders dicht war, am Boden kauerten. Ihre Gegner gingen langsam den Pfad entlang, und als sie dicht vor ihnen standen, sprang Windtänzer aus seinem Versteck und stieß ein lautes Kriegsgeheul aus – das vereinbarte Angriffssignal. Mit einem Satz stürzte er sich auf zwei der verblüfften Vogelkrieger und der Schwung beförderte alle drei in die Sträucher auf der gegenüberliegenden Seite, in denen Chumani sich verbarg.

Ohne zu zögern sprangen nun die anderen aus ihren Verstecken. Chumani stürzte sich auf den Kleineren der bereits am Boden liegenden Gegner, der ihr dennoch an Stärke und womöglich auch an Geschicklichkeit überlegen war. Zitkala versetzte einem anderen einen Fußtritt, so dass er bäuchlings zu Boden ging, Rote Feder griff den Vierten von hinten an und Kriegerischer Adler kümmerte sich um den fünften Crow, der ihn überrascht ansah. Die fünf Gefährten waren zweifelsohne im Vorteil, denn die anderen waren auf den Angriff nicht vorbereitet gewesen. Chumani fuhr ihrem Widersacher mit dem Messer über die Finger der rechten Hand, so dass er seine Waffen fallen ließ. Zitkala sprang ihrem Opfer auf den Rücken, stieß dem sich windenden Mann ihre Klinge in die Schulter und verfehlte somit ihr eigentliches Ziel, das Herz. Rote Feder saß rittlings auf seinem Gegner, der sich wie ein wildes Pferd unter ihm aufbäumte. Er versuchte, dem Mann die Kehle durchzuschneiden, konnte ihm aber nur einige Schnitte am Hals und im Gesicht beibringen, was den Crow nur noch wilder machte. Kriegerischer Adler rammte seinem Gegenspieler die Schulter in den Magen, der sich daraufhin zusammenkrümmte und für kurze Zeit kampfunfähig war und Windtänzer focht im Gebüsch mit dem kräftigsten und größten der fünf Crow.

Die Kämpfe waren hitzig und schnell. In einem Moment der Unachtsamkeit nagelte Chumanis Gegner sie am Boden fest und versuchte, sie zu erwürgen. Doch Windtänzer, der ganz in der Nähe mit seinem Widersacher rang, versetzte dem wutentbrannten Crow einen kräftigen Fußtritt und stieß ihn von seiner Frau. Chumani nutzte die Gelegenheit, nahm eine Hand voll Erde und schleuderte sie dem Mann ins Gesicht. Er schnaufte und hustete und rieb sich die tränenden Augen. Chumani rammte ihm den Kopf in den Magen und stach mit dem Messer zu. Der Mann taumelte rückwärts und prallte gegen Rote Feder, der ihm mit nur einem Hieb seiner Klinge die Kehle durchschnitt und sich dann wieder seinem eigenen Gegner zuwandte.

Chumani eilte Zitkala zur Hilfe. Die Frauen traktierten den Crow mit geschickt platzierten Schlägen, bis dieser zu schwach war, um sich zu wehren. Dann ließ Zitkala ihr Messer hinabsausen und beendete das Leben des Mannes.

Windtänzer verfolgte den Kampf seines Bruders. Obwohl er fürchtete, Kriegerischer Adler könne verwundet oder getötet werden, hielt er sich zurück, denn es war nicht recht, in das Gefecht eines anderen einzugreifen. Er würde nur einschreiten, wenn sein Bruder sich eine Verletzung zuzog, die ihn kampfunfähig machte. Außerdem kannte er die einzigartige Kraft und Ausdauer des jungen Mannes und war überzeugt, dass er trotz seines jugendlichen Alters ein ausgezeichneter Krieger war. Er schaute kurz zu seinem besten Freund hinüber und sah, dass Rote Feder gesiegt hatte. Dass seine Frau und Zitkala sich ihrer Gegner entledigt hatten, wusste er bereits, und auch der Trick mit dem Staub in den Augen war ihm nicht entgangen. Er erinnerte sich, wie er plötzlich nichts mehr hatte sehen können, als der Grizzly ihn angreifen wollte, und war stolz, dass seine Frau sich dieser List bedient hatte.

Die anderen gesellten sich zu ihm und gemeinsam verfolgten sie den letzten noch andauernden Kampf. Es war offensichtlich, dass Kriegerischer Adler nicht mit seinem Widersacher spielte, sondern dass beide Gegner etwa gleich stark waren. Schließlich gewann der Häuptlingssohn doch noch die Oberhand und tötete den Crow. Er selbst hatte nur einen kleinen Schnitt auf dem linken Unterarm und eine oberflächliche Wunde auf der rechten Schulter davongetragen. Auch die anderen waren nicht ernsthaft verletzt, es gab lediglich einige Kratzer, Prellungen, Beulen und kleine Schnittwunden zu verzeichnen.

Windtänzer sah auf die am Boden liegenden Crow und lächelte. »Wir haben heute einen großen Sieg errungen, meine Freunde. Chaheechopes und seine Krieger werden nun nicht mehr über unsere Lager herfallen und unsere Gefährten töten. Wir müssen die Leichen zum Feuer zurücktragen und dafür sorgen, dass man die weißen Siedler oder die Blaumäntel mit ihren halbindianischen Spähern für den Tod dieser fünf zur Verantwortung zieht. Ihre Habseligkeiten und ihre Pferde werden wir als Siegestrophäen mitnehmen und sie später einsetzen, wenn wir uns nach Fort Pierre begeben. Damit man die *wasicun* für die Schuldigen hält, werden wir mit den beiden Pferden von unserem Raubzug rund um das Lagerfeuer Spuren ihrer eisernen Hufe hinterlassen. Außerdem täuschen wir Chaheechopes Leute durch den kurzen Feuerstock und das Kleidungsstück aus der Welt der Weißen. Wenn sie diese Dinge neben den Toten finden, werden sie glauben, die *wasicun* hätten die Krieger überfallen. Kommt, wir müssen die falsche Fährte legen, unsere Wunden versorgen und nach Hause reiten. Heute ist ein ruhmreicher Tag für uns!«

Die anderen nickten zustimmend und machten sich lächelnd daran, Windtänzers Plan auszuführen.

Nachdem sie an einem sicheren Ort auf dem Gebiet der Lakota ihr Nachtlager aufgeschlagen hatten, verließen Windtänzer und Chumani ihre Freunde, die am Feuer saßen. Sie hatten ihnen gesagt, dass sie einen Spaziergang machen würden, doch eigentlich hatten sie anderes im Sinn. Sie wollten allein sein, denn sie wussten, dass dies für längere Zeit die letzte Gelegenheit war. Es kümmerte sie nicht, ob die anderen ihrem Vorwand Glauben schenkten oder nicht, das Verlangen war einfach zu groß. Der Halbmond schien und zahllose Sterne funkelten am Himmel. Es war Sommer geworden; die Tage waren warm und die Nächte mild. Der Duft von saftigem Gras und blühenden Blumen lag in der Luft. Es wehte ein steter

Wind, doch sie befanden sich am Fuße eines Hügels, der ihnen Schutz bot vor den starken Böen.

Als sie sich weit genug von den anderen entfernt hatten, ließen sie sich im weichen Gras nieder. Eine Zeit lang genossen sie einfach nur die Natur und ihr Beisammensein. Sie legten sich zurück und unterhielten sich leise.

Windtänzer drehte den Kopf und blickte in Chumanis leuchtende Augen. Er wollte ihr ein Geständnis machen, das ihm schon lange auf der Zunge brannte: »Du bist eine listige Diebin, *mitawin,* du hast mein Herz gestohlen.«

Chumani lächelte verzückt, denn der Ton seiner Stimme und sein Gesichtsausdruck sagten ihr, dass er es ernst meinte. »So wie du meins gestohlen hast, *mihigna.* Ich liebe und begehre dich. Es macht mich glücklich und stolz, deine Frau zu sein.«

Windtänzer rollte auf die Seite und stützte sich auf den Ellbogen. »So wie es mich glücklich und stolz macht, dein Mann zu sein«, gab er zurück und strich ihr über Wange und Haar. »Ich habe mein Herz an dem Tag an dich verloren, als dein Morgentau mich das erste Mal im Wald der Brave Heart benetzte. Ich war ein Mann, ein Jäger, ein zukünftiger Häuptling, aber mir fehlte etwas. Mein Leben war nicht vollständig, bis du kamst und diese Lücke fülltest. Ich liebe und brauche dich, wie ich nie zuvor jemanden in meinem Leben gebraucht habe.«

Chumani hob die Hand und ließ ihre Finger über seine vollen, verführerischen Lippen gleiten, während sie sich ihm anvertraute: »Ich begehrte dich schon lange, bevor wir uns im Wald trafen. Ich sah dich bei den jährlichen Treffen unserer Stämme. Ich konnte mich dir nicht nähern, da es uns Frauen nicht gestattet ist, an den Gesprächen und Spielen der Männer teilzunehmen, aber auch aus der Entfernung verzaubertest du mich. Nach unserer Begegnung im Wald wuchs meine Sehnsucht nach dir so schnell und so hoch wie das Gras der Prärie. Doch ich war überzeugt, dass mein Verlangen unerfüllt bleiben würde, und so versuchte ich, dich zu vergessen, aber du wolltest meine Gedanken und meine Träume nicht verlassen. Als du in mein Lager kamst, um mich zu deiner Frau zu machen, glaubte ich nicht, dass ich jemals deine Liebe und dein Vertrauen gewinnen könnte. Doch es sieht so aus, als hätte ich einen glorreichen Sieg zu verzeichnen. Auch ich liebe und brauche dich wie nie jemanden zuvor, denn auch ich bin ohne dich nicht vollständig.«

»Sollen wir uns hier an diesem gefährlichen Ort lieben, wo unsere Sinne abgelenkt sein werden?«

Chumani wusste, dass er nur Spaß machte. »Wir ruhen auf dem Körper der Mutter Erde, in dem der Große Geist wohnt. Sie beide werden uns vor allen Gefahren beschützen«, sagte sie. »Ich gehöre dir, *mihigna,* nimm mich.«

Ihre Worte und ihre verführerische Stimme verfehlten ihre Wirkung nicht. Seine dunklen Augen wanderten über ihr liebliches Gesicht, auf das der helle Schein des Mondes fiel, und er flüsterte: »Und ich gehöre dir, *mitawin,* also nimm auch du mich.«

Er seufzte vor Glück, als sie sich an ihn schmiegte. Tag und Nacht hatte er von Momenten wie diesem geträumt, endlich waren sie Wirklichkeit geworden. Er fragte sich, ob er ihr Herz schlagen hörte, oder ob es seines war, oder alle beide. Er schob alle Gedanken an die bevorstehenden Abenteuer und alle Sorgen über die Gefahren, denen sie noch begegnen würden, beiseite, denn er wusste, dass Wakantanka sie beschützte, wenn er ihm nur vertraute. Alles, was er jetzt wollte, war seine Frau und ihre Liebe.

Chumani konnte ebenfalls an nichts anderes denken, als ihn zu lieben. Es war gewagt, nicht in der Nähe der anderen und nur mit Messern bewaffnet zu sein, aber sie war bereit, dieses Risiko auf sich zu nehmen. Sie konnte nicht genug von ihm bekommen – von seiner Berührung, seinem Geruch, seinen leidenschaftlichen Worten. Als er sie küsste, fühlte sie sich eins mit ihm. Während ihre Lippen zu einem hingebungsvollen Kuss verschmolzen, wanderte ihre fordernde Hand bewundernd über seinen dunklen, glatten und männlichen Oberkörper. Er schenkte ihr Glück, Hoffnung und Vergnügen. Er gab ihr Kraft und verjüngte ihre Seele. Er besänftigte ihren einst so aufgewühlten Geist, linderte den Schmerz über den Verlust ihres Sohnes und entfachte die Sehnsucht nach einem weiteren Kind in ihr. Ihm verdankte sie dieses schöne und befriedigende Gefühl, eine Frau zu sein, seine Frau. Er war vollkommen und er gehörte ihr aus freien Stücken. Sie wusste nicht, dass Windtänzer dasselbe dachte und fühlte.

Sie entledigten sich rasch ihrer Kleider und Mokassins und sanken, begierig darauf, die nackte Haut des anderen zu spüren, in das weiche Gras, während sie sich küssten, streichelten und in den Armen hielten. Mit Händen, Lippen und Zungen erforschten sie den Körper des anderen, ohne sich irgendwelche Grenzen aufzuerlegen, und all ihre Sinne schienen auf einmal weitaus empfänglicher als gewöhnlich zu sein. Sie sahen, wie sich das Mondlicht auf ihrer sonnengebräunten Haut und ihrem schwarzen Haar spiegelte, während wollüstige Schauer durch sie hindurchjagten. Sie fühlten die Grashalme und die Stängel und Blüten der Wildblumen unter sich und atmeten tief ihren betörenden Duft ein. Sie spürten die kühle Nachtluft, die sie umgab, hörten die Paarungsrufe nächtlicher Kreaturen und den Herzschlag des anderen.

Windtänzer knabberte an ihrem Ohrläppchen, labte sich an ihrem Hals und an ihren nackten Schultern, ließ seine Zunge über ihr Schlüsselbein gleiten, küsste die Vertiefung in der Mitte ihrer Kehle und fühlte mit dem Mund ihren Pulsschlag, um die erregende Wirkung seiner Liebkosungen zu erforschen. Sie war bezaubernd und unwiderstehlich, sie gehörte ihm und war ein Teil von ihm. Seine Küsse und Zärtlichkeiten wurden immer leidenschaftlicher. Er streichelte und knetete ihre Brüste, bis ihre Brustwarzen ganz hart waren. Dann überließ er die Knospen seiner sinnenfreudigen Zunge, während seine Hand langsam über ihren flachen Bauch und ihre Hüften bis zum Mittelpunkt ihrer Weiblichkeit wanderte. Eine glühende Hitze empfing ihn dort und er wollte nichts sehnlicher, als ihre Lust noch weiter anzustacheln.

Chumani wand sich unter seinen Händen, die so innig ihren empfänglichen Körper erforschten. Eine unbändige Hitze breitete sich in ihr aus und sie konnte es kaum noch erwarten, mehr von ihm zu bekommen. Sie lockte ihn mit jeder Faser ihres Körpers, sie liebte ihn und begehrte ihn von ganzem Herzen. Sie fühlte sich so lebendig in seinen Armen, er war ihr wichtiger als ihr eigenes Leben. Es war noch nicht lange her, da hatte sie gefürchtet, sich in ihm zu verlieren; jetzt war es das, und nur das, was sie wollte.

Dann stieß Windtänzer in das feuchte Innere ihrer Lust vor und sie gab sich ihm hin und schlang Arme und Beine um ihn. Es war gleichgültig, wie oft sie sich schon auf diese Weise vereint hatten, es war immer anders und immer besser als das Mal zuvor. »Du bist mein Herz und mein Leben, Tautropfen, ich liebe dich.«

»Du bist mein Herz und mein Leben, *mihigna,* und ich liebe dich. Wie dein Name besagt, werden wir heute Nacht mit dem Wind tanzen und unser Glück finden.«

Wie durch ein geheimes Zeichen vereinbart, begannen sie, ihren Gefühlen freien Lauf zu lassen und sich im gleichen Rhythmus zu bewegen. Jeder Kuss, jede Liebkosung, jedes Wort, das gesprochen wurde, war ein weiterer Beweis für die völlige Vertrautheit, die zwischen ihnen herrschte. Ihre Körper vereinten sich in einem Tanz der Liebe und Hingabe.

Chumani konnte dem Strom feuriger Leidenschaft, der sie überflutete und mit sich fortriss, nicht länger widerstehen und verlor sich in dem wilden und herrlichen Sog, der sie davontrug, um sie schließlich über eine süße Klippe zu spülen, während sie sich ganz der Erlösung hingab. Als Windtänzer ihren Freudenschrei vernahm, ließ er seine Zurückhaltung fahren, um mit ihr diesen Ausbruch himmlischer Wonnen zu teilen. In den letzten Augenblicken seines Höhepunktes blickte er in ihre wunderschönen braunen Augen und sah darin Erfüllung, grenzenlose Liebe und Glückseligkeit, dieselben Gefühle, die auch ihn beflügelten.

Sie kuschelten sich eine Weile aneinander, sprachen von ihrem Wohlbehagen und flüsterten sich Liebeserklärungen zu.

Später wusch Chumani sich mit Wasser aus einer Büffelblase, die sie mitgebracht hatte, und trocknete sich mit einem Lappen, den sie vor ihrem »Spaziergang« unauffällig unter ihr Fransenkleid gesteckt hatte. Windtänzer tat es ihr nach. Sie zogen sich an, küssten und umarmten sich ein letztes Mal und gingen zum Lagerfeuer zurück, das inzwischen heruntergebrannt war.

Sie stellten fest, dass ihre Freunde schon schliefen oder zumindest so taten, und tauschten ein Lächeln, als sie sahen, dass jemand ihr Büffelfell für sie ausgebreitet hatte. Sie legten sich hin, schmiegten sich in eine dünne Decke gehüllt aneinander und sanken in einen friedlichen Schlaf.

Als die fünf in ihr Lager zurückkehrten, kamen ihnen der Schamane und einige andere Stammesgenossen entgegen, um sie zu begrüßen. Alle lauschten aufmerksam dem alten Mann mit den weißen Haaren und der wettergegerbten Haut, als er zu sprechen anhob.

»Nach eurem Aufbruch ging ich zum heiligen Berg und aß den Peyote, damit der Schöpfer zu mir sprechen konnte. Wakantanka gab mir eine Vision, die meinen besorgten Geist beruhigte. Er zeigte mir die alte Frau, die mit dem Hund zu ihren Füßen die Lebensdecke webte. Plötzlich sah der Hund auf, erblickte einen Wald und verschwand ohne einen Laut. Als er zurückkam, hatte er einen Köcher und viele Pfeile dabei, die von den Crow stammten. Er ließ sich wieder zu Füßen der alten Frau nieder und kaute auf den Pfeilen, bis sie zerstört waren, so wie die Bedrohung, die von diesem Stamm ausgeht, mit seiner Hilfe zerstört werden wird.«

Windtänzer tauschte vielsagende Blicke mit seinen Kameraden. »Wir haben unser Lager verlassen, um einen Trupp von Crow aufzuspüren, sie zu töten und es so aussehen zu lassen, als hätten die *wasicun* sie ermordet«, erklärte er. »Aber der Schöpfer belohnte uns, indem er unseren Pfad mit dem von Vier Wölfe kreuzte, dem Feind, der während des letzten Vollmonds und vor zwei Wintern die Überfälle auf uns und unsere Verbündeten die White Shield anführte und Tautropfens Sohn tötete. Er und seine Männer befinden sich nun in den ewigen Jagdgründen.«

Obwohl es nicht üblich war, jemanden in seinen Ausführungen zu unterbrechen, fragte Schwarzer Rabe besorgt: »Warum reiten die Strong Heart und die heiligen Bogenträger nicht einen offenen Angriff gegen unsere Feinde, um viele von ihnen zu töten und ihnen zu zeigen, dass wir große Krieger sind und sie nicht fürchten? Warum verübt eine kleine Gruppe hinterhältige Überfälle, statt gemeinsam mit unseren Verbündeten einen Sieg in der Schlacht zu suchen?«

»Die Strong Heart und die Bogenträger werden hier gebraucht, Schwarzer Rabe, um unser Volk und unser Lager zu beschützen«, gab Windtänzer zurück.

»Die Crow sind falsch und sie haben nicht den Mut, uns ehrbar in einer Schlacht zu schlagen. Unser Plan stammt von Wakantanka, er zeigte ihn mir in meiner Vision und legte ihn in Tautropfens Gedanken«, erinnerte Windtänzer die Anwesenden. »Wir wollen Hass, Missgunst und Krieg zwischen den Weißen und den Crow säen. Sie sind in der Überzahl und ihre Soldaten haben mächtige Waffen. Vergiss nicht, dass die Blaumäntel Feuerstöcke besitzen, aus denen viele harte Kugeln schießen, die sich in den Körper eines Kriegers bohren und ihn töten. Wir können diese Kugeln nicht entfernen und haben keine Medizin, um die seltsamen Wunden, die sie hinterlassen, zu heilen. Wenn zwischen Crow und Bleichgesichtern Waffenstillstand herrscht, werden sie uns gemeinsam angreifen und uns vernichten.«

»Mein Enkel spricht die Wahrheit«, sagte Nahemana an Schwarzen Raben gewandt, denn er war vor langer Zeit selbst Zeuge der zerstörerischen Kraft der Haubitze in Fort Pierre geworden. »Erzähl uns, wie ihr gekämpft und gesiegt habt«, forderte Blaue Eule den Häuptlingssohn auf.

Windtänzer wandte sich an den Schlachtenführer und berichtete: »Wie in Großvaters Vision half uns ein Geisterhund im Kampf gegen die Crow.« Seine Familie und Freunde hörten aufmerksam zu, als Windtänzer in allen Einzelheiten von ihren Erlebnissen erzählte und mit den Worten schloss: »Wir konnten den Köcher von Vier Wölfe nicht finden. Der Geisterhund verschwand damit im Wald und er muss ihn zu der alten Frau gebracht haben, so wie Wakantanka es Großvater zeigte.«

Abends feierten die Red Shield den ruhmreichen Sieg über die Krieger des Crow, der ihr Lager zweimal auf äußerst hinterhältige Art überfallen hatte. Nach dem Essen und nachdem er das zweite Mal die Geschichte ihres Sieges erzählt hatte, umrundete Windtänzer das große Lagerfeuer, das auf einer breiten Lichtung hinter den Tipis brannte, und hielt Chaheechopes Kriegsschild, seinen Bogen und seinen Skalp in die Höhe, damit alle die Trophäen sehen konnten. Gleichzeitig vollführten die Strong Heart ihren Kriegstanz und stimmten Lobgesänge auf ihre Brüder Windtänzer und Rote Feder an.

Dann folgten der Tanz und die Gesänge der heiligen Bogenträger für deren Bruder Kriegerischer Adler, der ebenfalls seine Siegestrophäen zeigte. Schließlich priesen beide Gruppen gemeinsam Chumani und Zitkala, die auf Ehrenplätzen zur Rechten und zur Linken von Häuptling Großer Bär saßen. Der Häuptling lächelte zufrieden und zeigte seinen Stolz auf seine Söhne und deren Gefährten. Während Chumani und Zitkala für ihren Mut und ihre Geschicklichkeit gelobt wurden, nahm Winona die Hand ihrer zweiten Tochter, drückte sie leicht und lächelte sie liebevoll und dankbar an.

Chumani erwiderte ihre Geste und blickte dann zu Cetan, der mit seinem geschienten Flügel behaglich auf einem breiten Lederstreifen saß, den Hanmani auf ihrer Schulter befestigt hatte. Sein Kopf bewegte sich hin und her, als folge er dem lebhaften Gespräch, das zwischen dem Mädchen und seiner besten Freundin Macha stattfand. Chumani betrachtete den Verband an ihrem linken Unterarm, wo sie sich bei dem letzten Kampf eine leichte Verletzung zugezogen hatte. Hanmani und Sonnenaufgang hatten die Wunde versorgt, da sie sich in den Medizinkünsten üben wollten. Um die Wunden ihrer Freunde hatte sich Winona mit einigen anderen Frauen gekümmert, für die es eine Ehre gewesen war, sich auf diese Weise nützlich machen zu können.

Chumani war froh, als die Feier zu Ende und es an der Zeit war, sich zurückzuziehen. Sie war erschöpft, da sie in der letzten Nacht nicht viel geschlafen hatte, was sie jedoch keinesfalls bedauerte. Schließlich hatte sie eine wunderbare Liebesnacht in den Armen ihres Mannes verbracht. Allein bei dem Gedanken daran wurde ihr warm ums Herz. Sie hoffte, dass Zitkala und Rote Feder sich auch bald solchen Freuden hingeben würden. Die beiden schienen sich von Tag zu Tag näher zu kommen.

Als sie im Tipi lag, konnte sie keinen Schlaf finden. Zu viele Gedanken beschäftigten sie. Sie freute sich darauf, schon bald während der alljährlichen Büffeljagd ihre Familie und ihre Freunde wiederzusehen. Der ganze Stamm würde in die Prärie ziehen und dort sein Sommerlager aufschlagen. Dann würden zahlreiche kleine Gruppen von Männern und Frauen sich auf den Weg machen und viele Tagesritte entfernt vom Lager ihren Aufgaben nachgehen: Die Krieger jagten den Büffel, der die Grundlage für das Überleben der Stämme war, und die Frauen zogen den toten Tieren das Fell ab und weideten sie aus. Schließlich transportierten junge Männer das Fleisch und die Häute ins Lager, wo die Beute aufgeteilt und von den einzelnen Familien zubereitet wurde.

Es war eine mühsame und langwierige Arbeit und jede Familie musste ihren Teil dazu beitragen. Es wurden hölzerne Gestelle gebaut, an denen große Mengen Fleisches getrocknet und zu *papa saka* verarbeitet wurden. Einen kleineren Teil verpackte man zum sofortigen Verzehr in Beutel, der Rest wurde an der Luft getrocknet und zerstampft, bis es fast pulverförmig war. Dann mischte man diese Masse mit Beeren und heißem Fett, ließ es abkühlen und formte Rollen daraus, die *wakapapi wasna* hießen und im Winter die Hauptmahlzeit darstellten, da sie lange haltbar waren, wenn man bei der Herstellung sorgfältig arbeitete.

Sie wusste, was bei der Zubereitung des Fleisches zu beachten war, denn in den vergangenen Jahren war ihr diese Aufgabe oft zugefallen. Sie hatte für ihre Eltern zwar kleineres Wild erlegt, jedoch nie an der Büffeljagd teilgenommen, da ihr Vater, ihr Bruder und die anderen Männer des Stammes überzeugt waren, dass dieses Unterfangen für eine Frau zu gefährlich war. Außerdem hatte man ihr gesagt, dass die Frauen viel eher ihre Hilfe brauchten. Da sie eine gehorsame Tochter und ein folgsames Stammesmitglied war, hatte sie sich dem Wunsch ihres Vaters anstandslos gefügt.

Dem Wunsch ihres Vaters ... Sie musste daran denken, dass ein anderer, dringender Wunsch ihres Vaters sie dazu gebracht hatte, Fahlen Stern zum Mann zu nehmen. Doch vielleicht hätte sie zu einem späteren Zeitpunkt jemand anderen getroffen und wäre nicht mehr frei gewesen, als sie Windtänzer begegnete, wenn sie sich nicht mit diesem abstoßenden Mann vermählt hätte. Vielleicht war alles Wakantankas Plan. Wahrscheinlich würde sie jetzt nicht auf diesem wunderbaren Pfad wandeln, wäre sie nicht vor Zeiten diesen anderen, traurigen Weg gegangen, der sie an den Ort geführt hatte, an dem sie die wahre Liebe finden konnte. Dieser Gedanke beruhigte sie und ließ sie endlich einschlafen.

Viele Tage lang jagten die Männer für ihre Familien und für alle, die sich nicht selbst versorgen konnten, großes und kleines Wild, damit es während der bevorstehenden Reise in die Ebenen keinen Mangel an Nahrung gab. Diese Maßnahme diente dem Schutze des Stammes, denn hatten sie genug Proviant, mussten sie unterwegs, wenn sie leicht anzugreifen waren, nicht anhalten. Die Männer bildeten Spähtrupps, die nach Feinden Ausschau hielten, und stellten in der ganzen Gegend Wachen auf. Im Lager reparierte und schärfte man Waffen und stellte neue her, wenn die alten nicht mehr zu gebrauchen waren. Zahlreiche Pfeile, für die Jagd und zur Verteidigung gegen Feinde, wurden angefertigt. Man flocht lederne Zügel und Zuggeschirr für die Pferde und wartete unruhig auf den Tag der Abreise. Um sich abzulenken und sich nach getaner Arbeit zu entspannen, vertrieben viele Stammesmitglieder sich die Zeit mit Spielen.

Die Frauen sammelten Beeren, Wurzeln und Pflanzen, um die Mahlzeiten zu vervollständigen. Sie nähten Beutel für den Reiseproviant und die Vorräte an *papa saka* und *wakapapi wasna,* die sie nach der Jagd haben würden, und stellten neue Wasserschläuche her. Die Häute und Felle des von den Männern erlegten Wilds wurden entweder auf dem Boden ausgebreitet oder in hölzerne Rahmen gespannt und gegerbt. Löchrige Kleider und Mokassins wurden ausgebessert, unbrauchbare ausgetauscht, heranwachsende Jungen und Mädchen wurden neu eingekleidet. Die besten Holzstangen der Wintertipis wurden ausgewählt, markiert und mitgenommen. Die anderen stapelte man in der Nähe einiger Felsen, um sie im nächsten Winter als Feuerholz zu verwenden, denn keine Gabe des Schöpfers durfte verschwendet werden.

Am Tag nach dem *wi yaspapi,* dem Neumond, dessen schwarzes Gesicht in der Nacht nicht zu sehen war, gab Winona ihrem Mann das Signal zum Aufbruch. Sie begann ihr Tipi abzubauen und bedeutete ihm so, dass es an der Zeit war, in die Ebenen zu ziehen. Großer Bär wusste, dass die White Shield weiter südlich ihre Abreise so legten, dass die beiden Stämme gleichzeitig an dem Ort eintreffen würden, den man für das Sommerlager bestimmt hatte.

Das Lager glich einem Ameisenhaufen. Die Planen der Tipis wurden entfernt, alle Habseligkeiten zusammengepackt und auf Holzbahren befestigt, Pferde getränkt, Waffen bereitgelegt und Wasserschläuche gefüllt. Kinder bekamen letzte Anweisungen, Säuglinge wurden in ihre Wiegen gelegt, den Älteren half man beim Aufsitzen und die Reiseroute wurde ein letztes Mal für alle wiederholt.

Die Hemdträger – unter ihnen Windtänzer – ritten an der Spitze des Zuges. Sie bestimmten die tägliche Wegstrecke, wählten die Lagerplätze für die Nacht und waren für alle Schwierigkeiten zuständig, die unterwegs auftraten. Die Strong Heart, zu denen Rote Feder zählte, und die Bogenträger – unter ihnen Kriegerischer Adler – verteilten sich als Wachen um den Zug.

Als alle bereit waren, hob Großer Bär, der sich an der Spitze der langen Kolonne befand, zum Zeichen des Aufbruchs die Hand und der Trupp setzte sich in Bewegung.

Chumani ritt neben Zitkala. Ihre Pferde zogen hölzerne Bahren, auf denen ihr Hab und Gut, ihre Vorräte und ihr Tipi verstaut waren. Die Häuptlingstochter sah zu ihrer besten Freundin und fragte: »Was glaubst du, welche Freuden, Belohnungen und Leiden uns in den Ebenen erwarten?«

»Ich weiß es nicht, Tautropfen, aber wir werden es bald erfahren.«

13. Kapitel

Vor ihnen breitete sich die unendlich weite Landschaft aus. Zunächst ging es noch langsam voran, denn die Muskeln der Männer und Frauen waren kalt und mussten erst in Schwung gebracht werden. Bald würden sie die heiligen Paha Sapa hinter sich lassen und somit auch die Wälder und die angenehme Kühle, die dort herrschte. Binnen kurzem würden sie nur noch wenigen Bäumen begegnen, vornehmlich in der Nähe von Flüssen.

Die Reise ging ohne Schwierigkeiten vonstatten und die Aufregung und Vorfreude der Menschen wuchs von Tag zu Tag, denn die in jedem Sommer stattfindende Büffeljagd stellte für alle ein wichtiges Ereignis dar. Je weiter sie kamen, desto wärmer wurde es und desto flacher und eintöniger war die Landschaft, die sich vor ihnen erstreckte. Bald würde es nur noch vereinzelt kleinere Hügel geben und keinen Schutz mehr vor der sengenden Sonne.

Der Boden war bedeckt von verschiedensten Grassorten. Einige Halme wuchsen einzeln in die Höhe, andere standen in dichten Büscheln, die sich wie ein grüner Flickenteppich über die Erde legten. Es gab Sonnenblumen, Lilien, Küchenschellen, Ringelblumen, Goldruten und andere farbige Gewächse. Hier und dort standen Pflanzen, deren Blätter, Stängel, Wurzeln oder Knollen essbar waren. Auch verschiedene Beerenarten und niedrige Weidenbäumchen, aus denen Mehl hergestellt werden konnte, säumten ihren Weg. Einige dieser Früchte und Gewächse waren schon genießbar, andere würden erst beim nächsten oder übernächsten Vollmond reif sein. An einigen Stellen wuchsen Kräuter, die das Essen würzten und das Fleisch zart werden ließen.

Hin und wieder sahen sie Antilopen und Rotwild, seltener auch Koyoten. Kleine Büffelherden streiften umher, das dunkle Fell der Tiere und ihre massige Gestalt war auch aus weiter Ferne gut zu erkennen. Doch der Stamm war auf der Suche nach den großen Herden, die weiter östlich über das grüne Land zogen und noch lange nicht in Sichtweite waren. Da sie vor ihrem Aufbruch für ausreichend Proviant gesorgt hatten, ließen sie die Tiere in Frieden grasen. Wenn sie später frisches Fleisch benötigen würden, mussten sie anhalten, damit die Männer auf die Jagd gehen und die Frauen Pflanzen und Beeren sammeln konnten.

Cetans Verletzung war verheilt und so ließ Chumani ihn jeden Tag eine Weile frei fliegen, damit er auf Beutezug gehen konnte. Den Rest des Tages saß er auf der hölzernen Gepäckbahre und betrachtete die Gegend, die an ihnen vorüberzog.

Der Himmel war blau und klar, doch im Frühsommer konnte jederzeit ein heftiger Sturm losbrechen. Wenn sie sich erst inmitten der Ebenen befanden, wo nichts die Sicht verstellte, konnte man ein solches Unwetter schon von weitem sehen, das sich manchmal jedoch mit großer Geschwindigkeit näherte. Auch gab es heftige und gefährliche Regenfälle, die nötig waren, um den gewaltigen Durst der Mutter Erde zu stillen, auf der sonst nichts wachsen und gedeihen konnte. Nach solchen Sturzregen waren oft Regenbogen am Himmel zu sehen, deren Farben der Legende nach von den Blumen stammten, die sich auf dem Geisterpfad befanden.

Unterwegs schienen die Tage länger zu sein als gewöhnlich, denn es gab keine Möglichkeit, dem gleißenden Sonnenlicht zu entfliehen. Die Entfernungen täuschten, die Wegstrecke war stets länger, als man zunächst dachte, deshalb war eine gute Ortskenntnis unverzichtbar. Man musste wissen, wo frisches Wasser zu finden war und wo man unbesorgt das Nachtlager aufschlagen konnte. Zuständig dafür waren die Hemdträger.

*

Am Ende eines langes Tages, als es bereits dämmerte, brachen Windtänzer und Chumani nach dem Essen zu einem kurzen Spaziergang auf. Sie entfernten sich nur so weit von ihren Stammesgenossen, dass sie einen kurzen Moment der Zweisamkeit genießen konnten.

Während Windtänzer den Blick über die weite Prärie wandern ließ, musste er daran denken, was Weiße und Indianer voneinander unterschied: Das Land und seine Geschöpfe waren Eigentum des Großen Geistes. Die Menschen durften die Natur nutzen, sie jedoch nicht in Besitz nehmen, ausbeuten oder zerstören. Er sah zu seiner Frau. »Du musst mich die Sprache der Weißen lehren, *mitawin*. Es ist gut, die Worte und das Verhalten unserer Feinde zu kennen, dann können wir sie leichter besiegen. Ich habe von

Trappern und Händlern, die durch unsere Jagdgründe zogen, ein paar Brocken Englisch, Französisch und Spanisch aufgeschnappt. Mein Volk erlaubte ihnen die Durchreise, denn sie ahnten nicht, welcher Gefahr sie sich damit aussetzten.«

»Wenn wir unser Lager in den Ebenen aufgeschlagen haben, lehre ich dich alles, was ich von ihrer Sprache weiß«, gab Chumani zurück und fragte: »Hattest du je einen *wasicun* zum Freund oder Blutsbruder?«

»Nein, ich bin den Weißen nur selten begegnet, in Fort Pierre, wenn wir mit ihnen Tauschhandel trieben. Ich handle nicht mehr mit ihnen, denn das ermutigt sie nur, hierzubleiben und immer mehr von ihren Leuten zu holen. Ich versuche auch andere dazu anzuhalten, sie zu meiden, aber letztendlich muss das jeder selbst entscheiden.«

Er blickte kurz zu Boden, sah dann wieder auf und legte ein Geständnis ab: »Vor langer Zeit lebte eine weiße Frau in unserem Lager, im Tipi meines Vaters. Ein verbündeter Cheyenne hatte sie ihm als Dank dafür geschenkt, dass er seinem Stamm in einem Kampf gegen die Pawnee geholfen hatte, die in ihre Jagdgründe eingedrungen waren. Mein Vater wollte keine weiße Sklavin, aber er konnte das Geschenk eines anderen Häuptlings nicht ablehnen. Sie wurde Omaste genannt, denn ihr Haar hatte die gleiche Farbe wie die Sonne. Als meine Mutter vor zwanzig Sommern von anderen Pawnee gefangen genommen und verschleppt wurde und wir glaubten, dass wir sie für immer verloren hatten, kümmerte Omaste sich um mich, denn ich zählte damals nicht mehr als vier Winter. Sie war gut und freundlich und fügte sich in ihr Leben mit uns. Eines Nachts, als mein Vater traurig und sehnsüchtig an meine Mutter dachte, ließ er sich von Omaste trösten. Neun Vollmonde später gebar sie ein Kind. Mein Vater nannte den Jungen Wolkenjäger, denn am Tag seiner Geburt blies ein kräftiger Wind, der die Wolken über den Himmel jagte. Omaste starb, als ich vierzehn Winter zählte. Sie wurde begraben, so wie es bei ihrem Volke Sitte ist: man legte ihren toten Körper in das Innere der Mutter Erde.«

Chumanis Bestürzung war groß, als sie hörte, dass ein stolzer und berühmter Häuptling wie Großer Bär seinen Samen in den Körper einer weißen Frau gepflanzt und ein Kind mit ihr gezeugt hatte, aber sie ließ sich ihre Gefühle nicht anmerken, um ihren Mann nicht zu verletzen. »Was ist mit ihrem Sohn geschehen, deinem Halbblutbruder?«

»Wolkenjäger verschwand wie der Morgentau, wenn die Sonne hoch am Himmel steht, als ich fünfzehn war. Vater glaubt, dass er von Bleichgesichtern gefunden und entführt wurde, denn man entdeckte Wagenspuren in der Nähe unseres Lagers. Vater und seine Gefährten folgten den Einschnitten im Gesicht der Mutter Erde viele Tage lang, doch sie konnten die überdachten Wagen nicht einholen und ihn retten. Mein Vater war gezwungen, ins Lager zurückzukehren und diesen Verlust hinzunehmen. Omaste starb sechs Vollmonde vor dem Verschwinden meines Bruders am Winter in der Brust. Es ist gut, dass sie nicht mehr lebte, denn der Verlust ihres Sohnes hätte ihr das Herz gebrochen.«

»Es muss deine Mutter sehr geschmerzt haben, ihren Mann mit einer anderen Frau zu teilen, die nicht einmal eine Lakota war. Ich könnte das nicht hinnehmen.«

»Sie musste ihn nicht teilen«, erklärte Windtänzer. »Vater vereinigte sich nur ein einziges Mal mit Omaste, und das geschah, als er glaubte, meine Mutter sei tot. Als sie zwei Winter später den Pawnee entkommen konnte und zu uns zurückkehrte, war er überglücklich und nur sie allein lebte in seinem Herzen und in seinen Armen. Omaste blieb in unserem Tipi und half bei der täglichen Arbeit, bis sie starb, denn meine Mutter verstand und akzeptierte, was sich während ihrer Abwesenheit ereignet hatte. Nach Omastes Tod kümmerte meine Mutter sich um Wolkenjäger wie um ihren eigenen Sohn. Sie trauerte sehr um ihn, denn er war in Aussehen und Art eher ein Indianer als ein Weißer und er trug meines Vaters Blut in sich.«

»Vielleicht wird der Große Geist deinen zweiten Bruder eines Tages zu deiner Familie zurückführen.«

»Das glaube ich nicht. Wenn Wolkenjäger noch leben und sich nach seinem alten Zuhause sehnen würde, wäre er längst zurückgekehrt, denn mit neunzehn Wintern ist er alt genug, seinen Weg nach Hause allein zu finden.«

»Aus unerfindlichen Gründen schickte Wakantanka ihn fort und aus unerfindlichen Gründen wird er eines Tages wiederkommen oder auch nicht. Die Wege des Großen Geheimnisvollen sind uns oft ein Rätsel, bis er sie uns schließlich offenbart.«

»Das ist wahr, *mitawin*. Es war eine harte Zeit für meine Familie, also lass uns nicht mehr darüber reden. Doch auf diese Weise lernte ich ein wenig Englisch, Omaste brachte mir einige Wörter bei und wir lehrten sie unsere Sprache.«

Chumani hatte Verständnis, dass er über diese schmerzlichen und wohl auch unangenehmen Ereignisse nicht mehr sprechen wollte. Das alles war vor langer Zeit geschehen, als Großer Bär sich allein wähnte. Sie zweifelte nicht daran, dass der Häuptling Winona liebte und sie solange sie lebte gegen keine andere Frau eintauschen würde. Obwohl ihr Mann noch einen anderen Bruder und eine Schwester hatte, konnte sie an seinem Gesichtsausdruck und am Ton seiner Stimme erkennen, dass er Wolkenjäger liebte und vermisste. »Ich werde dir noch mehr Englisch beibringen«, versprach sie ihm.

»Das ist schön, *mitawin.*« Er streichelte ihre Wange und fügte hinzu: »Ich sehe und berühre dich so selten auf unserer Reise und dieser Moment macht mich sehr glücklich, aber wir müssen jetzt ins Lager zurück und uns schlafen legen.«

»Du fehlst auch meinem Herzen und meinem Körper, Liebster. Vergiss nicht, wenn wir erst an unserem Ziel angelangt sind, wird Zitkala in das Tipi ihrer Eltern zurückkehren und wir werden nachts wieder allein sein.« Erfreut sah sie Windtänzers Lächeln und den Glanz in seinen Augen, der von Vorfreude und Sehnsucht zeugte, Gefühlen, die auch sie verspürte.

»Wie kommt es, dass ich dich jeden Tag mehr liebe und begehre, wo mich der Gedanke an dich doch schon ganz und gar ausfüllt? Wie ist es möglich, dass noch mehr Wasser in einen Schlauch fließt, der doch schon voll ist? Aber ich schwöre dir, so ist es.«

»Ich weiß, dass es wahr ist, und ich verstehe es genauso wenig. Ich werde nie müde, dein Gesicht zu betrachten, deine Stimme und dein Lachen zu hören, deinen Duft einzuatmen, deine Berührung zu spüren, deine Lippen zu schmecken und unsere Körper zu vereinen. Du bist wie eine unentbehrliche Nahrung für mich und ich brauche dich, um zu überleben. Ich danke dem Großen Geist jeden Morgen und jeden Abend dafür, dass er dich geschickt hat.«

Überglücklich vernahm Windtänzer ihre Worte. Sein Leben war jetzt, da sie es mit ihm teilte, herrlich und vollkommen. »Auch ich danke ihm, *mitawin,* denn Er hat uns großzügig belohnt. Meine Liebe zu dir ist größer als der heilige Berg und ich werde alles dafür geben, dich nicht zu verlieren.«

»Das würde auch ich tun, und wenn es mich das Leben kostete«, schwor sie und ein Schauer lief ihr über den Rücken.

»Ist dir kalt?«, fragte er und rieb ihre nackten Arme mit den Händen warm.

Chumani seufzte und schüttelte das unheimliche Gefühl, das sie so plötzlich verspürt hatte, von sich. »Wir müssen jetzt gehen«, sagte sie, »denn es ist dunkel und kühl und nur wenig Mondlicht wird unseren Rückweg beleuchten. Wenn wir noch länger hier bleiben, müssen wir uns im Dunkeln vorwärts tasten und riskieren eine Verletzung.«

»Komm, *mitawin,* eine Decke und ein Feuer warten auf dich.«

»Alles, was ich brauche, sind deine Wärme und deine Arme, *mihigna.*«

»Beides sollst du haben«, versprach er und führte sie zurück ins Lager.

Endlich, nach vielen Tagen und noch bevor die Sonne hoch am Himmel stand, erreichten sie den Ort, an dem sie ihr erstes Lager aufschlagen würden. Sie befanden sich in der Nähe des Sahiyela River, der auf seinem kurvigen Weg nach Südwesten viele Seitenarme speiste. Der Boden war saftig grün, Bäume, Sträucher und Stauden, darunter die heilige Pappel, säumten das Flussufer. Die Büffel hielten sich in den langen Streifen Ödland – *makosica* – südlich und östlich von ihnen auf.

Die Frauen begannen, ihre Tipis aufzubauen, und Chumani war froh über Zitkalas Hilfe. Junge Mädchen und Großmütter kümmerten sich um die Säuglinge und Kleinkinder oder beschäftigten die etwas Älteren. Knaben, die noch zu jung waren, um ihren Vätern zu helfen, spielten in der Obhut ihrer Großväter.

Winona und Hanmani stellten ihr reich verziertes Tipi an der dem Häuptling zugewiesenen Stelle auf. Wie üblich zeigte der Eingang in die Richtung der aufgehenden Sonne. Rechts davon befand sich Windtänzers Tipi, denn er war der künftige Häuptling, Anführer der Hemdträger, ein Strong Heart und der Mann aus der Vision. Auf der linken Seite stand Nahemanas Behausung, denn er war der Schamane. Gegenüber wurde das Tipi von Blauer Eule, dem Schlachtenführer, aufgebaut. Die Wigwams anderer Big Bellys – Nacas, ehemalige Anführer und große Krieger, die den Kriegspfad verlassen hatten und jetzt dem Rat der Alten angehörten – vervollständigten diesen inneren Kreis. In der Mitte blieb eine große Fläche frei, auf der Versammlungen, Tänze und Rituale abgehalten werden konnten. Um dieses Zentrum herum stellten die Stammesmitglieder ihre Tipis in immer größeren Kreisen auf, wobei die Behausungen der Rangniedrigsten den äußersten Kreis bildeten. Zwischen jedem Tipi und jeder Reihe wurde reichlich Platz gelassen, damit alle genügend Raum für ihre Arbeit hatten und man ohne Schwierigkeiten die Holzbahren zu den Behausungen ziehen konnte. Dann luden die Frauen das Gepäck ab, sammelten Buschwerk, holten frisches Wasser, machten unter dreibeinigen Ständern Feuer und kochten das Essen.

Währenddessen gingen die Männer gleichfalls ihrer Arbeit nach. Sie tränkten und fütterten die Pferde, bevor sie sie neben den Tipis anpflockten. Die *huyamnis* wurden vor den Eingängen aufgestellt und die Waffen darauf plaziert, damit sie die Kraft der Sonne und der Erde in sich aufsaugen konnten und jederzeit griffbereit waren. Sie gingen zum Fluß, an dessen Ufern hohe Bäume wuchsen, und schnitten dicke Äste ab, um daraus Gestelle zum Trocknen des Büffelfleisches zu bauen. Bald wimmelte das Lager von diesen Gerüsten, die hoch genug waren, um das Fleisch außerhalb der Reichweite von wilden Tieren und Kindern aufzuhängen. Danach ließen sich die meisten auf Binsenmatten nieder, um spitze Holznägel zu schnitzen, mit denen die Büffelhäute auf den Boden gespannt werden konnten. Sie plauderten mit Freunden, die in der Nähe arbeiteten, und brachten ihren Söhnen die Arbeiten bei, die den Männern zufielen. Einige Männer verließen das Lager und kundschafteten die Gegend aus. Sie prüften, ob es Anzeichen für die Anwesenheit von Feinden gab, und hielten nach der am nächsten grasenden Büffelherde Ausschau. Zu den Kundschaftern zählten Windtänzer, Kriegerischer Adler und Rote Feder.

Am späten Nachmittag wurden die White Shield in

der Ferne gesichtet und die Neuigkeit von ihrer baldigen Ankunft breitete sich rasch im Lager aus.

Chumani und Zitkala sahen aufgeregt nach dem Kochfeuer und dem Essen, das darüber garte, um sicherzugehen, dass es einen Moment lang unbeaufsichtigt bleiben konnte. Hanmani versprach ihnen, auf den Kessel, das Feuer und auf Cetan, der auf seinem T-förmigen Ständer thronte, Acht zu geben. Die Frauen der Brule sprangen auf ihre Pferde und galoppierten ihren Familien und Freunden entgegen. Sie winkten den Männern zu, die der Kolonne vorausritten, um eine geeignete Lagerstelle zu finden. Dann verlangsamten sie ihr Tempo, um nicht soviel Staub aufzuwirbeln, als sie auf die Spitze des Zugs stießen. Chumani ritt eine Zeit lang neben Starkem Elch, um mit ihrem Vater zu sprechen, während Zitkala sich auf die Suche nach ihren Eltern machte. Die Männer, die zuvor an der Seite des Häuptlings geritten waren, ließen sich ein wenig zurückfallen, bis sie außer Hörweite waren.

»Viel ist geschehen, Vater, und ich will dir später alles erzählen. Es ist schön, dich wiederzusehen, und ich bin froh, dass ihr unversehrt am verabredeten Ort erscheint.«

»Es freut mich, meine Augen wieder auf dich richten zu können, meine Tochter, und in deinen das Glück schimmern zu sehen. Es gefällt mir, dass du dein neues Leben akzeptiert hast und vertrauensvoll abwartest, was der Große Geist dir noch bescheren wird.«

Chumani lächelte und sagte leise, so dass nur er es hören konnte: »Ja, Vater, ich bin glücklich und zufrieden bei den Red Shield. Sie sind freundlich und liebevoll, und sie haben mich großzügig und voller Stolz in ihre Mitte aufgenommen. Ich danke dir, dass du meine Zweifel an Wakantankas Botschaft zerstreut und meine Ängste verscheucht hast.«

»Es war nicht leicht, das zu tun, mein Kind, denn als ich dich mit Fahlem Stern vermählte, beging ich einen Fehler, der dir viel Unglück und Leid bescherte.«

»Mit Windtänzer ist es anders, ich bin glücklich, seine Frau zu sein.«

»Ich sehe dir an, dass du ihn liebst«, sagte er erleichtert. »Wenn du seinen Namen sagst oder von ihm sprichst, strahlt dein Gesicht wie die Sonne, deine Augen leuchten wie die Sterne und deine Stimme wird so sanft wie ein ruhig dahinfließendes Wasser.«

»Das ist wahr, Vater.«

»Fühlt der Sohn von Häuptling Großer Bär das Gleiche?«, fragte er.

»Ja, Vater, er hat es mir viele Male gesagt. Ich werde jetzt Mutter suchen und dir alles andere später erzählen. Ihr esst heute mit uns, ich habe genug für alle vorbereitet.«

Starker Elch wusste, dass ihre letzten Worte kein Befehl, sondern eine Einladung waren, die er dankend annahm. Als Chumani fortritt, atmete er tief durch. Endlich wusste er, dass er das Richtige für seine Tochter und seinen Stamm getan hatte, obwohl der Schamane schon viele Male versucht hatte, ihn davon zu überzeugen. Als wüsste Der durch den Nebel sieht, dass er an ihn gedacht hatte, tauchte der weißhaarige Mann neben ihm auf und blickte ihn vielsagend an. »Es geht ihr gut, mein Freund«, sagte Starker Elch.

»So will es der Schöpfer, sie hat ihr wahres Schicksal gefunden.«

Chumani winkte ihrem älteren Bruder Feuerläufer zu, der neben seiner Mutter und seiner Frau ritt. Sie begrüßten sich und tauschten einige Neuigkeiten aus, dann ritt Feuerläufer vor zu ihrem Vater.

Chumani lenkte ihr Pferd zwischen die beiden Frauen, die einen gewissen Abstand voneinander halten mussten, da ihre Pferde Holzbahren mit Gepäck hinter sich herzogen. Alle anderen Reiter waren zu weit entfernt, um ihr Gespräch zu belauschen. Chumani beantwortete Regentropfens Fragen, die denen ihres Vaters sehr ähnelten.

»Mein Herz schlägt höher bei diesem Wiedersehen, meine Tochter, denn ich habe dich sehr vermisst. Ich habe jeden Morgen und jeden Abend dafür gebetet, dass dein neues Leben dir gefallen möge.«

»Wakantanka hat deine Gebete erhört, Mutter.«

»Ja, denn es war sein Wille, den du befolgtest, meine geliebte Tochter, denn Er hat Waci Tate für dich ausgesucht und Er irrt nie.«

»Das ist wahr, Mutter, obwohl wir seine Wege oft nicht verstehen und sie beschwerlich finden und ihm deshalb den Gehorsam verweigern.«

»Darum muss dein Glaube stark sein. Für mich und deinen Vater ist es auch schwierig zuzusehen, wie du dich in Gefahren begibst, um deine Pflicht zu erfüllen.«

»Wann beginnt der heilige Kampf, Tautropfen?«, fragte Regenbogenmädchen.

»Ich werde euch heute Abend beim Essen in meinem Tipi alle Fragen beantworten«, gab Chumani zurück, »denn ich möchte meine Familie in meinem neuen Zuhause empfangen.«

Regenbogenmädchen näherte sich Chumani und flüsterte: »Es ist merkwürdig, Zitkala sieht heute so fraulich aus. Ich habe sie eben an uns vorbeireiten sehen. Sie trägt ein Kleid und ihre Brüste sind nicht gebunden. Ihr Haar ist nicht geflochten wie das eines Mannes und eine gefederte Rosette schmückt es.«

»Sie und der Große Geist haben viel Zauberei getrieben mit ihrem Aussehen und ihrem Verhalten«, erklärte Chumani. »Sag es niemandem und erwähne es auch nicht ihr gegenüber, aber ein Krieger der Oglala hat ihr Herz gestohlen – Rote Feder, der beste Freund meines Mannes. Er fühlt sich auch zu ihr hingezogen, aber sie haben es bis jetzt außer Windtänzer und mir niemandem gesagt, denn ihre Empfindungen sind ihnen noch fremd und sie möchten sie erst prüfen. Die Liebe hat Zitkala weicher gemacht und ihre weibliche Seite hervorgekehrt. Außerdem benötigt der Große Geist sie für unsere nächste Aufgabe als Frau. Davon erzähle ich dir später mehr. Das Kind in dir ist gewachsen, seit ich nicht mehr bei euch bin«, bemerkte Chumani, während Regenbogenmädchen über ihren leicht hervorstehenden Bauch strich und verträumt lächelte.

»Ja, und er bewegt sich auch schon ein wenig. Es ist ein seltsames, aber herrliches Gefühl, so als würde mich jemand von innen kitzeln. Ich freue mich schon darauf, sein Gesicht zu sehen und ihn in den Armen zu halten. Er wird auf die Welt kommen, bevor der erste Schnee fällt.«

Chumani lachte und scherzte: »Vielleicht ist es ein

Mädchen und tritt dich, weil du ›er‹ sagst. Möchte mein Bruder unbedingt einen Sohn?«

»Es ist uns egal, ob es ein Mädchen oder ein Junge wird. Es ist unser Kind und wir werden es lieben. Doch der Schamane hatte einen Traum, in dem ihm mitgeteilt wurde, dass ich einen Sohn gebären werde, der Feuerläufer als Häuptling folgen wird. Die Träume des Schamanen sind bis jetzt immer wahr geworden. Auch bei dir und deinem neuen Leben war es so.«

Chumani nickte zustimmend. »Wir sprechen später noch darüber, wenn wir zusammen speisen und arbeiten, denn jetzt nähern wir uns dem Lagerplatz und werden viel zu tun haben. Ich werde nach meinem Feuer und dem Essen sehen, dann komme ich zurück und helfe euch bei den Tipis. Sie müssen stehen, bevor der Abend dämmert.«

Das Lager der White Shield wurde direkt neben dem ihrer Verbündeten und in derselben kreisförmigen Anordnung aufgebaut, mit dem Tipi des Häuptlings in der Mitte. Wer bereits mit der Arbeit fertig war, ging den anderen zur Hand.

Chumani half ihrer Mutter und Regenbogenmädchen, während Hanmani weiter auf ihren Kessel und ihr Kochfeuer Acht gab, und auch Zitkala ging ihrer Mutter, die ihr Tipi in der zweiten Reihe aufbaute, zur Hand. Die Kundschafter der Red Shield kehrten zurück und Windtänzer gesellte sich zu Starkem Elch und Feuerläufer, um zu sehen, was es für die Männer noch zu erledigen gab. Rote Feder suchte Zitkala, um ihrem Vater behilflich zu sein, und lud ihre Eltern ein, am Abend im Tipi seiner

Familie zu essen. Sie nahmen die Einladung mit Freuden an.

Etwas später legte Der durch den Nebel sieht eine kurze Pause ein und gesellte sich zu ihnen.

*

Am Ende des Tages standen hunderte von bunten und einfarbigen kegelförmigen Behausungen auf der Prärie und ihre Umrisse zeichneten sich vor dem dunkler werdenden Himmel ab. Zahllose Lagerfeuer brannten und überall wurde gekocht. Die Männer saßen in Gruppen beisammen und unterhielten sich. Die Kinder spielten, die Frauen kümmerten sich um die Säuglinge und legten sie schlafen.

Chumanis Familie ließ alles stehen und liegen und versammelte sich in ihrem und Windtänzers Tipi, denn das Essen war fertig und würde rasch kalt werden, da ein starker Wind über die Ebene wehte.

Während der Mahlzeit wurde von vergangenen Ereignissen im Lager der White Shield berichtet. Als die Sprache auf Regenbogens Schwangerschaft kam, erschien ein stolzes und glückliches Lächeln auf Feuerläufers Gesicht. Später erzählten Windtänzer und Chumani von dem Überfall der Crow auf ihr Lager und von Cetans Verletzung, von der Klapperschlange in Winonas Zelt – ohne zu erwähnen, wie sie dorthin gelangt war – und von dem Kampf mit dem furchterregenden Grizzly.

»Du bist äußerst mutig und geschickt, meine Tochter«, lobte Starker Elch sie. »Ich bin stolz auf dich und sehr glücklich. Ich danke dem Großen Geist, dass Er dich in diesen gefährlichen Momenten beschützt hat. Ich danke Ihm auch, dass Er dir einen Mann gegeben hat, der stark wie ein Fels ist und von allen geachtet wird.«

Windtänzer lächelte. »Deine Worte ehren mich, Starker Elch. Ich danke dem Schöpfer ebenfalls, dass Er mich zu Tautropfen führte, denn ich hätte keine bessere Frau finden können. Wir haben euch noch viel mehr zu erzählen, denn der heilige Kampf hat schon vor vielen Tagen begonnen.«

Windtänzer erklärte, wie sie es bewerkstelligen wollten, dass *wasicun* und Apsaalooke die Red Shield und die White Shield in Frieden leben ließen und sich stattdessen gegenseitig bekämpften. »Sie haben das Kriegsbeil begraben. Nun werden wir dafür sorgen, dass sie es wieder hervorholen.« Er erzählte in allen Einzelheiten, wie sie die Pferde der weißen Siedler gestohlen, Gegenstände von den Crow an den Koppeln zurückgelassen und die Tiere schließlich in die Nähe eines feindlichen Lagers gebracht hatten, um den Verdacht auf die Vogelkrieger zu lenken. Er berichtete von Chumanis geheimnisvoller Begegnung mit dem Geisterhund und von der Rolle, die dieser bei dem siegreichen Kampf gegen den Anführer der Crow gespielt hatte, der für die Überfälle auf ihre Lager verantwortlich war. Er erzählte, dass sein Großvater während ihrer Abwesenheit den Geisterhund in einer Vision gesehen hatte, und schilderte das Fest, das bei ihrer Rückkehr zu ihren Ehren veranstaltet worden war.

Während seiner Ausführungen beobachtete Chumani ihre Angehörigen. Sie nickten, lächelten ihr zu und sahen sie bewundernd an, wenn von ihren Heldentaten die Rede war, und sie fühlte sich sehr geschmeichelt. Sie schienen stolz zu sein, dass sie zu ihnen gehörte.

Schließlich berichtete Windtänzer von der ihnen bevorstehenden Aufgabe, die sie nach Fort Pierre führen würde. Er musste der Familie seiner Frau nicht erst erklären, dass es für die Kampfgefährten gefährlich werden konnte. »Nun hast du und deine Familie das Wort, Starker Elch.«

Windtänzer und Chumani wurden von allen gelobt, dann stellte man ihnen Fragen über den Plan, mit dem sich schließlich alle einverstanden erklärten. Feuerläufer bot sich an, mit ihnen zu reiten, wenn er gebraucht würde, doch es war offensichtlich, dass er zwar gern dabei gewesen wäre, es jedoch für wichtiger hielt, in der Nähe seiner Familie und seiner schwangeren Frau zu bleiben, die ihn jetzt brauchte.

Starker Elch erhob sich. »Wir müssen gehen, denn bald ist es dunkel und der Mond ist noch zu jung, um genügend Licht zu spenden«, sagte er. »Morgen gibt es viel zu tun und auch der heutige Tag war anstrengend. Wir danken euch für eure Großzügigkeit und für euren mutigen Einsatz gegen den Feind. Wir würden um die Sicherheit unserer Tochter bangen, wenn wir nicht wüssten, dass sie unter Waci Tates und Wakantankas besonderem Schutz steht.«

»Deine Worte ehren mich, Starker Elch«, gab Windtänzer zurück.

Chumani wandte sich noch einmal an ihre Familie: »Es ist schön, wieder beisammen zu sein.« Dann richtete sie einige Worte an ihre Mutter und die Frau ihres Bruders und fügte hinzu: »Lasst uns morgen früh gemeinsam unsere Arbeiten erledigen.«

Die vier White Shield brachen auf, bevor sie eine Fackel benötigten, um zu ihren Tipis zurückzufinden. Chumani sah nach, ob das Feuer verlöscht war, schloss die Eingangsklappe und breitete die Schlafmatte aus. Sie entledigte sich ihrer Kleider und ihrer Mokassins, schenkte ihrem Mann ein verführerisches Lächeln und sagte: »Es ist Zeit zu schlafen, *mihigna.*«

Windtänzer lachte, zog sich rasch aus und legte sich sichtbar erregt zu ihr. Er nahm sie in die Arme und flüsterte: »Nein, *mitawin,* es ist Zeit für das hier.« Er küsste sie leidenschaftlich, spielte mit ihrer Zunge und zog sie noch enger an sich, so dass kein Raum mehr zwischen ihnen war. Er bedeckte ihr Gesicht mit Küssen, presste sich an sie und genoss die Berührung ihrer nackten Haut. Es war herrlich, endlich wieder mit ihr allein zu sein.

Chumani erwiderte seine Zärtlichkeiten ohne Zögern. Ihre Hände wanderten über seinen Körper und entzückt stellte sie fest, welche Gefühle sie in ihm entfachte. Es war eine Wonne, zu geben und zu nehmen. »Ich liebe dich, *mihigna*«, murmelte sie.

»Du bist Nahrung für meine ausgehungerte Seele. Du bist wie die Luft, die ich zum Atmen brauche. Ohne dich könnte ich nicht mehr leben. Unsere Lebenskreise müssen für immer miteinander verbunden bleiben. Ich möchte erleben, wie unser Kind in dir wächst. Ich möchte dich Tag und Nacht an meiner Seite haben. Du bist ein Teil von mir, *micante,* und ich würde sterben ohne dich.«

»Ich ebenso, Liebster. Ich bin traurig, wenn wir nicht zusammen sein können, und überglücklich, wenn du in meiner Nähe bist. Ich will nicht mehr von deiner Seite weichen, wohin auch immer du gehst. Schon vor unserer Geburt waren wir füreinander bestimmt.«

In der samtigen Dunkelheit, die sie umgab, erforschten sie den Körper des anderen. Sie entfachten die Glut ihrer Leidenschaft, bis die Flammen sie fast verzehrten. Als sie nicht länger warten konnten, vereinten sie sich in dem Gefühl, völlig ineinander aufzugehen. Bald lagen sie wohlig und zufrieden nebeneinander.

»Ich liebe dich, *micante,* mit jeder Faser meines Körpers«, flüsterte Windtänzer.

Chumani hörte beglückt, dass er sie bereits zum zweiten Mal »mein Herz« nannte. »Ich liebe dich auch, *mihigna,* und ich werde für immer dein sein, so wie du für immer mein sein wirst.«

Als der Morgen über den windigen Ebenen dämmerte, versammelten sich die Red und White Shield hinter ihrem Lager, um das Ritual abzuhalten, mit dem die Jagdsaison für diesen Sommer eröffnet wurde. Die Krieger, die für diesen ersten Jagdzug ausgewählt worden waren – darunter Windtänzer, Kriegerischer Adler, Rote Feder und Großer Bär –, saßen auf ihren Büffelpferden und warteten auf das Signal. Die Männer, die als Führer und Beschützer für den ungestörten Ablauf der Jagd sorgen würden – darunter Starker Elch, Feuerläufer und Blaue Eule –, sahen zu den Reitern und beneideten sie fast um ihre Aufgabe. Die Frauen, die den Jägern folgen würden, um das Fleisch und die Häute der erlegten Tiere für den Transport vorzubereiten – darunter Winona und Hanmani –, warteten mit ihren Holzbahren ganz in der Nähe.

Chumanis Blick fiel auf ihren Mann, der aufrecht und stolz auf seinem schnellen und leichtfüßigen Jagdpferd saß, das eigens für den Wettlauf mit dem massigen und unberechenbaren Büffel ausgebildet war. Windtänzer trug wie die anderen Männer nur Reithosen und Mokassins. Ein Bogen umspannte seinen Oberkörper und auf seinem breiten Rücken hing ein Köcher, in dem Pfeile mit seinem Zeichen steckten. Seine Messerscheide baumelte von dem Gürtel, der sein einziges Kleidungsstück hielt, ebenso ein kleiner Wasserschlauch. Sein schwarzes Haar war geflochten, damit es ihm nicht in einem Moment der Gefahr vor die Augen wehte und ihm die Sicht nahm. Er trug keinerlei Schmuck – keine Armbänder, Haarfedern oder Medaillons – und auch sein Pferd war weder bemalt noch anderweitig verziert. Heute ging er für die Bedürftigen auf die Jagd, für jene, die ihre Männer verloren und noch keine neuen genommen hatten, und für die, die zu alt waren, um für sich selbst zu sorgen. Später würde er sich zusammen mit Chumani um die eigenen Wintervorräte kümmern.

Nahemana und Der durch den Nebel sieht standen nebeneinander vor der versammelten Menge. Beide trugen speziell für diese Zeremonie angefertigte Insignien: Kopfputze aus Büffelschädeln und weite Büffelfellroben, die mit langen perlenbesetzten und mit verschiedenen Federn verzierten Lederfransen sowie unzähligen Wieselschwänzen geschmückt waren. Auf den einst kräftigen Oberkörpern der alten Männer prangten aus feinen Knochen angefertigte Brustplatten. Alle übrigen Kleidungsstücke waren mit Perlen, langen Federn und feindlichen Haarlocken verziert.

Um die faltigen Gesichter und die gerundeten Schultern wehte langes, weißes Haar und glänzte silbern in der Morgensonne. Beide Medizinmänner wurden von ihren Stämmen hoch geschätzt und auch von den Verbündeten verehrt. Beide hoben mit faltigen Händen jeweils einen Büffelschädel vom Boden und hielten ihn hoch in die Luft, während sie mit lauter und feierlicher Stimme zu Wakantanka beteten.

Nahemana sprach zuerst: »Großer Geist, Schöpfer aller Dinge, der du uns mit allem Lebensnotwendigen versorgst und uns und unsere Jagdgründe beschützt, wir stehen vor dir an diesem Tag und bitten dich um eine erfolgreiche Jagd. Gewähre unseren Kriegern das Glück und die Ausdauer, so viele Büffel zu finden und zu töten, dass sie uns auch während der kalten Jahreszeit noch ernähren und kleiden. Wache über die Jäger und Frauen in den Prärien, führe sie wohlbehalten und mit allem, was wir zum Überleben brauchen, zu uns zurück. Bitte die Mutter Erde, uns mit ihren Gaben zu beschenken, wenn unsere Frauen sie auf ihrem Gesicht suchen. Erhöre uns, du Allmächtiger, und empfange unsere Botschaft.«

Der durch den Nebel sieht schloss sich den Bitten des anderen Schamanen an: »Großer Geheimnisvoller, der du alles weißt und siehst, erhöre unser Gebet. Wir preisen dich und danken dir für alle deine Gaben. Verleihe unseren Jägern die Fähigkeiten deiner Kreaturen. Gib ihnen die scharfen Augen des Adlers, die Stärke und den Mut des Bären, die Schläue des Wolfs und des Fuchses und die Ausdauer des Hirsches. Lass sie eins werden mit ihren Pferden. Lenke ihre Pfeile ins Ziel. Gewähre uns diese Bitten und wir werden dich ehren und preisen und dir nach der Jagd viele Opfer darbringen.«

Schließlich begaben sich acht Mann an eine große Trommel, während die beiden Schamanen um die Büffelschädel tanzten, die mit Bündeln getrockneter Kräuter und vier Adlerfedern, mit Bärentatzen, Hirschgeweihen und Fuchs- und Wolfsschwänzen auf zwei Tierhäuten lagen. Als die Trommeln verstummten und der Tanz beendet war, wurde mit besonderen Bogen, auf denen heilige Zeichen prangten, in die Richtung gezielt, in der die Späher eine riesige Büffelherde entdeckt hatten. Die Medizinmänner riefen im Chor: »Es ist an der Zeit zu reiten, denn die Büffel erwarten euch.«

Das war das Signal zum Aufbruch und die Reiter galoppierten mit lauten Rufen und Geheul davon, ihrer Beute hinterher. Die Frauen verließen kurz nach ihnen das Lager.

Während der letzten Worte der Schamanen hatte Windtänzer zu seiner Frau geblickt und ihr zum Abschied zugenickt und gelächelt. Auch sie hatte ihm ein aufmunterndes Lächeln geschenkt und ihm war ganz warm ums Herz geworden. Obwohl er nur wenige Tage von ihr getrennt sein würde, vermisste er sie schon jetzt. Doch er nahm ihr Bild und die Erinnerung an die letzte Nacht mit sich, und das gab ihm Ruhe und Kraft.

Windtänzer vertraute seinen Fähigkeiten und der Ausdauer seines Pferdes. Er machte seinem Namen alle Ehre und raste wie der Wind über die weite Prärie mit ihren wenigen, flachen Hügeln. Auf der letzten Anhöhe bot sich ihm ein atemberaubender Anblick: Eine riesige Büffelherde erstreckte sich bis zum Horizont und es sah aus, als habe jemand eine dunkle Decke über die grüne Erde geworfen. Die massigen Tiere trotteten langsam umher, grasten friedlich oder wälzten sich genüsslich am Boden. Die Weibchen standen dich bei ihren Kälbern, die nicht gejagt wurden, damit die Herde überleben und sie auch in kommenden Jahren noch mit Nahrung versorgen würde. Einige der Bullen trugen noch ihr Winterfell, die meisten hatten es jedoch schon durch das Wälzen auf dem Boden verloren. Er wusste, dass die Brunftzeit erst begann, wenn die Sichel des Mondes sich zum zweiten Mal rundete. Dann wurden die buckeligen und bärtigen Tiere ungemein gefährlich und würden sowohl ihre Rivalen als auch sich nähernde Menschen mit ohrenbetäubendem Gebrüll zum Kampf herausfordern. Doch im Moment war die Jagd noch leicht und weitaus ungefährlicher.

Alle Reiter waren auf der Anhöhe eingetroffen und bildeten eine lange Reihe. Dann galoppierten sie zusammen den Hügel hinunter auf ihre behaarte Beute zu. Die Jagd hatte begonnen. Vor allem jene Büffel, die sich am anderen Ende der Herde befanden, bemerkten nicht sogleich, was vor sich ging. Doch langsam setzte die Herde sich in Bewegung, als hätten die Tiere mit ihrem Schnaufen die Nachricht von dem Angriff an ihre Gefährten weitergegeben. Während ihnen das volle Ausmaß der Gefahr bewusst wurde, preschten sie immer schneller vorwärts und die Jäger verfolgten sie mit Nachdruck. Sie würden so viele Büffel töten, wie die Frauen an einem Tag häuten und ausweiden konnten, sich dann über Nacht ausruhen und am nächsten Morgen bei Sonnenaufgang die Jagd fortsetzen. Nach einigen Tagen würden sie ins Lager zurückkehren und eine andere Gruppe würde sie ablösen.

Chumani, ihre Mutter, Zitkala und Regenbogenmädchen gingen ihren Aufgaben nach, während sie auf die Ankunft der ersten Holzladen mit Häuten und Fleisch warteten, die am frühen Nachmittag im Lager eintreffen sollten. Sobald die Fracht abgeladen war, brachten junge Krieger die Bahren zu den Jägern und den Frauen in der Prärie zurück, die sie erneut mit der erlegten Beute bepacken würden.

Die Frauen im Lager prüften die Trockengestelle, brieten Fleisch vor, damit etwas zu essen da war, wenn die Arbeit ihnen keine Zeit zum Kochen geben würde, sammelten Feuerholz, Beeren und Pflanzen, die in der Nähe wuchsen, und holten frisches Wasser. Sie schnitten Schilf, um Sitzmatten zu flechten, sammelten und bündelten Kräuter, die sie zum Trocknen aufhängten und später als Gewürze und Medizin verwandten.

Chumani wusste, warum ihr Mann und alle anderen, die am heiligen Kampf gegen ihre Feinde beteiligt waren, an dieser ersten Jagd teilnahmen: Sie konnten erst nach Fort Pierre reiten, wenn ihre monatliche Blutung sich eingestellt hatte. Sie wusste, dass Windtänzer sie nur ungern zu dem Handelsposten mitnehmen würde, wenn sich herausstellen sollte, dass sie ein Kind in sich trug. Sie baute zusammen mit anderen Frauen eine *cansakawakeya* in der Nähe des Flussufers, an dem Schatten spendende Pappeln wuchsen, die das Innere der Hütte kühl halten würden.

Bei der Arbeit träumte Chumani mit offenen Augen von ihrem Mann, von der gemeinsamen Zeit seit ihrer Vermählung und von ihrer letzten Nacht. Sie liebte und begehrte ihn von ganzem Herzen und es wäre eine unermessliche Qual, ihn je zu verlieren. Wieder lief ihr dieses merkwürdige und beunruhigende Frösteln über den Rücken, als habe ihr jemand eine grausame Botschaft geschickt, die sie nicht zu deuten wusste.

Vier Tage lang arbeitete Chumani an der Seite der anderen Frauen, die bei diesem ersten Jagdzug im Lager geblieben waren. Am Morgen des fünften Tages stellte ihre Blutung sich ein und sie eilte erleichtert und traurig zugleich zu der aus Weidenzweigen gefertigten Hütte. Sie sehnte sich nach einem Kind, aber sie wollte auch weiterhin an dem heiligen Kampf teilnehmen. Doch diese Entscheidung lag nicht bei ihr, allein der Große Geist und Mutter Natur hatten zu bestimmen, welchem Weg sie folgen würde, und das war nun geschehen.

Am zweiten Tag ihres Aufenthalts in der Hütte hörte Chumani, wie Bewegung in die beiden Lager kam. Die erste Gruppe war von der Jagd zurückgekehrt. Sie spähte durch die Löcher in dem Weidengeflecht und versuchte einen Blick auf ihren Mann zu erhaschen. Als sie sah, dass er wohlbehalten zurückgekehrt war, lächelte sie erfreut und dankte Wakantanka.

Am Morgen nachdem sie die Weidenhütte verlassen und sich dem Reinigungsritual unterzogen hatte, brachen Windtänzer, Chumani und die anderen nach Fort Pierre auf, während im Lager gerade die Vorbereitungen für die zweite Büffeljagd getroffen wurden. Wenn sie schnell ritten, würden sie den Handelsposten in wenigen Tagen erreichen und ihr bisher größter und gefährlichster Einsatz konnte beginnen.

14. Kapitel

Tagelang folgten sie dem Ufer des Sica River, der sie geradewegs zu ihrem Ziel führte. Die Bäume und Büsche, die den Strom säumten, konnten ihnen bei Bedarf Schutz bieten. Da Vollmond herrschte, ließen sich etwaige Gefahren auch des nachts schon von weitem erkennen. Am Tag war der Himmel klar und herrlich blau und die Luft frühsommerlich mild, die Sonne schien und ein steter Wind wehte. Nachts war es kühler, aber immer noch angenehm, und sie brauchten kein Lagerfeuer um sich zu wärmen, was ohnehin zu gefährlich gewesen wäre. Außerdem hatten sie genug Proviant bei sich, der ohne weitere Vorbereitungen verzehrt werden konnte, so dass sie auch kein Kochfeuer benötigten.

Das Gelände war eben und sie kamen gut voran. Die Spannung stieg von Tag zu Tag. Oft ritten sie durch Büffelherden und achteten sorgsam darauf, die Tiere nicht aufzuscheuchen, denn wenn die Herden einmal losrannten, trampelten sie alles nieder, was ihnen in den Weg kam. Sie sahen zahlreiche Antilopen, Hirsche und Rehe, die manchmal verängstigt davonliefen, manchmal unbekümmert in ihrer Nähe stehen blieben. Zahlreiche Tiere kreuchten und fleuchten über die saftig grüne Landschaft. Große und kleine Vögel drehten auf der Suche nach Beute ihre Kreise in der Luft. Wild wachsende Blumen blühten in allen nur erdenklichen Farben und Insekten labten sich an ihren Kelchen.

Obwohl die Reise ruhig vonstatten ging, wussten alle, dass dieser Friede jederzeit gestört werden konnte, sei es durch einen feindlichen Angriff oder durch eine Laune der Natur. Um nichts von ihrer Wachsamkeit einzubüßen, sprachen sie unterwegs nicht miteinander, sondern hielten sich jederzeit bereit zum Kampf oder, falls der Feind in der Überzahl sein sollte, zum schnellen Rückzug. Ihren nächsten Einsatz konnten sie ohnehin erst planen, wenn Chumani und Zitkala das Innere des Handelspostens ausgekundschaftet hatten. Jeder in der Gruppe war sich der Gefahr bewusst, dass er oder ein anderer von ihnen im Kampf sterben oder in Gefangenschaft geraten und von weißen Soldaten »exekutiert« werden konnte. Doch sie waren es ihrem Volk schuldig, dieses lebensgefährliche Wagnis einzugehen, denn nur auf diese Weise konnten ihre Stämme überleben und ihre Jagdgründe behalten.

Sie näherten sich dem Ziel, das Land wurde immer hügeliger, bis schließlich hohe Berge ihren Weg säumten. Es gab immer mehr Schluchten und Hohlwege, die von heftigen Regenfällen und der alljährlichen Schneeschmelze nach und nach in das Gesicht der Mutter Erde gegraben worden waren. Bäume und Sträucher standen vereinzelt in dem felsigen Terrain, während die Ufer der zwei Ströme und ihrer unzähligen Nebenarme, die sich durch die Gegend schlängelten, üppig begrünt waren. Sie verließen den Wasserlauf, dem sie seit Tagen gefolgt waren, und ritten hinauf in die Berge, um auf den Handelsposten hinabzusehen. Während sie auf die Rückkehr der Frauen warteten, würden die Männer sich in dem unwegsamen Terrain versteckt halten. Sie glitten von ihren Pferden und machten sich zu Fuß an den Aufstieg. Oben angelangt, legten sie sich flach auf den Boden und verbargen sich hinter einigen Sträuchern, während sich ihnen ein vortrefflicher Ausblick auf Fort Pierre bot. Windtänzer und Rote Feder erzählten den beiden Frauen, was sie über den Ort wussten.

Chumani und Zitkala betrachteten den Handelsposten, der in einem flachen Tal lag und durch hohe, grasbewachsene Erdwälle geschützt war, die teilweise an die zwei Ströme grenzten. An drei Seiten des Lagers standen Tipis einzeln oder in Gruppen beisammen, davor saßen indianische Familien oder bärtige Trapper mit ihren Squaws und Halbblutkindern. Da weder die Behausungen noch die Kleidung der Indianer mit Stammeszeichen versehen waren, konnte man nur schwer sagen, welchen Völkern die Menschen angehörten. Einige ließen sich jedoch als Pawnee, Cheyenne, Dakota und Lakota erkennen. Die beiden Frauen wollten sich als Cheyenne ausgeben und es war äußerst unwahrscheinlich, dass jemand sie erkennen würde.

Windtänzer deutete auf ein Dampfschiff, das auf dem breiten, schlammigen Fluss Richtung Süden schipperte. Zwei Boote, die am Ufer vertäut waren, lagen auf dem Wasser. Mehrere Bleichgesichter waren damit beschäftigt, die Ladung zu löschen und die Schiffe erneut zu befrachten. Ein ausgetretener Pfad, der zum Transport von Gütern diente, führte vom Ufer zum Posten. Der Größe, der Art der Befestigung, dem emsigen Treiben und der Anzahl der Bewohner nach zu urteilen, war es offensichtlich, dass die Weißen nicht vorhatten, sich jemals wieder vom Land der Lakota zurückzuziehen, solange sie nicht dazu gezwungen waren.

Windtänzer erzählte, dass Fort Pierre zu den größten und wichtigsten Handelsposten am Fluss zählte. Trapper, Siedler und Durchreisende versorgten sich hier mit Waren aller Art. Er erklärte ihnen, dass schon viele Männer, die bei den Weißen einen hohen Rang einnahmen, den Posten aufgesucht hatten, und dass fast jeder, der in dieses Gebiet kam, dort einen kurzen Aufenthalt einlegte. Es gab ein großes, zweiflügeliges Tor, das nach Osten wies – so wie die Eingänge der Tipis – und bei Einbruch der Nacht oder im Falle eines Angriffs geschlossen und verbarrikadiert werden konnte, um die Einwohner und die Waren vor fremden Übergriffen zu schützen. Daneben gab es in der hölzernen Mauer eine zweite Pforte, die jetzt ebenfalls offen stand und hinter der sich ein Lagerraum befand.

Chumani hatte von ihrer vorteilhaften Lage aus einen uneingeschränkten Einblick in das Innere des Postens. Die hohen Pfähle, die das Lager umzäunten, stammten von Pappeln und es erzürnte sie, dass der Feind diesen heiligen Baum fällte, um in ihrem Land zu siedeln. Im Innern der Einfriedung standen Behausungen, deren obere Wände spitz zusammen liefen und einem Tipi ähnelten, doch die Öffnungen, durch die der Rauch abzog und die frische Luft hereinkam, sahen ganz anders aus. An zwei der vier Ecken der Einfriedung gab es Blockhäuser, die über die hölzerne Wand hinausragten und von denen aus man einen weiten Blick über die Ebenen haben musste. In allen Wänden waren zahlreiche Schlitze zu erkennen, durch die auf Feinde geschossen werden konnte. Sie wusste, dass die drei Stämme der Dakota sowie die Sioux als solche angesehen wurden.

Auf den Blockhäusern und dem größten der inneren Gebäude flatterten rot-weiß-blaue Lappen im Wind, die die *wasicun* laut Windtänzer als »Amerikanische Flagge« bezeichneten. Chumani sah, dass die hölzernen Behausungen hoch aufragten und mit zahlreichen Öffnungen für die Licht- und Luftzufuhr versehen waren. Da sie Englisch gelernt hatte, wusste sie, dass diese Öffnungen Türen und Fenster genannt wurden. Sie sah die Zäune und Hütten, in denen die Pferde von Besuchern und in der Nacht auch die Tiere der Bewohner eingepfercht wurden. Um diese Tageszeit befanden sich die meisten Pferde außerhalb der hölzernen Einzäunungen, wo sie unter dem wachsamen Blick bewaffneter Bleichgesichter friedlich grasten. Ihr Blick fiel auf zwei Weiße und einen Indianer – wahrscheinlich ein Kundschafter –, die mit frisch erlegtem Wild von ihrer morgendlichen Jagd zurückkehrten. Sie luden die ausgeweideten Tiere ab und brachen sofort zum nächsten Beutezug auf. Sie sah andere Weiße, die Feuerholz stapelten, Fässer mit frischem Wasser füllten, Tierhütten säuberten, Behausungen reparierten und anderen Tätigkeiten nachgingen, die sie nicht benennen konnte. Sie bemerkte sogar zwei Indianerinnen, die die Kleidungsstücke der weißen Eindringlinge wuschen und sie zum Trocknen an Gestelle hängten, die viel besser zum Trocknen des Büffelfleisches in den Prärien gedient hätten. Sie verstand nicht, warum ein Indianer sich lieber in der Nähe von Weißen aufhielt und für sie arbeitete, als stolz und frei im Wald und in der Prärie zu leben. Als zwei Pawnee aus dem großen Tor hinaus und zu einer Gruppe von Tipis torkelten und sich auf Büffelfelle fallen ließen, bat sie den Großen Geist, ihre Freunde und ihre Familie vor dem »Feuerwasser« des Feindes zu beschützen. Ihr Blick fiel auf eine Stelle, an der zahlreiche Erdhaufen zu sehen waren. Sie wusste, dass es sich um eine Totenstätte handelte, und dachte an die Krankheit des weißen Mannes, die vor gar nicht langer Zeit viele Opfer gefordert hatte.

Windtänzer erklärte Chumani, dass viele Siedler in der Umgebung forderten, den Handelsposten in ein Militärlager zu verwandeln, damit die Soldaten sie vor »feindlichen« Indianern und weißen Räuberbanden schützen konnten, aber die Besitzer des Postens weigerten sich, ihn an die Blaumäntel zu verkaufen. Er sagte, dass ungefähr fünfundzwanzig Männer dauerhaft in dem Dorf lebten und arbeiteten. Hinzu kamen Trapper, Reisende, die sich im Fort ausruhten und mit Proviant und allerlei Waren versorgten, Siedler, die neu in diese Gegend kamen, um sich hier niederzulassen, Männer, die Arbeit suchten oder nach einer schlechten Jagdsaison um Almosen bettelten, und Indianer, die im Fort Tauschhandel trieben.

»Ich bin schon so lange nicht mehr hier gewesen, es ist möglich, dass sich vieles verändert hat«, schloss Windtänzer seine Ausführungen. »Seht euch mit den Augen des Adlers und der Schläue des Fuchses um, solange ihr euch in ihrer Einzäunung befindet. Tut nichts, was ihre Aufmerksamkeit auf euch lenken könnte. Die Sonne steht jetzt genau über uns. Wenn ihr nicht zurück seid, bis sie die Hälfte des Wegs zur Mutter Erde zurückgelegt hat, reiten wir hinter euch her.«

»Wir werden vorsichtig sein, *mihigna*«, versprach Chumani und lächelte ihn an. »Doch jetzt müssen wir aufbrechen, damit wir genug Zeit haben, die Geheimnisse der Weißen zu erkunden, bevor du und Rote Feder euch zu große Sorgen um uns macht«, sagte sie in scherzendem Ton.

»Wir werden uns ohnehin Sorgen machen, ganz gleich, ob ihr euer Vorhaben langsam oder schnell erledigt«, antwortete Rote Feder. Er sah Zitkala an und sagte mit weicher Stimme: »Komm noch heute zu mir zurück.«

Die Frau der Brule lächelte und nickte. Eine leichte Röte stieg ihr bei diesen zärtlichen und in Gegenwart anderer gesprochenen Worten ins Gesicht. »Falls wir ein wenig auf uns warten lassen, so überstürzt nichts. Brecht erst auf, wenn ihr sicher seid, dass wir uns in Gefahr befinden. Wir wollen unsere Mission nicht unnötig gefährden.«

»Wir werden geduldig nach euch Ausschau halten und nicht unüberlegt handeln«, versicherte Windtänzer.

Kriegerischer Adler sprach ihnen Mut zu und wünschte ihnen viel Erfolg.

Dann brachen Chumani und Zitkala zu dem Posten auf. Sie hatten Felle und Tierhäute dabei, denn sie wollten das Fort unter dem Vorwand betreten, mit den Bleichgesichtern Handel treiben zu wollen. Viele ihrer Stammesgenossen hatten zu diesem Zweck die schönsten und kostbarsten Pelze gespendet, die in der ganzen Gegend zu finden waren. Wenn die Weißen nicht versuchten, sie zu hintergehen, müssten sie im Gegenzug viele wertvolle Dinge erhalten. Doch selbst wenn man versuchen sollte, sie zu betrügen, würden sie sich nicht dagegen wehren, denn ihr Besuch sollte möglichst unauffällig vonstatten gehen.

Sie ritten langsam auf das große Tor zu. Beide führten ein zweites Pferd mit sich, auf deren Rücken die Pelze und Lederhäute aufgeschichtet waren. Sie ritten in einem Abstand von gut eineinhalb Büffeln, denn es sollte so aussehen, als hätten sie bereits einen langen und beschwerlichen Weg hinter sich. Über den Rücken der Pferde lief ein Lederseil, an dessen einem Ende ein Wasserschlauch, und an dessen anderem Ende ein Proviantbeutel aus Hirschleder hing, damit es so aussah, als wären sie seit mehreren Tagen unterwegs. Außer ihren Messern hatten sie keinerlei Waffen bei sich. Ihre mit Fransen verzierten Kleidungsstücke und Mokassins wiesen keine Stammeszeichen auf, aber ihre aus feinen Knochen angefertigten Halsbänder und die perlenbesetzten Gürtel und Beutel, die die Red Shield einst von ihren Verbündeten, den Cheyenne, geschenkt bekommen hatten, trugen die Farben und Zeichen dieses Stammes. Chumani und Zitkala ritten schweigend und schauten sich aufmerksam um.

Chumani empfand es als Beleidigung, dass auf dem flachen Holz über dem Haupteingang ein Adler gemalt war – der noble Krieger der Lüfte. Andere, eher gelungene farbige Zeichnungen zeigten Indianer und *wasicun,* die sich miteinander unterhielten und Tauschhandel trieben. Vielleicht sollten die Bilder den Indianern den Zweck dieses Ortes deutlich machen und sie willkommen heißen, vielleicht sollten sie auch Freundschaft zwischen Weißen und Indianern vortäuschen. Die beiden Frauen stiegen von ihren Pferden und gingen zum Tor, vor dem ein bärtiger Mann stand. Er hielt einen langen Feuerstock in der Hand und trug einen kurzen in der Gürteltasche. Er musterte sie sorgfältig und warf einen Blick auf die Felle, bevor er das Wort an sie richtete.

»Wollt ihr Handel treiben?«, fragte er.

Chumani, die das Sprechen übernehmen sollte, ließ sich nicht anmerken, dass sie seine Frage verstanden hatte. Statt in Englisch zu antworten, benutzte sie eine Zeichensprache, mit der sich fremde Indianerstämme untereinander verständlich machten. Der Mann sah zu, wie sie mit den rechten Fingerspitzen ihren linken Handrücken rieb, das Zeichen für *Indianer.* Dann machte sie mit dem Zeigefinger eine Bewegung, als wolle sie etwas zerschneiden. Dies bedeutete, dass sie *Cheyenne* war. Schließlich machte sie die Geste für *handeln.* Sie deutete auf die bepackten Pferde und formte die Zeichen für *Kessel, Perlen, Kleider* und *Spiegel.*

»Cheyenne, also? Shaiyena?«

»Heehee«, gab sie zurück und nickte.

»Ich kann kein Shaiyena, aber die Zeichensprache beherrsche ich einigermaßen.« Er bedeutete ihr mit den entsprechenden Gesten, dass er die Sprache der Cheyenne nicht spreche, dafür aber die Zeichensprache kenne.

Er hieß sie willkommen und bedeutete ihnen, ihm zu folgen. Die beiden Frauen gaben vor, kein Englisch zu verstehen, damit sie unbemerkt den Gesprächen im Fort lauschen konnten.

Während sie dem Mann folgten, hörten sie Stimmen aus den Behausungen, an denen Schriftzüge standen wie *Tischler, Schmied, Zinngießer, Sattler, Warenhaus, Unterkünfte, Küche* und *Lagerraum.* Neben einem großen Holzhaus blieben sie stehen und ihr Führer machte die Gesten für *Halten* und *Warten.*

Chumani beobachtete den Mann, als er sich dem Eingang des Hauses näherte und rief: »Hier sind zwei Cheyenne-Schönheiten, die dir gefallen werden, Bert. Sie haben ein paar ausgewählte Stücke für dich, wenn mich nicht alles täuscht. Sie können kein Englisch, aber sie beherrschen die Zeichensprache und sprechen Cheyenne.«

Ein Mann trat aus der Tür und formte das Zeichen für *Willkommen,* das Chumani höflich beantwortete. Er begab sich zu den schwer beladenen Pferden und begutachtete die Pelze und Häute.

»Du hast Recht, Zeb, das sind Prachtstücke. Wir bringen sie erst mal rein, dann seh ich sie mir genauer an. Sag den beiden, sie brauchen mir nur zu folgen, dann werden wir uns schon einig. Und hilf mir beim Abladen!«

Zeb lachte leise. »Diese Stücke wirst du dir wohl mit Leichtigkeit unter den Nagel reißen. Ich wette, die beiden hier sind nicht sehr helle, aber ich hätte nichts dagegen, ihnen ein bisschen unter die Röcke zu fassen. Was hältst du davon?«

Bert wies ihn zurecht: »Red nicht so laut; drinnen sind Indianer, die uns verstehen. Könnte sein, dass dein Geschwätz sie beleidigt.«

Die Männer nahmen einen Teil der Häute, dann

forderte Zeb die beiden Frauen auf, ihnen ins Innere der Behausung zu folgen. Sie betraten den Laden, in dem man ihren männlichen Stammesgenossen Whiskey und Tabak gab, bevor man mit dem Handeln begann. Die Anwesenden – Weiße und Indianer – sahen kurz auf. Bert bedeutete den Frauen, sich in Ruhe umzuschauen, während er auf einer langen Theke die Häute und Felle begutachtete, um ihren Wert zu bestimmen, und Zeb den Rest der Ladung holte. Sobald die Pferde abgeladen waren, ging Zeb zum Tor zurück und übte wieder seine Funktion als Wachposten aus.

Chumani und Zitkala betrachteten die vielen Regale, die vom Boden bis zur Decke reichten, sowie die Fässer und Kisten, die den Raum fast ausfüllten und allerlei unbekannte Dinge enthielten. An einigen Nägeln in der Wand hingen indianische Waffen, Perlenstickereien und Kopfputze. Chumani fragte sich, ob es sich um Geschenke handelte oder ob die ehemaligen Besitzer diese Dinge gegen Waffen und Whiskey getauscht hatten. Vielleicht handelte es sich auch um Siegestrophäen oder um Beutegut von Überfällen. Es gefiel ihr nicht, dass ein Schild der Kriegsgruppe der Black Bonnet darunter war, denn es hatte einmal einem Lakota gehört und war mit heiligen Zeichen versehen, die für ihre große Zauberkraft bekannt waren.

Während Chumani und Zitkala sich umsahen, verhielten sich die Bleichgesichter, als wären sie nicht da oder als würden sie kein Englisch verstehen. Sie sprachen in rohen, ungehobelten Worten über die beiden Frauen, denen es äußerst gelegen kam, dass ihre Täuschung geglückt war, denn so konnten sie ungestört die Gespräche ihrer Feinde belauschen und einiges über ihre Sprache und ihr unvorsichtiges Verhalten lernen.

Schließlich kam Bert zu ihnen und zeigte, was er ihnen für die Felle bieten konnte: Waffen, Messer, Beile, Fallen, Kaffee, Zucker, Mehl, Salz, Nähnadeln, Stoff, Zwirn, Kessel, Werkzeug, Zinnbecher, Spiegel, Perlen, Schmuck, fertige Hemden und Hosen, Gürtel. Seile, Dosen mit Nahrungsmitteln, Streichhölzer, Laternen, Äxte, Schaufeln, Töpfe, Schuhe, Unterwäsche des weißen Mannes, Decken und vieles mehr. Er lachte über ihre Gesichter, als er ihnen den Zweck einiger Gegenstände erklärte und ihnen etwas Salz und Zucker zum probieren gab. Er zeigte ihnen, wie einfach das Nähen mit Nadel und Faden war, und gluckste leise, als sie voller Staunen zusahen, wie er ein »Zauberholz« aus einem kleinen Metallkästchen nahm und es daran entzündete. Er hielt ihnen Spiegel vors Gesicht, damit sie sich darin betrachten konnten, und gab ihnen Kämme, um sie auszuprobieren.

Als ein anderer Mann ihn zu sprechen verlangte, ließ Bert sie allein und sie sahen sich noch ein wenig um, bevor sie verschiedene Dinge aus dem Angebot auswählten und auf die Theke neben die Felle stellten, so wie er es ihnen in Zeichensprache erklärt hatte.

Als Chumani und Zitkala die letzten zwei Gegenstände neben die anderen gelegt hatten, bei denen es sich mit einer Ausnahme um Geschenke für die Stammesgenossen handelte, die ihnen die Pelze und Häute gegeben hatten, schaute Chumani zu Bert, um ihm zu bedeuten, dass sie bereit waren zu handeln. Er überflog, was sie ausgewählt hatten, und holte tief Luft. Er machte das Handzeichen für *Warten* und ließ seinen Blick über die anwesenden Männer wandern.

»Spricht einer von euch Cheyenne? Ich brauche Hilfe. Was ist mit dir, Henry? Hast du nicht schon mal in dieser Gegend des Missouri gearbeitet?«

Ein Mann mit schütterem Haar kam auf sie zu und Chumani fürchtete, er könne womöglich ihre wahre Identität ans Tageslicht bringen.

»Ich bin eine Zeit lang beim Stamm von Häuptling Einsamer Wolf gewesen«, sagte Henry zu Bert. »Ich spreche ein paar Worte ihrer Sprache. Wie kann ich dir helfen?«

»Danke, Henry. Die beiden können kein Englisch und es würde zu lange dauern, alles in Zeichensprache zu besprechen. Sag ihnen, dass diese Dinge von weit her kommen und es sehr teuer ist, sie hierher zu schaffen. Sag ihnen, dass sie alles mitnehmen können, was sie sich ausgesucht haben, wenn sie die beiden Pferde draußen auch noch hier lassen.«

Chumani betrachtete den Trapper, der sich die Felle anschaute. Er trug hohe Mokassins und einen Bart, der ihm fast bis zur Taille reichte. Ein strenger Geruch ging von ihm aus.

Henry ließ sich Zeit mit den Fellen. Dann sagte er: »Das hier sind prächtige Pelze und Häute, Bert, sie sind einwandfrei gegerbt, die beste Arbeit, die ich je gesehen habe. Keine Schnitte, keine Falten. Sie sind mindestens soviel wert wie das, was die Frauen sich ausgesucht haben, auch ohne die beiden Pferde. Es ist ein faires Geschäft. Wenn du versuchst sie zu hintergehen, machst du sie nur misstrauisch und wütend. Wenn du willst, dass sie wiederkommen und ihre Freunde zu dir schicken, dann schlag lieber in den Handel ein.«

»Du sollst nur übersetzen, was ich dir gesagt habe. Ich kenne ein paar Männer, deren Pferde neulich von Crow gestohlen wurden und die dringend nach Ersatz suchen. Ich geb dir eine Flasche Whiskey und einen Beutel Tabak, wenn du mit ihnen sprichst.« Bert musterte den hässlichen Mann. »Oh, du bist wirklich ein harter Brocken, Henry. Ich geb dir noch zwei Fallen und etwas Kaffee und Salz dazu. Du kannst die Sachen jetzt haben oder sie dir irgendwann im Laufe des Jahres abholen.«

Chumani warf dem ungepflegten Mann, der neben ihr stand, einen verstohlenen Blick zu und sah, dass er mit der Betrügerei zwar nicht einverstanden war, Berts Angebot jedoch zu verlockend fand. Merkwürdigerweise war sie enttäuscht, als er sich selbst entehrte.

»Es ist nicht richtig, Bert, aber wenn du noch etwas Mehl und Pökelfleisch drauflegst, mache ich es. Ich hatte letzten Winter wenig Erfolg und habe nicht genug mit meinen Pelzen verdient, um mir nächstes Jahr eine neue Ausrüstung zu kaufen. Steht das Geschäft?«

»Du bist ein harter Gegner, mein Freund, aber ich schlage ein.«

Nachdem Henry Berts Vorschlag auf Cheyenne wiederholt hatte, sah Chumani von dem Stapel Felle zu der von ihnen ausgesuchten Ware und tat so, als müsse sie überlegen. Dann sagte sie auf Cheyenne zu Henry: »Ich gebe ein Pferd, das große braune. Das kleine gefleckte gehört mir nicht, außerdem brauchen wir es für den Transport. Welche Sachen müssen wir hier lassen, damit es ein fairer Tausch ist?«

Henry übersetzte ihre Antwort und Bert nahm einen Kessel, ein Messer und zwei Decken von dem Stapel. »Gib ihnen die Decken und es geht in Ordnung«, meinte Henry. »Selbst wenn du meinen Anteil abziehst, holst du noch das Doppelte raus.«

»Wie ich schon sagte, Henry«, maulte Bert, »du bist ein harter Brocken, aber nun gut. Sie können ihre Sachen in den Decken transportieren.«

Chumani sah zu Henry, der ihr erklärte, dass er den Mann gebeten habe, sich großzügig zu zeigen und ihr die beiden Decken zu lassen. Er lobte die Qualität der Häute und räumte ein, dass sie mehr wert waren. Er riet ihr, Berts Angebot dennoch anzunehmen, denn er würde ihr nicht mehr dafür geben. Er lächelte und wirkte erleichtert, als sie einwilligte, und lächelte erneut, als sie sich bei ihm auf Cheyenne bedankte: *»Ne-aese.«*

Nachdem sie sich einig geworden waren, rief Bert einen Arbeiter, der die Häute ins Lagerhaus brachte, während er den Braunen in den Stall führte. Henry bot sich an, den Frauen zu helfen, die erstandene Ware in die Decken zu wickeln und die Bündel auf das gefleckte Pferd zu laden.

Während er alles in die Decken packte, fragte er nach ihren Namen: *»Ne-toneseve-he?«*

Chumani zeigte auf sich selbst und gab zurück: *»Na-tsesevehe Heeheeno.«* Dann deutete sie auf Zitkala und gab an, ihr Name sei *Hestoekeheso.*

»Tosa a ne-hesta-he?« Er fragte sie, woher sie kamen.

Chumani hoffte, dass man ihr die Aufregung nicht

ansah, während er ihnen freundlich Fragen über Fragen stellte. Sie musste die Antworten so wählen, dass er keinen Verdacht schöpfen konnte. Sie gab an, ihr Lager befinde sich weit hinter den schwarzen Bergen, den *Mo ohta-vo honaaeva.*

Als Henry sie nach ihrem Häuptling fragte, antwortete sie ihm, es sei Spitzer Speer, ein Cheyenne, der nach Windtänzers Worten in dieser Gegend lebte und jagte. Sie hoffte inständig, dass er diesem Mann nie begegnet war und sie nicht nach Dingen fragen würde, die sie nicht beantworten konnte.

Henry erzählte, dass er zwei Winter lang in der Nähe der Sippe von Häuptling Einsamer Wolf gelebt hatte, am *E ometaa e,* den die Weißen Little Missouri River nannten.

Auf Cheyenne bemerkte Chumani: »Er ist der Bruder von Aufrechter Kämpfer, wir haben mit seinen Leuten Handel getrieben. Wir danken dir für deine Hilfe. Jetzt müssen wir aufbrechen, denn es ist ein langer Weg nach Hause.« Als Henry ihr eine weitere Frage stellte, fühlte sie Panik in sich aufsteigen. Sie fragte sich, ob er bereits einen Verdacht gegen sie hegte.

»Warum habt ihr zwei Frauen ganz allein den weiten Weg nach Fort Pierre zurückgelegt, wo Fort Laramie doch ganz in eurer Nähe ist?«

»Dort sind viele Blaumäntel und wir haben Angst vor ihnen«, gab Chumani zurück und sah ihm in die Augen. »Außerdem hat man uns erzählt, dass wir hier mehr für unsere Pelze und Häute bekommen.« Falls ihm aufgefallen war, dass sie nicht auf die Frage einging, warum sie als Frauen allein unterwegs waren, so ließ er es sich nicht anmerken.

»Das sind gute und kluge Gründe. Gebt auf euch Acht, Amsel und Reh.«

»Wir danken dir vielmals. Jetzt müssen wir los. Komm, Reh!«

Als sie durch das Tor ritten, grinste Zeb und nickte ihnen zu. Sein himmelfarbener Blick glitt über die beiden Warenbündel und sein Grinsen wurde breiter, denn an der Größe der Säcke konnte er deutlich erkennen, dass Bert sie übers Ohr gehauen hatte, was ihn zu belustigen schien. Während sie auf die nahen Hügel zuritten, spürten die beiden Frauen, wie der Mann gierig hinter ihnen herblickte. Sie wären gern losgaloppiert, um sich von diesem Blick zu befreien, wussten aber, dass sie sich zusammenreißen mussten.

Sobald sie außer Hörweite waren, sagte Chumani: »Er ist ein schlechter Mann. Ich hätte ihm gern einen Pfeil in die Delle in seiner Reithose gejagt.«

Zitkala lachte. »Dann wäre er in Flammen aufgegangen, denn das Feuer in seiner Reithose brannte bereits lichterloh.« Etwas ernster fügte sie hinzu: »Der mit den langen Haaren im Gesicht war nicht so schlimm. Er hat zumindest versucht, freundlich und ehrlich zu sein. Aber als er dir die vielen Fragen stellte, hatte ich wirklich Angst.«

»Ich auch, meine Freundin, aber ich glaube, wir haben ihn erfolgreich in die Irre geführt. Er schöpft keinen Verdacht.«

»Ich war keine große Hilfe, Tautropfen. Du hast sie alle ausgetrickst mit deinen listigen Worten und deinem scheinheiligen Lächeln. Wenn ich es nicht besser gewusst hätte, wäre auch ich deinen Lügen aufgesessen. Ich bin sehr stolz auf dich.«

»Das ehrt mich, meine Freundin. Aber wenn du nicht an meiner Seite gewesen wärst, hätte mir der Mut gefehlt.«

»Wir haben schon viel zusammen erlebt, aber dies war unsere aufregendste und ruhmreichste Tat, denn wir haben uns direkt in die Höhle der Wölfe begeben, haben sie besiegt und sind wohlbehalten wieder herausgekommen. Unsere Gefährten werden von unserem Coup begeistert sein.«

Chumani sah, dass Zitkalas Blick wie ein Pfeil in die Richtung schoss, in der die Männer auf sie warteten, und sie neckte ihre beste Freundin liebevoll: »Dein Blick wird weich und deine Wangen glühen wie Abendrot. Irre ich mich, oder liebst und begehrst du Rote Feder von Tag zu Tag mehr?«

Zitkala kühlte ihre roten Wangen mit den Händen. »Nein, du irrst dich nicht, Tautropfen, aber ich habe mich an dieses Gefühl noch immer nicht gewöhnt. Wie kann ich sicher sein, dass auch er mich liebt und begehrt?«

»Seine Augen, seine Stimme und sein Körper werden dir sagen, wie es in seinem Herzen aussieht. Schau ihm in die Augen und hör auf den Klang seiner Stimme, wenn er spricht, und beobachte seine Bewegungen, wenn er auf dich zukommt, dann wirst du bald wissen, ob er nur freundschaftliche Gefühle für dich hegt, nur deinen Körper begehrt, oder ob mehr dahinter steckt. Ich habe auf diese Weise herausgefunden, dass Windtänzers Worte der Wahrheit entsprachen. Es ist nicht falsch oder feige, diesen Weg langsam und bedächtig zu gehen.«

»Deine Worte sind weise, Tautropfen, ich werde sie mir zu Herzen nehmen.«

Da sie sich dem Ort näherten, an dem die Männer auf sie warteten, brachen sie das Gespräch ab. Sie ritten um einen Hügel herum und stiegen außer Sichtweite der Bewohner von Fort Pierre von den Pferden ab.

Windtänzer umarmte seine Frau, schloss die Augen und dankte dem Großen Geist, dass er sie ihm wohlbehalten zurückgegeben hatte. Er umfasste ihre Taille, schob sie ein Stück von sich weg, lächelte und sagte: »Mein Herz schlägt wieder gleichmäßig und ich kann wieder ruhig atmen.«

»Das Gleiche gilt für mich, *mihigna*«, erwiderte Chumani, während sie sein Gesicht betrachtete. Beglückt sah sie, dass seine sorgenvolle Miene einem Ausdruck der Freude und Erleichterung wich. Sein zärtlicher Blick, der Klang seiner Stimme und die Sanftheit seiner Berührung sagten ihr, dass er sie mehr liebte als alles andere auf der Welt.

Rote Feder lächelte und gab seiner Erleichterung ebenfalls Ausdruck: »Auch ich bin froh, dass Tautropfen und Zitkala wieder bei uns sind. Wir haben uns die ganze Zeit über Sorgen gemacht und den Handelsposten nicht einen Moment aus den Augen gelassen. Ich bin stolz, dass ihr diese Herausforderung so erfolgreich gemeistert habt. Es wäre schwierig und gefährlich geworden, euch aus den Händen so vieler Bleichgesichter zu befreien, aber wir hätten es spätestens bei Einbruch der Nacht versucht.«

Zitkala lächelte Rote Feder an, denn während er sprach, nahm er den Blick nicht von ihr und es schien, als habe er eine besondere Botschaft für sie in seine Worte gelegt. Eine wunderbare Wärme durchströmte sie.

»Erzählt uns von eurem Abenteuer«, forderte Kriegerischer Adler sie auf und betrachtete die beiden Paare, die sich lächelnd begehrliche und liebevolle Blicke zuwarfen, obwohl Rote Feder und Zitkala versuchten, ihre Gefühle vor den anderen zu verbergen.

»Erst versorgen wir die Pferde, dann setzen wir uns und reden«, sagte Windtänzer zu seinem jüngeren Bruder und sah in den Himmel, der sich bedrohlich verdunkelte. »Wir müssen sie von dem Gepäck befreien und sie tränken, dann können wir sie anpflocken und in Ruhe grasen lassen.«

Nachdem die Frauen das Fort verlassen hatten, hatten sich am Himmel riesige weiße Wolken gebildet, die schnell über ihre Köpfe hinwegzogen und mit der Zeit immer dunkler wurden. Die Sonne verschwand immer öfter und die glühende Sommerhitze ließ nach.

Schließlich fegte auch der Wind immer heftiger über das Land und die Luft kühlte merklich ab. Alle hofften, das Wetter möge sich halten, bis sie ihren gewagten Plan ausgeführt hatten.

Nachdem die Pferde versorgt waren und die fünf sich im Schneidersitz auf der Wiese niedergelassen hatten, schilderten die beiden Frauen ihr Erlebnis in allen Einzelheiten.

»Es ist gut, dass die Weißen glauben, die Crow hätten ihre Pferde gestohlen. Und schon bald werden die Crow glauben, die Weißen hätten ihre Stammesgenossen überfallen.«

»Das ist wahr, mein Bruder«, sagte Windtänzer, »aber es hat die Bleichgesichter nicht wie erhofft dazu angestiftet, einen Angriff auf das Lager der Crow zu verüben.«

»Sie haben die Vogelkrieger nicht angegriffen, weil diese in der Überzahl sind«, bemerkte Chumani. »Die Männer, deren Gespräch wir belauschen konnten, sagten, dass sie nicht nach den Blaumänteln geschickt haben, weil die Crow mit den gestohlenen Pferden beim Eintreffen der Soldaten längst über alle Berge gewesen wären. Aber die Siedlerfamilien, die am Ufer des großen Flusses leben, haben sich verbündet und Wachen um ihre hölzernen Tipis aufgestellt. Auch die zahlreichen Geschöpfe, von denen ich viele zum ersten Mal gesehen habe, werden bewacht«, fügte sie noch hinzu und meinte Hühner, Kühe und Schweine. »Die Siedler machen es genauso wie die Bewohner von Fort Pierre, sie lassen ihre Tiere nachts nicht draußen, sondern treiben sie in kleine Behausungen.«

»Wir werden den Weißen das Leben so schwer machen, dass sie bald nicht mehr hier leben wollen und freiwillig unsere Jagdgründe verlassen. Für die Crow wird es dann viel zu gefährlich sein, uns weiter anzugreifen«, versprach Kriegerischer Adler.

Die anderen vier nickten zustimmend.

Während sie auf den unabdinglichen Schutz der Dunkelheit warteten, verbargen sie sich auf dem Bauch liegend im hohen Gras und beobachteten erneut den Handelsposten. Irgendwann kam Bert mit einem anderen Mann zum Tor und redete auf Zeb ein. Chumani erkannte den betrügerischen Händler und den lüsternen Wachposten, konnte jedoch nicht sagen, wer der dritte Mann war, der die Zügel zweier Reitpferde in der Hand hielt.

Sie sahen, dass Zeb in die Richtung deutete, in die sie fortgeritten waren. Dann schüttelte er den Kopf und blickte in den wolkenverhangenen Himmel. Es sah aus, als würde er mit dem anderen Mann streiten oder sich seinen Befehlen widersetzen. Schließlich nickte Bert und ging mit dem dritten Mann, der die gesattelten Pferde hinter sich herführte, wieder in das Fort, während Zeb sich erneut an seinen Posten begab und nochmals einen Blick in den Himmel warf.

Chumani runzelte die Stirn und meinte: »Dieser Schuft von einem Händler will die beiden hinter uns herschicken. Sie sollen unsere Pferde stehlen und uns die Waren abnehmen. Unsere drei Pferde werden ihm viel ... »Geld« einbringen, so sagte er. Er will sie verkaufen.«

»Und die Waren kann er mit einem anderen Indianer gegen noch mehr Pelze und Häute tauschen«, sagte Windtänzer. »Sie wollen warten, bis der Sturm vorüber ist, denn sie wissen, dass ihr nur langsam voran kommt und anhalten müsst, wenn das Unwetter losbricht. Wenn sie fähig sind, unseren Spuren zu folgen, nachdem Mutter Erde sich mit viel Wasser das Gesicht erfrischt hat, werden wir sie in unserem Lager und in unseren Armen willkommen heißen«, sagte er spöttisch.

»Es wird ein herrlicher und siegreicher Kampf und wir werden sie für ihre Betrügereien bestrafen«, ließ Kriegerischer Adler verlauten, und die anderen nickten lächelnd.

Während sie alles besprachen, was die Frauen im Fort gehört hatten, und jedes mögliche Hindernis erörterten, das die Ausführung ihres Plans erschweren konnte, wurde die Farbe des Himmels immer bedrohlicher. Schließlich mussten sie entscheiden, ob sie ihren äußerst gewagten Plan auch bei Sturm durchführen wollten.

15. Kapitel

Es regnete in Strömen, Blitze zuckten über den düsteren Himmel, der Donner folgte krachend und ließ mit lautem Getöse die Erde erbeben. Ein kräftiger Wind peitschte über die blühenden Wiesen und riss grüne Halme aus der Erde und bunte Blüten von ihren Stängeln. Er zog und zerrte an der durchweichten Kleidung und dem zu Zöpfen geflochtenen schwarzen Haar der fünf Freunde. Rinnsale klaren Wassers liefen ihnen über Gesicht, Arme und Beine und an den Hosen hinab, bis es auf den schon völlig durchweichten Boden tropfte. Die untergehende Sonne, frühe Sterne und der Vollmond versteckten sich hinter einer dichten grauen Wolkendecke. Sie konnten einander nur noch dank der immer wiederkehrenden hellen Blitze und des letzten dämmrigen Tageslichts erkennen. Die früh einsetzende Dunkelheit und der sintflutartige Regen nahmen ihnen die Sicht auf den Handelsposten.

Sie vermuteten, dass sowohl Weiße als auch Indianer bei einem solch heftigen Sturm bis zum nächsten Morgen oder zumindest bis zum Ende des Unwetters in ihren Behausungen bleiben würden. Sie hatten gesehen, wie die Bleichgesichter alle Tiere von den Weiden außerhalb des Forts geholt hatten. Dann waren die beiden Tore geschlossen und wahrscheinlich von innen verriegelt worden. Riesige, lang andauernde Blitze, die sich in viele kleine Verästelungen teilten, beleuchteten den Himmel. Der Donner war fast ununterbrochen zu hören und erinnerte sie an das dumpfe Dröhnen von Kriegstrommeln.

Schließlich rief Windtänzer alle zu sich und gab seine Befehle. »Wir müssen den Plan durchführen, während sie in ihren hohen Hütten gefangen sind«, beschloss er. »Wir werden mein Pferd mitnehmen und es mit den Utensilien der Crow beladen, denn es ist gut geschult und gehorcht mir ohne Ausnahme. Tautropfen, du bleibst hier und bewachst die anderen Pferde. Es kann sein, dass die Wut der Himmelsgeister sie davonscheucht. Wir können sie nicht anpflocken, denn der Regen hat das Gesicht der Mutter Erde zu sehr aufgeweicht. Wenn wir nicht zurück sind, bevor der Mond verblasst, musst du allein in unser Lager zurückkehren und unseren Leuten berichten, was geschehen ist. Versuche nicht, uns zu retten, falls man uns gefangen nimmt, oder uns zu rächen, wenn man uns ermordet, denn das wäre dein sicherer Tod.«

Chumani war überrascht und fragte: »Warum soll ausgerechnet ich hier bleiben?«

Windtänzer nahm ihre nasse Hand. »Ich habe dich nicht ausgewählt, weil ich an deinen Fähigkeiten zweifle oder weil ich aus lauter Liebe um deine Sicherheit besorgt bin. Du bist die Frau aus der Vision. Du musst leben, damit du den heiligen Kampf fortsetzen kannst, falls es mir nicht mehr möglich sein sollte. Wenn beide von Wakantanka auserwählten Führer sterben sollten, würde unser Volk alle Hoffnung verlieren und wäre nicht mehr in der Lage, den Weg, der uns zum Sieg führt, weiterzugehen. Außerdem muss jemand auf die Pferde Acht geben. Zitkala ist größer und kräftiger und muss uns bei der Durchführung unseres Plans helfen, so wie Rote Feder und Kriegerischer Adler. Meine Worte sind vielleicht keine Freude für dich, *mitawin,* aber sie sind zutreffend.«

»Wenn dem so ist, *mihigna,* dann will ich gehorchen«, sagte sie und sah ihm in die Augen.

Windtänzer lächelte und freute sich, dass sie ihm so bedingungslos vertraute. »Mach dir keine Sorgen, *micante,* denn wir werden bald zurück sein und diesen üblen Ort ein für alle Mal hinter uns lassen.«

»Ja, das werden wir, *mihigna.*« Dann wandte Chumani sich an die kleine Gruppe. »Seid vorsichtig«, ermahnte sie ihre Gefährten und nickte jedem von ihnen noch einmal zu. Sie hätte ihren Mann und ihre beste Freundin gern umarmt, überlegte es sich aber anders, denn sie wollte nicht, dass es aussah, als würde sie an ihrer Rückkehr zweifeln. Doch als sie den vieren nachblickte, die in der undurchdringlichen Dunkelheit verschwanden, war sie sich nur allzu sehr der grausamen Möglichkeit bewusst, dass sie die Freunde vielleicht zum letzten Mal gesehen hatte.

*

An einer zuvor bestimmten Stelle des Ufers glitten Windtänzer und Rote Feder – beide barfuß und nur mit kurzen Reithosen bekleidet – in den schnell dahinströmenden, schlammigen Mnisose, um zu den beiden Booten zu schwimmen, die bei Fort Pierre vor Anker lagen. Viel Kraft und Ausdauer waren vonnöten, um nicht von der starken Strömung mitgerissen zu werden. Außerdem mussten sie Ästen und Holzblöcken ausweichen, die auf dem Wasser tanzten oder dicht unter der Oberfläche dahinschnellten. Noch gefährlicher wurde es, wenn sie untertauchen mussten, weil ein Blitz den Himmel erleuchtete und sie fürchteten, gesehen zu werden. Während dieser Tauchmanöver stießen sie einige Male fast mit solchen dicken Ästen zusammen.

Zuvor hatten sie zwölf Schiffsleute ausgemacht, sechs pro Schiff, die eilig ihre Zelte in einiger Entfernung von den Booten auf dem höher gelegenen Festland aufschlugen, um dem wütenden Wasser zu entkommen. Als ein Blitz die Umgebung in helles Licht tauchte, hatten sie außerdem im vorderen Boot zwei Männer gesichtet, die sich unter ein Segel kauerten. Sie hatten sich ihrem ersten Ziel mit großer Vorsicht genähert, da sie davon ausgegangen waren, dass man Wachen an Bord zurückgelassen hatte.

Die beiden Oglala erreichten das vordere Schiff und hievten ihre tropfnassen und unterkühlten Körper auf die Planken. Hier waren Bänke zu sehen mit Platz für acht Männer, um das Boot stromabwärts zu rudern, während ein Mann nach möglichen Gefahrenquellen Ausschau hielt. Windtänzer und Rote Feder versteckten sich hinter einem breiten, hoch aufragenden Holzpfahl in der Mitte des Schiffes. Da es sich ohnehin ständig auf- und abbewegte, konnten sie sicher sein, dass niemand das Schwanken bemerkt hatte, das sie beim Einsteigen in das Boot verursacht hatten. Sie verständigten sich mit Handzeichen über den Angriff. Entlang der beiden Längsseiten des Schiffes verliefen Holzplanken, auf denen vier Männer vor- und zurückgehen konnten, wenn das Boot mit Stangen stromaufwärts geschoben wurde. Windtänzer nutzte diese Stege, um sich auf der rechten Seite nach vorne zu schleichen, Rote Feder auf der linken. Zwischen ihnen befand sich der Lagerraum.

Sie holten aus und versetzen den Bleichgesichtern, die ihr Näherkommen nicht bemerkt hatten, einen Schlag auf den Kopf, der sie bewusstlos zusammensacken ließ, noch bevor sie sich verteidigen oder um Hilfe rufen konnten. Windtänzer und Rote Feder fesselten und knebelten sie, denn es war keine große Ehre für sie als wahre Krieger, einen Mann zu töten, der nicht in ihr Territorium eingedrungen war. Sie begaben sich zum zweiten Boot, konnten jedoch keine Wachen entdecken, was in Anbetracht der wertvollen Ladung, die stromaufwärts zu anderen Handelsposten gebracht werden sollte, verwunderlich war. Vielleicht hatten die Frauen das Gespräch zwischen den beiden Seeleuten, das sie im Fort aufgeschnappt hatten, nicht richtig verstanden. Windtänzer und Rote Feder kamen darin überein, dass sich in dem hölzernen Zimmer niemand befinden konnte, denn es gab keine Fenster und die drei Türen waren von außen verriegelt. Sie hatten Glück, dass die Eingänge zu den Lagerräumen sich nicht auf der Uferseite der Boote befanden, denn so würden sie ihr Vorhaben von den Feinden unbemerkt ausführen können.

Windtänzer wartete, bis der Donner verhallt war, dann ahmte er eine Vogelstimme nach – das vereinbarte Zeichen für Zitkala und Kriegerischer Adler, dass die Luft rein war. Die vier versammelten sich auf der Längsseite des Bootes. Windtänzer nahm das Beil der Crow, das Kriegerischer Adler bereit hielt, und sprengte damit die drei Schlösser des Lagerraums. Er achtete darauf, dass jeder Schlag von einem Donnerhall übertönt wurde. Sie öffneten die Türen und spähten hinein. Als ein Blitz ihnen Licht spendete, erblickten sie zahlreiche Stapel länglicher Kisten sowie großer und kleiner Fässer, so dass für die Seemänner kein Platz mehr blieb, um an Bord zu schlafen, wo sie vor dem Regen geschützt gewesen wären.

Windtänzer öffnete eine der Kisten mit dem Beil. Er zog eine lange Waffe heraus und sagte: »Sie sind mit Feuerstöcken beladen, so wie Tautropfen und Zitkala es im Fort gehört haben. Wir müssen die Waffen der *wasicun* in den Fluss werfen. Die Wassergeister werden sie zerstören, so dass sie uns und unseren Verbündeten nicht mehr schaden können und auch für die Tiere des Schöpfers keine Gefahr mehr darstellen.«

Windtänzer wollte kein Risiko eingehen und war dagegen, eine Fackel anzuzünden. Die Seemänner hätten den Lichtschein womöglich von ihren Zelten aus sehen können. Außerdem war Schießpulver gefährlich und tödlich. Er erinnerte seine Gefährten daran, dass das schwarze Pulver für alle Arten von Waffen benutzt wurde, für lange und kurze Feuerstöcke, die schnell feuernde Haubitze und die mächtige Kanone.

Die vier begannen mit ihrer Arbeit. Sie warfen die schweren, unversiegelten Kisten und Fässer in die schlammige Strömung, die sie entweder sofort verschluckte oder noch eine Weile mit sich trug, bis sie sich nach und nach mit Wasser füllten und schließlich untergingen. Obwohl der Sturm weiterhin wütete, warfen sie die Ladung vorsichtig über Bord, denn sie wollten sich nicht durch das Geräusch einer aufs

Wasser platschenden oder gegen die Schiffswand polternden Kiste verraten. Sie bewegten sich behutsam über das schlüpfrige Deck und stellten erleichtert fest, dass ihre Mokassins ihnen festen Halt gaben. Während sie Kisten über Kisten schleppten, hofften sie inständig, der Blitz möge nicht in das Boot einschlagen, was äußerst verhängnisvoll für sie gewesen wäre. Regen strömte vom Himmel und durchnässte sie bis auf die Haut. Sie sehnten sich nach trockener Kleidung, einer warmen Decke, einem Feuer, einem gemütlichen Tipi und einem heißen Trunk aus belebenden Kräutern. Ihre Muskeln schmerzten von der anstrengenden Arbeit, aber sie wussten, wie wichtig dieser Einsatz war und dass sie nicht aufhören durften, bis alle Waffen vernichtet waren oder sie die Flucht ergreifen mussten.

Als das erste Boot geleert war, was sehr viel Zeit in Anspruch genommen hatte, nahmen sie sich das zweite vor. Zitkala wurde als Wache aufgestellt, da die Gefahr, entdeckt zu werden, mit der Zeit immer größer wurde. Doch ohne Zitkala dauerte es noch länger, die Waffen über Bord zu werfen. Hinzu kam, dass es allmählich hell wurde, der Sturm sich langsam legte und sie den Rückzug zu Fuß antreten mussten. Außerdem bot das flache und öde Gelände wenig Möglichkeiten, sich zu verstecken. Sie nahmen ein kleines Fass Schießpulver, ein paar Waffen sowie einige Vorräte mit, die sie bei späteren Überfällen auf die Crow verwenden wollten.

Während Kriegerischer Adler, Zitkala und Rote Feder das Diebesgut auf das Packpferd luden und befestigten, hinterließ Windtänzer einige Siegestrophäen, die vom Kampf mit Vier Wölfe und seinem

Trupp stammten, damit die weißen Händler die Apsaalooke für den Diebstahl der Waffen verantwortlich machten. Er platzierte sie so, dass die *wasicun* sie auf jeden Fall finden mussten. Neben die immer noch bewusstlosen Wachen legte er Chaheechopes Bogen und den Köcher eines anderen Kriegers der Crow, denn der *wanju* von Vier Wölfe war nicht mehr aufgetaucht, seit der Geisterhund ihn davongetragen hatte. Es sollte so aussehen, als seien die Crow überrascht worden und hätten die Waffe bei ihrem eiligen Rückzug vergessen. Schließlich legte Windtänzer noch das kleine Beil auf die Hütte in der Mitte des Bootes und eilte dann zu seinen Gefährten, die sich hinter dichtem Gestrüpp verborgen hielten. Ihre gewagte Tat war vollbracht, jetzt mussten sie nur noch unbemerkt von diesem Ort verschwinden.

Chumani wartete angstvoll und mit wachsender Anspannung. Sie wusste, dass die Aufgabe der vier viel Zeit in Anspruch nehmen würde, hatte jedoch inzwischen längst mit der Rückkehr ihrer Freunde gerechnet. Nachdem die anderen aufgebrochen waren, hatte sich das Unwetter zunächst noch verschlimmert, dann begann der Sturm sich langsam zu legen. Sie fürchtete, dass ihre Gefährten gefangen genommen oder verletzt worden waren und sie versuchte, gegen diese schrecklichen Gedanken anzukämpfen. Sie hatte viele laute Geräusche vernommen, war sich jedoch sicher, dass es nur der Donner gewesen war und nicht etwa Schüsse aus den Waffen der *wasicun*. Sie wusste, dass die anderen den Weg zu ihrem Versteck auch mit geschlossenen Augen finden würden und konnte die Möglichkeit ausschließen, dass sie sich verlaufen hatten. Doch sie waren zu Fuß und fast unbewaffnet unterwegs. Sie würde es nicht ertragen, wenn ihrem geliebten Mann oder ihrer besten Freundin etwas zustieße, und auch um Rote Feder und Kriegerischen Adler machte sie sich Sorgen. Wie sollte sie ohne sie weiterleben, von dem heiligen Kampf ganz zu schweigen? Doch der Große Geist würde für das Überleben ihres Volkes nicht ein solch großes Opfer von ihr fordern.

Die Zeit verging und ihre Anspannung wuchs. Blitz, Donner und Regen ließen nach und die dichte Wolkendecke brach auf. Schließlich kam hinter einer Wolke ein Stück des Mondes zum Vorschein, doch das Licht reichte nicht aus, um bis zum Fluss sehen zu können, wo ihre Liebsten sich aufhielten.

Sie wusste, dass sie von ihrem Versteck aufbrechen musste, bevor der Morgen graute. Falls man ihre Freunde entdeckt hatte, würden die Bleichgesichter die Gegend absuchen, außerdem würde Bert seine Männer hinter ihr herschicken, um an die Pferde und die Waren zu gelangen. Sie musste sich der bitteren Wahrheit stellen: Wären die anderen noch am Leben und nicht gefangen genommen worden, wären sie längst zurückgekehrt. Der Mond stand tief und sie konnte nicht einfach lügen und behaupten, es nicht bemerkt zu haben. Immerhin hatte sie ihrem Mann fest versprochen, spätestens dann aufzubrechen, wenn der bleiche Himmelskörper an dieser Stelle stand.

Nachdem sie noch einmal die Gegend mit dem Blick abgesucht hatte, machte Chumani sich mit nassen Haaren, feuchter Kleidung und Trauer im Herzen an den rutschigen Abstieg von dem Hügel, auf den sie wegen der besseren Sicht geklettert war. Sie sammelte ihre Habseligkeiten ein und lud sie auf die Pferde. Sie hatte niemals geglaubt, dass sie den Heimweg allein würde antreten müssen. Sie sagte sich, dass sie die Hoffnung nicht verlieren durfte. Sie musste weiterhin daran glauben, dass die anderen sie einholen würden, auch wenn sie es war, die Pferde und Waffen bei sich hatte. Sie saß auf, griff nach den Zügeln der anderen vier Reittiere und trabte los zum Sica River, um entlang seiner Ufer zum Sommerlager ihres Stammes zu reiten.

Der Sturm hatte sich gelegt und es regnete nicht mehr, also würden ihre Spuren sichtbar bleiben. Der Wind wehte immer noch kräftig, doch die Luft hatte sich schon wieder erwärmt. Hinter ihr sandte die Morgensonne erste Strahlen von einem fast wolkenlosen Himmel herab, so dass Chumani schon von weitem zu sehen war. Es gab keine Bäume in der Nähe, die ihr Schutz boten. Sie wusste, dass sie eine gut erkennbare Spur hinterließ, die außerdem leicht zu lesen war. Sie hielt ihre Waffen griffbereit, denn die würde sie sicherlich brauchen, wenn die Händler von Fort Pierre ihr tatsächlich folgten.

Ab und zu drehte Chumani sich um und prüfte, ob Zeb und der andere Mann schon zu sehen waren, und seufzte jedes Mal erleichtert auf, wenn sie niemanden entdeckte. Dann, als sie sich schon fast in Sicherheit wähnte, erschienen plötzlich zwei Reiter am Horizont – Weiße. Sie trieb ihr Pferd an und zog die anderen vier näher zu sich heran. Vor ihr standen einige Büsche und Bäume. Wenn sie die erreichen konnte, bevor ihre Verfolger sie einholten, würde sie sich weitaus besser verteidigen können. Es war ihr ziemlich gleichgültig, ob sie das Packpferd mit den Waren stahlen, aber sie wollte nicht, dass ihnen die Pferde und Waffen von Kriegerischem Adler, Zitkala und Roter Feder in die Hände fielen, und schon gar nicht die von Windtänzer.

Chumani warf erneut einen Blick zurück und musste feststellen, dass die Männer schnell aufholten. Zum Glück kam ihr Ziel immer näher, und sie war sich fast sicher, dass sie es noch rechtzeitig erreichen würde. Sobald sie die Pferde angebunden und die Waffen ihres Mannes in Sicherheit gebracht hätte, würde sie den Bleichgesichtern einen unvergesslichen Empfang bereiten, denn sie gingen mit Sicherheit nicht davon aus, dass sie so geschickt mit Pfeil und Bogen umzugehen wusste.

Sie ritt zu den Bäumen, die ihr und den schnaufenden Tieren Schutz boten. Sie sprang vom Pferd, befestigte alle Zügel an einem dicken Busch, schnappte sich ihren Bogen und den Köcher und rannte hinter eine Pappel. Sie stieß mehrere Pfeile mit den Spitzen nach unten in die vom Regen aufgeweichte Erde, so dass sie griffbereit waren. Sie nahm den ersten Pfeil, spannte den Bogen und legte sich einen Angriffsplan zurecht. Sie wusste, dass sie schnell und genau schießen musste, wenn sie sich den Bleichgesichtern erst gezeigt hatte, damit diese keine Zeit hatten, ihre Feuerwaffen zu benutzen. Zum Glück waren es nur zwei. Sie hörte, wie sie näher kamen und einige Pferdelängen entfernt anhielten. Sie blieb reglos stehen und lauschte ihren beleidigenden Worten.

»Komm schon raus, rote Braut, du entkommst uns sowieso nicht!«

Zeb lachte laut. »Du kannst dir den Atem sparen,

Harry, sie versteht kein Englisch. Pass auf, es kann sein, dass sie versucht, auf uns drauf zu springen. Ich hab nicht vor, mich beißen oder mit einem rostigen Messer kratzen zu lassen.«

»Du meintest doch, sie sieht gut aus, Zeb, also hätte ich gern ein bisschen was von ihr, bevor wir ihr die Kehle durchschneiden. Wir müssen sie sowieso umbringen, damit sie nicht zu ihren Leuten rennt und erzählt, dass wir die Pferde und die Waren gestohlen haben. Aber hast du nicht gesagt, es wären zwei? Wo ist dann die zweite? Und woher hat sie die vielen Pferde?«

»Wahrscheinlich in der Nähe des Postens gestohlen. Die andere ist wohl schon vorausgeritten, aus welchem Grund auch immer. Das kann man bei den Indianern nie so genau sagen. Wir müssen absteigen und nach ihr suchen. Aber halt Augen und Ohren offen!«

Chumani holte tief Luft und bat den Großen Geist um Hilfe. Sie sprang hinter dem breiten Pappelstamm hervor und wollte gerade einen Pfeil auf den Mann namens Harry schießen, als Windtänzer und Rote Feder sich mit lautem Kriegsgeheul aus dichten Baumkronen direkt auf die beiden Bleichgesichter fallen ließen. Chumani konnte den Pfeil nicht mehr zurückhalten, schaffte es aber noch, seine Flugbahn zu verändern, indem sie den Bogen nach links herumriss – sonst hätte sie wohl ihren Mann getroffen. Während sie mit großen Augen den Kampf verfolgte, der zwischen den Weißen und den beiden Oglala entbrannte, dankte sie Wakantanka dafür, dass er Windtänzer zu ihr zurückgebracht hatte. Die beiden *wasicun* waren ihren Angreifern unterlegen und außerdem so überrascht von dem Überfall, dass es nicht lange dauerte, bis sie tot am Boden lagen.

Windtänzers dunkler Blick wanderte von dem leblosen Körper seines Gegners zu seiner Frau. Er lächelte und lobte sie: »Deine Kriegskünste werden von Tag zu Tag beeindruckender, *mitawin,* und du bist mutig und gewitzt. Wir hatten keine andere Wahl und mussten in den Bäumen warten, bis sich die beiden direkt unter uns befanden«, entschuldigte er sich. »Wir konnten uns dir nicht zeigen, weil wir fürchteten, dass deine Reaktion uns verraten würde.«

»Warum habt ihr sie getötet?«, fragte sie, während er auf sie zukam.

»Sie haben unsere Gesichter und unsere Pferde gesehen und hätten sich an uns erinnert. Wir wollten verhindern, dass du deine Pfeile auf sie abfeuerst, denn wir besitzen keine Geschosse der Crow und hätten sie nicht austauschen können. Wir werden die Bleichgesichter mit durchgeschnittener Kehle und dem Kopf nach unten an einem Ast aufhängen, so wie unsere Feinde es für gewöhnlich tun, damit man sie für die Schuldigen hält.«

Chumani schmiegte sich an seine Brust und sagte mit gepresster Stimme: »Um ein Haar hätte mein Pfeil dich getroffen.«

»Das wäre nicht passiert«, beruhigte er sie, »denn du bist ein guter Schütze und der Große Geist wacht über uns. Ich bin glücklich, dich wiederzusehen und dich in meine Arme zu schließen. Es war richtig, dass du dich an unsere Abmachung gehalten hast und noch vor Sonnenaufgang losgeritten bist. Wir haben während des Sturms einen großen Sieg errungen. Wir erzählen dir alles unterwegs.«

Als habe diese Bemerkung sie aus einem tiefen Schlaf gerissen, sprudelten die Fragen auf einmal aus ihr heraus: »Wie habt ihr es geschafft, noch vor mir hier zu sein? Was ist passiert am Fluss? Warum seid ihr nicht zurückgekommen? Wo sind Zitkala, Kriegerischer Adler und dein Pferd?«

Windtänzer unterdrückte ein Lachen, denn er merkte, welche Sorgen sie sich gemacht hatte. »Wir waren mit der Arbeit erst fertig, als der Sturm sich legte und der Morgen graute und es für dich an der Zeit war aufzubrechen. Wir wären zu spät zu der verabredeten Stelle gekommen«, erklärte er ihr. »Wir wussten, welchen Weg du nehmen würdest, also rannten wir so schnell wie möglich hierher, um auf dich zu warten. Kriegerischer Adler und Zitkala sind ein Stück vorausgegangen, ihnen fehlt nichts. Von einem Hügel aus beobachteten wir die Gegend, sahen dich und bemerkten noch vor dir, dass zwei Bleichgesichter sich an deine Fersen geheftet hatten. Ich wusste, wie und wo du ihnen auflauern würdest, also eilte ich mit Roter Feder zu den Bäumen und die beiden anderen suchten ein Versteck für sich und die gestohlenen Waffen. Wir müssen uns jetzt um die beiden *wasicun* kümmern und dann schnell von hier verschwinden. Die anderen Weißen werden nach ihnen und nach den Crow suchen, die ihre Boote geleert haben.«

Chumani lächelte. »Du kennst mich gut, denn wir haben viel zusammen erlebt und es gibt keine Geheimnisse zwischen uns. Ich bin glücklich, dich wiederzusehen. Ich werde die Pferde tränken und meine Pfeile einsammeln, während du dich mit Roter Feder um die Bleichgesichter kümmerst.«

Sie umarmten und küssten sich in Anwesenheit ihres Freundes und sahen sich dann noch einmal lächelnd in die Augen.

Rote Feder gönnte seinen Gefährten diesen kurzen, ungestörten Augenblick von Herzen, dachte an Zitkala und ging zu einem nahen Baumstamm, in dem Chumanis Pfeil steckte. Er zog ihn heraus und reichte ihn ihr.

»Danke, mein Freund. Es ist schön, dich wiederzusehen.«

»Auch ich freue mich, dich wiederzusehen, Tautropfen. Dein Mut und deine Kriegskünste sind beeindruckend, so wie die deiner besten Freundin. Der Mann, der ihre Liebe gewinnt, kann sich glücklich schätzen.«

»Das ist wahr, Rote Feder, und ich hoffe, derjenige wird ein guter Freund meines Mannes sein, denn ich wäre hocherfreut, wenn sie in unserem Lager leben würde.«

Der Krieger schmunzelte und erwiderte: »Meine Freude würde sich mit deiner nur decken, wenn ich dieser gute Freund bin und sie mein Tipi mit mir teilt. Aber dieser Weg ist der einzige, vor dem sie sich fürchtet und den sie äußerst langsam geht.«

»Dann musst du ihr etwas von deinem Mut abgeben und den ersten Schritt auf diesem Pfad tun.«

»Wird sie mir folgen, Tautropfen, wenn ich ihr meine Hand reiche?«

»Ich kann nur sagen, Rote Feder, dass du das Risiko eingehen musst, denn solange sie nichts von deinen Gefühlen weiß, braucht sie auch keine Entscheidung zu fällen.«

Als sie am Abend Halt machten, um ihr Lager aufzuschlagen, wusste Chumani alles über die erfolgreiche Aktion der letzten Nacht. Sie hatte Kriegerischem Adler und Zitkala von Zeb und Harry erzählt und ihnen beschrieben, wie sie mit Windtänzer und Roter Feder eine falsche Spur gelegt hatte, die zu den Jagdgründen der Crow führte und weitere Verfolger in die Irre leiten würde.

Die Frauen entschuldigten sich und suchten in einiger Entfernung die Büsche auf. Chumani berichtete Zitkala von dem überraschenden Gespräch mit Roter Feder. »War ich etwa zu vorschnell und zu kühn, meine Freundin?«, fragte sie.

»Nein, Tautropfen, denn ich liebe und begehre ihn. Ich werde warten, bis er solche Worte an mich richtet. Ich möchte keine falschen Hoffnungen hegen, bis er mir seine Gefühle nicht offenbart hat und ich sicher sein kann, dass er es ernst meint.«

»Es wäre schön, wenn ihr euch vermählen würdet, denn dann wären wir auch in Zukunft beisammen. Ich würde gern länger mit dir sprechen«, sagte sie seufzend, »aber wir müssen zurück. Wir sind müde und morgen liegt noch ein langer Weg vor uns.«

Windtänzer war sicher, dass sie eine ruhige Nacht verbringen würden, denn sie hatten ihre Schlafmatten hinter einer Anhöhe ausgebreitet, die einen guten Blickschutz bot. Außerdem würde sein Pferd ihn wecken, falls sich jemand anschleichen sollte. Er zog Chumani in die Arme und genoss ihre Nähe. Er wusste nur zu gut, dass dieser Einsatz für sie beide lebensgefährlich gewesen war. Zum Glück hatte der Große Geist ihn zu ihr geführt, bevor die weißen Männer ihr Leid antun konnten, obwohl er nicht daran zweifelte, dass sie sich durchaus selbst verteidigen konnte. Er knabberte an ihrem Ohr und flüsterte: »Ich wünschte, du hättest mich nach dem Bad in dem eisigen Fluss gewärmt.«

»Wenn du weiterhin die Flamme der Leidenschaft in unseren Körpern entfachst, werden wir beide bald ein kaltes Bad brauchen«, gab sie leise zurück. Sie spürte, wie er ein Lachen unterdrückte.

»Mach dich nicht lustig, *mihigna,* denn ich meine es ernst. Du hast mein Feuer geschürt und außerdem weckst du die anderen.«

»Wenn wir jetzt allein in unserem Tipi wären, würde ich dich erst zum Glühen bringen und dann das Feuer in dir löschen, denn ich verspüre große Lust auf dich.«

»Ich ebenso, aber wir sind nicht allein oder in unserem Tipi. Wenn du nicht bald aufhörst, mich zu entflammen, werde ich keinen Schlaf finden können.«

Windtänzer merkte, wie groß ihr Verlangen war, und wusste, dass sie keinen Spaß machte. »Ich ebenso wenig, *micante,* deshalb werde ich dich jetzt in Ruhe lassen.«

»Nur bis wir wieder in unserem Tipi sind, dann musst du mich erneut belästigen.«

»Das mache ich, *mitawin*«, versprach er.

Als sie zum letzten Mal auf dieser Reise ein Nachtlager aufschlugen, lud Rote Feder Zitkala zu einem Spaziergang. Sie gingen eine Weile am Ufer des Sahiyela River entlang. Die Luft war mild und fühlte sich gut an auf der Haut. Eine leichte, erfrischende Brise wehte und über ihnen am wolkenlosen Himmel leuchteten die Sterne. Es duftete nach Blumen und frischem Gras. Sie hörten das Gezirpe von Grillen, das Quaken von Fröschen und die Schreie von Eulen. Es war, als zeige sich die Natur für sie von ihrer romantischen Seite.

Rote Feder blieb neben einer blühenden Wiese stehen und sah Zitkala an. »Als du im Handelsposten der Weißen warst und ich Angst hatte, es könnte dir etwas zustoßen und ich würde dich nie wiedersehen, da wusste ich, dass du mir das Herz gestohlen hast«, gestand er. »Ich möchte, dass du mein Leben mit mir teilst. Ich möchte, dass du meine Frau wirst, Zitkala, sobald wir wieder im Lager sind.«

Eine Flut widersprüchlicher Gefühle und Gedanken kam in ihr hoch. Sie hatte mit diesem Augenblick gerechnet und doch war sie überrascht. Sie glaubte ihm, konnte aber nicht verstehen, warum ein gut aussehender Mann wie Rote Feder sich ausgerechnet in sie verliebte, warum er ausgerechnet sie zur Frau nehmen und für immer mit ihr zusammen sein wollte. Warum war sie betrübt und erfreut zugleich? Sie vertraute ihm, warum zweifelte sie dennoch an seinen Worten? Warum fürchtete sie sich so sehr davor, ihn zu berühren? Wieso hatte sie Angst, dass dies nur ein Traum war und sie schon bald erwachen würde?

»Sprich, Zitkala, damit ich weiß, wie es in deinem Herzen aussieht.«

Sie brauchte die Sicherheit, dass eine dauerhafte Verbindung zwischen ihnen wahrhaftig möglich war, deshalb gab sie zurück: »Es ist zu früh für eine Vermählung, Rote Feder. Wir müssen uns zunächst noch besser kennen lernen und unsere Gefühle prüfen, so wie wir uns auf dem Schlachtfeld und bei der Jagd immer wieder auf die Probe stellen. Wir müssen erst ganz sicher sein, dass mehr in uns wohnt als Freundschaft und körperliches Verlangen. Wenn wir uns vermählen, so muss es aus Liebe geschehen, damit das Band zwischen uns stark genug ist, um ein Leben lang zu halten.«

Rote Feder nahm ihre Hand und schwor: »Meine Liebe zu dir ist stark und aufrichtig, Zitkala. Aus diesem Grund hat der Schöpfer unsere Wege gekreuzt, so wie bei Windtänzer und Tautropfen. Werde meine Frau.« Als sie den Blick senkte, fragte er: »Liebst und begehrst du mich denn nicht, wie ich es tue? Hoffe ich auf etwas, das sich niemals erfüllen wird?«

»Meine Liebe zu dir ist groß, Rote Feder, doch für meine Furcht gilt das Gleiche. Ich war niemals zuvor einem Mann nahe, deshalb ängstigt mich die Geschwindigkeit, mit der alles geschieht. Es macht mich ganz benommen. Ich könnte es nicht ertragen, wenn ich deine Frau würde und du feststellen müsstest, dass dein Herz und dein Geist dich in die Irre geführt haben. Warte, bis die Büffelsaison vorüber ist. Wenn du dann noch immer das gleiche fühlst wie heute Nacht, werde ich deine Frau und will mein Leben für immer mit dir teilen.«

»Ich werde warten, bis deine Zweifel und Ängste verblasst sind. Aber«, fügte er leise lachend hinzu, »ich werde dich Tag und Nacht umwerben, bis es soweit ist.«

Zitkala lächelte. »Das ist gut, Rote Feder, denn du lässt mein Herz höher schlagen wie nie ein Mann zuvor.«

»Und du machst mich glücklich wie nie eine Frau

zuvor. Als ich dich das erste Mal sah und als ich das erste Mal deine Stimme hörte, war ich schon verloren.«

»So wie ich, Rote Feder, als ich das erste Mal in euer Lager kam, dich sah und dich sprechen hörte.«

»Wir gehören zusammen. Ich werde dir ein guter Mann sein und niemals versuchen, dich zu verändern, denn ich liebe dich, wie du bist.«

»Sag das noch einmal«, neckte sie ihn, während ihr Herz vor Freude überfloss und alle Zweifel mit einem Male davongespült waren.

»Ich liebe dich, Zitkala«, flüsterte er, bevor er seine Lippen auf ihre presste. Leidenschaftlich erwiderte sie seinen Kuss.

Als die fünf das Sommerlager erreichten, wurden sie von allen Stammesgenossen begrüßt, die nicht auf der Jagd waren oder über die Ebenen zogen, um die toten Büffel auszuweiden. Alle hielten in ihrer Arbeit inne und kamen gelaufen, um den Bericht ihrer erfolgreichen Reise zu hören. Am Abend fand ein Fest statt, bei dem gegessen, gesungen und getanzt wurde. Man stimmte Ehrenlieder auf die fünf Kampfgefährten an. Wer für den Besuch im Handelsposten Pelze und Häute gespendet hatte, erhielt Geschenke. Eltern und Verwandte strahlten vor Freude und Stolz, ebenso Freunde und Mitglieder der Kriegergruppen. Die beiden Medizinmänner sprachen Gebete und dankten dem Großen Geist für den Sieg und die Unversehrtheit ihrer Schützlinge.

Windtänzer und Rote Feder verließen kurz das Fest, um das Schießpulver, die Waffen und die Streichhölzer an einem sicheren Ort zu verstecken, für den Fall, dass sie eines Tages von Crow oder Blaumänteln überrascht werden sollten.

Windtänzer und Chumani hatten sich seit Tagen danach gesehnt, allein zu sein und ihren Gefühlen freien Lauf zu lassen. Endlich war es soweit. Sie schlossen die Eingangsklappe des Tipi und entledigten sich in Windeseile ihrer Kleidung. Er nahm sie in die Arme und sie genoss die Wärme seines Körpers. Als er sie küsste, seufzte sie befriedigt und er lächelte. Sie küssten und streichelten sich und erkundeten, wie sie das ohnehin stets gegenwärtige Verlangen nacheinander noch steigern konnten. Chumani hoffte, dass es zwischen ihnen immer so bleiben würde.

Das Mondlicht schien durch die Luftklappe des Tipi und fiel auf ihr Gesicht, so dass er sich an ihren wunderschönen Zügen erfreuen konnte. Sie verzauberte ihn wie eine Magierin und er wehrte sich nicht dagegen, so wie auch sie sich ihm willig hingab. Als sie sich aufbäumte, sich an seinen Schultern festhielt und vor Wonne aufstöhnte, ließ auch er sich gehen.

Danach küssten und streichelten sie sich und schließlich kuschelte sie sich in seine Umarmung. Glücklich und zufrieden schliefen sie ein.

Kurz nach Morgengrauen gesellten Windtänzer, Rote Feder und Kriegerischer Adler sich zu der Gruppe, die als nächstes auf die Büffeljagd gehen würde, denn es blieb genug Zeit bis zu ihrem nächsten Feldzug gegen Crow und Weiße. Chumani und Zitkala gingen mit den Frauen, um die toten Tiere zu häuten und auszuweiden. Sie nahmen die Holzladen mit, die von jungen Kriegern voll beladen ins Lager zurückgebracht wurden, wo der Rest des Stammes das Fleisch zum Trocknen aufhängte und die Häute gerbte. Wie üblich verließen die Männer als erste das Lager und die Frauen zogen hinterher, wobei sie angeregt schwatzten, bis die mühselige Arbeit begann. Beide Gruppen waren aufgeregt und warteten mit Spannung darauf, die ersten Büffel zu sehen, denn die massigen Tiere bildeten ihre Lebensgrundlage – sie verdankten ihnen Kleidung, Nahrung, Häute für Tipis und vielerlei Gebrauchsgegenstände.

Als die Frauen sich auf einer Anhöhe befanden, erblickte Chumani eine riesige Herde, die sich über die Ebenen ergoss, als habe sie keinen Anfang und kein Ende. Das saftige Gras verschwand vielerorts unter dichten Knäueln dunkler Tierkörper. Chumani wusste, dass die Büffel behände, klug und blitzschnell waren, auch wenn es nicht so schien. Sie sah die Jäger, darunter ihren Mann und seine Freunde, die sich an den Rand der Herde begaben und aus nächster Nähe ihre Pfeile auf die großen Kreaturen schossen und dabei auf besonders empfindliche Stellen zielten. In kurzer Zeit hatten die Reiter, die eins zu sein schienen mit ihren Pferden, eine ganze Reihe der Tiere erlegt, wobei jedoch stets nur so viele getötet wurden, wie der Stamm wirklich zum Überleben brauchte. Einige Büffel liefen auseinander, andere grasten weiter, als sei nichts geschehen, und wieder andere, vor allem ältere Bullen, wälzten sich unbekümmert auf dem Boden.

Chumani und die anderen Frauen schwärmten aus und begannen, die riesigen Kadaver zu bearbeiten, wobei jede nach dem markierten Pfeil ihres Mannes oder Familienmitglieds suchte. Mit scharfen Messern häuteten Chumani und Zitkala die Tiere und weideten sie aus. Sie schnitten bestimmte dicke Stücke Fleisch heraus und legten sie auf die losgelöste Haut. Sie entfernten Hörner, Hufe und verschiedene Knochen, aus denen Tassen, Löffel, Messer und Leim gefertigt wurden. Dann trennten sie Zunge und Schwanz ab und schnitten Leber, Magen und Blase heraus, wobei letztere zur Herstellung von Wasserschläuchen diente. Es war eine blutige und langwierige Arbeit. Geier kreisten über ihnen und auch andere Aasfresser warteten schon begierig auf ihren Anteil an den toten Kreaturen. Auf diese Weise vollendete sich der Lebenskreis der Büffel und der Zweck ihres Daseins hatte sich erfüllt.

Sie wickelten dicke Lederschnüre um das so entstandene Bündel und gaben einem jungen Krieger, der eine leere Holzlade hinter sich herzog, ein Zeichen, damit er das Fleisch ins Lager transportierte. Nachdem sie ihm beim Beladen geholfen hatten, eilten sie zum nächsten Kadaver.

Während sie das zweite Tier bearbeitete, hörte Chumani die fürchterlichen Geräusche von Feuerstöcken und sah eine große Gruppe von Kriegern der Crow von links auf die riesige Büffelherde zustürmen. Sie riss erschreckt die Augen auf, als sie verstand, dass sie angegriffen wurden. Die grasenden Büffel hielten in ihrer Bewegung inne und jene, die auf der Erde gelegen hatten, sprangen auf. Die Bullen begaben sich zu den Weibchen, die sich wiederum schützend neben ihre Kälber stellten. Die Leitbullen versuchten mit einigen Warnschritten, die

Eindringlinge einzuschüchtern. Dann erkannten die Tiere, dass sie die Flucht antreten mussten.

Chumani sah, wie die Bullen ihre großen Köpfe schüttelten und in den Nacken warfen, bevor sie ein zorniges Gebrüll ausstießen. Einige kratzten mehrmals mit den Hufen über den Boden. Ihre dünnen Schwänze schossen in die Luft. Dann liefen die großen, wutentbrannten Geschöpfe los und ein donnernder Lärm hallte über die Ebenen. Meist rannten die Büffel über das Land, ohne anderen Schaden zuzufügen – Tieren ebenso wenig wie Menschen. Doch wenn sie in Panik gerieten und die Herde nah beeinander blieb, wurde alles, was ihnen in den Weg kam, niedergetrampelt. Antilopen, streunende Koyoten, Hasen, Vögel und Insekten brachten sich in Sicherheit. Präriehunde eilten in ihre Erdlöcher, wobei ihr Gebell von den donnernden Hufen der Büffel übertönt wurde. Chumani schaute sich verzweifelt nach ihrem Mann um und entdeckte ihn schließlich. Er ritt auf die Crow zu. Offensichtlich beabsichtigte er, ihren Gegnern entgegenzutreten, um den Angriff abzuschwächen. Sie wollte ihn nicht aus den Augen verlieren, wusste aber, dass es für sie und Zitkala das Beste war, sich hinter den Kadaver zu kauern, den sie gerade bearbeitet hatten. Die beiden Frauen beteten und hofften inständig, dass die verängstigte Herde, die geradewegs auf sie zuraste, sie verschonen würde.

Die Jäger der Oglala und der Brule versuchten die Herde abzudrängen, um ihre Frauen zu schützen, und wichen dabei den spitzen Hörnern der Büffel aus, die mit gesenkten Köpfen auf sie losgingen. Alle wussten, dass die Tiere sich in einer geraden Linie auf die beiden Sommerlager zubewegten.

Windtänzer sah, wie das Pferd von Schwarzem Raben taumelte, stürzte und dann reglos liegen blieb, wahrscheinlich mit gebrochenem Nacken. Mehrere Crow stürzten zu dem schutzlosen Red Shield, der einer der vier Bogenträger des Stammes war. Windtänzer hatte keine andere Wahl, als einen Rettungsversuch zu starten, denn sein Ehrgefühl als Krieger und sein Rang als Hemdträger und Strong Heart erlaubten es ihm nicht, einen Freund im Stich zu lassen. Er galoppierte zu dem Mann, der nur mit einem Jagdbogen und einigen Pfeilen bewaffnet auf seine Gegner wartete. Der heilige Bogen wurde nur in der Schlacht und bei Ritualen verwendet und lag sicher im Lager.

Als der Häuptlingssohn sich fast auf Höhe des gedemütigten Mannes befand, rief er Schwarzem Raben zu, sich hinter ihm aufs Pferd zu schwingen, ein bei den Oglala weitverbreitetes Rettungsmanöver. In einer Hand hielt er Zügel und Bogen, die andere streckte er nach seinem Freund aus, damit dieser sie ergreifen und sich auf das Reittier schwingen konnte. Ihrer Flucht vor dem Feind hätte nichts mehr im Weg gestanden. Doch überraschenderweise begannen die Crow, auf Windtänzers geliebtes Jagdpferd zu schießen, bis es tot unter ihm zusammenbrach. Windtänzer prallte mit dem Rücken auf die Erde und verlor den Bogen aus der Hand und die Luft wich aus seinen Lungen. Bevor er sich wieder aufrichten konnte, wartete weiteres Entsetzen auf ihn. Auf Anweisung des Anführers töteten drei Vogelmänner Schwarzen Raben auf feigherzige und heimtückische Weise.

Als Windtänzer immer noch nach Atem ringend

aufsprang, war er von Kriegern der Apsaalooke umzingelt, die Kriegsbemalung trugen und ihn feindselig anstarrten. Er wusste, dass es keinen Zweck hatte, sein Messer aus der Gürteltasche zu ziehen, denn zwei der Männer zielten mit ihren Pfeilen auf seine Hand und er konnte nicht riskieren, eine Verletzung davonzutragen, die ihn ein Leben lang kampfunfähig machen würde. Er richtete sich zu voller Größe auf, stellte sich breitbeinig und mit stolzgeschwellter Brust vor seine Gegner und blickte sie spöttisch und herausfordernd an. Sein schwarzes Haar wehte im Wind und er sah dem grinsenden Anführer geradewegs in die Augen, während er auf sein Todesurteil wartete.

16. Kapitel

Windtänzer fürchtete sich nicht vor dem Tod. Er würde mutig und ehrenvoll sterben und er hatte seinen Lebenskreis mit einem heldenhaften Opfer vollendet, auch wenn Schwarzer Rabe bereits nicht mehr war. Er glaubte fest daran, dass es Wakantankas Wille war, wenn dies sein letzter Tag auf Erden sein sollte, und dass der Große Geheimnisvolle einen guten Grund dafür hatte. Er bedauerte lediglich, dass er seine Familie und seinen Stamm zurücklassen musste. Er würde ihnen im Kampf gegen ihre Feinde nicht mehr beistehen können. Auch seine geliebte Frau würde er schmerzlich vermissen, die nun den heiligen Kampf allein oder mit anderen Gefährten fortsetzen musste und den Verlust nur schwer verkraften würde. Er wagte es nicht, seine Gegner aus den Augen zu lassen und zu dem Hügel hinter sich zu blicken, aber er war sich sicher, dass Chumani das grausame Ereignis beobachtete, denn er spürte ihren durchdringenden Blick und konnte in seinem Kopf fast ihre ermutigenden Worte und ihr Liebesgeflüster hören. Das Donnern der unzähligen Hufe war noch nicht verebbt und so wusste er, dass die Raserei der Büffel weiter in vollem Gange war und dass seine Frau und andere sich inmitten der Fluchtbahn der Herde befanden und er sie nicht retten oder den anderen Jägern dabei helfen konnte, die Tiere abzudrängen, damit sie nicht die Lager niedertrampelten. Er wurde von zwölf bewaffneten Feinden auf Pferden umzingelt, während er fast unbewaffnet und zu Fuß war, und so konnte er nur darum beten, dass die verängstigten Büffel bald in eine andere Richtung schwenken oder sich beruhigen und in ein langsameres Tempo fallen würden.

»Willst du nicht um dein Leben betteln, erster Sohn von Häuptling Großer Bär?«

Windtänzer zeigte seine Überraschung nicht, als der Anführer ihn mit Namen ansprach und seine Frage auf Oglala stellte. Er sah den Mann verächtlich an und antwortete in der Sprache des Feindes: »Das habe ich nicht nötig, Hund von einem Crow. Nur eure Krieger handeln so, wenn sie in einem Kampf unterliegen. Erringen die Apsaalooke wenige Siege, dass sie andere auf solch niederträchtige Weise angreifen müssen? Es ist wahrlich keine Heldentat, einen Mann zu töten, der sein Pferd verloren hat und gegen eine solche Überzahl von Gegnern antreten muss wie mein Freund. Und es ist genauso erbärmlich, ohne ersichtlichen Grund ein Geschöpf des Großen Geistes abzuschlachten, wie ihr es mit meinem Pferd getan habt. Seid ihr so feige und niederträchtig, dass ihr Windtänzer und Rabe an der Flucht hindert, damit sie in Zukunft nicht mehr gegen euch kämpfen können?« An den zusammengekniffenen Augen und der Haltung des Anführers konnte er sehen, dass er ihn wütend gemacht hatte. Er wusste, dass er die besten Überlebenschancen hatte, wenn er den Crow in seinem Stolz verletzte.

»Der, welcher tot am Boden liegt, war wertlos für uns, aber der zukünftige Häuptling der Red Shield wird unseren Hass und unseren Rachdurst kennen lernen. Du wirst so langsam sterben, wie das Stachelschwein vorwärts kriecht. Du wirst leiden und bluten wie kein anderer Gefangener. Es ist ein großer Sieg und eine große Freude für uns, Waci Tate in die ewigen Jagdgründe zu schicken.«

»Natürlich dauert es lange, bis der Sohn von Großer Bär stirbt, Hund eines Crow!«

»Ich hoffe, du sprichst die Wahrheit, denn töten werden wir dich so oder so. Doch nicht sofort, sondern erst, wenn du das Ende deiner Leiden und deiner Schande schon lange herbeisehnst und dir nichts dringlicher wünschst, als auf dem Geisterpfad zu wandeln.«

»Ich fordere dich auf, gegen mich zu kämpfen. Steig ab und wir werden sehen, wer der bessere Krieger ist. Ist der Sieg mein, so bin ich frei.«

»Ich habe nicht vor, mich hier mit dir zu messen«, sagte der Crow höhnisch, »denn ich möchte, dass es bei dem Kampf viele Zuschauer gibt.«

Windtänzer war sicher, dass er gewinnen konnte, wenn es zu einem Gefecht kam, deshalb versuchte er seinen barbarischen Feind lächerlich zu machen. »Hast du solche Angst und fühlst dich so unterlegen, dass du nicht wagst, wie ein Mann zu kämpfen?«, fragte er. »Brauchst du die Hilfe und die Ermutigung anderer, um einen einzigen Gegner zu besiegen? Ist es bei den Apsaalooke nicht Sitte, dass ein kühner Krieger sich seine Freiheit verdienen kann?«

»Nicht, wenn dieser Gefangene einer unserer größten Feinde ist. Es ist ein Ausdruck von Stärke und Weisheit, wenn ich nicht jetzt und an diesem Ort gegen dich antrete. Ich will mich meinen Leuten gegenüber großzügig zeigen und ihnen gestatten, deinem Todeskampf beizuwohnen.«

»Wirst du in deinem Lager allein gegen mich antreten«, spottete Windtänzer, »oder brauchst du die Hilfe anderer?«

»Sroka ist in der Lage, einen schwächlichen Sioux allein zu besiegen.«

Windtänzer starrte den streitsüchtigen Mann an, dessen Gesicht in den Farben des Blutes und des Todes bemalt war: rot mit schwarzen Kreisen. Er hatte Sroka erkannt, aber so getan, als sei der boshafte Krieger zu unwichtig, als dass man ihn kennen und fürchten müsste. Ihre Stämme hatten schon verschiedene Schlachten gegeneinander geschlagen. Er vermutete, dass der Crow ihn einen Sioux genannt hatte, da es sich um das Wort der Bleichgesichter für die drei Stämme vom Volk der Dakota handelte und sie sich beide darüber im Klaren waren, dass es sich um eine Beleidigung handelte. »Du Hund eines Crow, du hast solange hinter den *wasicun* hergeschnüffelt und sie um einen Waffenstillstand angebettelt, dass du schon sprichst wie sie. Hast du vergessen, dass ihr uns *Da-kkoo-tee* nennt?«

»Das habe ich nicht vergessen, Waci Tate, der jetzt mein Gefangener ist.«

»Warum greift ihr uns während der Büffeljagd an?«, fragte Windtänzer und erhoffte sich nützliche Informationen. »Es ist nicht die richtige Jahreszeit, um Schlachten zu schlagen.«

»Wenn ihr nicht genug Nahrung, Unterkünfte und Kleidung für den Winter habt, werdet ihr erfrieren und verhungern. Je weniger *Da-kkoo-tee* es gibt, die wir besiegen müssen, desto eher wird dieses Land wieder uns gehören, so wie vor langer Zeit.«

»Wenn ihr die Sommertage damit verbringt, uns anzugreifen, anstatt euch auf die kalte Jahreszeit vorzubereiten, werden es eure Leute sein, die sterben. Es ist dumm, Sroka, und nicht Sitte unter Indianern.«

»Schluss mit dem Geschwätz. Sitz hinter Pariskatoopa auf und gib ihm dein Messer. Wir reiten in unser Lager und bereiten deinen Tod vor. Hast du Angst, ihm ins Antlitz zu sehen?«

Windtänzer grinste. »Ich habe keine Angst vor dem Tod, denn er ist Teil eines jeden Lebens. Ich warte begierig auf den Kampf mit dir.« Er hielt es für das Beste, Srokas Befehl zu gehorchen, denn zumindest wären es dann schon zwölf Feinde weniger, die seine Leute bedrängten. Außerdem konnte er unterwegs einen Fluchtplan aushecken. Er übergab sein Messer, sprang hinter Zwei Krähen aufs Pferd und sagte: »Ich bin bereit.«

»Alaxiia Bilee, sammle ihre Waffen ein und nimm den Medizinbeutel und eine Skalplocke von dem, der tot ist, damit ich sie an mein Tipi hängen kann. Bald werde ich allen zeigen, dass ich die Waffen und das Leben Waci Tates vom Stamme der Oglala in Händen halte.«

Feuer im Herzen tat wie im geheißen. Dann befahl Sroka den anderen Männern, sich um Waci Tate herum zu verteilen und ihn mit den Lanzen zu verwunden, falls er versuchen sollte zu fliehen. Er bedeutete dem Rest des Trupps, den Angriff auf die Jäger einzustellen und ihnen zu folgen.

Während sie davongaloppierten, atmete Windtänzer erleichtert auf, denn zumindest war der feindliche Angriff vorüber und die Herde hatte sich beruhigt. Er wusste, dass einige Zeit vergehen würde, bevor seine Stammesgenossen die Waffen und Pferde holen und ihre Verfolgung aufnehmen konnten. Außerdem würde sein Vater, auch wenn dieses Ereignis noch so schmerzlich für ihn war, nicht zulassen, dass seine Krieger bei einem Angriff auf einen so übermächtigen Feind ihr Leben ließen, nur um ihn zu retten. Er musste sich ganz auf sich selbst verlassen und sich einen Fluchtplan zurechtlegen.

Verzweifelt und mit vor Angst klopfendem Herzen verbarg Chumani sich hinter einer Anhöhe und musste mit ansehen, wie ihr geliebter Mann von Feinden verschleppt wurde, um aller Wahrscheinlichkeit nach gefoltert und getötet zu werden. Die große Gruppe der Crow hatte den Angriff abgebrochen und stürmte jetzt hinter Sroka her, den sie von weitem erkannt hatte. Die Büffelherde war zum Glück abgedrängt worden und verlief sich jetzt in der Ferne. Langsam kamen die Jäger zurück. Sie und die Frauen, die sich mit ihr und Zitkala hinter dem Hügel versteckt hatten, waren unversehrt. Auch das Lager und jene, die dort geblieben waren, waren nun in Sicherheit, da die Büffel in die entgegengesetzte Richtung weiterliefen. Die jungen Krieger mit den Holzladen hatten inzwischen im Lager Alarm geschlagen. Niemand schwebte mehr in Gefahr, mit Ausnahme des Mannes, den sie liebte. Doch solange er lebte, gab es noch einen Hoffnungsschimmer. Vielleicht konnte er fliehen, oder sie würden es schaffen, ihn zu retten.

Sie winkte Rote Feder, Kriegerischer Adler und Feuerläufer herbei, die sich augenblicklich zu ihr gesellten. »Warum lächelt ihr an einem solch düsteren Tag?«, fragte sie.

Kriegerischer Adler und seine Gefährten blickten sie verwirrt an. »Wir haben unser Lager vor der Büffelherde gerettet und unsere Jagdgruppe vor den Crow. Alle sind unversehrt.«

»Aber du hast deinen Bruder und einen guten Freund verloren, Wanbli.«

Die drei Krieger schauten sich um, sahen die toten Büffel, von denen einige schon ausgeweidet waren, sowie einige zurückgelassene Holzbahren. Windtänzer jedoch konnten sie nicht unter den Männern entdecken, die sich um die Frauen kümmerten und sie beruhigten.

»Folgt mir auf den Hügel«, sagte Chumani und eilte den Hang hinauf. Oben angekommen deutete sie auf das grausige Bild, das sich ihnen bot. Schwarzer Rabe und zwei tote Pferde lagen im Gras; ihre Körper waren gespickt mit Pfeilen.

Rote Feder riss verwundert und bestürzt die Augen auf und ergriff als erster das Wort. »Wo ist mein Freund, mein Blutsbruder?«, fragte er. Zitkala gesellte sich zu ihnen und starrte ebenfalls voller Entsetzen auf die schreckliche Szene.

Chumani erzählte, wie es zu dem grausamen Vorfall gekommen war, und und sah das Entsetzen in den Augen der Männer, als sie erwähnte, dass niemand anderes als Sroka ihren Mann gefangen genommen hatte. »Ich bin hier geblieben und habe alles mitangesehen«, fuhr sie fort, »denn ich hatte weder Bogen noch Pfeile und konnte ihm nicht helfen. Nicht weniger als zwölf Gegner standen um ihn herum. Ich konnte nicht hören, was sie sagten, aber nachdem sie eine Weile geredet hatten, ritten sie davon.« Sie berichtete, wie Schwarzer Rabe und das Pferd ihres Mannes ohne ersichtlichen Grund, aus reiner Boshaftigkeit, regelrecht hingerichtet worden waren. Sie verschwieg auch nicht, dass die Feinde die Waffen der beiden Oglala entwendet und von Schwarzer Rabe eine Skalplocke genommen hatten. »Sroka kennt Waci Tate und weiß um seinen Rang. Er will, dass mein Liebster in Fesseln vor seine Leute tritt, bevor er ihn vor aller Augen foltern und töten wird. Wir müssen Schwarzen Raben zudecken und ihm eine Totenstätte errichten. Dann muss eine kleine Gruppe meinem Mann hinterherreiten. Alle außer uns fünf müssen im Lager bleiben, denn die Crow warten womöglich nur darauf, dass viele von uns hinter ihnen herjagen. Wir werden Windtänzer retten und zu seinem Stamm zurückführen.«

»Wie soll uns das gelingen, meine Schwester? Wahrscheinlich halten die Crow ihn in der Mitte des Lagers gefangen und haben Wachen aufgestellt.«

Chumani sah besorgt zu ihrem Bruder. »Der Große Geist hat mir einen Plan eingegeben. Ich werde ihn euch später mitteilen. Wenn du im Lager bleiben musst, um deine Frau, dein ungeborenes Kind und unsere Eltern zu beschützen, dann ist das kein Zeichen von Schwäche, Feuerläufer. Du bist der zukünftige Häuptling der White Shield und musst leben, damit du ihr Anführer werden kannst.«

»Unsere beiden Stämme verfügen über viele erfahrene Krieger, die unsere Familien beschützen können«, gab Feuerläufer mit fester Stimme zurück. »Ich möchte dabei sein, wenn wir das Leben des zukünftigen Häuptlings der Red Shield retten, der unser Verbündeter und unser Freund ist und außerdem der Mann meiner Schwester. Wir werden siegreich sein, denn noch wartet der Geisterpfad nicht auf ihn. Er ist der Mann aus der Vision und ihr habt eure euch zugedachte Aufgabe noch nicht vollendet.«

»Das ist wahr, mein Bruder, und aus diesem Grund müssen wir ihn aus den Händen der Feinde befreien.«

Sie hörten Hufgetrappel und sahen eine riesige Gruppe von Kriegern auf sich zukommen, an deren Spitze Großer Bär ritt. Sie eilten ihm entgegen und berichteten ihm von der Gefangennahme seines Sohnes und dem Tod von Schwarzem Raben.

Chumani verlor keine Zeit und schlug dem Häuptling einen gewagten Rettungsplan vor. Großer Bär hörte aufmerksam zu, dachte eine Weile nach und erklärte sich dann einverstanden. Chumani merkte, wie sehr dem älteren Mann diese tragischen Ereignisse zu Herzen gingen. »Mach dir keine Sorgen, mein zweiter Vater«, sagte sie liebevoll, »wir werden ihn retten.«

»Ich werde den Großen Geist bitten, dich zu beschützen, meine zweite Tochter. Ich vertraue deinem Können und deiner Klugheit, denn Wakantanka hat dich nicht ohne Grund meinem Sohn zur Frau gegeben und dich zu seiner Gefährtin im heiligen Kampf bestimmt. Du hast bewiesen, dass du diese Ehren verdienst. Aber wenn es der Wille des Schöpfers ist, dass mein Sohn sich an seine Seite begibt und du dich in unnötige Gefahr bringen musst, dann setze nicht dein Leben aufs Spiel.«

»Ich verspreche, vorsichtig zu sein, und danke dir für deine ermutigenden Worte.«

Alle kehrten ins Lager zurück, wo der schmerzliche Vorfall erneut geschildert wurde. Die Krieger wären den Crow gern gefolgt und hätten sie zum Kampf herausgefordert, doch der Schamane, der Häuptling und der große Rat hatten ihnen vor Augen geführt, dass sie dann das Lager unbeaufsichtigt zurücklassen müssten und vielleicht sogar Windtänzers Leben gefährden würden. Also stellte man Wachen auf, bildete eine neue Jagdgruppe und ging den gewohnten Tätigkeiten nach. Der Leichnam von Schwarzer Rabe wurde auf eine Totenstätte gebettet, die von den anderen Bogenträgern errichtet worden war. Schon bald würde ein anderer den Platz des Verstorbenen einnehmen müssen, so wie es vor nicht allzu langer Zeit bei Dachs gewesen war. Die beiden toten Pferde wurden geehrt und dann der Natur überlassen.

Chumani und ihr kleiner Trupp versorgten sich mit allem, was sie für Windtänzers Rettung brauchen würden, und luden die Sachen auf ihre Pferde. Kriegerischer Adler bereitete Windtänzers Kriegspferd vor, damit sein Bruder dieses äußerst schnelle, mutige, gewandte und treue Tier auf der Flucht reiten konnte. Auf eine erst kürzlich gegerbte Hirschhaut legte Chumani ein altes, fleckiges Kleid, das sie aus unerfindlichen Gründen nicht weggeworfen oder zerrissen hatte, um es für andere Zwecke zu gebrauchen. Dazu kam ein altes, völlig verbrauchtes Paar Mokassins, das eine Stammesgenossin ihr gab, die sich merkwürdigerweise nicht von diesem unbrauchbar gewordenen Schuhwerk getrennt hatte. Chumani erklärte der Frau, dass solche Dinge zu den Geheimnissen des Großen Geistes gehörten. Das Gleiche galt für die verschlissene Decke der Crow, die ein Freund ihr gab und die sie um Kopf und Schultern wickeln würde, um ihre Verkleidung glaubhafter zu machen. Sie legte noch einen kleinen Beutel in das Bündel, in dem sich eine Farbe aus zerstoßener weißer Asche vom letzten Feuer, Staub und Fett befand, die Hanmani angerührt hatte, damit Chumani ihr Haar, ihr Gesicht sowie ihre Arme und Hände mit dieser weißen Paste einreiben und so ihre Jugendlichkeit verbergen konnte. Zuletzt packte sie einen knorrigen Spazierstock mit glattem Griff dazu. Sie würde sich als alte Frau verkleiden und hoffentlich zu ihrem Mann gelangen, ohne dass man ihr weitere Fragen stellte. Sie knotete das Bündel zusammen und lud es auf ihr Pferd.

Starker Elch und Regentropfen kamen auf sie zu, als sie gerade mit ihren Vorbereitungen fertig war. Sie sah ihre besorgten Eltern an, schenkte ihnen ein Lächeln und umarmte sie.

Starker Elch sagte mit vor Aufregung zitternder Stimme: »Reite mit den Augen des Adlers, der Geschwindigkeit des Rehs und der List des Fuchses, meine tollkühne und großmütige Tochter, denn wir wollen dich nicht verlieren. Nimm das hier, du weißt, wie man damit umgeht.«

Dankbar nahm Chumani den Feldstecher entgegen, der für sie magische Kräfte hatte. Er würde ihr helfen, die Vorgänge im feindlichen Lager aus großer Entfernung zu beobachten. Sie wusste, dass es das Geschenk eines französischen Trappers war, dem ihr Vater vor vielen Wintern das Leben gerettet hatte – einer der wenigen *wasicun,* die ihr Lager betreten hatten und als Freund wieder gegangen waren. Sie erinnerte sich, wie ihr Vater ihr und Feuerläufer auf äußerst geschickte, spielerische Art beigebracht hatte, das Augenglas zu benutzen, und ihnen so die Angst davor genommen hatte. Sie umarmte ihn. »Dein Herz ist gut, mein Vater, ich danke dir.«

»Du liebst deinen Mann wirklich sehr, meine Tochter«, sagte Magaju, »aber du darfst nicht dein Leben für ihn opfern. Warte, bis sich dir ein sicherer Weg offenbart.«

Chumani nickte. »Ich werde kein übertriebenes Wagnis eingehen, Mutter. Gib auf Regenbogenmädchen Acht, solange mein Bruder weg ist. Als schwangere Frau wird diese Trennung sie schmerzen. Lass nicht zu, dass sie zu hart arbeitet, um sich von ihren Sorgen abzulenken. Wir sind bald wieder da.«

»Wir werden dafür beten, dass unsere Kinder gesund und munter zu uns zurückkehren.«

Chumani umarmte ihre Eltern ein letztes Mal, während ihre Gefährten sich zu ihr gesellten. »Wir müssen schleunigst aufbrechen, solange die Sonne noch Licht spendet. Es ist Neumond, deshalb werden wir heute Nacht nichts sehen und nicht weiterreiten können.«

Der durch den Nebel sieht trat vor und sprach ein Gebet, damit die Gruppe wohlbehalten und erfolgreich zurückkehrte. Er lächelte Chumani an und sagte: »Es warten noch viele Herausforderungen und Freuden auf dich und deinen Mann, ihr werdet sie beide erleben, denn es wird euch auf geheimnisvolle Weise geholfen werden.«

»Ich verstehe deine Worte nicht, Weiser.«

Der alte Schamane lächelte erneut. »Du wirst sie schon bald begreifen.«

Chumani betrachtete all jene, die sich um die kleine Gruppe versammelt hatten, um ihnen viel Glück zu wünschen und sich zu verabschieden. Sie atmete tief durch und wandte sich an ihre Gefährten: »Lasst uns aufbrechen meine Freunde, mein Liebster wartet auf unsere Hilfe.« Sie hatte eigentlich *Mann* sagen wollen, aber sie verbesserte sich nicht. Sie sah, dass die meisten verständnisvoll lächelten. Sie schaute zu ihrem Falken und rief ihn zu sich: »Komm, Cetan, du kommst diesmal mit uns.«

»Wir müssen hier anhalten, Tautropfen, hier gibt es Wasser für unsere Pferde und Bäume, hinter denen wir uns verbergen können«, drängte Rote Feder. »Bald schläft die Sonne und wir werden die Spuren unserer Feinde nicht mehr erkennen, denn das Gesicht des Mondes ist heute Nacht schwarz. Wir müssen uns ausruhen und morgen bei Sonnenaufgang weiterreiten. Vergiss nicht, sie sind uns nicht einmal eine halbe Tageslänge voraus und es ist möglich, dass sie hier in der Nähe ihr Lager aufgeschlagen haben. Wir dürfen nicht riskieren, im Dunkeln mit ihren Spähern zusammenzustoßen. Wenn wir uns erwischen lassen, gibt es für Windtänzer keinerlei Hoffnung mehr.«

Chumani konnte dem nicht widersprechen, doch sie wollte auf dem Weg zu ihrem Mann einfach nicht anhalten. Sie hatte eine ungefähre Vorstellung davon, was die Crow ihrem Mann antun würden, wenn er überhaupt noch lebte, doch daran durfte sie nicht zweifeln. Sroka wollte ihn in sein Lager bringen, denn sonst hätten die Crow ihn zusammen mit Schwarzem Raben getötet oder sie wären unterwegs bereits auf seinen Leichnam gestoßen. Wenn sie nur wüssten, wohin Sroka wollte. Er ritt in die Richtung, aus der die Winterwinde kamen, doch sie hatten keine Ahnung, ob es noch ein langer Weg war oder nicht. Außerdem könnten sie die Rettung wesentlich besser planen, wenn ihnen die Umgebung des feindlichen Lagers bekannt wäre. Chumani fügte sich dem Vorschlag von Roter Feder und saß ab, während Cetan von ihrer Schulter flog und sich in einem nahen Baum niederließ. Sie versorgte die beiden Pferde, knabberte ein wenig an dem Essen, das Zitkala ihr in die Hand gedrückt hatte, trank Wasser vom Sahiyela River und streckte sich dann auf ihrer Büffelmatte aus. Sie war froh, dass niemand sie zu trösten versuchte, denn das hätte sie nicht ertragen, ebenso wenig wie den Gedanken, ihren geliebten Mann nie wiederzusehen, ihn nie wieder zu küssen oder zu berühren, seine Stimme zu hören, in seinen Armen zu liegen ... und sich nie wieder mit ihm zu vereinen. Sie schloss die Augen, als könnten diese qualvollen Gedanken auf diese Weise nicht in sie eindringen, doch auch das linderte ihren Schmerz nicht.

Nachdem sie noch lange wach gelegen hatte, fiel sie endlich in einen unruhigen Schlaf. Jedesmal, wenn sie die Augen aufschlug, betete sie inbrünstig darum, dass sie rechtzeitig bei ihm sein und einen Weg finden würden, ihn aus dem Lager der Crow zu befreien.

Auch die anderen bangten um Windtänzers Leben und wandten sich betend an Wakantanka.

Zitkala wusste, wie sie sich fühlen würde, wenn Rote Feder der Gefangene wäre. Auch sie würde alles geben, um ihn zu retten, selbst ihr eigenes Leben. Sie wandte ihren Kopf in seine Richtung, konnte ihn in der Dunkelheit jedoch nicht erkennen. Sie hatten kein Feuer gemacht, denn das wäre zu gefährlich gewesen. Sie fühlte sich dennoch sicher, da Cetan und die Pferde sie warnen würden, falls sich ihnen jemand näherte. Rote Feder berührte ihre Hand, so als habe er ihren Blick gespürt. Sie überließ sie ihm, ganz so wie sie sich ihm nach der Büffelsaison vollkommen überlassen würde. Das wollte sie ihm noch einmal sagen, wenn der Morgen graute, und auch, wie sehr sie ihn liebte. Er drückte ihre Hand und sie erwiderte diese Geste mit einem glücklichen Lächeln. Nach dieser tröstlichen Berührung schlief sie ein.

*

Windtänzer saß immer noch hinter Zwei Krähen, als sie in das Lager der Apsaalooke ritten. Die Crow warteten schon aufgeregt auf die Heimkömmlinge, da mehrere Krieger vorausgeprescht waren, um ihren Leuten von dem Gefangenen zu berichten. Sie waren zwei Tage lang in schnellem Tempo geritten und hatten stets erst Rast gemacht, wenn es zu dunkel geworden war, um den Weg fortzusetzen. Sie hatten zwei breite Flüsse überquert und das Lager, das am Rabbit Creek lag, in der Abenddämmerung erreicht. Wieder hatte die Zahl *zwei* sich auf unheilvolle Weise in sein Leben geschlichen.

Einige Frauen kamen auf ihn zu, um ihrer Genugtuung über seine Festnahme und ihrem Hass Ausdruck zu verleihen, indem sie mit Stöcken nach ihm stießen, ihn mit den Fingernägeln kratzten und kniffen oder auf seine nackten Beine spien – er trug nur kurze Reithosen und Mokassins. Ein paar junge Männer bauten sich vor ihm auf, um ihren Mut zu beweisen und ihn mit Fäusten oder mit der flachen Hand auf Beine und Hüften zu schlagen. Andere riefen ihm Beleidigungen zu und einige wenige bewarfen ihn sogar mit Steinen. Sroka tat nichts, um diesen Misshandlungen Einhalt zu gebieten, obwohl er das Recht dazu hatte. Stattdessen schien sich der feindliche Anführer an diesem verwerflichen Tun zu ergötzen. Trotz der rohen Behandlung, die man ihm zukommen ließ, und der stechenden Schmerzen, die er verspürte, saß der Sohn von Großer Bär stolz und aufrecht, mit unbeweglicher Miene, vor seinen Erzfeinden. Er wusste, dass dies nur der Anfang seiner Leiden war.

Parikatoopa schwang das Bein über den Kopf seines Pferdes und sprang zu Boden. Er packte Windtänzer am linken Arm und riss ihn von dem Tier, was ihn fast zu Fall gebracht hätte. Der Häuptlingssohn richtete sich auf und blickte Sroka fest in die Augen, während dieser von dem blutrünstigen Ereignis berichtete. Er hörte, wie die Leute bewundernd murmelten und Lobesworte sprachen, und auch er selbst war über seine erste Gefangennahme erstaunt. Man band ihn an einen breiten Pfahl, der in der Mitte des Lagers stand. Die Fesseln an seinen Fußknöcheln waren eng und seine Arme wurden so weit nach hinten gezerrt, dass er das Gefühl hatte, sie würden ihm aus den Schultern gerissen. Er wusste, dass er Schnitte und Striemen von den Fesseln zurückbehalten würde, und spürte, wie aus einigen Schürfwunden Blut trat und an seinem verschwitzten Körper hinabrann. Er war froh, dass sein Stamm und seine geliebte Frau ihn nicht so sehen mussten, und er bat Wakantanka um Beistand. Wenn ihm die Flucht nicht gelingen sollte, wollte er zumindest hoch erhobenen Hauptes sterben.

Windtänzer hörte, wie Sroka seinem Stamm die Erlaubnis gab, ihn zu berühren und ihm kleine Verletzungen zuzufügen, sie durften ihn jedoch nicht ernsthaft verwunden oder töten. Außerdem sollte er weder Wasser noch Nahrung oder Medizin bekommen. »Muss Sroka erst meinen Körper schwächen, bevor er mich besiegen kann?«, schimpfte er. Der Mann drehte sich um und starrte ihn an, verzog dann das Gesicht zu einem Grinsen und spottete: »Schließlich hast du schon auf der Reise zu essen und zu trinken bekommen.«

Windtänzer dachte an die wenigen Streifen getrockneten Fleisches, die man vor ihn auf den Boden geschmissen hatte wie für einen Hund, und an das Wasser, das man ihm von oben in die Kehle geschüttet hatte, so dass es eher auf Gesicht und Hals als im Mund gelandet war. Doch er hatte gegessen und getrunken, um bei Kräften zu bleiben, denn das war unverzichtbar, wenn er einen Fluchtversuch unternehmen wollte. Er blickte Sroka ruhig in die Augen, der nicht aufhörte, ihn zu verhöhnen.

»Ein paar kleine Schläge werden einen starken und berüchtigten Krieger wie dich schon nicht umbringen. Ist es bei den Red Shield nicht Sitte, tagelang weder Nahrung noch Flüssigkeit zu sich zu nehmen, um seine Stärke und Ausdauer unter Beweis zu stellen?«

»Das ist wahr, Sroka. Doch wir entkräften unsere Gegner nicht, bevor wir gegen sie kämpfen. Wie kann von einem wahren Sieg die Rede sein, wenn der Gegenspieler schon vor dem Gefecht geschwächt ist?«

»Ich werde meinen Leuten gestatten, zwei Tage lang ihren Spaß mit dir zu haben. Dann wirst du versorgt und bekommst zu essen und zu trinken, damit du am Morgen des dritten Tages in alter Frische gegen mich antreten kannst.«

Windtänzer musste sich damit abfinden, dass es ihm nicht gelingen würde, wie geplant für den Fluchtversuch bei Kräften zu bleiben. Er hörte, wie Sroka seine Entscheidung den übrigen Stammesgenossen mitteilte, die seinen Sieg und seine Großzügigkeit einhellig bejubelten. Sroka befahl, Wachen um das Lager aufzustellen, falls die Red Shield versuchen sollten, ihren zukünftigen Häuptling zu befreien. Dann fügte der Apsaalooke noch hinzu, dass er einen Angriff nicht für wahrscheinlich halte, da die Red Shield dafür all ihre Krieger benötigen würden und ihr Lager völlig ungeschützt zurücklassen müssten. Windtänzer hoffte, dass sein Vater nichts dergleichen unternehmen würde, auch wenn es ihn das Leben kosten sollte, denn die Crow waren zahlreich, gut bewaffnet und auf der Hut. Falls ein feindlicher Krieger versuchen sollte, in die Mitte des Lagers zu gelangen, würden die Vogelkrieger schon mit gezückten Pfeilen auf ihn warten.

Männer, Frauen und Kinder kamen langsam auf ihn zu, und Windtänzer nahm alle Kraft zusammen, um sich gegen das zu wappnen, was in den nächsten *zwei* Tagen – wieder diese Zahl – auf ihn zukommen würde. Er sagte sich, dass ein Krieger, der das berüchtigte Sonnentanzritual überstanden hatte, alles ertragen konnte. Doch während es für die Strenge der heiligen Zeremonie einen triftigen Grund gab, handelte es sich bei diesen Bösartigkeiten um reine Willkür. Er sah zum Himmel auf und dachte an Chumani, um sich von dieser harten Probe abzulenken. Er stellte sich vor, wie sie gemeinsam in ihrem Tipi saßen, lachten, schwatzten und sich liebten.

Als die fünf Gefährten auf einen Seitenarm des Canpa Creek stießen, an dem Wildkirschen, Pappeln, Weiden und andere Baumarten wuchsen, hielten sie an, um das Nachtlager aufzuschlagen. Chumani wurde immer ängstlicher und angespannter. Sie waren über die Prärie geritten und hatten viele Flüsse und Bäche durchquert, bei denen es sich meist um Ausläufer des Sahiyela River handelte, dann waren sie in eine Gegend mit grünen Hügeln, vereinzelten Erhebungen und merkwürdigen Gesteinsformationen gelangt. Streckenweise war das Land jedoch völlig flach. Sie hatten Büffel, Hirsche, Antilopen, Koyoten und andere Tiere gesehen. Der Sommerhimmel war blassblau, die Luft heiß und trocken und der Wind wehte kräftig und ohne Unterlass. Jetzt, da das Tageslicht schwand, machten sie ihren ersten Halt. Sie wussten, dass die Nacht finster sein würde, da kein Mond am Himmel stand.

»Wir reiten zu langsam, Zitkala«, sagte Chumani verdrießlich.

»Wir reiten schnell, Tautropfen«, gab Zitkala freundlich zurück. »Es kommt dir nur langsam vor, weil du Angst um deinen Liebsten hast und so schnell wie möglich bei ihm sein willst.«

»Die Crow reiten schneller, die Hufe ihrer Pferde schneiden tief in das Gesicht der Mutter Erde, wir fallen jeden Tag weiter zurück. Wenn der Mond zu sehen wäre, könnten wir weiterreiten und sie einholen.«

»Nein, Tautropfen, denn nicht nur die Pferde, auch wir brauchen eine Pause. Stell dir vor, wir erreichen das Lager unserer Feinde und sind zu müde, um zu kämpfen und schnell wieder zu fliehen. Hab keine Angst, denn der Schamane sagt, dass Windtänzer überleben wird. Vergiss nicht, dass Wakantanka über ihn wacht und ihn beschützt, denn er hat noch einen Auftrag zu erfüllen.«

»Deine Worte sind weise, Zitkala, und ich schäme mich für meine Schwäche und meine Zweifel. Ich kann nichts tun gegen diese Angst, die mir den Verstand raubt. Ich werde mich bemühen, stärker gegen diese Gefühle anzukämpfen und sie zu besiegen.«

Bei Sonnenaufgang wurde ein blutiger und geschundener Windtänzer von mehreren Frauen aus einem leichten Schlummer gerissen, die ihn traten und bespuckten, als sie auf dem Weg zu ihren morgendlichen Arbeiten an ihm vorübergingen. Er wusste, dass dies nur der Beginn eines Tages mit unzähligen Hieben und Demütigungen war, auf den noch ein weiterer folgen würde. Er hatte fast die ganze Nacht über versucht, seine Fesseln zu lockern, aber sie saßen einfach zu stramm. Er war hungrig und durstig und zu allem Übel würde bald die heiße Sonne auf ihn niederbrennen. Geflügelte Insekten labten sich an den zahlreichen offenen Wunden, die seinen Körper bedeckten. Ameisen krabbelten über seine Füße und an seinen Beinen hoch und bissen ihn von Zeit zu Zeit.

Er schaute gen Himmel und sah in der Höhe Aasfresser kreisen, als hätten sie bereits den Geruch des Todes an ihm wahrgenommen. Er war sich sicher, dass die Crow seinen Leichnam gewiss nicht in eine Büffelhaut wickeln und auf eine Totenstätte betten würden. Vielmehr würden sie ihn den Aasgeiern dort oben und anderen Tieren zum Fraß vorwerfen, so dass außer den Knochen nichts mehr von ihm übrig blieb. Auf diese Weise hatte er Mutter Erde nicht verlassen wollen, und es fiel ihm schwer zu glauben, dass der Große Geist einen solchen Tod für ihn bestimmt hatte.

Doch eines war sicher: Sollte er den Kampf gegen Sroka gewinnen, würde augenblicklich ein anderer Crow dessen Platz einnehmen und dann noch einer und noch einer, bis er völlig erschöpft gegen einen von ihnen verlieren würde. Er musste sich seinem Schicksal stellen. Er konnte nicht fliehen, niemand konnte ihn retten und der Tod wartete auf ihn, sei es nach einem oder mehreren Gefechten.

Er schämte sich für die Gefangennahme, auch wenn er aufgegriffen worden war, als er seine Pflicht erfüllen und einem hilflosen Freund Beistand leisten wollte. Er fühlte sich von den Berührungen seiner Feinde beschmutzt und vom Großen Geist allein gelassen – obwohl er versuchte, diesen frevelhaften Gedanken zu bekämpfen. Er wollte glauben, dass ein *wicohan tanka,* ein Wunder geschehen und er freikommen würde, doch es schien, als sei es für ihn tatsächlich die Zeit gekommen zu sterben. Wie in der Vision vorausgesehen, hatte er dafür gesorgt, dass Weiße und Crow das Kriegsbeil ausgruben, damit sein Stamm in Ruhe auf die Jagd gehen konnte. Vielleicht war es ihm nicht vergönnt, diese Aufgabe zu Ende zu führen. In zwei Tagen würde er es wissen.

Am späten Nachmittag lagen Chumani, Zitkala, Rote Feder, Kriegerischer Adler und Feuerläufer zwischen hohem Gras auf der Kuppe eines entfernten Hügels. Cetan und die Pferde warteten am Fuße des Abhangs, falls ein schneller Rückzug vonnöten sein sollte.

Chumani beobachtete das Treiben in dem riesigen Lager der Crow durch den stark vergrößernden Feldstecher und achtete sorgsam darauf, dass der Schein der Sonne sich nicht auf den Linsen widerspiegelte. Sie berichtete den anderen, was sie sah. Aufgrund der zahlreichen, kreisförmig angeordneten Tipis konnte sie nicht erkennen, was in der Mitte des Lagers vor sich ging. Das Zeltdorf war von bewaffneten Wachposten umstellt, die jeweils in einer Entfernung von fünf Tipis standen. An zwei gegenüberliegenden Seiten des Lagers befanden sich Anhöhen, auf denen keine Posten standen, doch von Zeit zu Zeit ritt eine der Wachen auf diese Hügel, um nach Eindringlingen Ausschau zu halten. »Bei Tageslicht besteht keine Möglichkeit, sich in das Lager zu schleichen«, fasste Chumani zusammen. »Man würde mich schon von weitem sehen. Wir müssen unseren Plan ändern. Ich werde jetzt aufbrechen und mich dort drüben verstecken«, sagte sie und deutete auf die ausgewählte Stelle. »Wenn es dunkel ist, schleiche ich mich ins Lager, befreie Windtänzer und verstecke mich in der Nähe, bis ihr euch bei Morgengrauen den Feinden zeigt und sie weglockt.«

»Sie werden mit Sicherheit alle Bäume durchsuchen und hinter jeden Erdhügel schauen, wenn sie Windtänzers Verschwinden bemerkt haben. Und heute Nacht wird nicht einmal der Mond scheinen, um dir auf deinem Weg zu leuchten, meine Schwester. Selbst wenn du deine Schritte zählst, könntest du in der Dunkelheit auf eine Wache stoßen, oder stell dir vor, ihre Hunde schlagen an, wenn du dich dem Lager näherst.«

»Das Risiko muss ich eingehen, mein Bruder. Wenn ich erst einmal im Lager bin, werden mir die Feuer den Weg zu meinem Mann zeigen. Falls ein Wachposten in seiner Nähe ist, werde ich mich anschleichen und ihn töten. Der Geruch von Asche und Rauch auf meiner Kleidung und Haut wird meinen eigenen, ihren Hunden und Pferden unbekannten Geruch verdecken. Ich werde hohe Gräser schneiden, um uns damit zu bedecken, während wir darauf warten, dass wir ungesehen davonschleichen können. Cetan kommt mit mir. Er wird euch das Signal geben, wenn ihr die Crow von ihren Posten locken sollt.«

»Woher sollen wir wissen, wo du dich versteckst, Tautropfen, und welche Wachen wir auf uns aufmerksam machen sollen?«, fragte Kriegerischer Adler.

»Haltet nach Cetan Ausschau. Wenn er in die Luft steigt, wisst ihr, dass ich mich genau unter ihm befinde. Wenn er zu Zitkala fliegt und ihr seht, dass ich ihm eine Feder ans Bein gebunden habe, dürft ihr euren Teil des Plans nicht ausführen, sondern müsst so schnell wie möglich in unser Lager zurückreiten.

»Und was geschieht mit dir, Schwester?«, fragte Feuerläufer ängstlich.

»Die Federbotschaft bedeutet, dass ihr euer Leben nicht aufs Spiel setzen sollt; entweder weil mein Liebster nicht mehr am Leben ist und ich in Sicherheit bin, oder weil ich ihn nicht befreien kann oder selbst gefangen genommen wurde und es unmöglich ist, mich zu befreien.«

»Wir können dich doch nicht einfach als ihre Gefangene zurücklassen!«, widersprach Feuerläufer.

»Wenn ich gefasst werde, mein Bruder, dürft ihr nicht auch noch euer Leben riskieren, das wäre dumm. Du musst weiterleben, um Häuptling zu werden, das Gesicht deines ungeborenen Kindes zu sehen und mit unseren Gefährten den heiligen Kampf fortzusetzen. Wenn Waci Tate und Chumani an diesem Ort und noch heute Nacht sterben sollen, so ist es Wakantankas Wille, und niemand darf sich ihm widersetzen.«

»Tautropfen hat Recht, Feuerläufer, wir müssen ihre Worte befolgen«, beschwichtigte Rote Feder ihren besorgten Bruder.

Kriegerischer Adler und Zitkala nickten traurig, denn der Gedanke, in dieser Nacht vielleicht zwei gute Freunde zu verlieren, schmerzte sehr.

»Es geht nicht anders, mein Bruder, du musst dich der Wahrheit stellen.«

Widerstrebend erklärte Feuerläufer sich einverstanden. Er umarmte seine Schwester mit Tränen in den Augen, denn vielleicht sahen sie sich zum letzten Mal.

Die vier blickten Chumani hinterher. Sie wollte um die Hügelkette herumreiten und sich dann ein Versteck suchen, um ihre Verkleidung anzulegen. Sie führte Windtänzers Pferd mit sich und auf ihrer Schulter thronte Cetan. Alle beteten darum, dass sie wohlbehalten und erfolgreich zurückkehren möge.

Windtänzer fühlte sich schwach und benommen, was eher am Wassermangel als an der fehlenden Nahrung oder den vielen Züchtigungen lag, denen sein schweißgebadeter Körper den ganzen Tag lang ausgesetzt gewesen war, während die Sonne unbarmherzig vom Himmel brannte. Er war erleichtert, dass die Nacht eine kühle Brise mit sich brachte und dass seine Peiniger sich in ihre Tipis zurückgezogen hatten. Seine Fesseln waren so eng, dass er kaum seine Haltung verändern konnte. Seine Glieder schmerzten und fühlten sich an, als seien sie abgestorben. Er lehnte seinen Kopf gegen den breiten Pfahl und schloss die Augen. Alles drehte sich und seine Kehle war völlig ausgetrocknet. Er merkte, dass er langsam in sich zusammensackte, aber er hatte nicht die Kraft, sich wieder aufzurichten, und wegen der Fesseln an den Beinen konnte er weder sitzen noch hocken.

Etwas veranlasste ihn dazu, die Augen zu öffnen. Er sah, dass das Feuer neben ihm ausgegangen und die Wache eingeschlafen war. Solche Nachlässigkeiten wurden hart bestraft, wenn sie entdeckt wurden. Die Nacht war mondlos und Windtänzer konnte in der Finsternis kaum etwas erkennen. In einiger Entfernung brannten Feuer. Ansonsten war es ungewöhnlich still, er hörte weder Grillen noch Frösche oder Eulen und auch die Pferde der Crow gaben keinen Laut von sich. Schlief er vielleicht und träumte?

Er nahm sich zusammen und erblickte plötzlich eine alte Frau, die sich völlig geräuschlos an ihn herangeschlichen hatte. Sie war in eine Decke gehüllt und er konnte ihr Gesicht nicht sehen. Ihr Geruch war ungewöhnlich, doch da die Hunde der Crow nicht angeschlagen hatten, musste er ihnen vertraut sein. Windtänzer war vollkommen verblüfft, als die Alte ihm einen Becher aus Büffelhorn an die Lippen setzte und ihm Wasser einflößte, das einen äußerst merkwürdigen Geschmack hatte. Dann begoss sie ihn mit Wasser aus einer Büffelblase. Er fühlte sich seltsam gestärkt und seine Wunden schmerzten nicht mehr. Er fragte sich, warum eine alte Crow ihm half und warum sie nichts sagte. Vielleicht träumte er wirklich. Doch es kam ihm nicht so vor, als würde er schlafen. Er merkte, wie er langsam wieder zu Kräften kam, und fragte sich, was wohl in dem Wasser gewesen war, das er getrunken und das sie über ihn gegossen hatte. Schließlich löste sie die Fesseln an seinen Händen und Füßen. Es überraschte ihn, dass seine Beine nicht unter ihm nachgaben. Sie nahm seine Hand und zog ihn hinter sich her. Er folgte ihr widerstandslos.

Sie gingen an zahlreichen Tipis vorbei, neben denen hin und wieder ein Feuer brannte. Verblüfft stellte er fest, dass Hunde und Pferde völlig ruhig blieben, während sie ihren Weg fortsetzen. Die Alte führte ihn aus dem Lager heraus und hinein in die undurchdringliche Finsternis. Eine Weile gingen sie durch Wasser. Dann fühlte er, wie er mit dem Fuß an ein Flussufer stieß. Er tat noch einen Schritt und spürte, wie seine neu gewonnenen Kräfte ihn mit einem Mal verließen und er sich hinsetzen musste. Er streckte den Arm aus, konnte die alte Frau aber nicht entdecken. Vielleicht war sie ein *Bate,* ein männlicher Crow, der sich wie eine Frau kleidete und benahm. Die *Bate* wurden von den Apsaalooke akzeptiert und sogar verehrt.

»Wo bist du? Wer bist du? Warum hast du mir geholfen?«, fragte er, zuerst in Crow, dann in Lakota, doch er erhielt keine Antwort. Eine seltsame Müdigkeit überfiel ihn und er sank zurück ins Gras. Er schloss die Augen, schlief sofort ein und träumte von seiner Frau.

Chumani näherte sich langsam dem matten Lichtschein, der von den Feuern im Lager der Crow ausging. Sie setzte vorsichtig einen Fuß vor den anderen und zählte ihre Schritte, um später in der Dunkelheit zu den Pferden zurückzufinden. Sie hoffte, ihre Verkleidung möge die Crow in die Irre führen und ihr Geruch möge es ihr erlauben, von den Tieren des Lagers unbemerkt zu ihrem Mann zu gelangen. Cetan hatte sie bei den Pferden gelassen und ihm eine Feder ums Bein gewickelt. Wenn sie bis zum Morgengrauen nicht zurück sein sollte, würde er von selbst losfliegen. Falls der Falke nicht sofort zu Zitkala flog, würden die anderen die Feder an seinem Bein auch durch den magischen Feldstecher erkennen, den sie zurückgelassen hatte.

Während sie sich weiter vortastete, kam ihr der Gedanke, dass diese Situation wohl der Grund für die merkwürdigen Vorahnungen gewesen war, die sie in der letzten Zeit heimgesucht hatten. Als sie sich endlich dem Rand des Lagers näherte, stand plötzlich wie aus dem Nichts ein großer Hund vor ihr. Sie beugte den Kopf und senkte den Blick, eine Geste der Unterwerfung, mit der sie dem Tier zeigen wollte, dass sie keine Bedrohung darstellte. Dann versuchte sie, an ihm vorbeizugehen, doch jedes Mal, wenn sie einen Schritt zur Seite machte, tat er es ihr nach, so als wolle er sie daran hindern, diesen gefährlichen Ort zu betreten. Schließlich hob sie den Blick und riss erstaunt die Augen auf: Es war der Hund, der ihnen geholfen hatte, Chaheechope und seinen Kriegertrupp zu besiegen!

Fragen über Fragen schossen ihr durch den Kopf. Wie und warum hatte er die Entfernung zwischen diesen beiden Orten zurückgelegt? Wieso konnte sie ihn überhaupt sehen, wo doch kein Mond schien und das nächste Feuer so weit entfernt war? Wie war es möglich, dass seine leuchtenden Augen und sein glänzendes Fell soviel Licht von sich gaben, dass sie ihn in der Dunkelheit erkennen konnte? Der Hund bewegte sich auf sie zu und sie wich ein paar Schritte zurück. Er blieb schwanzwedelnd und mit geducktem Kopf stehen.

Als er erneut auf sie zukam, rührte Chumani sich nicht von der Stelle, obwohl ihr Herz klopfte und sie vor Angst zitterte. Als der Hund schließlich neben ihr war, leckte er ihr die Hand und nahm sie vorsichtig zwischen die Zähne. Dann zog er Chumani in die Richtung, aus der sie gekommen war. Sie nahm an, dass sie ihm folgen sollte, doch warum wollte er sie vom Lager und somit von ihrem Liebsten fortführen? War er ein Geisterhelfer, den Wakantanka schickte, um ihr das Leben zu retten? War es schon zu spät für ihren Mann? Würde sie ihr eigenes Leben unnötig aufs Spiel setzen, wenn sie weiterging? Oder war er in Wahrheit ein böser Geist, der sich verkleidet hatte und versuchte, sie von ihrem Mann wegzulocken – vielleicht in eine Falle? Sollte sie sich losreißen und ihre Rettungsaktion fortsetzen? Wenn sie das tat, würde er sie dann anfallen und die Crow warnen, oder würde er sie gewähren lassen?

17. Kapitel

Chumani beschloss, ihrem Instinkt zu folgen und dem Hund, der ihnen bereits in der Vergangenheit geholfen hatte, zu vertrauen, denn sie glaubte fest daran, dass er ein Wesen des Großen Geistes war. Und wenn es sich um einen normalen Hund handelte, so wurde er sicherlich von Wakantanka gelenkt, der ihn für seine Zwecke benutzte. Um ihm zu zeigen, dass sie ihm freundlich gesinnt war, trat sie näher an ihn heran und streichelte ihm den Kopf. Er ließ ihre Hand los, drehte sich um und wedelte mit dem Schwanz, als wolle er, dass sie sich daran festhielt. Sie gehorchte. Er führte sie von dem feindlichen Lager fort und schon bald herrschte um sie herum völlige Finsternis. Das Tier war in der Dunkelheit nicht zu erkennen und sie konnte auch nicht sehen, wohin sie gingen, deshalb hielt sie sich weiter an seinem Schwanz fest und folgte ihm, bis er schließlich anhielt und sie losließ. Er schnappte wieder mit dem Maul nach ihrer Hand und zog sie zum Boden. Als sie mit der anderen Hand umhertastete, stieß sie plötzlich auf eine auf der Erde liegende Gestalt. Sie fuhr mit ihren Fingern über Gesicht und Körper dieser Person, so wie sie es bei Waci Tate schon viele Male im Dunkeln gemacht hatte. Augenblicklich wusste sie, dass es ihr geliebter Mann war, der dort lag. Sie beugte sich über ihn und stellte erleichtert fest, dass sein Herz gleichmäßig schlug und er ruhig atmete. Sie betastete seinen Körper und entdeckte zahlreiche Schnitte und Schürfwunden, die sie ohne ihren Medizinbeutel nicht versorgen konnte. Behutsam gab sie ihm einen Kuss auf die aufgeplatzten Lippen.

»Er ist schwach und verletzt, aber er lebt und ist frei. Ich danke dir, Großer Geist, dass du ihn zu mir zurückgebracht hast. Und auch dir vielen Dank, mein Freund«, sagte sie flüsternd zu dem Hund und streichelte ihm den Kopf.

Sie beugte sich wieder zu ihrem Mann und murmelte leise in sein Ohr: »Kannst du mich hören, *mihigna*? Ich bin es, Tautropfen. Bald bist du in Sicherheit und ich kann deine Wunden versorgen.«

Ein leichtes Stöhnen kam über Windtänzers Lippen. Er erlangte für einen kurzen Moment das Bewusstsein – jedoch nicht lange genug, um etwas zu sagen. Dann lag er wieder reglos da. Sie seufzte erleichtert und fragte sich, wie sie es schaffen sollte, ihn zu den Pferden zu bringen. Sie hatte sich den Weg von einer bestimmten Stelle aus gemerkt, doch jetzt befanden sie sich ganz woanders. Die Lagerfeuer der Crow waren immer noch in Sichtweite, doch die Bemalungen der Tipis konnte sie nicht mehr erkennen. Mit ihrer Hilfe hätte sie vielleicht herausfinden können, wie weit sie von ihrem ursprünglichen Ausgangsort entfernt war. Um sie herum war nichts als Finsternis. Auf einmal hörte sie Schritte und jemand drückte ihr Zügel in die Hand. Die Dunkelheit musste sich ein wenig verflüchtigt haben, denn plötzlich erkannte sie den Hund. Eine alte Frau war bei ihm. »Kommt ihr, um mir zu helfen?«, fragte sie die beiden.

Chumani sah, wie die alte Frau nickte und sich vorbeugte. Gemeinsam hoben sie Windtänzer auf sein Pferd. Es war nicht leicht, doch schließlich schaffte er es, ihnen ein wenig zu helfen, als habe die Berührung der Frau ihm Mut gemacht. Sie hörte das leise Zwitschern eines Vogels und sah Cetan, der auf einem Baum ganz in der Nähe saß. Der Falke machte keinerlei Anstalten, die seltsame Alte und ihren Hund anzugreifen. Chumani schwang sich auf ihr Pferd. Die Frau griff nach den Zügeln und führte sie vom Fluss weg. Ihr Gefährte, der einem Wolf ähnelte, trottete neben ihr her. Bald wurden beide wieder von der Dunkelheit geschluckt, doch zuvor hatte Chumani noch einen Blick auf Windtänzer werfen können.

Dann bemerkte sie etwas, dass ihr zuvor völlig entgangen war: Der Wind blies genau aus der Richtung, aus der sie vorhin gekommen war. Irgendwie hatte die Alte das gewusst und auf diese Weise die Pferde gefunden! Sie drehte sich um und sah, dass die Entfernung zu dem matten Schein der Lagerfeuer immer größer wurde. Sie saß ruhig und ehrfürchtig auf ihrem Pferd und war beeindruckt, wie gut ihre Helfer, die sie an einen sicheren Ort führten, sich in der Finsternis zurechtfanden.

Nach einer Weile hielten sie an. Sie rief im Flüsterton nach der Frau, erhielt aber keine Antwort. Sie drehte sich noch einmal um, es waren keine Feuer mehr zu sehen. Sie kam zu dem Schluss, dass der Hügel, den sie sich am Anfang als Versteck ausgesucht hatte, sich jetzt zwischen ihr und dem Lager befinden musste. Sie stieg ab und half Windtänzer vom Pferd. Sie fand den Wasserschlauch, den sie mitgebracht hatte, und gab ihm zu trinken, während sie ihn an ihrer Brust hielt wie ein Kind. Dann ließ sie ihn schlafen. Es gab nichts mehr zu tun, als auf den Morgen zu warten. Bei Tageslicht würde der Rückweg leicht zu finden sein.

Das geheimnisvolle Paar schien verschwunden zu sein. Die Alte hatte nicht ein einziges Wort gesagt. Chumani hielt ihren Mann im Arm und wachte für den Rest der Nacht über seinen Schlaf. Sie dankte Wakantanka viele Male dafür, dass er ihnen das Leben gerettet und die alte Frau mit dem Hund geschickt hatte. Sie küsste Windtänzer mehrfach auf die Stirn, widerstand aber der Versuchung, ihn zu liebkosen, denn sie wusste nicht, wie schwer seine Verletzungen waren und wollte ihm nicht wehtun. Er lag wieder in ihren Armen, war weiterhin ein Teil ihres Lebens und schlief einen heilsamen Schlaf, alles andere spielte im Moment keine Rolle. Im Lager würde sie sich ausgiebig um seine Wunden kümmern.

Als der Morgen dämmerte, sah sie erstaunt, dass Bogen, Köcher und Messer ihres Mannes neben ihnen im Gras lagen. Sie freute sich, dass Sroka die Waffen nicht als Siegestrophäen präsentieren konnte und Windtänzer diese Schande erspart blieb. Sie bettete seinen Kopf vorsichtig auf den Boden und zog einen der markierten Pfeile aus dem Köcher. Sie hielt ihn dem Falken hin und sagte: »Nimm ihn, Cetan, und fliege zu Zitkala.« Der Vogel verließ den Ast, auf dem er gesessen hatte, kam zu ihr herunter und schloss seine Krallen um den dünnen Schaft. Dann flog er los und suchte das gewünschte Ziel. Chumani zweifelte nicht, dass er ihre Freundin finden würde, denn sie und Zitkala hatten den Falken gelehrt, auf Jagden und in Schlachten Botschaften und Waffen zwischen ihnen hin und her zu transportieren. Sie hatten oft mit ihm geübt und er hatte stets gehorcht. Sie hoffte inständig, dass Cetan bei ihren Gefährten sein würde, bevor diese ihr Leben aufs Spiel setzten, um die Crow aus dem Lager zu locken. Sie war sich sicher, dass ihre Freunde die Botschaft verstehen würden. Und wenn die vier erst wussten, dass sie und Windtänzer in Sicherheit waren, war kein Ablenkungsmanöver mehr vonnöten.

Sie konnte jedoch nicht abwarten, bis die Botschaft die vier erreichte, denn sie musste ihren Mann dringend weiter weg schaffen, bevor die Crow erwachen, sein Verschwinden bemerken und ihn suchen würden. Sie flößte ihm noch etwas Wasser ein. Er öffnete die Augen, sah sie an und blickte sich dann erstaunt um.

»Du hast mich aus Srokas Händen befreit«, murmelte er mit belegter Stimme, denn er hatte ihre Verkleidung bemerkt. Er versuchte, sich aufzusetzen und ihr über die schmutzige Wange zu streichen.

Chumani half ihm und berichtigte schnell seine Vermutung: »Nicht Tautropfen hat dich befreit, *mihigna;* es war die alte Frau, die webt, und ihr Geisterhund. Ich wollte dich retten, doch als ich zum Lager unserer Feinde kam, hatten die Alte und der Hund dich schon fortgebracht. Sie führten mich zu dir. Dann blieben wir hier und du schliefst, denn es schien kein Mond, um uns den Weg zu leuchten. Unsere Gefährten verstecken sich in der Nähe, wir werden unterwegs mit ihnen zusammentreffen. Ich erzähle dir alles später und auch deine Wunden werde ich später versorgen. Jetzt müssen wir aufbrechen, denn die Crow werden nach dir suchen. Wir befinden uns immer noch in der Nähe ihres Lagers und die Sonne geht langsam auf. Schaffst du es, mit meiner Hilfe auf dein Pferd zu steigen?«

»Mal fühle ich mich kräftig, mal nicht. Im Moment geht es. Das seltsame Wasser, das die Alte mir gab und über meinen Körper schüttete, stärkt mich eine Zeit lang und zwingt mich dann wieder zur Ruhe.«

»Dann ist es eine großartige Medizin, du musst deinem Körper gehorchen.«

Als er auf seinem Pferd saß, fragte Chumani: »Was soll mit deinem Pfeil und Bogen geschehen, *mihigna*? Als Frau darf ich sie nicht berühren. Unsere Geisterhelfer haben sie aus Srokas Händen gerettet. Sie liegen dort im Gras.«

Windtänzer sah zu den Waffen und sagte: »Gib sie mir, *mitawin,* denn dein Rang als Kriegerin und Teilnehmerin am heiligen Kampf verleiht dir genug Würde, um sie zu berühren, ohne ihre Kräfte zu zerstören oder sie zu entehren. Wenn wir wieder im Lager sind, müssen sie gereinigt werden, denn sie befanden sich in den Händen des Feindes.« *Auch mein Körper muss einer Reinigung unterzogen werden,* fügte er in Gedanken hinzu. Er sprach diesen Entschluss jedoch nicht laut aus, denn er wollte seiner Frau, die sich im Moment um wichtigere Dinge zu kümmern hatte, keine unnötigen Sorgen bereiten.

Chumani reichte ihm die Waffen und wartete, bis er sich Köcher und Bogen umgehängt und das Messer in die Scheide gesteckt hatte, welche Sroka ihm seltsamerweise nicht genommen hatte. Sie sprang auf ihr Pferd und sagte lächelnd: »Ich bin bereit. Wir müssen diesen Ort verlassen, bevor noch mehr Unheil geschieht.«

Als das Lager der Crow am Morgen zu neuem Leben erwachte, trat Sroka aus seinem Tipi und machte eine erschütternde Entdeckung. Er eilte zu der Wache und versetzte Apite zwei Tritte, um ihn zu wecken. »Wo ist mein Gefangener?«, schrie er, während mehr und mehr Leute aus ihren Behausungen traten und die Szene beobachteten.

Der Mann sah verwundert zu dem leeren Pfahl, dann starrte er auf die Gegenstände, die davor lagen, und die Zeichen, die auf das Holz gemalt worden waren. Von Angst erfüllt riss Kranich die Augen auf und gab zurück: »Ich weiß es nicht. Ein merkwürdiges Gefühl beschlich mich heute Nacht und stahl meine Wachsamkeit. Es ist das Werk eines *Baleilaaxxawiia*!«

»Das war kein böser Geist! Du hast versagt und willst dich rausreden! Man wird deine Waffen brechen und dich schlagen, dein Tipi soll in Stücke geschnitten und dein ganzer Besitz an jene verteilt werden, die seiner würdig sind. Du hast Schande über dich gebracht und musst bestraft werden.«

»Ich spreche die Wahrheit. Siehst du denn nicht die Zeichen dort?«, gab Kranich zurück und deutete auf den Holzpfahl. »Ein böser Geist hat den Gefangenen befreit oder Der alte Koyote hat ihn zu sich geholt. Vielleicht waren es auch die kleinen Leute. Siehst du nicht die Sonne, den Koyoten und den Donnervogel auf dem Stamm? Siehst du nicht die Sonnentanzpuppen, die dort liegen? Wer hätte sich in unsere Tipis schleichen und sie stehlen können, außer den kleinen Leute oder einem Geist?«

Alle betrachteten den dicken gelben Kreis, den schwarzen Koyoten, die Büffelspuren und den dunklen Donnervogel auf dem Pfahl. Die Sonne war der Crow oberstes Wesen und wurde als der alte Mann oder Der alte Koyote bezeichnet. Der Donnervogel wurde im Gebet verehrt, damit er ihnen Regen spendete und den Tabak wachsen ließ. Alle sahen auch die Sonnentanzpuppen, die das Eigentum großer Krieger waren. Die Crow glaubten, dass die *Ashkisshilissuua Baakaatkisshe* geheimnisvolle Kräfte besaßen. Sie wurden angefertigt, wenn man eine heilige Vision empfangen hatte. Bei den ersten Anzeichen einer aufkommenden Gefahr brachte man sie augenblicklich in Sicherheit. Die Puppen wurden von Generation zu Generation weitervererbt und die Stammesmitglieder wussten, welche Figuren wem gehörten. Außerdem lagen am Fuße des breiten Stammes verwelkte Tabakpflanzen und verbrannte Samen. Die ersten heiligen Tabaksamen hatte der Schöpfer vor langer Zeit einem Anführer namens No Vitals gegeben. Die Crow glaubten, dass ihr Stamm überleben und gedeihen würde, solange sie Tabak anpflanzten, ernteten und einige der Ur-Samen zurückbehielten. Geraucht wurde die Ernte nie.

»Wie soll Kranich solche Dinge tun, während er von einem merkwürdigen Schlaf heimgesucht wird?«, sagte Apite. »Die kleinen Leute sind in unser Lager eingedrungen und haben ...«

Obwohl es sich nicht gehörte, einen Stammesgenossen zu unterbrechen, fiel Sroka ihm ins Wort:

»Die *Saaskookaate Bilaxpaake* haben ihre Behausungen in den Spalten der Medizinfelsen nicht verlassen, um diese böse Tat zu begehen. Ihre Aufgabe ist es, unseren Kriegern Stärke zu verleihen und unsere Pfeile an ihr Ziel zu führen. Sie würden es nicht wagen, einen Feind zu befreien, damit der mit seinen Leuten wiederkommt, um uns zu überfallen.«

Kranich, der von dem unheimlichen Vorkommnis völlig verängstigt war, gab zurück: »Wir müssen das Lager abbrechen und uns an einen sicheren Ort begeben. Wir müssen vor der *zawiia baawaalushkua* flüchten.«

»Die einzige böse Magie hier bist du, feiger Lügner! Ich sollte dich mit bloßen Händen umbringen für deine Unachtsamkeit und dein falsches Gerede!«

»Ikye!«, rief der Häuptling und hob die Hand, damit Ruhe einkehrte. Er hatte den Streit zwischen der verwirrten Wache und dem größten Krieger des Stammes schon zu lange andauern lassen. »Akbaatatdia, der alleinige Schöpfer, hat uns eine Botschaft gesandt, Sroka. Der alte Koyote befiehlt uns, die Überfälle auf unsere Feinde einzustellen und den Büffel zu jagen, der uns mit allem versorgt, was wir brauchen. Er hat Waci Tate befreit und ihm zur Flucht verholfen, um unsere Aufmerksamkeit dorthin zu lenken, wo sie sein sollte. Der Sommer ist zu weit fortgeschritten, um noch in das Land der sprudelnden heißen Quellen zu ziehen und dort zu jagen. Wir müssen uns hier auf den Winter vorbereiten, im Gebiet der *Da-kkoo-tee.* Wenn wir das erledigt haben, müssen wir in unsere Jagdgründe zurückkehren und dürfen nie wieder einen Fuß in dieses Land setzen. Was denkt mein Stamm darüber?«

Die Leute riefen *»E!«* und *»Eeh!«* und gaben so ihrer Zustimmung Ausdruck.

Nur Sroka war nicht einverstanden. Er hüllte sich in Schweigen, denn im Moment wäre jeder Versuch, seine Stammesgenossen umzustimmen, sinnlos gewesen. Doch er würde schon dafür sorgen, dass sie bald wieder auf dem Kriegspfad gegen die Red Shield und alle anderen *Da-kkoo-tee* wandelten, um dieses riesige Gebiet, dass einst ihren Vorfahren gehört hatte, zurückzufordern. Er war überzeugt, dass die Krieger seiner Gruppe mit ihm übereinstimmten, es jedoch nicht wagten, sich gegen ihren Häuptling und die Mehrheit des Stammes aufzulehnen. Immerhin gab es noch die Möglichkeit, die Red Shield zu einem Angriff auf sein Lager anzustiften, so dass seine Leute gezwungen wären, sich gegen sie zu verteidigen.

Eine alte Frau und ein Wolfshund standen von den Crow unbemerkt auf einem nahen Hügel und beobachteten, was sich im Lager der Apsaalooke abspielte. Die Schultern der Alten waren gebeugt, ihr Haar war grau und das von der Sonne gebräunte Gesicht von unzähligen Falten durchfurcht. Doch sie war stark und weise, hatte einen regen Geist und scharfe Augen. Sie lebte, damit ihr Volk, das Volk der Dakota, wachsen und gedeihen konnte. Sie hatte keine Waffen und trug die einzige Kleidung, die sie besaß. Sie streichelte das dicke Fell ihres Gefährten und kratzte ihn liebevoll hinter den Ohren. Sie strahlte Ruhe und Heiterkeit aus und lächelte, als das Tier sie anblickte und ihr vertrauensvoll die Hand leckte. »Wir müssen gehen, mein Freund«, flüsterte sie der geliebten Kreatur zu. »Unsere Aufgabe hier ist beendet und wir haben in unserem Lager noch einiges zu tun.«

Kurz nachdem Chumani und Windtänzer am vereinbarten Treffpunkt angelangt waren, trafen auch ihre Freunde dort ein. Die vier sprangen von den Pferden und Kriegerischer Adler und Rote Feder eilte zu dem künftigen Häuptling und umarmten ihn herzlich.

»Es ist schön, dich wiederzusehen, mein Bruder.«

»Es ist schön, dich wiederzusehen, Kriegerischer Adler. Ich freue mich, dass die Crow euch nicht entdeckt haben«, sagte Windtänzer. »Es lässt mein Herz höher schlagen, dass ihr euer Leben für mich aufs Spiel setzen wolltet.«

»Wie hast du es fertig gebracht, ihn zu befreien, Tautropfen?«, fragte Zitkala. »Als Cetan uns den Pfeil deines Mannes brachte, trauten wir unseren Augen kaum.«

Als habe er gehört, dass von ihm gesprochen wurde, kam der Falke angeflogen, ließ sich auf einem nahen Ast nieder und begrüßte die Anwesenden mit schrillen Schreien. Chumani lächelte und lobte ihn. Der Vogel plusterte sich auf und reckte stolz den Kopf in die Höhe. »Nicht ich habe Windtänzer aus den Händen unserer Feinde befreit«, begann sie und erzählte die ganze erstaunliche Geschichte. Die anderen schauten sie verwundert an, stellten viele Fragen und machten verschiedene Bemerkungen, während sie von der aufwühlenden Begegnung berichtete.

»Der Große Geist wacht über uns. Er ist es, der uns lenkt und beschützt.«

»Das ist wahr, Zitkala. Jetzt wird Windtänzer euch erzählen, was er im Lager der Feinde sah, hörte und ertragen musste.«

Windtänzer schilderte die Gefangennahme, die Torturen und die unverhoffte Befreiung. Seine Freunde staunten. »Ich weiß nicht, ob die beiden Gestalten aus Fleisch und Blut sind oder Geisterhelfer. Die Alte sprach nicht, aber ich konnte ihre Berührungen spüren. Sie gab mir Wasser zu trinken, in dem eine wirkungsvolle Medizin gewesen sein muss. Sie benetzte meinen Körper damit und es verlieh mir die Kraft, die ich für die Flucht und den anschließenden Ritt brauchte.«

»Dein Körper sagt, Srokas Stamm war grausam zu dir, *mitakola.*«

»Das stimmt, Rote Feder, aber die Wunden werden heilen. Tautropfen hat sie unterwegs, als wir eine Pause machten, schon versorgt. Zum Glück hatte sie ihren Medizinbeutel dabei. Die Crow wollten mich am heutigen Tag töten, aber ich lebe und bin frei. Das alles habe ich meiner Frau, meinem Bruder, meinen drei Freunden, Wakantanka, der alten Frau und ihrem Hund zu verdanken. Ich werde mich eurer Liebe und Freundschaft würdig erweisen.«

»Das hast du schon, mein Bruder. Ich strebe jeden Tag danach, ein so großer Krieger und weiser Anführer zu werden wie du.«

Windtänzer lächelte Kriegerischem Adler zu und nickte dankbar. »Wir haben zwar nicht gesehen, dass die Crow uns gefolgt sind, müssen aber trotzdem dafür sorgen, unseren Vorsprung zu vergrößern. Der Tag ist noch lang.«

»Du wirst dich wundern, *mitakola,* aber die Crow sind euch nicht gefolgt, nicht einmal eine kleine Gruppe«, sagte Rote Feder. »Nachdem Cetan mit deinem Pfeil zu uns kam, haben wir eine Zeit lang das Lager mit dem magischen Auge beobachtet, um sicherzugehen, dass wir die Botschaft auch richtig verstanden hatten. Sie haben ihre Späher zurückgeholt und sind dabei, ihre Tipis abzubauen, um von hier zu verschwinden. Wir wissen nicht, warum sie das tun, aber sie haben es sehr eilig. Es ist, als ob ein böser Geist oder eine überirdische Kraft sie mit aller Macht von hier forttreibt.«

»Vielleicht haben die alte Frau und der Hund etwas getan, das die Crow in Angst und Schrecken versetzt hat. Ohne Zweifel sind die beiden gute Geister, die Wakantanka uns schickt.«

»Was ist das für ein magisches Auge, das du besitzt, *mitawin?*«, fragte Windtänzer.

»Deine Frau wird es dir zeigen, mein Bruder«, sagte Kriegerischer Adler und zog den Feldstecher aus seinem Beutel.

Chumani erzählte Windtänzer, wie ihr Vater zu dem Fernglas gekommen war. »Der *wasicun* hat uns ein gutes Geschenk gemacht, mit dessen Hilfe wir das Lager der Crow beobachten konnten. Wakantanka sandte das Bleichgesicht vor vielen Jahren zu uns, um uns für dieses Ereignis auszurüsten.«

Windtänzer nickte. »Der Schöpfer weiß alles und hat uns in jeder Hinsicht darauf vorbereitet, diese Herausforderungen zu meistern.« Er sah zu seinem Bruder. »Kriegerischer Adler, du musst uns verlassen und zu unserem Stamm zurückreiten. Sage den Strong Heart, sie mögen den heiligen Pappelstamm aufstellen. Ich muss mich bei meiner Rückkehr dem Sonnentanzritual unterziehen.«

»Nein, *mihigna,* das darfst du nicht tun! Es ist noch zu früh, dich einer solchen Gefahr auszusetzen. Du bist noch zu schwach und deine Wunden sind noch nicht verheilt. Du wirst die Zeremonie nicht überleben.«

Windtänzer streichelte besänftigend ihre gerötete Wange. »Ich bin unwürdig, Hemdträger, Strong Heart, künftiger Häuptling und Teilnehmer am heiligen Kampf zu sein, solange ich mich nicht in der Schwitzhütte gereinigt und dem Sonnentanzritual unterzogen habe. Auch deiner bin ich nicht mehr würdig. Ich darf dich nicht mehr berühren.«

Chumani kämpfte gegen die aufsteigende Angst und versuchte, ruhig zu bleiben. »Das ist nicht wahr, *mihigna.* Man verliert nicht sein Gesicht, wenn man in Gefangenschaft gerät, weil man einem Freund das Leben retten und einen feindlichen Angriff vereiteln wollte.«

»Das stimmt«, gestand er, fügte aber hinzu: »Mein Körper und mein Geist sind von den Berührungen des Feindes beschmutzt. Ich muss das Böse von mir streifen und dem Schöpfer danken, dass er mir das Leben gerettet hat. Ich muss mir und anderen zeigen, dass ich stark und mutig genug bin, um weiterhin ihr Anführer zu sein. Der Große Geist wollte mich noch nicht zu sich rufen, weil er noch viel mit mir vorhat.«

Chumani sah ihn an, es war ein Augenblick tiefer, wortloser Verständigung. Schweren Herzens und mit Tränen in den Augen fügte sie sich schließlich seinem Entschluss, wie es ihre Pflicht war.

Chumani saß auf einer Bastmatte und versuchte, ihre Ängste und Zweifel zu bezwingen. Sie blickte starr geradeaus, als ihr Mann vortrat, um für das gefährliche Ritual vorbereitet zu werden. Es war nicht auszuschließen, dass er eine Niederlage erleben oder sogar sterben würde, und sie wusste, dass er von diesen beiden grausamen Möglichkeiten letztere vorzog. Obwohl sie inmitten einer Menschenmenge und zwischen seinen und ihren Eltern saß, fühlte sie sich allein. Seit sie vor eineinhalb Tagen ins Lager zurückgekehrt waren, hatte Windtänzer sie weder berührt noch geküsst. Sie hätte diesen Trost dringend gebraucht, verstand aber seine Beweggründe und respektierte sie. Er hatte ihr gestattet, seine Wunden zu versorgen, die schneller heilten, als sie zunächst gedacht hatte. Sie fragte sich, ob das an der Medizin der alten Frau lag. Dennoch war ihr Mann von den Misshandlungen der Crow noch immer geschwächt.

Am Morgen hatte Windtänzer sich in der Schwitzhütte gereinigt und sich im Geiste auf das nahende Ereignis vorbereitet. Jetzt lag er rücklings auf dem Boden und erwartete die nächste Etappe des Rituals. Normalerweise dauerte die Zeremonie vier Tage, doch man hatte diese Vorschrift missachtet und die Vorbereitungen verkürzt. Für gewöhnlich wurde vor dem Ritual von bemalten Kriegern der Büffeltanz aufgeführt, dann wählte man ein Stammesmitglied aus, das bestimmen musste, welche Pappel für die Zeremonie geopfert werden sollte. Anschließend wurde die Rinde des heiligen Baumes von einer Frau entfernt. Diesmal hatten die Strong Heart all diese Aufgaben übernommen. Sie hatten auch die heiligen Symbole auf die glatte Oberfläche des Stammes gemalt und würden während des Rituals um den Baum herumtanzen und dabei auf Adlerknochen pfeifen, um ihren Anführer zu ehren und ihm Mut zu machen. Außer Windtänzer beteiligte sich niemand an dem Ritual, niemand würde tanzen und singen, bis Beine und Stimme versagten, niemand würde sich Haut vom Körper schneiden und am Fuße des Stammes als Opfer darbringen. Windtänzer würde die Zeremonie allein bestreiten und sogleich mit der schwierigsten und gefährlichsten Aufgabe beginnen. Dann gab es für ihn kein Zurück mehr, bis er die Herausforderung entweder gemeistert, seine Niederlage eingestanden oder bei dem Versuch, sich zu befreien, sein Leben gelassen hatte. Chumani wusste, dass es für ihren Mann nur die erste oder die letzte Möglichkeit gab. Sie dachte daran, was Der durch den Nebel sieht ihr bei Sonnenaufgang gesagt hatte: »Mach dir keine Sorgen, Tautropfen, er wird überleben.« Sie hoffte inständig, dass die Worte des Schamenen sich bewahrheiten würden, fürchtete jedoch das Schlimmste.

Nahemana beugte sich über den am Boden liegenden Krieger, lächelte und machte mit einem Zeremonienmesser zwei Schnitte in Windtänzers linke Brust. Dann wiederholte er die Prozedur auf der rechten Seite. Blut quoll hervor und lief zu den Achselhöhlen hinunter. Der Schamane bohrte eine scharfe Adlerkralle durch das offen liegende, empfindliche Fleisch. Dann zog er an der Vogelklaue und fädelte jeweils auf der rechten und auf der linken Seite der Brust ein Band durch die so entstandenen Löcher. Er bedeutete seinem Enkel aufzustehen. Schließlich wurden die Bänder an Lederseilen befestigt, die wiederum um den Pappelstamm geknotet wurden. Voller Stolz stellte Nahemana fest, dass Windtänzer keinen Ton von sich gab, sondern die Schmerzen mit unbeweglicher Miene über sich ergehen ließ. Der Medizinmann legte dem Häuptlingssohn eine Peyoteknospe in den Mund, die dieser jedoch erst später, gegen Ende der Zeremonie, kauen würde. Bevor der Schamane zur Seite trat, strich er mit einer Adlerfeder über Windtänzers Körper und wandte sich in einem Gebet an Mutter Natur und den Schöpfer, um ihren Beistand und ihre Aufmerksamkeit zu erflehen.

Windtänzer nahm allen Mut zusammen, bat Wakantanka, ihm zum Sieg zu verhelfen, und begann, um den Stamm herumzutanzen und dabei auf seiner Adlerknochenflöte zu pfeifen. Zwischendurch blieb er immer wieder stehen und lehnte sich zurück, denn er musste versuchen, die Vogelkrallen aus seiner Brust zu reißen. Je öfter er zog und zerrte, desto größer wurde der Schmerz. Blut rann ihm über den Bauch und tränkte den Bund seiner kurzen Reithose, dem einzigen Kleidungsstück, das er trug. Das offene Fleisch an seiner Brust wurde eitrig und schwoll an. Ein stechender Schmerz machte sich in seinem Oberkörper breit, wanderte den Nacken hinauf und nahm von seinem pochenden Schädel Besitz.

Bald schmerzte ihn jeder Atemzug und es fiel ihm immer schwerer, weiter in die Flöte zu blasen. Sein Mund und seine Kehle waren ausgedörrt. Er konnte kaum noch seine zitternden Beine heben und jeder Schritt wurde zur Qual. Seine herunterhängenden Arme waren wie zentnerschwere Gewichte, die ihn zu Boden zogen, seine Finger waren vollkommen taub.

Doch er würde so lange weitertanzen, bis er sich von den Seilen befreit hatte, denn eine Niederlage kam für ihn nicht in Frage.

Chumani beobachtete die Vorgänge mit wachsendem Mitgefühl. Es tat ihr in der Seele weh, ihren Mann so leiden zu sehen. Und doch war sie von tiefem Stolz und großer Liebe erfüllt, während sie diese furchterregende Zurschaustellung seines Mutes, seiner Ausdauer und seines Vertrauens auf den Schöpfer verfolgte. Windtänzer hatte gewusst, was ihn erwartete, denn er hatte sich dieser Zeremonie schon einmal unterzogen, wie die Narben auf seiner Brust bewiesen. Während das feierliche Ritual sich fortsetzte, betete Chumani für ein schnelles Ende der schmerzhaften Prüfung.

Schließlich schaffte Windtänzer es, sich von einem der Seile in seiner Brust zu befreien. Eine klaffende und blutende Wunde blieb an seinem Oberkörper zurück. Dieser erste Sieg ermutigte ihn und gab ihm neue Kraft. Er tänzelte auf den Stamm zu, stützte sich mit den Händen dagegen und stieß sich davon ab. Diese Vorgehensweise wiederholte er mehrmals, wobei er sich jedes Mal mit aller Kraft nach hinten lehnte. Das Seil spannte sich, blieb aber in seiner Brust verankert. Die Sonne brannte auf ihn herab. Schweiß rann über seinen Körper und fraß sich in die frische Wunde und in die noch kaum verheilten Verletzungen seiner Gefangenschaft, mit denen sein Körper übersät war. Doch dieser Schweiß würde ihn von allen Unreinheiten befreien.

Windtänzer kaute die Peyoteknospe und schluckte sie schließlich unter großen Schwierigkeiten hinunter, denn seine Kehle wurde immer trockener.

Sobald er die belebende Wirkung der Pflanze verspürte, zog er mit aller Kraft an dem Lederseil, das immer noch nicht nachgab. Er biss die Zähne zusammen und setzte seine Befreiungsversuche fort, während er weiterhin in die Flöte blies. Schweiß tropfte von seinem Körper und Blut quoll aus der Wunde, in der die Adlerkralle steckte.

Ich flehe dich an, Großer Geist, betete Chumani fast wie von Sinnen, *nimm sein Opfer an und beende seine Schmerzen.* Dann schickte sie sofort ein zweites Gebet hinterher, in dem sie dem Schöpfer ihren Dank aussprach, denn der Große Geist hatte sie augenblicklich erhört. Windtänzer hatte es geschafft, sich von dem Seil loszureißen.

Fast wäre er gestürzt, schaffte es aber gerade noch, sich auf den Beinen zu halten. Er spuckte die Pfeife aus, die an einem Band um seinen Nacken hing, hob die Hände und sagte: »Es ist vorüber, Großer Geist, ich danke dir, dass du mich zum Sieg geführt hast.«

Chumani unterdrückte das Verlangen, aufzuspringen und zu ihm zu eilen. Sie sah ihm nach, als er sich in das Tipi der Strong Heart begab, die zusammen mit dem Schamanen seine Wunden versorgen würden, wie die Sitte es verlangte. Endlich war die gefährliche Tat vollbracht und er lebte. Weder Schande noch Schwäche lasteten mehr auf ihm. Er hatte seine Ehre wiedererlangt und sich und seinem Stamm bewiesen, dass er ein würdiger Anführer war. Jetzt konnte er zu seinem normalen Leben zurückkehren und wieder ganz gesund werden. Und endlich würde er sie wieder berühren. Chumani konnte es kaum erwarten, mit ihm allein zu sein.

Während Windtänzer im Tipi seiner Kriegergruppe blieb, um sich auszuruhen und zu warten, bis die Wirkung des Peyote nachließ, lag Chumani allein auf ihrer Schlafmatte und vermisste ihn schmerzlich. Sie dachte an die Ereignisse der letzten Tage. Sie hatten das Lager ohne weitere Schwierigkeiten erreicht. Sie waren weder Srokas Leuten noch anderen Feinden begegnet und auch die Natur hatte sich von ihrer freundlichen Seite gezeigt. Bei ihrer Rückkehr hatten sie erfahren, dass Schweigsamer Bär von den Bogenträgern zum Nachfolger für Schwarzer Rabe ernannt worden war. Der Bruder von Schwarzem Raben hatte Windtänzer ein Pferd für die Büffeljagd geschenkt, um jenes zu ersetzen, das bei dem missglückten Rettungsversuch ums Leben gekommen war. Windtänzer hatte seine Waffen über einem Feuer geschwenkt, in dem bestimmte Kräuter, Gräser und Gegenstände brannten, und sie so von den feindlichen Berührungen gereinigt. Die Leute hatten staunend der Erzählung von der Flucht aus dem Lager der Crow und dem geheimnisvollen Auftauchen der alten Frau und ihres Hundes gelauscht. Die Freude beider Stämme war groß gewesen, als sie hörten, dass Srokas Leute zuletzt dabei gesehen worden waren, wie sie ihre Tipis abbauten, und alle hofften, dass sie sich irgendwo in weiter Ferne niederlassen würden.

Während einer kurzen Versammlung hatte man beschlossen, sich später an Sroka zu rächen, falls die Crow sich weiterhin in den Jagdgründen der Dakota aufhalten würden, denn Red und White Shield mussten sich erst auf den Winter vorbereiten, bevor sie in die Schlacht ziehen konnten.

Am Abend hatte es ein Fest gegeben, um die Heldentaten der Gefährten zu feiern. Es war offensichtlich, dass die Leute sie liebten, respektierten und ihnen dankbar waren. Eltern, Freunde und Mitglieder der verschiedenen Kriegerverbindungen waren stolz auf den Erfolg ihrer Stammesgenossen und glücklich über ihre Wiederkehr. Regenbogenmädchen war so froh gewesen, dass ihr Mann lebendig und wohlbehalten zurückgekehrt war, dass sie ihn den ganzen Abend nicht aus den Augen gelassen hatte, bis sie schließlich gemeinsam in ihrem Tipi verschwunden waren.

Chumani wünschte, auch sie könnte heute gemeinsam mit ihrem Mann im Tipi liegen. Doch leider war das nicht der Fall. Noch dazu würden sie bei Sonnenaufgang das Lager abbrechen und weiterziehen, denn sie mussten den großen Büffelherden folgen. Sie schloss die Augen und versuchte zu schlafen, denn am nächsten Morgen wartete viel Arbeit auf sie.

Die Reise dauerte mehrere Tage. Nachdem sie an einigen vereinzelten Büffelfamilien vorbeigezogen waren, sichteten die Anführer endlich eine große Herde und sie hielten an, um an einem nahen Fluss, der sie mit frischem Wasser versorgen würde, ihr Lager aufzuschlagen. Die Männer begannen die ihnen zufallenden Aufgaben zu erledigen. Man stellte Wachen auf und schickte Späher los, um nach Feinden Ausschau zu halten. Die Frauen fingen an, Tipis und Trockengestelle aufzubauen, junge Mädchen holten Wasser und sammelten Späne von Büffelknochen sowie trockenes Buschwerk für die Feuer. Die Alten entlasteten die beschäftigten Eltern und passten auf ihre Enkel auf. Später kochten die Frauen das Essen und errichteten die Weidenhütte, in die sie sich während ihrer monatlichen Blutungen zurückziehen würden.

Die Weidenhütte war kaum fertiggestellt, als Chumanis Blutungen einsetzten. Betrübt begab sie sich zu dem Unterschlupf. Sie war zwar erleichtert, in dieser gefährlichen und betriebsamen Jahreszeit kein Kind zu erwarten, aber sie hatte sich sehr auf eine leidenschaftliche Nacht mit ihrem Mann gefreut. Achtzehn Nächte waren vergangen, seit sie sich das letzte Mal geliebt hatten und sie sehnte sich verzweifelt nach seinem Körper.

Auf dem Weg zum neuen Lagerplatz war Windtänzer meist neben ihr geritten, denn er musste sich noch schonen. Er war gut gelaunt und wurde mit jedem Tag kräftiger. Alle Wunden waren gut verheilt, mit Ausnahme der Schnitte vom Sonnentanzritual, die aber dank Chumanis guter Pflege schon langsam vernarbten. Es war herrlich gewesen, miteinander zu reden und sich zu berühren, doch auf das, wonach Chumani sich wirklich sehnte, hatten sie verzichten müssen, denn der ganze Stamm schlief gemeinsam unter freiem Himmel. *Bald,* sagte sie zu sich selbst, denn in drei Tagen würden sie wieder zusammen sein.

Andere Frauen kamen in die *cansakawakeya* und Chumani erfuhr, was sich seit ihrer Isolation im Lager ereignet hatte. Sie befanden sich näher an der großen Herde als gewöhnlich, damit die Jäger, die ihnen hinterherziehenden Frauen und die jungen Männer mit den Holzladen bei ihrer Arbeit ebenso beschützt werden konnten wie die Leute, die im Lager zurückblieben. Außerdem mussten die Jäger so nicht in der offenen Prärie übernachten, sondern konnten am Abend heimkehren und am nächsten Morgen wieder aufbrechen. Die Männer gingen vorsichtig vor und erlegten nur die Büffel am Rande der Herde, um die Tiere nicht aufzuscheuchen und zu vertreiben.

Die Frauen im Lager waren damit beschäftigt, das Fleisch zu trocknen und es auf verschiedene Arten zuzubereiten. In der verbleibenden Zeit wuschen sie Kleidungsstücke im Fluss, sammelten Wurzeln, Beeren und Pflanzen, aus denen Farben hergestellt wurden und widmeten sich anderen täglich anfallenden Aufgaben.

Einige der Frauen pflückten am Flussufer und auf den nahen Wiesen Kräuter, die als Gewürze und Heilmittel Verwendung finden würden.

Chumani war erleichtert zu hören, dass sich seit dem Überfall der Crow nichts Schlimmes mehr zugetragen hatte, fühlte sich aber zugleich hilflos und ausgeschlossen, denn diese zum Leben einer Frau gehörende Abgeschiedenheit hinderte sie daran zu tun, was sie wollte: mit ihrem Mann zusammen sein. Sie schalt sich selbst für ihre Ungeduld, konnte sie jedoch kaum bezwingen.

Das Licht des Vollmonds schien weich durch die weit geöffnete Lüftungsklappe und der Eingang des Tipi war sorgfältig verschlossen. Der silberne Strahl fiel auf zwei entblößte Körper. Nach langer Trennung lagen Windtänzer und Chumani endlich wieder beieinander. Einundzwanzig Tage des Verzichts gingen somit zu Ende. Die beiden waren aufgeregt und überglücklich.

Hingerissen hielt Windtänzer seine Frau in den Armen. Er empfand es als großes Opfer, auch nur einen einzigen Tag ohne sie zu verbringen. Er lag seitlich auf der Schlafmatte und hatte sein rechtes Bein zwischen ihre Schenkel geschoben. Eine Zeit lang bewunderte er einfach nur ihre Schönheit. Der Gedanke an sie hatte ihn sowohl die Torturen der Crow als auch die hohen Anforderungen des Rituals überstehen lassen. Er würde nie genug von ihr bekommen.

Chumani strich mit der Fußsohle über die harten Muskeln an seiner Wade und war glücklich, seine Haut zu spüren. Während seine Hände über ihren Körper wanderten, er ihre Brüste streichelte und ihr Gesicht und ihren Hals mit Küssen bedeckte, erkundeten ihre Finger seinen kräftigen Rücken und seine breiten Schultern. Vorsichtig vermied sie es, seine Brust zu berühren, um die ein Lederband gewickelt war, das die eingerissene Haut während des Heilungsprozesses zusammenhalten sollte. Sie presste ihre Lippen auf seine Schläfen und sein Haar, während sein Kopf sich beständig bewegte, um ihr die verschiedensten Freuden zu bescheren. Seine Zunge spielte mit ihren Brustwarzen, dann mit ihren Ohrläppchen und sie konnte ein fröhliches Kichern nicht unterdrücken.

Windtänzer hielt inne und flüsterte: »Es ist schön, dein Lachen zu hören, *micante,* sein süßer Klang erinnert mich an das Lied der Vögel.« Er gab ihr einen leidenschaftlichen Kuss und war glücklich, als sie ihn feurig erwiderte.

»Ich liebe dich, *micante.* Du schenkst mir jeden Tag

soviel Freude, wie ich es nie für möglich gehalten hätte, als man uns vermählte und damals waren meine Erwartungen so hoch wie ein Berg. Du bist ein Teil meines Körpers und meiner Seele und beide brauchen dich als Nahrung, denn ohne dich würden sie vergehen. Ich danke dem Großen Geist jeden Morgen, dass er mich zu dir geführt hat.«

»So wie ich ihm für deine Gegenwart danke. Als ich sah, wie Srokas Leute dich umzingelten, dachte ich, du seist verloren. Ich flehte den Großen Geist an, dich zu retten und zu mir zurückzubringen. Als die Crow dich mit in ihr Lager nahmen, wurde meine Furcht noch größer und es war nicht leicht, dem Schöpfer weiter zu vertrauen. Ich wollte nicht mehr leben ohne dich. Als der Geisterhund mich zu dir führte, zersprang mein Herz fast vor Glück. Ich dankte Wakantanka und bat um Vergebung für meine Zweifel an seiner Macht. Dann kam der Sonnentanz und ich musste zuschauen, wie du abermals dem Tod ins Gesicht sahst. Ich will dich nicht verlieren, *mihigna,* denn du machst mein Leben erst lebenswert.«

»Du wirst mich nicht verlieren, *mitawin,* denn wir sind einen ewigen Bund eingegangen. Der Große Geist selbst hat uns füreinander bestimmt und wir haben seinen Segen.«

Ihre Münder verschmolzen in großer Hingabe und unendlicher Liebe, während sie ihre Körper vereinten und sich einem süßen Rausch auslieferten. Unter Liebesgeflüster betraten sie gemeinsam den wilden und herrlichen Pfad der Leidenschaft.

Als sie sich später aneinander kuschelten, fiel Windtänzer ein, dass er ihr noch nicht von der Vision erzählt hatte, die ihm nach dem Sonnentanz geschenkt worden war. Er hatte damit warten wollen, bis sie allein waren, doch jetzt beschloss er, lieber zu schweigen, um diesen besonderen Augenblick nicht durch schlechte Neuigkeiten zu verderben.

Viele Tage zogen ins Land, während die Stämme der Brule und Oglala ihren Aufgaben nachgingen. Die Nächte waren für Windtänzer und Chumani angefüllt mit leidenschaftlichen Begegnungen. Seine Vision verschwieg der Häuptlingssohn weiterhin, denn er wollte seine Frau nicht ängstigen und ihr Glück nicht eher trüben, als es unbedingt notwendig war. Die Schamanen, Häuptlinge und Strong Heart beider Stämme wussten von der heiligen Botschaft, die er empfangen hatte, doch auch sie wollten ihre Familien während dieser friedlichen und betriebsamen Zeit nicht unnötig beunruhigen.

Schließlich waren sie gezwungen, erneut ihr Lager abzubrechen und den Büffelherden hinterherzuziehen. Dann setzten sie ihre Arbeit wie gewohnt fort.

Drei Tage, nachdem sie das Lager neu aufgeschlagen hatten, kamen einige Späher mit schlechten Nachrichten zu Häuptling Großer Bär, der daraufhin die Räte und Krieger beider Stämme zusammenrief. Chumani durfte als Frau aus der Vision dem bedeutsamen Treffen beiwohnen. Es war ihr jedoch untersagt, die Pfeife zu rauchen, die von Mann zu Mann gereicht wurde, bis alle Wakantankas Atem miteinander geteilt hatten.

Nahemana erhob sich und wandte sich an die versammelte Menge. »Das, was mein Enkel nach dem Sonnentanz in seiner Vision sah, ist nun eingetroffen: Sroka und seine Leute haben unsere Jagdgründe nicht verlassen und müssen deshalb mit Gewalt vertrieben werden. Unsere Späher stießen einen Tagesritt von hier entfernt auf ihr Lager. Wir müssen die Botschaft, die Waci Tate erhielt, befolgen. Sprich, *micinksi,* alle werden dir zuhören und gehorchen.«

Chumani sah verwirrt und bestürzt zu ihrem Mann. Warum hatte er sich ihr nicht anvertraut? Erstaunt lauschte sie, während er allen offenbarte, was er ihr so lange vorenthalten hatte.

Windtänzer erhob sich. »Als ich in Srokas Gefangenschaft war, verriet er mir, wie die Crow uns zu besiegen gedenken«, begann er. »Sroka will all unseren Besitz zerstören und uns daran hindern, uns auf den nächsten Winter vorzubereiten, so dass wir erfrieren und verhungern und die Crow uns unser Land stehlen können. Wir werden ihn mit seinen eigenen Waffen schlagen und ihre Wintervorräte zerstören. Wir müssen dieser Bedrohung endlich ein Ende bereiten und die Crow angreifen.«

»Wie sollen wir unser Lager schützen, während wir ihres überfallen?«, fragte Blaue Eule.

»Aus jedem Stamm werden zwanzig Strong Heart ausgewählt, die das Lager der Crow attackieren, während alle anderen Krieger zur Verteidigung hier bleiben. Alle Strong Heart werden einen Stein aus einem Beutel ziehen; Rote Feder, Kriegerischer Adler, Feuerläufer und alle, die einen markierten Stein in der Hand halten, gehören zu meinem Kriegstrupp.«

Chumani bemerkte, dass weder ihrer noch Zitkalas Name gefallen war. Sie fragte sich, warum man sie ausschloss, hielt es aber für besser, ihren Mann erst nach der Versammlung darauf anzusprechen.

»Wie sollen vier Anführer und vierzig Krieger einen so mächtigen und zahlenmäßig überlegenen Feind besiegen?«

Windtänzer betrachtete den Schlachtenführer. »Wir zünden ihr Lager an. Wir werden ihre Tipis und ihre Wintervorräte in Brand setzten.«

»Das Gras ist in dieser Jahreszeit sehr trocken, das Feuer wird sich rasch ausbreiten.«

»Nein, Blaue Eule. Der Große Geist wird es nicht zulassen, dass seine Geschöpfe oder das Gesicht der Mutter zerstört werden. Das Feuer wird nur unseren Feinden Schaden zufügen. So wurde es mir in der Vision gezeigt.«

»Wie willst du einen so großen und mächtigen Brand entfachen?«, bemerkte Blaue Eule und sprach damit aus, was die meisten dachten.

»Der Plan sieht wie folgt aus«, gab Windtänzer zurück und schilderte das Vorhaben. Die Zuhörer rissen staunend die Augen auf und nickten ehrfürchtig, um ihre Zustimmung auszudrücken. »Wir wählen jetzt die Krieger aus und brechen auf, sobald wir alles Nötige beisammen haben. Morgen Abend soll der Angriff stattfinden.«

Chumani war Angst und Bange. Sollte sie ihren geliebten Mann etwa doch noch verlieren? Konnte sein gewagter und gefährlicher Plan gelingen? Wie sollte das möglich sein, wo die Apsaalooke doch in der Überzahl waren? Und warum konnte sie diesmal nicht mit ihm reiten?

18. Kapitel

Als sie wieder in ihrem Tipi waren, fragte Chumani: »Warum hast du mir nichts von deiner Vision erzählt? Warum muss ich hier bleiben?«

Windtänzer streichelte ihre Wange. »Nach dem erfolgreichen Sonnentanz warst du so glücklich, das wollte ich dir nicht nehmen«, erklärte er. »Ich wollte verhindern, dass du dir Tag und Nacht über Sroka den Kopf zerbrichst, es hätte ohnehin nichts geändert. Das galt auch für alle anderen. Alle hatten viel zu tun und waren zufrieden. Wir wollten niemanden unnötig beunruhigen und von seinen Aufgaben ablenken. Ich wusste, dass der Große Geist uns im Falle einer Gefahr warnen würde, deshalb haben wir jeden Tag Späher losgeschickt, die nach unseren Feinden Ausschau hielten.«

Chumani wusste, dass er mit »wir« die Medizinmänner, die Häuptlinge und die Strong Heart meinte. Sie war überrascht, dass auch Der durch den Nebel sieht sich ihr nicht anvertraut hatte, schließlich nahm sie am heiligen Kampf teil und war die Frau aus der Vision. Ebenso bestürzte es sie, dass ihr Vater sie nicht eingeweiht hatte, doch noch verletzender und enttäuschender war es, dass Windtänzer ihr die Wahrheit vorenthalten hatte. Doch seine Beweggründe waren weise und gut, und so schob sie ihren Groll auf ihn und die anderen beiseite. Sie lauschte aufmerksam seinen weiteren Erklärungen und lächelte.

»Du musst dich bereit machen, *micante,* denn du kommst mit uns und Cetan ebenso. Pack das magische Auge ein. Du wirst in sicherer Entfernung vom Lager der Crow bleiben und auf mein Signal warten. Wenn ich dir Bescheid gebe, musst du Cetan fliegen lassen. Sobald der Falke sich in der Luft befindet, werden die Strong Heart das Gras entzünden, das wir zuvor am Rand des Lagers angehäuft haben. Unsere Feinde werden von Flammen umzingelt sein, die ihren gesamten Besitz zerstören werden.«

»Warum kommt Zitkala nicht mit uns?«, fragte Chumani.

»Eine Frau in der Gruppe würde die Männer zu sehr ablenken. Sie kennen Zitkala nicht und wissen nichts von ihrer großen Kriegskunst. Rote Feder wäre ebenfalls von seiner Aufgabe abgelenkt, denn er würde versuchen, sie vor den Blicken der anderen zu schützen, und er darf unter keinen Umständen sein Leben gefährden.«

»Wie wollt ihr gegen so viele feindliche Krieger kämpfen, falls die Crow den Angriff erwidern?«

»Wir werden uns ihnen nicht zeigen, damit sie glauben, dass ein böser Geist ihnen übel mitspielt, so wie es in ihrem alten Lager der Fall war. Das sollte sie für immer von unseren Jagdgründen vertreiben. Das Gras ist trocken und wird schnell brennen. Ein Ring aus Feuer wird es ihnen unmöglich machen, das Lager zu verlassen und uns zu entdecken. Die Flammen werden viele Tipis, die Wintervorräte, Waffen und andere Habseligkeiten zerstören. Ohne diese Dinge werden sie nicht mehr stark genug sein, um uns in Zukunft noch anzugreifen.«

»Es ist ein kluger Plan, *mihigna*«, sagte Chumani bewundernd. »Du wirst mit deinen Kriegern einen großen Sieg erringen und Rache üben für Rabes Tod und den deines Pferdes und für die Misshandlungen während deiner Gefangenschaft.«

»Unser Stamm macht keine Gefangenen. Als Omaste vor langer Zeit meinem Vater gegeben wurde, wurde sie gut behandelt. Wer Weiße oder Krieger anderer Stämme gefangen hält, darf sie nicht mit Grausamkeit behandeln.«

»Das ist wahr. Die White Shield halten es ebenso. Doch jetzt müssen wir uns beeilen, die anderen warten bestimmt schon auf uns.«

Zitkala näherte sich dem Tipi, blieb davor stehen und bat, eintreten zu dürfen, obwohl der Eingang offen stand. »Brauchst du Hilfe, Tautropfen?«

Windtänzer rief die Frau herein und lächelte ihr zu. »Sobald ich weg bin, wird Tautropfen dir erzählen, was du wissen möchtest.« Er teilte seiner Frau mit, was er für die Mission benötigte, damit sie es einpacken konnte, während er mit Roter Feder und Kriegerischem Adler das Diebesgut von den Schiffen und den Heimstätten der Weißen holte, das ganz in der Nähe versteckt war.

Beim Packen erzählte Chumani, warum Windtänzer nicht wollte, dass ihre beste Freundin sie begleitete. »Ich weiß, dass es dir schwer fällt, hier zu bleiben, Zitkala, aber er spricht die Wahrheit. Wenn du in letzter Zeit nicht in den Fluss oder in den Spiegel des Händlers geschaut hast, kannst du nicht wissen, wie sehr du dich verändert hast. Niemand würde dich jetzt noch für einen Mann halten, du bist sehr fraulich geworden.«

Zitkala, die ein Kleid aus Hirschleder und ein mit

Federn und Perlen geschmücktes Band im offenen Haar trug, konnte ein Lächeln nicht unterdrücken, als sie die Worte der Freundin vernahm. Sie hatte sich in letzter Zeit oftmals in dem Spiegel und in der reflektierenden Oberfläche des Wassers betrachtet. Sie hatte kaum ihren Augen getraut, aber jetzt bestätigte Chumani ihre Vermutung und sie war sicher, dass ihre beste Freundin sie niemals anlügen würde.

»Wie sollen die Strong Heart, die keine Frauen haben, sich auf ihre Aufgaben besinnen, wenn du in der Nähe bist?«, sagte Chumani halb im Scherz. »Wie soll Rote Feder diesen gefährlichen Einsatz überstehen, wenn er die ganze Zeit befürchten muss, ein anderer könnte versuchen, deine Aufmerksamkeit auf sich zu lenken?«

Überglücklich umarmte Zitkala ihre Freundin. »Der Große Geist und Mutter Natur haben gute Arbeit geleistet, denn ich selbst habe nur wenig zu dieser Veränderung beigetragen. Sie gaben mir ihren Segen, so dass Rote Feder sich nun mit einer Frau vermählen kann, die nicht aussieht und sich benimmt wie ein Mann.«

»Du hast ihm deine Liebe gestanden und er fühlt dasselbe für dich. Ich freue mich, dass ihr den Bund eingehen werdet, wenn wir wieder im Winterlager sind. Ich und viele andere werden euch helfen, euer neues Tipi zu nähen und zu errichten, so wie es Sitte ist. Auf diese Weise werden die Leute dir ihren Dank aussprechen, denn du hast viel für sie getan.«

Noch bevor Zitkala antworten konnte, kehrte Windtänzer mit Roter Feder zurück und verkündete ihren baldigen Aufbruch. Chumani schlug ihren Freunden vor, sich unter vier Augen voneinander zu verabschieden, während sie mit ihrem Mann die Pferde beladen würde. Beide Männer willigten ein.

Kurz darauf verließen die Reiter das Lager. Eine Menschenmenge hatte sich versammelt und schaute ihnen nach. Viele Wachen waren aufgestellt worden und Späher schwärmten aus, um im Falle einer Gefahr mittels eines in den Himmel geschossenen brennenden Pfeils Alarm zu schlagen. Alle anderen Stammesmitglieder kehrten zu ihren täglichen Aufgaben zurück. Sie setzten die Büffeljagd fort und kümmerten sich weiter um das Zerlegen der Tiere.

Von ihrem Versteck aus beobachtete Chumani, wie die Vorbereitungen für den Anschlag auf das Lager der Crow getroffen wurden. Cetan saß neben ihr. Die Nacht brach herein und da kein Mond am Himmel stand, wurde es immer schwieriger, ihren Gefährten bei der Ausführung ihres gewagten Vorhabens zuzuschauen. Ohne Fernglas wäre es überhaupt nicht möglich gewesen. Die Krieger trugen nichts als kurze Reithosen und Mokassins, denn so konnten sie sich geräuschlos bewegen, außerdem hatten sie sich Tücher aus Hirschleder um die Köpfe geschlungen, damit ihr dunkles Haar sie nicht verriet. Der Farbton des Grases ähnelte in dieser heißen Jahreszeit dem der Tierhäute.

Chumani hatte gesehen, wie die Kriegergruppe einen Wall aus Heu um das feindliche Lager aufgeschichtet hatte. An den Rückseiten der Tipis, die am äußeren Rand standen, waren die Grashaufen besonders hoch. Auch zwischen den äußeren Behausungen hatten die Männer solche Haufen aufgeschichtet, so dass alle Fluchtwege versperrt waren. Dann hatten die Krieger mit Wasserschläuchen Lampenöl aus dem Schiff der *wasicun* auf das trockene Gras und die Rückseiten der äußeren Tipis gegossen. Jeder Strong Heart besaß zwei der magischen Feuerhölzer, die von dem hinterhältigen Händler in Fort Pierre stammten, sowie einen rauen Stein. Chumani versuchte, den Gedanken an die Kinder und Frauen zu verdrängen, die sich im Lager der Crow befanden, aber schließlich gehörten auch sie zu jenen, die ihren Mann misshandelt hatten. Im Grunde taten sie nichts anderes, als Srokas eigenen Plan gegen ihn und seine Stammesgenossen zu wenden.

Chumani hatte gesehen, wie Windtänzer es mit seiner Gruppe geschafft hatte, sich unbemerkt an das Lager heranzuschleichen: Nicht nur, dass sie Tarnfarben trugen, vielmehr hatten sie die feindlichen Wachen zunächst mit dem Feldstecher ausfindig gemacht und sie dann getötet. Da ein Sturm heraufzog, waren alle Jäger der Crow ins Lager zurückgekehrt. Jetzt befand sich der ganze Stamm in der Mitte des Zeltdorfes und feierte ein Fest. Die Apsaalooke tanzten um ein großes Feuer, sangen und aßen. Chumani konnte das dumpfe Dröhnen der Trommeln, einige Wortfetzen und hin und wieder auch einen überschwänglichen Schrei hören. Die Crow waren so mit den Feierlichkeiten beschäftigt, dass sie keinen Gedanken an eventuell lauernde Gefahren verschwendeten. Während Windtänzer und seine Krieger bäuchlings auf ihr Ziel zurobbten, erblickte Chumani den Gefährten der alten Frau, der die Hunde des feindlichen Lagers davonführte, so dass diese keine Bedrohung mehr darstellten.

Chumani erinnerte sich, dass sie Sroka das letzte

Mal ebenfalls in einer mondlosen Nacht gesehen hatte. Sie war überzeugt, dass der Anschlag auf die Crow gelingen würde, denn die guten Geister und die Kräfte der Natur waren auf ihrer Seite. Sie sah, wie Windtänzer, der sich hinter einem Tipi versteckt hielt, die Arme hob und ihr zuwinkte. Das letzte Tageslicht war verblasst. »Du musst uns jetzt helfen, Cetan. Flieg, mein Freund!«, sagte sie leise und der Falke gehorchte.

Chumani sah, wie in der Dunkelheit auf einmal Funken sprühten. Kurze Zeit später war das Lager von einem Ring aus Feuer umgeben. Die Flammen labten sich an dem Lampenöl und züngelten in Schlangenlinien an den Tipis empor. Dann brannte auch das Heu zwischen den Behausungen. Es war, als sei mit einem Male das Tageslicht zurückgekehrt. Das Dröhnen der Trommeln brach ab. Aus der Mitte des Lagers ertönten Schreie. Einige Crow schnappten sich Decken und Tierhäute, um den Brand zu ersticken, andere versuchten, ihn mit Wasser zu löschen. Pferde wieherten, rissen sich los und sprangen über die Flammen oder rasten auf der Suche nach einem Fluchtweg zwischen den Tipis hin und her, wobei sie Gestelle und Vorräte niedertrampelten.

Kurz nachdem Cetan und die Krieger wieder bei Chumani eingetroffen waren, brach ein Sturm los und ein sintflutartiger Regen prasselte auf sie nieder, der die gierigen Flammen löschte. Pferden und Menschen blieb der Feuertod erspart, doch es gab einige Verletzte. Die Prärie war gerettet und das feindliche Lager stark beschädigt.

Während die Krieger der Red Shield und der White Shield von einer Anhöhe aus die Vorgänge beobachteten, sprachen sie aufgeregt und ehrfürchtig über ihren Erfolg und die Genauigkeit von Windtänzers Vision. Es spielte keine Rolle, dass sie völlig durchnässt waren. Donner hatte das Dröhnen der Trommeln ersetzt, ein heftiger Wind wehte und die Nachtluft war kühl. Blitze tanzten über den dunklen Himmel und beleuchteten von Zeit zu Zeit das zerstörte Lager. Ihre Feinde waren so sehr damit beschäftigt, sich um ihren verbliebenen Besitz zu kümmern, dass sie nicht einmal eine Gruppe von Männern losschickten, um nach möglichen Brandstiftern Ausschau zu halten. Vielleicht dachten die Crow, böse Geister oder die Kräfte der Natur hätten das Feuer entfachte. Für die Krieger der Brule und Oglala war nur wichtig, dass sie ihren Feinden einen lähmenden Schlag versetzt hatten.

Windtänzer machte sich mit seinem Trupp auf den Rückweg, wobei das grelle Licht der Blitze ihnen in der Dunkelheit den Weg wies. Sie würden solange reiten, wie diese natürlichen Fackeln es ihnen gestatteten. Dann würden sie ihr Lager aufschlagen und die Reise am Morgen fortsetzen. Kriegerischer Adler und drei unvermählte Männer blieben in der Nähe der Crow zurück, um in Erfahrung zu bringen, ob und in welche Richtung diese davonzogen.

Chumani hatte dem Bruder ihres Mannes das »magische Auge« gegeben, damit er die Feinde aus sicherer Entfernung beobachten konnte. Sie war überzeugt, dass den Crow weder die Zeit noch die Mittel zur Verfügung standen, um Vergeltung für den Anschlag zu üben. Sie würden sich einen sicheren Ort suchen müssen, um ihre Vorbereitung für den Winter von Neuem zu beginnen. Chumani hoffte, dass ihre Stämme nun für eine Weile in Frieden leben konnten und dass kein anderer Feind sie angreifen möge.

Am nächsten Abend lag Chumani neben Windtänzer in ihrem Tipi, den Kopf auf seine Schulter gebettet. Sie lächelte, als sie an den herzlichen Empfang dachte, den die Stammesmitglieder ihnen bei der Rückkehr von ihrem ruhmreichen Einsatz gegen Sroka und seine Leute bereitet hatten. »Unsere Familien und unsere Freunde sind stolz auf unsere Taten, *mihigna*«, sagte Chumani glücklich. »Unsere Verbindung ist ein wahres Glück.«

»Das stimmt, *mitawin*. Bald werden wir unsere Arbeit hier erledigt haben und in die heiligen Paha Sapa ziehen, um dort das Winterlager aufzuschlagen. Die heiße Jahreszeit geht ihrem Ende entgegen, das Gesicht der Mutter beginnt, sich zu wandeln. Das Gras ist nicht mehr grün, sondern gelb und braun. Beeren, Pflanzen und Blumen werden bald verschwunden sein und der Büffel wird in andere Landstriche ziehen, um zu überwintern. Wir haben große Mengen Fleisch und viele Häute. Die Kälte, die langsam auf uns zukriecht, wird uns nichts anhaben können. Wir haben die Pläne unserer Feinde vereitelt. Vielleicht wird uns ein Kind geschenkt werden, wenn unser Tipi erst eingeschneit ist.«

»Bestimmt, *mihigna,* denn der heilige Kampf wird vorüber sein, bevor die Winterwinde über das Land wehen. Und du hast viele Male versucht, deinen Samen in mich zu pflanzen«, fügte sie glucksend hinzu und kitzelte ihn an den Hüften.

Windtänzer wand sich lachend und hielt ihre Hand fest. »Diese Arbeit bereitet mir viel Freude«, gab er zurück und küsste ihre Finger.

»›Arbeit‹ nennst du das?«, neckte sie ihn. Sie befreite ihre Hand aus seinem Griff und zog mit den Fingern die Linien seiner Lippen nach.

»Ich habe etwas voreilig gesprochen, denn du hast meinen Geist mit deiner Magie vernebelt. Deine Zauberkraft ist groß, Tautropfen und ich kann ihr nicht widerstehen.«

»Dazu gibt es auch keinen Grund, mein Liebster. Ich füge mich deiner schließlich auch.«

»Wir sind ein gutes Paar, *micante*«, murmelte er, während er seine Lippen auf ihre Handfläche presste.

Ein freudiger Schauer lief durch Chumanis Körper. »Das ist wahr, *mihigna.* Warum machst du dich nicht ... an die ›Arbeit‹? Es gibt noch eine Menge zu tun vor dem Schlafen. Du bist ein guter Jäger, Ernährer und Beschützer, du musst deine Beute suchen, den großen Hunger in mir stillen und mich vor dem Schmerz des Verzichts bewahren.«

Geschwind drehte Windtänzer seine geliebte Frau auf den Rücken und rollte sich halb auf sie. »Meine Jagd beginnt hier«, flüsterte er, als ihre Lippen sich trafen ...

Am achten Tag nach dem Anschlag auf die Crow kamen Kriegerischer Adler und die drei Strong Heart ins heimische Lager galoppiert. Geschwind sprangen sie von ihren Pferden, drückten einigen Jungen die Zügel in die Hand mit der Bitte, sich um die Tiere zu kümmern, und eilten zum Tipi von Großer Bär. Der

Aufruhr bei ihrer Ankunft hatte den Häuptling der Red Shield sowie einige andere Leute aus ihren Behausungen gelockt und alle warteten gespannt auf den Bericht der Krieger.

»Es hat lange gedauert, bis unsere Feinde ihre neue Lagerstätte erreichten. Sobald wir den Ort kannten, sind wir zurückgeritten«, begann Kriegerischer Adler. »Ich bringe keine guten Neuigkeiten, mein Vater. Sie haben sich mit vielen anderen Stämmen ihres Volkes hinter dem Rabbit Creek versammelt, dort, wo Mutter Erde einst viele Steine ausspuckte und jetzt zahlreiche Bäume wachsen.«

»Das ist nur zwei schnelle Tagesritte von unserem heiligen Bärenhügel entfernt!«

»So ist es, Blaue Eule. Wir glauben, dass sie Tauschgeschäfte machen wollen. Wir wissen nicht, ob sie sich vielleicht mit anderen Stämmen verbünden werden, um uns anzugreifen. Für meinen Bruder und Rabens Geist gibt es jedoch gute Neuigkeiten. Sroka wurde von seinen eigenen Leuten getötet, denn sie glauben, dass er die Aufmerksamkeit der bösen Geister auf sie gelenkt hat. Sie wissen nicht, das wir die Brandstifter waren.«

»Wie habt ihr das herausgefunden, mein Sohn?«, fragte Großer Bär.

»Jeden Abend schlich sich einer von uns zu ihrem Lager und belauschte sie. Ich war es, der auf der Lauer lag, als Sroka seinen eigenen Stamm gegen sich aufbrachte, indem er die Leute als Feiglinge beschimpfte, weil sie uns und andere nicht angegriffen hatten, um ihre verlorenen Vorräte zu ersetzen, sondern weggelaufen waren. Als er einfach nicht nachgab und androhte, alle Feinde allein zu überfallen, feuerten die Leute todbringende Pfeile auf ihn.«

»Das ist eine gute Nachricht, mein Sohn, denn Rabens Geist kann jetzt in Frieden ruhen und mein erster Sohn wurde auf seltsame Weise von Wakantanka gerächt, denn sicherlich war es der Schöpfer, der die Crow gegen ihren berühmtesten Krieger aufbrachte.«

»Wir müssen einen Plan zu unserer Verteidigung entwerfen, Vater«, schlug Windtänzer vor, »denn wir wissen nicht, ob die Apsaalooke uns mit vereinten Kräften angreifen werden.«

»Diesen Plan gibt es schon längst, *micinksi*. Auch er stammt vom Großen Geist«, entgegnete Nahemana.

Der Schamane der Red Shield erklärte der versammelten Menge, was es mit seinen Worten auf sich hatte. Auf dem faltigen Gesicht von Der durch den Nebel sieht machte sich ein erstaunter Ausdruck breit. Der Schamane der White Shield erzählte, dass er genau dieses Vorhaben in einem Traum gesehen und Häuptling Großer Elch und Chumani davon berichtet hatte, noch bevor diese mit Waci Tate vermählt worden war.

Windtänzer betrachtete seine Frau mit fragendem Blick.

Chumani nickte, auch sie war völlig verblüfft. »So ist es *mihigna*. Unser Schamane erzählte mir, dass eine Eule ihm in einer Vollmondnacht eine Botschaft brachte. Er sagte, er habe den Auftrag erhalten, ein weißes Kleid und weiße Mokassins von der Haut des heiligen Büffels anzufertigen und sie mir zu geben. Er sprach davon, dass ich sie zweimal im Laufe dieses Jahres anziehen und auf diese Weise dazu beitragen würde, unseren Stamm vor dem Feind zu retten. Er erklärte mir, dass sich keine Stammeszeichen auf der Kleidung befinden dürften, um meine Herkunft zu verbergen. Außerdem sagte Der durch den Nebel sieht, dass der Große Geist mich seit meiner Geburt auf diese Herausforderungen vorbereitet habe und dass ich mich wieder vermählen und mit meinem neuen Mann wegreiten würde, um große Taten zu vollbringen. Er sah, wie ich zuerst in der weißen Kleidung in unserem Lager stand und den Bund mit einem Mann einging und mich dann mit Cetan auf der Schulter auf einem hohen Hügel befand. Ein paar Tage später tauchtest du im Lager auf, Windtänzer, und wir wurden vermählt. Unser Schamane wusste weder, wo sich der Hügel befand, auf dem er mich gesehen hatte, noch, was ich dort zu tun hätte, aber das wurde dann Nahemana in seiner Vision mitgeteilt.«

»Traum und Vision sind mächtige Kräfte«, bemerkte Großer Bär voller Ehrfurcht.

Beide Schamanen nickten, so wie alle anderen, die zugehört hatten. Während sie das Gespräch fortsetzten, kam ein anderer Reiter – ein Fremder – zusammen mit einem ihrer Späher ins Lager galoppiert. Die Zeichen auf seiner Kleidung wiesen ihn als Oglala Lakota aus. Die beiden Männer stiegen von den Pferden und gesellten sich zu der neugierig gewordenen Versammlung.

Großer Bär fragte den Fremden nach seinem Namen: *»Nituwe hwo?«*

»Waun He Topa, Mahpia Luta kola.«

Der Häuptling der Red Shield begrüßte Vier Hörner, Freund des berühmten und mächtigen Häuptlings Rote Wolke vom Stamme der Oglala Tetonen. »*Hau, He Topa.* Warum schickt Mahpia Luta dich zu uns?«

»Der große weiße Häuptling hat den *ateyapi* Gebrochene Hand und seinen Freund Mitchell damit beauftragt, Friedensverhandlungen zwischen Weißen, Indianern und allen untereinander verfeindeten Indianerstämmen zu führen.«

Großer Bär wusste, dass Gebrochene Hand mit richtigem Namen Thomas Fitzpatrick hieß und seit fünf Jahren für die Indianer der Hochebenen zuständig war. Zuvor hatte der Weiße sich als Pelzhändler und Führer anderer Bleichgesichter betätigt. Der Häuptling kannte auch den Namen des anderen, David Mitchell, der als Superintendent bezeichnet wurde. Man hatte ihm erklärt, dass Gebrochene Hand so etwas wie eine Mischung aus Hemdträger und Pfeifenbesitzer war, der versuchte, Probleme zwischen Weißen, Indianern und verschiedenen Stämmen zu lösen und sich für den Frieden einzusetzen. Mitchell war so etwas wie ein Big Belly, der Gebrochener Hand Befehle erteilte, die dieser auszuführen hatte. Großer Bär hörte aufmerksam zu, während Vier Hörner fortfuhr.

»Der große weiße Häuptling sagt, er wird allen Indianern Kühe, Stiere und viele andere Dinge geben als Ersatz für die Verluste, die wir erleiden, weil die Bleichgesichter durch unsere Jagdgründe ziehen und unser Wild für sich und die Blaumäntel schießen. Dafür müssen wir die Siedler mit ihren überdachten Holzwagen durch unsere Gebiete reisen lassen. Wir dürfen sie nicht mehr behelligen. Die Verhandlungen werden in Fort Laramie stattfinden und in siebzehn Tagen beginnen.« Er machte eine kurze Pause und fuhr dann fort: »Viele Dakota und Cheyenne schlagen nun in der Nähe der Blaumäntel ihre Lager auf. Die Anführer der *wasicun* verbreiten die Botschaft mit Hilfe von Händlern und Trappern im ganzen Land und wollen allen Stämmen Bescheid geben, Feinden ebenso wie Verbündeten. Rote Wolke schickt mich aus Achtung vor den Red Shield, den White Shield und ihren Häuptlingen. Unser Schamane sagte ihm, dass eure Leute große Taten vollbringen und allen Dakota im Kampf gegen die *wasicun* und Apsaalooke helfen wollen, obwohl niemand zu uns kam, um uns von diesen Taten zu berichten. Rote Wolke hofft, mehr von eurem mutigen Einsatz zu erfahren, wenn ihr mit uns in Fort Laramie zusammenkommt.«

Großer Bär war erstaunt, dass der Schamane der Tetonen eine solche Vision empfangen hatte. Er wusste, dass Fort Laramie in südwestlicher Richtung lag und den Weißen als Fellhandels- und Grenzposten diente. Vor zwei Sommern hatten die Blaumäntel das Fort übernommen und es vergrößert und noch mächtiger gemacht, weil viele tapfere Indianer die Wagentrecks überfallen hatten, die ihre Jagdgründe durchquerten. Dieser für die weißen Siedler gefährliche Weg war als Oregon Trail bekannt geworden. Da immer mehr Weiße kamen und blieben oder durch das Land zogen, und immer mehr Indianer in der Nähe des Postens kampierten, hatten die feindlichen Auseinandersetzungen noch zugenommen. Man hatte ihm erzählt, die Einwanderer seien wegen des »freien Landes« gekommen, das der große weiße Häuptling ihnen in Orten namens Oregon und Kalifornien versprochen hatte. Viele von ihnen wollten in Kalifornien auch nach den gelben Steinen suchen.

»Warum sollten wir mit *wasicun* und Feinden Frieden schließen, wenn sie in unsere Jagdgründe eindringen und uns überfallen?«, fragte Großer Bär. »Vor langer Zeit gab es nur wenige Händler, Trapper, Siedler und Durchreisende, inzwischen sind es mehr, als die Zahl der Mitglieder ganzer Stämme. Die Siedler kommen, wenn die Wiesen grün sind, und lassen ihre Tiere grasen. Ihre Wagen hinterlassen tiefe Einschnitte im Gesicht der Mutter Erde und die Bleichgesichter töten Büffel und anderes Wild oder jagen es davon. Vor langer Zeit haben wir mit denen in Fort Pierre und Fort Laramie gehandelt, aber jetzt lassen wir uns nicht mehr für dumm verkaufen. Sie haben uns betrogen, unsere Sinne mit Whiskey vernebelt, uns tödliche Krankheiten gebracht und unsere Frauen als Squaws genommen. Viele Krieger sind schwach geworden und haben die Aufgaben der Weißen erledigt, um an ihre Güter zu gelangen. Unzählige Indianer leben faul in der Nähe der Posten und vergessen unsere althergebrachten Bräuche. Selbst in harten Zeiten dürfen wir nicht in die Abhängigkeit der *wasicun* geraten, denn das würde ihnen viel Macht über uns verleihen.«

Nachdem die meisten Männer ihrem Häuptling zugestimmt hatten, antwortete Vier Hörner: »Rote Wolke sagt, dass mit jedem Jahr mehr Weiße und Blaumäntel mit ihren mächtigen Waffen kommen werden. Sie bringen Jäger mit, die sie mit Nahrung versorgen. Je mehr Bleichgesichter es gibt, desto kleiner werden unsere Büffelherden und sie ziehen sich in immer entlegenere Gegenden zurück. Der weiße Häuptling bietet uns viel Fleisch und zahlreiche Waren, wenn wir den Siedlern versichern, dass sie unbehelligt durch unsere Jagdgründe ziehen können. Wir werden die Güter der Weißen brauchen, wenn wir stark bleiben wollen, um eines Tages gegen sie zu kämpfen, denn solange die Gier der Bleichgesichter auf unsere Prärien wächst, wächst auch die Wahrscheinlichkeit eines Krieges gegen sie.«

»Also ist es nur eine List, wenn wir ihnen zuhören und ihr Papier unterschreiben?«, fragte Großer Bär.

»So ist es, denn die Weißen werden den Vertrag mit uns in den dunklen Monden, die auf uns zukommen, nicht einhalten. Wir werden ihre Geschenke nehmen und unsere Namen unter ihr Papier setzen, aber wir werden ihnen nicht trauen und in die Schlacht ziehen, sobald man uns betrügen will.«

»Was ist mit unseren ärgsten Feinden, den Crow, Arapaho und Pawnee?«, wollte Großer Bär wissen.

»Die Pawnee, Komantschen und Kiowa werden nicht an den Verhandlungen teilnehmen«, gab Vier Hörner zurück. »Die Arapaho, Shoshonen, Gros Ventre, Assiniboni und viele andere Stämme und Sippen der Cheyenne und Dakota wollen den Vertrag akzeptieren, wenn das Angebot des großen weißen Häuptlings und Gebrochener Hand fair ist und sie uns für einen Waffenstillstand viele Waren geben. Die Crow haben ein Treffen untereinander vereinbart, bei dem sie die Sache besprechen und abstimmen wollen, ob sie sich nach Fort Laramie begeben. Wenn sie sich dagegen entscheiden und sich mit den Pawnee gegen andere Stämme und gegen die Bleichgesichter verbünden, wird es schon bald Krieg geben. Die Arapaho denken zum Glück anders als ihre Verbündeten, die Pawnee. Gebrochene Hand wünscht eine Trennung von verfeindeten und verbündeten Stämmen. Er möchte für Frieden zwischen den Indianern sorgen, indem er das Land in verschiedene Territorien einteilt. Wer in die Jagdgründe eines anderen Stammes eindringt, wird bestraft.«

»Selbst wenn wir uns nicht mit dem Vertrag einverstanden erklären und unsere Unterschriften verweigern, Vater, müssen wir nach Fort Laramie reiten, um die Ereignisse dort zu beobachten.«

Großer Bär schaute seinen ältesten Sohn an und holte tief Luft. »Was sagt ihr dazu, meine Leute? Sollen wir eine Gruppe nach Fort Laramie schicken, um unsere Feinde auszutricksen?« Der Häuptling sah sich um und alle nickten. »Es ist also beschlossen, He Topa. Wir werden uns zu der Versammlung begeben und uns ein Urteil bilden.«

Vier Hörner musste zurück zu der Sippe von Roter Wolke, die sich auf dem Weg zu dem großen Ratstreffen befand. Er wollte seinem Häuptling mitteilen, dass die Red Shield und die White Shield in Fort Laramie zu ihnen stoßen würden.

Nachdem der Krieger der Tetonen sie verlassen hatte, erklärte Windtänzer, dass der Plan aus der Vision bald ausgeführt werden musste, um die Crow einzuschüchtern. Nur so würden sie ihre Feinde dazu bringen, sich ebenfalls zu den Verhandlungen zu begeben, was zumindest zu einem vorübergehenden Waffenstillstand führen musste, der ihren Stämmen genug Zeit geben würde, sich in die Schwarzen Berge zu begeben, ihre Winterlager aufzuschlagen und dort die letzten Vorkehrungen für die kalte Jahreszeit zu treffen. Die fünf Gefährten sollten ihren heiligen Kampf fortsetzen und zu der Versammlung der Crow reiten, um dafür zu sorgen, dass diese nach Fort Laramie aufbrachen.

Vom Rücken ihres Pferdes aus betrachtete Chumani die Landschaft, die sie durchquerten. Sie sah zahlreiche hohe und seltsame Gesteinsformationen, Felsbrocken unterschiedlicher Größe, Ansammlungen kleiner Hügel, hohe Berge und Bergketten, zerklüftetes Gelände, Büsche und unzählige Bäume wie Zedern, Rottannen, Pinien und Laubbäume. Das Gras war zu dieser Jahreszeit grün, gelb, braun und rot gefärbt. Stachelschweine, Rotwild, Antilopen, Koyoten, Geier und andere Tiere bevölkerten die Gegend. Die Gruppe wusste, dass sich hinter den Wäldern und Felsen abermals weite Prärien erstreckten. Doch ihr Ziel befand sich in diesem Gebiet, das den Ebenen so unähnlich war.

Während sie sich dem riesigen Lager der Crow näherten, in dem sich viele Stämme versammelt hatten, um Gespräche zu führen und Tauschhandel zu treiben, musste Chumani daran denken, dass ihre Blutungen sich nicht wie erwartet eingestellt hatten. Vielleicht wollten der Große Geist und Mutter Natur den Zeitpunkt hinauszögern, damit sie an der Mission teilnehmen konnte, vielleicht trug sie aber auch ein Kind in sich. Sie beschloss, niemandem davon zu erzählen. Wenn sie sich Zitkala anvertraute, würde ihre beste Freundin sich vielleicht Sorgen machen und die anderen einweihen. Zum ersten Mal in ihrem Leben würde sie etwas vor Zitkala geheim halten. Auch ihrem Mann wollte sie nichts sagen, da er unter diesen Umständen vermutlich dagegen wäre, dass sie ihre gefährliche Aufgabe erledigte, doch sie und Cetan waren die einzigen, die dafür in Frage kamen.

Bald erreichten sie die Gegend, in der sich laut Kriegerischem Adler das Lager der Crow befand. Sie verbargen sich hinter einem Felsen, wählten mit Hilfe des Fernglases den geeigneten Ort für die Durchführung ihres Planes aus und überlegten, wie sie ungesehen dorthin gelangen konnten. Dann setzten sie ihren gewagten Plan in die Tat um.

Nachdem alle Vorbereitungen getroffen waren, kletterte Chumani, die als *Bishee Chia Biakalishte* – der Name der Oglala für Pte Skawin, die Weiße Büffelfrau – verkleidet war, auf einen hohen grauen Felsblock, der einen Ausblick auf das Lager der Crow bot, und ließ sich auf einer Decke nieder, um die unbestickte, weiße Kleidung nicht zu beschmutzen, die sie trug. Auf der steinernen Plattform und am Fuße des Felsens wuchsen zahlreiche Bäume und Büsche. Cetan war mit feinem grauen Puder bestäubt, damit alle ihn für eine Geistererscheinung hielten. Auf Chumanis Befehl flog der Falke hinunter in die Mitte des Lagers und ließ mehrere Pappelblätter, um die lange Grashalme gewickelt waren, in ein großes Feuer fallen. Sobald die Flammen das in den Blättern verborgene Schießpulver erreichten, gab es eine laute Explosion und Rauchschwaden zogen durch die Luft. Die Crow blickten sich überrascht um und Chumani erhob sich. Sie hörte Schreie und sah, dass viele Frauen ihre Kinder nahmen und in die Tipis flüchteten. Die Krieger griffen nach ihren Waffen und versuchten herauszufinden, woher der Lärm kam.

Rote Feder, der vom Lager aus nicht gesehen werden konnte, da er sich hinter dem Felsen befand, warf aus sicherer Entfernung und mit geschlossenen Augen – eine Fähigkeit, die er beim Ringwerfen erlernt hatte – etwas von dem schwarzen Pulver in ein kleines Feuer, das er dort entzündet hatte. Diese zweite Explosion sorgte dafür, dass die Crow nach oben schauten. Ihre Blicke folgten dem Flug des Falken mit dem seltsamen grauen Federkleid, der sich auf Chumanis Schulter niederließ. Unter ihrem schneeweißen Kleid war ein dicker Lederriemen verborgen, der ihre zarte Haut vor den scharfen Krallen des Vogels schützte.

Aus einer Entfernung von ungefähr zehn Baumlängen beobachtete Chumani, wie viele bewaffnete Crow in ihre Richtung liefen. Sie rief in der Sprache ihrer Feinde: *»Ikye!«*, um ihre Aufmerksamkeit zu gewinnen. Dann hob sie die rechte Hand und befahl ihnen, stehen zu bleiben. Das war das Zeichen für Windtänzer, der sich in eine grasbedeckte Tierhaut gehüllt hatte und am Fuße des Felsens hinter dichtem Gestrüpp lag. Er nahm ein Streichholz aus einer kleinen Metallbox und entzündete noch mehr Schießpulver, das er in einem Halbkreis um den Felsblock gestreut hatte. Von der Mitte des Halbkreises liefen zwei weitere schwarze Spuren zu einem großen Pulverhaufen, der krachend explodierte.

Bei diesem Geräusch setzten sich die Krieger der

Crow in Bewegung, wurden jedoch von ihren Häuptlingen und Schamanen sofort zurückgerufen. Aller Augen waren jetzt auf Chumani gerichtet.

»Ahkuxpatchiahche, Apsaalooke!«, rief sie den verblüfften und misstrauischen Crow zu. »Bleibt stehen und versucht nicht, mich anzugreifen, denn sonst werde ich euch vernichten, wie ich den Dakota vernichtete, der versuchte, sich mir zu nähern, als ich auf Geheiß des Schöpfers seinen Leuten die heilige Pfeife und die sieben heiligen Zeremonien brachte. Heute hat Akbaatatdia mich mit einer Botschaft zu euch gesandt.«

Rote Feder, der sich jetzt seitlich des Felsens hinter einigen Rottannen befand, stellte sein ungewöhnliches Talent anhand eines Schauspiels unter Beweis, mit dem er schon oft die Kinder seines Stammes belustigt hatte. Mit verstellter Stimme und in der Sprache der Crow lieh er Cetan seine Zunge, der auf Chumanis Befehl mit den großen Flügeln flatterte und mit dem Schnabel klapperte. Mit lauter, krächzender Stimme sagte Rote Feder: »Dakaake Suua hat mich geschickt, damit ihr zuhört und gehorcht. Widersetzt ihr euch, kehre ich zu Dakaake Suua zurück und der Donnervogel wird im kommenden Jahr keinen Regen schicken, damit eure Tabakpflanzen verdorren und kein Gras für eure Pferde wächst. Wagt es nicht, euch zu nähern, denn wir stehen unter dem Schutze des Schöpfers.«

Während der Falke sprach, seinen gefiederten Kopf hin und her bewegte und die Menge streng aus seinen runden Augen anschaute, beobachtete Chumani die erstaunten und verängstigten Crow. Ohne ihre Lippen zu bewegen, so wie Rote Feder es ihr beigebracht hatte, flüsterte sie Cetan einen Befehl zu, und der Vogel stellte das Schnabelgeklapper ein.

Der mächtigste Häuptling, der die Verantwortung für die Versammlung trug, trat zwei Schritte vor und rief: »Wie lautet die Botschaft, die du uns vom Schöpfer bringst? Sprich die Worte des alten Koyoten. Wir werden dir gehorchen.«

Chumani, die ihre Sätze immer wieder geübt hatte, sprach langsam und vorsichtig, damit ihr nicht auf einmal ein Wort in Lakota entschlüpfte oder sie einen Fehler machte. »Geht zu dem Großen Rat nach Fort Laramie und schließt einen Waffenstillstand mit Weißen, Dakota und anderen verfeindeten Stämmen«, befahl sie ihnen. »Verlasst diese Jagdgründe ein für alle Mal oder es wird euch schlecht ergehen, so wie Srokas Stamm, der in das Land der Lakota eindrang, um die Stämme dort zu überfallen, statt auf eigenem Gebiet zu jagen und sich auf den Winter vorzubereiten. Es ist dumm und faul, anderen das zu rauben, was ihr mit euren eigenen Händen erlegen und herstellen sollt. Begebt euch zu den Verhandlungen und unterschreibt das Friedenspapier des weißen Mannes. Kehrt in euer Land zurück, wo die Steine gelb sind, der Boden heißes Wasser ausspeit und die Ufer des großen Flusses aus Staub sind. Dort wird der Schöpfer euch schützen und euch alles geben, was ihr braucht.«

Sie machte eine kurze Atempause und hob warnend die Stimme: »Wenn ihr diese Worte nicht befolgt, wird Mutter Erde euren heiligen Tabak in ihrem Bauch behalten, alle Samen, die ihr pflanzt, werden vertrocknen und sterben. Die kleinen Leute werden euren Pfeilen keine Kraft mehr verleihen und sie aus ihrer Bahn werfen und eure Feinde werden euch töten. Der Donnervogel wird sich von euch abwenden und euch keinen Regen mehr schicken. Wenn ihr Zweifel daran habt, dass dies wahr ist, so fragt Srokas Stamm, der zweimal von geheimnisvollen Kräften bestraft und gewarnt wurde. Als der Sohn von Häuptling Großer Bär vom Stamme der Red Shield der Oglala von Sroka, dessen Name und Taten weithin bekannt sind, gefangen genommen wurde, schickte Akbaatatdia Geisterhelfer, um ihn zu befreien, denn Srokas Leute gingen ihrer Arbeit nicht mehr nach. Der alte Koyote füllte ihre Herzen mit Hass und Wut und sie töteten ihren größten Krieger mit ihren eigenen Pfeilen. Sagt, spreche ich die Wahrheit oder nicht?«

Chumani sah, dass der Häuptling von Srokas Stamm vortrat und nickte. Ein ängstliches Raunen ging durch die Menge. »Befolgt meine Worte, Apsaalooke, denn dies ist meine letzte Warnung. Ich werde meinen Helfer mit eurer Antwort zu Akbaatatdia schicken«, fuhr sie fort und strich über Cetans gefiederte Brust. »Was werdet ihr tun?«

Die Menge stimmte ab und der Beschluss wurde bekannt gegeben. Chumani nickte lächelnd und befahl Cetan loszufliegen. Alle folgten ihm mit dem Blick und drehten sich dann um, als wollten sie sehen, wo sich der Schöpfer befand, zu dem der Falke schwebte. Diesen Moment nutzte Chumani, um von dem Felsen hinunterzugleiten, so dass es aussah, als habe sie sich in Luft aufgelöst. Dann kroch sie eiligst mit Roter Feder und Windtänzer davon, wobei ihnen einige Gesteinsformationen als Deckung dienten. Für den Fall, dass jemand auf den Hügel klettern und nach Spuren suchen sollte, hatten sie sich Hasenfelle um die Füße gewickelt.

Die drei stießen zu Zitkala, Kriegerischem Adler und den Pferden. Sie saßen auf und ritten lange Zeit im Schatten hoher Hügel und steiniger Anhöhen, bis sie ganz sicher waren, dass die Feinde weder sie noch den Staub sehen konnten, den die Pferde aufwirbelten. Bald vernahmen sie einen schrillen Schrei und Cetan kehrte zu ihnen zurück. Dann galoppierten sie auf die Paha Sapa zu, wo sie wieder mit ihren Stämmen zusammentreffen würden.

Nachdem Chumani und Windtänzer eine leidenschaftliche Nacht in ihrem Tipi verbracht hatten, das während ihrer Abwesenheit von den Frauen der Familie und einigen Freunden aufgebaut worden war, stand sie mit Zitkala am Rande des neuen Lagers und winkte ihrem Mann und Roter Feder nach.

Sie wünschte, man hätte Windtänzer die Obacht über das Lager anvertraut, denn außer ihm ritten auch sein Vater und sein Bruder zu den Verhandlungen, doch mit dieser wichtigen Aufgabe war der Schlachtenführer Blaue Eule beauftragt worden. Rote Feder, ihr Vater und viele andere Krieger beider Stämme begaben sich ebenfalls zu den Weißen. Ihr Bruder blieb als Beschützer der White Shield zurück, was seine Frau sichtlich erleichterte. Chumani freute sich, dass die White Shield ihr Winterlager ganz in der Nähe aufgeschlagen hatten, denn so konnte sie ihre Familie und ihre Freunde oft besuchen und Regenbogenmädchen beistehen, wenn das Kind zur Welt kam, und sich um ihr Wohlergehen kümmern. Das einzige, was ihr Sorge bereitete, war die Reise ihrer Liebsten nach Fort Laramie, wo sie vielleicht großen Gefahren begegnen würden. An einem Ort, an dem so viele Feinde versammelt waren – Indianer und Weiße – würden Zusammenstöße unvermeidlich sein.

19. Kapitel

Die Reiter erreichten das weite Tal in der Nähe von Fort Laramie, wo Scharen von Indianern – Feinde ebenso wie Verbündete – bereits ihre Lager aufgeschlagen hatten. Jeden Tag wurden es mehr. Windtänzer ritt zwischen seinem Vater und seinem Großvater, Kriegerischer Adler und Rote Feder folgten ihnen. Der Häuptlingssohn fragte sich, ob die Blaumäntel und Siedler nicht beunruhigt waren, da sich so viele schwer bewaffnete und geschulte Krieger in ihrer Nähe aufhielten, doch das Fort beherbergte eine große Zahl Soldaten, die sich mit Kanonen und anderen todbringenden Waffen verteidigen konnten. Brule und Oglala waren so schnell wie der Wind geritten und hatten ihr Ziel einen Tag vor Beginn der Verhandlungen erreicht.

Die Prärie erstreckte sich mit ihren herbstlichen Farben in alle Richtungen. In der Nähe flossen der schlammige Platte und der klare Laramie River und auch der stattliche Laramie Peak, der Weißen und Indianern als Orientierungspunkt diente, war in der Ferne zu sehen. Im Westen erhoben sich die Ausläufer der Laramie Mountains, eines Vorgebirges der weitaus höheren Rocky Mountains. Entlang der Ufer der beiden Flüsse wuchsen Bäume und dichte Büsche. Ganz in der Nähe befand sich ein riesiges Präriehunddorf. Die pelzigen Tiere thronten auf ihren Erdhaufen, und es sah aus, als würden sie die vielen

Indianer interessiert beobachten. Von Zeit zu Zeit verschwanden sie blitzschnell in ihren Höhlen und tauchten wieder auf, um auf Nahrungssuche zu gehen. Das alte Fort John mit seinen geweißten Ziegelsteinmauern erhob sich auf einem Hügel über dem Fluss. Hinter der alten Befestigung lagen die neueren Teile des Militärpostens. Einige der Häuser hatten flache, die meisten jedoch hoch aufragende, spitze Dächer mit einem oder mehreren Kaminen und großen Fenstern. An einer hohen Stange auf dem Exerzierplatz flatterte die Flagge der Weißen im Wind. Rund um den Posten standen die runden Behausungen der Indianer, die von den Almosen der Bleichgesichter lebten.

Großer Bär, in sein festlichstes Gewand gekleidet, ritt nun an der Spitze der Gruppe zu einer bereits niedergetrampelten Wiese, auf der sich ein riesiges Lager befand. Zwischen den Tipis der verschiedenen Stämme blieb nur wenig Platz. Die Männer fanden die Tipis von Roter Wolke und seinen Tetonen und stiegen von den Pferden.

Windtänzer erblickte die Zelte des weißen Friedensstifters und seiner Leute, die von zahlreichen Blaumänteln bewacht wurden. Bald sollten die Gespräche beginnen und der Häuptlingssohn konnte nur erahnen, welch tief greifende Veränderungen sie mit sich bringen würden.

Im Fort wurde einem bestürzten Thomas Fitzpatrick die Nachricht überbracht, dass die Güter, die man den Häuptlingen für ihre Unterschriften versprochen hatte, noch nicht da waren und wahrscheinlich erst mit einer Verspätung von einigen Wochen eintreffen würden. Er wusste, dass die Indianer in ihre Gebiete zurückkehren würden, wenn er sie nicht mit einer List hinhalten konnte und es war äußerst unwahrscheinlich, dass sie sich nach einer verpassten Chance erneut zu Friedensverhandlungen bereit erklären würden. Er konnte nur hoffen, dass die Wagen mit den Waren bald eintrafen, die Indianer sich bis dahin zum Bleiben überreden ließen und die verschiedenen Parteien zu einer Einigung gelangten.

Während Windtänzers Gruppe sich noch bei Roter Wolke befand, erschienen von Mitchell geschickte Soldaten, die ihnen erklärten, dass es an ihrem Lagerort bald kein Gras mehr geben würde, welches jedoch von Fort Laramie und für tausende von Pferden der Indianer dringend gebraucht wurde, und dass sie sich daher einen Platz suchen sollten, an dem noch genug Gras für ihre Reittiere wuchs. Die Blaumäntel sagten, Superintendent Mitchell und der für die Indianer zuständige Vertreter Fitzpatrick seien für die Vorschläge der Häuptlinge offen, da diese die Gegend gut kannten. Außerdem verkündeten die Soldaten, Mitchell habe den Befehl erteilt, eine große Anzahl Vieh aus den Herden des Forts freizulassen, damit die Indianer die Tiere fangen, erlegen und zubereiten konnten, denn die meisten Krieger waren ohne ihre Familien gekommen und es war für sie das Einfachste, über offenen Feuern Fleisch zu braten.

Windtänzer hegte die Vermutung, dass die weißen Anführer aus irgendwelchen Gründen Zeit schinden wollten und hofften, ein voller Bauch möge die unruhigen Indianer beschwichtigen. Er und seine Leute waren auf das Vieh der Weißen nicht angewiesen, denn sie hatten genug Nahrung mitgebracht. Windtänzer musste fast lachen, als er hörte, wie einige Krieger mutmassten, man wolle sie mit dem Fleisch vergiften. Er glaubte nicht, dass die Bleichgesichter so dumm waren, auf so leichtfertige Weise eine so große Schar von Männern gegen sich aufzuhetzen. Er war dankbar für den Entschluss des Friedensstifters, den Indianern keinen Whiskey auszuschenken. Vermutlich hatte man auch den Händlern des Forts untersagt, »Feuerwasser« an die »Rothäute« zu verkaufen. Falls dennoch Whiskey in das riesige Indianerlager gelangen würde, in dem unzählige verschiedene Stämme aufs Engste zusammengepfercht waren, würde es unweigerlich zu Zusammenstößen kommen.

Trotz dieser Vorsichtsmaßnahme gab es am nächsten Tag Streit. In der Begleitung einiger Soldaten und des Bergführers Jim Bridger trafen Washakie und seine Shoshonen genau in dem Moment im Fort ein, als Mitchell zu den Indianern sprechen wollte. Ein Krieger der Dakota suchte Vergeltung für eine frühere Missetat und versuchte, Washakie anzugreifen. Einer der Männer, die den Gesprächen als Übersetzer beiwohnten, packte sich den Dakota, noch bevor es zum Kampf kam, und verhinderte somit, dass auch die Gefährten der beiden Männer aufeinander losgingen.

Windtänzer beobachtete beeindruckt, wie Mitchell, Gebrochene Hand Fitzpatrick und die Soldaten mit dieser äußerst gefährlichen Situation umgingen. Er musste sich eingestehen, dass wohl nicht alle Weißen bösartig und hinterhältig waren. Trotzdem gab es einfach zu viele von ihnen. Als Erstes wurde beschlossen, an welchen Ort das Lager verlegt werden sollte. Windtänzer fand es beruhigend, dass eine Stelle ausgewählt wurde, die weiter von dem Fort und dessen furchterregenden Waffen entfernt lag.

Indianer und Weiße zogen nach Osten zum Horse Creek, einem Nebenarm des Platte River. Sie wurden von zahlreichen Blaumänteln begleitet, die zumeist am Rand der großen Gruppe ritten und Acht gaben, dass kein Streit entbrannte. Die Frau eines weißen Offiziers ritt mit ihnen, wahrscheinlich um den Indianern zu beweisen, dass man ihnen traute und keine Angst vor einem Angriff hatte.

Windtänzer dachte an seine geliebte Frau und wünschte, sie wäre bei ihm, um diesem Ereignis beizuwohnen, dessen Ausgang so völlig unvorhersehbar war. Er vermisste sie schrecklich und als ebenbürtige Teilnehmerin am heiligen Kampf hätte sie es verdient, zu sehen, welche Früchte ihre Bemühungen trugen. Ein wenig beunruhigte ihn die Tatsache, dass die Crow noch nicht erschienen waren, obwohl sie ihr Wort darauf gegeben hatten. Aber er ging davon aus, dass die Red und White Shield trotzdem in Sicherheit waren, denn sie hatten ihre Lager gemeinsam am Rande der Paha Sapa aufgeschlagen und viele Krieger waren in Alarmbereitschaft zurückgeblieben. Er hatte mit Chumani einen langen und gefährlichen Weg zurückgelegt und er wollte sie ausgerechnet jetzt, wo endlich ein Waffenstillstand in Reichweite war, nicht verlieren.

Am Freitag wurde ein riesiges Lager am Horse Creek aufgeschlagen. Mitchell gab bekannt, dass es bei den Weißen Sitte war, sich am Wochenende auszuruhen und dass die Friedensverhandlungen am Montagmorgen, dem achten September um neun Uhr beginnen würden. Ein Kanonenschuss sollte als Startsignal dienen.

Wieder hatte Windtänzer das Gefühl, dass der Friedensstifter Zeit schinden wollte. Er hoffte, dass man sie nicht in eine Falle gelockt hatte, während die Weißen auf mehr Soldaten und Waffen warteten. Er war sich über die Zerstörungskraft der Kanonen, Haubitzen und Donnerstöcke im Klaren, sie konnten unzählige Menschen das Leben kosten.

»Vater, wir müssen auf der Hut sein«, sagte Windtänzer und eröffnete dem Häuptling seine Befürchtungen. »Ich traue den Weißen und Blaumänteln nicht, auch wenn Gebrochene Hand ein Mann von Ehre zu sein scheint. Wir müssen jederzeit zur Flucht oder zum Kampf bereit sein.«

»Deine Worte sind weise, mein Sohn. Du solltest mit Roter Wolke darüber sprechen.«

»Das werde ich noch heute Abend tun und ich bin mir sicher, dass er ähnlich denkt und fühlt. Halte Augen und Ohren offen, solange ich weg bin.«

Am »Wochenende« der Weißen unterhielten verschiedene Stämme den Friedensstifter und seine Männer, indem sie ihnen ihre festlichsten Gewänder und Kopfputze vorführten. Es fanden Tänze in farbenprächtiger Kleidung statt, die von lauten Trommeln begleitet wurden. Man sang Lieder und erzählte von ruhmreichen Heldentaten. Die Indianer boten den

Bleichgesichtern Essen an, das die Frauen einiger Krieger gekocht hatten, die meisten taten jedoch nur so, als würden sie diese für sie ungewöhnliche – oder auch ungenießbare – Kost probieren.

Um den Teilnehmern für die Zerstreuung und das Essen zu danken, verteilte Mitchell einige seiner eigenen Vorräte: Kaffee, Zucker, Salz, Tabak, Mehl und einige Decken.

Als die Weißen sich am Sonntagmorgen versammelten, um gemeinsam zu singen, zu beten und ihrem grauhaarigen Schamanen zu lauschen, der aus einem großen, schwarzen Buch las, beobachtete Windtänzer sie. Er musste an Omaste und ihre vergeblichen Versuche denken, seinem Halbblutbruder Wolkenjäger diese Sitten näherzubringen. Der Junge hatte sich dagegen gewehrt, denn er war von seinem Vater und anderen Stammesgenossen in den indianischen Glauben eingeweiht worden. Windtänzer fragte sich, ob Wolkenjäger noch am Leben war und ob er jemals zu ihnen zurückkehren würde. Falls ja, welchen Empfang würden seine Leute und andere Stämme dem Halbblut bereiten, besonders dann, wenn der Waffenstillstand zwischen den beiden Parteien nicht von Dauer sein sollte?

*

Am Montagmorgen wurde ein Kanonenschuss abgefeuert und die Verhandlungen begannen. Viele Indianer waren wütend und überrascht, als die Frau eines Offiziers sich zu den weißen Anführern setzte, denn sie würden ihren eigenen Frauen niemals gestatten, an einer solchen Versammlung teilzunehmen. Einige sahen darin ein schlechtes Zeichen. Trotzdem schickten weder ihr Mann noch Mitchell, Fitzpatrick oder der ranghöchste Offizier die Frau fort.

Als die Friedenspfeife geraucht wurde, traf mit lautem Getöse eine große Gruppe Crow, Gros Ventre und Assiniboni ein, so dass die Zahl der Indianer sich auf über zehntausend belief. In ihrer Begleitung befand sich ein weißer Schamane – Vater DeSmet, ein katholischer Missionar – sowie ein Bleichgesicht namens Culbertson, ein Vertreter der amerikanischen Pelzhandelsgesellschaft, der einst der Besitzer von Fort John und Fort Laramie gewesen war.

Die Apsaalooke fielen wie ein Schwarm schwirrender Insekten in die zuvor ruhige Versammlung ein. Sie stießen Schreie aus, schüttelten ihre gefiederten Lanzen und ließen ihre prächtig dekorierten Pferde in die Luft steigen. Sie trugen ihre feierlichsten Kostüme. In ihr Haar hatten sie hölzerne Kämme und Gehänge gesteckt, ihre Kopfputze waren mit zusätzlichen Federn versehen, sie trugen Ringe und mehrere Lagen perlenbesetzter Halsbänder. Auf ihre Bündel hatten sie bunte Glasperlen genäht, die vom Tauschhandel mit den Weißen stammten und viele trugen Muscheln oder Perlenketten im Ohr. Einige hatten sich das Haar in verschiedenen Längen geschnitten, andere trugen Knoten, die von schmückenden Bändern gehalten wurden und in denen lange Federn steckten.

Windtänzer atmete erleichtert auf. Zum ersten Mal in seinem Leben freute er sich, die Crow zu sehen. Einige kannte er aus früheren Schlachten und viele stammten aus dem Lager, das sie vor kurzem noch in Schrecken versetzt hatten.

Bei diesem ersten Treffen gab Mitchell bekannt, dass die vielstämmigen Indianervölker jeweils einen Mann aus ihrer Mitte wählen sollten, der sie bei der nächsten Verhandlung in zwei Tagen vertreten und schließlich den Friedensvertrag in ihrem Namen unterzeichnen sollte.

Windtänzer war erstaunt, wie bereitwillig Freunde und Feinde in diese ungerechte Forderung einwilligten. Alle außer den Dakota erklärten sich einverstanden. Die Dakota waren eines der größten und mächtigsten Indianervölker, das aus drei verschiedenen Zweigen und dreizehn kleineren Stammeseinheiten bestand, die sich wiederum in unzählige Sippen teilten. Wie sollte ein Mann so viele unterschiedliche Stämme und Sippen, die teilweise nichts miteinander zu tun hatten, vertreten? Wie etwa sollte ein Stamm, der im Wald lebte oder Pflanzen anbaute, zugleich für jene sprechen, die aus den Ebenen kamen? Wie konnten sie ihr Geschick in einer solch wichtigen Angelegenheit einem Fremden anvertrauen? Wie sollte dieser Mann wissen, welche Punkte des Vertrags sie ablehnten und welche sie akzeptierten? Wie sollte er wissen, ob sie die Menge der Waren als Entschädigung für die noch unbekannten Forderungen der Weißen für ausreichend hielten oder nicht? Doch Mitchell ließ sich von dieser merkwürdigen Bedingung nicht abbringen.

Während die Häuptlinge sich mit ihren Stämmen über diese demütigende Forderung unterhielten, sprach Windtänzer unter vier Augen mit seinem Vater. »Gib deine Stimme Mutigem Bär, so wie es die weißen Anführer und viele andere wünschen, denn er hat keine Macht über uns«, schlug er vor. »Wenn es erst soweit ist, dass die *wasicun* den Friedensvertrag beschmutzen und behaupten, wir hätten unser Wort gebrochen, können wir ihnen beweisen, dass dein Name nicht einmal unter dem Papier steht. Wenn sie dann sagen, dass du dich mit der Wahl von Mutigem Bär einverstanden erklärt hast, kannst du antworten, dass du dagegen warst, einen einzigen Vertreter für alle Dakota zu bestimmen, sie die Verhandlungen aber nur unter dieser Bedingung weiterführen wollten und dass du schließlich eingewilligt hast, weil du mit unseren Feinden in Frieden leben wolltest.«

»Das ist ein guter Vorschlag, mein Sohn, ich werde deine weisen Worte beherzigen.«

Kurz darauf fand eine Abstimmung statt und der Brule Mutiger Bär wurde zum Vertreter der Dakota ernannt. Er würde für sie sprechen und den Vertrag unterzeichnen, der ihre Zukunft auf unterschiedlichste Weise beeinflusste. Dabei war er selbst keineswegs davon überzeugt, dass er der Beste für diese Aufgabe war, doch Mitchell zeigte sich zufrieden.

Die zweite Versammlung fand am Mittwoch, dem zehnten September statt. Das Schicksal der Indianer lag nun in den Händen einiger ausgesuchter Häuptlinge, deren Stämme sich hinter ihnen drängten, um zu hören, welche Bedingungen für den Vertrag ausgehandelt wurden.

Ateyapi Gebrochene Hand Fitzpatrick lobte die Bereitschaft der Indianer, sein Volk in ihrem Land leben und ihre Jagdgründe durchqueren zu lassen. Er gab zu, dass sie ohne Erlaubnis gekommen waren und entschuldigte sich dafür.

Windtänzer fand, dass Thomas Fitzpatrick – ein großer Mann mit grauem Haar – mutig, vertrauenswürdig und überzeugend wirkte. Es schien, als suche Gebrochene Hand in der Tat nach einer gerechten Lösung für einen Konflikt, der schließlich nur daraus erwachsen war, dass die Weißen sich ohne Erlaubnis in ihrem Land breit gemacht hatten. Doch da sie nun einmal da waren und das Land nur mit Gewalt wieder verlassen würden, wollte Gebrochene Hand dafür sorgen, dass sie in Frieden mit den Ureinwohnern lebten. Die Indianer in den umstrittenen Gebieten sollten die Feindseligkeiten gegen die Weißen einstellen. Fitzpatrick sprach von den vergangenen und zukünftigen Verlusten der Stämme und versprach ihnen eine Wiedergutmachung. Einmal pro Jahr sollten Nahrungsmittel und andere Waren an sie verteilt werden.

Mit einigen Worten und Zahlen konnte Windtänzer wenig anfangen: Vieh im Wert von »50.000 Dollar«, »Rohstoffe« und andere Güter, »garantiert« für die Dauer von fünfzig Jahren. Doch er verstand, dass es sich um Unmengen von Fleisch und Waren handelte, die die Indianer eine ganze Weile am Leben erhalten würden. So lang, dass viele Indianer womöglich in eine große Abhängigkeit von den Weißen gerieten. Er sah seine Befürchtungen bestätigt, als ein Übersetzer das Angebot entsprechend erläuterte. Noch mehr störte ihn, dass der *ateyapi* ankündigte, man wolle ihnen und ihren Kindern die Sprache und Sitten der Weißen beibringen und ihnen zeigen, wie man Land »bebaue«. Sein Stamm säte und erntete nicht, wie einige andere es taten. Sie waren Jäger und ihre Hauptnahrungsquelle war der Büffel! Doch Gebrochene Hand nannte das Problem beim Namen: Wie lange konnte der Büffel sie noch ernähren, wenn sowohl Indianer als auch Weiße die Herden jagten und von Jahr zu Jahr mehr Tiere erlegten? Ewig, dachte Windtänzer wütend, solange sie nur von den Indianern gejagt würden. Die Büffel versorgten sie mit Nahrung, Kleidung, Häuten für ihre Unterkünfte und anderen Gebrauchsgegenständen und die Indianer ließen stets soviele Bullen und Kühe am Leben, dass die Herden genügend Nachkommen zeugen konnten und der Kreislauf des Lebens nicht zerstört wurde! Es waren schließlich die *wasicun,* die nur die Häute der Tiere nahmen und das Fleisch verrotten ließen, das höchstens noch den Geiern zum Fraß diente! Oder sie überredeten dumme und gierige Indianer, gegen Whiskey und andere Waren dieses schmutzige Geschäft zu erledigen. Doch die Dinge entwickelten sich so rasch, dass es vielleicht keine Möglichkeit gab, sich diesen lebensbedrohlichen Veränderungen in den Weg zu stellen.

Als es wegen einiger Gebiete Streit gab, arbeiteten Vater DeSmet, Jim Bridger, *ateyapi* Gebrochene Hand und andere einen Vorschlag aus, laut dem die Jagdgründe verfeindeter Stämme durch festgelegte Grenzen voneinander getrennt werden sollten. Der Auseinandersetzung zwischen Crow und Dakota wurde viel Zeit gewidmet und man beschloss, jedem Volk ein Gebiet zuzusprechen, in dem es seine Lager aufschlagen und jagen konnte. Wenn die Büffelherden sich jedoch über die Grenzen hinaus begaben, durften die Stämme ihnen folgen, solange sie die Bewohner des anderen Gebietes nicht attackierten.

Diesem Teil des Vertrags widmete Windtänzer besondere Aufmerksamkeit, denn er war von den Crow auf dem Land der Dakota gefangen genommen und gefoltert worden. Nach dieser Einigung würde jeder Crow, der während der Jagdsaison Dakota in ihren Jagdgründen ausraubte oder tötete, sowohl von den Blaumänteln als auch von anderen Indianern bestraft werden.

Windtänzer wünschte, die Zeichen des weißen Mannes auf den Papieren entschlüsseln zu können, denn er fürchtete, dass dort mehr geschrieben stand, als man ihnen verriet. Ebenso fürchtete er, dass die Häuptlinge viele Worte und Begriffe nicht verstanden hatten. Wie sollten Indianer und Weiße miteinander in Frieden leben, wenn weder die Bleichgesichter noch ihre indianischen Feinde ihre Versprechen hielten? Wenn sein Halbblutbruder noch bei ihnen wäre, hätte er ihnen die Bedeutung der Worte auf dem Papier erklären können, denn Omaste hatte ihm das »Lesen« beigebracht.

Windtänzer musste an die schmerzliche Zeit vor zwanzig Wintern denken, als seine Mutter in Gefangenschaft geraten war. Erst nach zwei Jahren, als alle sie längst für tot hielten, hatte Winona fliehen und in ihr Lager zurückkehren können. Häuptling Großer Bär hatte sich in diesen zwei Jahren sehr einsam gefühlt und Omaste einmal auf seine Schlafmatte geholt, um seinen Schmerz zu lindern. Die weiße Frau gebar einen Sohn, der im Alter von zehn Jahren verschwand. Nachdem Winona aus der Gefangenschaft zurückgekehrt war, hatte sie Kriegerischen Adler und

Hanmani zur Welt gebracht und Omaste war gestorben. Es schien, als seien die beiden Menschen, in deren Adern weißes Blut floss, weggeschickt worden, damit sein Vater nicht mehr ständig an den schwachen Moment in seinem Leben erinnert wurde. Die Wege des Großen Geheimnisvollen waren unergründlich.

Windtänzer fragte sich, warum er in letzter Zeit so oft an seinen verschwundenen Bruder denken musste. War es der Große Geist, der ihm diese Gedanken eingab? Er konnte nicht vergessen, was Nahemana ihm erst letzte Nacht mitgeteilt hatte: »Die Vergangenheit ist nicht in eine Decke oder eine Büffelhaut gewickelt und auf einer Totenstätte aufgebahrt. Sie verbirgt sich hinter den Wolken, die sich schon bald auflösen werden. Dies sah ich neulich in einem Traum.«

»Was soll dieser Traum bedeuten, Großvater?«, hatte er gefragt.

Nahemana hatte den Kopf geschüttelt und geantwortet: »Das wurde mir nicht gezeigt.«

Trotz aller Schwierigkeiten unterschrieben die Häuptlinge den Vertrag von Long Meadow schließlich am Mittwoch, dem siebzehnten September. Ein großes Fest fand statt. Die Indianer präsentierten sich in voller Pracht und stellten ihre zahlreichen Kriegskünste zur Schau. Sie sangen, tanzten, trommelten, aßen und feierten fröhlich. Die Soldaten feuerten mehrere Kanonenkugeln ab, salutierten mit ihren Gewehren, sangen ihre Lieder und zeigten ihr Geschick im Umgang mit Säbeln, Waffen und Pferden.

»Kehren wir jetzt in unser Lager zurück, Vater?«, fragte Kriegerischer Adler.

»Nein, mein zweiter Sohn. Wir müssen noch auf die Geschenke warten, sonst denken die Weißen und die anderen Stämme, dass wir die Vereinbarungen nicht einhalten werden. Der *ateyapi* sagt, die Wagen werden in drei Tagen hier sein, dann brechen wir auf.«

»Das ist ein weiser Entschluss, Vater«, lobte Windtänzer. »Ich bin froh, dass man dich nicht zum Vertreter gewählt hat, denn so trägst du keine Verantwortung für die schwerwiegenden Entscheidungen und für das Papier, das sie unterschrieben haben. Es wäre mir nicht wohl, wenn du den weiten Weg zum Ratshaus der Bleichgesichter reiten müsstest. Gebrochene Hand nimmt elf der Unterzeichner mit, wenn er den Vertrag zum großen weißen Häuptling bringt, der im so genannten ›Washington‹ lebt.«

»Das stimmt, *micinksi*«, sagte Nahemana, »doch wenn sie zurückkommen, müssen wir ihnen einen Besuch abstatten, damit wir mehr über Sitten, Anzahl und Fähigkeiten der *wasicun* erfahren.«

Windtänzer lächelte. »Das ist eine gute Idee, Großvater. Genau so soll es gemacht werden: Wir werden versuchen, mehr über die *wasicun* herauszufinden. Wir müssen uns für den Tag vorbereiten, an dem ein großer Krieg zwischen unseren Völkern ausbrechen wird.«

Nachdem die Red und White Shield in ihre Winterlager zurückgekehrt waren, verteilten sie die Geschenke des Friedensstifters und berichteten von den Verhandlungen.

Windtänzer und Rote Feder wurden freudestrahlend von Chumani und Zitkala begrüßt. Am Abend aßen die beiden Paare zusammen und sprachen über dies und das, etwa über die Gefährtin, die Cetan während der Abwesenheit der Männer gefunden hatte, und über die Vermählung von Zitkala und Roter Feder, die in zwei Tagen stattfinden sollte.

Als sie auf ihrer Schlafmatte lagen, flüsterte Windtänzer: »Wir haben dem Großen Geist viel zu verdanken, *micante.* Unsere Stämme leben jetzt in Sicherheit und Frieden und haben genug zu essen. Der heilige Kampf ist zu Ende und wir haben einen großen Sieg errungen. Seit fünf Vollmonden sind wir vermählt und haben viel miteinander erlebt. Wir wurden mit dem Kind beschenkt, das du in dir trägst und das seinen Lebenskreis in der Jahreszeit der Wiedergeburt beginnen wird, in der man uns auch vermählte. Mein Herz ist voller Liebe und ich brenne darauf, das Kind auf die Welt kommen zu sehen.«

»Ich fühle mich nicht mehr als Kriegerin und Jägerin, *mihigna.* Ich möchte nichts anderes sein als deine Frau und die Mutter deiner Kinder. Wakantanka hat uns füreinander bestimmt und wir werden für immer zusammenbleiben. Die finsteren Tage unserer Vergangenheit sind vergessen.«

Windtänzer blickte Chumani tief in die dunklen Augen und sah die Liebe und das Verlangen darin. Er lächelte und streichelte ihre weiche Wange. »Ich liebe und brauche dich von ganzem Herzen, *micante.*«

Chumani erwiderte sein Lächeln, blickte in seine strahlenden Augen und sah darin dieselben Gefühle, die sie für ihn empfand. »So wie ich dich liebe und brauche, *mihigna.*« Sie beugte sich über ihn und ihre Lippen verschmolzen miteinander. Sie streichelte seine nackte Brust und genoss die Erregung, die von ihnen Besitz ergriff.

Sie tauchten in einen Strudel der Leidenschaft und vereinten ihre Körper, um das Band zwischen ihnen erneut zu besiegeln. Sie schenkten und empfingen herrliche Freuden, danach küssten und umarmten sie sich, als Zufriedenheit sie umhüllte.

Chumani betrachtete ihren Liebsten. Der Sturm, der zuvor über ihr Leben und das Land der Lakota gefegt war, hatte sich in eine leichte Brise verwandelt und der einzige Wind, den es nun noch in ihrem Dasein gab, war jener, der lächelnd an ihrer Seite tanzte.

Ganz in der Nähe stand eine grauhaarige Frau vom Stamm der Dakota zwischen ihrem treuen Hund und einer heiligen weißen Büffelkuh. Die Alte strich beiden Tieren über die Köpfe und lächelte glücklich, als wüsste sie, was sich im Tipi der beiden Liebenden ereignete. »Jetzt ist es Zeit zu gehen, meine Freunde«, sagte sie. »Unser Werk hier ist für die nächsten drei Jahre vollbracht und wir werden an anderer Stelle gebraucht.« Sie sah gen Himmel und betrachtete die kleinen, weißen Wolken, die sich dem hellen Gesicht des Mondes näherten. Dann wandte sie sich an einen, den nur sie sehen konnte: »Folge ihr schnell und unerschrocken oder sie und alles, was du begehrst, wird sich für immer deiner Reichweite entziehen.«